紀記の神話伝説研究

福島秋穗

同成社

まえがき

早稲田大学の文学部内に事務局を置く、早稲田古代研究会の機関誌『古代研究』に発表した論文に、未発表の其れを含む幾編かの論文を併せ、其れに更に旧著の補遺一編を加えて一書と成し、『紀記の神話伝説研究』と題する。収録した論文は総てで十七編、其の発表時の古いものは十三年前に溯る。

誤謬を正し、足らざるを多く「注」の部分に補い、先学に参考にすべき説を述べた者のあることに気付いては、改めて其のことを記すなど、其処此処に手を加え、併せて表記の統一をはかったが、才気乏しく、学識・力量の不足は大にして、意を尽くすこと必ずしも充分ではない。

非礼・不備に亙る箇所があれば、読者諸兄姉には、御寛恕あって、指摘・教示されんことを、切にお願いしたい。

福島秋穗

凡例

一『古事記』は、日本思想大系1『古事記』（一九八二年二月 岩波書店）によった。

一『日本書紀』は、日本古典文学大系67・68『日本書紀』上・下（一九七三年三月・同年七月 岩波書店）によった。

一「風土記」は、日本古典文学大系2『風土記』（一九七三年九月 岩波書店）によった。但し、其の「訓み下し文」を参考にして、句読点を施した。

一『琴歌譜』は、日本古典文学大系3『古代歌謡集』（一九五七年七月 岩波書店）に収められた其れを用いた。

一『萬葉集』は、日本古典文学大系4－7『萬葉集』一－四（一九七二年一一月・一九七三年九月・一九七二年一〇月・一九七三年一月 岩波書店）によった。

一『古語拾遺』は、岩波文庫版『古語拾遺』（一九八五年三月 岩波書店）によった。

一『新撰姓氏録』は、佐伯有清著『新撰姓氏録の研究』本文篇（一九六六年三月 吉川弘文館）によった。

一「六国史」（『日本書紀』を除く）と『類聚国史』・『日本書紀私記』・『釋日本紀』・『扶桑略記』・『令集解』・『延喜式』は、吉川弘文館発行（一九九八年九月〜二〇〇一年五月）『新訂増補国史大系』〈新装版〉の其れらによった。但し、『日本書紀』巻第一・第二の「章」の名は、同大系本の其れによった。

一「二十四史」は、主として中華書局出版の其れ（一九七二年三月〜一九七七年一一月）によったが、，を、に改め、地名・人名などに施された傍線を省くなどした。なお、其の冊数は、ペーパーバック版の其れである。

一『賀茂眞淵全集』は、続群書類従完成会発行（一九七七年四月〜　　）の其れによった。

一『本居宣長全集』は、筑摩書房発行（一九六八年五月〜一九九三年九月）の其れによったが、正字を略字に改めた。

一『平田篤胤全集』は、一致堂書店・平田学会・法文館書店発行（一九一一年三月〜一九一八年七月）の其れによった。但し、「古史伝春之巻」を第七巻、「古史伝夏之巻」を第八巻、「古史伝秋之巻」を第九巻、「古史伝冬之巻」を第一〇巻とした。

一『新井白石全集』は、今泉定介編輯兼校訂（一九〇五年一二月〜一九〇七年四月発行）の其れによった。

一『南方熊楠全集』は、平凡社発行（一九七一年二月〜一九七五年八月）の其れによった。

一『日本随筆大成』は、一九七五年三月〜一九七六年八月発行の第一期、一九七三年一一月〜一九七五年一月発行の第二期、一九七六年一〇月〜一九七八年八月発行の第三期のそれぞれによった。

一 民族の名と、其れが如何なる地域に住むどのような民族であるかの説明は、其の都度の注記を省いたが、主として、エドワード－エバンズ＝プリチャード原著総監修『世界の民族』第一〜二〇巻（一九七八年九月〜一九八〇年三月 平凡社）、石川栄吉／梅棹忠夫／大林太良／蒲生正男／佐々木高明／祖父江孝男編『文化人類学事典』（一九八七年二月 弘文堂）、新村出編『広辞苑』第五版（一九九八年一一月 岩波書店）、綾部恒雄／大塚和夫／木村秀雄／黒田悦子／小西正捷／小松久男／須藤健一／谷泰／日野舜也／横山廣子編『世界民族事典』（二〇〇〇年七月 弘文堂）によった。但し、中国の少数民族については、此れも主として、村松一弥著『中国の少数民族』（一九八五年六月 毎日新聞社）によった。

一 外国の地名の表記は、主として、梅棹忠夫／佐藤久／西川治／正井泰夫監修『世界大地図帳』四訂版（一九九六年一〇月 平凡社）の「地名索引」の其れによった。

一 外国人の氏名の表記は、主として、『岩波 西洋人名辞典』増補版（一九八四年六月 岩波書店）によった。

一 中国の書物に関し、其れが如何なる書物であるかについての説明は、其の都度の注記を省いたが、主として、近藤春雄著『中国学芸大事典』（一九八三年七月 大修館書店）によった。

一 仏教関係の書物に関し、其れが如何なる書物であるかについての説明は、其の都度の注記を省いたが、主として、水野弘元／中村元／平川彰／玉城康四郎責任編集『仏典解題事典』（一九七八年五月第二版第2刷 春秋社）、鎌田茂雄／河村孝照／中尾良信／福田亮成／吉元信行編『大蔵経全解説大事典』（一九九八年八月 雄山閣出版）によった。

一 数量については、書名・引用部分などに其れが現われる特別の場合を除き、「本論」中では、太和二十三年・百キロ・五十四棟・十五省（二京十三道）、のように記し、「注」では、第一〇冊三七九四頁・二〇〇二年二月二六日、のように記した。但し、西暦年・「国歌大観番号」などは、「本論」中でも、西暦二五年・四〇〇三、のように記した。従って、「本論」中に出る「二三」は、「二つか三つほど」の意であり、「注」に出る其れは、「二十三」の意になる。但し、人名（例えば、十返《(偏)》舎一九）の場合は、此の限りでない。「注」に「いちいち」を「一一」と記した場合はルビを付した。

一 引用論文・書籍などを注記する場合、著・撰・編・録、或いは発行・出版・編集などの別は、概ね参考にした論文や書籍其のものの表記に従った。

一　引用・参考記事の所在に関する「注」は、例えば、李昉等編『太平広記』巻第三九六・虹・「夏世隆」条所引『東甌後記』、と記せば検索に事足りるが、思うところあって、此れに更に、一九八一年・中華書局出版『太平広記』第八冊三一七一頁、のように追記した。

一　敬称は、文章表現上の已むを得ない場合を除き、総て此れを省略した。

一　引用した記事・人名には、正字を略字に、略字を正字に改めたものがある。正字と略字は幾つかの理由から混乱した。

目次

紀記の神話伝説研究

第 I 部

第一章『日本書紀』巻第一冒頭の記事をめぐって

中国古代の王朝である周の太王の子、太伯と仲雍とは、彼らの弟である季歴へ、そして其の子の昌へと、家督を継がせたいと望む太王の気持ちを知り、南方の荊蛮の地へ出奔し、「文身断髪」して季歴を避けたというが[1]、唐の張楚金の撰になる『翰苑』には、倭人が自分たちを、「太伯之苗」と称していると記されており、雍公叡の手になる其の注と、唐の杜佑の撰になる『通典』には、佚書となっている魏の魚豢の『魏略』に、倭人が自らを、「太伯之後」と言っているという記事のあったことが紹介されている[2]。

倭人が自らを、「太伯之後」と称していたことは、『晋書』・『梁書』・『北史』といった中国の正史にも見えるが[3]、元に渡ったこともある、我国南北朝時代の禅僧中巌円月（一三〇〇－一三七五）は、日本の皇室が、荊蛮の地で自らを句呉と称して人々から呉太伯と呼ばれた人物の子孫であり、周王朝の姓が姫であるから、天皇家も姫姓である、といったことを記したと思われる歴史書、『日本紀』を作り、朝廷の咎めを受け、其の書を焼かれたと言われている[4]。また、江戸幕府第四代将軍徳川家綱（厳有院）の頃、西山隠子徳川光圀は、幕府の命を受けて林羅山・鵞峰父子が編纂し、出版されるばかりになっていた『本朝通鑑』に「本朝の姓(始カ)祖は呉太伯の胤」といったことが書いてあるのを見て驚き、其の「魔説」を削除すべきだと主張したという[5]。

今を溯る三千年ほども昔のことになるかと思われる出来事を、後漢時代（二五－二二〇）の前半を生きた王充の『論衡』が、周公旦の時代、天下は太平であったが、安南の南部から越裳の国の人が周を訪れて白雉を献上し、倭人が来て鬯草（鬱金草。においぐさ）を貢いだ、と述べている。また、周公は王位に即くことなく、兄武王の子成王を補佐したとされているので、上記の出来事と同じ事を言ったものかとも思われるが、やはり『論衡』に、成王の時、越裳の人が雉を、倭人が暢（祭りに用いる酒）を献じた、という記事が見える。(6)

元始五（五）年、漢の平帝を弑し、宣帝の玄孫孺子嬰を擁立、其の摂政となった王莽は、三年後には帝位を奪い、国号を新としたが、天鳳元（一四）年、新たな貨幣を鋳造させた。其のうち、表面に記された文字から、世に「貨泉」と称される貨幣は、建武十六（四〇）年に後漢の光武帝が五銖銭を鋳造させるまで行なわれ、(7)朝鮮半島や中国の新疆ウイグル自治区などの遺跡から発見されることによって、当時の中国周辺地域にも伝えられたことが知られているが、我国でも、長崎県壱岐郡芦辺町、福岡県糸島郡志摩町、大阪市平野区瓜破東町、京都府熊野郡久美浜町など、各地の遺跡から発見されている。我国各地の遺跡から出土した貨泉は、現在までに十数枚を数えるが、其のほとんどが弥生文化後期の伴出物とともに、または、弥生文化の其れであると推定される遺跡から見出された物である。(8)

王莽の地皇年間（二〇－二二）に、廉斯（邑の名）の鑡は辰韓（朝鮮半島南東部）の右渠の帥長となったが、楽浪の土地（現在の平壌付近という）が肥沃で、其の地の人民が豊かで楽しんでいると聞き、辰韓を逃れ楽浪に投降しようとして、住んでいた村を出た。途中、田圃に雀を追う男子一人を見たが、彼の発する言語は韓人の其れではなかった。尋ねてみると、自分は漢人で、名を戸来と言うが、仲間千五百人とともに木を伐っていて、韓族により撃たれ、捕えられて、髪を切り奴婢とされ、三年を経過した、と答えた。此れは、『三国志』に引かれた『魏略』に見える話である。(9)

また、辰韓は、馬韓（朝鮮半島南西部）の東にあるが、其処に住む人たちは、言語を馬韓の人たちとは異にしており、辰韓の老人たちは、自分たちのことを、昔、秦の時代（前二二一－前二〇六）に、労役に服することを嫌って、韓に逃れて来た中国からの亡命者なのだと伝え、楽浪郡に住む人たちを、逃避行の途中に其の地に残してきた人たちであると言っている。[10]

中国江蘇省東北部の連雲港市の外港、連雲港は、緯度の上で朝鮮半島の木浦とほぼ同じ位置にあり、黄海を挟んで相対しているが、其の沖合にある東西連島の人々は、昭和十七（一九四二）年の、松下三鷹の報告によれば、「塩」のことを「シオ」と言い、同じ江蘇省の「三洋港」という土地では、人々が、「魚」のことを「サカナ」と言っているという。[11]

有田焼で名高い焼物の町有田は、佐賀県の西部に位置しているが、其の地の人々は、「恋愛」を「シャンス」と言い、「ちゃんちゃんこ」を「ポイシン」と言うが、此れらは意味・発音ともに現代中国語の「相思」・「背心」とほぼ同じであるという。[12]

昭和十四（一九三九）年九月の頃、野戦病院の衛生兵として、中国大陸に居た佐護恭一は、中国内奥部湖南省の省都長沙の近辺にある一村落で、流暢な日本語を話す二十五・六歳の中国青年に会っている。[13]

昭和二十四（一九四九）年夏の頃、宮本常一が会った大阪府泉南郡阪南町波有手の老人は、明治八（一八七五）年、漁場が解放されたので、仲間と二人で小船を操り、魚を取りつつ西へ向かい、壱岐・対馬を経て朝鮮へ辿り着いたが、更に船を進めて、中国の河北省天津に近い塘沽《タンクー》と思しき土地まで行き、「その船では小さすぎる」と言われ、インドへ行くことは諦め、再び海路を辿り内地へ戻って来た、と話したという。[14]

明治十（一八七七）年、西南の役の最中に大倉喜八郎は、饑饉で苦しむ朝鮮へ、陸軍の御用船で米を運んだが、帰りは広島から来ていた「いか船」に乗せてもらった。朝鮮を出発して三日目は、朝からの暴風雨に、「船は木の葉《こ》のよう」な状態であったが、其の日のうちに対馬へ到着した。明治になってからまだ十年しか経過していないことと、乗組員が五人しかいなかったらしい其の規模とから推して、大倉の乗った船に発動機が付いていたとは思われない。[15]

＊　＊

古天地未レ剖、陰陽不レ分、渾沌如二鶏子一、溟涬而含レ牙。及二其清陽者、薄靡而爲レ天、重濁者、淹滯而爲レ地、精妙之合摶易、重濁之凝竭難。故天先成而地後定。然後、神聖生二其中一焉。

と記される『日本書紀』巻第一の冒頭部分（より正確には巻第一の第一段（神代七代章）本文の前半部分）は、「古天地未レ剖、陰陽不レ分」という表現が、前漢の淮南王劉安（前一七八？－前一二二）の撰になる『淮南子』の「天地未剖陰陽未判四時未分[16]」という表現を採り、「渾沌如二鶏子一、溟涬而含レ牙」とある箇所が、三国呉（二二二－二八〇）の徐整の撰になる『三五暦記』より、「混沌狀如雞子溟涬始牙[17]」という表現を借り、続く「清陽者、薄靡而爲レ天、重濁者、淹滯而爲レ地、精妙之合摶易、重濁之凝竭難。故天先成而地後定」という表現が、同じ『淮南子』の「清陽者薄靡而爲天薄靡者若塵埃飛揚之貌重濁者凝滯而爲地清妙之合專一作博易重濁之凝竭難故天先成而地後定[18]」という記事を其の儘利用して成ったものであること、此れまでに多くの人々により指摘された通りである[19]。

『日本書紀』巻第一の第一段（神代七代章）本文の前半部分が、中国の書物の表現をほとんど其の儘使って綴られていることは、見た通りであるが、『淮南子』・『三五暦記』の当該記事が、両書の撰者の独創による産物ではなく、其れが古代中国に存在したと思しき観念・思想に立脚したものであることは、此れも先人に其の指摘があるように、老子の言に「有物混成先天地生[20]」とあること、『芸文類聚』が引く、『黄帝内経素問』に、「積陽爲天積陰爲地[21]」とあり、同じく『広雅』に、「清者爲精濁者爲形也…（中略）…輕清者上爲天重濁者下爲地[22]」とあること、『旧唐書』巻二十四（志第四・礼儀四）によれば、唐の天宝年間（七四二－七五五）には、『通玄真経』と呼ばれていた『文子』に「老子曰天地未形窈窈冥冥渾而爲一寂然清澄重濁爲地精微爲天[23]」と記され、やはり天宝年間に『沖虚真経』と呼ばれた『列子』に、「清輕者上爲天濁重者下爲地[24]」と見えること、其の成立が『日本書紀』に遅れるかと思われるが、撰者不詳の書『三墳書』に、「清氣未升濁氣未沈…（中略）…天高明而清地博厚而濁[25]」とあることなどから窺うことが出来る。

其の成立が『日本書紀』には遅れるが、九世紀末に成ったとされる『日本国見在書目録』に、「淮南子卅一。漢淮南王劉安撰。高誘注」・「藝文類聚百」とあって[26]、『日本書紀』巻第一の当該記事が書かれた時期に、既に我国に『淮南子』が存在し、『芸文類聚』によって『三五暦記』の記事が知られていた可能性のあることは言うまでもなく、『日本書紀』の其れと、『淮南子』・『三五暦記』の記事とが一致することは、一目瞭然であり、前者が後二者を剽窃していることは明白である。ただ、『日本書紀』の記事が、本居宣長の言うように、「新《アラタ》に加《クハ》へられたる、潤色《カザリ》の文」であって、「撰者の私説《ワタクシゴト》にして、決《キハメ》て古《ヘ》の伝説《ツタヘゴト》には非[27]」ざるもの、即ち、宇宙・世界の始まりを説く、中国の文献の記事を借りただけのものなのか、「単なる潤色のために、中国の文章を借りたものとするのは正確な見方といえず、むしろ、日本の神話に合わせて漢文を取り入れたものと見られる[28]」と言われるように、たまたま先行する中国の文献に、我国で伝承・保存されていた神話の内容と同じ事柄を述べる記事が見られたので、其れを借用したものなのか、明確な判断の材料を欠いているので、孰れとも俄には決し難い。

近い将来のことは知らず、今日では、『日本書紀』の当該記事を論じて、「彼諸越の国の世の始め。人のはじめを考ふるに。其謂ゆる開闢の伝へは。ほゞ御国の真の古伝が遺つて居るでござる」と言い、其れを、「彼の国にも伝はり存《のこつ》た」我国「古伝」の逆輸入されたものとするように[29]、国粋主義的意見を語る者は流石に無いが、逆に、一方的に其れを、「文字と共にシナから借りたに過ぎないものと見なければなるまい[30]」と一蹴するような意見を述べる者も無く、大正の末から昭和の始めにかけて、主として南方、インドネシアや太平洋諸島の住民の神話や宗教的観念・社会制度と、我国の其れとの類似に着目した上で、「渾沌の観念は、何も支那人のみが持つてゐた訳ではなく、日本人もまた持つてゐたに相違ない[31]」と主張したり、「我上代人の間にも、同様の開闢説が存在したのは怪しむに足らぬ[32]」と論じ、また、「支那の古典によつて刺戟を受ける以前から既に存在して居つたものを言ひ現はすためにのみ支那古典の字句を籍《(ママ)》りたと見ることも可能である[33]」と唱えられたように、概ね『淮南子』や『三五暦記』の記事を利用して書き記された、宇宙・世界の始まりを説く神話が、早く我国にも存在していたとする傾向にあるようである。

養老四（七二〇）年五月に出来したとされる『日本書紀』に、問題の文章が採られているからには、其れが其の時期までに綴られたものであることは間違いの無いことであるが、一体其れが如何なる人物によって、何処で書かれたものであるのかは、実は判然としていない。既に見たような視点から当該記事を論ずる者たちが、其の述作者についても、其れが書かれた場所についても格別の言及や断わりをしないのは、いろいろな条件や場合を考慮した時、述作者については、海外からの渡来人、また其の子孫、更には其のような者が存在するか否か定かでないが、「純粋の」日本人などと、さまざまなことが考えられるとしても、其れが綴られた場所は、日本国内とするのが最も無理が無いとしたからであろう。其れが中国の古文献に見られる記事を按配して我国で綴られた文章であるとするからこそ、其処に記された事柄と同様の観念・思想が我国に存在していたか否かが問題になるのであって、此れが中国大陸や朝鮮半島で記述されたものとなれば、解明すべきは全く別の問題となる。

此の度は、先人たちの考え方に従って、当該記事が日本国内で綴られたものと考えた上で、其処に述べられるような神話が、果たして我国に既に存在していた可能性があるか否かを、当該記事に見られる「鶏子」の話を手掛りに考えてみたい。

＊　　＊

中国における後漢時代の月毎の習俗を今日に伝える、崔寔の『四民月令』に、「東門磔白鶏頭」[34]の表現が見え、三国呉の裴元の『裴氏新言』に、「正旦（藝文類聚作朝）縣官殺羊懸其頭於門又磔雞以副（太平御覧作覆）之俗説以厭癘氣」[35]（雞は鶏に同じ）とあり、晋（二六五－四二〇）の葛洪の撰になる『抱朴子』には、「以青羊血塗一丸丹雞血塗一丸懸都門上一里不疫以塗牛羊六畜額上皆不疫病虎豹不犯也」[36]とある。裴元・葛洪両者の言うところを見れば、『四民月令』が、白雞の頭を東門に掲げるとしていることに如何なる意味があるか、自ずから明らかである。なお、『礼記』に、「成廟則釁之…（中略）…中屋南面刲羊血流于前乃降門夾室皆用雞[37]」と言い、六世紀中頃に成ったと思われる『荊楚歳時記』に、「帖畫雞或斲鏤五采及土雞於戸上造桃板著戸…（中略）…按莊周云有掛雞於戸…（中略）…百鬼畏之[38]」とあり、降って明代の顧起元は、彼の出身地より推して、江蘇省江寧県の地と思しき「秣陵」の、身分ある者の家の習俗について、「歳除歳旦…（中略）…房門左右貼畫雄雞」と記した後、「此亦有所自起。案魏・晉制…（中略）…磔雞於宮及白《百カ》寺之門、以辟惡氣[39]」と説明を加えている。廟を成す時に、其の門・夾室に雞の血を塗るとする『礼記』の記事の意味もまた、『抱朴子』の記事より推して明らかである。

雞其のもの、雞の頭・血液・画像と癘気・疫病・百鬼を防ぎ遠ざけるものは、さまざまであるが、後漢（二五－二二〇）の應劭が『風俗通義』に、「雞主以禦死辟惡也[40]」と言うように、もと邪気悪霊また疫癘百鬼の、降りかかり襲い来るを阻止する力能が認められたのは、雞其のものであったのが、未開の人々の間にあっては、危害を及ぼそうとする相手を、直接打擲・殺傷することが出来ない場合、彼の毛髪・衣服・肖像・足跡など、其の人物に関わりのある有形・無形のものに、力を加えても効果があるとされたのと同じように、やがて其の力能が、雞の一部である頭、また其の生命力と看做された血液、更には其の姿を写した画像にまで認められ、上掲した諸書に引かれる習俗を生じたと思われる。

雞に当該力能の生じた由縁については、『風俗通義』、晋（二六五－四二〇）の王嘉撰『拾遺記』、明末の李時珍による『本草綱目』などに、幾つかの説が述べられているが、雞の異名を「司晨[41]」とも言うように、黎明の時に其れが鳴くことで、邪気悪霊・疫癘百鬼など、邪悪・陰性のものと結び付けられる暗黒と対立する、光明に関連付けられ、雞即ち陽性のものと考えられたことによる[42]、とするのが最も当たっていると思われる。

中国の人々は、見たような力能を与えた雞を、数ある動物の中でも格別に注目していたようで、『漢書』・『後漢書』・『晉書』・『宋書』・『魏書』など、所謂二十四史の幾つかの五行志或いは霊徴志に、時に「雞禍」の条を独立させるなどして、「垂拱三年七月、冀州雌雞化爲雄[43]」、「弘治十四年、華容民劉福家、雞雛三足[44]」といった記事を載せている。また、『大清一統志』のような地理書にも、「光明井（在保山縣東五里相傳唐大歴（ママ）間於井見三角牛四角羊鼎足雞井中有火燭天南詔以爲妖遂塞之今建風雲雷雨壇於其上）」[45]といった記事が見える。此れは、異形の雞の出現だけを語っている記事ではないが、中国では、時の朝廷の支配下にない南詔のような、雲南の蛮族までもが、異形の雞の出現を嫌ったと知られる。中国の人々が、雌雄の性の転換が起こり、二足ならざる其れが生まれるなど、変態・異形の雞が出現することを、殃禍災厄のことと結び付けて考えたのは、やはり雞――勿論、正常な其れ――を光明の象徴と考えていたことと関係があるだろう。

　変態・異形の雞のことは、中国では歴史書や地理書のみならず、巷談異聞を集めた雑記の類にまで記されている[46]が、同様の記事は、我国の歴史書や随筆の類にも見られる。

　我国の歴史書では、『日本書紀』が、巻第二十七の「天智天皇十年是歳」条に、「讃岐國山田郡人家、有㆓雞子四足者㆒」と、巻第二十九の「天武天皇五年夏四月戊戌朔辛丑（四日）」条に、「是日、倭國餉波郡言、雌鶏化㆑雄」と、更にはまた、同じ巻の「天武天皇十三年是年」条に、「倭葛城下郡言、有㆓四足鶏㆒」と記すのを始め、『日本三代実録』巻第十六の「清和天皇貞観十一年十一月十三日丙寅」条の記事、『扶桑略記』第二の「応神天皇四年癸巳」条の其れ、記事内容より推して『日本書紀』の記事を一年ずらしたと思われる、『扶桑略記』第五の「天智天皇九年」条の記事、同第二十五裡書の「朱雀天皇承平四年三月十一日」条の記事などに、同様の事柄が見える。また、史書以外にも諸書に似た記事が見られる[47]ことは、中国の場合と同じである。我国の歴史書、就中六国史に雞の変態・異形のことを述べる記事が思いの外に少ないのは、『日本書紀』が、中国の紀伝体の歴史書のように、「紀」・「志」・「列伝」をそれぞれ独立させる、截然とした構成になっていないことと、其れ以後の歴史書が『日本書紀』の体裁を真似たことによるのかも知れない。『日本書紀』の書名を論じて、神田喜一郎に、欽定の「正史」即ち紀伝体の其れを作る必要に迫られた我国が、「志」や「列伝」を作れそうになかったので、「紀」だけを作り、『日本書』の題名の下に「紀」と記したところ、其れが伝写の間に『日本書紀』となった、という意見がある。[48]『日本書紀』の書名については、特に語るべき私見をもたないが、我国最初の官撰の歴史書が、「紀」・「志」・「列伝」の三部構成になっていたならば、其の「志」の部分には、五行志或いは霊徴志の項が設けられ、『日本書紀』が載録せず、『扶桑略記』が記している、「応神天皇四年癸巳」条の其れを始めとして、変態・異形の雞の記事が多く収録され、此れに続く歴史書も其の形式に倣っただろうということは、充分に考えられることと思う。

＊　＊

雞に邪気悪霊・疫癘百鬼を阻止・排除する力能を認めた観念・思想より出でたと思しき習俗は、今、筆者寡聞の故に、『皇太神宮儀式帳』の「皇太神御形新宮遷奉時儀式行事」条に、其れと関わりあるらしい記事を、「行幸時《ミユキマシマストキ》、立先《サキダチ》 禰宜《ハネギ》、次《ツギニ》 宇治内人《ウヂノウチビト》、次《ツギニ》 大物忌《オホモノイミ》 父《ノチヽ》、次《ツギニ》 諸内人物忌等《モロモロノウチビトモノイミラ》、及妻子等《トメコラ》、…（中略）…新宮《ニヒミヤノ》 玉串御門《タマクシゴモンニ》仁立留《タチドマリテ》弖、三《ミ》遍音《タビナ》爲《キ》弖《テ》發《タチテ》 令《ミユキオハシマササシム》 幸 行。至㆓《イタリテ》 瑞垣御門《ミヅガキゴモンニ》爾㆒留《トマリテ》 弖、又三遍音《マタミタビナ》爲之《ク》。（稱㆓《イフ》其音如《ソノコヱゴトク》㆑雞《カケノカ》 加《ケ》初飼《カフト》㆒（ママ）。）」(49)と見る外に、我国古代の文献に其れを見ることが出来ない。ただ、雞鳴を黎明と結び付ける観念・思想の我国にも存在したことは、『古事記』・『日本書紀』両書に載録された所謂天石屋（天石窟）神話に登場する常世(之)長鳴鳥、『古事記』の上巻に見る八千矛神に関わる歌謡、また此れと少なからぬ関係があると思しき、『日本書紀』巻第十七に載る、勾大兄皇子の歌などによって窺い知ることが出来る。

多民族国家である中国において、人口の大部分を占める漢族に、我国の天石屋（天石窟）神話に似た伝承を見ることは出来ないが、貴州省に居住するミャオ（苗）族のうち、女性の民族衣裳が色彩豊かであることにより、其の名がある「花苗」には、昔、空に十個とも六個とも言われる多くの太陽が出現し、人々が酷熱に耐えられないので、弓の名手が其の太陽を次々に射落としたところ、最後に残った其れが山の背後に隠れ、世界が暗黒となったため、雄雞を鳴かせると、太陽が再び姿を現わした、という神話が伝承・保存されていたと報告されている(50)。此の話の前半部は、多数の太陽を射落とす、所謂太陽征伐神話であるが、其れが古く中国に存在していたことは、『淮南子』に載る、「逮至堯之時十日竝出焦禾稼殺草木…（中略）…堯乃使羿…（中略）…射十日[51]」という記事によって知られている。太陽征伐神話は、中国の少数民族であるプーラン（布朗）族の間にも伝承されている事実があり[52]、此の事は、漢族と少数民族との間における文化面での過去の接触・交流が盛んであったらしいことを窺わせるので、雞鳴を黎明と結び付ける観念・思想を有する漢族の間にも、花苗の伝える、我国の天石屋（天石窟）神話に似た話と同様の話が、嘗ては存在していたかも知れない。

＊　　＊

雞が鳴くことと黎明とを結び付け、雞に邪気悪霊・疫癘百鬼を阻止・排除する力能のあることを認め、其の変態・異形に注目した中国の人々は、夜明けに雞鳴とともに差してくる太陽の光により、其れまで暗黒の中で一体となっていた東方の天と地とが分離し、世界がやがて清澄なる天空と、黄色・褐色の大地となることに、雞卵中の卵白・卵黄を想い、原初における天と地との出来を説明するのに、既に『三五暦記』の記事に見たように、「雞子」を関わらせる観念・思想を生じたものと思われる。

雞鳴と黎明とが必ずしも結合・一致するものでないことに、自らの体験を通して気付く者が稀にはあっても[53]、『淮南子』に「雞知将旦[54]」、『風俗通義』に「雞鳴将旦[55]」、また、漢の馬第伯撰『封禅儀記』に五岳の一、泰山を語って、「東山名日日觀者。鶏一鳴時見日始出[56]」とあるなど、古くより雞が鳴いて夜が明ける、または夜が明ける時に雞が鳴くと信じた多くの人々にとって、雞鳴という現象から雞卵という物体に思いを馳せること、また、曙光による天地の分離に卵白と卵黄とを内包する雞卵を連想することは、多大の労苦や時間を必要とする難事ではなく、雞鳴と黎明の関係から天地の分離と雞卵の結び付きまでの間は、越えるに容易な一歩の隔たりでしかなかったと思われる。

『三五暦記』より早く、中国には、後漢順帝の永和四（一三九）年に没した張衡に、『渾天儀』の著作があり、其の書に、「渾天如雞子天體圓如彈丸地如雞中黃[57]」という記述があるが、此処に「雞子」と記されていることも、前述の観念・思想と全く無縁であったとは思われない。

中国の未開・古代人が、彼らの居住し、日常の生活を営み、糧食の多くを其処から得ている大地と、其れを覆って存在する天空とが、如何にして出来したかという、一個の問題に逢着した時、雞鳴と其れに前後して実見される曙光による天地の分離が、問題解明の手掛りとなって、「天地未剖陰陽未判」の状態から、「清陽者薄靡而爲天重濁者凝滞而爲地」という状態へ推移し、天と地とが完成したのであるとする観念・思想を産み、其の「清陽」・「重濁」に、黎明即ち天地の分離と雞鳴との関わりから、そして其の性状と幾分かは色彩面での類似もあって、「雞子」就中「卵白」・「卵黄」を連想し、「天地混《(渾)》沌如鷄《(雞)》子。…（中略）…天地開闢。陽清《(清陽)》爲天。陰濁《(濁陰)》爲地[58]」、「未有天地之時混沌狀如雞子…（中略）…清輕者上爲天濁重者下爲地[59]」とする観念・思想を発生せしめたものと思われる。

既に見たように、『古事記』や『日本書紀』に載る神話・歌謡の幾つかが作られた頃までには、雞鳴と黎明とを結び付ける観念・思想の存在していた我国に、果たして天空と大地との始まりを雞の卵と関連させて説明することが行なわれていたか否かは、本論で考察の対象としている、『日本書紀』巻第一の第一段（神代七代章）本文前半の記事に其れを見る外に、古文献で其の事に言及するものが無いので、判然とはしない。ただ、雞鳴と黎明とを結び付けて考えることのあった我国の未開・古代人が、夜の明ける頃、曙光により天地が分離する様子を、眼にする機会は幾らもあったはずであるし、既に、出石誠彦が、「天地もさだかに識別し難い暗夜から、先づ水平線が黎明となり、次に暁天に及んで天地が明け盡すといふ人類の実際上の経験が、渾沌から天地剖判するといふ説話の由来を為したものではないか[60]」と指摘したように、我国の未開・古代人が実見した光景から、「天地剖判」の観念・思想を生じさせたとすれば、黎明と結び付いた雞鳴から雞の卵のことを連想するのに、さほどの困難があったとも思われないので、原初における天空と大地との出来即ち天地の剖判と「雞子」とを結び付けて考えることも、決して難しいことではなかったと思われる。

＊　　＊

『日本書紀』巻第一の第一段（神代七代章）本文の前半部の文章を俎上に載せ、其れが中国の文献に見られる記事を借りて綴られた時、我国の人々の間に、其の文章が表現する事柄と同様の観念・思想もしくは其れが語るのと同様の宇宙・世界の始まりを説く神話が存在していたか、其の文章を出来せしめるような観念・思想或いは神話は、全く存在していなかったかについて、其処に記された「雞子」の語を手掛りとして考察を進めて来たが、此の辺りでそろそろ結論を出さねばならない。私は、見たような考察を試みた結果、『日本書紀』巻第一の第一段（神代七代章）本文の前半部が、中国の文献の記事を借りただけのものではなく、其れが書かれた時に、其の記事に見られるような観念・思想また神話が、我国には存在していたと考える。此の観念・思想また神話が我国で自生したものか、中国に発生・出来した後、我国に伝播したものかは判然としないが、たとえ其れが我国に自生しなかったものであるとしても、本論の始めに掲げた幾つかの事柄を思えば、当該の観念・思想が中国の人々の間に出来し、神話が作られて後、間も無く我国に伝播し、『日本書紀』巻第一の第一段（神代七代章）本文の前半部の記事が綴られる頃には、其れが我国の民衆の間に充分に根付いていたものと思われる。

本論の始めに記した幾つかの事柄のあるものは、真偽の程が定かでなかったり、また、『日本書紀』の編纂時より遥かに後の報告・体験であったりするが、今、此れらを見ると、中国の人々と我国の人々との間に、時には朝鮮半島を経由して、極めて古い時代から盛んに交通の行なわれていたことが窺える。古代における大陸と我国との交通と言えば、歴史は、「船《ハ》海中《ニメ》々斷《メ》。舳艫各分《レヌ》」(61)、「桅折棚落。潮溢人溺。船頭已下百卌餘人任レ波漂蕩。爰船頭判官丹墀文雄議云。我等空渇二死船上一。不レ如二壊レ船作一レ筏。各乗覓レ水。錄事已下爭放二取船板一。造レ桴各去」(62)というように、遣唐使船の航海が困難を極めたことを語って饒舌であり、鑑眞和上が戒律思想を伝えた有難さも、大陸からの彼の渡海が容易でなかったことによって、いや増すには違いないのであるが、宮本常一の会った老人の話や、大倉喜八郎の体験談から推して、数人乗りの小舟によるならば、彼我の往来は、遣唐使や鑑真の例を引いて語られる程に極度の困難を伴う事であったとは思えない。

『淮南子』や『三五暦記』に記された、宇宙・世界の始まりを説く神話を、我国の知識人が、其れらの書物を直接手に取ることで、または其れを引用・紹介している書物によって眼にした時、我国には既に、其の神話が、大陸と我国との間を往来していたと思しき無名の民衆により伝えられていたか、其れが語るのとほとんど同趣旨の神話が、『日本書紀』巻第一の第一段（神代七代章）の一書に見られる、「天地初判」また「天地未レ生之時」、更には、「天地混成之時」という表現を出来せしめた人々により、独自に創作され、或いは民衆による彼我の間の交通によって将来された、宇宙・世界の構造を言うのに、雞卵をもってする、中国人の観念・思想の影響下に創られたかして、存在していたことと思われる。

本論で考察の俎上に載せた『日本書紀』巻第一の第一段（神代七代章）冒頭部分の六十字程について、既に其の意見を紹介した西村真次や津田敬武は、宇宙・世界の出来する以前に、混沌たる状態が存在していたとする観念・思想が、中国特有のものではないとし、また、当該部分に「渾沌如二鶏子一」とあることで、其れを「卵生神話」と看做す観点から、其処に語られるのと同様の神話が、古く我国にも独自に出来していたはずであるとしている。宇宙・世界の出来する以前は混沌とした状態にあったとする観念・思想が、中国人の間にだけ存在するものではないから、我国にも当然其れが自生したはずであるとする指摘はともかくとして、宇宙・世界が卵から出現したとする神話のみならず、神や人が其れから出現したとする神話までをも含めた「卵生神話」と、天地の分離する以前の状態を雞卵をもって、「天地未レ剖、……（中略）……渾沌如二鶏子一」（傍点福島）と形容する表現とを同一俎上に並べて見ることに、どれ程の意義があるだろうと考え、本論では、別の観点から見たような考察を行なってみた。

注

（1）司馬遷撰・裴駰集解・司馬貞索隠・張守節正義『史記』巻三一・呉太伯世家第一――中華書局出版同上書第五冊一四四五頁。

（2）張楚金撰・雍公叡注『翰苑』巻第三〇・「倭国」条――竹内理三校訂・解説同上書釈文五〇・訓読文一二一頁。また、杜佑撰『通典』巻一八五・辺防一・東夷上・「倭」条――『景印文淵閣四庫全書』第六〇五冊（史部三六三政書類）五五二頁。

（3）房玄齢等撰『晋書』巻九七・列伝第六七・四夷・「倭人」条――中華書局出版同上書第八冊二五三五頁、姚思廉撰『梁書』巻五四・列伝第四八・諸夷――中華書局出版同上書第三冊八〇六頁、李延壽撰『北史』巻九四・列伝第八二・倭――中華書局出版同上書第一〇冊三一三五頁。

（4）林羅山著『梅村載筆』天巻――『日本随筆大成』第一期第一巻四頁。また、同著「神武天皇論」――『羅山林先生文集』巻第二五・論下・2オ。中巌円月の『日本紀』の当該箇所にどのような記事があったのかは、現に其の書が伝わらないので正確にはわからない。桃源瑞仙は、「日本ハ太伯ノ子孫ナリト云或ハ曰沙《(ママ)》喜中岩和尚ノ日本紀ヲ御作アッタニモサウメサレタト云ソ」（慶応義塾大学図書館蔵本『百納襖』二・1ウ）と言い、黒川道祐は、「東山妙喜菴僧圓月中岩、修二日本紀一、圓月以二日本一爲二呉太伯之後一」（『遠碧軒記』上之一――『日本随筆大成』第一期第一〇巻一〇頁）と言う。『日本紀』の記事内容に触れていないが、其れが焼かれたことは、実伝宗真著『日本名僧伝』に、「掌撰日本紀、有朝議不行也、有文集語録、後醍醐焼日本紀」（角田文衛／五来重編『新訂増補史籍集覧』第二六冊四五一頁）と見える。山崎闇斎の『文会筆録』は、「釋《ノ》圓月修《メ》二國史《ヲ》一用《ル》二太伯之説《ヲ》一朝議禁二止《ス》之《ヲ》一矣」（四之二――『山崎闇斎全集』上巻二一〇頁）と、また、卍元師蛮の『本朝高僧伝』は、「暦應年中撰二日本記《(ママ)》一。暨二已鋟レ梓。有レ敕不レ行」（巻第三三・「浄禅三之十五・上州吉祥寺沙門円月伝」条――大日本仏教全書102同上書四五四頁）とし、其れが焼却されたとはしていない。『史記』の語るところによれば、太伯には子が無かったとされているので、倭人を「太伯之後」としたり、日本の天皇家と太伯とを結び付けたりするのは、思えばおかしな話であるが、此のような説が生まれるには、やはりそれなりの原因・理由が存在したはずである。『晋書』・『梁書』・『北史』が、孰れも倭人について、「自謂《(云)》太伯之後」と記す箇所の直前、或いは直後を見ると、其処に倭人の習俗が、「黥面文身」または「俗皆文身」と記されている。此の事からすると、所謂魏志倭人伝に、「男子無大小皆黥面文身」（陳壽撰・裴松之注『三国志』巻三〇・魏書・烏丸鮮卑東夷伝第三〇――中華書局出版同上書第三冊八五五頁）と述べられた倭人の習俗と、『史記』に、太伯・仲雍の二人が荊蛮の地で「文身斷髪」したとあることとが結び付けられた結果、倭人を「太伯之後」とする説が生まれたとも考えられるし、此れと同様の事を述べる一條兼良の『日本書紀纂疏』（巻第一・神代上之一――国民精神文化研究所発行同上書七‐八頁）が言うように、皇室の祖先神アマテラスと「中興之女王」神功皇后とが女性であり、「姫」が婦人の美称でもあることから、天皇家は姫姓であるという説が出来したとも考えられる。また、林羅山は前掲論で、記紀両書の載録する所謂天孫降臨神話を、太伯の子孫による渡海譚ではないか、と言っているが、此のような解釈が基となって、天皇家の祖先を太伯とする説が生じたとも考えられよう。孰れにしても、歴史の彼方は茫々として定かでないが、此のような説が産み出される土壌として、また、長きに亘って其れが伝承される背景として、中国と我国との間に、頻繁に交通の行なわれていたことが思われる。太平洋戦争の開始されるよりも前、辻善之助は、中巌円月の説に触れて、「日本皇室の御祖先に関する説としてゞなく、単に江南地方と日本との交通が古く存在してゐたので、応神、雄略の時をまたぬといふ説に直して見るならば、差支へあるまい」（『増訂海外交通史話』四〇‐四一頁）と述べているが、時代の制約に従った表現の部分はともかく、其の「交通」についての発言は、正鵠を射たものとして評価出来る。

（5） 徳川光圀と『本朝通鑑』のことは、安藤為章の『年山打聞』（下之末・「神州恐レ委レ呉」条――『珍書文庫随筆大観』第六・五六‐五七頁）に記されており、其の記事は、立原萬著『西山遺文』（巻下――堀田璋左右／川上多助共編『日本偉人言行資料桃源遺事・西山遺聞』二二六‐二二七頁）、藤田一正編『修史始末』（巻之上――菊池謙二郎編『幽谷全集』六六頁）にも引かれている。湯浅常山の『文会雑記』は、「公家衆ヨリサツト《察度》アリテ」（巻之三上――『日本随筆大成』第一期第一四巻二七九頁）『本朝通鑑』が刊行されなかったと、『年山打聞』が伝えるのと異なる事情を紹介している。また、中江藤樹は、周の先祖とされる后稷（棄）の名を出し、「本朝《ほんてう》は后稷《こうしょく》之《の》裔《えい》なりといへる説《せつ》まことに意義あることなり」（『翁問答』下巻之末――日本思想大系28『中江藤樹』一四三頁）と述べ、熊沢蕃山も、其の著『三輪物語』に、「社家云、日本の帝王の御先祖は姫姓にて、中国の聖人泰伯御舟にめして、異国の浦に逍遙し給ひしが、風にはなたれて日向の浦に着せ給へり」（巻第一――正宗敦夫編纂・谷口澄夫／宮崎道生監修『増訂蕃山全集』第五冊二一二頁）と記している。なお、北畠親房の『神皇正統記』は、日本人もしくは日本の皇室と太伯とを結び付ける説を否定しつつ、我国には、「日本は三韓と同種也」（岩波文庫・同上書六〇頁）とする書物のあったことを紹介している。

（6） 王充撰『論衡』巻八・儒増篇、また、巻一九・恢国篇――『景印文淵閣四庫全書』第八六二冊（子部一六八雑家類）一〇三・二三四頁。此れと同じ出来事を言っているかと思しき記事が、范曄撰・李賢等注『後漢書』に、「交阯之南有越裳國。周公居攝六年、制禮作樂、天下和平、越裳以三象重譯而獻白雉」（巻八六・南蛮西南夷列伝第七六――中華書局出版同上書第一〇冊二八三五頁）と見える。

（7）班固撰『漢書』巻二四下・食貨志第四下――中華書局出版同上書第四冊一一八四頁。范曄撰・李賢等注前掲書巻一下・光武帝紀一下――中華書局出版同上書第一冊六七頁。なお、『漢書』の王莽伝では、「貨銭」の鋳造され始めた歳を、地皇元（二〇）年としている（巻九九下・王莽伝第六九下――中華書局出版同上書第一二冊四一六三‐四一六四頁）。

（8）岡崎敬著「日本および韓国における貨泉・貨布および五銖銭について」――『森貞次郎博士古稀記念古文化論集』上巻六六四頁。水野清一／岡崎敬著「壹岐原の辻弥生式遺蹟調査概報」――九学会連合対馬共同調査委員会編『対馬の自然と文化』三〇二頁。中山平次郎著「九州北部に於ける先史原史両時代中間期間の遺物に就て（一）」――『考古学雑誌』第七巻第一〇号三一頁。「口絵解説」――同上誌第三五巻終巻号四三頁。梅原末治著「港村（ママ）函石濱石器時代ノ遺跡」――『京都府史蹟勝地調査会報告』第二冊一六二頁。我国における貨泉の出土や其れが発見された土地・数量について言及するものとして他に、両角守一著「貨泉を出せる青松海外遺跡」（『考古学雑誌』第二一巻第九号）、森本六爾編『日本青銅器時代地名表』などがある。また、貨泉は、一九九二年五月九日『朝日新聞』朝刊の「東日本で「貨泉」出土」と題する記事によれば、「山梨県東八代郡中道町の米倉山B遺跡」において、「弥生時代後期末から古墳時代初頭にかけての土器片と一緒に発見され」（三〇頁）ている。

（9）陳壽撰・裴松之注前掲書巻三〇・魏書・烏丸鮮卑東夷伝第三〇――中華書局出版同上書第三冊八五一頁。「廉斯」は、范曄撰・李賢等注前掲書巻八五・東夷列伝第七五の注に、「邑名也」（中華書局出版同上書第一〇冊二八二〇頁）とある。

（10）陳壽撰・裴松之注前掲書巻三〇・魏書・烏丸鮮卑東夷伝第三〇――中華書局出版同上書第三冊八五二頁。なお、范曄撰・李賢等注前掲書は、辰韓の言語と秦の其れには似たところがあるので、辰韓を秦韓とも言う、と記している（巻八五・東夷列伝第七五――中華書局出版同上書第一〇冊二八一九頁）。

（11）松下三鷹著『八幡船《バハンシエン》の史的考察』三九頁。

（12）「天声人語」――『朝日新聞』一九八九年三月二〇日朝刊一頁。江戸時代後期の洋風画家として知られた司馬江漢（一七四七‐一八一八）の日記、『江漢西遊日記』の「天明八年一一月六日」条には、「幸作の云ふ、「シャンスを〱」と云ふ。何《ナン》の事歟《か》と思ひしに、相思《シャンス》とて唐音にて色情と云ふ事とぞ」（芳賀徹／太田理恵子校注同上書一二二頁）という記事が見える。此の日頃、江漢は長崎に滞在しており、幸作というのはオランダ通詞吉雄耕牛（一七二四‐一八〇〇）のことである。また、一九三三年杉本丁二郎の「長崎県西彼杵郡江島」と題する婚姻習俗に関しての報告にも、「若者は宿親方などに連れられて、女宿へも出入し、此処で近付き求めて情愛の生活が始まる。之をシャンスをカラクルと云ひ、対手の女をシャンスと云ふ」

（『旅と伝説』第六年新年号一四〇頁）とある。西彼杵郡江島(村）は、一九五六年九月に同郡崎戸町に編入された。此れらの例から、中国語に起源を有する「シャンス」が、佐賀県のみならず長崎県でも用いられていたと知られる。『江漢西遊日記』の天明八（一七八八）年より早く、安永四（一七七五）年に刊行された越谷吾山編輯『物類称呼』に、「女色の事を…（中略）…長崎にて。しやんすといふ想思を唐音に唱るか」（巻之五・言語――東条操校訂同上書（岩波文庫）一四一頁）とあり、遅れて文化四（一八〇七）年刊行の十返舎一九著『道中膝栗毛 六編』には、「ながさきの人…（中略）…おまへよかはたわしよふりすてゝ、よんに《大分》ようしやんす《色女》とちぎらんす」（上編――日本古典文学大系62『東海道中膝栗毛』三二六頁）とある。シャンスは、東条操編『全国方言辞典』に「相思の唐音」と言い、「情人」の意であるとして、佐賀・長崎・壱岐の地名が挙げられている（四三八頁）。また、日本大辞典刊行会編集『日本国語大辞典』は、「しゃん‐す」の項に「相思・想思」の漢字を示し、「「相思」の中国音から」とした上で、まず「恋人。情人。色女」の意であるとして、前記『東海道中膝栗毛』の用例を引き、次いで「色事。男女間のみだらな行ない。情事」の意として、『江漢西遊日記』の用例を挙げている。同辞典は更に「方言」として、「相思の人。恋人」の意に其の語を用いる土地に千葉県安房郡・福岡県久留米・佐賀県・長崎県・五島・壱岐・対馬・熊本県天草島があるとしている（第一〇巻二一二頁）。一方、ポイシンについては、『全国方言辞典』が「袖無」の意として、佐賀・長崎県北高来郡の地名を挙げ（七三二頁）、『日本国語大辞典』が「方言」の扱いをして、「衣類の一つ。袖なし」と説明し、佐賀県・長崎県の名を挙げる（第一七巻七一三頁）が、両書共に「背心の唐音」或いは「「背心」の中国音から」といったことを記さない。『日本国語大辞典』は、別に「ほい‐しん」の項目を立て、「背身・背心」の漢字を示して、「袖なしの着物」としている（第一七巻七一三頁）が、やはり中国語との関連については触れることが無い。ポイシンと中国語との関連を言うのは、あるいは上記「天声人語」だけなのかも知れない。

（13）佐護恭一著「ヤア、すみません」――朝日新聞テーマ談話室編『戦争』下巻四七五‐四七六頁。

（14）宮本常一／河野通博対談「漁村と港町」（宮本発言）・宮本常一著「海ゆかば」――『Ｅｎｅｒｇｙ』（エナジー）第一〇巻第一〇号二九・五四頁。此の話は、水野祐／森浩一対談『空白の古代史』（一一六‐一一七頁）に、また、川喜田二郎著『ヒマラヤ・チベット・日本』（一八〇‐一八一頁）に引かれているが、後者においては細かい部分が少しく異なった話になっている。

（15）大倉喜八郎談「一番あぶない生命の瀬戸際」――東京日日新聞社会部編『戊辰物語』（岩波文庫）一七〇‐一七一頁。

（16）劉安撰・高誘注『淮南鴻烈解』巻二・俶真訓――『景印文淵閣四庫全書』第八四八冊（子部一五四雑家類）五二〇頁。

(17)「混(渾)沌如鶏(雞)子」という表現が、欧陽詢撰『芸文類聚』（巻一・天部上・天――上海古籍出版社出版同上書上二頁）、瞿曇悉達撰『唐開元占経』（巻三・「天数」条――『景印文淵閣四庫全書』第八〇七冊（子部一一三術数類）一九三頁）に引かれた『三五暦(歴)紀』に見え、李昉等撰『太平御覧』（巻第一・天部一・元気――一九八〇年・国泰文化事業有限公司出版同上書第一冊一頁）に引く『三五暦紀』に、「混沌狀如雞子溟涬始牙」とある。サンゴレキキの表記は、三五歴紀・三五暦紀・三五歴記・三五暦記と区々であるが、以下、近藤春雄著『中国学芸大事典』に倣い、『三五暦記』で統一する。

(18) 劉安撰・高誘注前掲書巻三・天文訓――『景印文淵閣四庫全書』第八四八冊（子部一五四雑家類）五三〇頁。

(19) 卜部懐賢著『釋日本紀』（巻第五・述義一・神代上――『新訂増補国史大系』第八巻同上書七一－七二頁）、河村秀根／益根著『書紀集解』（巻第一・神代上――臨川書店発行同上書(一)二五頁）、白鳥庫吉著『神代史の新研究』（『白鳥庫吉全集』第一巻二三五頁）を始めとして、一一《いちいち》の名を挙げないが、此のことを言う書は多い。

(20) 河上公撰『老子道徳経』象元第二五、また、王弼注『老子道徳経』二五章――『景印文淵閣四庫全書』第一〇五五冊（子部三六一道家類）五八・一五一頁。なお、張衡撰『霊憲』（玉函山房輯佚書）1オ－ウ参看。

(21) 王冰次注・林億等校正『黄帝内経素問』巻二・陰陽応象大論篇第五――『景印文淵閣四庫全書』第七三三冊（子部三九医家類）二三頁。

(22) 張揖撰『広雅』巻九・釋天――『景印文淵閣四庫全書』第二二一冊（経部二一五小学類）四五八頁。

(23) 辛鈃撰『文子』巻上・九守――『景印文淵閣四庫全書』第一〇五八冊（子部三六四道家類）三一七頁。同書について、諸橋轍次著『大漢和辞典』は、「周の辛鈃撰と伝ふ。…(中略)…後世の僞作」（巻五・五七四頁）と言う。

(24) 列禦寇撰・張湛注・殷敬慎釋文『列子』巻一・天瑞第一――『景印文淵閣四庫全書』第一〇五五冊（子部三六一道家類）五七九頁。

(25)『三墳書』（商務印書館本説郛）巻第二・1オ。同書について、諸橋轍次著『大漢和辞典』は、「五代頃の道家者流が、古書の三墳に名を仮りて偽作したもの」（巻一・一八〇頁）と言う。なお、阮咸注『三墳』（范氏二十一種奇書）の「太古河図代姓紀」条（6オ）に同じ記事が見える。

(26) 藤原佐世撰『日本国見在書目録』卌雑家――『続群書類従』第三〇輯下四一頁。

(27) 本居宣長撰『古事記伝』一之巻――『本居宣長全集』第九巻八頁。高木敏雄著『比較神話学』（一六五頁）に同じ意見が見える。

(28) 日本古典文学大系67『日本書紀』上巻五四四頁。
(29) 平田篤胤講談・門人等筆記『西籍慨論』講本上之巻――『平田篤胤全集』第一巻同上書一六頁。
(30) 津田左右吉著『日本古典の研究』上巻――『津田左右吉全集』第一巻三二五頁。
(31) 西村真次著「日本神話の神話学的研究」――『早稲田文学』第一九八号（大正一一年五月号）五二頁。
(32) 松岡静雄著『紀記論究 神代篇一 創世記』五七頁。
(33) 津田敬武著『神代史と宗教思想の発達』六一頁。此れと似た意見が、早く鈴木重胤撰『日本書紀伝』（一之巻・神世七代章――鈴木重胤先生学徳顕揚会発行『鈴木重胤全集』第一・二頁）にも見える。
(34) 崔寔撰『四民月令』一二月――崔寔原著・石聲漢校注『四民月令校注』七七頁。
(35) 裴元《ママ》撰『裴氏新言《ママ》』（玉函山房輯佚書）1オ。此の著者名と書名を上海古籍出版社出版『芸文類聚』（上五九頁）と文海出版社印行『北堂書鈔』㈡三六四頁）は「裴玄新語」とし、国泰文化事業有限公司出版『太平御覧』は「裴玄新言」（第一冊一三八頁）、新興書局有限公司印行『淵鑑類函』は「褎元新語」（第一冊二四七頁）としている。
(36) 葛洪撰『抱朴子』内篇巻三・黄白第一六・「小児作黄金法」条――『景印文淵閣四庫全書』第一〇五九冊（子部三六五道家類）九四－九五頁。
(37) 鄭玄注・孔穎達疏・陸徳明音義『礼記註疏』巻四三・雑記下――『景印文淵閣四庫全書』第一一六冊（経部一一〇礼類）二〇四頁。
(38) 宗懍撰『荊楚歳時記』――『景印文淵閣四庫全書』第五八九冊（史部三四七地理類）一五頁。宛委山堂本説郛に収める撰者不詳の書、『四時宝鏡』にも「画鶏貼戸」条に、「正月一日貼畫雞戸上…（中略）…百鬼畏之」（1オ）とある。また、諸橋轍次著前掲書（巻七・一一一三頁）は、「畫雞」の語を説明して、「古人以二正旦一畫二雞於門一、七日貼二人於帳一」という記事を、『藝苑雌黃』から引用・紹介しているが、今、宛委山堂本説郛に収める嚴有翼撰『芸苑雌黄』に此の記事を見ることが出来ない。
(39) 顧起元撰『客座贅語』巻四・「桃符畫雞蒜頭五毒等儀」条――元明史料筆記叢刊『庚巳編・客座贅語』のうち客座贅語一一六頁。「磔雞」のことは、早く『宋書』にも、「舊時歳旦、常設葦茭桃梗、磔雞於宮及百寺門、以禳惡氣。…（中略）…磔雞宜起於魏也」（巻一四・志第四・礼一――中華書局出版同上書第二冊三四二頁）と見える。
(40) 應劭撰『風俗通義』巻八・祀典・「雄雞」条――『景印文淵閣四庫全書』第八六二冊（子部一六八雑家類）四〇〇頁。

(41) 厲荃原輯・關槐增纂『事物異名録』巻三六・禽鳥部下・雞——乾隆五三年版同上書巻三六・14オ。

(42) 白鳥清著『古代支那人の民間信仰』(岩波講座『東洋思潮』第八巻『東洋思想の諸問題2』所収)六〇頁参看。

(43) 歐陽脩/宋祁撰『唐書』巻三四・志第二四・五行一・「雞禍」条——中華書局出版『新唐書』第三冊八八〇頁。

(44) 張廷玉等撰『明史』巻二九・志第五・五行二・「雞禍」条——中華書局出版同上書第二冊四七七頁。

(45) 和珅等撰『欽定大清一統志』巻三八〇・永昌府・「山川」条——『景印文淵閣四庫全書』第四八三冊(史部二四一地理類)一三一頁。記事中の( )内は割注形式表記。此の記事は、ほぼ同文で、穆彰阿等撰『大清一統志』(巻四八七・永昌府・「山川」条——『嘉慶重修一統志』(四部叢刊続編)一八二一・永昌府9ウ)にも見える。

(46) 干寶撰『捜神記』(巻六——中国古典文学基本叢書同上書八三頁)、王嘉撰・蕭綺録『拾遺記』(巻五——古小説叢刊同上書一二二-一二三頁)、陶宗儀撰『輟耕録』(巻一五・「雞妖」条——『景印文淵閣四庫全書』第一〇四〇冊(子部三四六小説家類)五七五頁)、陸粲撰『庚巳編』(巻第二・「鶏変」条と巻第八・「洞庭鶏犬」条——元明史料筆記叢刊『庚巳編・客座贅語』のうち庚巳編二六・八八頁)、勞大與《(ママ)》著『甌江逸志』(説鈴前集・16ウ-17オ)、董含著『蓴郷贅集』(説鈴後集・下巻54オ・「雞四足」条)、東軒主人輯『述異記』(説鈴後集・巻上10オ-ウ・「独足雞」条)などに其の記事が見られる。

(47) 太宰純著『紫芝園漫筆』(巻之二・14ウ)、著者不詳『梅翁随筆』(巻之一・「牝鶏晨をつぐる事」条——『日本随筆大成』第二期第一一巻一〇頁)、阿可彦随筆・安達晨校刊『ありのまゝ』(巻の三・13オ)、高力猿猴庵著『猿猴庵日記』(「文化十三丙子年四月」条——『日本庶民生活史料集成』第九巻三一五頁)、松浦静山著『甲子夜話』(巻八九・七——東洋文庫版同上書6・一五三-一五四頁)、同著『甲子夜話続篇』(巻七七・一四——東洋文庫版同上書6・三三四頁)、滝沢馬琴編『兎園小説』(第九集・「一足の鶏」条——『日本随筆大成』第二期第一巻二二七-二二八頁)、堀内元鎧録『信濃奇談』(巻の上・「三足鶏」条——『日本庶民生活史料集成』第一六巻二二四頁)、小原良直著『桃洞遺筆』(第二輯巻下・附録二・12ウ-13ウ・「四足雞」条)などに見える。また、井出道貞著『信濃奇区一覧』(別名『信濃奇勝録』)巻之四・「三足鶏」条(『蕗原拾葉』第一八輯四六頁)が、『信濃奇談』の記事を引いている。

(48) 神田喜一郎著「『日本書紀』という書名」——日本古典文学大系68『日本書紀』下巻・月報一-三頁。

(49) 大中臣真継/荒木田公成/礒部小紲著『皇太神宮儀式帳』・「皇太神《スメオホミカミノ》御形《ミカタニ》新宮《ヒミヤニ》遷《ウツシ》奉《マツル》時《トキノ》儀式《ギシキ》行事《ギヤウジ》」条——『神道大系』神宮編一本文五五頁。記事中の( )内は割注形式表記。『神祀全書』第参輯に収められた、荒木田経雅著『太神宮儀式帳頭註』は、割注部分を、「稱二其音如レ雞加祁飼一」(五六頁)と記し、「カケロトナク也」(五七頁)と注を付けている。

（50）徐松石著・井出季和太訳『南支那民族史』三八‐三九頁。

（51）劉安撰・高誘注前掲書巻八・本経訓――『景印文淵閣四庫全書』第八四八冊（子部一五四雑家類）五八七‐五八八頁。

（52）君島久子著『中国の神話』二一‐二三頁。

（53）張耒著『明道雑志』――叢書集成初編『過庭録・明道雑志』のうち明道雑志二〇頁。

（54）劉安撰・高誘注前掲書巻一六・説山訓――『景印文淵閣四庫全書』第八四八冊（子部一五四雑家類）六九二頁。

（55）應劭撰前掲書巻八・祀典・「雄雞」条――『景印文淵閣四庫全書』第八六二冊（子部一六八雑家類）四〇〇頁。

（56）馬第伯撰『封禅儀記』（宛委山堂本説郛）3オ。

（57）張衡撰『渾天儀』（経典集林）1オ。

（58）歐陽詢撰前掲書巻一・天部上・天――上海古籍出版社出版同上書上二頁。瞿曇悉達撰前掲書巻三・「天数」条――『景印文淵閣四庫全書』第八〇七冊（子部一一三術数類）一九三頁。

（59）李昉等撰前掲書巻第一・天部一・元気――一九八〇年・国泰文化事業有限公司出版同上書第一冊一頁。

（60）出石誠彦著『支那神話伝説の研究』二一頁。

（61）藤原継縄等撰『続日本紀』巻第三五・「光仁天皇宝亀九年十一月乙卯（十三日）」条――『新訂増補国史大系』第二巻四四四頁。

（62）藤原良房等撰『続日本後紀』巻五・「仁明天皇承和三年八月丁巳（二十日）」条――『新訂増補国史大系』第三巻同上書五八頁。

＊　南方熊楠著『十二支考』（『南方熊楠全集』第一巻）に、諸文献の雞に関する記事が多く紹介されている。参看されたい。本論の始めに、中国の人々と我国の人々との間に、極めて古い時期から交流のあったことを窺わせる例として、「貨泉」の伝来のことを述べ、此れが発見された土地の一つに京都府熊野郡久美浜町の名を挙げたが、此の土地については、「丹後久美浜の海岸は昔はことに漂到物の多いところで、その海岸の箱石というところには、海から拾ってきた千両箱をもとにして長者になった者が住んでいたという伝説さえあった。この長者はまた沖から漂着するものをあてにして暮していたともいうが真実のほどはわからない。ただ長者の屋敷跡といわれるところが、大正になって発掘され、弥生式時代の遺跡であることのわかったのは伝説とはほど遠いものではあったが、そこから中国の前漢と後漢の間にはさまれた新という国の貨幣の出てきたことは、交易によるものか、また漂到物であったかは不明にせよ、海の彼方の大陸となんらかの交渉をもっていたことだけは推定されるのである」（宮本常一／山本周五郎／楫西光速／山代巴監修・日本残酷物語1『貧しき人々のむれ』平凡社ライブラリー版

二八頁）という記事のあることを指摘しておく。貨泉二点が出土した久美浜町湊宮箱石にある函石浜遺跡は、「本格的な発掘調査は行なわれていない」（南博史著「函石浜遺跡」――大塚初重／桜井清彦／鈴木公雄編『日本古代遺跡事典』四七六頁）というが、此の記事に見える伝説は、当該地が嘗て海外との交易で繁栄したことを示唆しているのではないかと思われて興味深い。因みに、京都府に隣接する福井県の三方郡三方町鳥浜字高瀬にある縄文時代の遺跡鳥浜貝塚は、丹後半島を間にして、函石浜遺跡とは直線距離で九〇キロ程も隔たっているが、此処からは多くの植物性の遺物が発見されており、其れらの中には外来の栽培植物の種や実が含まれている。此の外来の栽培植物について森川昌和は、「これらはヤシの実の歌のように波に浮んで流れついたわけでも、風とともに飛来したわけでもない。舟で海に乗り出して、日本列島にやってきた人々のいたことを示している。縄文時代にも外国との交流の存在したことを示していると考える」（「五五〇〇年前の福井縄文人」――『鳥浜貝塚』一〇一頁）と述べている。「日本列島にやってきた人々」の伝えたものが、栽培植物だけであったとは思われない。

第二章　伊耶那岐・伊耶那美二神が天之御柱を廻ることについて

『日本書紀』巻第一の第一段（神代七代章）本文は、「開闢之初」に、国常立尊・国狭槌尊・豊斟渟尊の三神が出現したことを記しているが、続く第二段（神代七代章）本文は、まず「次有レ神」として、埿土煑尊・沙土煑尊の名を掲げ、次いで再び「次有レ神」として、大戸之道尊・大苫辺尊の名を挙げるというようにして、此の形式を四度繰り返し、都合八神の名を記している。其の三度目には面足尊・惶根尊の名が挙げられ、四度目は「次有レ神。伊奘諾尊・伊奘冉尊」と記され、同本文の記事は此れで終る。そして、第二段（神代七代章）一書第一の記事は、『日本書紀』の巻第一・第二を通じて、「一書」の其れとしては量が最も少なく、「一書曰此二神青橿城根尊之子也」とあるだけである。

此の記事は、「一書曰」の三文字を除くと、僅かに十一字に過ぎず、其のほぼ半分が神名の表記に費やされているのだが、記されている事柄は案外に重要であって、記紀両書に載録されている神話の解釈を大きく左右しかねないものとも考えられる。また、当該一書の述べる事柄に相当する記述が、『古事記』には其れとははっきり分る形では為されていないのであるが、此の事実は、記紀の編纂者がそれぞれにどのようなことを考えながら、当該の書物を作ったかを窺い知る手掛りにもなるのではないかと考えられる。

当該一書は、もと「此二神」という表現の前に、第二段（神代七代章）の本文に述べられている事柄と重複する記述があったのを省いて載録した結果、見られるように短小なものになってしまったと考えられるが、「此二神」という書き出しが如何にも唐突であることと、同段（同章）一書第二を挟んで続く第三段（神代七代章）の本文の始まりが、「凡八神矣」とあるのが、「本文」の冒頭の表現としては異例であることとから、宣長は、此の一書第一と第二とは、もと第二段（神代七代章）本文の末尾、「伊奘冉尊」の下に書かれていた「細注」であったとして、此れらを「いと〳〵異《アヤ》しき説にて、古伝ともおぼえず(1)」と述べている。

当該の「一書曰」以下の二つの記事が、もと細注であったか否かは今は問わずにおくが、第二段（神代七代章）の本文の記事が終ると、直ちに問題の一書第一の記事が載録されていることからすれば、『神代巻口訣』が、此の「二神」を「伊弉諾尊、伊弉册（ママ）尊なり(2)」としたのは正しい解釈であると言える。つまり、第二段（神代七代章）の本文と同段（同章）の一書第一とを併せ読めば、嘗ての我国に、イザナキとイザナミとは兄妹または弟姉であるとする説のあったことが窺えることになる。

宣長は、「此ノ二神とは、いづれの神をさしてかいはむ(1)」と言っているが、此れは一書第一がもと細注でなく、現行の『日本書紀』に見るような、本文とは別の、独立した一書であったとすれば、「此二神」が誰々のことか分らなくなるではないか、と言っているのであって、「此二神」が伊奘諾尊・伊奘冉尊であるか否か、「この一書だけではまったく見当がつかない(3)」と言っているのではない。

宣長も「此二神」を『神代巻口訣』と同様に理解したのだが、伊奘諾尊と伊奘冉尊を兄妹（或いは弟姉）であるとする考えについては、やがて此の二神が結婚することと、彼の倫理観とが折り合わなかったし、「神代記」を其れが語る儘に順序を追って実際に起きた事を述べたものと考える宣長の考えでは、「伊邪那岐伊邪那美ノ神より先キに、子を生《ム》といふこと、あるべくもあらざる(1)」事だったので、此れを認めたくないとする気持ちから、「異《アヤ》しき説」と言ったのである。

『日本書紀』巻第一の第二段（神代七代章）本文が語る事柄とほぼ同様の事柄が、『古事記』にも、

> 次、成神名、宇比地迩上神。次、妹須比智迩去神。（此二神名以レ音。）次、角杙神。次、妹活杙神。（二柱。）次、意富斗能地神。次、妹大斗乃弁神。（此二神名亦以レ音。）次、於母陀流神。次、妹阿夜上訶志古泥神。（此二神名皆以レ音。）次、伊耶那岐神。次、妹伊耶那美神。（此二神名亦以レ音如レ上。）

と記されており、『日本書紀』の面足尊が於母陀流神と、惶根尊即ち後述する其の別名から青橿城根尊が阿夜上訶志古泥神と、それぞれに対応することが明らかである。此のことから青橿城根尊は女性神であって、伊奘諾尊と伊奘冉尊は、同腹の兄妹（或いは弟姉）であることになる。

『日本書紀』巻第一の第二段（神代七代章）本文は、惶根尊について、吾屋惶根尊・忌橿城尊・青橿城根尊・吾屋橿城尊という別名を掲げるが、此のうち忌橿城尊の「忌」に卜部兼方本神代紀は、「イム」の傍訓を施している。此の「忌」と其の訓「イム」については、「「妹」（imo）が imo→imu という変化によって imu の形で、ここに付せられているものに相違ない(4)」とする意見があり、此れに従えば、青橿城根尊は『古事記』の援けを借りずとも女性神であることになり、『日本書紀』においては、伊奘諾・伊奘冉二神が同腹の兄妹（或いは弟姉）であるとされている、と一層明確に言うことが出来る。

なお、忌橿城尊については、『類聚国史』の一部の写本に、吾忌橿城尊とあること(5)を根拠に、もとあった「吾」の字が脱落しているとして、「吾屋」「青」にならって「吾忌」をアユと訓むものがある(6)が、「忌」にユの音は無い。また、アヤカシコネの「ネ」について、「女性を示す接尾語(7)」、「姉《あね》のネ(8)」とする説があり、此れらに従えば、上述したような煩雑な手続きを経ずとも、やはり『日本書紀』の記事だけで、伊奘諾・伊奘冉二神を同腹の兄妹（或いは弟姉）とすることが出来るのだが、例えば「神代紀」には、天津彦根命・活津彦根命（第六段本文）、味耜高彦根神（第九段本文）、天忍穂根尊・天津彦根火瓊瓊杵根尊（同段一書第六）といった男性神の名が挙げられており、何よりも第二段（神代七代章）の本文が、それぞれに男神と女神であると思われる埿土煑尊と沙土煑尊に、「亦曰二埿土根

尊・沙土根尊」という注記を施していることから、俄には従い難い。

＊　＊

今、明治四十四（一九一一）年四月一日皇典講究所発行の『校定古事記』を「底本」作成の基本に用いて編まれた『古事記總索引』の補遺、「漢字語彙索引」によれば、『古事記』の上巻には、伊耶那岐・伊耶那美二神の名が始めて記される、所謂神世七代の記事のうち、宇比地迩上神の名が出される所から伊耶那美神の名が出る所まで、即ち、既に見た、「次、成神名、宇比地迩上神…（中略）…次、妹伊耶那美神。此二神名亦以音如上」という部分に見える「妹《いも》」を除いて、「妹」の字が十三回に亙って用いられている。

此の十三を数える「妹」のうち、伊耶那美命に冠せられたもの、また、伊耶那岐命との関わりで伊耶那美命を表わすのに用いられたり、同じ関係から伊耶那美命という表記の前に付けられたりしている「其妹」という表現の「妹」、更には、伊耶那岐命が伊耶那美命を「那迩妹命」と言った場合の其れ、が都合九つに及ぶ。そして残る四つの「妹」は、速秋津比売神、高比売命、若沙那売神の三者に用いられていて、速秋津比売神に就いては、伊耶那岐・伊耶那美二神の子として、彼女の名と一部共通した表現を見せる速秋津日子神の名に続けて、妹速秋津比売神と記され、高比売命の場合は、大国主神と多紀理毗売神との間の子として、阿遅鉏高日子根神と二柱だけで、しかも同神の名に続けて、妹高比売命と名を挙げられ、其の後に改めて、「阿治志貴高日子根神…（中略）…其伊呂妹高比売命」と記されるので、『古事記』の上巻が、ある男性神と女性神の間の子の名を列挙する場合に、其れが出生順になされているのだとすれば、速秋津比売神と高比売命に付された「妹」の表記は、単に女性であることを示しているだけでなく、一歩踏み込んで、それぞれ速秋津日子神・阿遅鉏高日子根神の妹《いもうと》、其れも同母の其れの意に限定して解することが出来る。

若沙那売神は、羽山戸神と大気都比売神との間の子として名を挙げられている八神の三番目であり、六番目に秋毗売神と明らかに女性神の名が見え、此れに「妹」の表記が無いこととの関わりで、俄に此の場合の「妹」に妹《いもうと》の意が認められていたとすることは難しい。ただ、此の八神が、若山咋神・若年神・妹若沙那売神の順に記されており、四番目以後の神々が「若…」という名ではないことから、ある時期まで三神であったのが、数を増された結果の八神であるとも考えられ、もしそうであれば、此の「妹」も本来は前二者の場合と同様であったと解することが出来る。

貞観の頃（八五九‐八七七）に編纂されたとされる『令集解』には、「姉妹。古記云。釋親云。男子謂二女子先生一爲レ姉。後生爲レ妹。案父之子。身之姉妹也。俗云二阿禰於伊毛一也」(9)という記事があり、此処に言う「古記」がどれ程古いものであり、述べられている事柄がどの程度人々の間に浸透していたのか定かでないが、此の記事によれば、九世紀の後半より以前のある時期には、ある男性にとって、父の娘で其の男性より後に生まれた者が「妹於伊毛」と称されていたこと、即ち、「妹」の文字が、今日言うところの妹《いもうと》の意に限定して使用されるようになっていた、或いはそのようになりつつあったことが明らかである。

此れと『古事記』の上巻に見られる幾つかの「妹」の例とを併せ見ると、伊耶那岐命と伊耶那美命とは、兄と妹であると考えられていた可能性もあることになる。

なお、『古事記』に見える系譜的記事において、ある男性と女性との間の子が、其の出生順に記されているか否かについては、良く分らない。

『古事記』に記される神名・人名については、性別が判然としないものが多いが、今、明らかに男女複数の子供たちであると、列挙された名から考えられる場合にあって、最初に女性の名が挙げられる例に、孝霊天皇と意富夜麻登玖迩阿礼比売との間の子、夜麻登登母々曾毗売命（孝霊天皇条）、息長宿禰王と葛城之高額比売との間の子、息長帯比売命がある（開化天皇条）が、前者は大物主神の妻となったとされる（崇神十年紀）女性であり、後者は後に神功皇后と呼ばれた人物で、ともに同腹の兄弟姉妹に較べて其の存在や活躍が顕著であることから、此れらは特に其の名を最初に記したものとも考えられる。此の二例について、『日本書紀』の系譜的記事は、『古事記』の其れと内容が合致せず、参考にならない。

景行天皇と妾の間の子の場合も、最初に沼名木郎女の名、次いで香余理比売の名が挙げられ、其れ以後に男子の名が記されている（景行記）が、沼名木郎女の場合は、「景行紀」の系譜的記事を併せ見ると、『古事記』の其れには錯簡があるかとも考えられて、何故最初に女子の名が挙げられるのかを考える際の参考に出来ない。

『古事記』中巻の「応神天皇」条に、「中日売命之御子、木之荒田郎女。次、大雀命。次、根鳥命。三柱」とあるのが、「応神紀」の「二年春三月庚戌朔壬子、立二仲姫一爲二皇后一。々生二荒田皇女・大鷦鷯天皇・根鳥皇子一」と良く対応し、大雀命が後の仁徳天皇であり、彼の名を第一に挙げていないことからすれば、一般的に最初に誕生する子の性別は、男女ほぼ同数になると思われるので、此のような例、即ち男女双方の子が生まれていて、しかも第一子を女性とする例の少ないのが少し気にはなるが、『古事記』は、子供の名を出生順に記しているのかも知れない。此処ではとりあえず、出生順に記していると理解しておくが、もしそのようになっていないとすれば、伊耶那岐命と伊耶那美命の関係にも、弟と姉という可能性が生じることになる。

『古事記』の下巻をも視野に入れると、允恭天皇の皇子女九柱、仁賢天皇と春日大郎女の間に生まれた皇子女六柱の記載などが、『古事記』の系譜的記事は子供の名を出生順に記しているらしいと思わせる根拠になるが、総ての系譜的記事がそのようになっているのか否か、俄には決め難い。

既に倉野憲司により指摘された事であるが、応永三十一（一四二四）年に書写された道祥本古事記などが、伊耶那岐命との関わりで伊耶那美命の名の前に記された「其妹」の「妹」に、イロトの傍訓を付している[10]が、見て来たような事柄を考慮すると、イロトの傍訓は、突然書写者或いは当該訓を施した人物の脳裡に浮かんだものではなく、伊耶那岐命と伊耶那美命とは単に兄と妹（或いは弟と姉）であるだけでなく、同母の関係にあるとする考えが、あるいは古くから存在していたのかも知れない。

以下、参考までに、『古事記』の中・下巻における「妹」の語についても、其れが用いられている状況に一通り目を通しておく。

『古事記』の中巻では、「迩藝速日命、娶㆓登美毗古之妹、登美夜毗売㆒」（神武天皇条）、「(神倭伊波礼毗古命) 娶㆓阿多之小椅君妹、名阿比良比売㆒」（同上条）のように、「[A]、娶㆓[B](之)妹、(名)[C]㆒」の形で、「妹」の字と共に其の名を記されるが、当該の女性Cが、Bの姉妹の孰れであるか、また、Bと同母であるか否か、明らかにし難い場合が八回（八人）に及んでいる。「妹」の語が「妻」或いは「恋人」の意に用いられることがあるにしても、此の場合のCは、状況から推して、Bにとって恐らく其の孰れでもないと思われる。

「此天皇（垂仁）、娶㆓沙本毗古命之妹、佐波遅比売命㆒」（垂仁天皇条）の場合の「妹」は、形は右の場合と同じであるが、開化天皇の子、日子坐王と沙本之大闇見戸売との間の子として四柱の名が挙げられる系譜的記事（開化天皇条）で、其の一番目に沙本毗古王とあり、三番目に「沙本毗売命、亦名佐波遅比売」とあって、最後に明らかに男性と思われる室毗古王の名があることと、「垂仁天皇」条に、沙本毗売命は沙本毗古王の「伊呂妹」であると重ねて記されていることとから、佐波遅比売命が明らかに沙本毗古命の妹《いもうと》であり、しかも同母であることを示していると解することが出来る。

また、「豊木入日子命…（中略）…妹豊鉏比売命」（崇神天皇条）とある「妹」は、此の両者が崇神天皇と遠津年魚目々微比売との間の二人だけの子であり、系譜的記事に此の順序で名が挙げられているので、やはり同母の妹《いもうと》の意に解することが可能である。「応神天皇」条に天之日矛の子孫の一人として名を挙げられる菅竈㆖由良度美に付された「妹」も此れと全く同じである。

更に、「応神天皇」条の系譜的記事には、妹大原郎女、妹八田若郎女という表記が見られるが、此れらの「妹」は、前者にも後者にも母を同じくする女性、即ち、前者には高目郎女、後者には女鳥王が系譜の上で後に記されていて、単に女性の意であるとも、妹《いもうと》の意に限定することが可能であるとも考えられる。

ただ、『古事記』の上巻は、それぞれが独自の成長・変化を遂げたさまざまな神話を結合して作られていて、其処に載録されている系譜的記事も、必ずしも其の始めから見る通りであったかどうか疑わしくもあるのに対して、中巻の系譜的記事は人代の其れでもあり、ある程度信頼出来るものとすれば、人は出生の都度名を付けられると思われるので、大原郎女、八田若郎女ともに其の出生時に、其れまでに生まれていたのが男子で、初めて女子が生まれ、「妹」と呼ばれたのが、其の儘系譜的記事に混入したのだとすれば、此の「妹」も、命名の時から次の女子が誕生するまでの間、彼女の周辺の人たちから、妹《いもうと》の意に理解されていた「妹」であるかも知れない。

なお、『古事記』の中巻には、「大帯日子天-皇、娶二此迦具漏比売命一、生子、大江王。一柱。此王、娶二庶妹銀王一」（景行天皇条）、「根鳥王、娶二庶妹三腹郎-女一」（応神天皇条）と、「庶妹」の表記があって、孰れも「娶」という文字と共に使われているので、それぞれの文面は、特に同腹の男女の結婚ではないと強調したものと思われる。

『古事記』の下巻で、「Ａ之妹、Ｂ」と「妹」の字を用いて其の名が記されるけれども、当該の女性ＢがＡの姉なのか、妹なのか、また、Ａと同母であるか否かを明らかにし難い人物は、「（丸迩）口子臣之妹、口日売」（仁徳天皇条）を始めとして、目子郎女（継体天皇条）、倭比売（同上条）、大俣王（敏達天皇条）の四人である。彼女たちのうち、口日売は、口子臣との名の類似から、残る三者は、中巻の登美夜毗売以下の八人の場合と同じ状況下（Ａとは別の男性との結婚）に名が挙げられていることから、Ａの妻または恋人ではないと思われる。

履中天皇と黒比売命の間の子、青海郎女（飯豊郎女・忍海郎女）、雄略天皇と韓比売の間の子、若帯比売命が「妹」の字を冠せられているが、其の「妹」は、それぞれの名の見える系譜的記事の内容から、前者は市辺之忍歯王と御馬王との、また後者は白髪命（清寧天皇）との、同母の妹《いもうと》の意に解し得る。「敏達天皇」条・「用明天皇」条の系譜的記事にそれぞれの名が見える、桑田王（大俣王の子）と須加志呂古郎女についても、此れと事情は同じである。

「意富本杼王之妹、忍坂之大中津比売命」（允恭天皇条）、「大日-下王之妹、若日-下部王」（雄略天皇条）の場合の「妹」も、溯って「応神天皇」条・「仁徳天皇」条の系譜的記事から、それぞれに、意富本杼王・大日下王の同母の妹《いもうと》の意に解し得る。

また、「欽明天皇」条の系譜的記事に記される欽明天皇と岐多斯比売との間の子、十三人のうち二番目の石坰王と九番目の大伴王に「妹」の字が冠せられているが、四番目に豊御気炊屋比売命（推古天皇）の名が見え、十一番目の麻怒王が、当該系譜的記事の当該部分とほぼ完全に対応していると言える「欽明紀」の系譜的記事に肩野（記伝は間野を誤ったかという(11)）皇女とあって、女性と考えられることから、此れらの「妹」は、中巻の大原郎女・八田若郎女に付された「妹」と同じ条件下にあるとすることが出来る。

女性の名に「庶妹」と冠すること、下巻は七人（七回）に及ぶが、うち六人（六回）は「娶」の字と共に、残りも求婚に際して記されている。

真福寺本古事記は、下巻最末尾の「推古天皇」条を「妹豊御倉炊《食炊歟》屋比売命」と書きはじめるが、此の「妹」の字は、卜部兼永筆本古事記をはじめ諸本には見えない。真福寺本古事記は、溯って「崇峻天皇」条を、「弟長谷部若雀天皇」、「用明天皇」条を、「弟橘豊日王」とはじめるように、卜部兼永筆本古事記其の他には見られない、「弟」「御子」といった文字を数代に亙ってまず掲げていて、それなりに統一はとれているが、此の「妹」の理解については、前代の崇峻天皇との関係を示す「庶妹」の「庶」の字が不要であるとして省略されたとする説(12)、前々代用明天皇の同母妹の意であるとする説(13)、があって定まらない。

推古天皇が用明天皇の同母妹であることは、「欽明天皇」条の系譜的記事、また「欽明紀」の其れとの対応から明らかであるが、崇峻天皇との誕生時期の先後は定かでない(14)。従って、此の「妹」については、同母であるか異母であるか、姉か妹か定め難いとしておく。

『古事記』における「妹」の語を考察するのに手間取ってしまったが、見て来たような状況からすると、所謂神世七代として神々の名が次々に挙げられる箇所に、「宇比地迩上神。次、妹須比智迩去神」と記される須比智迩去神は、単に男性神宇比地迩上神に対する女性神なのではなく、彼と同腹であるか否かははっきりしないものの、彼の姉もしくは妹である可能性が極めて大きいと言える。同じ事は、伊耶那岐神と伊耶那美神の関係についても言えるので、『古事記』における此の二神は、伊奘諾尊と伊奘冉尊とが同腹の兄妹（或いは弟姉）の関係にあったと記す、『日本書紀』の場合に較べて、少しく曖昧にはなっているけれども、兄妹（或いは弟姉）の間柄にあった可能性が大きい。

イザナキとイザナミとは、古くから同腹の兄妹（或いは弟姉）と考えられていたのだが、『古事記』は両者の結婚が同腹の男女による近親婚になるのを嫌って、彼らの関係を曖昧にしたのではないだろうか。仮に、此の関係を強く否定し得る状況にあったり、異腹の兄妹（或いは弟姉）の関係にあるとされていたりしたのならば、伊耶那美命を言うのに用いられた「其妹」の「妹」、また同神に冠せられた「妹」のどれか、または全部が、「庶妹」となっていても良いはずである。

『日本書紀』が伊奘諾尊と伊奘冉尊の関係をあからさまにした一書を採用したのは、同一書の言う事柄が、『日本書紀』の編纂時には、少なくとも知識人の間に良く知られており、しかも同書の編纂者が複数且つ多人数であったこともあり、其れを捨てて顧みないという統一見解に達し得なかったからではないか。

『古事記』と『日本書紀』の「神代」の記事を較べた時、前者の其れがかなり意図的に改竄されているらしいことは、ウケヒの段で須佐之男命の発言に、「我心清明。故、我所-生之子、得二手-弱-女一」とあること[15]や、迩々藝命が石長比売を娶らなかったことをもって、「至二于今一、天-皇命等之御命不レ長也」としていること[16]などによって窺える。此のことから、『古事記』の編纂者が、伊耶那岐・伊耶那美二神の関係について、余計な事は言わないという態度を貫いたという事は、あり得ると思われる。

『日本書紀』の編纂者には、母を同じくする男女の結婚について、『古事記』の編纂者が覚えた程の抵抗感が無かったのか、巻第一の第五段（四神出生章）にも、火神軻遇突智が同母妹である埴山姫を娶って、子を儲けたと語る一書（第二）を載録している。

＊　　＊

『古事記』は、伊耶那岐・伊耶那美二神が淤能碁呂嶋に天降り、天之御柱を「見立」て、八尋殿を「見立」てて、互いに天之御柱を左右より「行き廻り逢」い、性交をして水蛭子を産んだ、と語っている。

西欧諸国で、広く且つ古くから行なわれていたとして、数々の実例が報告されている「五月の樹」「五月の柱」または「五月の棒」と呼ばれる習俗を、フレイザー（James George Frazer）は、「樹木の精霊に帰せられている恵みの性質」[17]に由来するとしているが、此の習俗には、樹木或いは柱の周囲を男女が踊り回るといった様式をとるものがあり、其の折に、時には踊りに参加した男女が性的な関係を結ぶ場合のあることが知られていて、伊耶那岐・伊耶那美二神が天之御柱を「行き廻り逢」って結婚をしたことは、此の習俗の最古の例の一つであるとも言われている[18]。また、伊耶那岐・伊耶那美二神の此の行動については、中国の地誌『貴州通志』に、春、野に木を立てて此れを「鬼竿」と称し、男女が其れを踊り巡って配偶者を択ぶと報告されている、貴州省広順県の風習[19]との関連が、我国古代の歌垣の習俗に触れつつ示唆されており[20]、更には、嘗ての我国の一部の地域で実施されていて、此れを実行する男女の間では性交も同時に為されていたと推察される[21]、夫婦が裸体で豊穣祈願の呪文を唱和し、且つ多産・豊穣を象徴すると思しき性的な所作を繰り返しながら囲炉裏を回る農耕儀礼[22]との関連が指摘されてもいる[23]。そして、「五月の樹」や「鬼竿」などは、いずれも「豊沃の象徴若くはファラスや生成的霊威の詮表[24]」であると見られている。

「五月の樹」や「鬼竿」などを男女が踊り巡り、此れがやがて性的な行為や結婚へと発展することについては、貴州省に隣接する雲南省のミャオ（苗）族に、「豊饒の柱」を建てた山上で此れを巡り、歌垣を行なう習俗が見られ[25]、同様の習俗が、「タイ、ラオ、モイからカンボジアにも、アンナンにもひろが」り、「インドシナの民族の間にも非常に広く行なわれている[26]」と報告され、我国の古代にも歌垣の習俗があったこと、天之御柱を廻る時の二神による、「阿那迩夜志、愛上袁登古袁」「阿那迩夜志、愛上袁登売袁」の発言が、歌垣の場での、男女求愛の表現であるとも解し得ることから伊耶那岐・伊耶那美二神が天之御柱を廻って結婚する話と関連のあることが、現在ではほぼ認められていると言って良い。

今、綾部恒雄監修『世界民族事典』によれば、ミャオ（苗）族は、中国の貴州・湖南・雲南・四川・湖北・海南の各省と広西チワン（壮）族自治区に分布しているが、彼らの歌垣の習俗は名高く、報告の対象地域の違いや、特に実見者が柱の如き物の存在に注目をしなかったためか、必ずしも其の総てに「豊饒の柱」についての言及が為されている訳ではないが、諸書に其の実態が報告されている。(27)

松本信広の発言にある「タイ、ラオ」以下の諸民族また地域については、「タイ」が、中国の少数民族タイ（傣）を言っているのか、嘗て、トー（土）と呼ばれていた、ヴェトナム北東部に分布する民族タイーのことか、ヴェトナムの西北地方一帯に住むターイのことなのか、或いは此れらを総称しての「タイ」なのか判然とせず、「モイ」も、海南島に住むリー（黎）族が、彼ら以外の「海南島に住む他の民族のことを漢族も含めて(28)」呼ぶ名であることや、インドシナにはカンボジア・アンナン（ヴェトナム）が含まれるといった具合いに、表現が錯綜していたりもするので、今、其の一一について確認することが出来ないけれども、中国の南部から所謂東南アジアの一帯に、歌垣の風習のあることが、多くの書物に記されていることは確かである。(29)しかし、其の総てに「豊饒の柱」或いは其れに類する物についての言及が為されている訳ではなく、管見の及んだ限りでは、むしろ其の事には触れないものが多い。

また、我国古代の歌垣が如何なる習俗であったかを窺わせる、「風土記」の記事や『萬葉集』の歌に、「豊饒の柱」に相当する物の周囲を、人々が踊り回るという表現は見出せない。

西欧諸国の「五月の樹」の習俗の一部の様式と伊耶那岐・伊耶那美二神による天之御柱廻りとは、似たところがあるけれども、後者をもって前者の古い例である、歴史を遠く溯った頃に西欧で実施されていた「五月の樹」の習俗が我国に伝えられ、其れが記録に留められたものとするには、西欧諸国と我国との間の空間的隔たりは如何にも大き過ぎると言わざるを得ない。

夫婦が囲炉裏を回って豊穣祈願をする習俗については、此れが文献資料の上でどれ程古い時期にまで溯ることが出来るのか判然としない。

中国の雲南省を流れる怒江の流域に居住している少数民族、ヌー（怒）族には、結婚式の当日の夜、人々が「囲炉裏や大黒柱の周りで踊り」歌い、「新郎の父親がリードして性的な所作のある踊りを舞い、子宝に恵まれるようにという人々の願望を表す[30]」という習俗があって、此れなど、我国の当該習俗と共通する面があるだけでなく、結婚・大黒柱の二点では、より一層伊耶那岐・伊耶那美二神による天之御柱廻りと結婚に近いので、何らかの関係があるかとも考えられるが、やはり時間的にどれ程過去へと溯り得る習俗であるのか判然としない。「囲炉裏や大黒柱の周りで踊り」と言っているからには、いずれ其の周囲を回ったことと思われるが、大黒柱はともかくとして、我国の当該習俗も含めて、囲炉裏即ち天之御柱であると短絡して良いものか、些か躊躇される。

此れまでに見て来た、西欧諸国の「五月の樹」、中国は貴州省の「鬼竿」、また同省及び雲南省の「豊饒の柱」、ヌー（怒）族の結婚式と関わる囲炉裏や大黒柱、我国で豊穣を祈願する夫婦により周回される囲炉裏、此れらが互いに密接な関わりを有するものとすれば、伊耶那岐・伊耶那美二神の廻った天之御柱も、其の延長線上にあるものと考えることも出来るが、現在のところ、中国各地またヌー（怒）族の其れらの間には繋がりを認めて良いと思われるものの、西欧諸国・中国・日本のそれぞれが他と如何なる関わりにあるのかは判然としていない。

＊　　＊

二十世紀も既に四半世紀近くの年月が経過した頃に、朝鮮半島で採集された洪水神話に、大洪水の後、生き残った一組の兄妹が、兄と妹の関係にあっては結婚することもならず、「兄妹は永い年の間あちらこちらへと人間を探して歩いた[31]」けれども、結局他に人が居なかったので、神意を伺い結婚した、と語られている。

海南島のリー（黎）族では、此れも洪水神話であるが、次のように伝えている。洪水の後、生き残った一組の男女が結婚し、二人の間に男の子と女の子が生まれるが、兄と妹では結婚出来ない。親は、二人に互いの結婚相手を捜させたが、徒労に終った。二人が家に戻り其の事を告げると、父親は男の子の髪型を変え、女の子に入れ墨を施し、別々にいま一度相手を捜させたところ、二人は行き会い、兄妹とは分らずに結婚した[32]。

此れも中国の少数民族リス（傈僳）族の洪水神話であるが、洪水の後に、生き残った兄と妹が、「兄は妻をさがして北へ行き、／妹は夫をたずねて南へ行く。／兄妹は大地の中央で出会い、／兄妹は谷の真中で出会った。／…（中略）…伴侶《はんりょ》をさがせないのなら、／妹兄《いもせ》で夫《め》婦《おと》になるほかはない」と、神意を伺って後、結婚したという[33]。

同じく中国の少数民族であるヌー（怒）族にも洪水神話があって、命長らえた兄と妹が、「それぞれ南と北にわかれて伴侶を捜すことになった。二人は各地をくまなく歩き、無数の山々を登ったが、誰も見つけることができず」、遂に此の二人が結婚して九男九女を儲け、彼らが更に結婚して、ヌー（怒）族が栄えた[34]、という。

台湾のアミ（阿美・阿眉）族には、洪水の難を逃れた兄妹が、「此所彼所人モヤ住メルト探シ廻レド人影更ニ見エザル」ある小島に漂着し、「未ダ世ニ例ナキコトナレド兄妹夫婦トナリ」子を儲け、「蕃人」の祖となった、という洪水神話のあったことが報告されている[35]。

此処に挙げた話は、いずれも兄妹の結婚について語っているが、此れらは、何故兄妹で結婚しなければならないのかを、聴き手（読者）に理解させるため、物語中の兄妹が、此れらの話が語るのと全く同じ状況下にあるのに、其の状況について、「天下未有人民[36]」、「二人の孤児を除く他のものはすべて死滅してしまった[37]」、「他にはこの二人の外に人間はゐなくなった[38]」といった、簡単な説明で済ませてしまう話とは違って、「兄妹は永い年の間あちらこちらへと人間を探して歩いた」、「二人は各地をくまなく歩き、無数の山々を登った」というように、兄妹が他の人間の有無を確認するための行動をした、と語っている。「無数の山々を登った」というのは、多くの山の高みから平地を広く見渡した、ということであろう。

他の人間の有無を兄妹が確認しようとする行動について語る物語構成素は、それぞれの話の出来時に早くも存在していたものなのか、当該の話が伝承・保存される間に追加されたものなのか、或いは、「天下未有人民」といった表現で、世の中には二人の兄妹しか存在しないことを語っている話にも、本来兄妹が彼らの置かれている場の状況を確認することになる、何らかの行動を為したと語る物語構成素が存在していたのに、当該譚を記録した者が、其れを意図的に省略してしまったか、それとも特に気にかけることもなく欠落させたのか、一切は不明であるが、当該の物語構成素は、兄妹の結婚の止むを得ないことを聴き手（読者）に強く訴え、其の結婚を消極的にではあっても承認させようとする働きをしていると考えられる。

＊　＊

此処で再び、兄と妹（或いは弟と姉）の間柄にあった可能性の大きい、伊耶那岐・伊耶那美二神の淤能碁呂嶋における行動を見ると、二神は結婚の意思を互いに表明した後に、天之御柱を左右から廻って夫婦となっている。

此の時の状況を、伊奘諾・伊奘冉二神を同腹の兄妹（或いは弟姉）であるとする『日本書紀』は、巻第一の第四段（大八洲生成章）本文が、「以二磤馭盧嶋一、爲二國中之柱一、柱、此云二美簸旨邏一。而陽神左旋、陰神右旋。分二巡國柱一、同會二一面一…（中略）…陰陽始遘合爲二夫婦一」と伝え、同一書第一が、二神は「天柱」を左右から分れ巡り遇って、夫婦になった、と言う。また、同書同章段の一書第五には、「復改巡」という表記があって、二神が「巡」る行為の後に性交をしようとして其の術を知らず、鶺鴒の行為により其の事を理解した、としているが、同一書は、本文から一書第四に至る五つの伝承において語られた事柄を、『日本書紀』の編纂者が重複して記載することを嫌ったためか、二神が鶺鴒の行為によって性交の仕方を知ったと語られていることに其の価値があると認められたものであったためか、明らかに記事の一部、性交に関わりない部分が省略され、記述が簡潔・短小になっているので、其れから多くを知ることが出来ない。

伊耶那岐・伊耶那美二神が「行き廻」った天之御柱については、「見二立天之御柱一、見二立八尋殿一」という表現があり、天之御柱と八尋殿とが同一建造物の一部と全体の関係にあるのか、互いに別の存在態であるのか、「見立」とは如何に訓み、また如何なる行為を言うのか、といった問題があって、其れが如何なる意義を有するもので、実体が何であるのか、など必ずしも明確にされている訳ではない。

天之御柱が如何なる意義のものであるかについては、其れを「豊饒の柱」と解する説のあることは既に紹介したが、其の他にも『日本書紀』が国(中之)柱と言い、天柱と言っていることなどから、「天地の中央に位する樞軸[39]」と見る説、「神を招《お》ぐ招代《おぎしろ》[40]」とする説、などがある。此れらの説は、それぞれに説得力をもつが、イザナキ・イザナミ二神が、兄妹または弟姉、更には同腹の其れらであった可能性の大きいこと、見たように兄妹が結婚することを語る話に、当該の兄妹が自分たちの他に人の存在しないことを確認することになる行為を為したと語るもののあること、また、『古事記』に「伊岐嶋。亦名謂二天比登都柱一」と言い、『日本書紀』に陽神陰神が「國柱」を分れ巡って夫婦になったとしていることなどを考慮すると、天之御柱(国中之柱・天柱)は、オノゴロ嶋其のもの、つまりはイザナキ・イザナミ二神が結婚をした頃の全世界を象徴的に示すもの、であったと考えるのが良いように思われる。

伊耶那岐・伊耶那美二神が天之御柱を「行き廻」ったというのは、彼らの他に血縁の関係が無い、結婚の相手に相応しい者が居ないかと、淤能碁呂嶋を隈無く捜して歩き回ることの代替として、其の省略行為が為されたことを言ったものではないかと思われる。二神が一本の柱を「行き廻」ったという事は、恰も仏教の「真読」に対する「転読」の如き行為であって、彼らは当時の全世界である淤能碁呂嶋を隈無く歩き回ったのだ、と当該伝承の語り手・聴き手たちに理解されていたのではないだろうか。

イザナキ・イザナミ二神が結婚する話は、我国の未開・古代人の間に、樹木の繁茂する地を清浄な土地であるとする観念・思想、また、此の世に最初に姿を現わした人間、即ち自分たちの祖先は、植物を媒体として出現したのだとする観念・思想があり、其れに基づく習俗として、彼らが結婚をする時には、其れを行なう場として、樹木のある地を選び、其の樹木のもつ活力を転移させることで、自らの生命力を増加させ、子孫の繁栄に繋げようと、樹木の周囲を廻ることが行なわれていて[41]、創られた其の始めに、恐らくは樹木のある場所を結婚の場に選んだ、母を同じくする兄妹(或いは姉弟)が、樹木の周囲を廻って結婚する、と語られていたが、母を同じくする男女が性的な関係を結ぶことを良しとしない風潮が生ずると、此の結婚は止むを得ない状況下における其れだったのだとするために、此の男女がそれぞれに血の繋がりの無い結婚の相手を、広く「世界」中に捜したが、誰もいなかったという物語構成素が加えられ、やがて此の話を伝承・保存する人々の知る「世界」が次第に広がってくると、其処を隈無く巡り歩いたとすることは、如何にも無理な事だと考えられるようになったので、其の結婚の場に樹木があり、当事者が其の周囲を廻ったという物語構成素の根底にある観念・思想は其の儘に、此の無理を解消するため、改めて、樹木の代替物としての柱が立てられ、其の場が清浄化され、樹木のもつ生命力も移されたとされ、此の柱を兄妹（或いは姉弟）が廻り、其の生命力を転移させると同時に、此れで彼らが全「世界」を巡り歩いたことになると考えられた、という変化の過程を辿ったものではないか。

此処で改めていま一度『古事記』の当該箇所を見ると、伊耶那岐命の伊耶那美命に対する発言に、「吾与レ汝行二廻逢是天之御柱一而、為二美斗能麻具波比一。此七字以レ音」とあって、其の後に二神は天之御柱を廻って夫婦になっている。また、『日本書紀』巻第一の第四段（大八洲生成章）本文でも、伊奘諾・伊奘冉二神の行動を、まず「二神、於是、降二居彼嶋一、因欲三共爲夫婦、産二生洲國二」と述べた上で、二神が国中之柱を巡って夫婦になったと言い、同一書第一も、「陽神曰、吾身亦具成而、有下稱二陽元一者一處上。思下欲以二吾身陽元一、合中汝身之陰元上、二云爾」と記した後に、二神が天柱を巡り、夫婦になったとしている。此の三つの伝承で、結婚の意思表明がまずあって、次に柱を回ることが記されているのは、述べたように、樹木の周囲を廻って母を同じくする兄妹（或いは姉弟）の結婚する話が、柱を立て其れを樹木の代替物として彼らが結婚する話へと変化したという事情を示しているのではないだろうか。

述べたような事があり、更に時が経過して、母を同じくする男女の結婚が厳しく禁じられるようになり、また、現実にも人々の間で同腹の兄妹（或いは姉弟）による結婚がほとんど行なわれなくなってくると、此の話から結婚する男女の間柄をあからさまにする表現が除かれていったのではないか。

伊耶那岐・伊耶那美二神が天之御柱を「行き廻」って結婚をする話の原初形態と其の成長・変化を右のようであったとすると、天之御柱と八尋殿とは同一建造物の一部と全体の関係にあって、まず柱が立てられ、其れを所謂大黒柱として八尋殿が建てられ、其の内部空間の総てで淤能碁呂嶋の全域、即ち全「世界」を象徴すると考えられたのだと解されるが、『日本書紀』巻第一の第四段（大八洲生成章）一書第一に、「化㆓作八尋之殿㆒。又化㆓竪天柱㆒」とあって、殿と柱の記される順序が『古事記』の場合とは異なり、明らかに二者別の物とされているので、天之御柱と八尋殿の関係を仮に同一建造物の一部と全体ではなく、それぞれの別の物だと考えても、前者は其の一帯を清浄化する物であり、しかも其の周囲を巡れば全「世界」を隈無く巡り歩いたことになるとされた存在態で、後者は新婚生活の営まれる場所として造られた建物だと解することは可能で、天之御柱の意義と、伊耶那岐・伊耶那美二神が何故其の柱を廻るのかを、見て来たように解釈するのに、格別の支障とはならない。

　なお、「見立」は、「見」の字が「現」の字と同じであるとされる場合もあることから、ウツシクタツ《(テ)》と訓み、「現実に建《(立)》てる」意に解する説があるが、[42]現在行なわれている『古事記』の訓み下しは、ミタツ《(テ)》が一般的である。『古事記』には「見」の字が百回を超えて用いられているが、神名・人名・地名の一部として用いられている其れ、また、受身を表わす場合に使われた其れを除くと、孰れもミ(ル)と訓まれて、其れで不都合は無い。従って、「見立」の場合もミタツ《(テ)》の訓みで良いと思われる。

　また、「見立」の語義については、「見」を、通常「御」と表記することの多い、敬語の接頭語「ミ」の「当て字」であるとして、「神秘的な力で立てる意」とする説があり、[43]現在我々が目にする『古事記』の文面で、此の語が使われている状況に即して適切であるかとも思うが、敬語の接頭語「ミ」が動詞に付くか否かについては議論があり、其の方面の事情に疎い者としては、俄に此の説に従うこともならず、そして何よりも、伊耶那岐・伊耶那美二神の結婚の話が、創られた其の始めから神々の話としてあったとも思われず、「見㆓立天之御柱㆒、見㆓立八尋殿㆒」という表現が、見たように当該譚の伝承・保存されている間に加えられたものとすれば、其の時、主人公の男女が既に、国を産み、神々を産む超自然的な存在態にまで成長・変化していたか否かが問題であるが、其れも定かでないし、「見立」の語義の如何は、本論の述べる事柄と直接の関わりをもつ訳でもないので、此処は暫く、「適当な場所を見定めて立てる」[44]

という解釈に従っておく。

＊　＊

イザナキ・イザナミ二神が結婚する話は、何時何処で創られたものかはっきりしていない。しかし、今、記紀両書に少しく内容の異なる伝承が載録されていることからすれば、其れがある時期の我国で伝承・保存されていて、其の間に異伝を生じたと思われるので、此の話には、当該期間の我国古代人の観念・思想また風俗習慣などが少なからず反映されていると考えられる。其の時期は何時の頃であったか正確には分らないが、仮に、紀元前に十世紀程も溯る縄文時代の始まりの頃から、七世紀の頃とされる古墳時代の終りにかけての間を考え、其の頃の我国における結婚について考えてみると、当時の「我国」の範囲と其の人口、疎らに点在するに過ぎなかったと思われる集落の構成人員数、彼らの平均年齢、集落相互間の距離また親疎の関係、結婚の相手を遠隔の地に求めることが一般的・習慣的に行なわれていたか否か、など多くの事柄は不明確であるが、現在得られる情報に推測を交えて判断をするならば、同一集団内での血縁的に近い関係にある男女の結婚が多く行なわれていた、また行なわざるを得なかった、というのが実情で、同腹の兄妹或いは姉弟の間における結婚も、特に奨励されることはなかったにしても、厳禁されていたとは思われない(45)。同腹の兄妹（或いは弟姉）であると思われるイザナキ・イザナミが結婚することの背後には、其れが極く自然の行動として容認される環境があったものと思われる。

『古事記』に、仲哀天皇が崩御するや、「上通下通婚・馬婚・牛婚・鶏婚・犬婚」などの罪の類を求めて国之大祓をしたとあり、「六月晦大祓」祝詞に国津罪として、「己母犯罪・己子犯罪・母與子犯罪・子與母犯罪・畜犯罪」などが挙げられているが、兄妹・姉弟の間柄にある者の姦淫に言及することが無い。此れは、長い期間に亙って、兄弟姉妹が、結婚相手としては捜すに易く、というより労せずして見出せ、且つ同じ世代でもあり、多くの場合に年齢も近いことから、最も相応しいと考えられ、しばしば同腹異腹を問わず、兄妹・姉弟による結婚が行なわれていたので、如何なる事柄を「罪」と定めるかに際して、選定者が其れを挙げることが出来なかったか、此のような実際の状況を反映しているイザナキ・イザナミ二神の結婚の話を、同腹の兄妹（或いは弟姉）の結婚を語っているものとする認識が、彼もしくは彼らにあって、自分たちの先祖であるとも考えられる二神の結婚を、「罪」であると看做すことが出来なかったからであるのかも知れない。

注

(1) 本居宣長著『神代紀髻華山蔭』――『本居宣長全集』第六巻五二四頁。

(2) 忌部正通著『神代巻口訣』――加藤咄堂編『国民思想叢書』国体篇上二六頁。

(3) 三宅和朗著『記紀神話の成立』五〇頁。

(4) 日本古典文学大系67『日本書紀』上巻五五〇頁。

(5) 『新訂増補国史大系』第五巻『類聚国史』前篇二頁。

(6) 飯田武郷著『増補正訓日本書紀通釋』第一巻七七・七九頁。また、松岡静雄著『日本古語大辞典』（語誌一一六頁）にも、「吾《ア》忌《ユ》橿城」の表記が見える。

(7) 日本古典文学大系67前掲書上巻七九頁。

(8) 角林文雄著『『日本書紀』神代巻全注釈』六八頁。

(9) 惟宗直本編『令集解』巻第卅・喪葬――『新訂増補国史大系』第二四巻同上書後篇九七二頁。

(10) 倉野憲司著『古事記全註釈』第二巻一一一－一一二頁。

(11) 本居宣長撰『古事記伝』四四之巻――『本居宣長全集』第一二巻四一〇頁。

(12) 品川滋子著「イモ・セの用語からみた家族・婚姻制度」――『文学』第二七巻第七号三五・四二頁。なお、倉野憲司著前掲書が、「先代の異母妹の意」（第七巻三八五頁）、新編日本古典文学全集1『古事記』が「崇峻天皇との続柄」（三八三頁）としている。

(13) 日本思想大系1『古事記』三〇三頁。西郷信綱著『古事記注釈』第四巻四五七頁。なお同書は、「敏達を軸にすれば異母妹に当たる」（同上頁）とも記している。新潮日本古典集成・西宮一民校注『古事記』は、「敏達天皇の異母妹。用明天皇の同母妹」（二七二頁）とする。

(14) 黛弘道が、推古天皇を崇峻天皇の「異母姉」とする（国史大辞典編集委員会編『国史大辞典』第八巻一二・九六頁）が、如何なる根拠があってのことか明らかでない。青木和夫も同じことを言い（「すいこてんのう 推古天皇」——『世界大百科事典』第一二巻（一九七〇年版）二九八頁）、竹内理三／山田英雄／平野邦雄編集『日本古代人名辞典』（第四巻九五六頁）も二者を同じ関係にあると言っている。

(15) 拙著『記紀神話伝説の研究』三一四－三一六頁。

(16) 同上書二三四－二三五頁。

(17) フレイザー著・永橋卓介訳『金枝篇』（岩波文庫）㈠二五八頁。

(18) 竹友藻風著『詩の起原』八五－八六頁。

(19) 鄂爾泰等監修・靖道謨等編纂『貴州通志』に、「龍家其種有四一曰狗耳在廣順州康佐司依深林榛莽之間…（中略）…春時立木於野謂之鬼竿男女旋躍而擇配…（下略）」（巻七・「龍家」条——『景印文淵閣四庫全書』第五七一冊（史部三二九地理類）一七五頁）とある。

(20) 松本信広著『日本神話の研究』（東洋文庫）一八三頁。

(21) 臼田甚五郎著「日本文学の発生と性」——『国文学 解釈と鑑賞』一九六六年六月号三四－三五頁。

(22) 武藤鉄城著「裸体の行事二つ」——『郷土研究』第六巻第三号三六－三七頁。鈴木繁著『性神考』二〇五－二〇六頁。

(23) 臼田甚五郎著前掲論——『国文学 解釈と鑑賞』一九六六年六月号三五頁。大島建彦著「日本神話研究と民俗学」——講座日本の神話1『日本神話研究の方法』八九－九〇・一〇一頁。新潮日本古典集成・西宮一民校注前掲書二九頁。新編日本古典文学全集2『日本書紀』①二五－二六頁。

(24) 松村武雄著「上代文学と神話伝説」——『上代日本文学講座第三巻特殊研究篇 下』八六頁。

(25) 松本信広著「苗族の春の祭と柱」——『民俗学』第五巻第三号一九〇頁。

(26) 『稲の日本史』（筑摩書房版）下巻一九一頁（松本信広発言）。

(27) 例えば、村松一弥著『中国の少数民族』（二二四－二二五頁）、曾慶南著「探訪 少数民族 ミャオ族」（『人民中国』一九八〇年七月号一〇六－一〇七頁）、鈴木正崇著『中国南部少数民族誌』（一六〇－一六一頁）、顔恩泉著「苗〔ミャオ〕族」（中国雲南省出版社編集『雲南の少数民族』一六四頁）などに、其の報告がある。

(28) 綾部恒雄監修『世界民族事典』七四三頁。

(29) 今、一九八〇年以後に我国で出版された書物に限ると、国分直一著『東シナ海の道』（一一七頁）、芳賀日出男著「海南島紀行」（『季刊 民族学』一八号九五頁）、佐々木高明著『照葉樹林文化の道』（一八七－一八八頁）、藤井知昭著「6 歌垣の世界」（佐々木高明編著『雲南の照葉樹のもとで』一八六－一八七・一九一・一九八頁）、竹村卓二著「8 中国南部のヤオ族を訪ねて」（同上書二三七頁）、NHK取材班著『中国の秘境を行く 雲南・少数民族の天地』（一三頁）、劉達成著・栗原悟訳「リス（傈僳）族」（厳汝嫻主編『中国少数民族の婚姻と家族』上巻一五九頁）、范宏貴著・百田弥栄子訳「ヤオ（瑶）族」（同上書上巻一五九－一六四頁）、王昭武／莫俊卿著・百田弥栄子訳「ムーラオ（仫佬）族」（同上書上巻一八五－一八七頁）などに、歌垣の記事が見られる。

(30) 宋兆麟著・曾士才訳「ヌー（怒）族」――厳汝嫻主編前掲書中巻一九六頁。

(31) 孫晋泰著『朝鮮民譚集』八四頁。

(32) 鈴木正崇著前掲書二九頁。H－スチューベル著・平野義太郎編・清水三男訳『海南島民族誌』では、洪水神話としてではなく、「岐《キ》族」（海南島の昌化河上流に居住して、他の種族と峻別し得る諸特色を有する人たち。同書二〇八頁の説明による）の始祖伝説の形で、島に流れ着いた、犬と王女との間に生まれた子供達の話として、「兄妹は子孫が欲しくなつた。併しそこには他に誰も居らず、二人は兄妹であるから互ひに結婚するわけにはゆかなかつた。そこで兄は二人が互ひに其とも分らなくなるやうに姿をかへればよいと提案して、妹は文身をし、兄は髪を結つて、二人は結婚した」（二三二頁）と報告している。

(33) 君島久子著『中国の神話』八三－八九頁。

(34) 宋兆麟著・曾士才訳前掲論――厳汝嫻主編前掲書中巻一八九－一九〇頁。

(35) 『臨時台湾旧慣調査会第一部蕃族調査報告書』阿眉族一〇六－一〇八頁。また、『臨時台湾旧慣調査会第一部番族慣習調査報告書』（第二巻一二頁）にも同じ話が載録されている。

(36) 李冗撰『獨異志』巻下――中華書局出版古小説叢刊『獨異志・宣室志』のうち獨異志七九頁。

(37) モオリス－アバディ著・民族学協会調査部訳『トンキン高地の未開民』七四頁。

(38) 松崎寿和著『苗族と猓玀族』一〇五頁。

(39) 白鳥庫吉著『神代史の新研究』――『白鳥庫吉全集』第一巻三三〇頁。他に、「宇宙の中軸」（山口麻太郎著「上代日本人の

愛慾観」――『国語と国文学』第三巻第一一号三二頁、『シンポジウム日本の神話』第一巻八九頁大林太良発言)、「世界の軸」(ネリー‐ナウマン著・藤本淳雄訳「天の御柱と八尋殿についての一考察」――伊藤清司／大林太良編『日本神話研究』第二巻四八頁)などの表現を用いて説明されている。また、飯田季治著『日本書紀新講』は、国中之柱を「地軸」(第一巻三四頁)としている。

(40) 北野博美著「性の芸術化・民俗化」――『民俗芸術』第二巻第五号二〇頁。また、日本古典文学全集1『古事記 上代歌謡』が、「神霊の依代《よりしろ》の聖なる柱」(五三頁)という。

(41) 拙著前掲書四八四‐四八六・二六六頁。

(42) 日本古典全書『古事記』上巻一七六・一七七頁。同書は他に、「崇神天皇」条の「見得其人」を「見《うつ》しく其の人を得て」(下巻九一頁)、「仲哀天皇」条の「見於夜夢」を「夜《よる》の夢《いめ》に見《あらは》れて」(同上一五八頁)と訓んでいるが、此れらの「見」は、例えば日本思想大系1前掲書のように、「其《ソ》ノ人《ひト》を見得《みえ》て」(一四九頁)、「夜《よる》ノ夢《いメに》於見《み》ゑて」(二〇三頁)と、いずれもミ(ル)と訓んで問題ない。なお、日本古典文学全集1前掲書の頭注に、「無から現実に存在させるように立てる意か」(五三頁)とあるが、「見立」の訓みについてはルビが無く判然としない。同書は、「見得其人」を「其《そ》の人を見得《みえ》て」(一八五頁)、「見於夜夢」を「夜の夢《いめ》に見えて」(二四二頁)と訓んでいる。

(43) 新編日本古典文学全集2前掲書①二八頁。なお、毛利正守著「古事記の「見立て」について」(『古事記年報』一三)参看。

(44) 上代語辞典編修委員会編『時代別国語大辞典』上代編七〇四頁。

(45) 拙稿「ヒルコの誕生について」(本書に収録)参看。

* 記紀両書に載録されているイザナキ・イザナミ二神に関わる記事から、此の両者が嘗て兄妹または姉弟の関係にあると考えられていたことは明らかであって、とりたてて論じるまでもないことのように思うのだが、次章でも触れるように、此の関係を強く否定する意見があるので、本章の前半部で少しく紙幅を費やして、此のことについて考えてみた。本章に紹介した品川滋子の論、次章に引く保坂達雄の論などが参考になった。「A、娶二B(之)妹、(名)C一」とある記事の、CのBに対する関係を、其の状況から妻や恋人ではないと述べた意見は、嘗て此れを目にした記憶があるが、机上混雑して、またメモも無く、今、其の論を見出せない。同意見を述べる者の説を引き合いに出して自説を補強するつもりはないが、同じことを述べた者のあることは確かである。記紀両書の「妹」の語を分析してみることは、誰しもが思いつく事柄なので、拙稿が述べた

ことなど、もっと精緻な手段・方法を用いて誰かが分析し、既に明らかにしているのではとも思ったが、後半に展開する論の趣旨から、出来あいの結論を借りるのも如何かと考え、自ら点検をしてみた。拙稿と同様の手段・方法によって得られた同じ結論を既に発表された方があれば、御容赦いただきたい。本章後半にタイ（傣）・タイー・ターイに別あることを述べたが、此れは『世界民族事典』によっている。「見立」の語については、注（43）に紹介した毛利正守の論が参考になる。

第三章　ヒルコの誕生について

記紀両書が語る所謂神代史に、イザナキ・イザナミ二神の子として登場するヒルコの実体についてはさまざまな説があって、其の孰れを良しとするかはなかなかに難しい。しかし、ヒルコの語義や実体に触れることのある意見を広く見渡してみると、例えば、「蛭のような骨なしの不具児[1]」、「骨無しのぐにゃぐにゃした不具の子[2]」、「蛭のような子、骨なしでぐにゃぐにゃした不具の子[3]」、「手足の萎えた不具の子[4]」、「蛭《ひる》のように手足の萎えた子[5]」などと、其の説明に用いる言葉に微妙な異同があるものの、概ね「手足」・「骨」に異状の認められる「不具」の「子（児）」であるとする説が圧倒的に多数を占めている。

私自身も嘗てヒルコについて論じた折に、『古事記』が「水蛭子」とし、『日本書紀』が巻第一の第四段（大八洲生成章）一書第一、同じく一書第十、第五段（四神出生章）本文、同一書第二と、其の名称を記す総ての場合に、「蛭児」としていることを重く見て、其の実体について、「文字通り蛭のような不具児であった[6]」と述べたことがある。また、其の時、イザナキ・イザナミ二神がヒルコを産む話は、「我国がまだ未開状態にあった頃に、少数の人間で構成されていた集落内で、かなり頻繁に行なわれ且つ起こったに違いない、近親者間の結婚と不具児の誕生とをとり扱った物語[7]」であるとも述べた。

此の度は、此のヒルコ誕生の話を考察の俎上に載せ、其れが果たして「近親者」同士による結婚と「不具児の誕生」に基づいているものであるか、改めて考えてみたい。

＊　＊

イザナキ・イザナミ二神が血筋の上で「近親」の関係にあるか否かについて、『古事記』は黙して語ることがないけれども、『日本書紀』は、巻第一の第二段（神代七代章）本文に、天地開闢の初めに出現した神々の名を列挙して、其の最後を「次有レ神。伊奘諾尊・伊奘冉尊」と締め括り、直ちに「一書曰、此二神、青橿城根尊之子也」と、一書第一を紹介している。当該一書の記事は僅かに此れだけで多くを語らないが、前に置かれている「本文」の記事との繋がりからすれば、「此二神」が伊奘諾・伊奘冉であることは間違い無いから、『日本書紀』の編纂者が、巻第一の第二段（神代七代章）に採用した「一書」の一つが語る神話の世界において、イザナキ・イザナミの二神は、兄妹もしくは姉弟の間柄にあるとされていたことになる。更に、当該一書に出る青橿城根の名称は、第二段（神代七代章）の本文において惶根の亦の名とされ、其の惶根が第三段（神代七代章）一書第一に、「男女耦生之神…（中略）…面足尊・惶根尊」と記されていること、また、青橿城根は同じく第二段（神代七代章）の本文で別の名を吾屋惶根ともされており、此れが『古事記』に「妹阿上夜訶志古泥」と記される神と同一神であると思われることなどからすれば、イザナキ・イザナミは同腹の兄妹もしくは姉弟の間柄にあったということになる。

当該一書が語る神話の世界は、一個独立したもので、『日本書紀』の編纂者が此れとは別に採用した「一書」また「本文」がそれぞれに語る神話の世界や、『古事記』の語る其れとは無縁であるとして、見たようなイザナキ・イザナミ二神の間柄を、当該一書に見えないヒルコの実体の解明に用いてはならないとする考え方もあるだろうが、当該一書の記事と其れが置かれた位置とから推して、私は、古く我国の民間に此の二神を同腹の兄妹もしくは姉弟とする考えのあったことを否定出来ないと思うし、『日本書紀』の編纂者も此の考えを否定していなかったからこそ、当該一書を採用したのだと考える。

イザナキ・イザナミ二神について、「岐・美二神が兄妹であったとは記紀には記していない…（中略）…岐・美二神結婚の背景に近親相姦を想定させるものはない(8)」とする意見があるが、もしそうであるのならば、当該一書の記事はどのように読んだら良いのだろうか。

＊　＊

イザナキ・イザナミの結婚とヒルコの誕生を『古事記』は、「久美度迩此四字以㆑音。興而生子、水蛭子」と記し、『日本書紀』は、巻第一の第四段（大八洲生成章）一書第一が「爲夫婦、先生㆓蛭兒㆒」と、同章段一書第十が「爲夫婦、生㆓淡路洲㆒。次蛭兒」と、第五段（四神出生章）本文が、第四段（大八洲生成章）本文に「遘合爲㆓夫婦㆒」とある表現を引き継ぐ形で「生㆓蛭兒㆒」とし、また第五段（四神出生章）一書第二が、明らかに第四・第五段（大八洲生成章・四神出生章）の本文の語る事柄、即ち伊奘諾・伊奘冉二神が「遘合」して「夫婦」となり、日月を産んだ事に立脚して、「日月既生。次生㆓蛭兒㆒」と記している。

ヒルコの実体についてさまざまな説があるということは既に述べた通りであるが、今、此れを大方の説が言うように、「手足」・「骨」に異状の認められる「不具」の「子（兒）」とし、イザナキ・イザナミを兄妹或いは姉弟と考えた場合に、直ちに思い浮かぶのは、一部の「洪水神話」に見られる、兄妹の結婚と「人間ならざる物もしくは不具兒」の誕生という物語構成素である。

中国は広西省チワン（壮）族自治区の融安県や羅城ムーラオ（仏佬）族自治県のヤオ（瑤）族(9)、また貴州省東南部に住むミャオ（苗）族(10)の伝承では、洪水の難を逃れた兄妹が結婚して、妹が最初に産み落としたのが「肉塊」であった、と言われている。中国の少数民族を解説してミャオ（苗）族の伝える「洪水・兄妹結婚神話」に言及した村松一弥は、ミャオ（苗）族が極めて古くから中国の南方に居住していたと言い、兄と妹との結婚という物語構成素が漢族の倫理観にそぐわなかったため、当該神話が漢字によって記される文章とはならず、「もっぱら南蛮部族社会内部の口頭伝承として生き続けてきた」(11)として、其れが既に紀元前の頃には存在していた可能性のあることを示唆している。

台湾南部の山地と東部の平野に住む原住民パイワン（排湾・排彎）族の、「こぼじ番内文社」の伝承では、「人畜皆死亡」するほどの大洪水の難を逃れた兄妹が結婚するが、妹の産んだ子は「或ハ盲或ハ隻脚等悉ク不具者」(12)であったとされており、同族には他に、やはり「大水」の難を逃れた兄妹が結婚したところ生まれた子が、「皆缺嘴ナリ」とする伝承、「盲」「隻手」「隻脚」と孰れも「不具者」であったとする伝承、「或ハ隻眼或ハ隻脚」の「不具者」であったとする伝承なども存在している。(13)此れらの伝承は一九二〇年に報告されているが、其の存在がどれ程古い時期にまで溯り得るのかは不明である。

兄妹結婚の原因となる出来事が、彼ら二人を除く島民の「津波」による絶滅とされているものの、其れが語る物語の構成素から推して、「洪水神話」の島嶼地域における一変形と考えて良いと思われる伝承が、沖縄県宮古郡の多良間村で最近採集されている。其の伝承によれば、兄妹が結婚した結果、最初に産まれたのは「アジカイ（硨磲貝）」であったという。(14)此の話が多良間島で何時の頃から語られ始めたのかは明らかでない。

明治三十（一八九七）年以後十年程の間に採集されたと思われる、同じ沖縄県の八重山郡竹富町波照間の伝承に、一組二人の兄妹を除く全島民を焼き尽くした火事の話があり、其れが「神二人ヲ產石ニ倚ラシム、妹、産氣を催フシ魚ヲ分娩セリ」(15)と語って、いま一つ兄妹による結婚の事が明確ではなく、「火難」・「水難」の別があるものの、物語全体としては明らかに多良間島の伝承と同じ事柄を語っていて、イザナキ・イザナミ二神の結婚とヒルコの誕生とが、「未開」の時代における「近親者」同士による結婚と「不具児の誕生」を扱った物語であると言おうとすることからすれば、其の時間的溯行の程度はほとんど無意味に等しいが、多良間村の伝承が百年程前には存在していたことを窺わせる。

多良間島には別に、「海水泛溢《はんいつ》し白浪天に滿つ」る災殃により「隨ふ人、盡く」が「海中に沈沒」したにも拘わらず、一夫婦が其れを免れ、後に一男一女を儲けた、という話のあったことが、『遺老説伝』に記されており、[16]前に掲げた同島の、兄妹による結婚と「アジカイ（硨磲貝）」の出産譚に少しく似通うところもあるので、同書完成の時期より推して、同譚は更に百五十年の時間を溯る十八世紀の中頃には既に存在していたかも知れない。

此処に掲げた幾つかの伝承に出る「肉塊」や「アジカイ（硨磲貝）」といった物と、「盲或ハ隻脚」など苟も人間である「不具者」とを兄妹の結婚により生まれたというだけで、「人間ならざる物もしくは不具児」といった表現で一括してしまって良いかということが問題になるかと思われるが、ヤオ（瑤）族やミャオ（苗）族の伝承では、切り刻まれた「肉塊」が後に人間に変じたとされていること、[9・10]パイワン（排湾・排彎）族の伝承でも、「兄妹」の三代までの子孫悉くが「不具者」であったけれども、「四代目即再従兄姉妹カ相婚スルニ至リ始メテ完全ナル子ヲ得タリ」[12]としていることから、孰れも正常な人間の出生に先立って産み出される「肉塊」であり「不具者」であると考えられているので、此れらの「物」と「者」とを同等の存在として扱うことに不都合は無いと思われる。

「洪水神話」の中には、洪水の難を逃れて生き残ったのが、後に一組の夫婦となる兄妹だけであったとしながらも、彼らが結婚することに其の血縁上の関係の近さが障碍になるなどとは一言も述べていないものがあったり、兄妹で結婚した結果、「人間ならざる物もしくは不具児」が誕生したとは語らず、当然の事のように最初の出産から正常な子が得られたとしているものがあったりする。其の一方で、洪水の難を逃れた兄妹が結婚することについて、中国は海南島の原住民リー（黎）族の伝承に、「兄妹では夫婦《めおと》になるわけにいきません」[17]といい、台湾の東部に居住する原住民アミ（阿美・阿眉）族の伝承では、「未ダ世ニ例ナキコトナレド兄妹夫婦トナリ」[18]と語り、朝鮮の其れでは、「兄妹で結婚をする訣《（ママ）》にもゆかんので」[19]と言われるように、儒教的な倫理観を披瀝して、しかし「人間ならざる物もしくは不具児」の誕生には特には触れない場合がある。

後に一組の夫婦となる兄と妹だけが生き残ったと語る形式の「洪水神話」が、其れら兄妹の結婚と彼らの子供の誕生とを語って、見たようにさまざまであることからすると、「人間ならざる物もしくは不具児」の誕生という物語構成素は、当該形式の「洪水神話」の創られた原初段階には存在していなかったものであって、兄妹の結婚は人道に悖る行為であるとする観念・思想が導入されることにより、其の行為を敢えてしたことに対する懲罰の意味合いで追加されたものではないのかということが考えられもするのであるが、果たして事実はどうであったのだろうか。

＊　＊

そもそも「洪水神話」と称される神話群にあって、兄妹が結婚したところ「人間ならざる物もしくは不具児」が誕生したと語られる神話が、最初に何時何処で如何なる意義を有するものとして創られたのかは判然としていないので、兄妹による結婚と其の事に続いて語られる「人間ならざる物もしくは不具児」の誕生とが、如何なる考えに基づいて結合されているのかも不明である。そこで、兄妹が結婚したところ、「人間ならざる物もしくは不具児」が誕生したとする神話では、兄妹の結婚が不可欠の物語構成素になっているのであるから、当該神話の創られた可能性のある時代に、世界の各地で結婚がどのような状況下に為されていたかを考え、其れを手掛りに、果たして「人間ならざる物もしくは不具児」の誕生という物語構成素が、倫理的観念の影響下に追加されたものであるか否かを考えてみよう。

イラク北部の都市キルクークから約六十キロメートル東方に位置するジャルモは、紀元前七千年頃または同六千五百年頃に営まれた初期農耕村落の遺跡とされているが、此処には百五十人、または二百人が居住していたと推定されていると言われ[20]、中国は陝西省西安の城外東方約六キロメートルに位置する半坡遺跡では、五千七百年前の人口が三百－四百程度であったと言う[21]。

我国に眼を転ずると、平成八（一九九六）年十一月五日『朝日新聞』は「都内最大級の縄文中期集落か」と題して、保谷市東伏見の下野谷遺跡から竪穴式住居跡・土器・石斧などが多数発見されたこと、同市教育委員会の遺跡調査会が、其れらの住居跡や出土品から、「一度に百人前後が生活するかなり大きな拠点集落だった[22]」という見解を示したこと、などを報じた。同じ縄文時代中期の集落跡である長野県茅野市の尖石遺跡には、近接する与助尾根遺跡を含めて「二〇〇人をこえる人(23)」が居たとされ、三世紀頃の集落かとされる静岡県の登呂遺跡での人口は、六十－八十程であったとされている。(24)登呂遺跡の人口については、其の規模から推して、周辺地域の数グループが共同して水田を経営したのではないかとする意見もあり、(25)いま少し多かったと考えるべきなのかも知れない。

判断の材料とするには数少ないが、右に記した数値より推して、漠然とした表現ではあるが、所謂未開・古代の時代における集落の人口は、多くてもほぼ数百どまりであったと考えて良いように思われる。そして此れらの人口によって営まれる集落の生活において、「結婚」がどのように為されていただろうか、ということになると、現代或いは近代における結婚に関する報告のうち、些かでも未開・古代の時代における結婚のあり方を窺わせるものを参考にして類推するほかない。

そこで今、二三の報告を紹介すると、中国のチベット（西蔵）自治区那曲《ナクチュ》地区安多《アムド》県多瑪《ドマ》区吉利《チリ》郷人民政府の管轄下における人口が六百強であり、同じ多瑪区を構成する郷の一つである崗隴《カンロン》郷の人民政府下の其れが六百弱で、両郷の人々はともに牧畜を営んでいるが、「郷の単位での地域内婚が、大多数をしめるようだ。崗隴郷と吉里郷とのあいだでさえ、ほとんど通婚関係はない(26)」と言われ、我国の場合も十九世紀中頃の琉球について、「一部落の人々が他部落の住民と婚姻することは稀である(27)」とされ、同じ琉球が二十世紀初頭になってもやはり、「配偶は大概同村内で撰ふ(28)」と言われている。我国については、地域を何処と限定せずに、明治時代の初期まで「村内婚がほとんどだった(29)」という報告もある。

所謂未開・古代の時代における結婚が地域的にはどの程度の範囲内で為されていたのかは定かでないが、見た例の他に、パプア・ニューギニアに住むイワム族と言われる人々にあっては、二十世紀も末になった頃になお、結婚の相手を千五百人程の同族中に求めているので、「選択の余地はわずかしかない(30)」と報告されていることなどを思えば、世界孰れの地域にあっても時代を溯ると、結婚は同じ集落内に相手を捜すという形で為されていた可能性が極めて大きい、と言えるだろう。

イギリスの初代駐日総領事になった外交官オールコック（Al'cock, *sir* Rutherford）は、スペインにおける自らの経験を語りつつ、イギリスでも鉄道敷設以前には人々がほとんど居住地を離れることがなかっただろうと言い[31]、「中世史の旅」について語る座談会において増田四郎は、極く一部の人たちを除いて、「圧倒的に多」くの人が自分の住む村や町から十キロメートル、二十キロメートルの範囲に生きて死んでいったのではないかと述べている[32]。未開・古代人の行動も似たようであっただろうから、彼らの結婚の相手捜しもほとんどの場合、同様の狭い範囲で行なわれていたと思われる。

＊　　＊

嘗て小林和正は、国内の縄文時代の遺跡から出土した人骨一一の死亡年齢を推定し、其の分布状況において、十五歳未満で死亡したと考えられる者の骨の占める数の割合が極めて少なかったことから、正確を期するために其れらを排除して、縄文時代人の生命表を作成したが、男性百三十三体の骨、女性百二体の其れから、縄文時代前期より晩期に至る間の平均死亡年齢が男女ともに三十一歳で、五歳毎の区分で見ると、死亡例の最多箇所が男性三十－三十四歳、女性二十－二十四歳にあるという結論を発表した[33]。

千葉県若葉区桜木町の加曾利貝塚で発掘された約五十体の人骨から推測された彼ら縄文人の平均寿命は、「三〇歳ぐらい[34]」であるとされ、浜松市の蜆塚遺跡で発掘された人骨のうち二十歳代以上の其れと考えられる十五体から推測された同遺跡の縄文人の平均寿命は、四十歳位であったと言われる[35]。

縄文人の寿命については、其れが短かったことを認めながら、「平均して男子は四〇～五〇歳、女子は五〇～六〇歳をもって、その生涯をおえたと推定されている[36]」と述べたものもあるが、其の数字は、右に見た加曾利貝塚・蜆塚遺跡の縄文人の推定平均寿命や、後述する日本人の平均寿命が五十歳位になった時期の事などからすると、些か大き過ぎると思われる。

小林の作成した縄文時代人骨による生命表を基に、縄文時代人の平均寿命を推定した菱沼従尹は、其れが「一五歳に到達していなかったようである[37]」と述べている。菱沼はまた、やはり同様の考察によって小林が作成した弥生・古墳両時代人の生命表により、彼らの寿命について、「縄文時代とほとんど違いがないといってもよさそうだ[38]」とも述べている。

右の、我国における縄文・弥生・古墳各時代の人間の寿命に関する数値は、小林が死亡年齢を推定し、縄文時代人の生命表を作成するのに用いた人骨の数二百三十五に、「全国で十五万から二十五万[39]」とも、其の最盛期である中期の其れが「二十六万[40]」とも言われる縄文時代の人口に対して適正な数であるか否かという問題があり、別に、其の人骨が、前期は岡山県の彦崎貝塚、中期は千葉県の姥山貝塚以下一都四県六箇所に及ぶ遺跡、後期は千葉県の六遺跡を含む五県の十遺跡、後晩期は福島県三貫地貝塚、晩期は愛知県の伊川津貝塚以下一府四県の八遺跡でそれぞれに出土したものであって、一一の遺跡が総ての時期に亙る其れを提供している訳でもなく、また、中部地方の岐阜・愛知両県まで東日本に含まれるとすれば、其れらの人骨の出土地は、岡山県の彦崎貝塚のみが西日本にあって、他は総て東日本にあることになり、縄文時代の人口は最大となる中期に其の「九六％が東日本に集中していた[41]」とする意見とも矛盾することの無い資料の採用の仕方ではあるが、四国・九州から出土した其れが一体も含まれていないという問題もあって、必ずしも精度が高いとは言い難いものなのかも知れない。

しかし、ほぼ紀元前一万年の頃に始まり、紀元前数世紀まで継続したとされる縄文、其れに続く紀元前三世紀頃までの弥生、更に其の後七世紀にまで及んだとされる古墳の各時代、ほとんど参考にし得る記録の無いに等しい此れらの時代に生きた人々の寿命を算出するのに、現時点では此れ以上の精度を要求するのは無理であると思われる。

小林和正は我国縄文時代人の生命表の作成を試みた折に、時期的に縄文時代の前期頃に相当すると考えられる、アメリカ合衆国はケンタッキー州のインディアン・ノウル遺跡で出土した人骨の死亡年齢の推定に言及して、「二〇歳代～三〇歳代のところに強い集中性が見られることは縄文時代人の場合と共通である[42]」と述べている。

僅かに此の一例から推し量ることは極めて乱暴なことで、農耕が開始されると人が一定の地域に高い密度で定住し、澱粉質の食糧を摂取するようになったので、「病気の伝染する機会も増え、病気に対する抵抗力も低下したと考えられる」[43]という意見もあるが、我国で言う縄文時代から古墳時代にかけての時期に世界の各地に生きた人々は、大局的に見て漸次其の寿命を延長していたとしても、現代の日本人の寿命からすればまだまだひどく短命であったと考えて良いだろう。

今日ほどには日本人の寿命が長くはなかった、太平洋戦争開始より五年程も前の時期に、ともに縄文時代の遺跡である岡山県の津雲貝塚と愛知県の吉胡貝塚で得られた人骨の死亡年齢を推定した山内清男は、「日本石器時代人は現日本人より一般に短命であつたことを推定することが出来る」[44]と述べている。

『魏志』倭人伝には、「見大人所敬、但搏手以當跪拜。其人壽考、或百年、或八九十年」[45]という表現があるが、此の「壽考、或百年、或八九十年」については、不老不死の薬を産する仙界がある東方に居住する倭人であれば長命であるに違いないとする、中国人の思想の表出と見る意見[46]や、倭人の間で一定の年齢を超えての計算がなされなかったか、倭人の外見が老齢者のようだったことによる表現であるとする説[47]、「大人階層の人」を言ったもので、倭人一般のことではないとする考え[48]などがあるが、いずれにしても遺骨をもとに推定される縄文・弥生・古墳各時代の人の寿命から考えて、其れが倭人の平均的な寿命を正確に表現したものでないことは確かなように思われる。

長らく「人生僅か五十年」と言われてはいたが、日本人の平均寿命が「五〇歳をこえるかこえないかの水準にまでなつた」[49]のは、漸くにして「戦前」[49]のことであったと言われる。

＊　＊

見てきた事柄を考慮して、我国では縄文・弥生・古墳の各時代、諸外国でも此れらの時代に相当する時期の人々が、仮に居住民数百人規模の集落で、平均して五十年近い人生を送っていたとすると、結婚をする場合、ほとんどの者は自らの日常生活を営んでいる集落内に相手を捜していたと考えられるから、当該集落の居住民の男女比がほぼ同じであったとしても、男女ともに其の総てが結婚して子を儲けるのに適した年齢にある訳ではなく、いきおい相手を選択する自由には数の上で制限があることになり、血縁的に近い関係にある者同士の結婚も少なからずあったと思われる。

しかも、集落内の男女がほぼ同数であっても、結婚の相手選びの状況が右のようであったとすると、貧富の差などがあって、集落の構成者全員が平等でなかったりすると、フランシスコ会修道士トリービオ＝モトリニーア（Toribio Motolinía）が、ヌエバ・エスパーニャ（メキシコの南半部）の十六世紀の結婚について、「なかには二〇〇人もの妻を持っている者もいた。…（中略）…首長と要人が女性をことごとく独り占めにしてしまう」[50]と報告し、鈴木経勲が十九世紀末のマーシャル諸島における風俗を紹介して、「強者は数名の婦女を蓄え、…（中略）…弱者は…（中略）…四五人相謀り同居し、わずかに一婦人を得て、これを共同物とし」[51]ていると記したような状況を生じて、特権階級を形成する一部の人を除き、大多数の人々の結婚の相手捜しは、更に一層難しくなったことと思われる。

ほとんどの場合に、集落内の限られた数の異性に結婚の相手を捜さねばならなかったところへもってきて、更に其の人数の枠が狭められるという事は、必ずしも貧しい者と富める者、力弱い者と力強い者といった差位を生じた集落にだけ見られる特異な現象ではなく、例えば、男性が過酷な自然環境のもと、常に死の危険に身を晒しながら、狩猟や漁撈に従事しなければ日々の生活が成り立たないような、極北の地に住む人々の間においても見られたはずで、其処では一夫多妻という形での解決が図られねば、結婚出来ない女性の生活は立ちゆかないといった状況になったと考えられる。また、女児が誕生すると此れを殺害する風習のあった種族の場合にも当然のことながら男性の側から見て、結婚の相手となり得る人の数は極めて狭められたはずで、当該種族では其の事が減じつつあった時期にあってなお、「人口八百の中、男性一百人の超過」[52]であったと報告されている。さまざまな理由から、男女の人口比が現実に均衡を欠いていたり、結婚の相手捜しということでは其れを欠いていると言わざるを得ない集落は、世界の各地に少なからず存在したたと思われる。

其れはともかくとして、居住民が数百人規模の集落内で結婚の相手を捜すというような状況下にあっては、「血液に係《かか》はりのない親戚《しんせき》同士の八等親、十等親から、つひには同姓同士まで」[53]をも其の範囲に含まれるといった極端な拡大解釈をするのではなく、極く普通の意味での「近親」関係にある者同士の結婚も少なからず行なわれていたことと推測される。

近親者同士の結婚は人道に悖る行為であるとする観念・思想が、何時頃如何にして人々の間に生じたのかは明らかでないが、見てきたような状況下にある人々には、倫理的観念・思想を生ぜしめたり、また其れを受容するだけの精神的余裕など無かったのではないだろうか。

血筋の上で近親関係にある者同士が結婚した場合、子供にある種の病気の発症する可能性の高い事は、今日では良く知られている。

フィンランドの人類学者ヴェステルマルク（Wes'termark, Edward Alexander）は、自らが滞在したことのあるイギリスのシェトランド諸島中のフーラ島の名を挙げて、同島の住民二百〜二百五十人は従兄弟姉妹婚を盛んに行なっているが、同諸島中の他の島の人に比べて背が低いようだと言い、白痴の人が数人いる事、夫婦が従兄弟姉妹の関係にある一家庭に三人もの聾唖の子があるという話を聞いたと報告している。[54]同様の例は我国にもあり、二十世紀半ば頃の香川県仲多度郡高見島村（現、多度津町）について、「同族同志の結婚が殆んどである。従って唖が多い」[55]と報告されている。

*　　*

「近親」という観念が人々に認識されるようになって以後、「皇位は低い身分の家系によっては継がれないから、皇帝となる者は、まずじぶん自身の女きょうだいを妻としなくてはならない」[56]といった特殊な事例を除けば、血筋の上での「近親」者同士が性的に親密な関係を結ぶ、所謂近親相姦は、多くの報告によって明らかなように、人々により極度に嫌忌されるのが普通であった。しかし、其の事が奨励されて積極的に実施される事はなかったにしても、限られた数の人が居住する集落内で結婚の相手を捜さねばならないという状況の下では、時に相手が血筋の上で「近親」の関係にある者であっても結婚しなければならない場合もあり、其のような時に人々も此れを黙認したと思われる。そして其の結果、正常とは看做し難い子の生まれる事もあったとすれば、其の事実に基づいて、また洪水の被害の如何に大きかったかを語るために、難を逃れた生存者を最も狭義の「近親」者である一組の兄妹であるとし、其の兄妹が結婚して「人間ならざる物もしくは不具児」が誕生したと語る神話が創られた可能性は、充分にあり得るだろう。

述べたように、さまざまな事情から、血筋の上で近親の関係にある者同士の結婚も少なからずあったに違いないと考えると、「洪水神話」に兄妹の結婚と結び付けて語られている「人間ならざる物もしくは不具児」の誕生という物語構成素は、兄妹の結婚が人道に悖る行為であるとして、其れを犯したことに対しての懲罰の意味合いで加えられたものとは思われない。

兄妹の結婚を咎めたり、其の結婚の結果「人間ならざる物もしくは不具児」の誕生を語ったりしない「洪水神話」が存在しているのは、未開・古代人の間で、血筋上近親の関係にある者同士の結婚が珍しくもなかったという事情を反映しているのではないだろうか。

兄妹が結婚して「人間ならざる物もしくは不具児」が生まれたとする「洪水神話」と、兄妹の結婚に異を唱える表現がなかったり、兄妹が結婚しても「人間ならざる物もしくは不具児」の誕生を語らない「洪水神話」との関係は、後者が古い形の神話で、前者は後者に「人間ならざる物もしくは不具児」の誕生という物語構成素を追加したものという、いわば創作時期の新旧という関係にあるのではなく、孰れも血筋上の近親者同士の結婚が珍しい事でもなかった時期に、集落内の状況を踏まえて創られたもので、其の一方がたまたま既に認識されていた近親婚の弊害に言及した、ということなのではないか。

ただ、海南島の原住民リー（黎）族、台湾の原住民アミ（阿美・阿眉）族の「洪水神話」、また朝鮮の其れに見られる儒教的な倫理観を披瀝した表現は、当該種族と其の居住地域、伝承の採集された時期などを考慮すれば、単純に近親婚の弊害に言い及ぼうとしたものとは考えられず、明らかに儒教思想が影響したことによる追加表現と思われる。

＊　＊

此のように見て来ると、記紀両書に載録されているイザナキ・イザナミ二神の結婚とヒルコの誕生を語る神話が、果たして我国で創られたものなのか、或いは外国から伝播したものであるのか、更には当該二神の結婚に先立って言及される二神の置かれていた状況や環境の描写を含めて、其れを「洪水神話」と看做し得るか否かといったことが、孰れと俄には決め難いとしても、イザナキ・イザナミ二神が、見たように兄妹もしくは姉弟の間柄にあると考えられていたことからすれば、ヒルコの誕生は正しく、血筋の上での「近親者」同士による結婚と「不具児の誕生」という事象を踏まえて創られていると考えられる。

ヒルコは、嘗て集落内で少なからず行なわれていたに違いない、血筋の上での近親者同士の結婚と、集落内に出生する子供全体に占める割合からすれば、少ない数であったとしても、其の結婚によって生まれることが、近親者ではない者同士の其れによって生まれるよりは明らかに多くあった、例えば首が座らないというような、身体に可視的障害をもつ子供であって、其の身体的特徴を適切に言い表わそうと、我国の未開・古代人は、彼らが日常見ることの多かった蛭を借りて其れを表現し、漢字渡来後に表記の上でも「水蛭子」・「蛭兒」としたものと思われる。

注

(1) 日本古典文学全集1『古事記 上代歌謡』五三頁。
(2) 倉野憲司著『古事記全註釈』第二巻一〇八頁。
(3) 西郷信綱著『古事記注釈』第一巻一一四頁。
(4) 日本思想大系1『古事記』二二一頁。

（5） 新編日本古典文学全集2『日本書紀』①二九頁。

（6） 拙著『記紀神話伝説の研究』三六頁。

（7） 同上書四五頁。

（8） 新潮日本古典集成・西宮一民校注『古事記』三二八頁。『日本書紀』巻第一の第二段（神代七代章）一書第一の記事については、忌部正通が「二神とは、伊弉諾尊、伊弉冊《ママ》尊なり」（『神代巻口訣』――加藤咄堂編『国民思想叢書』国体篇上二六頁）と言い、近くは、新編日本古典文学全集2前掲書が、二神を伊奘諾・伊奘冉であるとし（二三頁）、角田文雄が「〔イザナキの尊とイザナミの尊の〕二神は青橿城根《あをかしきね》の尊の子である」（『『日本書紀』神代巻全注釈』六九頁）と述べている。西村真次は、「日本神話の初頭に現はれる両性の神々は、恐らく其原始形式に於いては、"brother-sister-incest"ではなかつたらうかと私は思つてゐる」（「日本神話の神話学的研究」――『早稲田文学』第一九八号（大正一一年五月）六二頁）と言っているが、イザナキ・イザナミが指摘された神々の中に含まれていることは間違いないだろう。松本信広も、「書紀の一書によるとイザナキ・イザナミ二神も兄妹であつたと解される」（「日本神話に就いて」――国史研究会編輯・岩波講座『日本歴史』第九巻同上論三〇頁）と述べ、品川滋子は当該一書の記事を挙げて、同一書はイザナキ・イザナミ二神を「姉弟《ママ》と見ている」（「イモ・セの用語からみた家族・婚姻制度」――『文学』第二七巻第七号三四頁）と言う。保坂達雄もイザナミはイザナキにとって姉妹の孰れかであって、両者は「血縁的な兄弟姉妹の関係になる」（「兄と妹」――シリーズ・古代の文学3『文学の誕生』一六三頁）と言い、書紀の当該一書の記事にも言及する（同上書一六四頁）。他にも同様の意見はあって、『古事記』の古写本また版本の幾つかに、イザナミを指す「妹」の語を「イロト」と訓んだもののあることを指摘して、倉野憲司は、「これらの諸本では岐美二神を兄妹と見てゐたやうに思はれる」（『古事記全註釈』第二巻一一一－一一二頁）と言い、西郷信綱も、やがては夫婦となる「他人同士」が、イザナキ・イザナミと命名されることはまず無いだろうから、「その間柄は兄と妹であると見てほぼ誤るまい」（『古事記研究』六一頁）と述べ、「正倉院戸籍文書」に見える兄妹の名の幾つかを例として挙げている。見て来たように、イザナキ・イザナミは兄妹或いは姉弟の間柄にあったとする意見は多くあって、管見に及んだものでは、小野明子が、「日本神話においては、イザナキ・イザナミの関係が兄妹であったとする…（中略）…記述はな」い、としている（「日本神話とインドネシア神話」――大林太良編『日本神話の比較研究』一六七－一六八頁）のが、唯一西宮説と同意見を述べた説であるが、此れさえも二神結婚の「話の運び」から推して、其の根底には「インセストの影がほのみえるのである」（同上書一六八頁）と、「岐・美二神結婚の背景に近親相姦を想定」している。イザナキ・イザナミ二神の結婚に、「「相姦」という説は少なくとも起りようがないということだけは確実」（西宮一民著「書評 西郷信綱著『古事記注釈 第一巻』」――『文学』第四四巻第二号一一三頁）なのか。「どこに「兄妹相姦」という「兄妹」の証拠があるのか」（西宮一民著「日本書紀の神話」――稲岡耕二編『日本神話必携』一三二頁）と問われて、『日本書紀』巻第一の第二段（神代七代章）本文と同一書第一とを挙げるのは、見当違いの事なのか。

（9）袁珂著・鈴木博訳『中国の神話伝説』上巻一一〇－一一五頁。

（10）鈴木正崇著「苗族の神話と祭祀」――『日中文化研究』3・一一二頁。

（11）村松一弥著『中国の少数民族』二一四頁。干寶（？－三七一）の『捜神記』に見える「昔高陽氏、有同產而爲夫婦、帝放之於崆峒之野、相抱而死。神鳥以不死草覆之、七年、男女同體而生、二頭、四手足、是爲蒙雙氏」（巻一四――中国古典文学基本叢書同上書一六八頁）という話は、此れより早く張華（二三二－三〇〇）の『博物志』に「昔高陽氏有同產而爲夫婦帝放之北埜相抱而死神鳥以不死草覆之七年男女皆活同頸二頭四手足爲蒙雙民」（巻二――『景印文淵閣四庫全書』第一〇四七冊（子部三五三小説家類）五八二頁）とあって、漢民族の間に古くから伝えられていたもののようである。此の話は「洪水」と関わらないが、あるいは兄妹が結婚したところ異状な子が生まれたというのがもとの形で、兄妹の結婚を嫌う漢民族が改変の手を及ぼした結果、見るような形になったものかも知れない。

（12）『臨時台湾旧慣調査会第一部番族慣習調査報告書』第五巻の一・一七〇頁。

（13）同上書一七一頁。

（14）中山盛茂著「多良間の民俗」――琉球大学沖縄文化研究所編『宮古諸島学術調査研究所報告』地理・民俗編一九六四年一七九頁。

（15）岩崎卓爾著『ひるぎの一葉』――『日本庶民生活史料集成』第一巻四二五頁。

（16）鄭秉哲編『球陽外巻遺老説伝』巻之二――『日本庶民生活史料集成』第一巻三二三頁。因みに、比嘉春潮と新里恵二は「遺老説伝 解題」を執筆し、此の話について、「おそらく、洪水の後に生き残った兄妹、母子の結婚と、その結果としての子孫繁昌という、ひろく各地にみられる伝承との関連でみるべきものだろう」（『日本庶民生活史料集成』第一巻三〇二頁）と記している。

（17）君島久子著『中国の神話』一九六頁。

（18）『臨時台湾旧慣調査会第一部蕃族調査報告書』阿眉族一〇七頁。

(19) 孫晋泰著『朝鮮民譚集』八四頁。
(20) R・J・ブレイドウッド著・泉靖一／増田義郎／大貫良夫／松谷敏雄訳『先史時代の人類』（一五一頁）、小野山節著「ジャルモ Jarmo」（『平凡社大百科事典』第六巻（一九八五年版）一三三〇頁）、また、阪本寧男著『雑穀のきた道』（一四－一五頁）による。
(21) 樋口隆康／NHK取材班著『大黄河』第三巻一五七－一五八・一六一頁。
(22) 『朝日新聞』一九九六年一一月五日朝刊二五頁。
(23) 小山修三著『縄文時代』一三九－一四〇頁。
(24) 登呂の集落の人口については、住居址数（一二）と其れらの床面積に居住可能と思われる人数（五乃至六）から、「六十～七十二人、間をとって約六十五人となろう」（神澤勇一著「稲作の時代」――日本史の謎と発見1『日本人の先祖』二一二頁）とする意見と、水田面積との関わりから「七〇～八〇人、あるいはもう少し多いのかもしれません」（「シンポジウム登呂遺跡と周辺の文化状況」渡部忠世発言――『登呂遺跡と弥生文化』二六一－二六二頁）という発言によって概略を示したが、此れらの他にも、「未発見の住居址があったとしても、それでも九〇人を越すことはないと思われる」（杉原荘介著『日本農耕社会の形成』二三六頁）、「五〇－六〇人」（原秀三郎著「登呂《とろ》に住みついた人びと」――『図説静岡県の歴史』四〇頁）、「五〇人をやや上まわる六〇人以下」（乙益重隆著『弥生農業と埋納習俗』一一二頁）などとするものがあるので、上下ともにいま少し幅をもたせ、五〇－九〇程とすべきであるのかも知れない。
(25) 大塚初重報告「登呂の考古学」――『登呂遺跡と弥生文化』三一－三二頁。
(26) 松原正毅著『青蔵紀行』（中公文庫）一六四－一六五・一七八・二〇二－二〇三頁。
(27) 土屋喬雄／玉城肇訳『ペルリ提督 日本遠征記』（岩波文庫）㈡一七四頁。
(28) 加藤三吾著『琉球乃研究』中巻二三頁。
(29) 民俗民芸双書26・大藤ゆき著『児やらい』三四頁。
(30) 吉田集而著『不死身のナイティ』一八三頁。
(31) オールコック著・山口光朔訳『大君の都』（岩波文庫）(中)一一三頁。
(32) 下村寅太郎／増田四郎／鈴木成高座談「中世史の旅」増田四郎発言――鈴木成高著『中世の町』二五〇頁。同様のことは現代にもあって、森川庚一は、バングラデシュの北西部の町ボグラから北東約一〇キロに位置し、約二〇〇〇人が居住する村、ノビーゴンジについて、「村役場の話では…（中略）…村人の行動半径も約六マイル（九・六キロ）以内で、殆《ほとん》どの村人はその範囲内で人生を終えると言いました」（「十歳の花嫁、ナスパー」――下川裕治他著『アジア大バザール』（講談社文庫）一一六・一二二－一二三頁）と報告している。

（33）小林和正著「出土人骨による日本縄文時代人の寿命の推定」――『人口問題研究』第一〇二号一－一〇頁。

（34）荒井魏著「加曾利貝塚」――森浩一企画監修・日本の遺跡発掘物語2『縄文時代』七三頁。

（35）水野一道著「蜆塚遺跡」――同上書二四九頁。

（36）芹沢長介著『石器時代の日本』一四七－一四八頁。

（37）菱沼従尹著『寿命の限界をさぐる』三八頁。

（38）同上書六三頁。

（39）山内清男著「Ⅲ　縄文式文化」――日本原始美術1『縄文式土器』一四三頁。

（40）小山修三著前掲書三二・四〇頁。

（41）同上書三三頁。

（42）小林和正著前掲論――『人口問題研究』第一〇二号六頁。同論に、インディアン・ノウルはIndian Knollと記されている。今、其の訓み方は、同著「人骨の推定死亡年齢に基づく寿命研究の状況」（同上誌第九〇号五八頁）に従う。

（43）井川史子著「骨で見分ける古代人の生活ぶり」――『科学朝日』第四一巻第一二号六九頁。

（44）山内清男著「石器時代人の寿命」――『ミネルヴァ』三月号（昭和一一年）四三頁。

（45）陳壽撰・裴松之注『三国志』巻三〇・魏書・烏丸鮮卑東夷伝第三〇――中華書局出版同上書第三冊八五六頁。

（46）橋本増吉著『東洋史上より見たる日本上古史研究』二六三頁。

（47）三品彰英編『邪馬台国研究総覧』一一六頁。

（48）水野祐著『評釈魏志倭人伝』三七三頁。

（49）矢野恒太記念会編『数字でみる日本の一〇〇年』（改訂第三版）五一五頁。「戦前」は「第二次世界大戦の起こる前」とも「太平洋戦争の起こる前」とも解されるが、同書が同頁に掲げる「平均寿命の推移」表より推して、孰れかといえば後者であると思われる。

（50）トリービオ－モトリニーア著・小林一宏訳注『ヌエバ・エスパーニャ布教史』――『大航海時代叢書』第Ⅱ期第一四巻二六

八頁。

(51) 鈴木経勲著・森久男解説『南洋探検実記』(東洋文庫)七八頁。

(52) J－P－マードック著・土屋光司訳『世界の原始民族』上巻一一五頁。

(53) 金素雲著『朝鮮史譚』(講談社学術文庫)四頁。

(54) E－A－ウェスターマーク著・江守五夫訳『人類婚姻史』一〇三頁。

(55) 香川県民俗調査会民俗採集報告(第一輯)『高見・佐柳島民俗調査会報告』二八頁。江戸時代が終わる頃までに、我国の公家の間でどれ程に近親結婚が行なわれていたのか定かではないが、英国の外交官として幕末に我国を訪れたミトフォード(Mit'ford)は、彼らの間の近親結婚の弊害に言及して、「公家の多くは、虚弱で青白く、貧血気味で幽霊のように見えたが、ウィリス医師の着実な判断では、代々にわたる遺伝の兆候が多く見られた」(A－B－ミットフォード著・長岡祥三訳『英国外交官の見た幕末維新』(講談社学術文庫)一九二頁)と述べている。また、昭和の初めには、久保清・橋浦泰雄が五島列島について、「旧来は多く部落内結婚・血族的結婚が多かつた」とし、「優秀性の持続されてゐる部落は、さしたる弊害もなく良好であるが、悪性の注入された部落は、一部落挙ってそれに感染する有様で、悲惨な情態にある部落も若干ある」(『五島列島図誌』三一頁)と述べている。

(56) シェサ－デ－レオン著・増田義郎訳注『インカ帝国史』――『大航海時代叢書』第Ⅱ期第一五巻四六頁。

＊ 二〇〇〇年九月三〇日の『朝日新聞』夕刊は、トルコ中部のカマン・カレホユック遺跡で、三五〇〇年前の大規模な都市遺構群が発見されたと報じ、城壁また穀物を貯蔵したらしい倉庫の規模などから、此処には一〇〇〇〇人を超える人が居住していた可能性が高いと述べた(宮代栄一著「ヒッタイトの都市発掘」――同紙一頁)。翌二〇〇一年二月八日同紙の朝刊は、中国の雲南省麻栗坡県の地に居住して、少数民族の分類ではイ(彝)族に含まれるものの、「自ら「倮(ラ)族を名乗る」人々と、其の一村落(城寨村)について報告することがあったが、当該記事によると、其の村は二〇〇余戸、一〇〇〇人足らずで構成されており、「出稼ぎが始まるつい最近まで村人は集落を出ることもほとんどな」く、「村には古来、同族結婚しか許さないしきたりがある」(堀江義人著「伝説の村に文明の風」――同紙六頁)という。前者は、鉄器を用いて版図を広げた民族ヒッタイトの紀元前一六乃至一五世紀の一都市の発掘調査に関する記事であり、後者は現代の中国における一少数民族の村の風俗・習慣についての報告であって、古い時代の事を考える際の参考になるが、イザナキ・イザナミ二神の結婚とヒルコの誕生を考え

る場合、繁栄を極めた過去の文明の特異な状況を語る前者よりも、後者の方がより参考になる事が多いように思われる。なお、後の記事に「倮（ラ）族」とあるのは、城寨村がベトナムとの国境地帯にあるとされている事と、「ラ（倮）」の名称・表記漢字とから推して、『世界民族事典』に言う「ロロ族」のことかと思われる（六四・七六七頁）。嘗ての我国で行なわれていた村落内での近親結婚について述べた記事のうち、イザナキ・イザナミ二神の結婚とヒルコの誕生を拙論の観点から見る際の参考になるかと思われるものの二・三を挙げてみる。江戸時代中期の儒学者荻生徂徠（一六六六－一七二八）の『南留別志』には、「周防の国に、畜生谷といふ里あり。母子兄弟の間にて、婚姻をなすといふ。平家の余類なるべし。敵をさけて、人の通はぬ所に隠れ居て、子孫を長じたらんは、おのづからに、一族の外に、婚姻すべき族なかるべければ、里のならはしとなりしなるべし」（『日本随筆大成』第二期第一五巻四六頁）という記事が見え、中山太郎は此の記事に、「按に、極端なる近親婚であるが、『山に三年住めば××でも夫婦』と云ふ俚諺は、古く広く行はれた。平家の落人ではなく、境遇のためである」（『日本民俗学辞典』八五八頁）と解説を施している。また、林笠翁（一七〇〇－一七六七）の『仙台間語』は、上掲『南留別志』の記事を紹介し、日向国と肥前国との間、また加賀と越中との間の所謂隠れ里の例を挙げて、此れらの里も其の習俗は、「畜生谷」の其れと同様であっただろうと述べ、更に「阿波国忌部村ニテハ…（中略）…隣村ヨリモ不二昏姻一ト、阿波人石川東父話《（ママ）》レリ」（続篇第三・「諸国習俗」条――『日本随筆大成』第一期第一巻四一六頁）と記している。山口弥一郎の『東北民俗誌　会津編』は、福島県大沼郡本名村三条（現在、大沼郡金山町の一部）について、一九世紀初頭に成った『新編会津風土記』に記載された其の家数から説き起こし、二〇世紀半ばに至るまでの時々の世帯数・人口を明らかにしながら、「部落婚はなおほぼ維持されているとみることが出来る。…（中略）…会津地方、特に奥会津の僻村等には部落婚は多い。…（中略）…ただ心配した血族婚姻維持の弊害とみられる不具者は殆んど目立たなかったのは有難いと思った」（一九頁）と記している。因みに、昭和二七（一九五二）年に同地の人口は、男四〇、女三四であった。なお、本論中で其の人口を六〇から八〇と見積っておいた登呂の集落について、大場磐雄は、「当時の家族は家の遺址から推定して、五六人から七八人を一戸とし、多くの戸が集合して生活してゐたと考へられるが、恐らく各戸は血に繋がる一族であって、結婚も亦同族間に行はれてゐたと思はれる」（『古代農村の復原』一七〇頁）と述べている。橘南谿（一七五三－一八〇五）によれば、室町時代（一三九二－一五七三）末の頃か桃山時代（一六世紀後半）の始め頃に其の存在が知られ、其処の人たちが元和・寛永の頃（一六一五－一六二八）に「世間へ初めて人交《まじわ》り」をするようになったとされる（『西遊記』続編巻之二・「五七　五ケ《ご》邑《むら》（熊本）」条――宗政五十緒校注『東西遊記』（東洋文庫）2・一二八－一二九頁）五家荘（現在、熊本県八代郡泉村の一部）は、「南北凡そ二十里斗《ばか》り、東西一二里より三里ばかりもあり。東は豊後、北は阿蘇《あそ》、南は求麻《くま》、西は隈本《くまもと》なり。何方《いずかた》より入るにも皆二十里余《あま》りありて、其嶮岨《けんそ》中々いいつくすべきにあらず。更《さら》に道とてもなし」（同上書一二八頁）、或いは「この地は熊本より東南の方に当り、八代より踏込《ふんごみ》往く。道程六七日路を経べく思ふに、日向の境にや有らん、殊に深山の中にありて、且通路甚《はなはだ》嶮難なり」（松浦静山著『甲子夜話』巻六七・六――東洋文庫版同上書5・三五頁）といった秘境であって、『肥後国志』が引く、貞享五（一六八八）年天草代官服部六左衛門の「調書」によれば、五家荘各村の戸数と〔男・女の数〕は、椎原村二三〔五二・六四〕、久連子村五一〔一二五・九三〕、椴木村三九〔六九・六八〕、波木村二〇〔三八・四七〕、仁田尾村二三〔七九・八三〕とされている（八代郡・種山手永――森本一瑞遺纂・水島貫之校補『増補校訂肥後国志』下巻三六六頁）。其の後、元禄三（一六九〇）年には、久連子村四四〔三〇三・二八三〕、椎原村二〇〔一二八・九〇〕、樅木村一九〔六三・六九〕、葉木村九〔二五・三八〕、仁田尾村三八〔一三六・一三〇〕が各村の家数〔男・女の数〕であった（村次常真著『肥後国五ケ荘図志』――『日本庶民生活史料集成』第九巻三七四―三七六頁）。五家荘の人々の婚姻がどのように行なわれていたか明らかではないが、元和・寛永の頃まで他の地域との交流がなかったのであれば、松浦静山が「この五家の人は皆一類」と言っている（前掲書三五頁）ように、定めし村内婚（荘内婚と言うべきか）が行なわれ、障害ある者の誕生することも多くあったのではないかと思われる。『肥後国志』・「調書」に「椴木村」とあるのは、『肥後国五ケ荘図志』の「樅木村」であると思われるが、「椴」は、とどまつ、であって、「樅《もみ》」とは異なる。

第Ⅱ部

第一章　伊耶那岐命による黄泉国訪問神話の成立時期について

『古事記』と『日本書紀』の両書が語る所謂神代史は、さまざまな神話を接合して形成されたものであるが、それぞれの神話はまた、幾多の物語構成素によって組み立てられている。物語構成素の一一が出来した時期は一様ではないから、神代史を形成する神話も、それぞれが其の置かれた位置において、既に述べられた事柄と矛盾することのないようにと、また、七世紀後半から八世紀初頭にかけての頃の天皇家が、我国を統治することの正当性を主張するという目的に添うべく、両書の編纂者によって加えられた、最終的な整理と意図的な改竄による変化を除くと、見られるような内容をもった一個の神話として完成された時期は、一様ではなかったと考えられる。

此の事は、同じ『古事記』に載録された神話でも、所謂八俣遠呂智《知》退治譚の直前に置かれている「蚕と五穀の発生起源譚」が、我国における稲・粟・小豆・麦・大豆の栽培と養蚕との開始時期から推して、紀元前五世紀頃から遅くも紀元前三世紀の頃までには完成されていてもおかしくないと考えられる[1]のに対し、八俣遠呂智《知》退治譚が、其の起源を紀元前十数世紀の頃まで溯ることの出来る、所謂ペルセウス・アンドロメダ型の伝承とほぼ同じ物語構成・内容の話であるにも拘わらず、箸が河を流れて来たので、上流に人あるを知ったという構成素のある事、我国において箸を用いる風習は七・八世紀の頃に始まったと推測される事[2]によって、此の一条が『古事記』出来後、其の伝写の間に付加されたものでない限り、『古事記』出来の直前に完成されたものであったと考えられる事によっても明らかである。

本稿では、『古事記』に載録されている神話の中から、伊耶那岐命が亡き妻伊耶那美命を「黄泉国」に訪ね、其の地から逃走して「葦原中国」に帰還する話を採り上げて、其処に見られるさまざまな物語構成素の一一について考察し、当該神話が見られるような形になった時期が何時頃のことであったかを、可能な限りで明らかにしてみたい。

当該神話の成立の時期に関わる意見としては、此れまでに、伊耶那岐命が桃の実を投じて追跡者を撃退したという物語構成素に着目し、此れを桃に邪気悪霊を払う力のあることを認める中国の思想の影響によるものだとして、中国文化の我国に輸入されること盛んであった「五世紀以後の作[3]」とする説、葡萄は、漢の武帝の元朔三（前一二六）年、張騫（?-前一一四）によって漢（中国）に伝えられたと『史記』に記されている——此れは、現在に伝わる『史記』の記述を正確に表現したものではない——として、伊耶那岐命が「黒御鬘」を投ずると其れが葡萄に変じたとする物語構成素も、同年以後ならば「いつ成立したとしてもいい[4]」とした説、また当該神話に我国で五世紀の頃に築造され始めた横穴式石室の影響が及んでいるとして、物語全体を「西紀六・七世紀時代[5]」に成っただろうとする説、などが唱えられている。

右に掲げた三説のうち前二者は、伊耶那岐命による所謂黄泉国訪問譚中の一構成素が作成された時期を推測したものので、当該神話が一個の「神話」として完成した時期を問題としている訳ではなく、また後者も、横穴式石室の築造が我国においては六・七世紀に盛んであったという一事をもって当該神話全体の成立時期を推し測ったもので、其の孰れもが、当該神話を種々の物語構成素の結合されて成ったものと考え、其の完成の時期を明らかにしたいと願う者に、些か満たされぬ思いを抱かせる。第二の説を唱える者が、第一の説を非難して、我国には五世紀に至るまでの間に、中国文化の「ひそやかな、民間的な輸入[6]」のあった事を考慮していないと指摘しながら、大宛と其の周辺の国から中国へと葡萄が伝えられるについても、文献に記載されない「ひそやかな、民間的な輸入」が、漢の武帝の時代以前になされた可能性のある事に触れないことも少しく気になるところである。「漢の武帝の時に張騫が西域に使してから、始めて東アジアと西アジアの連絡が生じたように早呑込みするのは記録に対する誤解であって、常識で考えても東アジアと西アジアがこの時まで、完全に絶縁されて個々別々の存在であったとは考えられない。況んや考古学の教える所では、例えば彩色土器などの分布によって、その遥か以前の石器時代に於いて、既に両者の間に密接な文化交流のあったことが証明さるるに於てをや(7)」というのは宮崎市定の言であるが、葡萄も『史記』や『漢書』が記す時期よりも早く、「ひそやかな、民間的な輸入」によって中国に伝わっていた可能性があるのではないか。

＊　＊

伊耶那岐命が「黄-泉国」に伊耶那美命を訪ね、「葦原中国」への帰還を促すと、伊耶那美命は既に「黄-泉戸喫」をしてしまったと答えて、我国の人々の間に古く、他界の食物を口にした者は、其の者がもと所属していた世界に戻れなくなるという観念・思想のあったことが分る。此の観念・思想が我国に自生したものか、他から伝来したものか、伝来したものとすれば其れは文献の記事によったか否か、総ては判然としない。今仮に我国の古代人が其れを文献によって知ったとすれば、七世紀の初めの中国に生まれて唐の顕慶五（六六〇）年頃に没したかとされる唐臨の著書『冥報記』に、貞観年間（六二七-六四九）に河東（山西省永済県）の柳智感は一度死んだが、冥界の食物を口にしなかったので蘇生した、という話が見え、此れが現在知られる限りでは、文献に記された我国の周辺諸国中における最も古い黄泉戸喫譚なので、当該観念・思想が我国に伝来したのは、七世紀も半ば以後のことであったということになる(8)。

＊　＊

伊耶那岐命は妻神が居るはずの「殿内」に入り、彼女の身体各部に「八雷神」が居るのを発見する。「八雷神」のうちに、「火雷」・「鳴雷」など我々の知る自然現象としての雷によって其の語義を解明し得るものの他に、「土雷」・

「伏雷」があって、此れらは、後漢の人蔡邕（一三二－一九二）の『月令章句』に「雷乃發聲　季冬雷在地下則雉應而雊孟春動於地之上則蟄蟲應而振出至此升而動於天之下其聲發揚也以雷出有漸故言乃[義正]」(9)とあるのを見て始めて、雷が一年のある期間は土中に伏在するという観念・思想によった存在態であると知られる。(10)此の観念・思想も「黄泉戸喫」の其れと同様に、我国にも自生していたものか、他から伝来したものか、伝来したとすれば文献の記事によったものか否かが判然としないが、右の中国の古文献の記事からすれば、其れは、「黄泉戸喫」の観念・思想よりは早く、文献或いは「ひそやかな、民間的な輸入」により、紀元二・三世紀頃には中国から伝わっていた可能性がある。

＊　　＊

伊耶那岐命が「予母都志許売」に追われ「黒御鬘」を投ずると其れが「蒲子」になり、「湯津〻間櫛」を投ずると其れは「筝」（真福寺本）になったという。「蒲」は『説文解字』に「水艸也」(11)とあるが、『日本書紀』巻第一の第五段（四神出生章）一書第六に「投二黒鬘一。此即化二成蒲陶一」(12)とあり、「蒲子」即ち葡萄である。今日我々の所謂葡萄は『古事記』の成立時を遥かに下った頃伝来したとされるので、「蒲子」の実体は山葡萄であると考えられる。山葡萄は、青森県青森市の三内丸山遺跡で、明らかに「人が利用した」(13)と思しき其れの種子が、縄文前期中頃の地層から発見され、早くから食用に供されていたと考えられる。従って其れが物語構成素となることは、五五〇〇年程も前から可能だったことになる。

「筝」は字書に無い文字であるが、兼永筆本古事記は此れを「笋《タカナ》」とし、やはり『日本書紀』巻第一の第五段（四神出生章）一書第六に「投二湯津爪櫛一。此即化二成筍一」とあるので、「筝」即ち筍、つまりは竹の子であって、投じられた櫛が竹製であったと知られる。我国における古代の遺跡から櫛が発見された例は多いが、縄文時代の前期より晩期に至る遺跡である青森県八戸市の是川石器時代遺跡から、材質は「定かでないが竹と思われる」(14)櫛が出土している。五世紀初めに築造されたとされる茨城県の鏡塚古墳(15)、五世紀後半に造られた神奈川県横浜市の矢上古墳(16)からは、竹櫛が発見されている。五世紀の頃には竹製の櫛が我国の物語の構成素となり得たことになる。

櫛は元来が同似形の集合部分（所謂歯の部分）を有する事により魔的存在態を排撃するのに有効な物と考えられていたと思われる。[17]五世紀の前半から六世紀にかけての頃築かれたとされる、宮崎県延岡市の南方古墳群を形成する古墳から十本、十四本、三十八本、[18]また古墳時代中期の築造とされる、山口県山口市の赤妻古墳からは、二十六本とも三十数本とも言われる[19]多くの櫛が発見されている。此のように多くの櫛が残されたのは、被葬者が生存していた頃に、人が日常多くの櫛を頭髪に挿していた事によるとも、死者の生前愛用していた櫛の総てを副葬したからだとも、被葬者が複数であった結果とも考えられるが、「大小多数の櫛を棺内に散布したと思われる場合がある」[20]という報告や、「実用にたえない小型品を棺に散布する場合もあり、一種の魔除け的な性格をも持っている」[21]という意見があるので、私としては、当該古墳（群）が築かれた頃、我国の古代人は既に櫛其の物に呪的力能を認めていたと考えたい。

蔓については櫛と同様の発見例を見ないが、其れが葡萄に変じたとされているからには、小さな実の多く付いた蔓草の類であったと思われるので、櫛に呪力が認められたのと同じ頃には、同じ力を有するとされていたと考えられる。

逃走者が背後に向けて物を投げ、其れが他の存在態に変じて追跡者の進行を妨げるという所謂呪物投擲逃走譚は、海外にも多く類話があって、被投擲物の一つにしばしば櫛が挙げられており、早くギリシア神話には父の追跡を阻止するため自らの弟を殺し、其の死骸を海に投じた王女メーデイアの話があるので、[22]『古事記』に載録されている呪物投擲逃走譚は、もと外国に出来したものであったかと思われる。ただ、我国の近隣諸国における呪物投擲逃走譚、もしくは明らかに其れと密接な関わりをもつと考えられる話で、八世紀初頭以前に、文献に記載されたものを見ない。しかし、我国の古代人が五・六世紀の頃までに櫛に呪的力能のある事を認めていたとすると、其れを被投擲物の一つに挙げて、其の力能を示している呪物投擲逃走譚が、同じ時期に伝えられていた可能性はあると考えられる。

＊　＊

伊耶那岐命は逃走の途中、追跡者に対し「十拳釼」を振っている。其れが実際にどれ程の長さであるのかは判然としていないが、「十拳釼」と言うからには長剣であろうし、しかも当該神話の語る内容から推して、其れは祭祀用の飾り物でなく実用に耐える物であったと考えられる。此の二つの事柄から、恐らく其れは鉄剣であったと思われる。

弥生時代の我国の剣は主として銅製の其れであったが、実際に武器として用いることの出来た其れは、長さ三十センチ程の物だったと言われる。「十拳釼」の「十拳」が、単に長いという意味であるとしても、僅かに三十センチ程の長さでは、「十拳釼」の名にそぐわない。ただ、通常の剣に較べて長いというのであれば、「十拳釼」が銅製であった可能性もある。古墳時代になると剣は専ら鉄製となり、「時代の変化とともに剣身が長くなる傾向をみせる」[23]と言われる。

五世紀中頃から後半にかけての頃に築造されたと推定されている、千葉県市川市の稲荷台一号墳から出土した『「王賜」銘鉄剣』は、全長約七十三センチと推測されている。[24]また、埼玉県行田市の稲荷山古墳は、五世紀末から六世紀初頭の頃築かれたと考えられているが、此の古墳で発見された「金象嵌銘鉄剣」は七十三・五センチあって、「長剣として分類すべき」[25]物と言われている。

『古事記』上巻が「草那藝之大刀」・「草那藝釼」として、大刀と剣との区別をしていないので、「十拳釼」は大刀であった可能性もあり得るが、五世紀後半から六世紀初頭にかけての頃に築造されたと考えられている、熊本県の江田船山古墳から、現存する部分の長さ九十・七、百十三・九、百十一・八センチの大刀が発見されている。[26]また、奈良県天理市の東大寺山古墳は四世紀後半に築造されたと推定されているが、此の古墳から出土した鉄製の大刀は、其の銘文中にある「中平□□五月丙午造作」という表現より推して二世紀末の物と考えられ、長さが一メートルを超えている。[27]

此れらの事から考えると、伊耶那岐命が「十拳釼」を振る行為は、弥生時代の末期以後五世紀が終わる頃までには、物語の構成素となり得たと思われる。

伊耶那岐命は追跡者に「桃子」を投げているが、桃は其の核が富山県富山市呉羽町の小竹貝塚で発掘され、縄文時代前期の我国に存在していた事が知られている。[28] 桃は長崎県の伊木力遺跡の「縄文時代前期の層位」[29]からも出土している。

＊　＊

今、試みに北周の保定年間（五六一－五六五）に没したとされる宗懍の『荊楚歳時記』を開き見ると、「按荘周云有掛雞於戸懸葦索於其上揷桃符於旁百鬼畏之」と記され、また、三国魏の人董勛の「桃鬼所悪」という言葉が引かれ、更に「桃者五行之精能制百鬼」と記されている。[30] 荘周は、戦国時代（前四〇三－前二二一）の人であり、三国魏は西暦二二〇年に曹丕が建国し、五代四十六年にして滅んでいる。「鬼」は人に仇する存在態であり、物の怪であって、中国では古く、桃に邪気悪霊を払う力のあることが認められていたのである。伊耶那岐命が桃を投げたことは、中国より伝来した此の観念・思想に基づく行動と考えられているが、此れが何時頃我国に伝わったのかは判然としていない。確かに中国より伝来したものとすれば、定めし「ひそやかな、民間的な輸入」によったと思われるが、寺沢薫によれば、「弥生時代には桃核に穿孔を施し、ペンダント様にして用いたり、仁の摘出を行なったらしい痕跡も認められる」[31]というから、桃が我国に伝えられるのと時を同じくして、当該の観念・思想も伝えられたのではないだろうか。

＊　＊

今回考察の対象とした神話に横穴式石室の関わりを認めようとする考え方のあることは既に述べたが、当該神話を、遺骸を納めた棺の置き場所（玄室）、其処から古墳の入り口へと繋がる通路（羨道）、羨道の入口部を閉塞する岩石といった、横穴式石室の構造や其の築造に際して用いられた資材などと重ね合わせて解釈しようとする考え方については、「自然主義的な考えかたに頼りすぎるのは、安易なだけでなく危険である」として此れを排し、当該神話の根底に何かが存在するとすれば、其れは「殯《アラキ》（モガリともいう）の行事であった」とする意見がある(32)。

私自身は、当該神話が殯に基づいて考え出されたり、当該神話の核になる部分が考えられた時以後其の早い時期に殯と関わりをもったとしても、『古事記』に載録されている其れは、物語展開の場を「黄泉国」として、「葦原中国」とは明らかに別の世界（国）であるとしている事、当該神話の異伝と思しき、『日本書紀』巻第一の第五段（四神出生章）一書第九の記事は、「伊奘諾尊、欲レ見二其妹一、乃到二殯斂之處一」と語り始めるが、其処に「黄泉国」の語が見えない事、既に見たように雷が地下に伏在する存在態と考えられていたからこそ、「土雷」・「伏雷」の名が見られるのだと思われる事などから、横穴式石室と関わりをもったと考えるのが妥当であると考えるが、仮に此の神話が殯に基づいて作られたのだとすると、我国における殯については、所謂魏志倭人伝に「其死、有棺無槨、封土作冢。始死停喪十餘日、當時不食肉、喪主哭泣、他人就歌舞飲酒。已葬、擧家詣水中澡浴、以如練沐(33)」とある倭人の習俗に、其の萌芽形態を見得るとする意見がある(34)ので、三世紀の頃には、当該神話のうち伊耶那岐命が「黄泉国」に亡妻を訪ねる事や、伊耶那岐命が妻神の死体を覗き見る事、つまりは此の神話の根幹をなす部分の考え出される可能性があったことになる。

我国における横穴式石室の始まりの時期については、「北部九州では…（中略）…おそらく四世紀の後半から末葉には、羨道をもつ横穴式石室が成立していた(35)」、「大陸との門戸であった北九州において…（中略）…横穴式石室が出現するのは四世紀末〜五世紀初頭にかけてのことである(36)」、「五世紀前半期に朝鮮半島からの影響によって出現したと考えられ(37)」、「五世紀中葉、半島ないしは大陸の墓制の直接の影響によって成立(38)」した、「六世紀後半に受容された(39)」とさまざまな意見があるが、当該神話に横穴式石室との関わりを認めるとすれば、其れは早くも四世紀後半に物語の大枠が創作される可能性があったと考えられることになる。ただ、伊耶那岐命が、「千引石」を「黄泉比良坂」に引き塞えるまでに、「逃行。猶追」、「逃来。猶追」といった表現が繰り返されることから、玄室に羨道を加えた部分、或いは羨道其のものには相応の長さが求められると思われる。

今、大和・河内を中心とした「畿内先進地域の横穴式石室の変遷を通観」した白石太一郎によれば、「六世紀中葉から後半にかけての時期」以後、「羨道の長さも…（中略）…玄室のそれを越えるものが多く」なり、六世紀後半―末葉―七世紀前半と、羨道は長さを増し、「七世紀中葉から後半」の時期に其れは「著しく退化した簡単なもの」になるという(40)。

玄室に羨道を加えた部分、或いは羨道其のものにどれ程の長さがあれば、当該神話における伊耶那岐命と追跡者との競走が展開される場として相応しいかは決め難いが、畿内の横穴式石室における羨道の長さの変遷からすると、横穴式石室が我国で築造されるようになった直後に、其れに基づいて当該神話の大枠が考案されたとは思われない。其れはやはり古墳時代も後半期（六‐七世紀）になってから考えられたのではないか。

因みに、六世紀後半の築造と考えられる、奈良県の藤ノ木古墳は、玄室の長さ六・〇四メートル、羨道の長さ八・二八メートルと報告されている(41)。また、同じく六世紀後半に築造されたと推定されている、奈良県橿原市の見瀬丸山古墳の羨道の長さは、二十メートルを超えると考えられる(42)。

＊　　＊

当該神話は、「黄‐泉国」における伊耶那美命の死体が腐乱している事を言い、其処に「八雷神」・「予母都志許売」・「千五‐百之黄‐泉軍」といった妖しきものたちの居る事を語るが、併せて「葦原中国」へと逃げ帰った伊耶那岐命に、其処を「穢国」と言わせて、当該神話が形成されるに当って死を穢れとする観念・思想のあった事を明らかにしている。

死を穢れとする観念・思想が何時頃から我国の古代人の間に存在することになったのかは、良くは分らない。「死穢に関する意識は仏教により成立した」と言い、また、当該神話をはじめ、記紀両書に記載されている、死を穢れとする記事は、「仏教継受以後成立した」とする意見があるが(43)、果たしてそうだろうか。

今、『日本書紀』を見るに、其の実在を疑われる天皇も含めて、第二代綏靖天皇以後の各天皇は、前代天皇の亡き後、概ね皇居を遷している。皇居を遷す理由が何であるのかは明らかでないが、死の穢れを嫌ったことによるとも思われる。

縄文時代には其の前期から共同墓地が現われ、後・晩期になると其れは集落の外に置かれるようになると言われる(44)。例えば、千葉県千葉市の加曾利南貝塚は、「縄文時代の後期…（中略）…西暦前二〇〇〇年～一〇〇〇年の間を中心として構成されたものといえよう(45)」と言われているが、此の貝塚については、居住地と埋葬地と貝殻の投棄される場とが、「かなり離れた別々の場所を選びつつ、時期的にも活発に移動していたことがわかる(46)」と報告されている。また、鹿児島県熊毛郡南種子町平山字広田の遺跡は、縄文後期以後の集落跡であるが、此処も「生活地域」とはやや離れた所に埋葬地があると報告されている(47)。新潟県の奥三面遺跡群中の元屋敷遺跡では、縄文後期前半に工事をして川の流れを変えたらしいのだが、其れは「住居域と墓域の仕切りも目的とした計画的な土木工事(48)」であったと見られている。

縄文時代も晩期になると、埋葬地が「集落から遠く離れ(49)」、弥生時代には「死者は生者から遠く隔る世界に空間が与えられ、境なす溝を設けて区別(50)」されるようになり、「墓地を集落から分離しようとする傾向は、古墳時代になるとさらに明確にな(51)」ると言われている。我国の古代人は、仏教の伝来を待つまでもなく、既に縄文時代も後期の頃には、死を穢れとする観念・思想の所有者だったのではないか。

＊　　＊

夫婦訣別に際して伊耶那美命は夫神に向かい「汝国之人草、一日絞㆓殺千頭㆒」と言い、伊耶那岐命は「吾一日立㆓千五-百産-屋㆒」と応じている。当該神話は此れによって「一日必千人死、一日必千五-百人生也」という事になったと語るが、伊耶那美命の発言にある「千」は、既に「莫㆓視我㆒」という禁を破って逃走した夫神を彼女が「令㆑見辱㆑

吾」と言い、「予母都志許売」をはじめとする妖しきものたちをして追わしめた事からすれば、多数の意で用いられたことは明らかである。「千頭」が多数の人間の意に用いられておかしくないのは、どのような状況下においてであろうか。

伊耶那岐命の住む世界、其れは取りも直さず伊耶那美命が生前に生活をしていた場でもあり、当該神話の作成に関わり伊耶那美命に右の発言をさせた者が、知識として知っている限りの地域でもあるが、其の人口が僅かに三百や五百といった数であれば、見るような夫婦訣別の際に、多数の意として「千」という語は用いられないのではないか。「千」を超えて、しかも相当数の人間が存在する事を知っていたからこそ、当該神話の作成に関わった者は、伊耶那美命に右の発言をさせ、「是以、一日必千人死、一日必千五百人生也」という表現を当該神話に加えたのである。

当該神話の載る『古事記』が完成した八世紀初頭より前、我国の人口がどれ程であったのかは明らかでない。

縄文時代より前の時期の日本列島の人口については、「八七〇〇人」(52)という推測をする者がある。縄文時代の人口については、「全国で十五万から二十五万」(53)と言う者、「最盛期（約四五〇〇年前）の場合、約二六万人」(54)と述べる者、其の「初期の人口を二、〇〇〇〜四、〇〇〇人」と考えて、晩期の其れを「七七、六（二人／㎢）〜八二、三（二、二／㎢）万人」(55)とする者などがある。また、弥生時代の人口については、「約六〇万人」(56)とも、邪馬台国の時代（三世紀。弥生時代の末期に当る）に「三〇〇〇万人内外」(57)とも言われている。

どれ程の人口があれば、伊耶那美命の発言や「一日必千人死、一日必千五百人生也」という表現が為され得るか俄には明らかにし難いが、古い時代の人々が、我国の総人口のどれ程であるかなど知る由も無いし、縄文時代については、中期末から後期初頭にかけ関東の遺跡数が減る事から推して、同地域の人口が減少したと考えられ(58)、全国規模でも、中期に最大となった人口が、「気候の寒冷化に伴う環境劣化によって…（中略）…減少を始め、そして後期以降、縄文社会は停滞期に入る」(59)とされている事からすれば、問題の発言や表現がさして不自然だとも思われなくなる状況は、人々が動物を捕え木の実を拾う生活から農業を営む生活へと移行することで、比較的安定した穏やかな日々を送ることが可能になり、人口も次第に増加して、集落間を人が通行する機会も自ずと増え、世の中にかなりの人間の存在することが知られるようになって後、弥生時代も恐らくは後半期以後になってようやく出来したのではないか。

＊　　＊

見てきたように、今回考察の対象とした神話には、呪物投擲逃走譚のように其の伝来の時期を明確にし難い部分もあるが、当該神話を成り立たせているさまざまな事柄について、其の一一が何時頃当該神話の枠組みや物語構成素となり得たかを考えてみると、黄泉戸喫譚が文献によって我国に伝えられたとする場合に、其れが最も遅れて、辿り得る限りで七世紀も半ば以後の事と思われ、六－七世紀頃の横穴式石室の構造が当該神話の形成に関わっているとも思われるので、当該神話は、七世紀も後半以後に漸く見られるような物語として完成されたのだということになる。

注

（1）拙稿「牛馬・穀物・蚕（蠶）の出現・発生神話をめぐって」（本書に収録）参看。

（2）嶋倉已三郎は藤原宮址より、「箸状の四角棒」が出土したと言い（「6 出土木質に対する所見」――奈良県史跡名勝天然記念物調査報告第二五冊『藤原宮』八一頁）、平城宮址からは檜製の箸が出土している（奈良国立文化財研究所10周年記念学報（学報第一五冊）『平城宮発掘調査報告Ⅱ 官衙地域の調査』七五頁）。所謂魏志倭人伝に「食飲用籩豆、手食」また『隋書』の「倭国伝」に「食用手餔之」と記される我国の人々が何時の頃から箸を用いたかははっきりしていない。古い時期の遺物としては、上掲の報告に記されたものの他にも、静岡県の伊場遺跡から、明らかに其れと看做し得る奈良時代の箸一点が出土している（伊場遺跡発掘調査報告書第三冊『伊場遺跡遺物編1』一二一頁）。其の利用者を貴族階級或いは官僚といった人々に限るのか、一般の民衆をも含んでいるとするのか、其れが利用の開始を言うのか、慣習としての利用の定着を考えるのか、などについて総ての意見が明確にしている訳ではないが、其の使用については、「弥生中期から後期にかけては手食から次第に匙や箸やフォークを若干ずつ使用する食慣習が生じたことを思わせる」（水野祐著『評釈魏志倭人伝』二八二頁）、「おそらく古墳時代のことであろう」（石毛直道著『食事の文明論』一二五頁）、「三世紀より七世紀までの間のことと思われる」（一色八郎著『箸の文化史【世界の箸・日本の箸】』五五頁）、「六、七世紀には貴族階級で箸が使われはじめた可能性はありうる」（鈴木晋一著「箸 はし」――『日本史大事典』第五巻七八一頁）、「貴族などが箸で食べていたとしても、それは七世紀に入る前後ごろとみてよかろう」（日本人の生活文化史2・鳥越憲三郎著『箸と俎』三〇頁）、「奈良時代にはすでに箸を使う習慣が定着していたと考えられる」（小泉和子著「はし 箸」――国史大辞典編集委員会編『国史大辞典』第一一巻五二九頁）、「その使用が一般化したのは奈良時代からと考えられ」（樋口清之著『新版 日本食物史』八〇頁）、「八世紀以来、二本箸による食事が始まり」（佐原真著『食の考古学』一四〇頁）、「奈良時代、箸を使って食べるようになった」（同上書一四二頁）、「箸食に変わったのは八世紀の奈良時代からのことである」（本田総一郎著『箸の話』一七九頁）などと言われている。今、『隋書』の列伝を編述した顔師古・孔穎達が、それぞれ貞観一九（六四五）・同二二（六四八）年に没している事と、上記諸説を参考にして、試みに、我国では箸を用いる風習が七・八世紀の頃に始まった、とした。なお、通常「箸」と言えば上掲佐原真の説に見える「二本箸」のことであるが、此れとは別にピンセット状になった「折箸」と称される箸があり、其れが大嘗祭で用いられている事を理由に、樋口清之は、其れを「二本箸登場以前に使用された箸と見てよいと考えられる」（前掲書八〇－八一頁）としている。また本田総一郎は、宮中の新嘗祭では「折箸」、伊勢神宮の由貴大御饌で「二本箸」が使用されるとして、「折箸」は三世紀、「二本箸」は五世紀に出現したとした（前掲書一八二－一八三頁）。此れに対し、鳥越憲三郎は「折箸」の製作には「相当な技術が必要である」事、中国では初めから箸は「二本箸」であった事を理由に、「折箸」の方が新しい物だとし（前掲書四三－四四頁）、鈴木晋一も「折箸」と較べて「二本箸」の方が構造的に単純な事を理由に、「折箸」先行説を疑問視している（「はし 箸」――『平凡社大百科事典』第一一巻（一九八五年版）一〇六四頁）。「二本箸」・「折箸」の孰れが早く出来したかは、俄には回答し難い問題であるが、私はどちらかと言われれば、鳥越・鈴木説に加担したい。宮中の儀式に用いられているから古い物だとするのはおかしい。一色八郎は、八俣遠呂智《(知)》退治譚に出る箸について、「二本箸であれば川を流れてくる棒切れを見て、箸であると判断できたかどうか」（前掲書五頁）と述べて、其れが「折箸」であった可能性の大である事を示唆しているが、此の話は、現実にあった出来事を述べているのではなくて、「お話」なのであるから、細かい事柄に拘る必要はない。理屈を言い始めれば、流れて来たのは「二本箸」で、仮に其の一本だけであったとしても、其れは単なる「棒切れ」ではなく、其れなりに細工の手が施された物なのだから箸と判断されたのだ、仮令「棒切れ」と見える程に粗雑な出来の箸であったとしても、素佐之男命は伊耶那岐神の子であり、天照大御神の弟であって、『古語拾遺』が素戔嗚神と記すように、神なのだから、其の「棒切れを見て、箸であると判断できた」

のだ、ということになる。

（3）渡部義通著『古事記講話』五二頁。

（4）松村武雄著『日本神話の研究』第二巻四六四頁。『史記』は「漢使」が大宛から葡萄を伝えた、と言う（司馬遷撰・裴駰集解・司馬貞索隠・張守節正義『史記』巻一二三・大宛列伝第六三――中華書局出版同上書第一〇冊三一七三－三一七四頁）。『図経衍義本草』は『図経』の記事を引くが、其の『図経』が、張騫が葡萄を中国に将来したと「史記」にある、と言う（寇宗奭編撰・許洪校正『図経衍義本草』巻之三五・19ウ－20オ――『重印正統 道蔵』洞神部霊図類厳上）。『図経衍義本草』は、「圖經曰…（中略）…謹按史記云大宛以葡萄爲酒富人藏酒至萬餘石久者十數歳不敗張騫使西域得其種而還種之中國始有蓋北果之最珍者」と言い、其の「大宛」以下「不敗」までが、『史記』に「宛左右以蒲陶爲酒、富人藏酒至萬餘石、久者數十歳不敗」とあるのとほぼ一致するから、此の「史記」は『史記』であると考えられるが、現在に伝わる『史記』に、張騫が葡萄を漢に伝えたという記事は見えない。張騫は月氏への使者になった折に大宛に至ったとあるので、葡萄を大宛から漢に伝えた使者、つまりは張騫であるとするのであろうか。賈思勰の『齊民要術』にも、「漢武帝使張騫至大宛取葡萄實於離宮別館旁盡種之」（巻四・種桃第三四・「葡萄」条――『景印文淵閣四庫全書』第七三〇冊（子部三六農家類）四八頁）とある。今、『図経衍義本草』にある「謹」以下の記事を『図経』からの引用であると見ておくが、或いは此れ以下は寇宗奭の加えたもので、『図経』には無い記事であるのかも知れない。葡萄が大宛から漢に齎された事を『漢書』は、「天子遣貳師將軍李廣利將兵前後十餘萬人伐宛、連四年。…（中略）…漢使采蒲陶、目宿種歸。天子…（中略）…種蒲陶、目宿離宮館旁」（巻九六上・西域伝第六六上――中華書局出版同上書第一二冊三八九五頁）と記し、此れもやはり張騫が伝えたとはしていない。上野実朗は『漢書』の記事によったのか、大宛遠征をした李廣利（?－前九〇）が葡萄と苜蓿とを漢に伝えたとしている（「ブドウ」――古代史講座13『古代における交易と文化交流』二九四頁）けれども、此れも『漢書』が言っている事とは違う。

（5）後藤守一著「古事記に見えた生活文化」――『古事記大成』第四巻歴史考古篇二八六頁。

（6）松村武雄著前掲書第二巻四六五頁。

（7）宮崎市定著「世界史序説」――『宮崎市定全集』第二巻二六八頁。

（8）拙著『記紀神話伝説の研究』九一－九二頁。

（9）蔡邕撰『月令章句』（玉函山房輯佚書）10ウ。此の記事と、李肇の『唐国史補』に「雷州春-夏多レ雷無二日《トメ》無レ之雷-公秋一冬則ハ伏二地中ニ一人取テ而食レ之ヲ其ノ狀類レ彘ニ」（巻之下――『和刻本漢籍随筆集』第六集四五頁）とあり、謝肇淛の『文海披沙』に「嶺南有二雷公一冬蟄ス二地中ニ一人掘得便撃殺而食レ之ヲ」（巻六――『和刻本漢籍随筆集』第五集八二頁）とあるのを併せ読めば、古代の中国で雷が如何なるものと考えられていたかが良く分る。

(10) 拙稿「『記紀神話伝説の研究』補遺」（本書に収録）参看。拙著前掲書一一二－一一三頁。

(11) 許慎撰『説文解字』第一下・艸部――一九七八年・中華書局影印同上書一七頁。

(12) 北村四郎は「日本にブドウが栽培されたのは鎌倉時代以後のこと」（『有用植物学』一一四頁）と言い、上野実朗も「日本では…（中略）…ブドウが栽培されたのは鎌倉時代以後である」（『植物文化誌』改訂版八〇頁）と言う。また、雨宮毅は、「日本での葡萄栽培は一一八六年（文治《ぶんじ》二）甲斐国《かいのくに》の雨宮《あめみや》勘解由《かげゆ》によって、中国から渡来した種から生じたと推察される甲《こう》州《しゅう》葡萄が見いだされ、栽培に移されたのが最初とされている」（「葡萄 ぶどう」――『日本史大事典』第五巻一三一〇頁）と言う。

(13) 辻誠一郎著「三内丸山を支えた生態系」――岡田康博／NHK青森放送局編『縄文都市を掘る』一七八頁。三内丸山遺跡で山葡萄が縄文時代前期中葉の地層から大量に出土した事は、岡田康博の報告にもあり（「青森県三内丸山遺跡」――『季刊考古学』第五五号六三頁）、小山修三は、山葡萄の他に「ニワトコ、キイチゴなどを集め、酒造りもやっていたようである」（『縄文探検』（中公文庫）三三三頁）と述べている。

(14) 西村強三著「木器類」――保坂三郎編『是川遺跡出土遺物報告書』八六頁。

(15) 大場磐雄／佐野大和著『常陸鏡塚』五〇頁。

(16) 東京国立博物館編『日本考古図録』のうち「日本の考古学」・「図版解説」の五六頁。

(17) 拙著前掲書一二四－一三八頁。

(18) 鳥居龍藏著「日向古墳調査報告」――『宮崎県史蹟調査報告』第三冊一九－二〇頁。同著『上代の日向延岡』――『鳥居龍藏全集』第四巻三一〇－三一六・三三八－三四三頁。

(19) 和田千吉著「周防国吉敷郡赤妻の古墳」（『考古界』第八篇第五号二一一－二一五頁）、島田貞彦著「出雲国簸川郡荘原村塚山古墳に就て」（『歴史と地理』第一九巻第一号一一七頁）、弘津史文著「周防国赤妻古墳並茶臼山古墳（其一）」（『考古学雑誌』第一八巻第四号二〇二－二二一頁）、斎藤忠編『日本古墳文化資料綜覧』（三七七頁）を参考にした。

(20) 末永雅雄著「考古学から古代史研究への私見」――橿原考古学研究所編『橿原考古学研究所論集』第四・一〇頁。

(21) 町田章著「櫛 くし」――『日本史大事典』第二巻九七五頁。
(22) アポロドーロス著・高津春繁訳『ギリシア神話』（岩波文庫）六四頁。
(23) 大塚初重／小林三郎編『古墳辞典』四〇四頁。
(24) 「特別座談会 古代東国への光」（白石太一郎・平川南発言）――『古代東国ロマン「王賜」銘鉄剣』一六・一八頁。
(25) 『シンポジウム 鉄剣の謎と古代日本』（斎藤忠発言）四一頁。
(26) 亀井正道著「船山古墳と銀象嵌大刀」――江田船山古墳編集委員会編集『江田船山古墳』一三一－一三二頁。
(27) 金関恕著「東大寺山古墳の発掘調査」――『大和文化研究』第七巻一一号一四頁。
(28) 富山県教育委員会著「第Ⅲ部 富山市小竹貝塚遺跡」――『富山県埋蔵文化財調査報告書』Ⅱ・二六・三三頁。
(29) 南木睦彦／粉川昭平著「5 伊木力遺跡の大型植物化石群集」――多良見町文化財調査報告書第七集『伊木力遺跡』六四二頁。
(30) 宗懍撰『荊楚歳時記』――『景印文淵閣四庫全書』第五八九冊（史部三四七地理類）一五頁。
(31) 寺沢薫著「畑作物」――『季刊 考古学』第一四号二七頁。
(32) 西郷信綱著『古事記の世界』四九－五〇頁。
(33) 陳壽撰・裴松之注『三国志』巻三〇・烏丸鮮卑東夷伝第三〇――中華書局出版同上書第三冊八五五頁。
(34) 和田萃著『日本古代の儀礼と祭祀・信仰』上巻一二頁。
(35) 白石太一郎著『古墳の知識Ⅰ 墳丘と内部構造』九四頁。
(36) 土生田純之著『日本横穴式石室の系譜』八九頁。
(37) 渡辺貞幸著「よこあなしきせきしつ 横穴式石室」――『世界考古学事典』上巻一一三〇頁。
(38) 白石太一郎著「日本における横穴式石室の系譜」――斎藤忠編集『日本考古学論集6 墳墓と経塚』三四五頁。
(39) 尾崎喜左雄著「古墳から見た宗教観」――『上代文化』第三五号一五頁。
(40) 白石太一郎著「畿内の後期大型群集墳に関する一試考」――『古代学研究』第四二・四三合併号三四・三六頁。
(41) 奈良県立橿原考古学研究所編『斑鳩藤ノ木古墳概報』四八頁。奈良市窪之庄町にある黄金塚古墳は、六世紀末から七世紀前半にかけての所謂飛鳥時代の古墳であるとされているから、築造の時期が藤ノ木古墳の其れに近いことになるが、此の古墳の玄室の長さは約二・九五メートルで、藤ノ木古墳の其れと較べてやや短いものの、羨道の長さは約九・五四メートルとされている（奈良国立文化財研究所飛鳥資料館編『飛鳥時代の古墳』八七頁）。
(42) 森浩一著『古墳の発掘』一四八 - 一五〇頁。
(43) 尾崎喜左雄著前掲論――『上代文化』第三五号一〇頁。
(44) 小山修三著前掲書二八二頁。
(45) 杉原荘介著「第17章　加曾利南貝塚について」――『加曾利南貝塚』二二六頁。
(46) 後藤一民著「第15章　加曾利貝塚人の埋葬」――同上書二〇三頁。
(47) 国分直一／盛園尚孝著「種子島南種子町広田の埋葬遺跡調査概報」――『考古学雑誌』第四三巻第三号二 - 三頁。広田遺跡については、斎藤忠が弥生時代の墓地の例として挙げ（日本史小百科4『墳墓』一二一 - 一二三頁）、『日本古代遺跡事典』が「弥生時代の埋葬遺跡」（七八六頁）としているが、暫く国分直一と盛園尚孝の「広田周辺には既に縄紋後期以来居住生活が行われていることが明になってきた」（上掲論――上掲誌二頁）という表現に従い、縄文後期以後の集落跡としておく。
(48) 「三五〇〇年前、河川工事の跡」――『朝日新聞』一九九八年一〇月一一日朝刊三八頁。なお、「縄文期に「二〇〇〇年集落」」・「宝の山…縄文『理想郷』」（同上紙同年同月一〇日朝刊一・三九頁）参看。
(49) 岡村道雄著「縄文人の死に関する考古学」――岡田康博／NHK青森放送局編前掲書一一八頁。
(50) 水野正好著「縄文社会の構造とその理念」――『歴史公論』第九巻第九号三八頁。
(51) 白石太一郎著「考古学より見た日本の墓地」――森浩一編『日本古代文化の探究　墓地』五六頁。
(52) 小泉清隆著「6　古人口論」――『岩波講座日本考古学　2　人間と環境』二一七頁。
(53) 山内清男著「Ⅲ　縄文式文化」――日本原始美術1『縄文式土器』一四三頁。
(54) 小山修三著前掲書三〇三頁。別に、同書には「最盛期に達した中期の人口は本州を中心に、約二七万…（中略）…北海道を入れると三〇万人をこえる」（三五二頁）とも記されている。
(55) 生物学講座27 - b　塚田松雄著『古生態学　Ⅱ』一四二頁。
(56) 小山修三著前掲書三〇三頁。また、同著『縄文時代』一九七頁。
(57) 鬼頭宏著『日本二千年の人口史』四三頁。
(58) 今村啓爾著「称名寺式土器の研究（下）」――『考古学雑誌』第六三巻第二号四三頁。
(59) 小山修三著「人口変動と稲作の成立」――佐々木高明編『日本文化の原像を求めて＊日本農耕文化の源流』三七一頁。

＊　本論を公にした後に、広畑輔雄に、「黄泉訪問神話の成立時代は、日本神話体系成立時代のうちの、あまり早くない時代であったとしても、それはやはり天武朝か、あるいはそれをあまり降らない時代であったであろう」（『記紀神話の研究』二七六頁）とする意見のある事を知った。同書第Ⅱ部第四章（二七〇頁以下）を参看されたい。銅剣のうち武器として実用されることの出来たものは三〇センチ程の長さであったとする事は、杉原荘介の解説に従った（「銅剣《どうけん》」——日本考古学協会編『日本考古学辞典』三八八頁）。彼によれば、弥生時代の銅剣は三種に分けられ、第一が「長さ約三〇㎝以下で細身のもの」で、「すべて朝鮮製で」あり、第二・第三の「中細形・広形」は、「日本製で、もっぱら祭器として使用され、実用に遠いものである」という。森貞次郎は杉原の言う細形銅剣について、「実用の武器として船載されて保有されることに本質的意義があったとみるよりも、むしろ宝器として保有し、かつ副葬することに本質的な意義があり、副葬の儀器として船載されたものとする方が適当ではないかとみられる」（「弥生時代における細形銅剣の流入について」——『日本民族と南方文化』一四二頁）という。此の二つの考えに「十拳釼」の「十拳」から思われる其の長さを併せ考えれば、伊耶那岐命が振った剣は、銅製であった可能性はほとんど無いに等しいのではないか。桃は、「中国の原産」（北村四郎著前掲書一〇九頁）、「北支那の黄河上流地方の原産であって、はやくわが国にも伝わった」（籾山泰一／亘理俊次／山内文著「第九 植物性出土品」——後藤守一編『韮山村山木遺跡』九二頁）、「中国北部の原産で、日本には古くから渡来し野生化しているところもある」（牧野富太郎著・本田正次編修『原色牧野植物大図鑑』一二九頁）とする説に従い、外来の物であるとした。中国において桃が古い時期から邪気悪霊を払う力ありと認められていた事は、種々の書物に記されているが、今、諸橋轍次著『大漢和辞典』の「桃」の項（巻六・三二〇-三二六頁）に出る熟語の一一《いちいち》の説明で、其の力能に言及されているものだけを拾っても、「桃印」・「桃梗（桃人）」・「桃弓（桃弧）」・「桃符」・「桃茢」とあり、「桃梗」を除く各熟語には、其の語が其れが有する力能とともに示されている典籍の記事が掲示されてあるので、此処に新たな例を紹介するまでもないであろう。ただ、其の一・二を示せば、『周礼』の鄭玄（一二七-二〇〇）注に「桃鬼所畏也」（鄭玄注・陸徳明音義・賈公彦疏『周礼注疏』巻三二・夏官・戎右・「牛耳桃茢」条——『景印文淵閣四庫全書』第九〇冊（経部八四礼類）五九〇頁）とあり、『淮南子』の高誘（後漢代の人）注に「鬼畏桃也」（劉安撰・高誘注『淮南鴻烈解』巻一四・「羿死於桃棓」条——『景印文淵閣四庫全書』第八四八冊（子部一五四雑家類）六六六頁）とされているから、他にも「桃湯赭鞭鞭灑屋壁」（班固撰・顔師古注『漢書』巻九九下・王莽伝第六九下——中華書局出版同上書第一二冊四一六九頁。傍点福島）、「今人以桃枝灑地辟鬼」（趙徳麟撰『侯鯖録』巻第一——叢書集成初編同上書二頁。傍点福島）といった例があって、とにかく、「桃」と関わりある多くの物に邪気悪霊を払う力があるとされている。なお、右の『漢書』の

例は、王莽が漢の高廟の神霊に感じ、其れを自らにとって害をなすものと考えて、高廟で警護の武士にとらせた行為であり、顔師古（五八一－六四五）が当該記事に施した注に、「桃湯灑之、赭鞭鞭之也。赭、赤也」（中華書局出版『漢書』同上冊同上頁）とある。趙徳麟は生没年不詳であるが、宋代の人であるから、『侯鯖録』の出来は『古事記』の其れに遅れる。印度また中国の仏教の世界に死を不浄とする観念・思想のあったことは、唐代に玄奘（六〇〇或いは六〇二－六六四）の訳した『大般若波羅蜜多経』に「往澹泊路觀所棄屍。死經一日或經二日乃至七日。其身膖脹。色變青瘀。臭爛皮穿。膿血流出」（巻第五三・初分弁大乗品第一五之三——『大正新脩大蔵経』第五巻般若部一・二九八頁）とあることや、智顗（五三八－五九七）が隋の開皇一四（五九四）年に説いた『摩訶止観』に、「觀所愛人初死之相。言語適爾。奄便那去。身冷色變蟲膿流出。不浄臭處穢悪充満」（巻第七上——『大正新脩大蔵経』第四六巻諸宗部三・九三頁）とあることで其れを窺い知ることが出来るけれども、此処に述べられている死体の変化は仏教徒のみに起こる現象ではないから、我国での死また死人を穢れとする観念・思想の出来に、仏教の伝来を待たねばならなかったとするのは如何なものか。小山修三は、死人を穢れたものとして忌む風習が我国にも古くあったとして、「縄文時代の住居址には、いま住人が出ていったばかりと思われるような什器や生活道具のそろったものがある。同じようなことはのちの時代、天皇の死とともに宮殿を放棄することが藤原京までつづいている」（『縄文探検』（中公文庫）二〇一頁）と述べている。此れより先、多数の甕棺が出土した事で知られる福岡県春日市の弥生時代の遺跡、須久・岡本遺跡について論じた鏡山猛は、「原始民族」にあっては、死者の再帰を恐れ、或いは他の理由から死者の所有物・住家が破棄され、また焼却され、時に聚落の住民が新しい土地に移住してしまい、其処が廃墟と化す例もあると述べて、「我が国に於けるかゝる風習は死の穢と関連してかなり広く行はれたと見える」（「我が古代社会に於ける甕棺葬」——『史淵』第二一輯一二一頁）と言っている。また、大場磐雄は、複数の住居址が重なり合って発見される事のあるを述べ、「住宅の重複は、石器時代住宅阯にもその事例が往々あつて、敢て珍しくはない」が、其の理由の一つに、死者を出した一家が「死霊の恐怖又は汚穢の思想から」家を捨て、其れが倒壊後に「第二の移住者」が其処に家を建てたことがあった、とするのが妥当と思われると述べている（「登呂再調査の新事実」——『あんとろぽす』第七号三－四頁）。本論中に、蔡邕の『月令章句』から雷の記事を引用しているが、此の論を始めて公にした折（戸谷高明編『古代文学の思想と表現』）、『月令章句』に見える記事だとして、誤って『唐国史補』の雷に関する其れを引いていた。此処にお詫び旁訂正しておく。

第二章　牛馬と穀物と

『宋史』に、「博學善文、於天文、方志、律暦、音樂、醫藥、卜算、無所不通、皆有所論著(1)」と記される、錢塘（浙江省）の人沈括は、世に虹は能く溪澗の水を飲むと伝えているが、誠に其の通りだと述べると共に、熙寧年間（一〇六八－一〇七七）に契丹（遼）の領内で虹の両頭が谷川に垂れているのを目撃したと、自らの体験を語っている。(2)

古代の中国で、虹が水を飲むと考えられていた事は、「虹下屬宮中飲井水(3)」、「斷虹飲於宮池(4)」、「有虹飲其釜鬲(5)」、「有晩虹下飲於溪泉(6)」、「彩虹入澗州大將張子良宅。初入漿〔漿字原缺。據明鈔本補。〕甕。水盡。入井飲之(7)」といった表現によっても、此れを知ることが出来る。

『説文解字』は、「虹」の文字を虫部に収め、「螮蝀也狀似蟲从虫(8)」と言い、謝肇淛の『五雜組』は虹について、「旣有二雌雄一復《タ》能飲食《ス》故《ニ》字皆從《フ》レ虫《ニ》(9)」と述べる。また、『爾雅注疏』に、「虹雙出色鮮盛者爲雄雄曰虹闇者爲雌雌曰蜺(10)」と言うが、後漢霊帝の時、北宮温明殿の東の庭に出現した蜺は、「其貌似龍(11)」と記され、唐の宰相韋皐が設けた宴席の飲食物を悉く吸引した虹蜺の首は、驢《うさぎうま》の其れに似ていたとされている。(12)虹の形が虫の其れに似ていると考えられた事から、やがて其れが水を飲み、また飲食物を吸引するという話が作られたのか、逆に未開・古代人が其れを動物だと信じていたので、其れを示す文字を虫偏としたのか、判然としないが、ともかくも中国の人たちが、早くから虹をある種の動物と看做していた事は、上に掲げた幾つかの記事から察することが出来る。

虹と同じく字典では虫偏の部に収められている蛇は、我国では何時の頃からか蛸《章魚》に変化すると考えられていたようで、幾つかの書物に其れが変化の事、また変化の過程の実見談が記載されている。(13)蛸《章魚》が軟体動物であり、其の形態が、八足で所謂胴体の部分を欠いているかのように見えるなど、些か異様であって、しかも通常足と称される部分の形状及び其の動きの様子が、蛇の形態また動作と似ている事から、両者が関連付けられて、後者が前者に変ずるという話を生じたものと思われる。蛸《章魚》から蛇へ変化する事は無いのか、また蛇が軟体動物の中でも特に蛸《章魚》に変わるのは何故か、解らない事もあるが、『拾椎雑話』・『笈埃随筆』・『谷の響』など、江戸時代の書物が載録する蛇から蛸《章魚》への変化の記事と、其の書き様とを見ると、当時の我国の知識人たちも、其の変化の事を、全くの虚誕であるとは考えていなかったようである。

我国で蛇が蛸《章魚》に変化すると考えられたのと同様に、中国では、紀元前にまで溯ることも出来るかと思われる極めて遠い昔から、爵《雀》が大水《海》に入って蛤になると信じられており、其の事が諸書に記されているが、(14)七世紀の後半から八世紀初頭までには我国にも其の変化の事が伝えられ、民間にも浸透していたと思しくて、『日本書紀』巻第二十六の「斉明天皇四年是歳」条には、「出雲國言、於二北海濱一魚死而積。厚三尺許。其大如レ鮐、雀啄針鱗。々長數寸。俗曰、雀入二於海一化二而爲魚一。名曰二雀魚一」という記事が見える。

此の爵《雀》が大水《海》に入って蛤になるとする観念・思想は、蛤の数多く棲息する海浜に、爵《雀》が群がり飛び交うのを目撃した事より出来したものとされているらしいが、我国でも蛤の捕れる海浜で同じ光景が良く見られるのか、人々によって素直に受け入れられたようで、随筆・咄本・仮名草子・滑稽本など、さまざまな分野の文学作品において、其の変化の事を比較的早い時期に記載した『国語』や『礼記』の名と共に、しばしば言及されている。(15)

蛇から蛸《章魚》への変化と、爵《雀》から蛤への変化と、前者は比較的新しい時代になって我国に出来した観念・思想のようであり、後者は極めて古い時期の中国に発生した其れで、それぞれの因って来る所以も同じではないと思われるが、私たちは此の二つの変化の事から、中国の未開・古代人が自然現象として出現する虹を、全く異なる範疇に属するある種の動物と看做したのと同じように、日中両国で文字を読み書きする程の人たちが、蛇と蛸《（章魚）》、爵《（雀）》と蛤、それぞれ全く異なる動物たちを時に一体視することのあった事実を、窺い知ることが出来る。

＊　　＊

八世紀の初頭に出来した『古事記』には、我国の未開・古代人が、他国の人たちの其れを受け入れて時には改作し、また独自に創作し、伝承・保存していた神話が数多く収録されているが、其の一つに「蚕と五穀の発生起源譚」があり、高天原で種々の悪業を為した須佐之男命が、八百萬神により其の地から追放された事が語られた後に、

又、食‐物乞二大気都比売神一。尒、大気都比売、自二鼻口及レ尻、種々味‐物取出而、種々作具而進時、速須佐之男命、立二伺其態一、為二穢‐汚而奉‐進一、乃殺二其大宜津比売神一。故、所‐殺神於レ身生物者、於レ頭生レ蚕、於二二目一生二稲種一、於二二耳一生レ粟、於レ鼻生二小‐豆一、於レ陰生レ麦、於レ尻生二大‐豆一。故、是、神産巣日御祖命、令レ取レ茲、成レ種。

と記されている。そして、此の神話とほとんど同じ事柄が、『古事記』に後れること八年にして出来したとされる『日本書紀』の、巻第一の第五段（四神出生章）一書第十一に、登場者と状況設定とを異にした形で語られているのであるが、其処では、伊奘諾尊の命令で葦原中国の保食神を訪問した月夜見尊が、大気都《（宜津）》比売神の其れと同様の保食神の行為に怒って、同神を殺害する事がまず語られており、然る後、上に掲げた『古事記』の記事の後半部に相当する件が、

是時、保食神實已死矣。唯有三其神之頂、化二爲牛馬一。顱上生レ粟。眉上生レ蠒。眼中生レ稗。腹中生レ稲。陰生二麥及大小豆一。天熊人悉取持去而奉進之。

と記されている。

此の二つの記事は、登場者と状況設定とが異なるだけでなく、被殺害者の身体各部に出現するものの一部と、其の生ずるものそれぞれの発生の箇所とをも異にしているが、中にあって私たちの注意をひくのは、『日本書紀』の記事に、「有三其神之頂、化二爲牛馬一」という表現が見られるのに、『古事記』の其れには牛馬の出現が語られていない、という事である。

此の牛馬の出現については、其れらが『古事記』の記事に「於レ頭生レ蚕」と語られている蚕（『日本書紀』の当該記事に言う蠒は、昆虫がまだ幼虫の時繊維を出して、自らが蛹になった時に其の身を護るため作る覆いで、特に蚕の其れを指す事があるので、「生レ蠒」という表現は、「生レ蚕」という表現に対応していて、両者同じ事を言っていると考えられる）と共に、穀物とは異質のものであるためか、時に「牛馬や蠶を加へたのも後の変形で、もとは穀物のみであったらう」[16]、「牛馬や蠶は後加である」[17]などと言われ、穀物の発生を語る話には本来無かったものとされている。また、牛馬の出現を語る記述の有無が、上に掲げた二つの記事の成立の先後を判断するための手掛りとされて、二三の論者により、『日本書紀』巻第一の第五段（四神出生章）一書第十一が語る「牛馬・蠒そして穀物の出現・発生譚」は、『古事記』の語る「蚕と五穀の発生起源譚」に後れて成ったものとされている。[18]

台湾の原住民アミ（阿美・阿眉）族に、女神ナカウ《ナカヲ》の耳の中から粟が出たとする、穀物発生の起源を語る話のある事が報告されており[19]、神話が通常短小・簡潔なものから長大・繁雑なものへと成長・変化する事からすれば、牛馬や蠒・蚕出現の事は、恐らく穀物の発生起源譚の創作された其の最初の段階では語られていなかったに違いない。しかし、だからと言って、牛馬の出現を語る『日本書紀』巻第一の第五段（四神出生章）一書第十一の記事が、其れを語らない『古事記』の記事より後に完成したものと、直ちに考えてしまって良いものだろうか。

嘗て私は、牛馬がかなり早い時期から穀物と共に出現したと語られていた可能性があるのであって、『古事記』の当該記事と『日本書紀』の其れとでは、通常言われるように、前者から後者へ、前者が成立して後、其れに牛馬を付加する形で後者が成ったという関係にあるのではなく、其の逆に、『日本書紀』の記事が、『古事記』の其れに先駆けて成ったのではないか、とする意見を述べた事があり[20]、拙著『記紀神話伝説の研究』においても少しく其の事に言及したのであるが[21]、此の度は些か異なった面から、同じ趣旨の事を述べてみたいと思う。

＊　　＊

牛馬と蠒・蚕のうち、特に牛馬が穀物と共に出現する事については、其れらが穀物を生産する農耕に使用されたからであるとする意見[22]、其れらが穀物同様に食料とされていたからであるとする意見[23]、また、「稚子のために、おどろ〳〵しく語りそへた」とする意見が述べられている[24]。此れらの意見は、はっきりと其の事を言っている訳ではないが、牛馬は動物であって、穀物（植物）とは異なる範疇に属するものとする、近・現代人的な思考によってのものであることは明白である。私たちは、牛馬と穀物とは同じく生物ではあっても、前者は鳥虫魚類また人間と同じ動物であって、後者は其れが大地に芽を吹いて生長し、やがては枯死する植物に生ったもので、両者は異なる性質を有するものである、という知識をもっているが、未開・古代人に果たして其のような区別をすることが出来たかどうかは、甚だ疑わしい。

前に、穀物の発生起源譚について論じた際にも紹介したのであるが、メキシコのウィチョル族の神話においては、玉蜀黍が嘗ては鹿であったとされている、という報告があり[25]、此の報告を紹介しつつ、「論理的思考に当惑的なそして前論理の心性には全く自然な普遍化の原則」について論じたレヴィ－ブリュール（Lévy-Bruhl, Lucien）は、「前論理の心性の眼」を有する「原始人」にとって、玉蜀黍と鹿とを同一視する事は、「融即による「同視」」で、不可思議な事とするのは当らない、と言っている[26]。

ウィチョル族が玉蜀黍と鹿とを同一物であると考えた事と、中国の未開・古代人が自然現象としての虹をある種の動物と看做し、爵《雀》が蛤に変ずるとした事との間には相通ずるものがあり、『日本書紀』巻第一の第五段（四神出生章）一書第十一に牛馬の出現が穀物の発生と共に語られているのも、ウィチョル族や中国の未開・古代人の其れと同様の観念・思想によるのではないだろうか。中国における未開・古代人の、爵《（雀）》変じて蛤になるとする観念・思想が古代の我国にも伝えられ、民間に浸透していたらしい事、また、其の影響を受けた事によるのか、或いは日本人が未開の状態にあった頃に独自に思考し、意識下に潜在させていた観念・思想の時を得ての発現であるのかは定かでないが、ある時期以後の我国の文献に、蛇変じて蛸《（章魚）》になると述べる記事が頻出し、真実其の変化が起こり得ると考えられていた事は、前に見た通りである。[27]『日本書紀』巻第一の第五段（四神出生章）一書第十一が語る牛馬と穀物との出現・発生は、爵《（雀）》が蛤に、蛇が蛸《（章魚）》にという、ある種の動物の別の動物への変化の事と同じではないが、我国の未開・古代人の間に、牛馬と穀物とは同一物であるとする観念・思想の存在した事を示しているのではないだろうか。

＊　＊

中国は西蜀邛州（四川省）の西十里程の所にある白鶴山白鶴観には、其の葉が恰も小さな魚のように見える魚尾竹と称する竹が生えているが、此れは昔、四目老翁の釣った魚が竹に貫かれて変じた物と伝えられている。[28]元代李衎が其の著書に載録した此の伝承を紹介して山本亡羊は、飛驒の高山・日光の赤沼原に魚尾竹の多く生ずることと、我国で「ササウヲ」と称される其れの形状とを述べた後、「日光土人ノ説ニ此サ、ウヲ逆流川《サカマタ》ニ飛入テ魚ニ化スト云フ」と、中国の伝承を裏返しにした記事を掲げ、「共ニ謬談ニ属ス」と自らの意見を付している。[29]山本が「謬談」として斥ける「サ、ウヲ」の植物から魚類への変身譚は、何時頃・何処で創られたものか判らないが、十八・十九世紀頃の我国にあっては、此れを信ずる人が多かったようで、時に「サ、ウヲ」が「イハナ（岩魚・嘉魚）」と称される事もあるが、ほぼ同様の変身を語る話が数々記録されており、[30]「嘗《かつ》て竹の半変《なかばへん》じて魚《うお》となりかかりたるをみしことあり」[31]、「凡無情の有情に化するその類多ければ竹葉の魚に化することかならず有まじき事にもあらず」[32]と、其の事を実見したという発言、また肯定するかのような発言も為されている。

此の「サ、ウヲ」・「イハナ」の変身の記事は、近世江戸時代の人たちの思考様式の如何なるものであったかを垣間見せてくれるが、良く知られているように、『豊後国風土記』には、「鳥、化㆓為餅㆒、片時之間、更、化㆓芋草數千許株㆒」（総記）、「餅、化㆓白鳥㆒」（速見郡田野条）という記事があって、ある種の動物が別の動物に変化する事があると信じていた我国の人たちは、早い時期に、動物から植物へ、植物から動物へという変化もあり得る事と考え、また其れらの動植物を同一視していたのではないかと考えられる。見たように、我国の古代人が、ある種の植物と動物との間に変化の可能性を認め、また其れらを同一物であるとして、此れは植物、其れは動物と、両者を峻別する事が無かったとすると、牛馬と穀物とが同時に出現・発生したと語られている、『日本書紀』巻第一の第五段（四神出生章）一書第十一の記事は、牛馬が穀物に、或いは穀物が牛馬に変身し得るものであり、牛馬と穀物とは同一物なのだと考える事の出来る人たちによって、『古事記』の「蚕と五穀の発生起源譚」などよりは早い時期に創られた神話を、其の儘今日に伝えているものと考える事が出来るのではないだろうか。

　上に掲げた『豊後国風土記』の記事に見える「(白)鳥」が明らかにそうであるように、『日本書紀』の当該記事における牛馬は、其れらが穀物と共に出現したと語る人物により、穀物の変じたもの、即ち穀物霊であると考えられていたと思われる。穀物に霊魂があり、其れが種々の動物となって姿を現わすと、未開・古代人に信じられていた事については、此処に其の一一を紹介する迄も無い程に、多くの報告が為されている。

＊　　＊

『日本書紀』巻第一の第五段（四神出生章）一書第十一が語る「牛馬・蠒そして穀物の出現・発生譚」は、其の出現・発生したものと、其れが出現・発生箇所の名称との間に、それぞれ朝鮮語の音韻の上で、明確な類同の関係があると言われている(33)。朝鮮語、特に『日本書紀』が出来した八世紀初頭以前の「古代朝鮮語」の如何なるものであったかを全く知らない筆者（福島）は、此の事について語るべき何の意見も無いが、此の言語上の類同関係を、「言語的遊戯」によると看做す松村武雄は、其の事が性質上、「非衆庶的」・「知識階級的」であるとして、其のような特色が明確に認められる話は、「比較的後代の産果」で、其の「遊戯」が「萌芽的に隠見してゐるに過ぎない」『古事記』の「蚕と五穀の発生起源譚」に後れて成ったものである、と記紀両書の当該記事成立の先後を、文章表現の一部を混乱させながら論じており[34]、三品彰英も此れと同様の意見を述べている[35]。

しかし、記紀両書の当該記事を良く見るならば、『古事記』の其れが蚕・稲種・粟・小豆・麦・大豆と、蚕・五穀の順に発生させているのに、『日本書紀』の其れでは、牛馬・粟・蠒・稗・稲・麦及び大小豆の順になっており、蠒が粟と他の穀物とを前後二分する形になっている、前者が蚕を除いて、五つの穀物を目・耳・鼻・陰・尻と、身体の孔穴部より一種ずつ発生させているのに、後者では其のようになっておらず、孔穴部「陰」の名を挙げる事はあっても、其処から麦・大豆・小豆と三種もの物を発生させている[36]、表記の上でも、前者がまず「所レ殺神於レ身生物者」(傍点福島)と述べ、然る後に蚕と五穀との出現・発生を、「於○生○」という形で統一しているのに、後者は保食神の頂(頭の最上部)が牛馬に「化爲《な》」った[37]と言い、同神の身体各部に粟以下の物が「生」じたとして、統一を欠いている、など、前者が整然としているのに、後者には混乱また未整理と見られる部分のある事に気付く。

今、前者の語る神話と後者の其れの成立時期の先後を論ずるのに、表記の事は筆録者に関わる事柄であるから、当面の考察では考慮しないとして、見たような混乱または未整理、統一の欠如を、前者に「言語的遊戯」の手を加えた結果とするか、後者を整理して前者が出来したとするか、軽々には決められないように思われる。既に見たように、未開・古代人が、牛馬と穀物とを、其れは動物、此れは植物と、峻別することが無かったとすれば、其れらを同時に出現・発生させているか否かは、当該両神話の成立の先後を言うための決定的な根拠とはなり得ないのである。当該二記事の間に、一方に変改の手を加えて他方が成ったという関係があるとした場合、私は、どちらかと言えば、『古事記』の載録する「蚕と五穀の発生起源譚」は、『日本書紀』巻第一の第五段(四神出生章)一書第十一が語る神話に、朝鮮語の知識をもたないが、牛馬を穀物と並べ挙げる事に違和感を覚えた人物によって、整理・変改の手が加えられた結果であると見たい。

記紀両書の当該記事において殺害される大気都《（宜津）》比売神と保食神とは、共に「ケ（食物）」の神であって、両者の間に格別の相違がある訳ではないので、両記事の成立の先後を考えるための手掛りとなりそうにないが、殺害する方の神の名は、両神話が、其の前後に置かれている神話と結合された際に、変改された可能性が幾分かはあるとしても、其れらに大気都《（宜津）》比売神と保食神との名前に見られるような共通項の如きものが存在していないので、両神話成立の先後を判断するための手掛りになるように思われる。即ち、殺害する方の神が、一方で須佐之男命、他方で月夜見尊となっているが、前者は櫛名田比売と結婚し、また穀神と思しき大年神や宇迦之御魂神の父親になるなど、一部に農耕神的性格が垣間見られるものの、其の性格は多様であって、本来が農耕神であったものと決めつけるに強力な証拠も無いのに、後者は、『日本書紀』巻第一の第五段（四神出生章）本文の言うように「月神」であるとすれば、月の満ち欠けが、未開・古代人によって植物の発芽・生長・枯死の過程と同一視され、月と植物、就中農作物との間に緊密な繋がりがあるとされているので、農耕とは極めて深い関わりをもっていると言える。

既に、「農作物は主として月の虧盈と神秘的な感応交渉を持つと信ぜられ、農作物の生《な》り出でや繁茂は月の wax につながり、農作物の凋萎は月の wane につながってゐるといふのが、広く諸民族の固い観念・信仰をなしてゐる(38)」と言う松村武雄に、食物神を殺害し、「食用資料」を生ぜしめたものとしては、月夜見尊の方が須佐之男命より適切だ、とする意見があり、スサノヲが如何なる神として出現し、其の神名がどのような意義を有していたのかも不明な儘、俄に彼を農耕神であると断ずる訳にもいかないので、私も暫く此の意見に従いたい。多くの民族により、月が農耕と関わりあるものと看做されていた事を言いながら、津田左右吉は、「オホゲツヒ《（ママ）》メの神を殺させるために此の神をかりたのが、解し難い(39)」として、月夜見尊を登場させているのは、「スサノヲの命としてあった話の転化(39)」ではないか、と言う。しかし、生々繁茂する草木に火を放って農耕地とする焼畑農法の影響か、切断した芋に子芋を生ぜしめる農法の反映か、或いは其の両方が重複しているのか、別に何か理由あってのことか、「殺された男の歯からとうもろこしが生え出て、肋骨《あばらぼね》や肉からさまざまの食用植物が生え出た(40)」、「乙女を埋めたところから、いろいろな植物が生えて来ました。頭の部分からは椰子が、目から稲が、胸からもち米が、陰部から砂糖椰子が、その他のところからも、いろいろな木や草が出て来ました[41]」というように、殺害された人から農作物の出来する話があり、其処では「殺害されること」が農作物の出来のためには不可欠の条件らしく思われるので、食物神を殺害して、結果として農作物を出来せしめる存在態が、農耕と関わりを有する「月神」であっても一向におかしくはない。月夜見尊が殺害神として登場するからといって、其の事が直ちに神話の古さを言う根拠とはなり得ないとしても、やはり、『日本書紀』巻第一の第五段（四神出生章）一書第十一が語る神話の方が、『古事記』の伝える「蚕と五穀の発生起源譚」よりも古い姿を留めている確率は高い、という事になろう。

＊　＊

述べたように、『日本書紀』の当該記事に出る牛馬は、穀物霊の化身と考えられ、穀物と一体視されていたのだとすれば、当該神話の創作者が其れを穀物と共に出現させる事に、既に紹介したような格別の理由付けをして臨む必要は無かったと思われるが、唐の段公路の著した『北戸録』や劉昫（八八七－九四六）等の手に成る『旧唐書』といった書物に、拂林《（森）》国（東ローマ帝国）では羊が土より生ずるのだが、人々は其れが芽を出す頃に囲いを造る、と記されている[42]事を思えば、我国の未開・古代人の思考のどのようなものであったかも推し量られて、彼らが牛馬と穀物とを同時に出現・発生させるのに、如何なる違和感をも覚えなかったに違いない事が、一層良く理解されるだろう。「顱上生[43]レ粟」という時の「顱」は、今日何故か「ヒタヒ（額）」と訓まれているが、早く『倭名類聚鈔』に「加之良乃加波良」とあるように、本来「脳蓋骨」のことで、牛馬と「化爲《な》」った「頂」と重複するかに思われる事も、牛馬が穀物と峻別されていなかった事を窺わせる。

＊　＊

我国に自生したか、或いは他の地域から伝えられたかして、早い時期に存在していた穀物の発生起源を語る神話が如何なる形態のものであったかは判然としないが、前に紹介した台湾のアミ（阿美・阿眉）族が伝承・保存した粟の発生起源譚や、伊奘冉尊が火神軻遇突智と土神埴山姫とを産んだ事を語り、「軻遇突智娶㆓埴山姫㆒、生㆓稚産靈㆒。此神頭上、生㆓蠶與㆒桑。臍中生㆓五穀㆒」と記す、『日本書紀』巻第一の第五段（四神出生章）一書第二の記事などを見ると、始め、超自然的存在態或いは人間の身体のある部分から一個の穀物が発生するという形の神話であったものが、既に見た理由によってか、『山海経』に、周の始祖とされる后稷を葬った都広の野には百穀自生する、と語られるように、「死」という現象が結び付いたり、穀物の種類が増加したり、具体的に其の名を挙げず、「五穀」と総称されたりし、やがて穀物が其れを発生させる存在態の身体各所に割り振られるという過程を経て、次第に複雑化したと考えられる。そして何時の頃からか、穀物霊としてある種の動物が加えられるようになり、また、「農《(田)》桑《(蚕)》」・「耕織《(蚕)(桑)》」・「桑稼」などの語が出来する環境を反映して、蚕や蠒・桑などが穀物と共に出現・発生するようになったのではないか。[44][45]

淮南王劉安（?－前一二二）の著した『淮南子』に、「神農乃始教民播種五穀」[46]と記される、中国古伝説中の皇帝神農は、『帝王世紀』に「人身牛首」[47]であったとされており、中国の未開・古代人が、牛を穀物霊と看做していたと考えられ[48]、其の事が、『日本書紀』巻第一の第五段（四神出生章）一書第十一の語る神話の出来に関わりがあるか否かは定かでないが、原初的な形態の穀物の発生起源譚に「死」の概念が導入され、発生する穀物の数が増加するにつれて、穀物霊の化身としての動物も加えられるようになり、次いで、ある時期、其れに朝鮮語の知識を有する人物の手が加えられる、といった成長・変化の過程を経て、『日本書紀』巻第一の第五段（四神出生章）一書第十一の語る神話が出来した、と考えられる。そして、此れと『古事記』の当該譚との間に、もし一方から他方へという進化の関係が存在したのであれば、『日本書紀』の当該記事が、朝鮮語を理解せず、牛馬と穀物とを、穀物霊と穀物という関係において見る事を良しとしない人物により、整理・変改されたもの、其れが『古事記』の当該記事であると思われる。

それでは、私たち現代人が牛馬を動物であるとし、穀物を植物であるとするのと同じ考え方を、其の人物にさせたものは何だったのだろうか、という事を考えてみると、其れは、中国において作られた『爾雅』・『本艸集注』・『芸文類聚』などの、字書・本草書・類書が、それぞれ釋草・釋畜、虫獣・米食、百穀部・獣部の部門を設け、牛馬と穀物とを峻別している事だと思われる。(49)就中、六世紀初頭に作られ、「日本に渡来して植物や動物の知識を培うのに大きい貢献をした」(50)と言われる陶弘景（四五二或いは四五六－五三六）の『本艸集注』が、魏晋以来の本草書を、「草木《石》不分蟲樹《獸》无辯」(51)と評し、其の現在失われている下巻を、「蟲獸菓《果》菜米食三品（合一百九十五種）有名無實《未用》三條《品》（合一百七十九種）」(51)の記述に充てたとしている事と、同書を「校正増補」(52)して顕慶四（六五九）年に成った『新修本草』に、獣禽部・米等部の別があった事とは、其れらの本草書が「科学」の書であるだけに、六・七世紀の頃の我国の知識人たちに大きな影響を与え、彼らが、牛馬を含めたある種の動物たちは穀物霊とも看做し得るものだとする、未開人的な観念・思想を捨て、其れらを動物其のものとして過不足無く認識するようになる事に、多大の貢献をしたと考えられる。

『日本書紀』巻第一の第五段（四神出生章）一書第十一との関わりで、『古事記』の語る「蚕と五穀の発生起源譚」を見る時、其処に、蚕が第一に、しかも唯一孔穴部ではなく、頭に生じたと語られている事も、前者に整理・変改の手を加えたのが、「農（田）桑（蚕）」・「耕織（蚕）（桑）」・「桑稼」の語を知る知識人であった事を窺わせる。

注

（1）脱脱等撰『宋史』巻三三一・列伝第九〇・「沈遘」条――中華書局出版同上書第三〇冊一〇六五七頁。
（2）沈括撰『夢渓筆談』（学津討原）巻二一・異事1ォ。
（3）班固撰・顔師古注『漢書』巻六三・武五子伝第三三・「燕刺王劉旦」条――中華書局出版同上書第九冊二七五七頁。
（4）李昉等編『太平広記』巻第三九六・虹・「夏世隆」条所引『東甌後記』――一九八一年・中華書局出版『太平広記』第八冊三一七一頁。

(5) 李昉等編前掲書巻第三九六・虹・「薛願」条所引『文樞鏡要』――一九八一年・中華書局出版『太平広記』第八冊三一七二頁。劉敬叔撰『異苑』（学津討原）は、「鬲」を「澳」としている（巻一・1オ）。

(6) 撰人不詳『窮怪録』（龍威秘書）1ウ。

(7) 李昉等編前掲書巻第一三七・徴応三人臣休徴・「張子良」条所引『祥異集験』――一九八一年・中華書局出版『太平広記』第三冊九八九頁。虹が水を飲むことは、何光遠撰『鑒誡録』に「長虹自河飲水」（「餌長虹」条――呉曾祺編『旧小説』(二)丙集五代一四頁）、游藝撰『天経或問前集』に「或能吸水吸酒也」（巻四・「虹」条――『景印文淵閣四庫全書』第七九三冊（子部九九天文算法類）六三二頁）ともある。

(8) 許慎撰『説文解字』弟一三上・虫部――一九七八年・中華書局影印同上書二八二頁。

(9) 謝肇淛著『五雑組』巻之一・天部一――『和刻本漢籍随筆集』第一集一五頁。

(10) 郭璞注・邢昺疏・陸徳明音義『爾雅注疏』巻五・釈天第八・「風雨」条――『景印文淵閣四庫全書』第二二一冊（経部二一五小学類）一一一頁。

(11) 祝穆撰『古今事文類聚』前集巻四・天道部・雷附電――『景印文淵閣四庫全書』第九二五冊（子部二三一類書類）五七頁。

(12) 李昉等編前掲書巻第三九六・虹・「韋皐」条所引『祥験集』――一九八一年・中華書局出版『太平広記』第八冊三一七三頁。
李冗撰『獨異志』には、南朝宋の人劉義慶（四〇三－四四四）が病に臥して粥を食していたところ、「忽有白虹入室。就食其粥」（巻中――叢書集成初編同上書二九頁）という記事が見える。

(13) 愚軒著『義残後覚』巻四・「大蛸の事」条――『続史籍集覧義残後覚二』一八－一九頁。荻田安静編著『宿直草』巻五の六・「蛸も恐ろしきものなる事」条――高田衛編・校注『江戸怪談集』（岩波文庫）上一六三－一六七頁。『宗祇諸国物語』巻之一・「無足《むそく》の蛇《へび》七手《しゅ》の蛸」条――佐々醒雪／巌谷小波校訂『俳人逸話紀行集』一七－一八頁。寺島良安編『和漢三才図会』巻第五一・魚類・「石距《てながたこ》」条――東京美術刊同上書上五六四頁。木崎惕窓著『拾椎雑話』巻二三・鳥獣――法本義弘校訂『拾椎雑話・稚狭考』三三八頁。百井塘雨編集『笈埃随筆』巻之五・「変態」条――『日本随筆大成』第二期第一二巻一一〇頁。伴蒿蹊著『閑田耕筆』――『日本随筆大成』第一期第一八巻二四五頁。小野蘭山口授『本草綱目啓蒙』巻之四〇・魚部・鱗之四・「章魚」条――早稲田大学出版部発行同上書六四四頁。芳宜陸可彦著・飯田備編・春嶺／雪山画『ありのまゝ』巻之二・1オ－2オ。滝沢馬琴編『兎園小説』第六集・「蛇化して為レ蛸」条――『日本随筆大成』第二期第一巻一三七－一三九頁。佐藤成裕著『中陵漫録』巻之一三・「蛇化二章魚一」条――『日本随筆大成』第三期第三巻三〇〇頁。松浦静山著『甲子

夜話』巻七六・一一――東洋文庫版同上書5・二五九・二六一頁。三好想山著『想山著聞奇集』巻の参・「七足の蛸、死人を掘取事」条――『日本庶民生活史料集成』第一六巻五九頁。平尾魯僊著『谷の響』二の巻・「三 蛇章魚に化す」条――『日本庶民生活史料集成』第一六巻二四〇頁。谷川士清纂『倭訓栞後編』巻之一一・多の部・「たこ」条、また巻之五・加の部下・「からすへみ」条――すみや書房発行同上書五四五・二七八頁。『倭訓栞後編』の上掲二条に見える「鮹」の字が「たこ」の意に用いられている事は、「たこ」の項目名、「さけて後」といった表現から明らかである。金久正著「へび俗信（奄美大島）」――『旅と伝説』第一六巻第七号三三頁。

(14) 劉安著『淮南鴻烈解』（漢魏叢書）巻五・時則訓11オ。韋昭解『国語』（士禮居叢書）巻第一五・晋語・昭公6ウ。『汲冢周書』（漢魏叢書）巻六・4オ。葛洪撰『抱朴子内外篇』（平津館叢書）内篇巻之三・対俗8オ。同撰『神仙伝』（夷門広牘）巻一・3ウ。任昉撰『述異記』（龍威秘書）巻上6ウ。鄭玄注・陸徳明音義・孔穎達疏『礼記注疏』巻一七・月令――『景印文淵閣四庫全書』第一一五冊（経部一〇九礼類）三六一頁。譚峭撰『化書』（宝顔堂秘笈）巻之一・1ウ。謝肇淛著前掲書巻之二・天部二――『和刻本漢籍随筆集』第一集三一頁。此の他にも戴徳撰『大戴礼記』に、「九月…（中略）…雀入于海爲蛤」（巻二・夏小正――『景印文淵閣四庫全書』第一二八冊（経部一二二礼類）四一七頁）、師曠撰・張華注『禽経』に、「季秋之節雀入大水化爲蛤」（『景印文淵閣四庫全書』第八四七冊（子部一五三譜録類）六八八頁）、干寶撰『捜神記』に、「百年之雀、入海爲蛤」（巻一二――中国古典文学基本叢書同上書一四六頁）などとあるが、以下煩わしいので此れを省く。

(15) 編者不詳『塵袋』第四獣虫――日本古典全集刊行会壽梓同上書一・三〇九頁。賀茂在方著『暦林問答集』上・「釋二十四氣七十二候第十七」条――『群書類従』第一八輯三〇三頁。編者不詳『塵添壒囊鈔』巻第八・「四十八 雀《スヽメ》入二大水一事」条――大日本仏教全書150同上書二〇八頁。安楽庵策伝著『醒睡笑』巻之三・自堕落・「一七 あえ物変じ膾に」条――岩波文庫版同上書上二四二頁。『宗祇諸国物語』巻之一・前掲条――佐々醒雪／巌谷小波校訂前掲書一八頁。編著者不詳『奇異雑談集』巻一の二・「江州枝村にて客僧にはかに女に成りし事幷びに智蔵坊の事」条――高田衛編・校注前掲書（岩波文庫）上一八一・一八三頁。伊藤宜謙著『和漢新撰下学集』巻四・19ウ。建部綾足編『古今俳諧明題集』秋之部52オ。平賀源内著『根無草後編』二之巻――日本古典文学大系55『風来山人集』一一一頁。鳥飼洞斎編述・貝原先生増選『季寄註解改正月令博物筌』九月部41ウ。式亭三馬著『諢話浮世風呂前編』巻之上・「朝湯《あさゆ》の光景《ありさま》」条――日本古典文学大系63『浮世風呂』七一頁。松浦静山著前掲書巻七六・九――東洋文庫版同上書5・二五五―二五六頁。鳥亭焉馬撰『開巻百笑』のうち扇鶴亭百人作「七十二候」――博文館編輯局校訂『校訂滑稽名作集』上巻三七頁。山崎美成録『海録』巻之六・「四八 とり貝物化第二」条――国

書刊行会発行同上書一七七頁。同著『世事百談』巻之四・「とり貝《がひ》」条――『日本随筆大成』第一期第一八巻一一五頁。なお、仁井田好古著『紀伊続風土記』巻之九七・物産第五・介貝部（和歌山県神職取締所編纂同上書第三輯四一二頁）には、貝が鳥に変ずる記事が見え、舟崎克彦は、「シジミ変じてスズメとなる」という「迷信」を紹介し、何故其のような「迷信」が生じたかを推察している（『ちくま』第一一七号表紙裏）。小野蘭山の『本草綱目啓蒙』は、トリガイ（タイラギ）について、備前や紀州の人が、此の貝は鳥になると言うが、此れを「割テ全肉ヲ見レバ実ニ鳥ノ形アリ」（巻之四二・介之二・蚌蛤類・「海月」条――早稲田大学出版部発行前掲書六八一－六八二頁）と言い、南方熊楠は、「介が鳥になるという話は欧州や支那にもあって…（中略）…その肉が鳥の形に似るに起こる」（『十二支考』――『南方熊楠全集』第一巻三九九頁）と述べている。

(16) 津田左右吉著『日本古典の研究』上巻――『津田左右吉全集』第一巻四一八頁。

(17) 日本古典全書・武田祐吉校註『日本書紀』㈠八七頁。

(18) 松村武雄著「日本神話」（『神道講座』第五・日本神話）一五頁、同著『日本神話の研究』第三巻一五八－一五九頁。上田正昭発言――『シンポジウム　日本神話の原形』三四頁、同発言（「対談　古事記の成立とその性格」）――同編『日本古代文化の探究　古事記』三一〇頁（なお、此の発言は同著『日本神話の世界』（一二六頁）の記事と矛盾する）。伊藤清司発言――『シンポジウム　出雲神話』二二四・二三二頁、同著「糸を吐く女」――鑑賞日本古典文学第一巻『古事記』三四六頁。

(19) 『臨時台湾旧慣調査会第一部蕃族調査報告書』阿眉族一一一頁。佐山融吉／大西吉寿共著『生蕃伝説集』四頁。

(20) 拙稿「穀物発生起源物語考」――『文芸と批評』第二巻第一号一一－一四頁。同「穀物発生起源物語考補遺」――同上誌第二巻第八号三－六頁。

(21) 拙著『記紀神話伝説の研究』四二三－四二四頁。

(22) 忌部正通著『神代巻口訣』――加藤咄堂編『国民思想叢書』国体篇上九一頁。飯田武郷著『増補正訓日本書紀通釈』第一巻三〇二頁。高木敏雄著・山田野理夫編集『人身御供論』一〇二頁。鋳方貞亮著『日本古代家畜史』一五三・三四八頁。白鳥庫吉著『神代史の新研究』――『白鳥庫吉全集』第一巻五一六頁。横田健一著『飛鳥の神がみ』一〇六頁。

(23) 沼田頼輔著「原始時代の食物」――『中央史壇』第六巻第五号一六八頁。

(24) 橘守部撰『稜威道別』巻第五――『新訂増補橘守部全集』第一・一四八頁。

(25) Carl Lumholtz, Unknown Mexico, vol. II, p. 45.

(26) レヴィ－ヴリュル著・山田吉彦訳『未開社会の思惟』（岩波文庫）(上)一五六・一五五頁。

(27) 蛇が変じて蛸《（章魚）》となる事を信じている人は現代にも居るという（「どっきり「ヘビダコ」に出あう 対馬とんでもネイチャー探訪記」――『朝日新聞』一九九〇年六月二六日夕刊一一頁）。

(28) 李衎撰『竹譜』巻八・神異品――『景印文淵閣四庫全書』第八一四冊（子部一二〇芸術類）四〇一頁。同撰『竹譜詳録』（知不足齋叢書）では、「四目老翁」が「四月老翁」（巻第六・19オ）となっている。此れとは別に段成式撰『酉陽雑俎』には、「河陽城南百姓王氏莊、有小池、池邊巨柳數株。開成末、葉落池中、旋化爲魚、大小如葉、食之無味。至冬、其家有官事」（前集巻之四・物革――中華書局出版同上書五一頁）という記事が見える。

(29) 山本亡羊著『百品考』巻之上39オ－40オ。

(30) 藤原忠崇著『飛州志』巻之第七諸雑部・「笹荊萱稗穀萩葉河虫等変化之説《ササハラカヤヒヘカラハキノハカハムシトウヘンクワ》」条。百井塘雨編集前掲書巻之四・「飛驒里」条と巻之五・「変態」条――『日本随筆大成』第二期第一二巻七九・一一〇頁。津村淙庵著『譚海』巻の二――『日本庶民生活史料集成』第八巻四六頁。堀内元鎧録『信濃奇談』巻の上・「いはな」条――『日本庶民生活史料集成』第一六巻二二五－二二六頁。井出道貞著『信濃奇区一覧』（別名『信濃奇勝録』）巻之四・「竹魚《ちくぎょ》いはな」条――『蕗原拾葉』第一八輯四〇頁。栗本丹洲纂・大淵常範／田邨富徳／志邨知孝校録『皇和魚譜』巻第一・10ウ。東随舎著『古今雑談思出草紙』巻之九・「非情、有情に変ずる事」条――『日本随筆大成』第三期第四巻一〇七頁。西沢一鳳著『西澤文庫皇都午睡初編』中の巻・「飛驒の篠魚《サヽナ》」条――『新群書類従』第一・五二一－五二三頁。暁晴翁撰『蒹葭堂雑録』巻之二――『日本随筆大成』第一期第一四巻五一－五三頁。黒川春村集録『墨水遺稿硯鼠漫筆』巻之五・「岩魚の説」条――『続日本随筆大成』第七巻一六一－一六四頁。また、白井光太郎著『植物妖異考』（下）に「笹魚岩魚トナル」（一五〇－一五三頁）という記事が見える。

(31) 橘南谿著『東遊記』巻之一・「二 竹根化レ蟬《ちくこんせみにかす》」条――橘南谿著・宗政五十緒校注『東西遊記』（東洋文庫）1・六頁。

(32) 屋代弘賢著『古今要覧稿』巻第三七九・草木部竹一七・「さゝうを」条――国書刊行会発行同上書第五・一一七頁。

(33) 中島利一郎著『東洋言語学の建設』七九－八〇頁。田蒙秀著「上古に於ける稲作と稲及び米の名に見る日鮮関係」――『国学院雑誌』第四九巻第四号二一－二六頁。なお、此の事は、早く明治時代の末に金沢庄三郎によって、『古事記』が記載する「蚕と五穀の発生起源譚」の場合も含めた形で言及されている（『国語の研究』一四一－一四二頁）。

(34) 松村武雄著前掲書第三巻一五八－一五九頁。

(35) 三品彰英著『増補日鮮神話伝説の研究』――『三品彰英論文集』第四巻二五八頁。

(36) 此の二点の相違は、鋳方貞亮著『日本古代穀物史の研究』にも、『日本書紀』の当該記事を「前者」、『古事記』の其れを「後者」として、「前者が雑然とそれらの生成個所および生成物を列べているのに反し、後者は衣料と食糧とを判然区別し、食糧である穀物はすべて身体の穴から生成したとしている」（一一五頁）と言及されている。なお、「大小豆」の表記と解釈については、拙稿「牛馬・穀物・蚕（蠶）の出現・発生神話をめぐって」（本書に収録）を参看されたい。

(37) 『日本書紀』に出る「（名詞）化爲――」の表記は一〇例を超え、いずれも「（名詞）――にと化爲《な》る」と訓まれているのに、此処だけを何故「（名詞）に――化爲《な》る」と訓まねばならないのか、理解に苦しむ。本論中に引いた『豊後国風土記』の記事における「鳥、化二爲餅一」も、鳥が餅に変じたと言っているのである。

(38) 松村武雄著前掲書第三巻一二九頁。

(39) 津田左右吉著前掲書上巻――『津田左右吉全集』第一巻四二〇－四二一頁。

(40) 松村武雄編『マヤ・インカ神話伝説集』（現代教養文庫）一四四頁。

(41) 村井吉敬著『スンダ生活誌』七六－七七頁。

(42) 段公路纂・崔龜圖註『北戸録』（十萬巻樓叢書）巻第一・21ウ。劉昫等撰『旧唐書』巻一九八・列伝第一四八・西戎・「拂菻国」条――中華書局出版同上書第一六冊五三一四頁。此の事は、劉斧撰輯『青瑣高議』（前集巻之三・「高言殺友人走竄諸国」条――宋元筆記叢書同上書三一頁）にも見える。また、西域では羊の脛骨を植えると其れから小羊が生じるとも言い（呉萊撰『淵穎集』（金華叢書）巻七・12ウ－13オ）、壠（ママ）種羊なる羊は、其の臍を土に植えて水を注いでおくと、やはり小羊を生ずると言う（劉郁撰『西使記』（学津討原）6ウ）。更に、漠北では羊の角を植えて兎ほどの大きさの羊を生ぜしめることが出来ると言う（白珽撰『湛淵遺稿』（知不足齋叢書）巻中6オ）。なおまた、撰者の明らかでない『玄中記』に「千歳之樹。精爲青羊」という記事のあったことが諸書に記されており（歐陽詢撰『芸文類聚』巻第八八・木部上・木、巻第九四・獣部中・羊――上海古籍出版社出版同上書下一五〇六－一五〇七・一六三二頁。李昉等撰『太平御覧』巻八八六・妖部二・精、巻第九〇二・獣部一四・羊――国泰文化事業有限公司出版同上書第四冊三九三七・四〇〇一頁。其の他、任昉（四六〇－五〇八）の『述異記』には、「梓樹之精化爲青羊」（巻上――『景印文淵閣四庫全書』第一〇四七冊（子部三五三小説家類）六一六頁）という記事が見える。劉晝撰・袁孝政註『劉子』には、「晉文種米曾子植羊」（巻八・「観量第四十四」条――『景印文淵閣四庫全書』第八四八冊（子部一五四雑家類）九二五頁）という記事も見える。

(43) 源順撰『倭名類聚鈔』巻第三――風間書房刊同上書巻三・1ウ。なお、「ヒタヒ」の訓は、『類聚名義抄』（仏下本二二

――風間書房刊同上書第一巻二八二頁）に見える。『日本書紀』には、「顱」を「額」とする写本も幾つかはあるらしいが、いずれも室町時代のもののようであり（林勉原文校訂『日本書紀』――井上光貞監訳同上書上六七八頁）、卜部兼方は、当該箇所を「顱《ヒタヒノ》《カ之ラノ》上」（赤松俊秀編著『国宝卜部兼方自筆日本書紀神代巻』上三六頁）としているが、「ヒタヒノ」の表記がどれ程古い時期に付されたものか明らかでない。

(44) 郭璞伝『山海経』第一八・海内経――叢書集成初編同上書㊂一三八頁。

(45) 中西進（『天つ神の世界』一九一頁）・吉田敦彦（『縄文土偶の神話学』三一頁）に、『日本書紀』巻第一の第五段（四神出生章）一書第二が語る、「蚕・桑・五穀の出現・発生譚」は、稚産霊神の死を「省略」し、或いは「欠落」させたものとする意見があるが、神話が通常、短小・簡潔なものから長大・複雑なものへと成長・変化する事、台湾のアミ（阿美・阿眉）族が伝える粟の発生起源譚も、女神ナカウ《(ヲ)》の死を語らない事を思えば、俄には従い難い。

(46) 劉安著前掲書（漢魏叢書）巻一九・修務訓1オ。

(47) 張守節撰『史記正義』巻一――『景印文淵閣四庫全書』第二四七冊（史部五正史類）二八頁。

(48) 中山太郎著『民族點描』五二頁。同著『信仰と民俗』一一一頁。なお、佐伯有清は、上掲二書に見える意見を紹介し、「牛首人身の神農氏の伝説とウケモチノカミの神話の一部が直接つながるとは、もちろん考えられないが、古代エジプトの農業神イーシスも、古い段階では牛首人身の姿であらわされており、しかも、その殺された夫オシーリスの屍体から麦が化生したという神話もあり、この種の豊饒力と牛の崇拝にかかわる世界の神話をみるとき、たんに語呂あわせ、または言語的遊戯から、後に牛・馬がウケモチノカミの屍体化生神話に加えられたとは、きめつけられない」（『牛と古代人の生活』一〇二―一〇三頁）と述べている。

(49) 後注（51）に出る「序録」の記事と、同じ「序録」の「畏悪」表、また『證類本草』の文面から、渡辺幸三は、陶弘景の本草経に、虫獣部・米食部があったと推定している（「陶弘景の本草に対する文献学的考察」――『東方学報』京都第二〇冊二一七頁）。

(50) 上野益三著『日本博物学史』一七頁。

(51) 「開元写本本艸集注序録残巻敦煌石室本」――吉石盦叢書初集第四冊。「蟲樹无辯」の第二・四字（特に後者）は判然としない。傍記した文字は、唐愼微撰・曹孝忠校・寇宗奭衍義『證類本草』（『景印文淵閣四庫全書』第七四〇冊（子部四六医家類））に収める「梁陶隠居序」（一二頁）による。なお、（ ）内の一四字は、同「序」に見えない。

(52) 岡西為人稿「中国本草の渡来と其影響」――日本学士院編『明治前日本薬物学史』第二巻六五頁。

* 蠶についての説明は、各種の辞典また事典の其れに従い、爵(雀)が蛤になるとする観念・思想が海浜の情景によるらしいことは、『日本国語大辞典』(第一一巻四二六頁)の説明に従った。注(18)は、著者・発言者についてそれぞれ掲げた二つの書籍の当該箇所を併せて参照されたい。なお、松村武雄著「比較神話学上より見たる日本神話」(『国学院雑誌』第二八巻第一号二二頁)、中島悦次著「穀物神の祭祀と風習」(『中央史壇』第一三巻第四号七九頁)に逆の意見がある。但し、後者は牛馬のことに触れていない。また、高木敏雄に蚕の出現と「耕織」の「思想」についての指摘がある(高木敏雄著・大林太良編『増訂日本神話伝説の研究』(東洋文庫)1・三四〇頁)。本論には「かいこ」の意の文字として、「蠶」と「蚕」とが混用されているが、『宋本廣韻』に「蠶吐絲蟲俗作蚕非昨含切四」(下平声巻第二・覃第二二――広文編訳所編・広文書局印行『重校宋本廣韻』二〇二頁)、明代の梅膺祚の『字彙』に、「蠶《ハ》雑平聲吐レ絲《ヲ》蟲今誤作《テ》レ蚕《ニ》蚕《ハ》上聲寒蚓《ヘ》也」(醍誤――長沢規矩也編『和刻本辭書字典集成』第四巻七六九頁)とあり、『爾雅』の「螼蚓蜸蚕」条の「注」に「蛩蟺也江東呼寒蚓」(郭璞撰・陸德明音義・邢昺疏『爾雅注疏』巻九・釋蟲第一五――『景印文淵閣四庫全書』第二二一冊(経部二一五小学類)一八七頁)と見え、また、「謂之蛩蟺江東呼寒蚓即蚯蚓也」(鄭樵撰『爾雅注』巻下・釋蟲第一五――『景印文淵閣四庫全書』同上冊二七〇頁)とも説明され、「蚕」については別に「蟲名蛩蟺也」(丁度等修定『集韻』巻六・上聲下・銑第二七――『景印文淵閣四庫全書』第二三六冊(経部二三〇小学類)六〇二頁)という説明があって、「蠶」は「かいこ」、「蚕」は「みみず」である。両字は「音が通じて、互用された」(貝塚茂樹/藤野岩友/小野忍編著『角川 漢和中辞典』(一九九版)九六五頁)とされるが、総て二四画の「蠶」を最初の四画「旡」と最後の六画「虫」で簡潔に表記しようとした時、「旡」が「无」に、「无」が「天」に似ているので、「旡」が「天」とされ、此れに「虫」を加えて「蚕」となったところ、其れがたまたま「みみず」の意の文字、「蚕」と同じ字になってしまったということでもあったのではないか。『倭名類聚鈔』には「蠶」を説明して、「說文云蠶昨含反俗爲蚕和名賀比古蟲吐絲也」(巻第一九・蟲豸類――風間書房刊同上書巻一九・23オ)とあり、兼右本日本書紀に「蝅《カヒコ》」(「雄略天皇六年三月辛巳朔丁亥」条――天理図書館善本叢書『日本書紀兼右本二』三二頁)と見えて、我国でも「蠶」と「蚕」とが早くから通用されていたと考えられる。「蝅」は「蠶」の異体字である(有賀要延編『難字・異体字典』二九二頁)が、「蚕」に似た字体である。なお、『宋本廣韻』の「蠶」の説明割注の最末尾に「四」とあるのは、「蠶」を含む以下の四字が同音である、ということである。

第三章　牛馬・穀物・蚕（蠶）の出現・発生神話をめぐって

平成五（一九九三）年十二月九日、『朝日新聞』の朝刊は、「縄文中期？にヒエ栽培／六ケ所村の遺跡で発見　定説より早い時期」（二五頁）と題して、青森県上北郡六ケ所村の富ノ沢遺跡で発見された稗が、同時に出土した胡麻と共に約四〇〇〇年から五〇〇〇年前に栽培されていた可能性が高くなった、と報じた。(1)

同じ年の十二月三十日、『朝日新聞』の朝刊は、「世界最古の稲作跡か／揚子江下流六〇〇〇年前の水路発掘」（二二頁）と題する記事を掲げ、稲作の行なわれていたことが予て確認されていた、中国江蘇省の揚子江下流域にある草鞋山遺跡の、六四〇〇年乃至六〇〇〇年前の地層から、稲作に使用された可能性のある水路や井戸状の穴などが発掘されたと報じたが、其れより二年後、同紙朝刊は、同遺跡で約六〇〇〇年前のものと思われる水田遺構が発見されたという記事を掲げた。(2)

平成六（一九九四）年の三月二十三日、此れも『朝日新聞』の朝刊は、岡山県真庭郡美甘村森谷の姫笹原遺跡より出土した土器片から、約四五〇〇年前に米の栽培されていたことが明らかになったとする趣旨の記事を、「稲作、四五〇〇年前にも／縄文中期の土器片　イネの成分を検出」（三三頁）と題して掲げた。

＊　＊

徳川吉宗が将軍の職に就いたのを祝うため、享保四（一七一九）年に朝鮮から派遣された通信使の一行に加わっていた申維翰は、其の日本紀行『海游録』に、我国に存在しない動植物の名を挙げるが、「鳥類としては鷲、鵲、鷹、鸇（隼）がなく、獣類としては虎と豹がない(3)」と記している。

宝暦二（一七五二）年に成った地誌『寺川郷談』は、土佐国土佐郡本川郷寺川（高知県土佐郡本川村）の辺鄙なることを語って、「在所の人他国へ行されば牛馬を見る事なし。たま〳〵他国へ行、馬牛をみて帰へれば、一つ咄しにする事也。嶮難通路なき故也(4)」と記すが、宮本常一の記憶によれば、此の地に牛が入ったのは、明治三十五（一九〇二）年のことだった(5)。

天保十二（一八四一）年に其の正編が刊行された随筆『艮齋閒話』は、仙台の大谷士由の『花径樵話』に載る話だとして、赤松休享なる人物が「出羽ノ海上」に浮かぶ飛島（山形県酒田市）へ渡った折、八十歳余の其の地の老婆が彼に、「世ニハ馬ト云フ獣アリト聞ケリ我生前ニ一度馬ヲ見テ死ニタシ(6)」と語ったということを紹介している。

井上円了は、馬のいない小笠原諸島（東京都小笠原支庁）に明治の終り頃始めて馬が連れ込まれた時、子供たちが「角《つの》のない山羊《やぎ》が来た(7)」と言った、と語っている。

此れより先、明治二十年代の後半頃のことかと思われるが、但馬・因幡両地方では馬を見ること稀で、其の地方の五歳程の子供に馬を知っているかと尋ねたところ、絵画に描かれた其れと玩具の其れしか見たことがないので、「顔長く四足あり尾あり人を乗せるもの」と答え、更に大きさを問うと、「二三寸」で、「大なるものは下に車あり」と言った、と報告されている(8)。

＊　＊

『古事記』は、天照大御神が天石屋戸から姿を現わしたことにより、高天原と葦原中国とが再び明るくなったと語った直後に、「八百萬神共議而、於二速須佐之男命一、負二千位置戸一、亦切三鬚及二手足爪一令レ祓而、神夜良比夜良比岐」と記し、此の記事と「故、所二避追一而、降二出雲国之肥上河上、名鳥髪地一」と語られ始める、所謂八俣遠呂智（知）退治神話との間において、蚕と五穀との発生を語り、

又、食物乞二大気都比売神一。介、大気都比売、自二鼻口及レ尻、種〻味物取出而、種〻作具而進時、速須佐之男命、立二伺其態一、為二穢汚而奉進一、乃殺二其大宜津比売神一。故、所殺神於レ身生物者、於レ頭生レ蚕、於二二目一生二稲種一、於二二耳一生レ粟、於レ鼻生二小豆一、於レ陰生レ麦、於レ尻生二大豆一。故、是、神産巣日御祖命、令レ取レ茲、成レ種。

と記している。

周知のように、『日本書紀』巻第一の第五段（四神出生章）一書第十一には、其れが語る話の内容から推して、明らかに上に掲げた『古事記』の記事と、同源に出でたか、一方が他方へと変じたか、の孰れかの関係にあると思われる神話が見られ、「一書曰」以下、

伊奘諾尊、勅二任三子一曰、天照大神者、可三以御二高天之原一也。月夜見尊者、可三以配レ日而知二天事一也。素戔嗚尊者、可三以御二滄海之原一也。既而天照大神、在二於天上一曰、聞三葦原中國有二保食神一。宜爾月夜見尊、就候之。月夜見尊、受レ勅而降。已到二于保食神許一。保食神、乃廻レ首嚮レ國、則自レ口出レ飯。又嚮レ海、則鰭廣鰭狹亦自レ口出。又嚮レ山、則毛麁毛柔亦自レ口出。夫品物悉備、貯二之百机一而饗之。是時、月夜見尊、忿然作色曰、穢哉、鄙矣、寧可下以二口吐之物一、敢養上レ我乎、廼拔レ劒撃殺。然後、復命、具言二其事一。時天照大神、怒甚之曰、汝是惡神。不レ須二相見一、乃與二月夜見尊一、一日一夜、隔離而住。是後、天照大神、復遣二天熊人一往看之。是時、保食神實已死矣。唯有三其神之頂、化二爲牛馬一。顱上生レ粟。眉上生レ蠒。眼中生レ稗。腹中生レ稻。陰生二麥及大小豆一。天熊人悉取持去而奉進之。于時、天照大神喜之曰、是物者、則顯見蒼生、可二食而活一之也、乃以二粟稗麥豆一、爲二陸田種

子一。以レ稲爲二水田種子一。又因定二天邑君一。即以二其稲種一、始殖二于天狹田及長田一。其秋垂穎、八握莫漢然、甚快也。又口裏含レ蠒、便得レ抽レ絲。自レ此始有二養蠶之道一焉。保食神、此云二宇氣母知能加微一。顯見蒼生、此云二宇都志枳阿烏比等久佐一。

と記されている。また、同書同章段の一書第二の後半部には、

次生二火神軻遇突智一。時伊奘冉尊、爲二軻遇突智一所焦而終矣。其且レ終之間、臥生二土神埴山姫及水神罔象女一。即軻遇突智娶二埴山姫一、生二稚産靈一。此神頭上、生二蠶與一レ桑。臍中生二五穀一。罔象、此云二美都波一。

という記事が見える。

此の度は、便宜上、上に掲げた『古事記』の記事を仮に「蚕と五穀の発生起源譚」と、また『日本書紀』巻第一の第五段（四神出生章）一書第十一を「牛馬・蠒そして穀物の出現・発生譚」と、更に同一書第二後半部の記事を[9]「蠶・桑と五穀の発生譚」と名付け、我国における所謂五穀の栽培開始の時期や養蚕の其れなどを参考にしながら、此れらの記事に関する幾つかの問題と其れらの完成されることの可能になった時期が、何時の頃であったかを考えてみることにする。

*　　*

前掲三伝のうち、特に「蚕と五穀の発生起源譚」と「牛馬・蠒そして穀物の出現・発生譚」とは、登場者や状況設定をはじめ、さまざまな点で異同があるものの、物語の大筋においては同じ事柄を語っており、それぞれが独自に創作され相互に無縁のものであったとは考え難い。

両者の関係は、私見によれば後者が先に完成し、前者は其れに整理・変改の手を加えたものではないかと考えられる。[10]

両者の関係についての一般的な見解は、前者を後者に先んじて成ったとしている。其れは、一つには、後者におい

て出現・発生したものと其の出現・発生箇所との間に朝鮮語の音韻の上で類同の関係のあることが明確に認められ、其のことが物語完成時期の新しさを思わせること、二つには、此れも後者において、我々現代人の感覚では穀物とは異質のものと看做される、動物就中牛馬が出現したとされていることによる(11)。

牛馬の出現が穀物の発生とともに語られていることについては、牛馬が農耕に利用されていたからとする意見(12)や、其れらが穀物と同様に食物とされていたからとする説(13)があるが、「牛馬・蠒そして穀物の出現・発生譚」が、仮に日本国内で創られて、成長変化した結果であるとした場合、前説が成立するためには、国内で古代の牛馬の遺骨や、明らかに牛馬とともに使用された農耕具の遺物がいま少し発見されて、八世紀初頭――より具体的には、『日本書紀』巻第一の第五段（四神出生章）に一書第十一として載録された「一書」が、『日本書紀』成立の直前に成ったと考えた場合、養老四（七二〇）年――以前に、牛馬が農耕に利用されていたと断定されることが必要であると考えられ、後説が成立するためには、牛馬が食用に供されていたことを明確にし得る其れらの遺骨が数多く発見されるのと同時に、我国の古代にあって其れらが他の動物に較べて効率の良い食肉提供動物であったため、飼育されていたということも明らかにされねばならないだろう。

我国の古代における牛馬の農耕利用に関しては、「弥生時代《(ママ)》に青銅の犂がかなり九州で見つかっておりますので、ウシかウマか判然としないのですけれども、相当犂いてやっていたんじゃないだろうかというようなことが考えられている(14)」という発言がある一方に、古墳後期における其れに否定的見解が示され(15)、また、「弥生時代の牛馬飼育を犂《り》耕《こう》と結びつけるのは無理である。わが国における犂耕は奈良時代から普及する(16)」とも言われており、「牛馬・蠒そして穀物の出現・発生譚」に牛馬が出されたのは、其れらが農耕に利用されていたからであるとする説に俄に賛同することは出来ない。

我国の古代において、其の出現の事が穀物の発生と共に語られるほどに、牛馬が食用に供されていたか否かは判然としない。食料の乏しい時と場所とによっては、其れらが飢えを癒やすために食用に充てられることもあっただろうということは想像するに難くないが、事、牛に関しては、「生体重一キログラム」を増加させるのに飼料一〇キログラム以上が必要であるが、鶏の場合は二キログラム以下で良いので、食肉生産を第一目的とした牛の海外よりの導入は考えられないと言われる[17]ことからすれば、特に其れが食肉用に飼育されていたとは考えられず、其の目的で飼育されていなかったならば、日常的に食されていたとも考えられない。「牛馬・蠒そして穀物の出現・発生譚」に「牛馬」と並記されていることからすれば、牛と馬とは同じ理由によって出されているだろうから、牛について右のように考えられるとすれば、馬についても其れが食料と目されていた可能性はまず無いとして良いだろう。

「牛馬・蠒そして穀物の出現・発生譚」において、牛馬の出現が穀物の発生と共に語られているのは、当該譚の創作者が牛馬を穀物霊の化身であると考え、穀物と其れらを一体視していたことによると考えられる。[10]牛馬が粟や稗などの穀物と同一物であると考えられたとすることは、我々現代人にとって奇妙なことに思われるが、十八世紀も半ばを過ぎてなお、ロシアのトボリスクで温度計の水銀を動物だと考えた人のあった事[18]を思えば、格別おかしな事でもない。

「牛馬・蠒そして穀物の出現・発生譚」が牛馬の出現を語り、「蚕と五穀の発生起源譚」が其れを言わない事は、前者を後者に後れて成ったものとする根拠にされるが、私には逆に其の事が、前者の後者に先んじて完成されたものであることを示しているように思われるのである。前者は人の心に、其れは動物此れは植物といった区別分類の意識が生ずる以前に創られたものであり、前者と後者とが、一方が他方へと変化したという関係にあるのならば、後者は区別分類の意識に基づいて、前者から牛馬を削除して成ったものなのではないか。

＊　　＊

前者と後者を較べてみると、前者に稗の発生が語られ、後者に其の事が語られていないのに気付く。鋳方貞亮は此の事について、「恐らく『古事記』の編纂者達が、当代における稗の食糧的価値に無関心の結果、あるいは稗作が他穀の作付に比し微々たる状況であったため、稗を農業神話から除外したのではあるまいか」[19]と言う。

稗の栽培が何処で始められたのか、日本国内で栽培されるようになった其れが大陸へ渡ったのか、逆に外国で栽培され始めた其れがある時期に我国へ渡来したのかについては議論があり、現在なお決着を見ていないようである[20]が、本論の冒頭に紹介した青森県上北郡六ケ所村富ノ沢遺跡で発見された大量の稗の例もあり、其れが、我国では極めて古い時期——稲作が伝わったのとほとんど同時期とも、其れより前とも言われる——から栽培されていた穀物であるとすることに、格別の反対は無いようである。

「牛馬・蠒そして穀物の出現・発生譚」においては、既に述べたように、出現・発生したものと其れが出現・発生箇所との間に、それぞれ朝鮮語の音韻の上で類同の関係のあることが顕著であるとされているが、当該譚を完成させた人物は、此の関係にある穀物の名称を少しでも多く挙げようと、「稗作が他穀の作付に比し微々たる状況であった」としても、古くから我国で其れが栽培されており、しかも都合の良いことには、朝鮮語において「稗」と「眼」とが語頭の音を同じくしていたか、似通っていたので[21]、「眼中生レ稗」と表現したと考えられる。

一方、「蚕と五穀の発生起源譚」を完成させた人物は、当時の我国で重要な穀物と考えられたものを五種選び、其れらのそれぞれを被殺害神の身体の孔穴部から一つずつ発生させることにしたのだと考えられる。「牛馬・蠒そして穀物の出現・発生譚」の場合、「陰生二麥及大小豆一」とある部分——言うを憚るが、此の表現があることによって、保食神が女性と考えられていたことは明白である——の「大小豆」は一種としているのか、「大豆・小豆」の意で二種としているのか、或いはまた『日本書紀』巻第二十四・「皇極天皇二年八月」条に「大小魚」の例があるように、「大小の豆、即ち豆類の総て」であるのか曖昧である[22]。「蚕と五穀の発生起源譚」は、此のような曖昧さを解消して明快である。また、陰と麥、陰と小豆との間に朝鮮語の音韻の上での類同関係のあることは指摘されているが[23]、陰と大豆との間に其の関係が認められるとは言われていない。此の点でも、「牛馬・蠒そして穀物の出現・発生譚」は厳密さを欠いており、整理の手が行き届いていない。

「牛馬・蠒そして穀物の出現・発生譚」と「蚕と五穀の発生起源譚」とが、一方は他方の変化したものとすれば、私は前者に整理・変改の手が加えられて後者になったと考えるが、其の整理・変改の事を行なった人物は、「五穀」を何々と定めるに当って、当時の我国における穀物それぞれが有する価値を考慮する一方で、「ひえ」を表わす文字「稗・粺・䵗」にいずれも「卑」とあることを考慮して、其れが「五穀」に含められるほどの価値を認め難いものだとして、此れを削ったのではないかと考えられる。其れはともかく、「蚕と五穀の発生起源譚」に稗が含まれていないことは、同譚が「牛馬・蠒そして穀物の出現・発生譚」に後れて成ったものと考えることの妨げとはならない。

＊　＊

我国において稲作が開始された時期については、一九六〇年代には、「縄文土器文化後期末ないしは晩期初頭に稲作文化が…（中略）…西北九州へ直接渡来し(24)」たとするような意見を述べる者もあったが、概ね「西暦前二、三世紀に北九州に稲作が始まって…（中略）…弥生式文化とともに、〝水稲栽培〟が始まったとするのが妥当であろう(25)」というように、「弥生式文化とともに」其れが始められたのだとされていた。

ところが、一九七〇年代の終りから八〇年代の初めにかけて、福岡市の板付遺跡、唐津市の菜畑遺跡で水田の跡が見出されると、「わが国における「稲作」の成立は、弥生時代の初期（BC三〇〇年頃）あるいはそれに先行する縄文時代の終末期の時期(26)」、「稲作の始まりは縄文時代晩期にまでさかのぼる(27)」と言われるようになり、八〇年代の終りには、「日本への稲作の伝播は、紀元前一〇〇〇年頃(28)」、「イネが日本に導入されたのは紀元前一〇〇〇‐五〇〇年頃の縄文晩期から弥生初期にかけて(29)」とまで言われるようになった。

そして九〇年代の此の数年間は、総社市の南溝手遺跡で縄文時代後期末、紀元前一〇〇〇年頃のものと思われる、籾の圧痕のある土器が発見され(30)、同じ岡山県の真庭郡美甘村の姫笹原遺跡から、本論の冒頭に『朝日新聞』（一九九四年三月二三日朝刊）が報じたとして紹介したように、「縄文時代中期中ごろ（約四千五百年前）」（同記事）に稲作が行なわれていたことを示唆する「イネの葉や籾（もみ）殻の細胞化石「プラントオパール」」（同記事）が土器片から検出されるなどして、我国における稲作の開始時期が、年とともに時代を溯る傾向にある。

本論の冒頭に紹介した草鞋山遺跡と我国の九州とが、海を挟んで距離的に近いことを思えば、近い将来において、我国の稲作の開始時期は更に溯り、中国での稲作の開始時期に一層近付いて行くことになると考えられる。

粟の我国における栽培については、嘗ては其れが縄文時代に既に行なわれていたとすることを疑う意見もあった[31]が、一九七〇年代には、「わが国の稲作以前の農耕において、アワがもっとも重要な作物の一つだったことには間違いない[32]」、「縄文時代にすでに栽培された最古の作物で、イネ伝来以前の主食であった[33]」とまで言われるようになった。

中国大陸における粟については、「B、C、四一一五±一一〇年にはすでに華北の中原に[34]」其れが出現していたとも、主語・述語相整わない文章なので論旨が正確に伝わって来ないが、「BC五〇〇〇年に黄河流域でアワ・キビが[35]」栽培（？）されていたとも言われており、今後我国における遺跡から粟の発見されることが多くなり、しかも我国周辺地域での其の栽培の実態調査と過去の栽培についての研究が進めば、我国における其の栽培の時間的な起源は、稲作の場合同様、中国の其れに接近してゆくことと思われる[36]。此処では、粟が、我国において稲作の開始された時期には既に栽培されていた可能性のある穀物であることを確認しておきたい。

我国における小豆栽培の開始時期について論じた、植物学或いは農学また考古学の書物や報告は、稲作の其れを論じたものに較べると、数量的に極めて貧弱であり、時に眼に触れることがあっても、其れは多くの場合、小豆其の物についてだけ論じたものではなく、他の雑穀について論じながら小豆にも言及しているといった程度のものである。日本人にとっては米が主食となる穀物であることからすれば止むを得ない事かとも思うが、此のような状況にあるため、我国における小豆栽培の時間的起源については、「日本でも農耕文化が始まったころからの作物[37]」という程度の曖昧な表現を紹介するに止まらざるを得ない。

稲作農耕の伝来する以前の我国に原始的な農耕の存在を認めるか否かが、稗や粟また小豆が栽培されていたか否かを決めることになると思われるが、「焼畑をふくめ畑作様式は遺構としてのこる可能性がすくなく考古学的にこれを確認することは一般にむずかしい」(38)とされ、小豆については「その考古学的証拠は乏しい」(39)と言われているので、現在のところでは其れが、我国において粟と同様に稲作に先んじて栽培された可能性のある穀物である、ということを確認しておくに止める。(40)

麦については、「紀元前三世紀の終わり頃…（中略）…これとほぼ同じ時期かそれとも、それよりも少し早い時期に日本でコムギが出現している」(41)と言われ、また、大麦が縄文時代晩期頃の我国に存在した確度は高いとされる一方で、小麦については「縄文時代の確実な出土例」が無さそうだと言われている。(42)けれども、「コムギとオオムギの日本での栽培の歴史は、弥生時代初期、あるいは縄文時代晩期にまでさかのぼると推定され」(43)ると言われたり、小麦・大麦が「日本へはおよそ紀元前五〇〇年ごろ朝鮮半島を経由して導入されたと推定される」(44)と言われたりもしている。

大豆は、中国にあっては「まめ」の象形文字「尗」(45)が出現する時期から推して、其の「利用が華北で一般に普及したのは、紀元前一一世紀ごろであろう」(46)とされ、我国へは、「弥生初期に中国から伝来したものだろう」(47)と言われているが、此れも将来、中国における栽培開始の時期に我国における其れが接近してゆく可能性のあること、稲の場合と同様であろう。

以上、「蚕と五穀の発生起源譚」に其の名を挙げられている「稲種」以下の穀物が、何時頃から我国で栽培されるようになったかを見た。

それぞれの穀物の我国における栽培開始の時期に関する研究は精粗あって一様でなく、其れらの栽培開始の時期も年を追って古きへと溯る傾向にあり、しかも、稲作農耕が伝来する以前に原始的な農耕が存在したか否かについては議論もあって、孰れと決着を見ていないため、かなり大まかな捉え方になるが、縄文時代晩期から弥生時代初期には、我国に栽培植物として、稲・粟・小豆・麦・大豆の五つが出揃い、「蚕と五穀の発生起源譚」の「五穀」発生を語る部分が、其れら一一の名を挙げて創り上げられ得る状況にあったことになる。此れまでに引用・紹介した説を述べている人たちが、縄文時代と弥生時代の境界を紀元何世紀頃としているのか、定めし各人の考え方に微妙な異同があるのではないかとも思われるが、大まかには右のようなことが言えるだろう。

各種穀物それぞれの我国における栽培開始の時期は、今後も遺跡発掘や遺物調査の進展に伴い、更に古い時代へと溯る可能性があると思われるので、今、其の時間的な溯行の幅をかなり大きく見込んで、当該譚の「五穀」発生を語る部分を完成させるに足りる条件が整った時期、即ち我国に稲・粟・小豆・麦・大豆の総てが栽培されるようになった時期は、紀元前一〇〇〇年頃から同五〇〇年頃の間であったと見ておいて良いのではないか。

稗の我国における栽培の開始時期が、既に見たように稲作の其れと孰れが先であるか甲乙つけ難いことからすれば、「牛馬・蠒そして穀物の出現・発生譚」についても、其の「穀物」発生を語る部分を完成させるに足りる条件は、「蚕と五穀の発生起源譚」の場合と同じ時期に整っていたと考えて良いだろう。「牛馬」は穀物霊の化身と考えられていたのであるから、其れらが「穀物」の発生とともに出現することに何ら矛盾は無いので、「牛馬」と「穀物」とがともに出現・発生する話は、やはり前述した期間内に、粟・稗以下一一の穀物の名を挙げて創り上げられ得る可能性があったと考えて良いと思う。

今回考察の対象として取り上げた、記紀両書に採録されている三つの伝承では、穀物の発生だけでなく、蚕（蠒、蠶・桑）の出現についても語られている。

養蚕は、中国では極めて古い時期から行なわれていたことが知られており、其の時間的な起源は、六〇〇〇年前に溯るとも、紀元前二〇〇〇年頃とも言われている。(49) 我国における稲作の開始時期が、中国における場合の其れに次第に接近する傾向のあったことを思うと、此れも今後更に古い時期へと溯ることになると考えられるが、現在のところ我国の養蚕に関しては、中国から我国への其の伝播が「一世紀ごろ」(50)と、或いは我国における其の開始時期が「弥生前期末以前」(51)と言われている。

今、我国における養蚕開始の時期と、稲作また稗・粟・小豆・麦・大豆などの栽培開始の時期とを重ね合わせて見ると、結局我国では養蚕の開始時期が上に掲げた穀物の栽培開始の時期より後れたことになる。しかし、養蚕と稲作とがともに我国に伝来した可能性のあることを示唆する意見もあり、[52]今後、養蚕・絹織物に関わる遺物の発見と調査に伴い、我国における其の開始時期が溯る可能性のあることを考慮して、紀元前五世紀頃から遅くも紀元前三世紀の頃までには、其れらが実際に創作されたか否かは別の問題として、「牛馬・蠒そして穀物の出現・発生譚」と「蚕と五穀の発生起源譚」とが、今日我々の目にするような形で完成させられ得る条件は、我国のある地域では足り整っていたと考えたい。

一方、「蠶・桑と五穀の発生譚」も、「五穀」が何々を指すのかを述べていない[53]ので、其れが完成させられることの可能な時期を推し量る手掛りは養蚕の事のみであるが、「五穀」の語が『孟子』（滕文公章句上・告子章句下）また『楚辞』（大招章句）などに見えて、五つのそれぞれに実体を伴うことがなくても、穀物を一括して「五穀」と称する観念・思想だけが我国に早く伝えられていた可能性もあり、火神軻遇突智が土神埴山姫を娶って稚産霊を産んだとあるのが、原始的な農法である焼畑農耕に立脚した表現であること、話其のものが簡潔・短小であること、稚産霊神は殺されてこそいないが、其の頭上・臍中に蠶・桑と五穀を生じたとして、語るところが前掲二譚と似通っていることなどから、いずれ其れを完成させるに充分な思想と環境とが、前二譚の場合と隔絶していたとは思われず、其れらとほぼ同時期に、或いはむしろ其れらに先駆けて完成されたものと思われる。

今回考察の俎上に載せた穀物其の他の発生や出現を語る神話については、嘗て、其処に麦や豆が出されていることからすれば、「古墳時代に入ってからの話ということになるのかもしれない[54]」と言われ、また、弥生文化の遺跡に麦の栽培されたことを示す資料を見出し得ないとして、発生する穀物を稲・粟に限ったとしても、「成立を西暦前三、四世紀以前に溯らせることはできない[54]」と言われたことがあるが、此の意見が述べられて後、既に四十年近く経過しており、其の間、遺跡の発掘や遺物の調査にも大きな進展があり、見たように、大豆については其の我国への伝来が「弥生初期[47]」だろうとされているものの、小豆は早く我国で農耕が始まった頃から栽培されていた可能性のあることが示唆されており(37)、小麦・大麦についても、我国での栽培の開始時期が縄文時代晩期に溯ると推定する意見(43)や、我国への渡来を紀元前五〇〇年頃に推定する意見(44)が出されるようになっているので、当該神話の完成・成立が我国において可能になった時期を、より古い時期へと大幅に溯らせても良いのではないだろうか。稲・粟の我国における栽培の開始時期については、既に述べた通りである。

＊　＊

記紀両書に採録された穀物其の他の発生や出現を語る神話が、見るような形で完成させられる可能性の何時頃にあったかを右のように考えた時、「牛馬・蠒そして穀物の出現・発生譚」に牛馬が出ることと、三世紀の我国について語るところのある『魏志』倭人伝に、「其地無牛馬虎豹羊鵲(55)」とあることとが矛盾することになるが、存在するものを存在しないと言うことと、ある地域では国内の他の場所で幾らも見られる動物を見ることがないことについては、本論の冒頭で幾つかの記事を紹介した通りで、格別珍しい事ではない。

倭人伝の記事自体、其の著者が実際に我国を訪れて牛馬を目にすることがなかった経験談を語っているのか、伝聞を書き記しただけなのか、「無牛馬……」の「無」は、牛馬については、多くはいないということなのか、或いは飼育されていないということなのか判然としない。一方、我国に古く牛馬の実在したことは、其れらの歯や骨が縄文時代の遺跡から出土したと諸書に其の報告があって(56)、倭人伝の当該記事は、「牛馬・蠒そして穀物の出現・発生譚」が紀元前数世紀へと溯った時期に創られ得る可能性があったと言うことの妨げとはなり得ない。

また、我国で古くある種の動物が穀物霊の化身と看做されていたことは、『播磨国風土記』の「讃容郡」条冒頭に、「玉津日女命捕㆓臥生鹿㆒、割㆓其腹㆒而、種㆓稲其血㆒。仍、一夜之間生㆑苗」とあり、同書「賀毛郡雲潤里」条に、「以㆓宍血㆒佃」とあることなどによって窺い知られる。

注

（1）四年後の一九九七年四月五日の『朝日新聞』朝刊は、「八〇〇〇年前のヒエの種／函館・中野B遺跡」と題して、北海道函館市の函館空港遺跡群「中野B遺跡」で発見された稗の種一〇粒を分析した結果、縄文時代早期中頃（約八〇〇〇年前）に稗が栽培されていたとみられると報じ、同時に分析者吉崎昌一の「縄文中期のものに比べ、やや野生種に近く、意図的に栽培したかどうかは分からない。しかし、常時利用し、育ちやすいようにしていたとみられ、栽培化のスタート段階と思われる」（三八頁）という談話を掲載した。其れから一年後、藤原宏志は、青森県の三内丸山遺跡で、縄文時代前期の土壌また土器を形造っている土から、栽培稗の野生型であるイヌビエのプラント・オパールが検出された事を言い、「三内丸山遺跡の場合、栽培されていたかどうかは定かでないが、栽培はされていなくとも、採集により食用として利用されていた可能性はきわめて高い」（『稲作の起源を探る』一二一－一二五頁）と述べている。

（2）「六〇〇〇年前の水田遺構／揚子江下流、世界最古か」──『朝日新聞』一九九五年六月一五日朝刊三四頁。二年後の一九九七年四月二八日の『朝日新聞』朝刊は、「中国で八〇〇〇年前の栽培イネ／長江中流稲作二〇〇〇年さかのぼる」（一頁）と題して、長江中流の湖南省澧県で発掘した新石器時代初期の遺跡から、稲を含む多量の農作物が出土し、此のうちの稲は専門家の鑑定で世界最古の栽培稲とされたという記事を掲載した。

（3）中維翰著・姜在彦訳注『海游録』（東洋文庫）二八三頁。

（4）宝永堂著『寺川郷談』──『日本庶民生活史料集成』第九巻三六〇頁。

（5）宮本常一著『忘れられた日本人』（岩波文庫）一六三頁。

（6）安積信著『艮齋閒話』巻之上──『日本随筆全集』第一五巻三三九－三四〇頁。

（7）井上円了口述『日本周遊奇談』三頁。

（8）脇山三弥著「理科教授に就きて」──『理学界』第一五巻第七号五五頁。

（9）字書によれば、「蚕」と「蠶」とは元来別字で、前者は誤って後者の略字として用いられているという（諸橋轍次著『大漢和辞典』巻一〇・一一九頁）が、本論の依拠する『古事記』（日本思想大系）と『日本書紀』（日本古典文学大系）とは、それぞれに「蚕」また「蠶」の字を用いている。今、敢えて「蠶」に統一することをしなかった。

（10）拙稿「牛馬と穀物と」（本書に収録）参看。

（11）拙著『記紀神話伝説の研究』（四二三－四二四頁）に諸説を紹介しておいた。なお、直木孝次郎は、当該二伝に「蠶・桑と五穀の発生譚」を加えた三伝にあっては、「牛馬まではいっている第十一の一書のそれがもっとも発達した形とみてよかろう」（「本文鑑賞　保食神（神代上）」――鑑賞日本古典文学第二巻・直木孝次郎／西宮一民／岡田精司編『日本書紀・風土記』三〇頁）と述べている。

(12) 最近、此の説を述べた者に横田健一（『飛鳥の神がみ』一〇六頁）がある。

(13) 嘗て沼田頼輔は、「食物を与へんとの目的の下に保食神が出されたのであるから、この牛馬はこれを耕作の為と見るよりも、寧ろ食料のためであると見ることか至当（ママ）である」（「原始時代の食物」――『中央史壇』第六巻第五号一六八頁）と述べたが、其の論旨と論文題目より推して、彼は牛馬の出現を其れらが食用に供されていたからと考えていたことは間違いないだろう。

(14) 「討論　大家畜の伝播とブタの家畜化」（田中琢発言）――佐々木高明編『日本文化の原像を求めて＊日本農耕文化の源流』二六〇頁。

(15) 森浩一著「馬文化の発掘」――『ゼミナール　日本古代史』下巻一七六頁。

(16) 市川健夫著「日本における馬と牛の文化」――日本民俗文化大系6『漂泊と定着』四六六頁。

(17) 西田隆雄補論「生物的体制からみた家畜文化史」――佐々木高明編前掲書二四五頁。一九九五年八月一〇日付『朝日新聞』朝刊は、「人間の安全保障　8人口と食糧／「飢え」はやって来るのか」と題する特集記事（七頁）にイラストを掲げ、「肉一キロをつくるには」として、牛は穀物七〜一〇キロ、豚は同四〜五キロ、鶏は同二キロがそれぞれに必要であるとしている。

(18) 17・18世紀大旅行記叢書9・シャップ著・永見文雄訳『シベリア旅行記』九七頁。

(19) 鋳方貞亮著『日本古代穀物史の研究』一一五頁。

(20) 例えば阪本寧男は、日本で栽培化されたものが朝鮮半島・中国北部へ拡がったとし（『雑穀のきた道』一七一頁）、星川清親は、中国で栽培され朝鮮を経て日本に伝来したと言う（『栽培植物の起原と伝播』四七頁）。

(21) 朝鮮語における稗と眼との音の類似について、田蒙秀は、「眼 Nụn の古体 Nụ　稲・稗 Nụi」（「上古に於ける稲作と稲及び米の名に見る日鮮関係」――『国学院雑誌』第四九巻第四号二六頁）と指摘し、日本古典文学大系67『日本書紀』上巻は、「眼（nun）と稗（nui 白米に混じた稗類）」（一〇二頁）としている。

(22) 本論が用いている『日本書紀』（日本古典文学大系本。巻第一の底本は卜部兼方本）が「大小豆」としている表記を、国史大系本が、そして最近では新編日本古典文学全集本が底本として用いた寛文九年版の其れは、「大豆《マメ》小豆《アツキ》」としている。

今、国学院大学日本文化研究所編『校本日本書紀』一（六五四頁）、また、林勉原文校訂『日本書紀』（井上光貞監訳同上書上六五六頁）によれば、ほとんどの古写本が「大小豆」としているので、此の箇所の原表記は、『日本書紀』其のもの、或いは同書巻第一の第五段（四神出生章）に一書第一として採用された「一書」において、既に「大小豆」であったとも思われる。「大小豆」に卜部兼方本は「マメアツキ」と訓を付しているが、後述するように、朝鮮語の音韻の上で、陰と麦・小豆とが語頭の音を同じくしているものの、陰と大豆との間には其の関係が認められないことからすると、あるいはもと「大豆」については言及されていなかったところに、「一書第十一」の最初の筆録者、また其れを採録した『日本書紀』の当該箇所を筆録・書写する者で、「小豆」だけ挙げられて「大豆」の無いことを良しとしない者が、「大豆」を加えようと「大」の字を挿入したとも、「大小豆」はもとより「大小豆」であって、「大小の豆、即ち豆類の総て」の意を表わしているのだとも考えられる。

(23) 早く、金沢庄三郎著『国語の研究』に「陰（pochi）…麦（pori）」（一四一頁）とあり、田蒙秀著前掲論（『国学院雑誌』第四九巻第四号二六頁）もほぼ同じことを言い、中島利一郎は、「陰《ほと》は朝鮮語でポチ…（中略）…麦のことは朝鮮語ポリ…（中略）…小豆はパッ、これもP音であります」（『東洋言語学の建設』七九-八〇頁）と言う。また、日本古典文学大系67前掲書上巻は、「女陰（pöti）と小豆（p'ʌt）」（一〇二頁）と、其の対応関係を示している。

(24) 江坂輝弥著「稲作文化伝来に関する諸問題」――『考古学雑誌』第五二巻第四号一五頁。

(25) 杉山晃一著「A　米」――現代文化人類学4・泉靖一／中根千枝編集『人間の社会〔II〕』二三一・二三六頁。

(26) 佐々木高明著「稲作以前の生業と生活」――日本民俗文化大系3『稲と鉄』六〇頁。

(27) 山崎耕宇著「イネ　稲 rice：*Oryza sativa* L.」【起源と伝播】――『平凡社大百科事典』第一巻（一九八四年版）一一四五頁。

(28) 阪本寧男著『モチの文化誌』二三二頁。同書発行の前年（一九八八）に出版された同じ著者の『雑穀のきた道』（二一〇頁）にも、「稲作の」の三字を欠いた同じ表現が見える。

(29) 阪本寧男著『モチの文化誌』七五頁。

(30) 高橋護著「縄文時代の籾痕土器」（『考古学ジャーナル』三五五号一五頁）と、福田一郎／山本英治著『コメ食の民族誌』（一三九-一四〇頁）とによる。

(31) 一九四二年五月に発行された小野武雄著『日本農業起源論』（六九頁）、四七年七月に発行された後藤守一著『日本古代史の考古学的検討』（六四・六九頁）などに、粟の縄文《紋》時代における栽培のことが言われていたが、五六年六月に発行された直良信夫著『日本古代農業発達史』（二八三頁）は、此のような意見に懐疑的であった。

(32) 佐々木高明著『稲作以前』一〇四頁。同書が出版（一九七一年）されるより早く、芹沢長介により、縄文後期から晩期にかけて稗・粟を主とした農業が行なわれていたのではないかという意見が述べられ（『シンポジウム　日本農耕文化の起源』三六頁）、坪井清足は其れが栽培・採集の孰れであったかが問題だとしている（同書四九頁）。

(33) 星川清親著前掲書四五頁。

(34) 田河禎昭著「中国農耕文化の原初形態」――『史学研究』（広島史学研究会）第一二〇号九六頁。

(35) 笠原安夫著「出土種子からみた縄文・弥生期の稲作」――『歴史公論』第八巻一号八七頁。

(36) 本論の冒頭に紹介した六ケ所村富ノ沢遺跡の稗を分析した吉崎昌一は、粟が我国の縄文時代に存在した確証はほとんどないが、中華人民共和国の新石器時代に其の存在が顕著であり、日本列島でも同時期に其れが検出される可能性がある、と示唆している（「古代雑穀の検出」――『考古学ジャーナル』三五五号六頁）。

(37) 星川清親著前掲書六〇頁。

(38) 藤原宏志著「プラント・オパールからみた縄文から弥生」――『歴史公論』第八巻一号七〇頁。

(39) 前田和美著『マメと人間』五六頁。

(40) 小豆については、渡部忠世に、大豆をも併せて、「日本に入るのは非常に古い時代であったとされていますが、正確にとなると誰も返事ができかねると思います」（《シンポジウム》「原始・古代の農耕をめぐって」――『古代学研究』第七四号七頁）という発言があるように、我国での栽培の始まりの時期が判然としないが、「縄文時代例では福岡・広田遺跡（後期末葉）と、鳥取・桂見遺跡（後期）のアズキ（？）がある」（寺沢薫／寺沢知子著「弥生時代植物質食料の基礎的研究」――『橿原考古学研究所紀要　考古学論攷』第五冊八七頁）、「インド原産の栽培リョクトウ、ツルアズキや野生のヤブツルアヅ《ママ》キ、ツルマメ、ノアズキなどの種子と比較して見たが、本遺跡の出土粒は、アズキ種子と最も近似しているので、アズキと同定した」（笠原安夫著「菜畑縄文晩期（山ノ寺）層から出土の炭化ゴボウ、アズキ、エゴノキと未炭化メロン種子の同定」――唐津市文化財調査報告書第五集『菜畑遺跡』四四七頁）という記事のあることを紹介しておく。

(41) 甲元真之／山崎純男著『弥生時代の知識』六九－七〇頁。

(42) 吉崎昌一著前掲論――『考古学ジャーナル』三五五号七頁。

(43) 星川清親著「むぎ　麦」──『平凡社大百科事典』第一四巻（一九八五年版）六一五頁。
(44) 阪本寧男著『雑穀のきた道』一六八頁。
(45) 許愼撰『説文解字』弟七下・尗部に「尗　豆也象尗豆生之形也」（一九七八年・中華書局影印同上書一四九頁）という。
(46) 前田和美著前掲書五三頁。
(47) 星川清親著前掲書五五頁。
(48) 丘桓興文「連載　中国の民俗を探る　第二二回　蚕をかたる　浙江篇（下）」──『人民中国』一九八五年一〇月号九五頁。
(49) 武伯倫談話──陳舜臣／NHK取材班著『長安から河西回廊へ』一一一頁。
(50) 吉武成美著「養蚕　ようさん」──『日本大百科全書』第二三巻（一九九四年版）五一四頁。
(51) 布目順郎著「弥生時代の絹織物と吉野ケ里」──『東アジアの古代文化』六一号二三頁。
(52) 同著「注2」──『森浩一対談集　古代技術の復権』一五〇頁。
(53) 日本古典文学大系67前掲書上巻は、此の「五穀」を「一書第十一」に言う粟・稗・稲・麦・大豆とする（八九頁）。根拠は不明。
(54) 後藤守一著「古事記に見えた生活文化」──『古事記大成』第四巻歴史考古篇二七八頁。
(55) 陳壽撰・裴松之注『三国志』巻三〇・魏書三〇・烏丸鮮卑東夷伝第三〇──中華書局出版同上書第三冊八五五頁。
(56) 我国に何時頃から牛馬が存在したのか、飼育されたのは何時頃からなのか、また如何に利用されたかについては、実はいま一つ判然としていない。早く、長谷部言人は、我国における幾つかの遺跡中から出土した牛の骨歯に言及し、「我国には既に石器時代に犬及び牛馬《（ママ）》が飼育された」とし、石器時代人による牛の飼育が何の為であったかと自問して、消極的とも言える言い回しで、「彼等が之を農耕運搬に使役したことを否定し去る気にはなりかねてゐる」（「石器時代の牛」──『あんとろぽす』第六号二九－三二頁）と述べたのであるが、其の後、大場磐雄が長谷部説に立脚し、茨城県稲敷郡美浦村にあり、縄文時代早期から後期にかけての貝塚及び集落跡とされる陸平貝塚や愛知県渥美郡渥美町にある、縄文後期から弥生時代にかけての貝塚、保美貝塚での発見例によって、「牛の存在は、既に縄文式系石器時代遺蹟からも二三の出土が伝へられて居ると言いつつ、「弥生式の中期頃に、牛が既に家畜として飼育されたことは、甚しい臆測とばかり言ひ去れないであらう」と述べ、同時に牛の飼育目的は「主として農耕使用にあったと考へられる」と言い、馬も同時に飼育されて使役されたただろうとした（『古代農村の復原』一二五－一二六・一四八頁）。此の意見は、弥生時代後期の集落跡、登呂遺跡での牛角の発見に関連して述べられたものであるが、登呂遺跡からは、牛の右側肩胛骨片一個が発見されており、此れについては直良信夫が畜牛の其れであって、「水田耕作と関係があったものと見なければならない」（「第六章　動物遺体」——日本考古学協会編『登呂』三一五・三四二頁）と述べている。見たように、我国の牛については、縄文時代から弥生時代にかけての頃に飼育されて農耕に利用されていたと考えられ、其の後、「牛は…（中略）…縄文時代の遺跡から存在が知られるが、家畜であったかどうかは疑わしい」（千葉徳爾著「ウシ 牛 *Bos taurus*」【日本における利用と民俗】——『平凡社大百科事典』第二巻（一九八四年版）一二二九頁）、「縄文時代にすでにウシが生息していた」（中村禎里著『日本動物民俗誌』七〇頁）といった表現がなされるようになった。しかし、此れらの表現がなされるのと同じ時期には、縄文時代の晩期・弥生時代の初期の我国における牛の存在は「近年否定されている」（田名部雄一著「家畜にみる日本人の起源」——『遺伝』第四二巻第一〇号五二頁）とも言われるようになって、最近では、「本格的にウシ飼育が広まったのは弥生時代と考えてよかろう…（中略）…基本的用途は、まず役用。しかし、肉ももちろん利用されたはずだ」（遠藤秀紀著『ウシの動物学』一三七頁）という意見が述べられている。一方、馬については、名古屋にあって嘗ては熱田貝塚と呼ばれた弥生時代の貝塚及び集落遺跡である高蔵貝塚から馬の下肢の骨、鹿児島県出水市にある縄文時代後期の貝塚、出水貝塚から馬の門歯が、それぞれに発見された事などを根拠に、加茂儀一が、「日本の新石器時代に馬が存在してゐた事を知る」（『家畜文化史』二五四－二五五頁）と述べ、近くは国分直一が、縄文時代の後・晩期の我国に、「小型馬が文化として入ったということは不自然ではない」として、千葉県銚子市にある縄文時代後期から晩期にかけての貝塚、余山貝塚から馬の歯が出土した事、また此れとほぼ同時期の貝塚とされる、沖縄県具志川市の地荒原貝塚から此れも馬の歯が発見された事を挙げ、「駄載のようなものに使われたことは考えられると思います」と述べている（前掲討論——佐々木高明編前掲書二五九－二六〇頁）。しかし、此の馬についても、田名部雄一が、縄文晩期に我国に馬が将来されていたという説は、「近年考古学者の検討で否定されている」（前掲論——『遺伝』第四二巻第一〇号五三頁）と言い、山口英雄は、縄文時代の貝塚で発見された馬の骨が、「物理化学的分析」によって後世混入した物であると判明した例のある事を挙げて、考古学的には、「古墳時代の四世紀末から五世紀以降」になって馬が存在するようになったとする説が、「現在有力になりつつある」と述べ（「12　農耕生活と馬の飼育」——新版〔古代の日本〕⑧『関東』三一九頁）、佐原真も、「フッ素分析・ウラン分析をすすめた結果」、此れまで縄文・弥生時代の馬の遺物と考えられていた骨が、後世遺跡に埋められた遺体の其れである事が判明しつつあると言っている（「おわりに」——田中琢／佐原真編『発掘を科学する』二一六頁）。此れを要するに、我国に何時頃から牛馬が存在したかについては、縄文時代或いは弥生時代からであるとする説と、其れを否定し、古墳時代以後であるとする説とが並存しているのが現状である。今、両説の孰れによるべきか判断に迷うが、見て来たように、我国では、稲作を始め農耕作物の栽培時期の始まりが、時間の経過とともに過去へと溯る傾向にあるので、牛馬についても今後縄文時代の終りから弥生時代の初めにかけての遺物が発見される可能性を否定出来ず、暫く前説に従っておく。但し、本論の最初の発表時に、「我国に古く牛馬の実在したことは、其れらの歯や骨が縄文時代の遺跡から出土したと諸書に其の報告があって確実であり」とした表現のうち、「確実であり」という表現を、今回は削除することにした。

第Ⅲ部

第一章　布怒豆怒神・布帝耳神・天之冬衣神について

八世紀の末に都が平安京に遷ってより後、清和天皇の時代（八五八－八七六）が終る頃までの間に出来したと考えられている[1]『東大寺諷誦文稿』には、ある漢字の読み方を示すのに、「菓《久太》」「肘太ミ」「譽《口万》」「棟于川」と、語頭の二音を萬葉仮名で当該漢字に小書傍記或いは当該漢字に小書連記し、それぞれ「くだもの」「ただむき」「ほまれ」「うつはり」と訓むべきことを明らかにした箇所がある。[2]「譽」に傍書された「口一」は、「保」の字を数画省いた表記である。

十二世紀中に出来して、写本のみが今日に伝えられ、しかも其の写本が所謂天下の孤本とされている、説話集『打聞集[3]』を、今、古典保存会の複製本によって見ると、「虚空ニ物ノ、ナリケレハ」「他國ヘ人ヲ流ヤル國ニ有ケリ」「此レヨリ後チ國ノ政リ事ト平カニ也ニケリ」「力ラクラヘヲシテ勝方ヲ貴カラせ給ヘキ也ト申ヲ王ト聞食シテ」と、「物」「國」「後」「政」「事」「力」「王」の各漢字を、「もの」「くに」「のち」「まつり」「こと」「ちから」「みかど」と訓ませるために、それぞれの語尾の一音を漢字に片仮名で小書連記した箇所がある。『打聞集』には同様の表記をする箇所が他にも多くあるが、其の一一を見てゆくと、中に「其鬼皮ハ、于今蔵ニ納メテアノ御寺ニアリ」と記す箇所がある。此の例に見られる「皮ハ、」の「ハ」の表記は、前記した他の例や、当該表記の前行同位置にある「石ヲヒキノケテ見ハ血ノミ多クコホレテ」という表現の「見ハ」の「ハ」と同じ大きさで記されていることにより、明らかに「皮ハ、」と記されたものと思われる。しかし、「ハ丶」と記された位置が「皮」の字の右下よりやや中央に寄っているため、恰も「皮ハ丶」と「ハ丶」が大書されているかのように見える。(4)

『東大寺諷誦文稿』や『打聞集』に見られるような、漢字の訓み方を示唆する仮名（所謂捨て仮名）は、大永二（一五二二）年中に書写されたとされる兼永筆本古事記にも、(5)「爲《ス》二上《ツ》巻《キト》一」「妹活杙《モイククヒノ》神」「妹伊耶那美《トイサナミノ》神」「此者《ハ》大神《ヲホカノ》連等《シラカ》之祖」（上巻）、「此《コノ》時《キ》」「神沼《カムヌ》河耳《カハミヽノ》命」「大倭根《子》子《コ》日《ヒ》子《コ》國玖《クニク》琉《ルノ》命《ト》」「介《ス》」「嫁《トテ》稱二瀬毗古王《ノ》一」「政《コト》」「溝《ソ》」（中巻）、「到《イタテ》二其明《ノアケホノニ》時一」「歌《ウタテ》曰」「伺《ウカヽテ》二天皇《ノ》之御寝《ミ子マスルヲ》一」「握《トテ》二其衿《ソノ》一」「可レ幸《シ玉フ》二獦庭《カリハニ》一」（下巻）などと見える。(6)此れらのうち「神沼《カムヌ》河耳《カハミヽノ》命」の「ヌ」は、他に「神沼河耳《ヌマカハミヽノ》命」「建沼河耳《タケヌマカハミヽノ》命」とあって、「捨て仮名」として記されたものと思われる。

『古事記』は、其れが出来した和銅五（七一二）年から、現存する最古の写本とされる真福寺本の書写される応安四・五（一三七一・二）年までの間に、幾度かの書写が為されたと考えられるが、今、其の真福寺本古事記と兼永筆本古事記とを比較してみる。すると、前者に、「成神名…（中略）…次豊雲上野神…（中略）…次妹活杙神二柱」「着御刀本血亦走就湯津石村所成神…（中略）…亦名豊布都三神」（神代記）、「大集命…（中略）…娶庶妹八田娶若郎女又庶妹宇遅能若郎女此之二柱無御子也」「此者本岐歌之拝《本ノマヽ》歌也」（仁徳記）、「御陵在菅原之伏見岡也」（安康記）、「其二柱王子坐左右膝上」（清寧記）とある箇所が、(7)後者では「成《ナリイテ玉》神名《ヲ》二…（中略）…次豊雲《トヨクモム》上野《ノ》神…（中略）…次妹活杙《モイククヒノ》神二柱」「着二御《ミ》刀本《ハカセノモトニ》一血亦走就二湯津石村一所レ成神…（中略）…亦名二豊布都神一三神」、「大雀《オホサヽキノ》命《鷦鷯イ乍》…（中略）…娶二庶妹八田若郎女一又娶二庶妹宇遅能若郎女一此之二柱《ハシラヲ》無二御《ミ》子《コ》一也」「此《コレハ》者本岐《ホキ》哥之片歌也」・「御陵在二菅原《スカハラ》之伏見岡《フシミノヲカニ》一也」、「其《ノ》二柱王子《キミヲ》坐二左右膝《ヲキマツテヒタリミキノヒサノ》上一」となっており、(8)一方では小書されている文字が他方では大書されていることがわかる。

此処に示した両古事記の記事のうち、一方で大書され、他方で小書されている文字の幾つかは、其の二様の表記が存在していることと、『打聞集』に見た「皮ハ丶」の表記が「皮ハ丶」と記されているかのように見られる例とから推して、もと小書されていたものが繰り返し書写される間に何時しか大書されるようになってしまったものと考えられる。なお、私たちは、小書されていた文字が伝写の間に、其の前後に大書されている文字と同じ大きさに変わる例を、『延喜式』に載録された祝詞や『続日本紀』に記載された宣命について、諸本の其れらを比較し、校異を示している書物に多く見ることが出来る。(9)

＊　　＊

『古事記』上巻に「大年神、娶二神活須毘神之女、伊怒比売一、生子…（中略）…白日神」と見える白日神について、本居宣長は、「白字《ノ》は向の誤にて、牟加比《ムカヒ》なるべし」と言い、『延喜式』巻第九（神名帳）の「山城国乙訓郡」条に、向神社と大歳神社とが並記されていることを指摘している。(10)今日大方の研究者は、同神が『古事記』の写本・版本に揃って「白日神」と記されていることと、同じ「神代記」に「筑-紫国謂二白日別一」とあり、白日神の名が特異なものではないこととによって、宣長の説に否定的である。しかし、此れまでに見てきたような事柄と、『古事記』出来後、更に溯るならば同書編纂に際して資料とされた「帝紀」と、当時其の一部は既に成書化していたとも言われる「旧辞」を記した文書とが出来して後、現存する『古事記』の写本の古い物が作られるまでの長い伝写の期間を考えると、もと「向神」であったのが、其の「向」をムカヒと訓ませるべく、「向日神」と記され、其れが「向日神」となり、更には、「白日神」になった――宣長は此のような変化の過程にまで言及していないが――とすることは、一概に否定されるべき事ではないと思われる。

＊　　＊

『古事記』上巻には「栲縄之、千尋縄打莚」と「栲縄」の語が見えるが、此の語は『日本書紀』巻第二の第九段（天孫降臨章）一書第二にも見え、また『萬葉集』にも見られる。(11)そして、「今案依養老五年私-記《ニ》一作之」という注記がある『日本書紀私記』（甲本）には、「栲縄《タクナハ》」と記されている。

一方、『古事記』上巻には「多久豆怒能 斯路岐多陀牟岐」、『萬葉集』にも「多久頭努能 之良比氣乃宇倍由」（巻第二十・四四〇八）といった表現があり、此の「多久豆怒（頭努）」は、今日「栲綱」と解されている。

大殿祭の祝詞中に見える「綱根」の語には、「古語番縄之類謂之綱根(12)」と注記が施されている。また、近代になって後公刊された『日本書紀』の中には、同書巻第一の第七段（宝鏡開始章）本文に、「界二以端出之縄一。縄、亦云、左縄端出。此云二斯梨倶梅難波一」と「縄」を「儺波」と訓むべき指示があるにも拘わらず、巻第十五・「清寧天皇二年冬十一月」（顕宗即位前紀）条の「取結縄葛者」という表現の「縄」にツナと傍訓を施すものがある(13)。

『倭名類聚鈔』には、「牽紋 唐韻云牽紋音支訓豆奈天挽船縄也(14)」という記事があり、『萬葉集』には、「人事 暫吾妹 縄手引従海益 深念」（巻第十一・二四三八）という歌が見えるが、此の歌の「縄手」をツナデと訓むこと、また一首をどのように解釈するかということを説明する際に必ず引かれる同書巻第十八の四〇六一・四〇六二歌の左注には、「右件歌者、御船以二綱手一泝レ江遊宴之日作也」と記されている。

綱と縄との区別は古くから曖昧であったらしく(15)、上代の文献だけに限ることは出来ないが、明らかに同じ物を綱と言い、縄と言う例は幾つか存在する。例えば、『萬葉集』に「牛佘己曾 鼻縄波久例」（巻第十六・三八八六）とあるかと思えば、『伊呂波字類抄』（十巻本）には「縻《ハナツナ》洪-牛轡也(16)」と見える。同じ辞書の二巻本には「綛《イカリツナ》亦作総(17)」が見えるが、『拾遺和歌集』・『新撰六帖題和歌』など歌集には「いかり縄」の語が散見される(18)。『枕草子』に「首綱(19)」の語があり、『今昔物語集』・『古今著聞集』には「頸縄」の語がある(20)。「ちびきのつな(21)」が『夫木和歌抄』に見え、「千引の縄(22)」は「御伽草子」にある。「タケナワ（竹縄）竹を撚りねじって作った縄」に対する「タケヅナ（竹綱）竹で作った綱。あるいは、太い縄(23)」もある。

『今昔物語集』や『古今著聞集』また『太平記』には、「差縄」という語が見え、『名語記』にも「サシナハ」と記されている(24)。鎌倉時代初期に成ったとされる有職故実の書『餝抄』には、「差綱。祭使種々綵。…（中略）…御禊白差縄也(25)」とあって、差縄を差綱とも言ったことが知られるが、天平十九（七四七）年に作られた『大安寺伽藍縁起幷流記資財帳』には「布縄壹拾參條(26)」の表記があり、『吾妻鏡』「建久二年十一月二十二日」条に「ぬのさしなは《（布差縄）》」、また同じく鎌倉時代の有職故実書『物具装束鈔』に「白布差縄」の語が見え(27)、『古事記』下巻の「雄略天皇」条には「志幾之大県主…（中略）…布縶二白犬一、著レ鈴而、己族名謂二腰佩一人、令レ取二犬縄一以献レ上」という表現もあるので、あるいは記紀両書の編纂される頃よりも前の時期に、布を縒り合わせて作った縄を言うのに「布縄」の語があったとも考えられる。古く「布縄」の語があったとすれば、同時に「布綱」の語があったこともまた可能性としてあり得る。

宝亀十一（七八〇）年に作成されたものではあるが、『西大寺資財流記帳』には、「白布綱四條(28)」の記載がある。著者・成立年ともに未詳であるが、『群書類従』に守覚法親王（一一五〇－一二〇二）の談話に基づく書『吉事次第』と並べて収められている『吉事略儀』にも「布綱(29)」の語が見える。但し此の語は、『吉事次第』に「布ノ綱(30)」の表記があることからすれば、あるいは「ぬのづな」でなく、「ぬののつな」と読むべきかも知れない。

我国に古く「布綱」の語があったとすれば、「栲綱」の例から推して、其れをヌノヅノと言うこともあったと思われる。ツナとツノとが時に交替したことは、「延暦十九年九月十六日」に著述されたとする『丹生祝氏文』に「美津乃加志波(31)」、また『延喜式』に「三津野柏(32)」と言われるある種の木の葉を、『古事記』下巻が「御綱柏」（仁徳天皇条）と記し、『日本書紀』が「御綱葉 葉、此云二箇始婆一」（仁徳天皇三十年秋九月乙卯朔乙丑条）と記していることでも知られる。

＊　＊

「衣服令」の「武官朝服」条(33)、『儀式(34)』、『延喜式(35)』、また『西宮記(36)』などに「白布帯」の語が見えるが、『倭名類聚鈔』には「白布帯 本朝式云白布帯 沼能於比」と記されている(37)。『延喜式』には、また「布帯(38)」の語も見える。「布帯」は、大江匡房（一〇四一－一一一一）や平時範（一〇五四－一一〇九）等の日記『江記』また『寛治時範記』などの記事を引く『御禊行幸服飾部類(39)』に頻出する。

「布帯」の語は、『扶桑略記』第五の「文武天皇慶雲四年三月甲子日《廿六》」条に「天下始用二革帯一」とある「革帯」や

『萬葉集』に見える「絹帯」（巻第十六・三七九一）と区別して、植物の繊維で作った織物を素材とした帯を言ったものであったかと思われる。

『礼記』(40)に「布帯」「革帯」、『淮南子』に「韋帯」(41)、『隋書』に「皮帯」(42)の語が見え、中国には早くからさまざまな材質の帯が存在していたことが知られる。我国にも古く同じ物が存在していたと考えられる。(43)

＊　＊

書籍や文書が書写される折に、ある文字が別の其れへと誤られることは避けられないことである。『古事記』の場合も、其れが出来して後、書写が繰り返されたことで所々の文字が時に誤写されることもあったらしく、其の古写本また版本の表記の異同を比較した所謂校異の一覧表を見ると、実に多くの文字について、ある本では甲とするが別の本では乙としているという指摘が為されている。今、手近にある『古事記』の「校異」の箇所を開くと、事煩瑣に亙るので、それぞれの文字の所在を示すことをしないが、素と索、悪と思、賀と買、袁と表、箸と著、裏と嚢など、下半部の形を同じくする文字の組み合わせも多く記されている。此処に例として挙げた組み合わせのうちのあるものは、其の孰れか一方が他方へと誤られたと考えられるものであり、またあるものは、もと正しい文字が書かれていたのが誤られたのか、もとより誤字が記されていたのか定かでないが、両者ともに誤っていると判断されているものである。

＊　＊

記紀両書に其の例を見ないが、『萬葉集』には、其れがアサギヌ或いはアサゴロモと訓まれる、麻を素材として作られた衣、「麻衣」の表記が五例（巻第二・一九九、巻第七・一一九五、同上・一二六五、巻第九・一八〇七、巻第十三・三三二四）見られる。

『古事記』中巻の「応神天皇」条には、「其母、取二布遅葛一而…（中略）…織三縫衣・褌及二襪-沓二」という表現があるが、藤を始めとする蔓性植物の繊維を用いて作った衣、「藤衣」が『萬葉集』（巻第十二・二九七一）に見え、『倭名類聚鈔』には「縗衣　唐韻二云縗倉回反與催同和名不知古路毛喪服也[44]」とある。

貞観十四（八七二）年をさほど下ることのない時期に成ったとされる、東大寺図書館蔵『百法論顕幽抄』（大乗百法明門論顕幽抄）には「裘《カハゴロモ》」の語が見えるが[45]、此の裘は『萬葉集』（巻第九・一六八二）にも見える。記紀両書に「裘」「皮衣」の語を見ることはないが、我国の古代人が動物の皮を衣服としたことは、『古事記』上巻に「内二剝鵜皮一剝、為二衣-服一」と、また『日本書紀』巻第十・「応神天皇十三年秋九月」条の「一云」に、「以二著レ角鹿皮一、爲二衣服一」とあることによっても知られる。

『萬葉集』には「毛許呂裳遠　春冬片設而　幸之　宇陀乃大野者　所念武鴨」（巻第二・一九一）という歌が見える。第一句の「毛許呂裳」は「毛の衣」とも「褻の衣」とも解され、実体が定かでないが、今仮に「毛の衣」とすると、「裘」との関わりは判然としないものの、獣の毛を用いて作った衣、ということになる。

上記した幾つかの語から、我国の古代の衣服が種々の素材で作られ、それぞれに「（素材名）衣《コロモ》」と呼ばれていたことが知られる。

*　　*

袖無しの衣服をカタギヌと言うが、『萬葉集』には「結經方衣」（巻第十六・三七九一）の語が見える。此れは『豊後国風土記』の「速見郡柚富郷」条に、「取二栲皮一、以造二木綿一」とあるように、栲即ち楮類の樹皮で作った木綿《ユフ》を仕立てたカタギヌ、木綿作りのカタギヌであると解されている。『萬葉集』には別に、『倭名類聚鈔』に「布　四聲字苑二云布博故反和名沼能織麻及紵爲帛也[46]」と説明されるように、麻や紵などの植物の繊維で作った織物即ち布、其の布製のカタギヌ、「布可多衣」（巻五・八九二）が見え、更に「布衣」（同上・九〇一）の語も見える。此れらのことから推して、記紀或いは『萬葉集』・「風土記」に其の例を見ないが、嘗て我国にはユフギヌ（木綿衣）の語のあったことが思われる。

前に其の一部を引いた『豊後国風土記』の「速見郡柚富郷」条の記事は、郷名の由来が「木綿」にあることを語って、「木綿」がユフと訓まれたことを明らかにしているが、『倭名類聚鈔』にも「木棉 本草注云木綿和名由布折之多白絲者也」(47)(棉は綿に通じる)と記されており、『日本書紀私記』乙本も「爲作木綿者由布津久利止須」(48)と「木綿」の訓みを表記するのに、「由布」の二字を用いている。

「木綿」を「由布」と記す例は『常陸国風土記』に、「阿是乃古麻都爾《(阿是の小松に》 由布悉弖々《木綿垂でて)》」(香島郡童子女松原条)、『琴歌譜』に「由布之天乃《(木綿垂での》 可美可佐伎奈留《神が崎なる)》」とも見える。

一方、『萬葉集』には、「冬」を「布由」(巻第十七・四〇〇三、巻第二十・四四八八)と記す例があり、『古事記』中巻の「応神天皇」条に見える「本牟多能 比能美古」で始まる歌謡の一部、「布由紀能須加良賀志多紀能」は、句の切り様と解釈とが定まらないが、「布由」が「冬」であることに大方異論は無いようである(49)。

『萬葉集』巻第二の「高市皇子尊城上殯宮之時、柿本朝臣人麿作歌一首幷短哥」には、「冬乃林尒一云、由布乃林」(一九九)という表現が見える。「由布乃林」は、同じ『萬葉集』に「安佐麻毛利《(朝守り》 由布能麻毛利《夕の守り)》」(巻第十八・四〇九四)の例があり、「夕の林」とも、既に見たような例から「木綿の林」とも、また「由布」を特定の地名と考えて、「由布なる土地の林」とも解し得るが、今、通説に従って「木綿の林」と考えてみる。

「冬乃林尒」と「由布乃林」の二つの表現が存在することについては、幾つかの事情を想定することが出来るが、最もありそうなのは、当該歌が口頭で伝承される間、もしくは書写される折に、一方の表現から他方の表現が生み出されたということだろう。仮に人麿が此の二つを考え出したのだとしても、フユ或いはユフ孰れか一方の音を逆転しさえすれば他方になるという関係に其れらがあることからすると、一方の表現を基に他方が創られたことは大いにあり得ることと思われる。

「冬乃林尒」から「由布乃林」が生じたのか、其の逆であるのかは定かでないが、此の二つの表現から私たちは、ユフ(木綿)とフユ(冬)とが時に交替する可能性のあることを推察し得る。

連記されている二つの文字の先後が、書写に際して時に逆転してしまうことは、日常私たちが経験する事柄である。今、『古事記』の諸本を見渡しても、「於向般蹈那豆《ムカモ、ニフミナツ》美《ミ》」（兼永筆本）・「向於股蹈那豆美」（真福寺本）、「御《ミ》年《トシノ》神」（鼇頭古事記）・「年御神」（真福寺本）、「許知能夜麻登」（兼永筆本）・「許知能麻夜登」（真福寺本）など、二つの文字の先後が逆になっている例を幾つか目にすることが出来る。此れらは、書写をする者が誤ったり、意図的に改めた結果、見るようなことになったものと思われる。

＊　＊

『古事記』上巻は、須佐之男命が八俣遠呂智（知）を退治して櫛名田比売を娶ったと語った直後に、須佐之男命の子孫に関する系譜的記事を掲げるが、其の末尾に、

淤美豆奴神。此神名以レ音。此神、娶二布怒豆怒神此神名以レ音。之女、名布帝耳上神一、布帝二字以レ音。生子、天之冬衣神。此神。娶二刺国大上神之女、名刺国若比売一、生子、大国主神。

と記している。此処に其の名が見える布怒豆怒神・布帝耳上神（以下、此の章では布帝耳神と記す）・天之冬衣神の三神については、此れまで名義・実体に関して幾つかの意見が述べられはしたが、天之冬衣神にやや其れらしいものをみているだけで、未だ定解とされるものが無い。

布怒豆怒神については、本居宣長が「名義《ノ》未《ダ》思《ヒ》得ず、備後《ノ》国三次《ノ》郡に布努《ノ》郷あり、和名抄に出《ツ》、豆は助辞、怒は主か、又周防国に都濃郡もあり[50]」として、「布怒」と地名との関わりを示唆して以来、今、紙幅の都合で其の人の名と同人の説が記された書物の名の一一を紹介しないが、一部の研究者は地名によって此れを解し、他の多くは其の名義を「未詳」としている。[51]

布帝耳神も、「太御身」[52]・「太耳」[53]とする者のあるほかは、ほとんどの者が「名義未詳」としている。

天之冬衣神は、表記文字によって衣服の神とされるか、其れは自明のこととしてか触れることなく、『日本書紀』

巻第一の第八段（宝剣出現章）一書第四に、「素戔嗚尊…（中略）…五世孫天之葺根神」とある「葺根《フキネ》」と「冬衣《フユキヌ》」の音が似ていること、「五世」が天之冬衣神の場合と一致することから、此れと同神であるとされるかしている。

＊　＊

此れまでに幾つかの事柄を前後脈絡も無く逐条的に羅列したが、賢明な読者には、本稿が何を述べようとしているか、既に御理解いただけているのではないかと思う。従って此れより後に記すことは蛇足に類するかと思われるが、更に少しく言葉を補って、『古事記』上巻の掲げる、須佐之男命の子孫に関する系譜的記事に其の名を出された布怒豆怒神・布帝耳神・天之冬衣神が、もと如何なる神々と考えられていたのかを明らかにしつつ、当該系譜の創作者によって、布怒豆怒神と其の前に名の出る淤美豆奴神、また天之冬衣神と其の後に名の出る刺国大上神（以下、此の章では刺国大神と記す）が、本来どのような関わりを有すると考えられていたのかを述べて、本稿の締め括りとしたい。

まず、述べて来たようなことから、布怒豆怒神は布製の綱、即ち布綱を神格化したものと考えられる。布綱《ヌノヅナノ》神のヅナの音がヅノと交替し、ヌノヅノの神と呼ばれていたが、此れが漢字を用いて表記される時に、「布綱神」ではヌノヅノの神とは訓まれない恐れがあるので、「布豆怒神」と記され、更に其の時以後「布」の字をヌノと訓ませるため、其の下に所謂捨て仮名の「怒」が小書連記されて、「布怒豆怒神」とされた。やがて当該神の名が繰り返し書写されるうちに、此の捨て仮名は「布」や「豆」の字と同じ大きさで書かれて、同神は「布怒豆怒神」となってしまった。右のような経過を辿って、布綱《ヌノヅノ》神は布怒豆怒神になったのではないか。

賀茂眞淵に、布怒豆怒神の布怒豆怒は「船綱」ではないかとする意見があるが[54]、「怒」はノの音を表わす文字であり、フネ或いはフナがフノと転ずるか疑わしい。

布怒豆怒神、実は布綱《ヌノヅノ》神の女布帝耳神は、布の帯を神格化したもので、もと「布帯御霊《ヌノ(オ)ビミミ》」と呼ばれていたが、漢字を用いて其れが表記されるようになって後、「布帯」は「布帝」と誤写され、「御霊」は「耳」と記されて、神名の本来の意味を忘れられ、「神」の一字を加えられて、遂に「布帝耳神」となったのではないか。

此の二神は、漢字を用いて表記されて後、時の経過とともに其の本来の名を忘れられ、表記された文字にも錯誤を生じて、正しい訓み方が分らなくなり、『古事記』が編纂される折、或いは同書出来後、書写が繰り返されたと思われる数百年の間に、「此神名以レ音」「布帝二字以レ音」という注を施されるに至ったのではないだろうか。

天之冬衣神は、「由布」と記されることもある「木綿」で作った衣を神格化した「木綿（由布）衣神」で、もと「由布衣神」と記されていたが、布怒豆怒神（布怒豆怒神・布綱神）・布帝耳神（布帯御霊神）の名に続けて其の名が記されるようになると、此の二神の名が孰れも「布」の文字によって始まることに引かれて、「由布」の二文字が「布由」と先後逆転され、また直後に続けて刺国大神の名が出されるようになると、其れと、或いは刺国大神・刺国若比売・大国主神の名が出されるようになると、其れらと密接な関わりをもたせるようにしながらも、なお刺国大神・刺国若比売親子とは別の系統の神であることを明確にしておくため、此の二神の名に共通して見られる「国」に対立する概念である「天」を用いた「天之」の二字が加えられ、「天之布由衣神」となったが、やがて「布由」が「冬」と変じて、見るような表記になったのではないか。

布怒豆怒神（布怒豆怒神・布綱神）・布帝耳神（布帯御霊神）・天之冬衣神（木綿（由布）衣神）は、綱・帯、布・木綿、帯・衣という関係で一組になっており、淤美豆奴神が布綱神の女を娶るのは、オミヅヌ・ヌノヅノとヅヌ・ヅノの音が似ていること、ヅヌ・ヌノと「尻取り」の関係になっていることを切っ掛けとして考えられたことか、淤美豆奴神の名から、『出雲国風土記』で「国引き」をしたとされている八束水臣津野命（意宇郡条）・意美豆努命（神門郡条）が連想され、或いはまた淤美豆奴神と八束水臣津野命とは同じ神であったので、「国引き」に用いられた綱のことが思われ、其の綱から布綱神が連想され結び付けられたことか、其の孰れかであろう。

一方、木綿（由布）衣神は、木綿・衣と、針によって縫い綴る意の「刺す」の語との関わりから、刺国大神の女を娶るとされたのだろう。

＊　＊

『古事記』上巻には前後に二分された形で、須佐之男命から大国主神、大国主神から遠津山岬多良斯《（帯）》神に至る間の系譜的記事が載録されているが、其処に名を出される神々の多くについては、其の名義と実体が明らかにされていない。本稿では、其の系譜的記事の前半部に見られる布怒豆怒神・布帝耳神・天之冬衣神、それぞれの名義と実体について、また布怒豆怒神については直前に名の出る淤美豆奴神との関わり、天之冬衣神については直後に名の出る刺国大神との関わりについて意見を述べてみた。

須佐之男命から遠津山岬多良斯《（帯）》神に至る間の系譜的記事に名を出される神々については、布怒豆怒神・布帝耳神・天之冬衣神に其の例を見たように、系譜上で位置的に近接する二神から四神をそれぞれ一組にして、其の組を構成している神々に、ある共通した事柄を見出すことが出来、また某神が某々神の女を娶るとある場合に、某神と某々神との間にも、淤美豆奴神と布怒豆怒神の関係に見るように、ある繋がりを認めることが出来る。今、此のことを述べれば、布怒豆怒神・布帝耳神・天之冬衣神を見て来たように解することへの幾分かの支援になるかとも思われるが、許された紙幅も尽きかかっているので、此れについては別の機会に論じてみたい。

＊　＊

書籍や文書を書写する際に、文字が写し誤られることについては、神の名も例外ではなかった。

『古事記』に記されている神の名が誤写されたことは、既に「豊雲上野神」・「豊雲《トヨクモ》上野《ノ》神」、「御《ミ》年《トシノ》神」・「年御神」の例に見た通りであるが、「高御座巣日神」[55]・「高御産巣日《ミムスヒノ》神」[56]のように、形の似た文字によって神の名が誤写された例もある。真福寺本の「石土毗吉神」[57]と兼永筆本の「石土毗古《イハトヒコノ》神」[58]とは、下半部を同じくする似た文字によって神の名が誤写された例である。

「帯」を「帝」と誤写した例としては、『新撰姓氏録』の写本の中に其のように考えられるものが存在することを、佐伯有清が指摘している、[59]のを挙げることが出来る。また彼によれば、静嘉堂文庫蔵『新撰姓氏録抄』（色川三中旧蔵本）は、『新撰姓氏録』の諸本に「朝明史 高麗帯方國主氏韓法史之後也」とある記事の「帯」を「帝」としている、という。[60]此れは、字体が似ていることと、「帝」にタイの音があることによって写し誤ったものと考えられる。

＊　　　＊

注

(1) 山田孝雄は、「弘仁以後の起草…（中略）…清和天皇以後に下るものとは思はれ」ない（『典籍雑攷』二一一－二一二頁）、と言い、『時代別国語大辞典』上代編は、「弘仁末期から清和天皇の時代を下らないころ（八二一～八七六）までの成立と推定される」（八八一頁）と解説する。また、中田祝夫は、「延暦後期から、大同・弘仁・天長のころのものと推論する」（『東大寺諷誦文稿の国語学的研究』二七一頁）と言い、築島裕は、「延暦十五年（七九六）以後、天長七年（八三〇）頃成立か」（『東大寺諷誦文稿』――『日本古典文学大辞典』第四巻四二六頁）と言う。

(2) 勉誠社文庫12『東大寺諷誦文稿』三二・三四・七〇・七六頁。

(3) 『打聞集』は、嘗ては「平安末期院政時代の作と考へられる」（説話集研究会編『總索引付 打聞集』解説・本文一頁）と言われたが、近年は池上洵一が「長承三年（一一三四）以前の成立」（「打聞集」――『日本古典文学大辞典』第一巻二九六頁）と言い、三木紀人が「長承三年をあまりさかのぼらない時期であろう」（「『打聞集』」――『増補改訂 新潮日本文学辞典』一三六頁）と言うように、一二世紀初め頃の作と考えられている。

(4) 此れまでに『打聞集』を翻刻した人たちは、仮名表記の大小を孰れにするか皆頭を悩ませたようであるが、高羽五郎（説話集研究会編前掲書解説・本文五六頁）、小内一明（『打聞集』を読む会著『打聞集 研究と本文』二五九頁）、東辻保和（『打聞集の研究と総索引』三二頁）が、当該箇所を「皮ハ、」とし、竹岡正夫（「『打聞集』訓釈」――『香川大学学芸学部研究報告』第一部第一八号八七頁）は「皮ㇵ、」としている。翻刻者たちが仮名表記の大小に頭を悩ませた事は、上掲書また「訓釈」のそれぞれが掲げる「例言」或いは「凡例」のうち、本文の活字化に当たって、仮名の大小を如何にしたかについて言及している箇所に其れを窺うことが出来る。竹岡正夫の場合は、「振仮名に付けられている以外の片仮名の字形の大小はその区別がすこぶる不分明だが、私の判断にもとづき宣命書式に小書したり漢字と同じ大きさにしたりした」（三四頁）と言う。其の結果が、「皮ハ、」と、他の三者とは異なる表記になった。

（5）西田長男著「卜部兼永筆本古事記解題」――古典資料類従36『卜部兼永筆本　古事記』解説一三頁。

（6）同上書一二・一四・一五・一一七・一五五・一六六・一七六・一九一・二〇一・二三一・二四九・三三二・三四〇・三四一・三四四頁。

（7）『国宝　真福寺本　古事記』九・一七・一八三・一九六・二一一・二三〇頁。

（8）古典資料類従36前掲書一四・二八・二九七―二九八・三一七・三四〇・三六八頁。

（9）例えば、今、『新訂増補国史大系』に収める、享保八（一七二三）年刊行の板本を底本とした『延喜式』によれば、「龍田風神祭」に見える「歳眞尼久傷《ヤフル、》故尓」という表現のうち「久」字は、雲州家校本では前後の文字と同じ大きさになっていると言い（一六三頁）、日本古典文学大系1に収める、『延喜式』巻八を卜部兼永自筆本によった「祝詞」によれば、「鎮火祭」に見える「吾乎奈見給比曾、吾奈妹乃命止申給比支」とある表現のうち二つの「比」を、「底本」は其れらの前の「給」と同じく大きな字にしていると言う（『古事記　祝詞』四二八頁。なお、「奈見給比曾」の「奈」は「底本」では小さな字になっているのを、校注者武田祐吉が「見給」と同じ大きさの字に改めている）。当該の祝詞が、もと用言の活用語尾や助詞を小さな字で書く所謂宣命書きの体裁で記録されていたとすれば、雲州家校本の「久」字、また卜部兼永自筆本の「比」字は、其の前後或いは前の文字の大きさに引かれて大きな字になってしまったものと思われる。祝詞が始め総て同じ大きさの文字で書かれていて、其のもとの表記が残ったのが前掲の「久」字であり、「比」字であるとも考えられるが、雲州家校本・卜部兼永自筆本ともに此れ以前・此れ以後ともに小さな字であるべき箇所は小さな字になっているようで、仮にもと総てが同じ大きさの文字で記されていたとしても、一度小さな字にされたのが、大きな字で誤写されてしまったと見るのが良いのではないか。なお、日本古典文学大系1に収める「祝詞」に、「宇豆乃幣帛乎」「依志奉故」の「乃」「志」などを、卜部兼永自筆本が大きな字にしているとあるのは、「宇豆乃幣帛」「依志奉」をそれぞれ一語と見たことによると考えられ、小さな字を大きく誤ったものであるとは言えない。宣命についても事情は祝詞と同様であって、新日本古典文学大系に収める、蓬左文庫本を底本とした『続日本紀』によって、巻第九の「聖武天皇神亀元年二月甲午（四日）」条の其れを見ると、「進母不知退母不知、天地之心母労久重、百官之情母辱愧美奈母、随神所念坐」とある表現の「心母労久」の「母」が、東山本・高松宮本で「心」と同じく大きく書かれている例（『続日本紀』二・一四二頁）などがある。上掲箇所の他の「母」については、格別文字の大小についての「校異注」が無いので、東山本・高松宮本は、其れらの「母」を小さい字で表記していると考えられ、「心母」とあったのを誤って「心母」と記したと思われる。嘗て、藤原宮跡から、記されている事柄の内容と表現の仕方とから推して、明らかに宣命を書いてあると思われる木簡の断片が出土した事があるが、其処に記された文面は所謂宣命書きの体裁ではなく、総ての文字が同じ大きさで書かれていた。所謂宣命書きの体裁をとらない此の木簡の表記形式については、阪倉篤義が、「宣命の表記様式が整へられるに至らなかつた時代の古さをしめすものか、または宣命の種類の差に基くものか、あるいはまた、これが草稿文であつたことによるものか」（「国語史資料としての木簡」――『国語学』第七六集二四頁）と述べたものの、其れが如何なる理由によるかを断定しなかった。其の後、小谷博泰は当該木簡の表記に基づいて、宣命は始め総て同じ大きさの文字で書かれていたのだが、後に宣読の便宜上真仮名の助辞部分が小さく書かれるようになったのだと述べた（『木簡と宣命の国語学的研究』一六頁）。祝詞や宣命が、仮に小谷が宣命について述べているように、「大書体」から「小書体」へと移行したのだとしても、上に見た雲州家本の「久」、卜部兼永自筆本の「比」、東山本・高松宮本の「母」の場合は、述べたように既に小さく書かれていたのを大きく書き写してしまったか、既にそのように誤写されていたものを其の儘の形で書写したと考えた方が良いように思われる。

(10) 本居宣長撰『古事記伝』一二之巻――『本居宣長全集』第一〇巻二四頁。

(11) 『日本書紀私記』（甲本）神代下――『新訂増補国史大系』第八巻同上書一五・一七頁。

(12) 官幣大社稲荷神社発行『延喜式』巻第八（九條家本）。

(13) 飯田武郷撰『増補正訓日本書紀通釋』（第四巻二四六二頁）、日本古典全書『日本書紀』（三・二一一頁）、日本古典文学大系67『日本書紀』（上巻五一二頁）、新編日本古典文学全集3『日本書紀』（②二三三頁）など。

(14) 源順撰『倭名類聚鈔』巻第一一――風間書房刊同上書巻一一・5オ。

(15) 綱と縄の違いについて、徳川宗賢／宮島達夫編『類義語辞典』は、それぞれの材料の違いによるとして、「「つな」はもめん・麻・化学繊維・針金などさまざまの材料のものがあるが、わらでなって作ったものはふつうそうよばない。…（中略）…「なわ」は、わら（か麻）でつくられたものである」（二六三－二六四頁）と言い、大野晋／浜西正人著『角川 類語新辞典』も、「「綱」の材料は植物の繊維や針金などさまざまであるが、「縄」は元来わらでなったものをさす」（七八四頁）と言う。また、中村幸彦／岡見正雄／阪倉篤義編『角川 古語大辞典』は、綱の項に「紐（ひも）・縄（なは）と厳密に区別しにくいが、それらよりもおおむね太く、強靭な感じを伴う」（第四巻四五三頁）と述べて、縄の項に「綱（つな）と形・機能ともに類似しているが、綱には太く強いものという意識を伴う」（同八二四頁）としている。此れらの説明によれば、前二者は綱と縄との違いを其の素材にあるとし、後者は太さ強さの違いであるとしていることになる。『角川 類語新辞典』は、上記の説明とは別に綱の項に、「植物繊維・化学繊維・針金などを長く太めにより合わせたもの」（七八四頁）とも述べているので、上掲三者の説明を合わせ考えれば、綱と縄との違いは、材料・太さ・強さの違いにあることになるが、古代にあっては素材のうち化学繊維・針金を欠いていたので、『角川 古語大辞典』が言うように、綱と縄とを峻別することは難しかったのではないか。因みに、『時代別国語大辞典』上代編は「ツナの方が太く強いものをいうようで、また、ツナが二物の連結、それによる依存をいうことが多いのに対し、ナハは自由の拘束や遮断をいうことが多い」（五二九頁）としている。また、『日本国語大辞典』は、綱の項で「縄（なわ）や紐などの太く強いものの総称」（第十四巻三七頁）と言い、縄の項で「普通太いものは綱、細いものは紐という」（第一五巻三六四頁）としている。

(16)『伊呂波字類抄』波・雑物――日本古典全集第三期同上書第一・63オ。但し、学習院大学蔵の同辞書には「ハナツラ」（第一冊87ウ――古辞書音義集成第一四巻同上書一八二頁）とある。

(17)橘忠兼編『伊呂波字類抄』一――風間書房発行同上書第壹巻一・14オ。『類聚名義抄』（観智院本）にも「⿱竹忩《イカリヅナ》丄念」（僧上八〇――風間書房刊同上書第一巻九八八頁）とある。「丄」は字音の意の記号である。

(18)花山天皇編『拾遺和歌集』巻第一一・恋一・六三八――新日本古典文学大系7同上書一八九頁。『新撰六帖題和歌』第三帖・一二二一・一二二二・一二二五――『新編国歌大観』第二巻歌集三八四頁。

(19)『清少納言枕草子』八九――日本古典文学大系19『枕草子 紫式部日記』一三九頁。

(20)『今昔物語集』巻第一九「西京《ノ》仕鷹者《ニタカヲツカフ》、見夢《ユメヲミテ》出家語《セルコト》第八」――日本古典文学大系25同上書四・七九頁。橘成季撰『古今著聞集』巻第一一・画図第一六「絵難房必ず絵を批難の事」――日本古典文学大系84同上書三一八頁。

(21)藤原長清撰『夫木和歌抄』巻第三三・雑部一五・一五八八二――『新編国歌大観』第二巻歌集八二五頁。

(22)『秋夜長物語』第七――日本古典文学大系38『御伽草子』四六七頁。

(23)土井忠生／森田武／長南実編訳『邦訳日葡辞書』六一三頁。

(24)『今昔物語集』巻第一六「錯入海人《テウミニイリシ》、依観音助存命語《クワンオンノタスケニヨリテイノチナガラヘタルコト》第廿四」――日本古典文学大系24同上書三・四七五頁ほか。橘成季撰前掲書巻第一〇・馬芸第一四「都筑経家悪馬を御する事」――日本古典文学大系84同上書二九一頁。『太平記』

巻第三「笠置《カサギ》軍《イクサノ》事付陶《ス》山《ヤマ》小《コ》見《ミ》山《ヤマ》夜《ヨ》討《ウチノ》事」——日本古典文学大系34同上書一・一〇六頁。経尊撰『名語記』巻第四・40オ——勉誠社発行同上書三一一頁。

(25) 土御門通方著『餝抄』下・鞍——『群書類従』第六輯一九九頁。

(26) 『大安寺伽藍縁起幷流記資財帳』——『寧楽遺文』中巻三七六頁。

(27) 『吾妻鏡』「建久二年十一月二十二日」条——龍粛訳註同上書（岩波文庫）㈢四〇頁。花山院忠定著?『物具装束鈔』——『群書類従』第六輯三三一頁。

(28) 『西大寺資財流記帳』——『寧楽遺文』中巻四二九頁。『延喜式』にも「布綱三條。一條長一丈二尺。廣二寸四分。二條長各四尺六寸。廣一寸二分」（巻第一六・陰陽寮——『新訂増補国史大系』第二六巻同上書四三六頁）といった記事がある。

(29) 『吉事略儀』——『群書類従』第一八輯七八九頁。

(30) 『吉事次第』——『群書類従』第一八輯七八三－七八五頁。

(31) 田中卓著「丹生祝氏本系帳の校訂と研究（上）」——『日本上古史研究』第二巻第五号八四頁。

(32) 『延喜式』巻四〇・造酒司——『新訂増補国史大系』第二六巻同上書八八八－八八九頁。

(33) 『令』巻第七・衣服令第一九——日本思想大系3『律令』三五七頁。

(34) 『儀式』巻第六「元正受朝賀儀」条——『新訂増補故実叢書』内裏儀式・内裏儀式疑義辨・内裏式・儀式・北山抄一五六－一五七頁。

(35) 『延喜式』巻第四六・左衛門府——『新訂増補国史大系』第二六巻同上書九六一－九六二頁。

(36) 『西宮記』巻二三・臨時一一・成二勘文一事・「可二着鈦一左右獄囚贓物事」条——『改訂史籍集覧』第二八冊五八四頁。

(37) 源順撰前掲書巻第一二——風間書房刊同上書巻一二・24ウ。

(38) 『延喜式』巻第一三・図書寮・「行幸従駕」条——『新訂増補国史大系』第二六巻同上書三八七頁。

(39) 『御禊行幸服飾部類』——『群書類従』第六輯三九九－四三六頁。

(40) 鄭玄注・陸徳明音義・孔穎達疏『礼記註疏』巻四〇・雑記上、巻三〇・玉藻——『景印文淵閣四庫全書』第一一六冊（経部一一〇礼類）一五五頁、第一一五冊（経部一〇九礼類）六〇九頁。

(41) 劉安撰・高誘注『淮南鴻烈解』巻一九・修務訓——『景印文淵閣四庫全書』第八四八冊（子部一五四雑家類）七三七頁。

(42) 魏徴等撰『隋書』巻一一・志第六・礼儀六——中華書局出版同上書第一冊二三一・二三五頁。

（43）一九九九年一〇月二六日、『朝日新聞』の夕刊は、「縄文後期に布製腰帯／墓穴から完全な形／従来を一五〇〇年さかのぼる」と題して、布製の腰帯が北海道恵庭市にあるカリンバ三遺跡から出土した事を報じた（一頁）。此の帯が使用されていた当時、既に「布帯」の語があったか否か定かでないが、我国に早く縄文時代の後期末の頃（約三〇〇〇年前）、「布帯」其の物の存在した事は明らかである。同記事は、当該腰帯について、「成人女性の腰回りと同程度の輪になっており、目測では幅約三‐五㌢で、全体の長さは一㍍を超えるという」と報じている。

（44）源順撰前掲書巻第一四――風間書房刊同上書巻一四・21オ。

（45）稲垣瑞穂著「東大寺図書館蔵本百法顕幽抄の古点について」――『訓点語と訓点資料』第七輯二五‐二六・四三頁。

（46）源順撰前掲書巻第一二――風間書房刊同上書巻一二・16ウ。

（47）同上書巻第一三――風間書房刊同上書巻一三・6ウ。

（48）『日本書紀私記』（乙本）第二・神代下――『新訂増補国史大系』第八巻同上書一〇〇‐一〇一頁。

（49）例えば、賀茂眞淵（所謂書き入れ本古事記――『賀茂眞淵全集』第二六巻一九六頁）、本居宣長（『古事記伝』三三之巻――『本居宣長全集』第一一巻四九二‐四九三頁）、橘守部（『稜威言別』巻之五――『新訂増補橘守部全集』第三・一九〇頁）、阪倉篤義（『語構成の研究』二九〇頁）、倉野憲司（『古事記全註釈』第六巻三七八頁）は、「布由紀能須／加良賀志多紀能」であるとし、契沖（『厚顔抄』下――岩波書店刊行『契沖全集』第七巻五七二頁）、武田祐吉（『記紀歌謡集全講』一二三頁）、土橋寛（『古代歌謡全注釈』古事記編二〇九頁）、山路平四郎（『記紀歌謡評釈』一一四頁）、西宮一民（新潮日本古典集成『古事記』一九一頁）、西郷信綱（『古事記注釈』第四巻四七頁）は、「布由紀能／須加良賀志多紀能」であるとするが、「布由紀」については、眞淵が「古木」、西宮が「増殖の木、繁茂した木」とするのが少数意見であって、他は総て「冬木」としている。なお、眞淵が書き入れをした寛永版本古事記の当該箇所に句読点・ルビは施されていないが、鼇頭古事記は「布《フ》-由《ユ》-紀《キ》-能《ノ》。須《ス》-加《ガ》-良《ラ》-賀《ガ》-志《シ》-多《タ》-紀《キ》-能《ノ》」（巻中57オ）として、ルビの右側に「冬木《フユキ》」・「縋《スガ》」・「質木《シタキ》」の文字を置いている。

（50）本居宣長撰前掲書九之巻――『本居宣長全集』第九巻四一九頁。

（51）松岡静雄が「布怒」をフヌと訓んで、「フヌの語義は不明であるが、地名と思はれる。…（中略）…フヌの君主といふ意味でフヌツヌと呼ばれたのであらう」（『日本古語大辞典』語誌一一一頁）と言い、竹野長次も同じ訓み方で「「フヌ」は地名、「ヅ」は助辞である」（『古事記の民俗学的研究』一三七頁）と言う。また、日本古典全書『古事記』が、「フノは備後国三次郡に布努郷があるのに関係あるかとも言はれるが未詳」（上・一二三頁）としている。中島悦次は「意味未詳」（『古事記評釋』一一一頁）、尾崎暢殃（『古事記全講』一二九頁）、倉野憲司（『古事記全註釈』第三巻一七三頁）が「名義未詳」と言う。注釈書の類には、次田潤著『古事記新講』が、当該神の項に、「此の神以下四神の名義は詳かでない」（一三六頁）と記すように、刺国若比売までを一括して「名義未詳」にしてしまうものもある。例えば、日本古典文学全集1『古事記上代歌謡』（九一頁）、新編日本古典文学全集1『古事記』（七四頁）が同様の表記をしている。新潮日本古典集成・西宮一民校注『古事記』は、「布怒《ふの》」は「曲《くな》」の音転で、「豆怒《づの》」は「葛《つた》」の意か。くねくねと這う葛《ふじつる》の類で、水にさらして衣類の繊維を採る材料に基づく命名とみておく」（三七三頁）としている。なお、後述するように「怒」はノと訓むのが正しい。

(52) 松岡静雄著『紀記論究 神代篇四 出雲伝説』六五－六六頁。

(53) 渡部義通著『古事記講話』二一二頁。中島悦次著前掲書一一一頁。

(54) 寛永版本古事記への賀茂眞淵の書き入れ（『賀茂眞淵全集』第二六巻四八頁）。なお、梅田義彦編著『新訂増補大日本神名辞書』がフヌヅヌは「船の主」或いは「船綱」ではないかという（二六七頁）。

(55)『国宝 真福寺本 古事記』八頁。

(56) 古典資料類従36前掲書一三頁。

(57)『国宝 真福寺本 古事記』一三頁。

(58) 古典資料類従36前掲書二二頁。

(59) 佐伯有清著『新撰姓氏録の研究』本文篇一七－一八・二七九頁。同上書研究篇四一四－四一六頁。

(60) 同上書本文篇三三七頁。静嘉堂文庫は蔵書の閲覧に制限を設けているので、福島は此の事を確認していない。

第二章 八嶋士奴美神より遠津山岬多良（帯）斯神に至る神々の系譜について

『古事記』は、須佐之男命による八俣遠呂智（知）退治を語った後に、

須佐之男命…（中略）…櫛名田比売以、久美度迩起而、所レ生神名、謂二八嶋士奴美神一。自レ士下三字以レ音。下效レ此。又娶二大山津見神之女、名神大市比売一、生子、大年神。次、宇迦之御魂神。二柱。宇迦二字以レ音。兄八嶋士奴美神、娶二大山津見神之女、名木花知流此二字以レ音。比売一、生子、布波能母遅久奴須奴神。此神、娶二淤迦美神之女、名日河比売一、生子、深淵之水夜礼花神。夜礼二字以レ音。此神、娶二天之都度閇知泥上神一、自レ都下五字以レ音。生子、淤美豆奴神。此神名以レ音。此神、娶二布怒豆怒神此神名以レ音。之女、名布帝耳上神一、布帝二字以レ音。生子、天之冬衣神。此神、娶二刺国大上神之女、名刺国若比売一、生子、大国主神。亦名謂二大穴牟遅神一。牟遅二字以レ音。亦名謂二葦原色許男神一。色許二字以レ音。亦名謂二八千矛神一。亦名謂二宇都志国玉神一。宇都志三字以レ音。并有二五名一。

と、須佐之男命から大国主神までの系統を記事として掲げている。『古事記』は此れに続けて、所謂稲羽の素菟譚や大穴牟遅神による根堅州国訪問譚、また八千矛神の沼河比売求婚譚などを語り、其の後に大国主神から遠津山岬多良斯神に至る系統を、

此大国主神、娶下坐二胸形奥津宮一神、多紀理毗売命上、生子、阿遅二字以レ音。鉏高日子根神。次、妹高比売命、亦名下

光比売命。此之阿遅鉏高日子神者、今謂迦毛大御神者也。大国主神、亦、娶神屋楯比売命、生子、事代主神。亦、娶八嶋牟遅能神（自牟下三字以音。）之女、鳥取神、生子、鳥鳴海神。（訓鳴云那留。）此神、娶日名照額田毗道男伊許知迩神、（田下毗、又自伊下、至迩皆以音。）生子、国忍富神。此神、娶葦那陀迦神、（自那下三字以音。）亦名八河江比売、生子、速甕之多気佐波夜遅奴美神。（自多下八字以音。）此神、娶天之甕主神之女、前玉比売、生子、甕主日子神。此神、娶淤加美神之女、比那良志毗売、（此神名以音。）生子、多比理岐志麻流美神。（此神名以音。）此神、娶比々羅木之其花麻豆美神（木上三字、花下三字以音。）之女、活玉前玉比売神、生子、美呂浪神。（美呂二字以音。）此神、娶敷山主神之女、青沼馬沼押比売、生子、布忍富鳥鳴海神。此神、娶若尽女神、生子、天日腹大科度美神。（度美二字以音。）此神、娶天狭霧神之女、遠津待根神、生子、遠津山岬多良斯神。

と記しており、此の記事は、「右件自八嶋士奴美神以下、遠津山岬帯神以前、称十七世神」という注記で締め括られている。

今回は、此の系譜的記事を考察の対象として、幾つかの事柄を考えてみたい。

＊　＊

既に多くの指摘があるように、此の「右件…」という注記の書き方、即ち、神々を数えるのに前の記事に名の出る八嶋士奴美神を最初とし、後の記事に見える遠津山岬多良斯（帯）神を最後としていることから推して、二つの記事は、もと一個の連続したものであったと考えられる。

今日我々が真福寺本古事記或いは兼永筆本古事記などとして眼にする『古事記』が、筆写の際に生じた誤記や所謂目移りによる脱落など、不可抗力によるある程度の已むを得ない変化を別にして、伝写の間に削除・増補また記事の配置を変えるなどの意図的な変改の手を一切加えられていないと仮定するならば、『古事記』の編纂者は、同書編纂の折に口頭で伝えられていたか、文書に記されて存在していた、神々の系統について述べる一個の伝承を二分して、其の間に大穴牟遅神や八千矛神を主人公とする神話を挿入したのだということになる。

見たように二箇所に記されている当該系譜的記事が、もとそれぞれに独立したものであったのを『古事記』が其の儘別々に載録したのだとすると、前後の系譜的記事に跨って神々を数えるのは些か不自然である。

それぞれが大国主神の「亦名」であると紹介されてはいても、明らかにもとは異なる神であったと考えられる大穴牟遅神や八千矛神などを主人公とする幾つかの神話に続けて、三十柱もの神々の名を出した其の後で、溯って其れが如何に構成されており、どのような神々の名が掲げられていたか読者には記憶も薄らいでいる、系譜的記事の中に出た八嶋士奴美神の名を挙げて、同神より数え始めて遠津山岬多良《（帯）》斯神に至るまでの神々が「十七世」の神々であるなどと記すのは、文章の書き方として上手くない。此れらの系譜的記事や其の間に挾まれた神話が、まだ筆録されておらず、しかし『古事記』に見られるような順序・形式で口語りによって伝承されていたとすれば、「右件《（上）》…」という発言を耳にした聞き手の困惑は、暫しの時間をとって記事を再確認出来る読み手の其れに較べると大きかったと考えられるので、やはり其のような語り口は巧みな語り方であるとは言えない。

二つの当該系譜的記事がもと別個に存在したもので、其れらを異なる箇所に配置したのであれば、前の系譜的記事の終りに、「右件自二八嶋士奴美神一以レ下、大国主神以レ前、称二□世神一」と、後の其れの終りに、「右件自二鳥鳴海神一以レ下、遠津山岬多良《（帯）》斯神以レ前、称二□世神一」と記すのが穏当であると思われるので、其のようになっていないことからすれば、やはり此の二つの系譜的記事は、もと一つに連続していたと考えて良いと思われる。

『古事記』の上巻には問題の注記の他にも、「上件自二国之常立神一以レ下、伊耶那美神以レ前、并称二神世七代一」、「上件大年神之子、自二大国御魂神一以レ下、大土神以レ前、并十六神」などといった注記が何度か見られるが、いずれもが其の直前の記事を取り纏めたものであることも、当該二つの系譜的記事が、もと連続したものであったことを窺わせる。

＊　　＊

上に記した「右件…」という表現には、「十七世神」とあるのが、八嶋士奴美神を一世として「十五世神」しか無く(或いは、無いように見える、と言うべきか)、此れをどう考えるかといういま一つ別の問題がある。

此のことについて宣長は、「五字《ノ》を七と誤れりとも見えず…(中略)…本は備《ソナハ》れりしを、既《ハヤ》く阿礼が誦《ヨミ》うかべし時《ヲリ》に脱《モラ》せるか、はた此《ノ》記成《リ》て後に、写す者の脱《オト》せるか、今は知《リ》がたし」(1)と、数字の書き誤りとする考えを捨て、もと「十七世神」あったところから「二世神」脱落した可能性のあることを示唆している。また、渡部義通・次田潤はそれぞれに、「二つの世代を脱落したか或ひは数への間違ひであらう」(2)、「誤脱があるか、或は数字の誤であらう」(3)と、「二世神」の脱落を考えるか、実際には「十五」である数を「十七」と数え違えたとするか、いずれかだろうと言う。

此れとは別に、倉野憲司は、阿遅鉏高日子根神と事代主神をそれぞれ一世と数えたか、大年神・宇迦之御魂神を各々一世と数えたかの孰れかであろうと述べ(4)、西宮一民は、阿遅鉏高日子根神(高比売命を含める)・事代主神を加えたのであって、本来「十七代神」とすべきところを「十七世神」としてあるのは其のためだと言う(5)。

また、戸谷高明は、『古事記』に「神世七代」の数え方が「上二柱独神各云二一代一。次雙十神、各合二二神一云二一代一也」と注記してあることから、八嶋士奴美神・木花知流比売(一代)、布波能母遅久奴須奴神・日河比売(一代)…と、夫婦神を各一代と数え、配偶神の記されていない「独神」、遠津山岬多良(帯)斯神一代を加えると「十七代」になる(大国主神・多紀理毗売命、大国主神・神屋楯比売命の二代も含まれる)が、此の「十七代」が「親子関係の系譜」なので、互いに親子の関係にない「神世七代」と区別するため「十七世」と記した、と言う(6)。

此の「十七世神」という表記については幾つかの考え方が出来る。まず「十七」の数字が誤っているとすると、数え違えた、もと「十五」と記されていたのを「十七」と誤写した、或いはもと「十世神」と記されていたが実際には「七世」の神々の名しか記されていなかったので、ある時期に「十(七)」と記された「七」が本文中に混入して「十七」となった、というようなことが考えられるが、あれこれと考えると、数え違いとする他はいずれも成立し難い。

一方、「十七」の数字が正しいとすると、何処かで「二世神」が脱落しているとするか、倉野説・西宮説のように、遠津山岬多良《（帯）》斯神に血筋の繋がらない神々を算入するか、更には戸谷説のように、遠津山岬多良《（帯）》斯神に血筋が繋がっている神が複数の配偶者をもった場合に、其れを二世とも三世とも数えるか、の孰れかであることになる。

西宮説は、「自二八嶋士奴美神一以-下」という表現を、当該系譜的記事に二度出る八嶋士奴美神の名の、其の二度目が記された箇所「以-下」と解釈するのか、穀物神・食物神として我国の古代の人々にとっては重要な存在であったはずの、大年神・宇迦之御魂神を数えないことに格別の理由を述べず、「大国主神の子として…（中略）…重要な神である」[5]として、高比売命を含めた阿遅鉏高日子根神と事代主神のみを算入するが、此れは如何かと思われる。大年神・宇迦之御魂神を数えないことについては、「自二八嶋士奴美神一以-下」の解釈を含めて、やはり明快な説明が欲しいし、阿遅鉏高日子根神に高比売命を含めて、二神で「一世」とするのも気になる。

倉野説も、一方の二神を算入するとした場合に、残る二神を数えないことに説得力のある説明を見出し難いし、高比売命の扱いにも問題が残る。

時間の経過につれて順次出現したが親子の関係にはない「独神」・「雙神」を数えるのに「代」が用いられ、親から子、子から孫と一本に繋がる神々の系譜中にあって、「夫婦」を形成する男女の各組と、其の系譜の最後に名を挙げられていずれ「夫婦神」となる可能性をもつ「独神」一柱を数えるのに「世」が用いられたのだとする戸谷説は、『古事記』における「代」と「世」との表記の違いを衝いて説得力があるが、大国主神一柱が三度に亙って数えられること、当該「親子関係の系譜」にあって遠津山岬多良《（帯）》斯神と血筋の繋がらない多紀理毗売命・神屋楯比売命を、「十七世神」の中に含めなければならないことに、何か釈然としない思いが残る。

そもそも「十七世神」とするために、遠津山岬多良《（帯）》斯神に血筋の繋がらぬ傍系の神々を算入するのは考え方として不自然であり、「世」と「代」とが親子関係の有無を示すのだとしても、男女が組を成した形の「雙神」で「一代」とされるように「夫婦」で「一世」と数えられたと考えて良いか否かも判然とはしない[7]ので、「十七」が正しい数字であるのならば、やはり脱落の可能性を考えるのが良いように思われる。

結局従来の説が述べるように、「十五世」の神々を「十七世」と数え違えたか、「二世」の神々の名が脱落したかの孰れかということになるが、後述するように、当該系譜的記事中の「日名照額田毗道男伊許知迩神」とある表記が、もと「日名照額田毗道男神之女伊許知迩神」とあったのではないかと言われていること、二つに分割された当該系譜的記事が、かなりの部分で、「此神娶○○之女名□□生子△△」、また「此神娶○○之女□□生子△△」という表現を繰り返しており、筆写をする者が所謂目移りを起こし易い条件を備えていることからすれば、如何なる神々の名がどの箇所で脱落したかは明らかにし難いが、もと存在していた「二世」の神々の名が、伝写の間に脱落したと考える方が当たっている確率は高いと思われる[8]。

＊　＊

当該系譜的記事に名を挙げられている神々の多くは、其の名の意義もしくは名の一部の意義が明らかにされていない。従って、当該系譜的記事が、全体として何らかの意味をもつものであるのか、意味をもつとすれば其れは如何なる意味であるのか、といったことも明らかにされていない。今、此れらの不明な事柄について考察を試みようと思うが、論述の趣旨・内容が読者に良く伝わるようにと、当該系譜的記事を系譜に書き改めることにする（一六五―一六六頁）。

＊　＊

右の系譜を見てまず気付くことは、須佐之男命から遠津山岬多良（帯）斯神まで、親から子、子から孫へと淀みなく血筋が縦に繋がる部分と、須佐之男命が神大市比売を娶り、大年神・宇迦之御魂神を儲け、大国主神が多紀理毗売命を娶り、阿遅鉏高日子根神・妹高比売命を儲け、また大国主神が神屋楯比売命との間に事代主神を儲けたことを示す箇所のように、其の血筋を其れ以上下の世代へと辿ることの出来ない部分とがあることである。

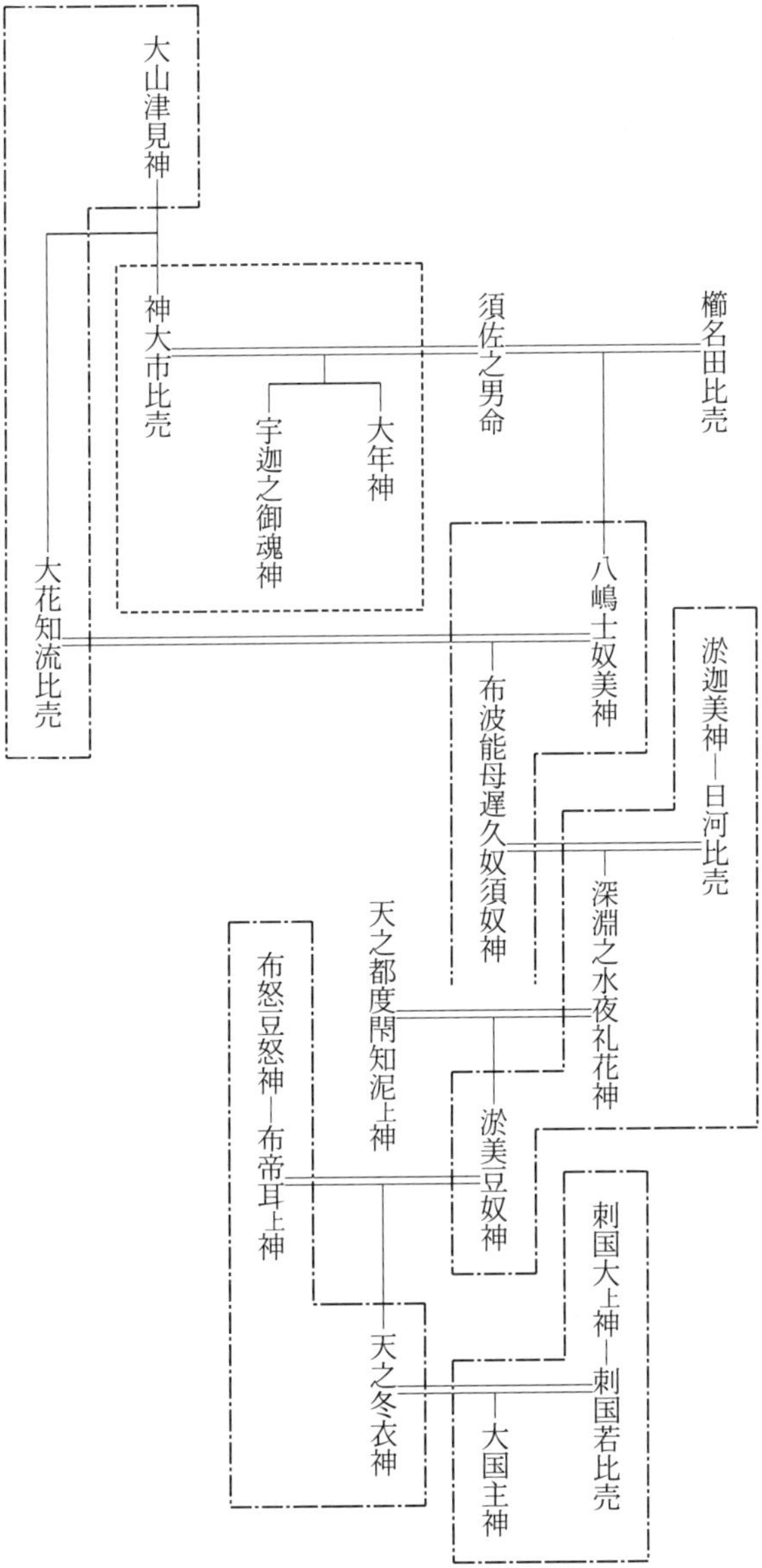
大山津見神
櫛名田比売
須佐之男命
神大市比売
大年神
宇迦之御魂神
八嶋士奴美神
大花知流比売
布波能母遅久奴須奴神
淤迦美神
日河比売
深淵之水夜礼花神
天之都度閇知泥上神
淤美豆奴神
布怒豆怒神
布帝耳上神
天之冬衣神
刺国大上神
刺国若比売
大国主神

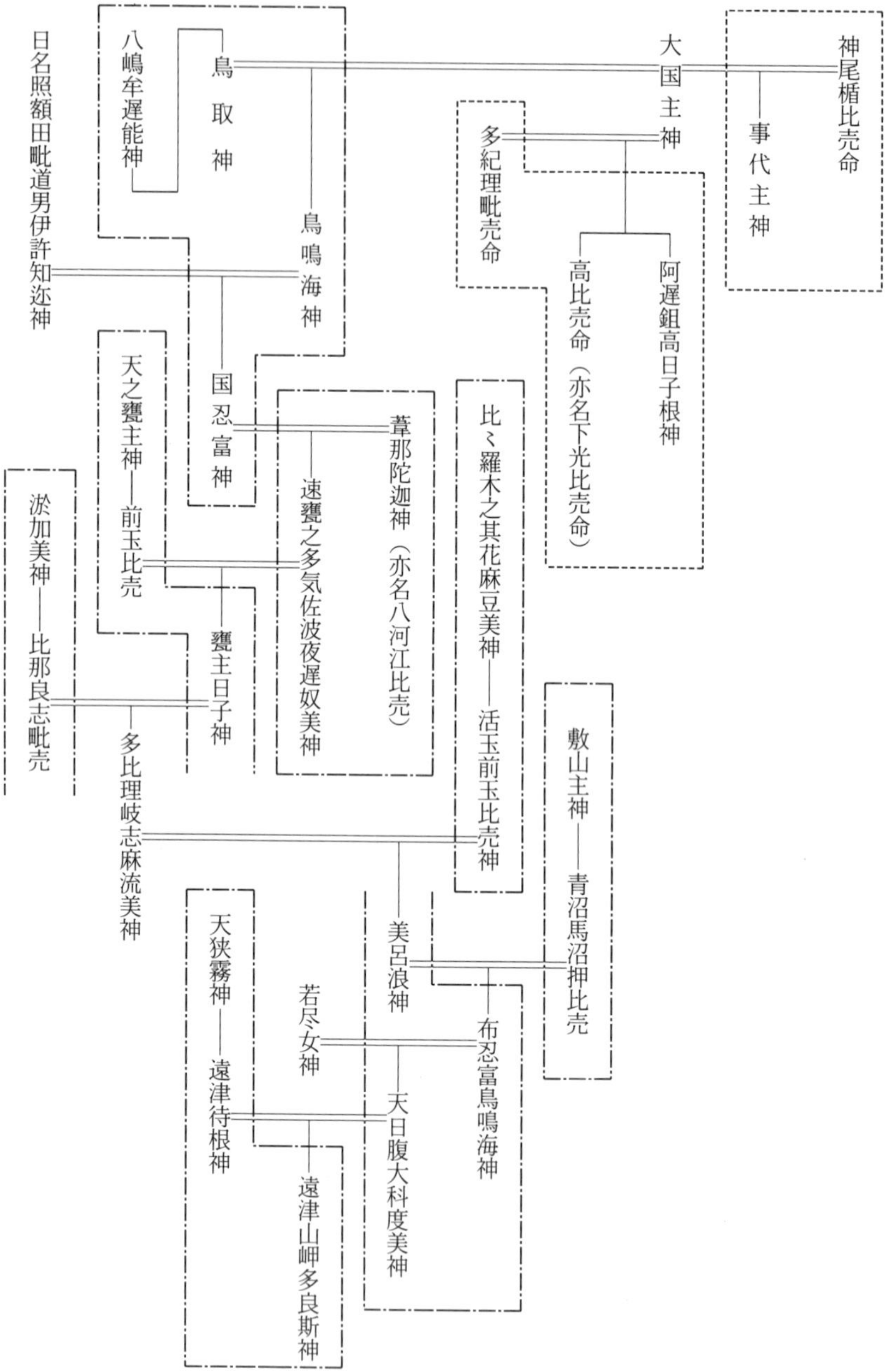
神尾楯比売命
事代主神
大国主神
多紀理毗売命
阿遅鉏高日子根神
高比売命（亦名下光比売命）
鳥取神
八嶋牟遅能神
鳥鳴海神
日名照額田毗道男伊許知迩神
国忍富神
葦那陀迦神（亦名八河江比売）
速甕之多気佐波夜遅奴美神
天之甕主神
前玉比売
甕主日子神
淤加美神
比那良志毗売
比々羅木之其花麻豆美神
活玉前玉比売神
多比理岐志麻流美神
敷山主神
青沼馬沼押比売
美呂浪神
布忍富鳥鳴海神
若尽女神
天日腹大科度美神
天狭霧神
遠津待根神
遠津山岬多良斯神

そこで今、此の三つの部分については此れを当該系譜から除いてみる。すると残された系譜では、須佐之男命の血を引く神々は、多くの場合に、父の名を明らかにしている女性（神）と結婚しているのに、須佐之男命より大国主神に至る流れの間では、天之都度閇知泥上神が、また其れより後では、日名照額田毗道男伊許知迩神、葦那陀迦神、若尽女神の三神が、いずれも父の名を記されていないことに気付く。

天之都度閇知泥上神が父の名を明らかにしていないことについては、宣長も不審を抱き、同神の表記の後に「之《ノ》女《ムスメ》名《ナハ》某《ナニ》比売《ヒメ》」とあったのが脱落したか、問題の系譜的記事の後半部では父の名を示さない例も多いので、此れも同様の例であるか、と述べている(9)。「十七世」の神々のうち「二世」の其れらが脱落した可能性のあることについては既に述べたが、神々の名が羅列され、其れらの間にほとんど同じ語句が繰り返し使われている当該系譜的記事にあっては、此の箇所についても宣長が言うように、もと「此神娶天之都度閇知泥上神之女名某比売」とあったのが、後半部を失ったか、「此神娶某神之女名天之都度閇知泥上神」とあったうちから、「某神之女名」という表現を落としてしまった可能性は大きいと思われる。

日名照額田毗道男伊許知迩神について宣長は、名に「男」の一字が見えるので、此の神は男性であろうから、「男」の下にあった「神之女」の三字が脱落したか、「神」の字の下にあった「之女某神」という表現が脱落したのだろうと言っている(10)。同神の名については、尾崎暢殃が「ひどく長い(11)」と言い、倉野憲司・西宮一民が「異様に長い(12)」と言う。表記文字にして十二字、仮に「ヒナテリヌカタビチヲイコチニ」と訓んで十四音であり、当該系譜的記事に見られる他の神々の名と較べてみると、「日名照額田毗道男伊許知迩」という名が突出して「長い」訳でもない。

『古事記』に名の出る神々のうち、其の名に「男」の字が用いられる神に、大事忍男神・天之吹上男神・風木津別之忍男神・火之夜藝速男神・石箇之男神・建御雷之男神・天手力男神・葦原色許男神などがあり、石箇之男神を磐筒男命と記す『日本書紀』巻第一の第五段（四神出生章）一書第六が、「一云、磐筒男命及磐筒女命」として、明らかに男女一対の神を挙げたと思われる記事から、石箇之男神が男性神と考えられること、葦原色許男神が『古事記』の記載する神話において明らかに男性神として扱われていること、残る大事忍男神以下の神々も、男性神でないと言うには積極的根拠を見出せないことなどによって、此れらの神々は、いずれも男性神と考えて大過無いと考えられる。また、此れらの神々の名は、最末尾に「男」の文字が置かれて、其の初めの部分や中途に其れが置かれていることはない。『古事記』において其の名に「女」の字を用いて記される大戸或女神・泣沢女神・若尽女神の神々も、「女」の字は名の最末尾に置かれている。従って、其の中途に「男」の字が用いられる日名照額田毗道男伊許知迩の名は、『古事記』に記されている神々の名の中にあって、「長さ」についてはともかく、表記に使用されている文字と其の文字が置かれている位置において異例であり、男性神日名照額田毗道男神の名と伊許知迩神の名が結合して、出来したものである可能性は大きいと言える。

一個の系譜的伝承が語り伝えられる間に、二神の名を一つにすることはまず考えられないので、日名照額田毗道男伊許知迩神の名が二神の名の結合した結果であるとすると、其の結合は、系譜的伝承が文書に記されて後に為されたものと考えられる。

日名照額田毗道男伊許知迩神の名について右のように考えることが出来るとすれば、当該系譜的記事にあっては、もと宣長が言うように「日名照額田毗道男神之女伊許知迩神」とされていたと考えるのが穏当であろう。そして右のように考えると、残る葦那陀迦神と若尽女神についても、もと「某神之女葦那陀迦神」、「某神之女若尽女神」とされていたことが考えられ、若尽女神については、刺国大上神（父）・刺国若比売（子）、また大山上咋神（伯父）・若山咋神（甥）、大年神（祖父）・若年神（孫）といった二神一組の神々の名と続き柄とを考慮すると、あるいはもと「大尽神之女若尽女神」とでもされており、葦那陀迦神については、後述するように、同神と国忍富神との関わりから推して、また、同一存在を「神」と言い「比売」と言って、整理ゆきとどかない感じもあり、「葦那陀迦神亦名八河江比売」とされる表記が、「葦那陀迦神之女八河江比売」とされていはしなかったかということが考えられる。[13]

＊　　＊

今、前掲した系譜における淤迦美神―日河比売―深淵之水夜礼花神―淤美豆奴神の繋がりに注目してみる。

淤迦美神は、『日本書紀』巻第一の第五段（四神出生章）一書第七に、「伊奘諾尊、拔㆑劒斬㆓軻遇突智㆒、爲㆓三段㆒。其一段是爲㆓雷神㆒。一段是爲㆓大山祇神㆒。一段是爲㆓高龗㆒。…（中略）…龗、此云㆓於箇美㆒」とあり、『豊後国風土記』の「直入郡球覃郷」条に、「奉膳之人、擬㆓於御飲㆒令㆑汲㆓泉水㆒、即有㆓蛇龗㆒謂㆓於箇美㆒」とあること、中国でも『説文解字』に「龗 龍也[14]」とされ、同書に「龍 鱗蟲之長…（中略）…春分而登天秋分而潛淵[14]」、また別の書に「水淵深廣則龍魚生之[15]」などと述べてあること、更にまた『国語』に「水之怪曰龍罔象[16]」、『呂氏春秋』の「高誘注」に「龍水物也[17]」などとあって、水と密接な関わりをもつ存在態であったことが知られる。『日本書紀』巻第一の第五段（四神出生章）一書第二は「水神罔象女…（中略）…罔象、此云㆓美都波㆒」としている。

次いで日河比売は、「日」の文字が「霊」や「檜」また「氷」といった字の代りに用いられているのかも知れないが、「河」の文字から此れも水に関わる存在態であると考えられる。

続く深淵之水夜礼花神は、「夜礼花」に如何なる意義があるのか定かでないが、「深淵」・「水」といった表記から、淤迦美神・日河比売と同様、水と関わる神であると思われる。

最後の淤美豆奴神は、「淤」が「大（意富）」の略された形であるとすれば、「大水沼」の神と考えられ、「奴」の字が甲類の「ノ」としても用いられたとすれば、「大水野」の神とも解せる[18]。「水野」は冠水している広い平地か、湖水もしくは海洋のように広がりのある水を指した語と考えられるが、「水沼」・「水野」の孰れであるにしても、淤美豆奴神は水神と考えられる。

次に、刺国大上神―刺国若比売―大国主神の繋がりについて考えてみる。

「刺国」の「刺」は、『日本霊異記』下巻の二十二話に「點《メ》‐地《ヲ》作㆑冢（墓マ）…（中略）…點天シ女[19]」と、また同第二十三話に

「點《メ》レ地《ヲ》作レ冢《（ママ）ヲ》…（中略）…點弖左《シ》」[20]とあり、「応神記」の歌謡に「阿加良袁登売袁 伊耶佐佐婆 余良斯那」（傍点福島）と未然形で其れが見られる、占める意の「刺す」であるかとも考えられるが、大国主神が出雲と密接な関わりをもつ神であり、『出雲国風土記』に載録されている所謂国引き神話に、「國々來々引來縫國」（意宇郡条）という表現のあることと、後述するように刺国大上神と天之冬衣神との関わりから、此の「刺」は、針を用いて縫う意の「刺す」とするのが良いと思われる。刺国大上神と刺国若比売とは、国土を縫い綴った男神と其の娘であろう。「刺す」を、占める、針を用いて縫う、孰れの意味にとっても、刺国大上神・刺国若比売・大国主神ともに名の一部に「国」の字が用いられており、三神が国土に関わりのある存在態と考えられていたことは明らかである。

見たように、淤迦美神・日河比売・深淵之水夜礼花神・淤美豆奴神が水に関わる存在態として、また刺国大上神・刺国若比売・大国主神が国土に関わる存在態として、繋がりをもたされているのだとすると、当該系譜における此の他の存在態も、格別の意味無く其の名が挙げられているのではなく、縦の繋がりにおいては、前或いは後に記されている存在態と密接な関わりをもたされ、時に幾つかの存在態で一つの組を構成するようにされているのではないかと考えられる。そこで此れ以後、当該系譜に名の出る存在態について、逐次其の名の意義と、前後に記される存在態の名との関わりを考え、此の系譜全体が如何なる観念・思想に基づいて形成されているのかを考察してみよう。

＊　＊

まず、布怒豆怒神―布帝耳上神―天之冬衣神[21]の繋がりについて考えてみる。

此の三神のうち前二者については、いずれも名の一部に「布」の文字が見え、此れが後に続く天之冬衣神の「衣」の字と関わりがあると考えられる他に、神名の意義を解明するための手掛りを見出し難い。そこで今、「布」の字が音仮名として用いられていることには目をつぶって、布怒豆怒神の名について考えてみると、「応神記」に「服ニ布衣・褌《（布差縄）》ニ」という表現のあること、「神代記」に「多久豆怒（栲綱）」・「栲縄」の語が見えること、時代が下ると「ぬのさしなは[22]」の語があること、「差綱 祭使種々綵。…（中略）…御禊白差縄也」[23]といった記事があって、「さしなは」を「さしづな」とも言っていることなどから、「綱」と「縄」の語は必ずしも厳密には使い分けられないらしいことが思われ、「布衣」・「布差縄」という語の存在することで、嘗て布を縒り合わせて作った縄を言うのに「布縄」の語があり、「布綱」と言うこともあったのではないかと考えられて[24]、もと布豆怒《ぬのづの》（布綱）であったのが、文字を用いて記録され書写される間に、布怒豆怒となったとも考えられる。

此の考えは、「布」を音仮名とせず、其れに続く「怒」の一字を衍字とすることに無理があるが、もと「布豆《怒》怒」と表記されていたのが、「布怒豆怒」と誤記され、正しい神名と其の意義が忘れられて、「此神名以レ音」という注記が施された、ということは考えられないことではないだろう。

賀茂眞淵は布怒豆怒を「船綱」ではないかとしている[25]。『日本国語大辞典』には「ふななわ（船縄）」の見出し語があって、あるいは「船綱」という語も存在するかとは思われるが、ネもしくはナの音を表わすのに「怒」の字を用いた例を見ないし、フネ・フナがフノ或いはフヌと転ずることがあるか否かも定かでないので、今、暫く参考とするに止める。

布帝耳上神の名についても、「布」が仮に音仮名でなかったとすれば、『倭名類聚鈔』に「白布帯 本朝式云白布帯沼能於比」[26]と見え、同書成立の頃には「布帯」という語の存在したことが確認出来るので、其れより数世紀前にも其の語が存在していたとして、もと布帯耳《ぬのおびみみ》であったのが、「帯」を「帝」と誤記され、やがて「布帝二字以レ音」という注記が施された、というようなことが思われる。「耳」は「御霊《みみ》」か。

天之冬衣神は、冬季に着用する衣服を神格化した存在態と考えるのが穏当だろうが、『萬葉集』に「麻衣」（巻第九・一八〇七、巻第十三・三三二四）の語が見え、『倭名類聚鈔』に「裘 説文云裘音求和名加波古路毛俗云加波岐沼皮衣也[27]」とあり、『萬葉集』には別に「結經方衣（ゆふかたぎぬ）」（巻第十六・三七九一）の語があることを思えば、木綿で作った衣を「ゆふぎぬ（木綿衣）」と言い、其れを神格化した木綿衣神が考えられ、其の名を、『常陸国風土記』に「阿是乃古麻都爾（阿是の小松に）

由布悉弖々《木綿垂でて》」（香島郡童子女松原条）、『琴歌譜』に「由布之天乃　可美可佐伎奈留《（木綿垂での神が崎なる）》」と、木綿を由布と記した例があるように、「由布衣」と書いたのが、前の二神の名が第一字を「布」としているのに引かれて「布由衣」と誤られ、やがて其れが「冬衣」とされ、上に「天之」の二字を加えて「天之冬衣」の名が出来したとも考えられる。いずれにしても此の神が、衣服の神格化された存在態であることは間違いないだろう。

天之冬衣神については、『日本書紀』巻第一の第八段（宝剣出現章）一書第四に、素戔嗚尊の「五世孫」として名を挙げられている天之葺根神と同一神であるとする意見があるが[28]、俄には従い難い。

次に、八嶋牟遲能神について考えてみる。

八嶋牟遲能神は、八嶋牟遲能神―鳥取神―鳥鳴海神―国忍富神の繋がりについて考えてみる。

八嶋牟遲能神は、「牟遅」が神や人を尊んで言う「むち（貴）」の連濁を起こしたもの、「能」が助詞であると考えられるので、八嶋即ち数多くの島々に威を振るう神であると思われる。

鳥取神の表記は真福寺本古事記によっているが、兼永筆本古事記では鳥耳神となっている。後に続く鳥鳴海神・国忍富神の名から推して、此の「鳥」は海鳥であると思われる。『萬葉集』に「海原波　加万目立多都　怜何國曾　蜻嶋八間跡能國者」（巻第一・二）と歌われているように、島々をとり巻く海、其処は豊かな漁場であり、其の豊富な魚を目当てに鷗のような海鳥が群れ飛んでいる、海の幸に欠けることのない大八島、恐らく其のような事柄・情景を思い浮かべつつ、当該系譜の創作者は八嶋牟遲能神に、「鳥」の語を名の一部としている鳥取《（耳）》神を繋げたのだろう。「鳥取」は鳥を捕える意かと思われるが、「鳥耳」であれば、其れはもと「トリウミミ（鳥海霊）」即ち鳥の群れ飛んでいる海の神霊であったのが、「トリミミ」となり、「鳥耳」と表記されたか、「トリミミ（鳥御霊）」即ち鳥の神霊であったと考えられる。

鳥鳴海神の名は、「訓レ鳴云二那留一」という注記が施されているので、「トリナルミ」と訓まれているが、此の名はもと海鳥が魚を求めて群がり鳴く海の情景を示したもので、「トリナクウミ」であり、ナクを「那寠」或いは「那屨」と表記していたか、「鳴寠」或いは「鳴屨」と「寠」・「屨」を所謂捨て仮名として表記していたのが、「那婁」或いは

「那屢」、もしくは「鳴婁」・「鳴屢」と誤られたか、「寠」にはクの音とともにルの音もあるためナルと訓まれて、「トリナル(ウ)ミ」になったのではないか。「寠」と同じく、ク・ルの両音を有する文字には、他に「蔞・「窶」・「簍」などもあり、此れらがクの音を表わすために用いられていたのが、ルと訓まれた可能性もある。

「屨」は本来「はきもの」の意の文字であるが、『説文通訓定声』に「屨…（中略）…〈叚借〉爲屢[29]」とあって、「しばしば」の意としても用いられる。『文華秀麗集』巻上に載録されている巨勢識人の「敬和左神策大将軍春日閑院餞美州藤大守甲州藤判官之作一首」の第八句第三字は、前後の文意より明らかに「屢」であるべきだが、『群書類従』に収める『文華秀麗集』は「屨」としている[30]。当該二字が通用されていたとすると、其れらが音仮名として用いられている場合にも相互に誤られ易かったと考えられる。

国忍富神の名は、「履中記」に見える「市辺之忍歯王」が「清寧記」では「市辺之押歯王」と記されていること、『日本書紀』巻第十五・「清寧天皇五年正月是月」条（顕宗即位前紀）に見える「忍海角刺宮」が、同じ条に載録されている歌謡で「於尸農瀰…（中略）…都奴娑之能瀰野」とされていることなどから、クニオシトミと訓まれたと思われ、オシが接頭語で、国が力強く富む状態を示しているものと考えられる。

松岡静雄に「忍富」をオシトミと訓むことを排し、オシホと訓んで、国つ神「大秀《オオシホ》」神と解する説があるが[31]、「大《オホ》秀《シホ》」神即ち大いに「卓出」する神というばかりでは、単に「大神」というのと同じであり、当該系譜的記事の記述の仕方から推して、別の箇所に出る特定の神を指しているとも考えられず、如何なる神であるか具体性を欠くので、採らない。

当該系譜の創作者は、此処に名を挙げた四神の総てで、海産物に恵まれた豊かな国土を示そうとしたと思われる。

次に、美呂浪神―布忍富鳥鳴海神―天日腹大科度美神の繫がりについて考えてみる。

美呂浪神の名義を明らかにする手掛りは、全くと言っても良いほどに無い。本居宣長は、『倭名類聚鈔』に上野国佐位《（伊）》郡美侶郷の見えることを言い、「浪」を「称《へ》名」としての「那」と「美」であるとしているが[32]、「美呂」を地名と考えることはともかく、「浪」が借字であるとするに確固たる証拠がある訳ではない。

『古事記』では、伊耶那美・沫那美・頬那美といった神々が、いずれも「那美」の部分を「浪」と記されることのないことと、美呂浪神の後に続く布忍富鳥鳴海神の名に「海」の字が用いられていることからすると、「浪」は文字通りの浪であって、美呂浪神は浪の神と考えられていたのではないか。

『古事記』の古写本また版本の文字や語句の異同を比較した「校異表」によると、活・沼・詔といった文字は互いに誤られ易いことが知られる。また、美呂浪神の「呂」を「吕」と明記している真福寺本古事記にも「召」と「呂」とが紛らわしい場合があり[33]、上巻の末尾に名の出る御毛沼命・若御毛沼命・豊御毛沼命の「沼」[34]を、道祥本古事記・春瑜本古事記は「呂」としている。此のような事実からすると、美呂浪神は、もと沼の浪を神格化した美沼浪《ミヌナミ》神（美は美称）であったとも考えられる。

布忍富鳥鳴海神は、既に見た国忍富神の名に鳥鳴海神の名を合わせたかのような名の神であるが、国と布との関わりは分らない。「布忍」は、母神である青沼馬沼押比売の「沼押」と音を通わせているかと思われるが、「布忍富」の意は分らない。「鳥鳴海」は既に見た通りであるから、此の神も海に関わりのある存在態であったと考えられる。布忍富鳥鳴海神の表記は、道祥本古事記・春瑜本古事記・兼永筆本古事記などの諸本によったものである。真福寺本古事記は布忍富鳥嶋海神としているが、海に関わる神であることに変わりはない。

天日腹大科度美神の「日腹」は、日の当たる原野もしくは檜の繁る所、「科度」は『倭名類聚鈔』に「山科也末之奈」[35]の地名が見えるので、シナドと訓んで、「六月晦大祓」祝詞に「科戸之風」とあるシナド即ちシ(風)ナ(の)ト(処)、風の吹き起こる処、「美」は『日本書紀』巻第一の第五段（四神出生章）一書第六に「海神等、號㆓少童命㆒」とあり、同第七に「少童、此云㆓和多都美㆒」と記されている神霊の意のミと解することが出来る。風の吹き起こる場所を神格化した存在態であると考えられる。前の二神との関わりがいま一つはっきりしないが、問題の系譜を創作した者が、浪‐海‐風という連想をした結果、結合されたものであろうか。

次に、天狹霧神―遠津待根神―遠津山岬多良斯《（帯）》神の繋がりについて考えてみる。

天狹霧神は霧の神であり、「狹」は「神代記」に「振二滌天之真名井一而、佐賀美迩迦美而、自レ佐下六字以レ音。下效レ此」とある「佐」と同じく、実質的な意味をもたない接頭語のサであると考えられる。

遠津待根神の名の「遠津」は、空間的に或いは時間的に、遠いの意を表わしていると思われるが、「待根」の意味は分らない。兼永筆本古事記は「待根」をマチネと訓んでいるが、マツネと訓んで、松根即ち松の根、或いは松其の物の意味であろうか。もしそうだとすれば此の神は、遠方にある松の樹を神格化した存在態であることになる。系譜の創作者が、天狹霧神のキリの音から桐を連想し、松と続けたか、『日本書紀』巻第一の第六段（瑞珠盟約章）本文の注記に、「吹棄氣噴之狹霧、此云二浮枳于都屢伊浮岐能佐擬理一」とあるように、息吹き即ち呼吸と霧との関連から、天狹霧神―生命―長寿の象徴としての松―遠津待根神という連想を働かせたか、日頃霧の立ち込めるあたりに松の林が見え隠れしている風景を見慣れていて、霧と松とを結び付けたか、の孰れかの結果ではないだろうか。

『萬葉集』巻第十三に「松根 松事遠」（三二五八）とある表記の上四字は、マツガネノマツコトと訓まれ、「松根」は「同音のくり返しで、待ツにかかる」(36) 枕詞とされている。「松事」の「松」は、上の「松根」の「松」との関わりで此の字が用いられたと思われ、同じ『萬葉集』に見える「倭有 吾松椿」（巻第一・七三）の「松」は、松と待ツとを掛けた例であるが、時に「待」の字を「松」の字に代えて用いることもあったのではと思わせる。『萬葉集』には、「遠人 待之下道湯 登之而」（巻第十三・三三二四）の例があって、「等富都比等《（遠っ人》 末都良能加波尓《松浦の川に》」（巻第五・八五七）や「得保都必等《（遠っ人》 麻通良佐用比米《松浦佐用比賣）》」（同上・八七一）といった表現から、「待之下道」は松の下道とされている。

遠津山岬多良斯《（帯）》神は「多良斯《（帯）》」を「足る」に「す」の付いた形と考えると、霧或いは桐の木から松の木を、そして霧の棚引く、或いは桐や松の生えている山を想い、遠方の山々の間を樹木で充分に満たしている神、と続けたものであると思われる。

次に、天之甕主神―前玉比売―甕主日子神の繋がりについて考えてみる。

天之甕主神は、甕即ち大きな容器を司る神である。

前玉比売の「前玉」は、『日本書紀』巻第一の第八段（宝剣出現章）一書第六に「幸魂、此云二佐枳彌多摩一」とあり、『倭名類聚鈔』に「幸魂　日本紀云幸魂和名佐知美太萬俗云佐岐太萬」(37)とあること、また『日本書紀』巻第三・「神武天皇即位前紀戊午年六月」条の注記に、「訷靈、此云二赴屠能瀰哆磨一」とあるのを参考にすれば、人に幸いを齎す霊を意味すると考えられる。天之甕主神に前玉比売と続けたのは、ミカの音から、『倭名類聚鈔』に「靈…（中略）…日本紀云美太萬一云美加介」(38)と言うミカゲを想い、ミタマ－サキタマと連想したか、『萬葉集』の歌にも「齋戸乎 忌穿居 竹玉乎 繁介貫垂」（巻第三・三七九）、「齋戸乎 石相穿居 竹珠乎 無間貫垂」（同上・四二〇）、「齋戸乎居 竹玉乎 無間貫垂」（巻第十三・三二八四）と見られる、神事に用いられる斎戸（瓮）と竹玉《（珠）》との関わりから瓮－甕と転じた上で、其れに玉を付けたかの孰れかであろうと考えられる。『日本書紀』巻第十五・「仁賢天皇四年夏五月」条の注記に、「瓮、此云二倍一」とあり、『類聚名義抄』に「甕瓮甀谷へ」(39)（谷は俗字の意）と記されており、瓮から甕を想うことは不自然ではない。

甕主日子神は、天之甕主神の繰り返しに過ぎない。甕主日子神は、後述する葦那陀迦神（亦名八河江比売）―速甕之多気佐波夜遅奴美神と一組になる存在態であるかとも考えられる。

大山津見神―木花知流比売の繋がりは、山から其処に見られる樹木、そして其の花の散る状況を連想したことによると思われる。

八嶋士奴美神―布波能母遅久奴須奴神の繋がりは、両神の名義がともに判然としないので、明らかにし難い。布波能母遅久奴須奴神の「久奴須」が、クニウチ（国内）－クヌチ、クニカ（国処）－クヌカの例から、クニウス或いはクニスと考えられるとすれば、クニウスと音を同じくする適当な語を見出し難いので、クニス即ち国洲もしくは国砂で、国土としての中洲或いは国土を形成している土砂の意であるかと考えられる。もしそうであるならば、八嶋士奴美神の「八嶋」と「久奴須」とで関連をもたせたかと思われるが、いま一つはっきりとしない。真福寺本古事記は、後者を布波能母遅夂奴須奴神と記すが、此れでは両者の関係は全く分らない。布波能母遅久奴須奴神の表記は、道祥本古事記・春瑜本古事記・兼永筆本古事記などの諸本によったものである。

八嶋士奴美神が須佐之男命と櫛名田比売の子とされたことについては、判然とした理由を見出し難い。同神は、『日本書紀』巻第一の第八段（宝剣出現章）一書第一において、素戔嗚尊と稲田媛の子とされている清之湯山主三名狭漏彦八嶋篠と同一の存在態であると考えられるが、当該一書の記事は多くを語らないので、右の結合の理由を解明するための手掛りを提供してくれているとは思われない。

『古事記』の記述を見る限りでは、須佐之男命が「出雲国之肥上河上」に降下して後、「八稚女」・「八俣遠呂智（知）」・「八頭八尾」・「谿八谷峡八尾」などと、「八」の字の関わる語句が頻出するので、八嶋士奴美神の名に見える「八」が、同神の、須佐之男命と稲田宮主須賀之八耳神の娘櫛名田比売との子であるとされることに、大きく貢献したのではないかということは考えられる。

葦那陀迦神（亦名八河江比売）―速甕之多気佐波夜遅奴美神の繋がりについて考えてみる。

葦那陀迦神の名義が判然としないので、其の名と八河江比売の其れとが如何に関わるのか、はっきりとしないが、恐らく葦と其れが繁茂する河川や入江との関わりで、葦那陀迦神の亦名を八河江比売としたと考えられる。

八河江比売の名義については、宣長が一度は「字の如きか」とした上で、「延喜式祝詞」に見える「夜久波叡」（春日祭）という表現を「彌木榮《イヤコバエ》を、略き轉していふ言也(40)」とした眞淵の説を引いて、「此《ココ》も此夜久波叡《ノヤクハエ》の意の称名《タタヘナ》にや、久《ク》と加《カ》とは通《フ》音なり(41)」と述べた説、「ヤカハエは地名であらうが所在を詳にせぬ(42)」とする松岡静雄の説、「八河兄《え》姫《ひめ》の意味で、八河は出雲国仁多郡の八川村か(43)」とする中島悦次の説などがあるが、今、表記文字を尊重し、八河江を普通名詞と見て、河川や入江に関わるものと解しておく。

速甕之多気佐波夜遅奴美神の名は、既に見た神事に用いられる齋瓮と竹玉（珠）の関わりを思うと、「多気」が竹で、「佐波」が沢或いは多、「夜」が感動を表わす語であろうか。「遅奴美」は、八嶋士奴美神の「士奴美」と同じであるかと思われるが、意味は明らかでない。葦‐河川・入江‐水・容器‐甕という関連で、此の二神の名が並べられているようであるが、前に述べたように葦那陀迦神と八河江比売とは、親と子の関係であったのが、文書に系譜的記事として記録されて後に、同一神にされてしまったとも考えられる。

淤加美神―比那良志毗売の繋がりは、淤加美神が見たように水に関わりのある存在態であることからすると、同神に、雪解けの頃に湖や河川の氷が音を立てて割れる現象から考えた比《氷》那良志毗売を並べたものと思われるが、「比那良志」はもと「水那良志」であったのを「氷那良志」と誤記し、其れがやがて「比那良志」と書かれたのかも知れない。水那良志毗売であれば、其の名義は、海や湖の波の音もしくは河川の水音を立てさせる女性、ということであろうか。比那良志毗売の「比」を霊《ひ》の意であると考えれば、霊を均す女性、即ち霊の力を平穏ならしめる女性ということで、水神と彼を祭る女性という関係による繋がりであろうか。

比々羅木之其花麻豆美神―活玉前玉比売神の繋がりは、柊の花の咲き続けている期間、もしくは咲くのを待っていることを神格化したと考えられる前者に、其の名の柊から「景行記」に「比々羅木之八尋矛」と記されているような、柊で作った桙を思い、其れから「神代記」に「天沼矛」、『日本書紀』巻第一の第四段（大八洲生成章）本文に「天之瓊瓊、玉也。此云努。矛」と記されているような沼《瓊》矛、即ち玉で飾った桙を考えて、玉（魂・霊）に因む活玉前玉比売神を続けたものか、或いは柊の垣から玉垣を連想して活玉前玉比売神の名を繋げたものか、更にはまた柊の細工物に「玉細工」の語を思って、活玉前玉比売神と並べたものと考えられる。

敷山主神―青沼馬沼押比売の繋がりは、「敷く」の語に「一面に広がってある[44]」の意があるので、広大な地域に広がって存在する山を司る神に、敷山主神の「山」から青山・青垣山・青菅山といった語で示されるような、其処に草木の生い繁っている状況を連想して、「青」の語で始まる青沼馬沼押比売を付け合わせたものと思われる。

青沼馬沼押比売は、「沼」がヌ・ヌマ孰れに訓むことも可能であり[45]、「馬」もマ・ウマの両様に訓めるが[46]、ヌマ《沼》を「沼」の一字で書き表わせるのに、わざわざ「沼馬」と二字を用いて書いた可能性は少ないと考えられ[47]、一神の名に使用されている同じ文字の訓み方が基本的には同じであっただろうと考えられるので、アヲヌウマヌオシヒメか、アヲヌマウマヌマオシヒメと訓むのが穏当であると思われる。「馬」は所謂捨て仮名で、もと青沼馬沼押比売と記され、アヲヌマヌマオシヒメであったかも知れない。しかし、名の義は判然としない。青沼馬沼押比売の表記は、兼永筆本古事記・前田本古事記などによったものであるが、真福寺本古事記は青治馬治押比売、道祥本古事記・春瑜本古事記は青沼馬治押比売としている。後の二つの表記の孰れに従っても、名義はやはり分らない。

天之都度閇知泥上神は、「都度閇」が集める意のツドフの変化した形、「泥」が接尾語であるかと思われるものの、「知」が乳・血・道・鉤・茅・父・霊などの孰れにも解することが可能であるため、名義がはっきりしない。もとより此の神が父神の名を明らかにしない女神として、単独で名を出されていたのか、前述したように此の神が男性神であって、『古事記』が同神の子である女神を欠落させているのか、或いは同神が女神で、もと明らかにされていた父神を脱落させているのかも定かでない。従って同神は、系譜の上で周辺に挙げられている神々との関わり方をはっきりとさせ難い。

日名照額田毗道男伊許知迩神は、前に述べたように日名照額田毗道男神と伊許知迩神とが一体化した存在態であるとも考えられるが、「日名照額田毗道男」が、ヒナテル（夷照る）或いはヒナテラス（夷照らす）・ヌカタビ（額田霊）・ミチヲ（道男）で、「伊許知迩」が「允恭記」に「伊久比（齋杙）」の形で見える、神聖なの意を表わす接頭語のイにコチ（此方）・ニ（土或いは瓊）と続けた名かと思われるが、はっきりしない。

多比理岐志麻流美神の名は、後述することになる比〻羅木之其花麻豆美神との関連と、『出雲国風土記』の「飯石郡来嶋郷」条に見える伎自麻都美命の名とから、「流」がもとは「津」であったかも知れないと思われる他に此れと言った解明のための手掛りが無く、其の意義を明らかにし難い。従って此の神が、甕主日子神・比那良志毗売・美呂浪神の孰れが属している組に含まれる存在態であるのかも判然としない。「十七世神」のうち「二世神」が脱落したのだとすると、あるいは此の多比理岐志麻流美神の直前・直後に「二世神」と其の配偶者、そして彼女の父の名などが記されていたのかも知れない。

若尽女神は、前に述べたように、あるいは大尽神の子であって、考察の対象としている系譜的記事には嘗て大尽神の名が記されていたのかも知れない。名義は尽くす女神の意であるが、延佳本古事記が「若《ワカ》-晝《ヒル》-女《メノ》-神」としているのに従えば、太陽の女神であり、当該系譜が須佐之男命を天照大御神の弟とする形の系譜に編入されたものとすれば、もと一部の地域・人々の間で信仰されていた同神は、美呂浪神―布忍富鳥鳴海神と繋がりをもつと考えられた天日腹大科度美神と、昼と日との関係で繋がるとされ、太陽の神と風の神で一個の組を形成すると考えられていたのかも知れない。

『釋日本紀』に引く『筑後国風土記』に、筑紫の地名起源を「尽くす」の語に求め、「筑後國者。本与二筑前國一合爲二一國一。昔此兩國之間。山有二峻狹坂一。往來之人所レ駕鞍韉被二摩盡一。土人曰二鞍韉盡之坂一(48)」などとする記事のあること、また、『萬葉集』に「我心　盡之山」（巻第十三・三三三三）、「牟麻能都米（馬の蹄）　都久志」（巻第二十・四三七二）と「尽くす」の意で筑紫にかかる枕詞の見られることなどを参考にしたと思われるが、倉野憲司に若尽女神の「尽」を「筑紫《つくし》の意ではあるまいか(49)」とする意見がある。

若尽女神の父を大尽神と考え、布忍富鳥鳴海神を真福寺本古事記に従い布忍富鳥嶋海神であるとした時、肥後国合志郡に鳥島郷があって(50)、筑紫洲-肥後国-鳥島（嶋）と繋がりをもたせることが出来るので捨て難い説であるが、此の箇所にだけ地名を、しかも諸本が揃って「鳴」としている文字を真福寺本古事記のみの表記に従って「嶋」とした上で、援用するのも如何かと思われるので、暫く採るのを控える。

見て来たように、当該系譜に其の名を挙げられる神々は、名義を明らかにし難い存在も多くあるが、親から子、子から孫へと縦に繋がって、数神ずつが連鎖式に密接な関わりをもっていたり、其れら数神が纏まって一個の観念・思想を示そうとしていると認められたりする、幾つかの組を形成していると考えられる。

*　*

此処で再び問題の系譜に注目して、須佐之男命の血を引く神と、其の神が娶る相手との間に、互いの名の上で格別の繋がりが認められるか否かを考えてみる。

まず、大国主神と鳥取神の場合を見ると、此の両者の名に格別の繋がりがあるようには思えない。しかし、大国主神が鳥取神を娶ったとすることについて、当該系譜の創作者は、全く縁の無い存在態同士を結び付けたのだと考えられないこともないが、当該系譜における縦の関係では、神々の間に見たような繋がりのあることが認められるのであるから、横の関係でも何らかの繋がりをもたされていると考える方が、そうではないとするよりも当たっているように思われる。そこでいま一度大国主神と鳥取神に注目すると、両者の名に直接の関わりは認められないが、大国主神と鳥取神の父である八嶋牟遅神との間には、それぞれの名に「国」と「八嶋」の語が見えるので、「国」や「八嶋」が、当該系譜の出来した当時の大和や大八島国を意味していなかったとしても、国土と其れを構成する島々という関係で、密接な繋がりのあることが認められる。

次に、八嶋士奴美神と木花知流比売に注目すると、此処でも両者の名に特に密接な関わりがあるとは思われないのに、八嶋士奴美神と大山津見神の名には、「嶋」と「山」という関係を見ることが出来る。

また、甕主日子神と比那良志毗売の関係も、後者の「比」が氷《ひ》であるとすれば、さして強い結び付きがあるとは思われない。しかし、甕主日子神と淤加美神との間には、容器としての甕と其れに貯えられた水という、より密接な関係を見てとることが出来る。

見たような関係は、当該系譜のほぼ総てに亙って認められるように思われる。以下に順次其れらの関係について述べることにする。

布波能母遅久奴須奴神と日河比売の父淤迦美神とは、布波能母遅久奴須奴神の名義が明らかでないが、既に見たように「久奴須」が国洲もしくは国砂であるとして、淤迦美神が水と密接な関わりをもつ存在態であるとすれば、『日本書紀』巻第一の第一段（神代七代章）本文に、「開闢之初、洲壊浮漂、譬猶㆔游魚之浮㆓水上㆒也」と言い、「神代記」

に「国稚如二浮脂一而、久羅下那州多陀用弊流之時、流字以上十字以レ音。…（中略）…次、成神名、宇比地迩上神。次、妹須比智迩去神。此二神名以レ音」と言うような状況が、当該系譜の創作者の脳裡に想い描かれて、付け合わされたのではないか。

淤美豆奴神と布帝耳上神の父布怒豆怒神との関わりは、布怒豆怒神の名義がはっきりしないので、定かでないが、述べたように仮に「布怒豆怒」がもと「布豆怒（布綱）」であったとすると、淤美豆奴神の名に、『出雲国風土記』で「国引き」をしたとされている八束水臣津野命（意宇郡条）・意美豆努命（神門郡条）を想い、彼が国土を引き寄せるのに用いた「綱」から布豆怒神と付け合わせたものかと考えられる。淤美豆奴神と八束水臣津野命また意美豆努命が同神であるか否かは定かでない。

天之冬衣神と刺国大上神とは、「刺す」の語に針を用いて縫う意があるので、衣-刺す-刺国大上神という連想が当該系譜創作者の脳裡に働いて関連付けられ、刺国若比売を天之冬衣神が娶る形になったと思われる。

速甕之多気佐波夜遅奴美神と天之甕主神との関わりは、両者に「甕」の文字が見えるので、此れを共通項として結び付けられたと考えられる。

名義の判然としない多比理岐志麻流美神は、其の直前・直後の辺りに脱落があるのか、比々羅木之其花麻豆美神との関わりを明らかにし難い。あるいは「麻流美」と「麻豆美」とが似通った音であることによって、両者は結合されたのであろうか。多比理岐志麻流美神の名を真福寺本古事記は、「多比理岐志麻美」としているが、比々羅木之其花麻豆美神との関わりを、名の一部の音の類似にしか求め得ないことからすると、「多比理岐志麻流美」が正しい名であるかと思われる。「流」が「津」の誤りであるかとも考えられることは既に述べた通りである。

美呂浪神と敷山主神との関わりは、「敷く」の語が、ある動作の繰り返し行なわれる意としても用いられるので、当該系譜の創作者が、「美呂浪」の「浪」から繰り返し寄せては引く動きを連想して、「敷く」の語を思ったことで生じたものと思われる。

天日腹大科度美神と天狭霧神とは、「神代記」に「吹棄気-吹之狭霧」と言い、此れに対応する記事が『日本書紀』

巻第一の第六段（瑞珠盟約章）本文に、注記の形で「吹棄氣噴之狭霧、此云二浮枳于都屢伊浮岐能佐擬理一」と掲げられていること、また同書巻第一の第五段（四神出生章）一書第六に、「吹撥之氣、化二爲神一。…（中略）…是風神也」とあり、同書巻第七・「景行天皇四十年是歳」条に、「麋鹿甚多。氣如二朝霧一」、同書巻第十四・「安康天皇三年冬十月」条に、「猪鹿多有。…（中略）…呼吸氣息、似二於朝霧一」、『常陸国風土記』の「多珂郡飽田村」条に、「野上群鹿…（中略）…比二其吹氣一似二朝霧之丘一」とあることなどから、風と霧との間に繋がりがあると認められていたことが分かるので、天日腹大科度美神の「科度」即ちシ(風)ナ(の)ト(処)と解され、此の神が風と関わる神であったとすると、風と霧との関係で付け合わされたと思われる。

深淵之水夜礼花神と其の妻神の父との関わりは、『古事記』が記すように、天之都度閇知泥上神を深淵之水夜礼花神の娶った女性であるとすると、其の父神の名が記されていないことになり、明確にし難い。また、深淵之水夜礼花神の娶った女性の父が天之都度閇知泥上神であったとしても、天之都度閇知泥上神の名義が明らかでないため、両者の関係は明らかにし難い。

鳥鳴海神と其の妻神の父との関わりは、日名照額田毗道男伊許知迩神の父の名が明らかにされていないので、明らかにし難い。今、仮に妻神を伊許知迩神として、其の父が日名照額田毗道男神であるとすれば、鳥鳴海神の名に見える「鳥」の語から、日名照額田毗道男神の「日名」に「雛」の語を連想して、付け合わせたかと考えられる。

国忍富神と葦那陀迦神の父との関わりも、其の父の名が明らかにされていないので不明である。仮に「葦那陀迦神亦名八河江比売」とある表記が、もと「葦那陀迦神之女八河江比売」とあったとすると、国忍富神と葦那陀迦神とは、後者の名に見られる「葦」に関わる語に「豊葦原之千-秋-長五百秋之水穂国」・「葦原中国」があるので、当該系譜の創作者が国忍富神の名の「国」・「富」の語から、農作物の稔り豊かな国土を想い、更に右の「豊葦原之千-秋-長五百秋之水穂国」・「葦原中国」の語を連想したことにより、付け合わされたと思われる。

布忍富鳥鳴海神と若尽女神の父神との関わりは、其の父神の名が伝えられていないので、不明である。仮に、若尽女神の父が大尽神であるとしても、両者の名に格別の繋がりがあるとは考えられない。若尽女神が延佳本古事記の言うように若昼女神であったとして、其の父神を大昼神とすると、両者は、海に関わると思われる神と太陽を象徴するらしい神ということで、幾分の繋がりはあるかのように思われるが、若尽女神が、真福寺本古事記・兼永筆本古事記で、ともに「若盡女神《ツクシメノ》」と記されていることからすれば、海−太陽という関係は成立しないように思われる。

＊　＊

今回考察の対象とした系譜的記事が如何なる意義を有するものであるかについては、「淤加美神《オカミノ》の女日河《ヒカハ》比売(9)」・深淵之水夜礼花神・淤美豆奴神の名を「水に依れる(9)」其れであると指摘しながら、「如何《イカ》なる縁《ヨシ》か有けむ(9)」として、何故水に関わる神が名を連ねられるかを明らかにしなかった宣長の意見をはじめとして、「問題の系譜(51)」と言うだけで、其の「系譜」の範囲を明確にしないけれども、言及される神々の名から推して、本論の冒頭に掲げた系譜的記事の前半部分についての見解と考えられる、「問題の系譜に於ける多くの霊格が農耕経済生活の産果たることを強く示唆している(51)」とした意見、やはり当該記事前半部分の神々を「多くは農業に関係のある自然神(52)」とする意見、同じく「農耕神としての国つ神の系譜化と考えられる(53)」とする意見などが述べられている。此れらは、極く限られた数神についての見解である宣長の其れを除くと、孰れも当該系譜的記事の前半部分の全体を視野に入れての意見であるが、其の判断には、其処に大年神・宇迦之御魂神の名の見られることや、八嶋士奴美神の母である櫛名田比売が『日本書紀』において奇稲田姫(媛)と記されていることが、大きく影響を及ぼしていると考えられる。

右に示した意見の数々は、一見正鵠を射て穏当なものであるかに思われる。しかし見たように当該系譜的記事は、もと一個の連続したものであって、しかも八嶋士奴美神から遠津山岬多良(帯)斯神に至る「十五世」の神々、彼らの配偶者たち及び其の父神たちが、大年神や宇迦之御魂神とは別の系統・血筋の存在態なのであるから、系譜的記事の前半部分のみを考察の対象としたり、櫛名田比売（奇稲田姫(媛)）の存在を考慮するのは良しとするにしても、系統を異にする神々の系譜への分岐点となっている大年神や其の兄弟神である宇迦之御魂神の存在を大きく関わらせて、当該系譜的記事の意義を考えたりすることは、不充分でもあり、誤った結論を導き出すことにもなるのではないか。

当該系譜的記事が、「自二八嶋士奴美神一以下、遠津山岬帯神以前、称二十七世神一」としているからには、やはり此の表記を重んじて、「（五）十七世神」の総てを包括する形で、しかも当該の神々とは系統を異にする神々については此れを除外して、当該系譜の創作者が何を語ろうとしたのかを考えてみるべきではないだろうか。

＊　＊

今回考察の対象とした系譜は、漢字を使用して其れが記録されることになるまでの長い期間における口頭による伝承と、記録されて系譜的記事となって後、幾度となく繰り返されたに違いない書写とによって、其の本来の姿を大きく変えてしまっているらしく、紹介される神々の名義の多くが明らかにし難いことは見た通りである。そこである時は神々の表記に衍字があるとしたり、またある場合には語序の転倒や誤記があると考えたりして、かなり自由に書写の段階での変化を想定しつつ、神々の名義を考えてみたのだが、其れによって判明したのは、当該系譜が、水に関わりのある神々、国土に関係ある神々、綱‐帯‐衣といった関係で纏められたと思われる神々、聴き手（読み手）に豊かな国土を想像させるかのように並べられている神々、浪‐海‐風といった繋がりの認められる神々、呼吸‐生命の関連を認め得るかと考えられる神々、神事との関わりを指摘することの出来る神々、などなどの組で構成されているらしいということであった。

此のようなことは明らかになったものの、当該系譜にはなお記事が一部脱落した可能性もあり、しかも不明な箇所が多くあって、其の創作者が此の系譜によって何を語ろうとしたのかを明らかにすることは難しい。ただ朧気ながらではあるが、こういうことではなかったのかと思われるのは、山野に植物が繁茂し、水量豊富で灌漑の便が良く、周囲をとり巻いて存在する海には魚介類が多く生息しており、信仰心に富む人々が神々の祝福を受けて、衣食満ち足りた幸福な生活を営むことの出来る、穏やかな気候と自然とに恵まれた国土、其のような環境の出現を希う気持ち、其れが此の系譜的記事になっているのではないだろうか、ということである。此の願望の内容は、確かに大年神や宇迦之御魂神の存在とも無縁ではない。しかし此れは、此の二神が須佐之男命と親子の関係で結び付けられた結果として、たまたま其のようになっているのであり、述べたように、八嶋士奴美神から遠津山岬多良《（帯）》斯神に至る系統と大年神・宇迦之御魂神の系統とは別個のもので、両系統は元来関わりの無いものであったと考えられる。

大年神・宇迦之御魂神が須佐之男命の子とされているのは、大年神について言えば、農耕就中稲作文化が朝鮮から我国に伝来したと考えられていたことと、須佐之男命が朝鮮と関わりのある存在態と考えられていたことによると思われ、(54) 宇迦之御魂神の場合は、此れと同じ理由によるか、同神が早く大年神の兄弟神とされていたことによると考えられる。

注

(1) 本居宣長撰『古事記伝』一一之巻――『本居宣長全集』第九巻五一五頁。

(2) 渡部義通著『古事記講話』二六一頁。

(3) 次田潤著『古事記新講』一七二頁。

(4) 倉野憲司著『古事記全註釈』第三巻三一五頁。

(5) 新潮日本古典集成・西宮一民校注『古事記』七三頁。

(6) 戸谷高明著「古事記上巻の「系譜」」――尾畑喜一郎編『記紀万葉の新研究』一二二―一三五頁。

(7) 『古事記』は継体天皇について、「品太天皇五世之孫」・「品太王五世孫」と記す。此の「五世」のうち継体天皇自身を除く「四世」が誰々であるかについては、記紀両書の記事で其の総てを明らかにすることが出来ないため、『釋日本紀』に引く『上宮記』の記事が参考にされる。同書の当該記事は通常、「凡牟都和希王（誉田天皇）―若野毛二俣王―大郎子（意富々等王）―乎非王―汙斯王（彦主人王子）―乎富等大公王（継体天皇）」という系譜を示しているとされる（乎非王を宇非王とする『古事記伝』四四之巻――『本居宣長全集』第一二巻三八四―三八五頁、日本思想体系1『古事記』四六九・二九四頁、西郷信綱著『古事記注釈』第四巻四二七頁、など）が、「四世」中に、継体天皇に血筋の繋がらぬ人物は含まれていない。西宮一民は右の記事から、「応神天皇—若野毛二俣王—意富々杼王—汙斯王—継体天皇」といった系譜を読み取り、応神天皇を第一世とする（新潮日本古典集成前掲書二六四‐二六五頁）が、此れも当然のことながら継体天皇を除く「四世」中に継体天皇へと血筋の繋がらぬ人物は含まれていない。『神皇正統記』に、「繼體《けいたい》天皇は應神五世の御孫也。應神第八《の》御子隼總《はやぶさ》別《わけ》の皇子、其子大迹《おほと》の王、其子私斐《しひ》の王、其子彦主人《ひこぬし》の王、其子男大迹《をほと》の王と申は此天皇にまします」（岩波文庫同上書七一頁）と見える説は、「応神記」に意富々杼王は若野毛二俣王の子であると記されているのと矛盾するので、通常採られることがないが、此処でも継体天皇に血筋の繋がらない人物は、同天皇より前の「四世」に含まれていない。『上宮記』や『神皇正統記』の当該記事が、『古事記』の「世神」の意義を明らかにしている訳ではないが、考え方として参考になる。

（8）目移りの具体例など一一《いちいち》挙げるまでもないだろうが、例えば、今回考察の対象としている系譜的記事に、「亦名謂大穴牟遅神牟遅二字以音亦名（謂葦原色許男神色許二字以音亦名）謂八千矛神」（傍点括弧福島）とある箇所の（　）内を真福寺本は一度は脱落させ、後に加えている（『国宝 真福寺本 古事記』三九‐四〇頁）。此れは「(」の前の二字までを写したところで、「)」の前の二字までを写したと思い込んだことによる誤りである。同じく、「布忍富鳥鳴海神（此神）娶若尽女神」（傍点括弧福島）とある箇所の（　）内を兼永筆本が一度は脱落させている（古典資料類従36『卜部兼永筆本 古事記』八九頁）が、此れも前例と同様の目移りの結果である。三谷栄一に、当該系譜的記事中の「事代主神」の次に来る「亦」の字がもと「此神」と記されており、「日名照額田毗道男伊許知迩神」とある箇所は、もと「日名照毗売(命)神生子額田毗道男神此神娶伊許知迩神」と記されていて、都合「十七世」だったのではないかとする意見がある（『日本文学の民俗学的研究』一七〇頁）。後の脱落については、其れが二箇所に跨って九文字に及んだとし、しかも三神が一神になってしまったとするので如何かと思われるが、前の誤記については、「此神」の二字が「亦」と変じたとするだけなので、可能性は充分にあり得ることと考えられる。

（9）本居宣長撰前掲書九之巻——『本居宣長全集』第九巻四一九頁。

（10）同上書一一之巻——『本居宣長全集』第九巻五一一頁。

（11）尾崎暢殃著『古事記全講』一七五頁。

（12）倉野憲司著前掲書第三巻三一〇‐三一一頁。新潮日本古典集成・西宮一民校注前掲書三八一頁。

（13）松岡静雄が八河江比売について、「葦那陀迦神の女とある」（『日本古語大辞典』語誌一二七七頁）としているが、如何なる書に「ある」のか判然としない。

(14) 許愼撰『説文解字』第一一下・龍部――一九七八年・中華書局影印同上書二四五頁。
(15) 韓嬰撰『詩外伝』巻五――『景印文淵閣四庫全書』第八九冊(経部八三詩類)八一七頁。
(16) 韋昭注『国語』巻五・魯語下――『景印文淵閣四庫全書』第四〇六冊(史部一六四雑史類)五九頁。また、『史記』に「水之怪龍、罔象」(巻四七・孔子世家第一七――中華書局出版同上書第六冊一九一二頁)とあり、同じ記事が『孔子家語』にも見える(巻四・辨物第一六――『景印文淵閣四庫全書』第六九五冊(子部一儒家類)四〇頁)。
(17) 呂不韋撰・高誘注『呂氏春秋』巻二〇・恃君覧第八・召数《(ママ)》――『景印文淵閣四庫全書』第八四八冊(子部一五四雑家類)四五三頁。
(18) 松村武雄著「天孫民族系神話と出雲民族系神話」――『古事記大成』第五巻神話民俗篇五三‐五四頁。
(19) 景戒録『日本国現報善悪霊異記』巻下「重‐斤取二入《ノ》者《ヲ》一又写二法‐花‐経《ヲ》一以現得《ニ》二善‐悪報《ノ》一縁《ヲ》第廿二」――『群書類従』第一六輯一〇四‐一〇五頁。
(20) 同上書巻下「用二寺‐物《ノ》一復《ヲ》将レ写《ル》二大‐般‐若《ヲ》一建《テ》レ願《ヲ》。以現得《ニ》二善‐悪報《ノ》一縁《ヲ》第廿三」――『群書類従』第一六輯一〇五‐一〇六頁。
(21) 此の三神については、拙稿「布怒豆怒神・布帝耳神・天之冬衣神について」(本書に収録)を参照されたい。
(22) 『吾妻鏡』「建久二年十一月二十二日」条――龍肅訳註同上書(岩波文庫)(三)四〇頁。
(23) 土御門通方著『飭抄』下――『群書類従』第六輯一九九頁。
(24) 『群書類従』(第一八輯)に収録されている成立年未詳の書『吉事略儀』には、「布綱」(七八九頁)の語が見える。但し、此の語は「ヌノノツナ」と発音されたとも考えられる。
(25) 寛永版本古事記への賀茂眞淵の書入れ(『賀茂眞淵全集』第二六巻四八頁)。眞淵は別に「太布乎」(同上)とも言うが、此れは理解し難い。
(26) 源順撰『倭名類聚鈔』巻第一二――風間書房刊同上書巻一二・24ウ。
(27) 同上書巻第一二――風間書房刊同上書巻一二・21オ。
(28) 本居宣長撰前掲書(『本居宣長全集』第九巻四一九頁)、日本古典文学大系67『日本書紀』(上巻一二七頁)など。
(29) 朱駿聲撰『索引本説文通訓定聲』(上)二六八頁。
(30) 藤原冬嗣・菅原清公・勇山文継・滋野貞主・桑原腹赤編『文華秀麗集』――塙保己一集『群書類従』巻一二四・8ウ。
(31) 松岡静雄著前掲書訓詁一五頁、語誌一一二三頁。また、同著『紀記論究 神代篇 出雲伝説』二三八‐二三九頁。

(32) 本居宣長撰前掲書一一之巻――『本居宣長全集』第九巻五一三頁。
(33) 例えば、『国宝 真福寺本 古事記』一三二頁六行目「須賣伊呂大中大中日子王」の第四字は、次に「自須至呂四字以音」と割注があって、「呂」であることが明白（有賀要延編『難字・異体字典』普及版四四頁）であり、同書一三三頁七行目「其所遣大碓命勿召上而」の下から三字は前後の文意から明らかに「召」であるが、此の二字は同字に見える。
(34) 此の字は「治」・「詔」と記す写本があるが、『日本書紀』の三毛入野命・三毛野命・稚三毛野命などから、「沼」が正しいとされている。
(35) 源順撰前掲書巻第六――風間書房刊同上書巻六・2ウ。
(36) 上代語辞典編修委員会編『時代別国語大辞典』上代編六八二頁。
(37) 源順撰前掲書巻第二――風間書房刊同上書巻二・3ウ。
(38) 同上書巻第二――風間書房刊同上書巻二・4オ。
(39) 『類聚名義抄』（観智院本）僧中一八――風間書房刊同上書第一巻一〇七四頁。
(40) 賀茂眞淵著『祝詞考』上巻――『賀茂眞淵全集』第七巻二一五頁。
(41) 本居宣長撰前掲書一一之巻――『本居宣長全集』第九巻五一一頁。
(42) 松岡静雄著『日本古語大辞典』語誌一一七七頁。
(43) 中島悦次著『古事記評釋』一四三頁。
(44) 中田祝夫／細田利政／北原保雄編『小学館 古語大辞典』七五六頁。
(45) 源順撰前掲書に「沼 唐韻云沼池也之詔反和名奴」（風間書房刊同上書巻一・16オ）とある。また、「応神記」に「新羅国有㆓一沼㆒。名謂㆓阿具奴摩㆒。自㆑阿下四字以㆑音」とある記事から、「沼」はヌマとも訓まれたと思われる。
(46) 催馬楽の「青馬」に「安乎乃末波奈礼波 止利川奈介 左乎乃万者奈礼波 と利川奈介」（日本古典文学大系3『古代歌謡集』四〇七頁。傍点福島）という表現が見える。また『日本書紀』巻第一四・「雄略天皇十三年春三月」条に、「馬八匹…（中略）…宇瀰能耶都擬」（傍点福島）とあり、「馬」と「宇瀰」とは明らかに対応している。
(47) 『萬葉集』に「青山之 石垣沼間」（巻第一一・二七〇七。傍点福島）と、ヌマ《（沼）》を「沼間」と記しているが、異例である。
(48) 卜部懐賢著『釋日本紀』巻五・述義一・神代上――『新訂増補国史大系』第八巻同上書七七頁。
(49) 倉野憲司著前掲書第三巻三一三頁。太田善麿にも「地方名としての筑紫のひびきがあらうか」（日本古典全書『古事記』

上巻二四七頁）という意見がある。

（50）源順撰前掲書巻第九――風間書房刊同上書巻九・18ウ。
（51）松村武雄著前掲論――『古事記大成』第五巻神話民俗篇五七頁。
（52）次田潤著前掲書一三七頁。
（53）新潮日本古典集成・西宮一民校注前掲書五八頁。
（54）拙著『記紀神話伝説の研究』四一三－四一九頁。

第三章　スクナビコナ神をめぐって

『日本書紀』巻第一の第八段（宝剣出現章）一書第四は、其の前半部に、素戔嗚尊が埴土で作った舟に乗り、新羅国曾尸茂梨の地より出雲国簸川上にある鳥上の峯に到った、と記すが、江戸時代に出来した出雲の地誌『雲陽誌』、『出雲国風土記』に名の出る神社の解説書で此れも江戸時代に作られた『出雲神社巡拝記』は、鳥上の峯（船通山また船燈山。船通路山とも）の麓にある鬼神大明神（鬼神）の社の辺りに、此の船が石と化して存在していると言う(1)。

平成五（一九九三）年十二月十二日、『朝日新聞』の朝刊は、「古墳時代の外洋船」と題して、島根県八束郡鹿島町佐陀本郷（旧、出雲国秋鹿郡の内）の稗田遺跡から出土した「準構造船」の「船べり板」について報じ、「同町教委」（鹿島町教育委員会か）が此れを「古墳時代前期（三世紀末‐四世紀初め）のものとみられる」としているとし、当該準構造船について、「日本海を往来する外洋航海に使われていたらしく、出雲地方が朝鮮半島などとの交流の拠点だったことを裏付ける資料という」と記した。

『日本書紀』巻第三十の「持統天皇三年春正月壬戌（九日）」条に、「詔㆓出雲國司㆒、上㆘送遭㆓値風浪㆒蕃人㆖」という記事が見えるが、黒沢石斎の『懐橘談』は、島根県の「千酌」条に、「浜のひろさ一里六十歩と云此より異国三韓へも渡れり」と記し、其の後に『日本書紀』の当該記事を引いている(2)。

『太平記』巻第三十九の「高麗《カウライ》人来朝ノ事」条は、中国・朝鮮を犯す所謂倭冦の事を語って、「依《テ》㆑之《コレニ》高麗國ノ王ヨリ、元朝皇帝ノ勅宣ヲ受《ケ》テ、牒使《テフシ》十七人吾《ワガ》國ニ來朝ス。此《コノ》使異國ノ至正《シセイ》二十三年八月十三日ニ高麗ヲ立テ、日本國貞治《ヂャウヂ》五年九月二十三日出雲ニ著岸《チャクガン》ス」(3)と記す。

江戸幕府が公布した法令、所謂御触書の中には、「長門／石見／出雲／肥前／筑前／壱岐　領分の浦方え朝鮮之漁船なと漂流之儀毎度之事ニ候」と記されるものがある。(4)

出雲名産「うっぷるい海苔」の産地「十六島」は、何故「ウップルイ」と読み、また「十六島」と書くのか明らかではないが、一説に古代朝鮮語と関わりがあるとも言われる。(5)

ある時、「鳥取、島根の山陰海岸を歩」いた、漂着物の観察者石井忠は、其処に「海岸をうめつくすような韓国製品」と「おびただしい量の漂着物」のあるのを目にして、其の事は、其れらの地域と「半島・大陸との密接さを感じさせるに充分である」と言っている。(6)

此処に掲げた幾つかの記事から私たちは、朝鮮半島の人々と出雲の人々との間に、ある時は意図して海を渡り、またある時は漂着するなどして、古くから交流のあった事を窺い知ることが出来る。『日本書紀』巻第一の第八段（宝剣出現章）一書第四が言う素戔嗚尊渡海のことも全く根拠の無い話ではなく、当該神話の作られた頃に、出雲と朝鮮との間に交通のあった事を反映したものと考えられる。

＊　＊

『古事記』の上巻は、須佐之男命による八俣遠呂智（知）退治譚以下に、主として出雲を舞台に、或いは所謂出雲系の神々を中心に展開される物語を語って、『日本書紀』に較べると饒舌であるが、其のような物語の一つに、

故、大国主神、坐㆓出-雲之御大之御前㆒時、自㆓波穂㆒、乗㆓天之羅-摩船㆒而、内㆓剝鵝皮㆒剝、為㆓衣-服㆒、有㆓帰来神㆒。尒、雖㆑問㆓其名㆒不㆑答。且、雖㆑問㆓所-従之諸神㆒、皆白㆑不㆑知。尒、多迩具久白-言、自㆑多下四字以㆑音。此者久延毗古

必知之即、召二久延毗古一問時、答白、此者神産巣日神之御子、少名毗古那神。（自レ毗下三字以レ音。）故尓、白三上於二神産巣日御祖命一者、答告、此者実我子也。於二子之中一、自二我手俣一久岐斯子也。（自レ久下三字以レ音。）故、与二汝葦原色許男命一、為二兄弟一而、作二堅其国一。故、自レ尓大穴牟遅与二少名毗古那一、二柱神相並作二堅此国一。然後者、其少名毗古那神者、度二于常世国一也。故、顕二白其少名毗古那神一、所レ謂久延毗古者、於二今‐者一山田之曾富騰者‐也。此神者、足雖レ不レ行、尽知二天下之事一神也。

と記された話がある。

此の度は、此の神話の有する意義、此の神話と其の前後に配置されている系譜的記事や神話との関わり、『古事記』が此の神話を載録した意図、などについて考察してみたい。

＊　＊

『日本書紀』巻第一の第八段（宝剣出現章）一書第六の末尾には、『古事記』の載録している上掲神話の異伝と思われる話が、

初大己貴神之平レ國也、行二到出雲國五十狭狭之小汀一、而且當飲食。是時、海上忽有二人聲一。乃驚而求之、都無レ所レ見。頃時、有二一箇小男一、以二白蘞皮一爲レ舟、以二鷦鷯羽一爲レ衣、隨二潮水一以浮到。大己貴神、即取置二掌中一、而翫之、則跳囓二其頰一。乃怪二其物色一、遣レ使白二於天神一。于時、高皇產靈尊聞之而曰、吾所產兒、凡有二一千五百座一。其中一兒最惡、不レ順二教養一。自二指間一漏墮者、必彼矣。宜愛而養之。此卽少彥名命是也。

と見える。

＊　＊

『古事記』の記事に登場する多迩具久の語義については、其れがタニとグクとの二語で成っていると解して、

「蟾蜍《ヒキガヘル》のことにて…（中略）…具久《グク》は鳴《ク》声によれる名、谷と云は、物のはざまに居《ル》物なる故なり」(7)とする説、また、「蟾蜍をたにぐゝと云は、谷潜《タニグヽ》の意にて、いかに狭き挟間《ハザマ》（ママ）にても、よく潜りぬくる物なる故に云」(8)とする説、更にまた、タニグクを一語と見て、「鳴声から出たところの擬声音的名詞」(9)とする説がある。前の二説は、タニを「狭間・谷間」と解することでは一致しているが、グクの解釈を異にしており、一方が其れを鳴き声とするのに対し、他方は「潜る」の意であると言う(10)。

多迩具久の語義については上記三説の孰れに与するのが良いか俄には決め難いが、其の実体については、蟾蜍をタングク・タング(11)、ダンゴク(12)或いはタンゴク(13)、タンギャク(14)と言う地方があって、其れらとタニグクの語とが似通うことから、古く蟾蜍がタニグクと称されたとすることでほとんどの説が一致しており、『萬葉集』巻第五・雑歌に「多尒具久能 佐和多流伎波美」（八〇〇）とあり、「祈年祭祝詞」に「谷蟆能狭度極」とあることなどを思えば、多迩具久を蟾蜍とすることに疑いを差し挟む余地は無いように思われる。

蛙（䵷）は、中国の南部の地方の人から、「田鶏」と呼ばれ(15)、また其の一種に「土鴨」(16)と称されるものもおり、我国でも『後撰和歌集』巻第十二・恋四に「田のほとりに蛙《かへる》の鳴《な》きけるを聞《き》きて」、また『新古今和歌集』巻第十六・雑歌上に「小田《をだ》の蛙《かはづ》の夕暮《ゆふぐれ》の声」といった表現が見られ、「みくさ清きあせの夕くれは。秋ならねども哀多かれど。蛙といふものはえせたるむしにて。人のあしになれ来て。ともすれば沓の下にしかれ。うでをひしがれ身をあやぶむ」(17)などとも言われるように、田や田を仕切る畦、また土との関わりが大きい生物である。

蛙の一種蟾蜍は、俗称を蝦蟇《がま》と言われ、必ずしも水田にのみ棲息している訳ではないが、此れも「蟾蜍。土之精也。上應月魄。而性靈異。穴土食蟲」(18)、また「蝦蟇大者名田父」(19)、「黒蝦蟇陶隱居本草注二云蝦蟇黒色謂之蛤子和名豆知加閉流」(20)、「數千蝦蟇東西相分、隔二田畦一而闘」(21)などと、中国や我国で土や田との関わりの大きいことが指摘されている(22)。恐らく、『古事記』の当該記事が出来した頃にも、我国の古代人により蟾蜍は、其れが実見される田圃との間に少なからぬ関わりを有すると認められていたものと思われる。

多迩具久の発言中に出る久延毗古は、『古事記』の当該記事の末尾に、「山田之曾富騰」であるとされているが、「山田之曾富騰」については、ソホドを「ソホ（赤土）・ド（人）」と解するか、「濡れる」意のソホツ《(ヅ)》にド（人）の付いた語とするかで意見が分かれるが、ヤマダが「山の田」の意であり、其の実体が所謂案山子であるとする事では諸説一致しており、其れが雨風に晒されて、長い年月の間に崩壊する事から、其の語義がクエ（「崩れる」意のクユの連用形）・ヒコ（男子であることを示す「彦」）と解されている。久延毗古が農耕と密接な関わりを有する事については、其れが『古事記』の言うように「山田之曾富騰」であるとすれば、ソホドを上記二説の孰れに解するとしても、其れが言われるように案山子であるとされる事と、「山田」の表記とから多言を必要としないだろう。

『古事記』の当該記事において少名毗古那神が其の子であるとされている神産巣日神と、同記事に対応する『日本書紀』の記事において、少彦名命がやはり其の子であるとされる高皇産霊尊とは『日本書紀』巻第一の第一段（神代七代章）で、「天地初判」と始まる一書第四の「又曰」以下に「高天原所生神名、曰㆓天御中主尊㆒。次高皇產靈尊。次神皇產靈尊。皇產靈、此云㆓美武須毗㆒」とあり、『古事記』の上巻より所謂序文の部分を除いた其の冒頭部に、「天地初発之時、於㆓高天原㆒成神名、天之御中主神。訓㆓高下天㆒云㆓阿麻㆒。下效㆑此。次、高御産巣日神。次、神産巣日神」とある事からすれば、神御産巣日神とあって明らかに別神（尊）であり、神産巣日神は『日本書紀』の神皇産霊尊の表記と訓注とによれば、神皇産霊尊と表記されて然るべきかと思われ、また、二神（尊）の名と表記文字より推して、タカミムスビ・カミムスビと一対を成すと考えられるが、二神（尊）に共通するムスビは、本居宣長が、「産巣《ムス》は生《ムス》なり、…（中略）…物の成出《ナリイヅ》るを云《フ》…（中略）…日《ビ》は、書紀に産霊《ムスビ》と書《カカ》れたる、霊《ノ》字よく当れり、…（中略）…産霊《ムスビ》とは、凡て物を生成《ナ》すことの霊異《クシビ》なる神霊《ミタマ》を申すなり[23]」と言うように、「生成・生産」の意を表わすと考えられている。

此処では、『古事記』上巻に載録された「蚕と五穀の発生起源譚」が、殺害された大気都《(宜津)》比売神の身体各部に、蚕・稲種・粟・小豆・麦・大豆の生じた事を語って、末尾に、「神産巣日御祖命、令㆑取㆑茲、成㆑種」と記している事と、此れも同書の上巻が、「兄弟、八㆐十神」に一度は殺された大穴牟遅神を、𧏛貝比売と蛤貝比売とを派遣して蘇生させたのが神産巣日之命であるとしている事とに注目し、ムスヒの神が、穀物また「死と再生」とに関わっている事と、「蚕と五穀の発生起源譚」において「死と再生」が、大気都《(宜津)》比売神の死・五穀の発生として暗示されているのと同時に、草木に一度火を放って新たに農作物を栽培する「焼畑農法」を連想させる事とを指摘しておく。

スクナビコナ神については、『古事記』の当該記事に、大穴牟遅神との国作りの事が言われ、また、『日本書紀』巻第一の第八段（宝剣出現章）一書第六の冒頭部分にも、「大己貴命、與二少彥名命一、戮レ力一レ心、經二營天下一」と記されている。更に、『出雲国風土記』の「飯石郡多禰郷」条に、「所レ造二天下一大神、大穴持命與二須久奈比古命一、巡二行天下一時、稲種墮二此處一、故云レ種〔神龜三年改二字多禰一〕」と、また更に、『播磨国風土記』の「餝磨郡枚野里」条下に、「所三以稱二筥丘一者、大汝少日子根命、與二日女道丘神一期會之時、日女道丘神、於二此丘一、備二食物及筥器等具一。故號二筥丘一」、同「揖保郡稲種山」条に、「大汝命少日子根命二柱神、在二於神前郡堲岡里生野之岑一、望二見此山一云、彼山者、當レ置二稲種一、即遣二稲種一、積二於此山一。々形亦似二稲種一。故號曰二稲種山一」、同「神前郡堲岡里」条に、此れも其の地名の起源を語って、「昔、大汝命與二小比古尼命一相爭云、擔二堲荷一而遠行、與二不レ下レ屎而遠行一、此二事、何能爲乎。大汝命曰、我不レ下レ屎欲レ行。小比古尼命曰、我持二堲荷一欲レ行。如レ是相爭而行之。巡二數日一、大汝命云、我不レ能レ忍レ行。即坐而下レ屎之。爾時、小比古尼命咲曰、然苦、亦、擲二其堲於此岡一。故號二堲岡一」とあって、表記文字に異同があり、時に「大汝少日子根命」と一神であるかのように扱われているが、此れらの記事に見える大穴持命・大汝命が大穴牟遅神（大己貴命）であり、須久奈比古命・少日子根命・小比古尼命が少名毘古那神（少彦名命）であるとする事には疑いを差し挟む余地が無いと思われる。

スクナビコナ神の名は、オホアナムチ《(ヂ)》・オホアナモチ・オホナムチの孰れかとの対称であるとして解すべきか、一条兼良が「此神身形短小。故得此名」(24)と述べているように、其の身体的特徴に基づく其れであると解するのが妥当か、俄には決め難い(25)が、上に掲げた「風土記」の記事において、同神と「稲種」との関わりが言われ、(26)また堲岡条の記事にしても、『日本書紀』に「土神埴山姫」（巻第一の第五段一書第二・第三）という記事もあり、埴即ち土であるから堲（埴）と屎とが、農耕に欠くことの出来ない土と、其れに必要な肥料という関わりによって出されているのだとすると、スクナビコナ神は、稲や農耕と密接な関わりを有する存在態と看做されていたと考えられる。

我国の古代人によって、スクナビコナ神が農耕と密接な関わりを有すると考えられていた事は、『日本書紀』巻第一の第八段（宝剣出現章）一書第六が少彦名命について、「至二淡嶋一、而縁二粟莖一者、則彈渡而至二常世郷一矣」と、粟との関わりを述べている事や、『釋日本紀』巻第七に引かれた『伯耆国風土記』にも、粟嶋の地名起源を語って、ほぼ同じ記事が見られ、其処には、「少日子命蒔レ粟。莠實離々」とも記されている事によって知ることが出来る。

＊　＊

今回考察の対象として採り上げた神話には、見たように、多迩具久・久延毗古・神産巣日神・少名毗古那神と、農耕に少なからぬ関わりを有する動物と物体と神々の名とが挙げられている。少名毗古那神と国作りをしたとされる大穴牟遅神にしても、『播磨国風土記』に、「大汝命、積レ俵立レ橋」（揖保郡御橋山条）、「昔、大汝命、造レ碓稲舂之處者、號二碓居谷一。箕置之處者、號二箕谷一。造二酒屋一之處者、號二酒屋谷一」（賀毛郡下鴨里条）、「大汝命、令レ舂二稲於下鴨村一、散レ粳飛二到於此岡一。故曰二粳岡一」（同粳岡条）などと、スクナビコナ神の名が併記されずに、俵・碓・箕・酒屋・稲・粳などとの関わりを言われる記事が見える。

右のような事を考慮して、いま一度スクナビコナ神について考えてみると、彼自身が「稲種」(27)と関わりを有し、「粟莖」に彈かれたとされ、大己貴神が「掌中」に玩んだところ其の頬に齧みついたとあるので、彼が米或いは粟の果実といった穀粒を神格化したものであると知れる。

『古事記』中巻の「仲哀天皇」条と『日本書紀』巻第九・「神功皇后摂政十三年春二月」条とに載録された歌謡では、「とこよ《(常世)》にいます《(坐)》…すくなみかみ」が、酒の醸造と関わりある事が言われている。此のスクナミカミは、スクナビコナ神であるとされているが、見たように『播磨国風土記』における大汝命が、「酒屋」また「稲」と関わっている事を思えば、スクナビコナ神を米或いは粟の果実の神格化された存在態とする事と、同神が酒造りに関わっているとされる事とは矛盾しないだろう。

スクナビコナ神について、神産巣日御祖命が、「自二我手俣一久岐斯子也。自レ久下三字以レ音」と言い、高皇産霊尊が、「自二指間一漏堕者、必彼矣」と言ったのも、徴小な穀粒を摑もうとして摑みきれず、手指の間より落としてしまった、という誰にもある経験を踏まえての表現であると思われる。(28)

スクナビコナ神が、米或いは粟の果実のような穀粒を神格化した存在態であるとすると、微小な身体の彼が、『古事記』で「鵝皮」をまる剝ぎにして衣服とし、「天之羅-摩船」に乗っていたとされるのは、其の大小の関係において些か不自然ではある。誤字説もあって其の解釈が定まらない「鵝」を、今、字義通りに「がちょう」と解し、「羅-摩」を『倭名類聚鈔』に「芄蘭 本草云蘿摩子一名芄蘭上音丸和名加加美」(29)とあるのによって、通説のように「ががいも」(30)と考え、其の果実の二分したものが船として利用されたのだとすると、鵝を孵化したばかりの其れと考えても、此の二者が既に大小の関係で調和を欠いているように思われる。

当該神話が口承伝達或いは伝写される間に、成長・変化することもあっただろうと考えると、「鵝」・「羅-摩」は、孰れか一方或いは双方ともに、本来出されていた物が変わってしまったと考えられる。

其の実体は種子其の物であった、穀粒としてのスクナビコナ神が、やがて人間と同じような身体をした穀霊であると考えられることにより、何時しか其の実体を忘れられ、しかし人々の脳裡には其れが「小さい」存在であるという記憶は残って、穀粒よりはずっと大きく、人の掌に乗る程度に想定された同神に合わせて其の乗り物が「羅-摩」の船となり、衣服も相応の物を利用しての其れとされたのだろう。此の時に衣服が「鵝」とされたのならば、其れは、例えば『日本書紀』で「蝮《まむし》」の字が「あわび」の意で用いられたように(31)、「がちょう」ではなく、別の物を指す文字として使用されていることになる。「鵝」を字義通りに考えると、衣服だけが更に変化したことになるが、当該神話が口承伝達される間に、船と衣服のうち一方だけが変化して、二者の間で大小の調和を欠くことはまず考えられないから、其の場合は、神話が記録されて後の誤写によると考えざるを得ない。

『日本書紀』巻第一の第八段（宝剣出現章）一書第六に、少彦名命が「鷦鷯」の羽を衣とし、「白蘞」の皮を舟として到来した、とあるのも、『古事記』の当該神話の場合と同様に、発生原初時の神話を其の儘に伝えるものではなく、其れが、成長・変化した後の表現であると思われる。

＊　　＊

見たように、『古事記』に載録された当該神話には農耕との関わりが顕著に認められ、しかも、スクナビコナ神が、米或いは粟の果実を神格化した存在態であったとすると、少名毗古那神が船に乗って、「出雲之御大之御前」にやって来たという当該神話は、其の前後に配置されている神話と無縁のものとして一個の独立した神話であった頃、粟作や稲作などの農耕文化、とりわけ其れが伝わるや瞬く間に我国の広い範囲に波及していった稲作文化が、海を渡って出雲の地に伝えられた事実を語ろうとしたものであったのではないか、と考えられる。

スクナビコナ神には、見てきたように粟との関わりも認められ、当該神話は、はじめ粟の伝来を語るものであったのが、粟に後れた稲の伝来をも語るために利用されたとも考えられるので、今、「粟作や稲作などの農耕文化」と表現したが、当該神話の成長・変化の過程が判然とせず、粟も出雲に伝わったとされていたのか否か俄には決め難いので、暫く其れを、スクナビコナ神との関わりが粟より濃厚に窺われる、稲と其の文化の伝来を語るものとだけ考えておく。

我国の稲は中国から伝播したとされているが、其の経路については、「江淮《こうわい》地域（揚子江・淮河《わいが》流域地方）から朝鮮半島南部を経由して北九州に至るコース[32]」が主要な其れであったとする説、「浙江省南部方面から東支那海を渡って西北九州へ直接渡来し[33]」たとする説、「北支より恐らく朝鮮半島を経て我国に伝来し[34]」たとする説、「人が大陸から稲の種を携へて、…（中略）…南から北へ、小さな低い島から、大きな高い島の方へ進み近よつた[35]」と言う説などがあって判然としないが、真実の経路がどうであれ、当該神話の創作者、また伝承・保存者たち、更には、『古事記』の編纂者は、稲と其の文化が海の彼方の地から出雲に伝えられたと考えていたのではないか。

『伯耆国風土記』に少日子命の名が見え、同神と粟との関わりが述べられていることからすれば、我国の海沿いの土地にはそれぞれに、農耕文化が海の彼方より伝来したことを語る神話が存在したと思われるが、『古事記』が当該神話を載録したことには、後述するようにいま一つ別の意図があったのと同時に、農耕文化、其れも『古事記』が語る少名毗古那神に関わる話を見る限りでは稲作文化、の伝来の地を出雲だとする理解が、其の編纂者にあったからだと考えられる。

当該神話の原初形態が如何なるものであったか定かではないが、『日本書紀』が載録した伝承においても、少彦名命は「出雲國五十狹狹之小汀」に舟に乗って到来したとされているので、稲作文化が出雲に伝えられたという話柄は、『日本書紀』の編纂者によっても確かな事だと認識されていたように思われる。

今回考察の俎上に載せた『古事記』の神話と、其の異伝と思しき『日本書紀』巻第一の第八段（宝剣出現章）一書第六が語る神話とには、其れらを派生せしめた一個の神話が存在したと思われるが、其の創作者が我国への稲作文化の伝来の事を思いつつ、スクナビコナ神の出雲への到来を語り、また其の神話と記紀両書の載録しているそれぞれの神話の伝承・保存者たちが、其れが産み出された観念・思想の如何なるものであったかを理解していたとすると、記紀の載録した神話には、スクナビコナ神が何処からやって来たかが語られていないけれども、彼らには其処が特定の土地であるとする暗黙の諒解があったと思われる。此の事情は、記紀両書の問題の神話の孰れか一方が母体となって、他方が産み出されたのだとしても、変わるまい。

彼らは、朝鮮を其の土地であると考えていたと私は思う。出雲と朝鮮半島とは地理的に近いだけではなく、本論の冒頭に見たように、古い時期から双方の人々によって実際に交通が行なわれていたのであり、出雲或いは其の地の近隣の人々にとって、海の彼方の土地といって直ちに思い浮かぶのは朝鮮であり、スクナビコナ神が海の彼方よりやって来たという時、其の出発の地が何処であったかは、語る必要も無い事だっただろう。
稲作文化が伝えられたのは朝鮮からであったとする思想が、我国古代人の間に存在したことは、『古事記』上巻に見える、大年神以下の神々の系譜によっても此れを窺うことが出来る。(36)

＊　＊

『古事記』に載録された当該神話において、少名毗古那神は大穴牟遅神と共に国を作り堅めた後、常世国に渡ったとされ、『日本書紀』巻第一の第八段（宝剣出現章）一書第六においても、少彦名命は既に見たように、粟茎に弾かれて常世郷に至ったとされ、また、其の事が言われる直前にも、「少彦名命、行至二熊野之御碕一。遂適二於常世郷一矣」と記されている。

「常世国（郷）」は、今日普通には、我国の古代人により海の彼方にあると考えられていた想像上の異郷であると解され、現実に存在する特定の土地とされることは無い。しかし、此処で考察の対象としている『古事記』の神話と、其の異伝と思われる『日本書紀』巻第一の第八段（宝剣出現章）一書第六の神話において、スクナビコナ神が行ったとされる其の地は、此れらの神話の創作者や伝承・保存者たちによって、朝鮮であると考えられていたと思われる。

『古事記』中巻の「垂仁天皇」条と『日本書紀』巻第六・「垂仁天皇九十年春二月」条に、天皇がタヂマモリを常世国に派遣したとする記事が見えるが、此れはタヂマモリの祖先が、新羅王の子とされるアメノヒボコである事と無縁ではなく、当該伝承の発生時に、常世国が朝鮮半島の一部である新羅国と同一視されていた事実を物語っていると考えられる。

今回考察の俎上に載せている神話が創られた頃に、米或いは粟の果実を神格化した存在態が、朝鮮より我国を訪れ、やがて朝鮮へ帰って行った、とする観念・思想が、我国古代人の間に確かに存在したらしいことは、前に記したように、『古事記』上巻における大年神以下の神々の系譜を述べる件が、稲作文化の朝鮮よりの伝来を語っていると思われる事と、『古事記』上巻の最末尾、また『日本書紀』巻第三・「神武天皇即位前紀戊午年六月」条に、カムヤマトイハレビコノミコト（神武天皇）の兄（弟とも）にして、「ケ（食物）」の語を其の名の一部に有する御毛沼命（三毛入野命）が、それぞれ「跳二浪穂一、渡二坐于常世国一」、「蹈二浪秀一、而往二乎常世郷一矣」と記されている事とによっても窺われる。

古く我国に、天皇家の祖ハツクニシラススメラミコトは朝鮮より渡来した人である、とする伝えが存在したのではないかと思われる節のある[37]一方に、「始馭天下之天皇」（紀巻第三・神武天皇元年春正月条）と称される初代天皇神武自身ではないが、其の兄（弟）が常世国《(郷)》へ渡ったと記紀両書に記されている事実のあることは、何やらスクナビコナ神が我国に渡来し、後に常世国《(郷)》へと去って行った事を、朝鮮より渡来して朝鮮へと帰って行った、と解するための裏付けになるようで興味深い。

＊　　＊

『古事記』における問題の神話は、其の前に大国主神の系譜を、其の後に、「於レ是、大国主神、愁而告、吾独何能得レ作二此国一。孰神、与レ吾能相二作此国一耶。是時有二光レ海依来之神一。其神言、能治二我前一者、吾能共-与相作成。若不レ然者、国難レ成。尒、大国主神曰、然者治奉之状奈-何、答言、吾者、伊二都岐奉于倭之青垣東山上一。此者、坐二御諸山上一神也」という記事を配している。此の結合が、『古事記』の編纂者によって為されたのか、或いは同書編纂の時よりも前に、既に何者かによって為されていたのか定かではないが、其れらを結合させるに至った理由のおおよそは推察出来るように思う。

恐らく、大国主神と大穴牟遅神とが既に同一神と考えられていたとすれば、まず大国主神から大穴牟遅神のことが連想され、次いで其の大穴牟遅神が「國作大己貴命」（紀巻第一の第八段一書第六）、「所レ造二天下一大神、大穴持命」（出雲国風土記）と、「国作り」・「天下造り」に関わったとされていた事と、二神一対で其の名の挙げられる事の多かった大穴牟遅神と少名毗古那神の事とが考えられ、更に此の二神による「国作り」譚へと、其の結合を図った者の考えが及んだのであろう。また、大国主神と大穴牟遅神とが同一神とはされていなかった時期に、此の結合が為されたのであれば、「国作り」・「天下造り」の事によって大己貴命・大穴持命（大穴牟遅神）が、「国の大いなる主」の意を名とする「大国主神」と結合され、後者の系譜と「大穴牟遅与二少名毗古那一、二柱神相並作二堅此国一」（傍点福島）という表現を含みもつ当該神話とが、連続するものとされたのだろう。

一方、当該神話と上に掲げた「於レ是」以下の記事とは、海の彼方より寄り来る神と国作りのこととが共通した構成素になっており、此れらによって二者結合のことが為されたとも考えられるが、あるいは其れは偶然の一致であって、本当は後に述べるような理由から、後者に三輪山の神のことが語られていることで、二者の結合が行なわれたのかも知れない。

なお、『日本書紀』巻第一の第八段（宝剣出現章）一書第六では、『古事記』の「於レ是」以下の記事とほぼ同じ事柄について述べる記事が、大己貴神と少彦名命の遭遇を語る記事の前に置かれている。

* *

『古事記』の「於レ是」以下の記事は、「御諸山」のミモロの語義や、「坐二御諸山一神也」とある箇所が、『日本書紀』に「此大三輪之神也」とあるのと対応することなどから、三輪山と関わることが明らかであるが、三輪山については所謂三輪山伝説が連想され、其れは朝鮮半島と少なからぬ関係のあることが此れまでに指摘されている。従って、『古事記』においては、当該記事の前後——後には所謂大年神の系譜的記事が続く——を通じて朝鮮の存在が認識されるのであるが、此れが偶然によるのか、何らかの意図に基づくのかは判然としない。

ただ、日本人が古く多大の文化的恩恵を蒙ったにも拘わらず、何時の頃からか朝鮮半島の人々を蔑視するようになったことと、『古事記』において出雲国と「伊那志許米上志許米岐此九字以レ音。穢国」とされる黄泉国とが隣り合っていることを合わせ考えると、問題の箇所は出雲国と朝鮮半島との関わりを強調するため、『古事記』の編纂者により意図的に配置されたのではないかと考えられる。

大国主神に国譲りをさせた天皇家の祖先神の功業を誇大に宣伝するために、実際よりも遙かに大きく出雲を扱う一方で、逆に貶めることも忘れなかった『古事記』の編纂者は、所謂国譲り譚に近い箇所に、出雲と朝鮮との関わりを語る神話や系譜的記事を一括して載録し、其れでもなお過大評価した分に見合わないと考えて、更に、黄泉国と出雲国とを隣り合うかの如くに表現したのではないか。『古事記』における出雲の「大きさ」は、其れがあったが儘に記されているのかも知れない。しかし、それでも同書の編纂者は、やはり其の扱いを「過大評価」と考えたことだろう。

注

(1) 黒沢長尚撰『雲陽誌』巻之五・仁多郡——蘆田伊人編『大日本地誌大系』雲陽誌一六三頁。渡部彝撰『出雲神社巡拝記』巻之七・87ウ－88オ。

(2) 黒沢石斎著『懐橘談』上——『続々群書類従』第九・四一九－四二〇頁。

(3) 『太平記』巻第三九・「高麗《カウライ》人来朝ノ事」条——日本古典文学大系36同上書三・四五〇頁。此の出来事を瑞溪周鳳の『善隣国宝記』は、「古記曰、二月十四、高麗使ノ萬戸左右衛保勝中郎将金龍、検校左右衛保中郎将於重文到二著攝津國ノ福原ノ兵庫島一、通レ書」(巻之上・「後光厳院貞治六年丁未」条——『改訂史籍集覧』第二一冊同上書三〇頁)と記し、高麗の使者は、摂津国に到着したとしているが、中村栄孝は、「報恩院文書」に見える当該高麗国使に関する記事(『大日本史料』第六編之二七・八二〇－八二四頁)に、「至杵築…(中略)…十二月十六日渡海伯耆國」とある事と『太平記』に出雲着岸後、「道驛ヲ重ネテ」京都に至ったとある事とから、九月二三日に高麗の使者が出雲の杵築に到着したのであって、「海路から瀬戸内海へ廻航させられて兵庫に着いたと考えるのは誤りとしなければならない」と言う(『日鮮関係史の研究』上巻二一〇頁)。田中健夫は、『後愚昧記』の「(貞治六年)三月二十四日」条(『大日本史料』第六編之二七・八一九－八二〇頁)に、「蒙古幷高麗使」が書状や方物を出雲で掠め取られたとあるから、「治安が乱れている当時にあっては、やや異例ではあるが、難を避けて瀬戸内海へまわったと考える余地もあるのではなかろうか」(訳注日本史料・田中健夫編『善隣国宝記・新訂続善隣国宝記』五四七頁）と言うが、高麗の使者が始め出雲に到着した事は明白である。大艸公弼編『南山巡狩録』も、「太平記幷に善隣國寶記を合考」したとして、「高麗の王使及ひ元朝皇帝の勅使…（中略）…高麗をたち出雲國に著岸し程なく入洛」したと記している（巻第一二・「後村上院　正平廿一年丙午　北朝貞治五年　九月大廿三日」条――『改定史籍集覧』第四冊南山巡狩録四五七頁）。

（4）『御触書天保集成』一〇五「異国船并漂着船等之部」――高柳真三／石井良助編同上書下八五四‐八五五頁。

（5）中村徳五郎著『日本神代史』四五頁。金関丈夫著「十六島《ウップルイ》名称考」（『考古と古代』所収）。藤岡大拙著「十六島鼻」――池田末則／丹羽基二監修『歴史と文化を探る　日本地名ルーツ辞典』七一〇頁。大槻文彦著『大言海』は、「朝鮮語ニおッぷりト云フ地名アリ、変化アリシ地ノ意ト云フ、関係アリヤ」（第一巻四〇七頁）と、朝鮮語との関わりを疑っている。なお、『出雲国風土記』に出る楯縫郡自毛埼の地名について、加藤義成著『修訂出雲国風土記参究』は、其処が現在「牛の首」と言われる岬であると言い、曾戸茂梨の地名との関わりを指摘して、「背景には、上古の朝鮮と出雲との来往の歴史が秘められているようである」（三〇二頁）と言っている。ウップルイについては、黒沢石斎が、「十六島…（中略）…十六善神影向の地なりとぞ…（中略）…水底の海苔を取て露打振ひ〳〵日に乾しければ打ふるひ海苔といふをだみたる声にてウップルイといひ十六善神島の海苔と文字に書ては言葉長々敷故に善神を略して俗のウップルイといふを其まゝ文字によみならはしたりと見えたり」（前掲書下――『続々群書類従』第九・四二四頁）と言い、山崎美成が此の説を紹介し（『三養雑記』巻之四――『日本随筆大成』第二期第六巻一四四‐一四五頁）、別に、十六島は十六善神島の略であるが、ウップルイは「この海苔を海よりとりいでたる時は、殊の外砂多く付て、食料にたへず、よつて幾度となく打ふるひ、漸々砂を去る由…（中略）…打ふるひの音便也」（『海録』巻之三――国書刊行会発行同上書八二頁）とも言う説がある。黒沢石斎以後、貝原篤信が「露ヲ打フルヒテホス故ニ名ツクト云」（『大和本草』巻之八・草之四・海草類・「紫菜《アマノリ》」条――春陽堂版同上書第一冊三二三頁）と言い、小野蘭山が「露ヲ打フルヒテ乾ス故ニウップルヒト名ク」（『本草綱目啓蒙』巻之二四・菜之四・「紫菜」条――早稲田大学出版部発行同上書三七七頁）と述べていたのが、狩谷棭斎に至り、「打振ひて砂を去る故名付けしと云ふ」（『毎条千金』――日本古典全集刊行会板『日本古典全集』狩谷棭斎全集第三・二〇五頁）と変じ、渡部彝は「打ふるふ故」（前掲書34ウ）にと言い、高田与清は「打篩《ウチフルヒ》て製造するゆゑの名歟」（『松屋筆記』巻之三八・「（十七）十六島藻《ウツフルヒノリ》」条――国書刊行会発行同上書第一・一六〇頁）と言っている。吉田東伍は『懐橘談』の説を紹介して、「是非を知らず」（『増補大日本地名辞書』第三巻三七七頁）と言い、後藤蔵四郎は同説を「デタラメ」（『出雲国風土記考證』二〇一頁）と決めつけ、近年、露或いは砂を「打ふるう」故に名付けられたとする説を述べる者を見ない。朝鮮語による解釈、「打ふるう」の語と関わらせる説の他に、アイヌ語によって解釈したと思われるチェンバリン（Cham'berlain）の説（梶谷泰之著『へるん先生生活記』一六〇－一六一・九五－九七頁。同書によれば、ウップルイは、「霧がこめる地」或いは「ひどく踏みつける」意とされているが、前者については十六島近辺に温泉のある事が前提条件であるとされており、後者は前者に較べ妥当性に欠けるとされている。梶谷は、「十六島の附近に温泉はない」ので、「霧がこめる地」という解釈は当らないとしている）、坪井九馬三の「マラヨ・ポリネシア系のチアム族」の言語によって解する説（『我が国民国語の曙』一五〇頁）がある。白井光太郎はチェンバリンの説を支持したか、「多分アイヌ語ナルベシ」（前掲『大和本草』第一冊三一三頁頭注）という。坪井の説は信じ難いが、ウップルイを「霧雨の野良の義」として、何故かチェンバリンの解釈（前者）に似る。水野祐に、朝鮮語によって「大きな村」（『出雲国風土記論攷』一八六頁）と解する説もあり、暫く、朝鮮語によるとする説に従っておく。なお、黒沢長尚は石斎と同じ説を述べている（前掲書巻之九・楯縫郡――蘆田伊人編『大日本地誌大系』同上書二七九－二八〇頁）。

（6）石井忠著『海辺の民俗学』八七頁。

（7）本居宣長撰『古事記伝』一二之巻――『本居宣長全集』第一〇巻五頁。此の意見に与するものに、池辺義象編『古事記通釈』（一四一頁）、堀岡文吉著『国体起源の神話学的研究』（三九頁）がある。同じ意見を述べるものに、田中義能著『古事記概説』（二四八頁）、倉野憲司著『古事記全註釈』（第三巻三一三頁）がある。

（8）橘守部述『難古事記伝』巻第四――『新訂増補橘守部全集』第二・二五九頁。此れとほぼ同時期に同じ意見を述べたものとして、伴信友著『高橋氏文考注』（第一章――国書刊行会編『伴信友全集』巻三・八二頁）があり、其れらより先に、契沖撰『萬葉代匠記』が、「タニク、ハ…（中略）…蝦《カヘル》ノ異名ナリ」（巻第五――岩波書店版『契沖全集』第三巻二七頁）とし、橘千蔭著『萬葉集略解』（巻五――橘千蔭著・正宗敦夫校訂『諸訓参考萬葉集略解』上巻四六二頁）、岸本由豆流著『萬葉集攷證』（巻五――『萬葉集叢書』第五輯のうち萬葉集攷證第五巻三〇頁）が、いずれもタニグクを蝦蟆として、同じ意見を述べている。また、谷川士清纂『和訓栞』（井上頼圀／小杉榲邨増補『増補語林和訓栞』中三六三－三六四頁）も此れらと同意見である。尾崎暢殃著『古事記全講』（一七八頁）、日本古典文学全集1『古事記 上代歌謡』（一〇九頁）、新潮日本古典集成・西宮一民校注『古事記』（七四頁）などが此の説を唱える。

（9）松村武雄著『日本神話の研究』第三巻三九八頁。日本思想大系1『古事記』が此の説を挙げ、「妥当か」（三四六頁）としている。なお、松本信広に松村武雄と同意見と思しき説がある（「和邇其他爬虫類名義考」――『史学』第二〇巻第三号一三九頁）。

（10）タニについては特に言及しないが、グクを鳴き声とするものに、小寺清之著・河村元重校『老牛餘喘』（初編上――『続日本随筆大成』第一〇巻二九一頁）、比屋根安定著『日本宗教史』（六二頁）などがあり、同様にして、グクを「潜る」とするものに、西郷信綱著『古事記注釈』（第二巻一二五頁）がある。

（11）伴信友著前掲書第一章――国書刊行会編『伴信友全集』巻三・八一頁。

（12）南方熊楠著「「谷ぐく」という古名」――『南方熊楠全集』第六巻三〇三頁。

（13）神坂次郎編著『紀州の方言』三五一頁。

（14）柳田国男著『国語史新語篇』――『定本柳田国男集』第一八巻四一五頁。同じ箇所で柳田は、タンゴクの語についても触れている。なお、永田直行撰『菊池俗言考』にはタンガクの語が見える（国語学大系『方言二』一八九頁）。

（15）李時珍撰『本草綱目』第四二巻虫部・「鼁の項・釈名」条――一九五四年・商務印書館出版同上書第六冊二二の三三頁。朱駿聲撰『説文通訓定声』は、「鼁」の項に、「以脰鳴者蘇俗謂之田雞」（解部第一一・34ウ）としている。なお、注（22）参照。

（16）『爾雅』巻下・釋魚第一六――郭璞注・葉自本糾譌・陳趙鵠重校同上書（叢書集成初編）一一七頁。「土鴨」の語は、陶弘景の説にも見える（唐愼微撰・曹孝忠校・寇宗奭衍義『證類本草』巻二二・虫部下品・「鼁」条――『景印文淵閣四庫全書』第七四〇冊（子部四六医家類）九二二頁）。

（17）鴨長明？著『長明四季物語』・「四月」条――『続群書類従』第三二輯上四三一頁。

（18）李時珍撰前掲書第四二巻虫部・「蟾蜍の項・発明」条――一九五四年・商務印書館出版同上書第六冊二二の二九頁。

（19）同上書第四二巻虫部・「田父の項・集解」条――一九五四年・商務印書館出版同上書第六冊二二の三五頁。

（20）源順撰『倭名類聚鈔』巻第一九――風間書房刊同上書巻一九・24ウ。

（21）谷川士清著『鋸屑譚』――『日本随筆大成』第一期第六巻四三二頁。

（22）中国の本草書には、蟾蜍と蝦蟇を同物とすることに異を唱えるものがあり、李時珍の『本草綱目』もそれぞれを別項にして扱っているので、蟾蜍と土や田との関わりを言うのに、蝦蟇の事例、特に中国における其の例を挙げるのは、あるいは不適切かも知れないが、『新註校定國譯本草綱目』に矢野宗幹が、「蝦蟇ハひきかへる中ノ大形種を云フ歟」（第一〇冊三三一頁）と言っているので、今、二物同じと考えて、蝦蟇は蟾蜍の異称とする説に従った。なお、『本草綱目』は、鼁についても蟾蜍・蝦蟇とは別項で扱っている。字書や辞書によると、鼃（黽）の字は蛙の字に同じと言い、無尾目両生類の総称にも、蝦蟇やアオガエルの意にも用いられるようである。

(23) 本居宣長撰前掲書三之巻――『本居宣長全集』第九巻一二九頁。

(24) 一条兼良述『日本書紀纂疏』巻第四・神代上之四――国民精神文化研究所発行同上書一〇九頁。

(25) スクナビコナの名については、オホアナムチ(ヂ)・オホアナモチ・オホナムチの孰れかとの対称であるとする説と、身体短小である事に基づくとする説の二説が並び行なわれている。今、所謂注釈書の類以外で同神の名の由来に言及しているものを見ると、前説を唱える者に、金沢庄三郎（『日鮮同祖論』七五頁）、白鳥庫吉（「古伝説に見えたる和邇に就いて」――『白鳥庫吉全集』第二巻五八頁）、津田左右吉（『日本古典の研究』上巻――『津田左右吉全集』第一巻五九頁）、金子武雄（『古事記神話の構成』一二六頁）、吉野裕（「素尊鉄神論序説」――『文学』第四一巻第二号七二頁）があり、後説を言う者に、滝沢馬琴（『玄同放言』巻之三上・「第三十九人事」姓名称謂」条――『日本随筆大成』第一期第五巻一三七頁）、喜田貞吉（「少彦名命の研究」――『民族と歴史』第五巻第一号九・一一頁）、志賀剛（『式内社の研究』第一巻五九頁）がある。鳥越憲三郎は「小さいことと幼いことを少名といった」（『出雲神話の成立』一九二頁）としている。

(26) 源順撰『和名類聚抄』（高山寺本）巻第八・播磨郷第一一一に、「神埼郡　埴岡波尓乎賀」（天理図書館善本叢書『和名類聚抄・三寶類字集』一二四頁）とあり、堲（焼いた土）は、埴（はに。粘土。泥、土の意もある）とは字義を異にするが、同音なので通用したとされている。井上通泰著『播磨国風土記新考』が、「和名称の郷名に埴岡あり。堲は我邦にて埴に通用せしなり。漢字の堲とは別なり」（三八六頁）と言う。「堲」「埴」ともに漢音ショクである。

(27) 今、其の著作中には、「その風丰は、「指間《たなまた》より漏れ」「粟茎《あはから》に縁《のぼ》り」「跳りてその頬を嚙ふ」（「神代紀」上、第八段、第六書）など、オホナムチを稲種的《いなだね》とすれば、これは粟種的《あわだね》である」（『記紀歌謡評釈』九三頁）という表現のほか見出し得ないでいるが、少彦名命が大己貴神の頬に齧みついた事は、穀粒が人の頬に付着した状態を思わせる、というのは、亡き恩師山路平四郎先生がスクナビコナ神に言及される折に良く言われる事であった。

(28) 此の表現については、「手にあまりたるといふ事なり」（山崎闇斎著『日本書紀神代巻風葉集』巻第六――出雲路家正伝八雲文庫蔵本同上書二七〇頁）とする意見や、「遠い所に行つた子供で、身の周りに居らなかつたといふ事であります」（植木直一郎著『古事記現代考』一八五頁）という説、また、少名毗古那神が「小さい子」である事を言っているのだとした上で、「或いは釈迦の腋子のやうに異常出生の意を含んでゐるのかも知れない」（倉野憲司著『古事記全註釈』第三巻三二五頁）と述べる説、更に、『古事記』に用いられているククの語と『日本書紀』に出るモル（漏る）の語を比較し、前者に少名毗古那神の意識的行動が認められる事を指摘して、『古事記』の当該表現を「身体の小ささとともに、一つところにじっとしていない性格をうかがわせる」（新編日本古典文学全集1『古事記』九四－九五頁）と見る説などがあるが、今、スクナビコナ神が穀粒の神格化された存在態であると見られる事から、述べたような事を考えてみた。

(29) 源順撰『倭名類聚鈔』巻第二〇――風間書房刊同上書巻二〇・13オ－ウ。

(30) 貝原篤信著前掲書巻之八・草之四・蔓草・「蘿摩」条――春陽堂版同上書第一冊二八〇頁。

(31) 『日本書紀』巻第一三・「允恭天皇十四年秋九月癸丑朔甲子（十二日）」条に四度出る「蝮」については、同書の写本・刊本の多くがほとんど此の文字を用いていると、林勉原文校訂『日本書紀』により知られる（井上光貞監訳『日本書紀』上六二二頁）が、国史大系本・日本古典文学大系本など、此れを「あはび」と訓んでいる。当該記事の内容から「蝮」が「あわび」の意に用いられていることは明白である。

(32) 佐々木高明著「稲作文化の伝来と展開」――稲のアジア史3『アジアの中の日本稲作文化』六三頁。

(33) 江坂輝弥著「稲作文化伝来に関する諸問題」――『考古学雑誌』第五二巻第四号一五頁。

(34) 小野武雄著『日本農業起源論』六六頁。

(35) 柳田国男著『海上の道』――『定本柳田国男集』第一巻三一頁。『海上の道』に著者自身が其の意見をもっとわかり良く要約している表現は見えない。今、国分直一の要約によって柳田の意見を紹介すると、「江南から南島の一角に漂着したものが、そこがキイロダカラやハナビラダカラの豊かな生息地であることを知り、江南に帰って後、家族をともない稲を携えて、再び来島したと想定した。その稲作が北上、わが先史時代の稲作の源流になった」（『東シナ海の道』二頁）ということになる。

(36) 拙稿「大年神の系譜について」（拙著『記紀神話伝説の研究』所収）参照。

(37) 拙稿「『古事記』に載録された「三輪山伝説」をめぐって」（拙著前掲書所収）参照。早く肥後和男にも、『神皇正統記』（応神天皇条）の記事を引いて、「古く皇室は朝鮮から来たといふ説もあったことが知られる」（「高千穂」――『神道学』出雲復刊四一号六〇頁）という発言がある。

第四章「大年神と其の子孫に関わる記事」をめぐって

『古事記』は其の上巻に、出雲の御大の御前へ「帰来」した少名毗古那神が、神産巣日御祖命の指示に従って大穴牟遅神とともに国を作り堅めたが、やがて常世国へと去って行き、其の後、大国主神（大穴牟遅神）と協力して国作りを為すべく、「坐二御諸山上一」神が訪れて来た、と記している。そして、其れに続けて同書は、大年神と其の子孫に関わる記事を、

故、其大年神、娶二神活須毘神之女、伊怒比売一、生子、大国御魂神。次、韓神。次、曾富理神。次、白日神。次、聖神。五神。又、娶二香用比売一、此神名以レ音。生子、大香山戸臣神。次、御年神。二柱。又、娶二天知迦流美豆比売一、訓レ天如レ天。亦自レ知下六字以レ音。生子、奥津日子神。次、奥津比売命、亦名大戸比売神。此者諸人以拝竈神者‐也。次、大山上咋神、亦名山末之大主神。此神者、坐二近淡海国之日枝山一、亦坐二葛野之松尾一、用二鳴‐鏑一神者‐也。次、庭津日神。次、阿須波神。此神名以レ音。次、波比岐神。此神名以レ音。次、香山戸臣神。次、羽山戸神。次、庭高津日神。次、大土神、亦名土之御祖神。九神。

上件大年神之子、自二大国御魂神一以‐下、大土神以‐前、并十六神。

羽山戸神、娶二大気都比売下四字以レ音。神一、生子、若山咋神。次、若年神。次、妹若沙那売神。自レ沙下三字以レ音。次、弥豆麻岐神。

自レ弥下四字以レ音。次、夏高津日神、亦名夏之売神。次、秋毗売神。次、久ゝ年神。久ゝ二字以レ音。次、久ゝ紀若室葛根神。久ゝ紀三字以レ音。

上件羽山之子以下、若室葛根以前、幷八神。

と掲げている。

此の記事は、大年神と伊怒比売との間に生まれた子の数を「五神」と記し、大年神と香用比売との間に生まれた子の数を「二柱」と記して、助数詞を異にしていることを始めとして、当該記事中に「大気都比売下四字以レ音。神」とも見え、同じ『古事記』の上巻に「伊予国謂二愛上比売一此三字以レ音。下效レ此」とあることからすれば、天知迦流美豆比売の名と、「自レ知下六字以レ音」とする注記の「六」とが合致しないこと、「大気都比売下四字以レ音神」の割注の位置と其の表現の仕方とが、後に続く神々の場合と異なり統一を欠いていること、大年神の子、羽山戸神の子として名を挙げられる神々の中にあって、「亦名」では大戸比売神と「神」の字を付して表記されているものの、奥津比売命だけが唯一、「命」と記されていること、大年神と天知迦流美豆比売との間に生まれた神々を「九神」としているが、実際には十神の名が挙げられており、大年神の子は「十六神」ではなく、十七神になること、また、「九神」と記すのに、真福寺本古事記・兼永筆本古事記ともに細注形式を採らないが、前の「五神」・「二柱」に倣えば、細注であるべきこと、「上件羽山之子以下、若室葛根以前、幷八神」という表現が、其れより前に出る「上件大年神之子…（中略）…幷十六神」という表現によって、其の言わんとする事を読者に伝えはするものの、「上件大年神之子…」を仮に足り整った表現であるとして其れと較べると、「戸神」、「自若山咋神」、「久ゝ紀」、「神」と十を超える文字を欠いて不完全であることなど、表記の面だけに限っても、多くの問題を含みもっている。

此れらの問題はそれぞれに些細な事柄であって、取り立てて論ずべきものでないのかも知れない。しかし良く考えてみると、あるいは背後に極めて重要な事柄が潜んでいる可能性を秘めているとも思われるのである。

例えば、細注の「五神」・「二柱」と、細注としない「九神」の表記については、単純に筆録者或いは書写者の不手際の結果であるかのように、「師は、九神の神字ノ、上の例によるに、柱なるべしと云れしかど、幾《イク》柱とも幾《イク》神ともある例なれば、いづれにてもよし[1]」とし、「五神」・「二柱」また同じ『古事記』の上巻に見える他の例を参考に、「九神」を「細注に改め[1]」てしまうことも出来るが、「性質の異なる資料を三つ繋ぎ合せたのではあるまいか[2]」と、『古事記』が編纂される折に用いられた資料の種類と、其れらの扱われ方とにまで思いを巡らしてみることも出来る。

また、「九神」の「九」についても、其れが正しい場合と誤っている場合とが考えられ、其の孰れの場合であっても、新たな問題を喚起することになり、事は複雑である。

「九」の数を正しいとすれば、「奥津日子奥津比売を一神として計《カゾフ》る[1]」のか、庭津日神と庭高津日神を同神と考えるか、香山戸臣神・庭高津日神の孰れかを、似通った名の大香山戸臣神或いは夏高津日神の混入とするか[3]、神々の名を順次挙げるに際して用いられている九個の「次」のうち一つは、「亦名」を誤記したものと考えるかなど、実際に十神の名が挙げられていることとの矛盾を、如何にして解消するかが新たな問題として浮上して来る。「九」が仮に「十」の誤りであるとすると、単純に筆録者の数え違いとして片付けてしまうことも出来るが、あるいは伝写の間に「十」を「九」と誤ったとも考えられるし、伝写の間に神名の追記が為されたものの、「九」が「十」と改められなかったとも考えられる。

残された問題の解明も此れらの場合とほぼ同様であって、なかなかに困難である。

上に掲げた「大年神と其の子孫に関わる記事」には、其の表記に限っただけでも、見たような問題があるが、此の度は、此の記事を俎上に載せて、其れが如何なる意義を有するものであり、『日本書紀』には見えない其れを『古事記』が載録しているのは何故か、といったことを考えてみる。

* *

「大年神と其の子孫に関わる記事」中に見られる神々の名は、今日誰もが納得させられるように、明快に説明し尽くされているかというと、必ずしもそうではない。しかし、大年神の子に御年神があり、羽山戸神の子に若年神の名が見えること、『正字通』に「年 本作秊…（中略）…篆作秊[4]」とあって、『説文解字』に「秊 穀熟也[5]」と言い、『呂氏春秋』に「有年瘞土無年瘞土祭土日瘞年穀也[6]」とあるように、「年」が穀物の成熟、また穀物其の物を意味する語であること、若年神は大年神の子である羽山戸神と食物神とされる大気都比売神との間に生まれていること、奥津比売命（大戸比売神）が、「此者諸人以拝竈神者也」とされていること、大年神の子に大土神（土之御祖神）のあることなどを考慮すれば、おおよそ其の全体が「穀物」や「農耕」と関わりを有する、として大きく誤ることはないだろう。

右の見解は、其の一一の紹介を控えるが、羽山戸神の子神をも含めて、「大年神と其の子孫に関わる記事」全体に対して述べられた意見[7]に基づいている。そして、大気都比売神と若年神とを除くと、一見「穀物」や「農耕」と格別の関わりが有るようには思われない、当該記事の後半部に出る神々、即ち若山咋神以下の、羽山戸神の子神たちだけを対象にしても、「山野の草木や穀物の生育を掌る神らしく思はれる[8]」、「農耕の過程をいわば連想ゲーム風に語って[9]」いる、「さ少女が田植えをし、水を注ぎ、真夏の日が照りつけ、秋には稲が成長して実り、収穫祭としての新嘗《にいなめ》祭を行なうための屋舎を新築するまでを語った、系譜型の神話[10]」であるなどという意見が述べられており、今回考察の俎上に載せた記事、即ち「大年神と其の子孫に関わる記事」全体が、「穀物」或いは「農耕」と関わりを有するとして、大過無いと思われる。

「大年神と其の子孫に関わる記事」全体の意義を右のように考えて、列挙されている神々のうち、其の名を表記するのに用いられている文字や神名の語構成からだけでは、名義を明らかにし難いものの幾つかを、当該記事の意義に添うように理解するとしても、なお其れらの中には「名義未詳」とせざるを得ない神々も幾柱かはあり、また韓神・曾富理神など、其の名称から直ちには穀物や農耕のことが連想され難い神々もあって、当該記事の意義が果たして述べたような見解で言い尽くされているかどうかは、なお考えてみなければならない事柄であると思われる。

嘗て私は、当該記事のうちの大年神及び同神と伊怒比売との間に生まれた「五神」について、其れらの名が順次記されており、しかも穀物神（大年神）・国土霊（大国御魂神）・朝鮮との関わりを指摘し得る神（韓神・曾富理神）・太陽神或いは新羅と関係があるかと思われる神（白日神）・暦日神（聖神）、と解し得ることを根拠に、農耕就中稲作文化が朝鮮半島より我国へ伝来したのだということを、見るような形式によって語っているのではないかと論じたことがあるが、[11] 其の事を思い、また当該記事の前に記載されている少名毗古那神についての神話と、「坐二御諸山上一」神の訪れを語る神話とに、朝鮮との関わりを指摘し得る物語構成素が見える事を考えると、[12]「大年神と其の子孫に関わる記事」から「五神」を除いた部分にも、穀物・農耕との関わりとは別に、朝鮮との関係を認めることの出来る箇所があるのではないかと推測されるのである。

今、右の予測を立てた上で、香用比売の名が出る部分から後の所を読み進むと、其処に予測に違わず朝鮮が其の影を落としている記事のあることに気付くのである。

其れは、「大年神と其の子孫に関わる記事」が、「次、大山上咋神、亦名山末之大主神。此神者、坐二近淡海国之日枝山一、亦坐二葛野之松尾一、用二鳴鏑一神者也」としている箇所である。

既に指摘されているように、『本朝月令』の「同日（四月上申）。松尾祭事」条に引かれる『秦氏本系帳』に、「正一位勲一等松尾大神御社者。筑紫胸形坐中部大神。戊辰年三月三日。天二下坐松埼日尾一。又云二日埼岑一。大寶元年。川邊腹男。秦忌寸都理。自二日埼岑一更奉レ請二松尾一。」とあり、[13]『二十二社註式』の「松尾」条にも、「大寶元年。秦都理奉レ勧二請松尾一。始造二立神殿一」とあって、[14] 山背国葛野郡の松尾神社と秦氏とが密接な関わりをもっていることが知られている。

古代日本の「渡来氏族」中にあって漢氏と並び称される秦氏は、『日本書紀』巻第十の「応神天皇十四年是歳」条に「弓月君自二百濟一來歸」とある記事と、『古語拾遺』に「秦公祖弓月、率二百廿県民一而帰化矣」（応神天皇条）とある記事、また、『新撰姓氏録』に「秦忌寸 太秦公宿禰同祖。秦始皇帝之後也。功智王。弓月王。譽田天皇 諡應神。十四年來朝。上表更歸レ國。率二百廿七縣伯姓一歸化」（山背国諸蕃）、「太秦公宿禰 出レ自二秦始皇帝三世孫孝武王一也。男功滿王。帶仲彦天皇 諡仲哀。八年來朝。男融通王 一云弓月王。譽田天皇 諡應神。十四年。來二率廿七縣百姓一歸化」（左京諸蕃上）とある記事を併せ読むと、八・九世紀の頃には、秦の始皇帝の子孫であり、嘗て百済から我国に「歸化」した氏族で、太秦を名乗る一族と同族である、と考えられていたことが分る。

『日本書紀』の「自二百濟一」という表記については、「旧辞作成年代と思われる六世紀における百済文化の優越や、書紀編纂当時における新羅との政治情勢の悪化、秦・漢両氏の対抗関係などによる(15)」付加ではないかとも、「弓月君の故国を百済の如く書き成した(16)」とも評されているが、『新撰姓氏録』に見える「百廿七縣」（同書左京諸蕃上には廿七県、古語拾遺応神天皇条に百廿県とあること見た通りである。また、書紀巻第十・応神天皇十四年是歳条に百廿県、日本三代実録巻第四十四・陽成天皇元慶七年十二月二十五日条に百廿七県という）についての、「蓋シ高麗ノ地ニ住ミシモノナラン…（中略）…若シクハ濊或ハ辰韓近クニ住ミツキタル、秦ノ亡人ノ後(17)」だろうとする見解、また、「古代の山東人が朝鮮半島を経て…（中略）…日本へ来て秦氏になった(18)」という発言、「秦氏の故国と思はるゝ秦韓即ち辰韓は、西方の馬韓、南方の弁韓と共に三韓と併称されて居る(19)」という意見、朝鮮へ亡命した秦民の半島における居住地を、「今の慶尚左道と江原道南部の東海岸の地(20)」という説、秦氏の出身地を「江原道の三陟《さんしゃ》(21)」とする説など、秦氏が我国に渡来するまでの居住地のことを言い、或いは其のことに触れている説の言うところは必ずしも同一ではないが、秦氏を朝鮮から渡来したとすることでは諸説一致している(22)。

＊　＊

大山上咋神は、一説に「クヒ」は「ク(木)ヒ(水)」であって、「山林から流れて出る水を神格化したものであらう。山水は耕作には最必要なものである(23)」として、農耕に関わりがあるとも言われているが、クを木とし、ヒを水とするのは苦しい解釈で、やはり此れについては、其の神名を「クヒが不明だが、…（中略）…山をうしはく神の意だろう」[24]と解したり、同神を「山頂の境界をなす棒杙の神格化」[25]とするように、格別農耕との関わりを言わないのが今日一般的な解釈のようであり、此のことは、山末之大主神及び其の名義についても同様である。[26]

「大年神と其の子孫に関わる記事」中に、大山上咋神と山末之大主神（此の二神がもとより同一神であったか否か定かではない。以下、本来は別神であった可能性もあると考えて論を進める）の名が出されているのは、恐らく此の神々が穀物や農耕と関わりのある存在と考えられたからではなく、其れらが松尾神社と秦氏、つまりは朝鮮との関わりを有する存在である、とされていたことによると思われる。

大山上咋神と山末之大主神とは、「大年神と其の子孫に関わる記事」の冒頭に朝鮮と関わる神々の名が出ることと関連させて、当該記事の作成者が其れらを同記事中に組み入れたか、『古事記』の上巻において少名毗古那神の登場する話から当該記事までを、朝鮮に関わる記事をもって構成しようと考えた人物によって、当該記事中に挿入されたものと思われる。

『古事記』が編纂される其の時、既に大年神に関する話の中に大山上咋神と山末之大主神の名が出され、其れが「坐二近淡海国之日枝山一、亦坐二葛野之松尾一、用二鳴-鏑一神者-也」と説明されていたので、編纂者が此の「表現」を同書上巻の一部とするべく採用したのか、『古事記』の編纂者自らが、大年神と其の子孫に関する系譜的な「話」の採用を決めた後で、其処に当該二神の名と、其れが松尾神社の祭神であるという説明を挿入したのかは、判然としない。

もし当該記事の作成者が此の二神の名を同記事中に入れたのだとすると、韓神・曾富理神などが朝鮮に関わりある神であると考えられること、大山上咋神と山末之大主神とが松尾神社の祭神であって、其の松尾神社は秦氏と密接な関わりがあり、秦氏が朝鮮からの「渡来氏族」であるとされることが考慮されての、当該二神の同記事への組み入れになったことは無論であるが、其の組み入れに際しては、いま一つ別の考えも働いていたのではないかと思われる。其れは、秦氏が養蚕・機織と関わる氏族であるとする認識である。

当該記事の冒頭に、大年神及び同神と伊怒比売との間に生まれた「五神」の名を挙げ列ねることによって、農耕就中稲作文化は朝鮮半島より我国へ伝来したのだと語った「記事」の作者は、「農桑《(蚕)(田)》」・「耕織《(蚕)(桑)》」・「桑稼」といった語に象徴されるように、土を掘り返す田作りや畑仕事、そして穀物を植えつけることとともに、蚕を養って糸を紡ぎ機を織る作業が、農民の仕事として重要であるということを認識しており、養蚕・機織のことと関わり深いと考えられた秦氏に繋がる松尾神社の祭神の名を、当該記事中に挙げたのではないか。

上に掲げた語は、今其の一一の例を挙げないが、『史記』・『漢書』・『後漢書』などの歴史書をはじめとする中国の古文献に見えており(27)、其れらの語と、其れらの語によって表わされる観念・思想が、古代の我国にも伝えられ、人々に理解・認識されていたことは、『日本書紀』に「農桑」の語が見られる（景行天皇四十年秋七月癸未朔戊戌条、推古天皇十二年夏四月丙寅朔戊辰条、孝徳天皇二年春正月甲子朔条、天智天皇元年冬十二月丙戌朔条）だけでなく、「耕績」（仁徳天皇元年春正月丁丑朔己卯条）・「農績」（継体天皇元年三月庚申朔戊辰条）といった語も見えること、『古事記』に載録された「蚕と五穀の発生起源譚」と『日本書紀』巻第一の第五段（四神出生章）一書第十一が語る「牛馬・蠒そして穀物の出現・発生譚」に、穀物と蚕（蠒）とが並記されており、『日本書紀』の同章段の一書第二にも、「軻遇突智娶二埴山姫一、生二稚産靈一。此神頭上、生二蠶與一レ桑。臍中生二五穀一」という記事が見られることなどから明らかである。

秦氏と養蚕・機織とについては、其の関わりを言うに足りるだけの確実な文献史料が存在していないとして、「秦氏を機織技術の氏と頭からきめてかかるわけにはいかないであろう(28)」、「秦氏といえば織物を連想するのはかなりあやしい(29)」などと、其の結び付きに否定的な意見が述べられてもいる。

しかし、秦氏と養蚕・機織との関わりの有無或いは其の関わりの程度の如何は問題ではない。大事なのは、「大年神と其の子孫に関わる記事」の内容が作られる頃に、秦氏の氏族名ハタ《(ダ)》が織機（ハタ）に由来すると考えられたりすることや、『日本書紀』巻第十四の「雄略天皇十五年」条に見られる、「詔聚二秦民一、賜二於秦酒公一。々仍領二率百八十種勝一、奉二獻庸調絹縑一、充二積朝庭一。因賜レ姓曰二禹豆麻佐一。（一云、禹豆母利麻佐、皆盈積之貌也）」という記事、また同書同巻同天皇の「十六年秋七月」条に見える、「詔、宜レ桑國縣殖レ桑。又散二遷秦民一、使レ獻二庸調一」という記事などが創られ、其れが容認され得るだけの雰囲気が、少なくとも我国の識字階級の人々の間にあったか否かということである。ハタ《ダ》という氏族名の真の由来や、上に掲げた「雄略紀」の記事が真実を述べたものであるか否かということも、問題ではない。穀物或いは農耕のことを、神々の名を並べることで表現しようとした「大年神と其の子孫に関わる記事」の作者が、秦氏を養蚕・機織と関わる氏族と認識していたこと、更には其のような関係を主張しても格別の非難を生ぜしめないだけの諒解・合意が、人々の間に為されていたこと、其れが大切なのである。

古代日本における「渡来氏族」には別に、「百済から渡来したものと思われ[30]る、「慶尚南道咸安地方にあった小王国からやってきた[31]」などと、朝鮮半島から渡来したとも言われる漢氏があり、此れも『日本書紀』巻第十四の「雄略天皇七年是歳」条に、「天皇詔二大伴大連室屋一、命二東漢直掬一、…（中略）…錦部定安那錦・譯語卯安那等、遷二居于上桃原・下桃原・眞神原三所一」という記事があって、織物と無縁ではないようだが、「大年神と其の子孫に関わる記事」に漢氏との関わりを明確に指摘し得る神の名が挙げられず、秦氏との関わりを指摘出来る其れが見られるのは、やはり養蚕・機織と言えば秦氏という連想が、「記事」作者の脳裡に働いた結果だろう。あるいは、農耕文化が朝鮮半島より我国へ伝来したと語ろうとした当該記事の作者が、其の伝来時期の古さを印象づけるのに、漢氏が先祖とする漢の高祖や後漢の霊帝より、秦氏が先祖とする秦の始皇帝の方が、より古い時代の人物であることを尊重したためであるのかも知れない。

漢氏・秦氏が中国の王室の子孫であるとする説を記す史書は、『古事記』に後れて出来するので、右のような考え方が成り立ち得るとは言い切れないが、『古事記』には、其れが和銅五（七一二）年以来の表記であるか否か判然としないものの、「秦造之祖、漢直之祖」（応神天皇条）、「秦人」（仁徳天皇条）、「漢王」（敏達天皇条）と、アヤ・ハタ《ダ》に漢・秦の文字を当て、「応神記」の記事などは、秦・漢の文字を並記しているので、既に同書の編纂される頃までに、ハタ（ダ）・アヤ両氏に秦・漢の文字を結び付け、其れらの文字から両氏と中国王朝との関わりを想い、更に其れらの王朝の興亡の新旧にまで考えを巡らす者が、知識人の間に存在した可能性はあり得るのではないか。

「大年神と其の子孫に関わる記事」に漢氏と関わる神が採られず、秦氏と関わる神が採られたのは、更に、秦氏と養蚕・機織との関係について、此れを否定的に見る意見のあることを既に紹介したので、強く言うことは出来ないが、仮に漢・秦両氏が養蚕・機織に関係していたとして、秦氏の伝える機織の技術が古式の其れであった(32)ことにより、当該記事の作成者または『古事記』の編纂者が、其の古きを良しとした結果かも知れない。

一方、大山上咋神と山末之大主神とが、「大年神と其の子孫に関わる記事」を『古事記』において其の前に置かれている物語と接続させた人物――『古事記』が、早く須佐之男命の子孫の名を大国主神に至るまで掲げて、其処に大年神の名を出していながら、直ちに「大年神と其の子孫に関わる記事」を記さず、其れを記すまでに、稲羽の素菟譚・大穴牟遅神の根堅州国訪問譚・八千矛神による沼河比売求婚譚など、多くの記事を載録していて、読者が「大年神と其の子孫に関わる記事」の突然の掲載に些か奇異・唐突の感を抱かされること、須佐之男命の子である大年神よりも後に名の出る、須佐之男命の六代の後裔である大国主神の子孫たちの名が、「大年神と其の子孫に関わる記事」に先立って記されていることなどから、此の接続を行なったのは、後述するように、『古事記』上巻の構成に意を用いた其の編纂者であった可能性が大きいと思われる――によって、「大年神と其の子孫に関わる記事」に加えられたのだとすると、其れは見たような「耕織」といった語によって表わされる観念・思想に基づいてのことであるというよりも、秦氏と朝鮮との関わりが重視されたことによると考えられる。

もと「大年神と其の子孫に関わる記事」に見えなかった大山上咋神と山末之大主神とが、右のような人物によって追加・挿入されたものとすると、此処でも、其れが漢氏に関わる神でなかったのは何故か、ということを考えてみなければならないが、特に此れといった理由は見当たらない。ただ、『古事記』の編纂を企て、同書作成の作業に関しては、存命中主導者の立場にあったはずの天武天皇に、「汝等黨族之、自レ本犯二七不可一也。是以、従二小墾田御世一、至二于近江朝一、常以レ謀二汝等一爲レ事。今當二朕世一、將三責汝等不可之狀一、以隨レ犯應レ罪。然頓不レ欲レ絶二漢直之氏一。故降二大恩一以原之。從レ今以後、若有二犯者一、必入二不レ赦之例一」（紀巻第二十九・天武天皇六年六月是月条）と言わしめた、漢氏の好ましからざる経歴と、彼らに対する天武天皇の評価とが、『古事記』において「天孫降臨」を語る前に朝鮮に関連する記事を掲げたいと考えた編纂実務の担当者の思考に、少なからぬ影響を及ぼしたのではないかということは考えられる。

壬申の乱（六七二年）について記す『日本書紀』巻第二十八には、書直智徳・民直大火・大蔵直広隅など、十指に余る倭漢（東漢）氏の後裔氏族の人々の名が挙げられており、漢氏は其の多くが大海人皇子（天武天皇）の側にあって働いたようであるが、其れよりほぼ三十年前の皇極四（六四五）年六月、中大兄皇子・中臣鎌子等が、朝廷を蔑ろにする蘇我入鹿を殺害した時、蘇我氏と予てより好を通じていた漢直等が、一家眷族を集め、武装して、入鹿の父蝦夷に加担し、戦を起こそうとしたことは、天武六（六七七）年当時、なお天武天皇をはじめとする天皇家の人々にとって、記憶に新しい出来事であったと思われ、其の時に漢氏のとった態度が、天武天皇の発言にもなったと考えられる。(33)

＊　＊

前に記したように、『古事記』が連続して語る少名毗古那神についての神話と、「坐二御諸山上一」神の訪れを語る神話、また「大年神と其の子孫に関わる記事」には、朝鮮との関わりを指摘し得る物語構成素や神名が見られる。

『古事記』が何故此の辺りに朝鮮との関わりを窺わせる神話や系譜的な記事を纏めて載録したのか、其の理由は定かでないが、仮に同書の編纂者にある意図があって、其れが働いた結果であるとするならば、其れは出雲国と朝鮮との関わりを言おうとすることだったのではないかと考えられる。

『古事記』の上巻から所謂序文を除いた部分に、「出雲」・「伊豆毛」・「出雲国」・「出雲国造」と、イヅモという語や

「出雲」の二字を含む語は、都合十回見られるが、其のほとんどは、須佐之男命による遠呂智《（知）》退治神話から大国主神による国譲り譚までに出ており、其れ以外は、「所神避之伊耶那美神者、葬下出雲国与二伯伎国一堺比婆之山上也」、「其所レ謂黄泉比良坂者、今謂二出雲国之伊賦夜坂一也」と、伊耶那美神の死に関連しての表現に「出雲国」の表記が二度見え、天照大御神と須佐之男命による宇気比譚の末尾に、「天菩比命之子、建比良鳥命、此、出雲国造…（中略）…遠江国造等之祖也」と、「出雲国造」の語が一度見られるだけである。

七世紀末から八世紀初頭にかけての頃、天皇が我国を統治することの正当なることを主張するために、それぞれに発生地や其の時期また伝承・保存者を異にする種々雑多な神話のうちから、採るに値するものを採り、其のあるものにはより一層右の目的に適わしめるべく部分的な改竄を行なって、其れらを接合し、其処になお不足・空隙があれば、恐らくは新たに机上で創作した「神話」をもって此れを補塡したりするなどの工夫をして作り上げられたものが、今日我々の『古事記』上巻に見る「神話」体系なのであるが、上記の目的のために作られた『古事記』の其の上巻が語るべき最も重要な事柄は、天上世界（高天原）に絶対神天照大御神が存在しており、天皇家の血筋が其の天照大御神に繋がるということであった。

天皇家の血統を右のように語ることで、天皇家は諸豪族間に一頭地を抜いた存在であり得ることになる。従って、其の孰れもが天皇家にとって必要不可欠な「神話」群により構成された『古事記』の上巻にあって、所謂天孫降臨神話は、天上世界（高天原）に存在する神の子孫であるはずの天皇が地上に存在していることの不合理を不合理ならざるものとなすべく、特に重要なものであった。

天照大御神に血筋の繋がる迩々藝命が、天照大御神と、迩々藝命の母が其の娘であるとされることで、やはり此れも迩々藝命とは血筋の繋がっている高木神との、両神の命に従って天上世界（高天原）から地上世界（葦原中国）へと降下したこと、迩々藝命の子孫である神倭伊波礼毗古命（神武天皇）が初代天皇として即位したこと、此の二つの出来事があったからこそ、天照大御神の子孫としての代々の天皇は、地上世界（葦原中国）の統治者たり得るのである。

『古事記』の上巻は、「天孫降臨神話」の前に、葦原中国と称される地上世界の代表者として登場する大国主神に、其の支配地を譲渡させるため、天上世界（高天原）から数度に亙って神々が派遣され、相当の時日を要した後に所謂国譲りの事に至った、と記している。そして、神々の派遣と国譲りの交渉の過程で記される、「此二神（建御雷神・天鳥船神）、降二到出-雲国伊耶佐之小浜一而、伊耶佐三字以レ音。抜二十掬剱一、逆刺二立于浪穂一、趺二坐其剱前一、問二其大国主神一」という記事から、同書においては、大国主神の居所が出雲国とされているらしいと知られる。しかも、『古事記』では、須佐之男命による遠呂智（知）退治神話から大国主神による国譲り譚までにおいて、地上世界（葦原中国）を舞台に物語が展開される場合、其の中心的世界が出雲国とされているかのように表現されている。また、迩々藝命が地上に降下するための必要条件とされる、葦原中国の「国譲り」を語って、『古事記』は、明らかに出雲国に居を構えていると思われる大国主神に、「此葦原中国者、随レ命既献也」と言わせることで、葦原中国全体の譲渡が決定したことにしている。

繰り返して言うが、『古事記』の国譲り譚においては、出雲国が恰も地上世界（葦原中国）にある国々の盟主・代表であるかの如くに、そして、大国主神が地上世界（葦原中国）全体を統治・支配する者であるかのように描かれているのであるが、其れは国譲り譚の場合のみに限られている訳ではなく、其の前に置かれている神話でも、迩々藝命が降下して来るまでの地上世界（葦原中国）にあっては、出雲国と大国主神とが、中心的世界また存在であるとされているのである。

『古事記』の編纂者は、出雲国を過大にも過小にも評価せず、其の実体をあるが儘に描いたのであって、たまたま地上世界（葦原中国）に存在したはずの諸国・諸地方を舞台に展開される神話の数々が均等に採用されなかったが為に、結果的に同書の上巻において、出雲国に関わる神話の占める割合が大きくなってしまった、ということも幾らかは考えられることであるだろうが、地上世界（葦原中国）の代表者を出雲国に居住する大国主神であるとしていること、同神の同意があって国譲りの事が決定していることとからすれば、『古事記』の上巻において、出雲国が一種特別な扱いを受けていること、また其のことにより出雲国と大国主神とに関わる神話が多く採用されたのであることは、『古事記』を読む者誰しもが認めることであろう。

しかし、其れでは何故出雲国は、『古事記』の上巻において此のように扱われているのだろう。

其の理由は明白ではないが、地上世界（葦原中国）の力を大きなものとして扱い、「国譲り」に至までの交渉が、容易には進捗しなかったと語ることによって、天皇家の祖先神の功績をより大きなものとすることが出来る、『古事記』の編纂者は、恐らく此のように考えて、天孫降臨が行なわれることになるまでの物語を構成したのではないだろうか。

『古事記』が政治的な意図によって作られた書物であることを思えば、此のように考えることによって、『古事記』が、自らの其れと全体の物語構成をほぼ同じくしている『日本書紀』の所謂神代史には見えない、稲羽の素菟譚や大穴牟遅神による根堅州国訪問譚、更には歌謡により物語の展開が図られる八千矛神と沼河比売・須勢理毗売命を主人公とする話などを掲げることで、須佐之男命による遠呂智（知）退治神話から大国主神による国譲り譚までに、何故あれ程までに多くの紙幅を費やしているのかということが、無理なく理解納得出来るのではないか。

『古事記』の当該箇所における出雲国の存在が、同書を読む者の目に大きく映ることと、其の出雲国が、同じ『古事記』上巻の当該箇所を離れた所で、伊耶那美神の死に関連して、死者の国黄泉国と密接な関わりをもつかのように、「其所ㇾ謂黄-泉比良坂者、今謂㆓出-雲国之伊賦夜坂㆒也」と記されていることとは、相反する事柄であるように思われる。

『日本書紀』の巻第一・第二（所謂神代紀）を読む者の目に、出雲国が『古事記』における其れ程に大きくは映らないこと、また、「神代紀」において出雲国と黄泉国とは、隣合っているかのようにされていないことを考えると、『古事記』が出雲国を一方で持ち上げ、他方で貶めているように感じられるのであるが、此れは『古事記』の編纂者に明確なある意図があっての結果ではないかと思われる。

『古事記』の編纂者は、天皇家の祖先神の功績の大なることを述べようと、同書を読む者の目に出雲国が大きく映るように工夫を凝らした、しかし、其の大きく描いたと思った分を別の箇所で相殺しようと、「伊那志許米上志許米岐此九字以音。穢国」である黄泉国と出雲国とを隣合わせにして貶めたのではないだろうか。『古事記』の上巻において、出雲国の扱いが前後一貫していないことは、右のような事情があった結果と思われる。

『日本書紀』も巻第二の第九段（天孫降臨章）に、「国譲り」のための交渉を行なうべく、地上世界（葦原中国）へ神々の派遣されることを語っているが、『古事記』の場合同様、其の所謂本文に、「二神、於是、降㆓到出雲國五十田狭之小汀㆒」、一書第一に、「二神、降㆓到出雲㆒」、一書第二に、「二神、降㆓到出雲五十田狭之小汀㆒」と、経津主神と武甕槌神とが出雲(国)に降ったと記しており、大国主神と同神とされる大己貴神が国譲りの事を承諾したとしている。また、『日本書紀』巻第二の第九段（天孫降臨章）本文は、経津主神・武甕槌神の派遣に先立って、「高皇產靈尊、更會㆓諸神㆒、選㆘當㆑遣㆓於葦原中國㆒者㆖」と記し、一書第一は、大己貴神が国譲りの事を承諾した後の武甕槌神・経津主神の天照大神への復命を、「葦原中國、皆已平竟」と表現している。また、一書第二は其の冒頭に、「天神遣㆓經津主神・武甕槌神㆒、使㆑平㆓定葦原中國㆒」と記している。

此れら三つの伝承は、一書第二が大己貴神の「国譲り」の後に、「經津主神、以㆓岐神㆒爲㆓鄕導㆒、周流削平」とするものの、孰れもが出雲国以外の国々をも「国譲り」或いは「平定」の対象としたかの如き表現をしていないので、明らかに出雲国をもって葦原中国の総てであるとしていると言える。従って、出雲国を地上世界（葦原中国）にある諸国の盟主・代表であるかの如くに扱い、大己貴神（大国主神）を地上世界（葦原中国）全体の統治者と看做していることは、『日本書紀』と『古事記』とで同じであると言える。ただ、『日本書紀』には、出雲国に関わる神話が『古事記』ほどに多くは記載されていない。

此のことから、記紀両書或いは其の資料となった伝承が作られる頃、天上世界の神々と出雲国の大国主神（大己貴神）との間で「国譲り」の交渉が為され、同神が国を譲ることを承諾した、という話が我国には既に存在していたのであるが、『古事記』の編纂者は其れを採り、出雲国に関わる神話や系譜的記事を更に採用・追加することによって、地上世界（葦原中国）を代表するのは出雲国であるということを、一層鮮明に描いてみせた、と考えられる。後になって『日本書紀』巻第二の第九段（天孫降臨章）に、本文・一書第一・同第二として採用されることになる伝承が、『古事記』の出来したことにより、其の細部に変化を生じた可能性はあり得ることだろうが、其れらの総てが『古事記』出来後に、全く無の状態から創作されたということは、まずあり得ないだろうから、『古事記』の出雲国に対する扱いについては、右のように考えてほぼ誤りは無いだろう。

『古事記』が出雲国を見たように大きく扱った根底には、ある時期の出雲地方が大きな力をもった存在であったという事実があるのかも知れないが、其の出雲国を一方で貶めたのは、既に述べたような意図が『古事記』の編纂者にあったのと同時に、また次のような事情もあったのではないか。

『古事記』の上巻において、須佐之男命による遠呂智(知)退治神話の冒頭から大国主神による国譲り譚の末尾まで、主として出雲国に関わりのある神話、また其れに関連して記載されている系譜的記事を仔細に眺めると、少名毗古那神についての神話と「坐二御諸山上一」神の訪れを語る神話、また「大年神と其の子孫に関わる記事」の冒頭部分に、朝鮮との関わりを認め得る物語構成素や神名などが見えており[12・13]、更に「大年神と其の子孫に関わる記事」の残余の部分にも、秦氏との関わりで、朝鮮との関係を窺わせる箇所の存在していることは、今回見た通りであるが、此の出雲国と朝鮮との関係――其れは、古代における彼我の間の現実の交流を考えれば、かなり濃密なものであったと思われる――を、『古事記』の編纂者が嫌ったこと、其の気持ちが彼をして出雲国と黄泉国とを隣合うかの如くに表現させたのではないだろうか。

天皇家の祖先神が葦原中国を譲渡させる交渉の相手としては、此れを出雲国とする伝承が既に存在しているのだから、『古事記』も此れを採用しよう、天皇家の祖先神の偉業を讃え、天皇の偉大であることを主張するには、其の交渉の過程にさまざまな困難が伴い、天孫降臨に至るまでの道は必ずしも平坦ではなかったとしなければならない、其のためには多くの神話や系譜的記事を採用して、出雲国の存在を大きく描くことにしよう、しかし、出雲国だけを過大に評価するのもいかがかと思われるので、足した分は減じておくことにしよう、さて、出雲国は朝鮮半島と地理的に近い位置にあるから、此のことを出雲国の欠点として、出雲国と朝鮮との関わりを窺うことの出来る神話や系譜的記事を載録し、しかも出雲国を黄泉国と隣合うように表現しよう、と『古事記』の編纂者は考えたのではないか。

　此のように考えて来ると、出雲国を朝鮮との関わりで貶めるためには、「大年神と其の子孫に関わる記事」中に大山上咋神と山末之大主神とを出すよりも、天皇家に対して反逆的な行動のあった漢氏の祭る神を出す方が相応しいとも思われるが、そうなっていないのは、『古事記』の編纂される頃、既に当該二神の名を出して、其れらが松尾神社の祭神であるとする「大年神と其の子孫に関わる記事」が存在していたか、天武天皇の意を汲んだ『古事記』の編纂者が、漢氏に関わることには極力触れまいとしたか、の孰れかによるのであろう。どちらかと言えば、前者である場合の可能性が高いとも思われるが、二神の名が『古事記』の編纂時に加えられたとした場合のことを考えてみると、出雲国を貶めるためであるから、編纂者は積極的に漢氏の祭る神の名を出しても、天皇の意に添うことが出来たのではないかと思われる。

　記紀両書が編纂される頃の我国の対朝鮮外交史上の出来事として、天智二（六六三）年、百済と結んだ我国が、唐・新羅の連合軍と戦って惨敗を喫し、百済が滅亡する所謂白村江の戦いがあり、此の戦いによって我国と朝鮮との間の公的な外交は断絶してしまった。戦いに敗れたことで我国、特に大和朝廷の人々は、唐・新羅就中我国と近い距離にある新羅に対して一層の警戒心と敵愾心とを抱いたことと思われる。

　『古事記』の編纂者には、もとより天孫降臨を語るに際しては出雲国を大きく描き、其の大きく描いた分を何らかの形で減じようという意図があったと思われるが、同書の上巻において出雲国と黄泉国とが隣合わせとされ、出雲関係の記事に朝鮮の影が見え隠れしていることの背後には、編纂者の新羅に対する思いがあるのではないだろうか。

　出雲国は、はじめ朝鮮半島の南東部を領地としていた新羅と地理的に近く、しかも天皇家の祖先神が降下したとされる竺《(筑)》紫日向の地からも、都のある大和からも具合良く隔たっているのである。

『出雲国風土記』は、意宇郡の郡名の由来を語って、出雲国の一部が志羅紀（新羅）の地を割いて引寄せることで成ったと言い（意宇郡条）、軍団・烽・戍の名称と地理上の位置とを記す（巻末記）が、此れは出雲国が朝鮮半島と距離的に近いことを示すものである。

注

(1) 本居宣長撰『古事記伝』一二之巻――『本居宣長全集』第一〇巻三六頁。
(2) 倉野憲司著『古事記全註釈』第三巻三五一頁。
(3) 次田潤著『古事記新講』は、「何所かに同じ神が重複してゐるものかと思はれる」（一八四頁）と言う。
(4) 張爾公／廖百子仝輯『正字通』（清畏堂原板）寅集下4オ。
(5) 許愼撰・徐鉉増釈『説文解字』巻七上――『景印文淵閣四庫全書』第二二三冊（経部二一七小学類）二〇九頁。
(6) 呂不韋撰・高誘註『呂氏春秋』巻二六・士容論第六・四曰任地――『景印文淵閣四庫全書』第八四八冊（子部一五四雑家類）五〇一頁。
(7) 武田祐吉著『古事記説話群の研究』（『武田祐吉著作集』第三巻二一三－二一六頁）、津田左右吉著『日本古典の研究』（上巻――『津田左右吉全集』第一巻四六二－四六六頁）、松前健著『日本神話の形成』（三〇四－三〇五頁）などに見える。
(8) 次田潤著前掲書一八四頁。
(9) 西郷信綱著『古事記注釈』第二巻一四九頁。
(10) 次田真幸全訳注『古事記』（講談社学術文庫）(上)一四七頁。
(11) 拙稿「大年神の系譜について」（拙著『記紀神話伝説の研究』所収）参照。
(12) 拙稿「スクナビコナ神をめぐって」（本書に収録）参看。
(13) 惟宗公方?著『本朝月令』――『群書類従』第五輯八四頁。同じ記事が『年中行事抄』（『続群書類従』第一〇輯上二九二－二九三頁）にも引かれている。
(14) 『二十二社註式』――『群書類従』第一輯七七七頁。中原師光著『師光年中行事』の「松尾祭事。当日使立。貞観年中始之」条に引かれる

「旧記」にも、「大寶元年。秦都理始造立神殿」（『続群書類従』第一〇輯上三四七頁）とある。

(15) 平野邦雄著「秦氏の研究（二）」――『史学雑誌』第七〇編四号六七頁。

(16) 田中勝蔵著「秦氏帰化年代攷」――『徳島大学学芸紀要（社会科学）』第一二巻三七頁。

(17) 菅政友著「高麗好太王碑銘考（承前）」――『史学会雑誌』第二四号四六頁。

(18) 内藤湖南講演「近畿地方に於ける神社」――『内藤湖南全集』第九巻四六頁。

(19) 太田亮著『日本古代史新研究』四六〇頁。

(20) 鮎貝房之進著『雑攷』第二輯下巻――『雑攷新羅王号攷朝鮮国名攷』三三八頁。

(21) 藤間生大著『東アジア世界の形成』二八頁。

(22) 秦氏については、其の渡来の時期も詳らかでなく、古くは、「応神記」に「秦造之祖…（中略）…参渡来也」と見える記事、また、上に掲げた『日本書紀』『古語拾遺』『新撰姓氏録』の記事が言う儘に、「応神朝」（太田亮著前掲書四五四頁）であるとされていたが、「応神朝としてあるのは、文字の伝来を此の朝のことにしたところからの附会に過ぎない」（津田左右吉著前掲書下巻――『津田左右吉全集』第二巻一七一－一七二頁）と言われるようになり、近年は、其の出身地とともに、「確定することは現状では困難と思われる」（加藤謙吉著「渡来人」――雄山閣出版編『古代史研究の最前線』第一巻六四頁）と言われたりもしている。従って、秦氏を過不足無く、しかし簡潔な表現で説明しようとすると、「古代に朝鮮半島から渡来した氏族」（平野邦雄著「はたうじ 秦氏」――国史大辞典編集委員会編『国史大辞典』第一一巻五六五頁）、「古代の渡来系氏族」（朝尾直弘／宇野俊一／田中琢編『角川 新版日本史辞典』八五三頁）、「弓月君《ゆづきのきみ》を祖と伝える有力渡来氏族」（日本史広辞典編集委員会編『日本史広辞典』一七四五頁）、「古代の渡来系の氏族」（新村出編『広辞苑』第五版二一四四頁）といった程度の表現にならざるを得ない現状にある。

(23) 松岡静雄著『日本古語大辞典』語誌五四一・三七六頁。

(24) 西郷信綱著前掲書第二巻一四一頁。

(25) 新潮日本古典集成・西宮一民校注『古事記』三八七頁。

(26) 南方熊楠著「岩田村大字岡の田中神社について」（『南方熊楠全集』第六巻一三三－一三四頁）、日本古典文学大系1『古事記 祝詞』（一一〇頁）、尾崎暢殃著『古事記全講』（一八五頁）、次田真幸全訳注前掲書（講談社学術文庫上一四五頁）など。

(27) 例えば、今、歴史書に限って其の用例を挙げるならば、「夫力耕桑以求衣食、築城郭以自備、故其民急則不習戰功、緩則罷於作業」（司馬遷撰・裴駰集解・司馬貞索隠・張守節正義『史記』巻一一〇・匈奴列伝第五〇――中華書局出版同上書第九冊二九〇〇頁）、「使萬民耕織射獵衣食、父子無離、臣主相安、倶無暴逆」（同二九〇二頁）、「欲天下務農蠶、素有畜積、以備災害」（班固撰・顔師古注『漢書』巻五・景帝紀第五――中華書局出版同上書第一冊一五一頁）、「世世以農桑爲業」（同上書巻八七上・揚雄伝第五七上――中華書局出版同上書第一一冊三五一三頁）、「百姓勉桑稼、以備災害」（范曄撰・李賢等注『後漢書』巻二・顕宗孝明帝紀第二――中華書局出版同上書第一冊九八頁）、「其剽輕游恣者、皆役以田桑、嚴設科罰」（同上書巻七六・循吏列伝第六六・「仇覧」条――中華書局出版同上書第九冊二四八〇頁）といった表現、更には、「一夫不耕、或受之飢、一女不織、或受之寒」（班固撰・顔師古注前掲書巻二四上・食貨志第四上――中華書局出版同上書第四冊一一二八頁）、「男不耕耘、女不蠶織」（同一一三二頁）といった表現が随所に見られる。

(28) 関晃著『帰化人』九七頁。

(29) 山尾幸久著「秦氏と漢氏」――門脇禎二編・地方文化の日本史2『古代文化と地方』一一三頁。

(30) 平野邦雄著「畿内の帰化人」――坪井清足／岸俊男編・古代の日本5『近畿』一六五頁。

(31) 山尾幸久著前掲論――門脇禎二編前掲書一四二頁。

(32) 平野邦雄著「畿内の帰化人」――坪井清足／岸俊男編前掲書一六三頁。また、和田萃著「山背秦氏の一考察」（京都大学考古学研究会編集『嵯峨野の古墳時代』二〇六頁）にも同じ見解が示されている。

(33) 坂元義種著「9 渡来系の氏族」――大林太良編・日本の古代11『ウジとイエ』三二一―三二二頁。『日本書紀』巻第二九・「天武天皇六年六月是月」条に、「詔二東漢直等一曰、汝等黨族之、自レ本犯二七不可一也。……（中略）……従レ今以後、若有二犯者一、必入二不レ赦之例一」とある記事の「七不可」が如何なる事柄であったかについては、日本古典文学大系68『日本書紀』下巻が「未詳」（四二八頁）であるとするが、坂元義種は、同じく『日本書紀』巻第二一が、「崇峻天皇五年十一月癸卯朔乙巳（三日）」条に記す、東漢直駒による崇峻天皇暗殺事件と、此れも『日本書紀』巻第二四の「皇極天皇四年六月戊申（十二日）」条に見える、所謂大化のクーデターの際、漢直等が眷属を集め、武装して蘇我蝦夷を助け、中大兄に敵対しようとした事を挙げ、新編日本古典文学全集4『日本書紀』③は、此れらに、「皇極天皇三年冬十一月」条に見える、漢直等が蘇我蝦夷・入鹿親子の家の門を守ったとある事と、「孝徳天皇大化元年九月戊辰（三日）」条に記される、古人大兄皇子と倭漢文直麻呂らが謀反を起こした事とを加えている（三七七頁）。崇峻天皇の暗殺は東漢直駒が蘇我馬子の指示に従って行なったとされており、坂元は「二つの事件に共通していることは漢氏が蘇我氏の側に立ち、天皇権力の基盤を脅かしたということである。したがって、七つの大罪がいずれも天皇の権威や権力と深くかかわったものである可能性は濃い」と言う。『日本書紀』巻第一〇・「応神天皇二十年秋九月」条に、「倭漢直祖阿知使主」とあり、『古語拾遺』に「漢直祖阿知使主」と見え、また、『釋日本紀』に「東《ヤマト》漢草直足嶋《ノアヤカヤノアタヒタルシマ》」（巻第二〇・秘訓五・第二六――『新訂増補国史大系』第八巻同上書二七〇頁）とあって、倭漢直・東漢直・漢直は同一氏族であると知られる。『日本書紀』巻第二三・「舒明天皇十一年秋七月」条に見える「書直縣」が、同書巻第二四・「皇極天皇元年二月丁亥朔戊子（二日）」条には、「倭漢書直縣」とあり、更に同書巻第二五・「孝徳天皇白雉元年是歳」条に「倭漢直縣」と見えて、倭漢書直が倭漢直即ち漢直の一枝族であると知られ、以下煩しいので所在の一一《いちいち》を記さないが、『日本書紀』に、「黄書造本實」・「黄文造」、「書直智德」・「文忌寸知德」といった表記があって、「書」の文字と「文」の文字とが通用されると知られるから、倭漢文直麻呂は倭漢書直即ち漢直の一枝族の人物であることになる。なお、「皇極天皇元年二月丁亥朔戊子（二日）」条の「倭漢書直縣」は、天理図書館所蔵卜部兼右本日本書紀によっての表記である（日本古典文学大系68『日本書紀』下巻三頁）が、兼右本日本書紀の当該箇所は、「倭《東イ》漢書《フム》直縣《ヤマトアヤフミアタヒアカタ》」（天理図書館善本叢書『日本書紀兼右本』三・九頁）と記されており、此れによっても倭漢直と東漢直とが同一氏族であることが知られる。

＊ 本論中に出る漢氏と秦氏については分らない事が多い。大同二（八〇七）年二月一三日付の跋文を有する『古語拾遺』に、「訓二秦字一謂二之波陁一」（雄略天皇条――斎部広成撰・西宮一民校注同上書（岩波文庫）一三七頁）とあり、「表」に弘仁六（八一五）年七月二〇日と記されている『新撰姓氏録』の「山城国諸蕃・秦忌寸」条に、「大鷦鷯天皇諡仁徳御世。賜レ姓曰二波陁一。今秦字之訓也」（佐伯有清著『新撰姓氏録の研究』本文篇三〇七頁）とあって、九世紀の初頭に「秦」が所謂名乗りではハタもしくはハダであった（「陁」は、タともダとも訓まれる）ことが確実であった。ただ、秦氏は秦の始皇帝の子孫であるとする説は、『新撰姓氏録』に見られるのであって、ハタ（ダ）を漢字で表記する場合、旗・機・鰭・端・羽田・膚などさまざまな字を用いることが出来るので、ハタ（ダ）氏が氏の名を始めから「秦」と記していたか明らかではない。しかし、『日本書紀』にも「秦酒公」（雄略天皇一二年冬一〇月癸酉朔壬午条）、「秦造酒」（同一五年条）などとあって、八世紀初頭には「秦」と記していたようで、『古事記』も此の文字を用いている。注（33）に、『釋日本紀』に「東漢草直足嶋《ヤマトノアヤカヤノアタヒタルシマ》」とあることを挙げたが、「漢」が何故アヤと訓まれるのかは明らかでない。正倉院文書に漢部忍国・綾部忍国と記されている人物（「金剛般若書作充帳」（天平宝字二年七月二日）――『大日本古文書』巻之一三（追加七）三五四頁、「千手千眼幷新羂索薬師経経師等筆墨直充帳」（天平宝字二年七

月五日）――同上書三六一頁）が同一人であると目される（『日本古代人名辞典』第一巻一〇七頁）ことからも、「漢」がアヤと訓まれたことが推察されるが、『古事記』はハタ《ダ》と並ぶ外来氏族アヤを「漢」の字をもって記している。本論中、『古事記』にアヤ・ハタ《ダ》に漢・秦の文字を当てた表記がある、といったのは述べたような事情によってのことである。

第Ⅳ部

第一章　アメワカヒコの葬儀に関わる鳥について

嘗て、人は死ぬと鳥に化すことがあると考えられていたらしい。

中国では、東晋（三一七－四一九）の時代の人干寶の撰とされる志怪小説集『捜神記』に、

崔文子者、泰山人也。學仙于王子喬。子喬化爲白蜺、而持藥與文子。文子驚怪。引戈擊蜺、中之、因墮其藥。俯而視之、王子喬之尸也。置之室中、覆以敝筐。須臾、化爲大鳥。開而視之、翻然飛去。

という話が見え、(1)『新唐書』に「張讀宣室志十巻」(2)と記されている伝奇集『宣室志』は、「俗傳人之死、凡數日、當有禽自柩中而出者、曰「煞」」と言い、太和年中（八二七－八三五）に鄭生なる者が隰州（山西省隰県）の里人から、「里中有人死且數日、卜人言、今日『煞』當去、其家伺而視之、有巨鳥、色蒼、自柩中出」(3)という話を聞いたと記している。

我国に目を転ずると、『日本書紀』が巻第七の「景行天皇四十年是歳」条に、日本武尊の死と、伊勢国能褒野の陵への遺体の埋葬のことを記すが、其の記事に続けて、「日本武尊化二白鳥一、從レ陵出之、指二倭國一而飛之」と記している。

堪忍の心を欠いていたため蔵人頭になれず、陸奥国の国守として配所に没した藤原実方の執念が、此の世に留まっ

て雀となり、禁裡の台盤の飯を食ったという話は、諸書に記され[4]良く知られている。

十七世紀後半から十八世紀の前半を生きた国学者天野信景は、其の著書『塩尻』に、宝永七（一七一〇）年かと思われる「庚寅」の年、熱田神宮寺の井戸浚いをしたところ、井底の土中より鳥の大きさの黒い鳥が飛び立ち、空を翔けて行方知れずとなったが、其の後医王院の院主が寂滅したと述べ、「如何なる故にか侍りけん」と記している。[5]恐らくは此れと同じ出来事を扱っていると考えられるが、安永二（一七七三）年に『煙霞綺談』を刊行した西村白鳥は、同書に、「元禄元庚戌《ママ》」年、熱田神宮寺に門を建てることがあった折、大地を四尺ほど掘り下げたところ、其処から鳥大の鳥が飛び立ち、何処へともなく飛び去ったが、五日後に住僧が物故したという話を載録している。[6]此れらの記事は、鳥と院主或いは住僧の霊魂とを同一視しているのであって、肉体から霊魂が離れた人は死ぬという観念・思想に基づいて、創作され伝承されていた話を記録したものと思われる。人が死ぬと鳥に化すという観念・思想は、我国では江戸時代に至ってなお、民間に生きていたと知られる。

イギリスの初代駐日公使オールコック（Al'cock, *sir* Rutherford）は、通訳伝吉の葬儀について記述することがあったが、其の遺体が寺から墓地へと運び出された時、二羽の鳩が放たれたと記している。彼は放たれた鳩が一羽でなく二羽であったことについては満足出来る説明を得られなかったと述べながら、「これは、明らかに霊魂がとびゆくことを象徴したものであった」と記している。[7]此れと同じ習俗は、昭和初期の四国高松地方でも見られたことが報告されている。[8]同じ四国の土佐の山村では、間引きした子の遺骸の両脇のところに鶏の羽根を挟むことがあったというが、此れもやはり、「霊魂が鳥の形をしていると考える古い信仰」に基づく風習であるとされ、更に加えて「子どものたましいが早くあの世に飛んでゆき、ふたたびこの世にしあわせに生まれかえってくるようにという、子を殺した親たちのせつない願いからでたものであろう」と説明されている。[9]

＊　＊

『古事記』には、「葦原中国」へと派遣された「天神」の使者である雉を射殺した矢を、「天安河之河原」から高木神によって衝き返され、其れが当たって死んだ天若日子の葬儀が、

作二喪屋一而、河鴈為二岐佐理持一、（自レ岐下三字以レ音。）鷺為二掃持一、翠‐鳥為二御食人一、雀為二碓女一、雉為二哭女一、如‐此行定而、日八日夜八夜、以遊也。

と記されている。『古事記』は此の葬儀が、天若日子の妻下照比売と、「在レ天、天若日子之父、天津国玉神及二其妻子一」、即ち天若日子の父及び天上界における天若日子の妻子によって、「葦原中国」で営まれた、と言う。

同じ事柄は『日本書紀』巻第二の第九段（天孫降臨章）本文にも記されているが、こちらは「天」において行なわれた天稚彦の葬儀を、

造二喪屋一而殯之。即以二川鴈一、爲二持傾頭者及持帚者一、（一云、以レ鶏爲二持傾頭者一、以二川鴈一爲二持帚者一。）又以レ雀爲二舂女一。（一云、乃以二川鴈一爲二持傾頭者一、亦爲二持帚者一。以レ鵄爲二尸者一。以レ雀爲二舂者一。以二鷦鷯一爲二哭者一。以レ鶏爲二造綿者一。以レ烏爲二宍人者一。凡以二衆鳥一任事。）而八日八夜、啼哭悲歌。

と記している。

今回は、此処に引いた記紀両書の記事について、何故鳥が葬儀に関わることになっているのか、一一の役割と其れを分担している鳥との間には、他の鳥をもって其の役を代行させることの出来ないような密接な関わりを認めることが出来るのか、名を挙げられている鳥全体に何か共通する事柄が認められるか否か、といった幾つかのことを考察してみる。

＊　＊

まず此の葬儀では、上に引いた『日本書紀』の記事のうち、後に出る「一云」の注記の末尾にも、「凡以二衆鳥一任事」とあるように、鳥がさまざまな役割を分担していることが注目される。

此のように鳥が葬儀に関わることについては、「稚彦有雉禍。故以衆鳥任葬官。類之也」(10)と、アメワカヒコの死其

の事が雉に起因しているからという説、此れと同じ考えに基づきながら、「天稚彦逆にして以て無名雉を殺す。故に喪屋に衆鳥をして尸《かばね》を辱かしむ(11)」と、アメワカヒコが「葦原中国」へと派遣された雉の命を奪った報いであると見る説、「上古《ハ》、野葬《ニソ》、鳥《ニ》クワスルソ(12)」と、所謂鳥葬を引き合いに出す説、また、『日本書紀』巻第二の第九段（天孫降臨章）本文が、天稚彦の死について語り、「天國玉…（中略）…遣二疾風一、擧レ尸致レ天」と記していることと、鳥が風に乗って天空を飛翔することを結び付けて、「衆鳥」が「風神《ノ》に従ひ降《クダ》りて、天稚日子が屍《カバネ》を、天に致《イタ》しけむ故(13)」ではないかとする説、更には、「たゞ幼子の目覚種《シ》にそへたる事(14)」であるとする説など、此れまでにいろいろな説が述べられた。

此れらの諸説のうち、「尸《かばね》を辱かしむ」とする説は、葬儀を行なう者が、「天若日子之妻、下照比売…（中略）…天若日子之父、天津国玉神及二其妻子一」（記）、「天稚彦親屬妻子」（紀）とされていること、彼らがアメワカヒコの死を悼み悲しんでいることが記紀両書の記事に窺えることから、まず成立し難い。「衆鳥」が「天稚日子が屍《カバネ》を、天に致《イタ》し」たからとする説も、『古事記』においては、「下照比売之哭声、与レ風響到レ天」と「風」の文字こそ見られるものの、葬儀の執行された場が明らかに「葦原中国」とされていることからやはり成立し難い。鳥葬を思わせる吉田兼倶の説は、「野葬」の場合、死体を食うものが鳥ばかりであったとは思われないので、いま一つ説得力に欠けるように思う。アメワカヒコの葬儀の話が「幼子」を主たる聞き手として語られたものとも思えないので、守部の説も如何かと思われる。

雉が「其飛若矢(15)」と言われる鳥であるが故に、急を要する使者に抜擢されたらしく思われること、「雉」の文字が「矢」と「隹」との組み合わせから成っているので、雉が「矢」によって殺されるとされたらしく思われること、『古事記』では派遣される雉の名を「鳴女」とし、天若日子の葬儀で雉が「哭女」とされていることなどを考えると、雉が使者として派遣され、其れとアメワカヒコとが共に死んで、葬儀のことが語られる辺りには、記紀両書の記事ともに、物語作者によって凝らされた物語構成上の工夫が窺えるように思われるので、アメワカヒコが雉の禍によって死

んだが故に、「衆鳥」が葬儀を任されているのだとする第一の説には、捨て難いものがある。(16)

鳥が葬儀に関わっていることについては、「霊魂の鳥に化生すると云ふ信仰からも発生しさうに考へられる」(17)という意見などに端を発して、近年、「人間の魂は死後、鳥に移るという信仰が当時存在したからであろう」(18)、「死者の魂が鳥に化すという考えと対応しているに相違ない」(19)、「死者の魂が鳥に化すという考え方と関係する」(20)などと、鳥を人の霊魂と結び付けて考える未開・古代人の観念・思想の面からの説明が相次いで為され、本論の冒頭に紹介したような、当該観念・思想の具体的表出とも言える多くの伝承・記録・風俗習慣の存在にも恵まれて、其れがほとんど唯一の正しい解釈であるかのようになってしまっている。私も此の考え方を良しとするけれども、アメワカヒコが登場し、彼が死に、其の葬儀の事が語られる話は、其の創作者が「鳥尽くし」の形で当該譚を構成しようと意図した結果なのではないかということも、記紀両書に載録された「スサノヲ神によるヤマタノヲロチ退治譚」に、「八」また其の音を表わすために用いられた「夜《ヤ》」の文字が頻用されていること、『古事記』の記す「大穴牟遅神による根堅州国訪問譚」の導入部と結末部とが、根堅州国の「根」との関わりからか、「木尽くし」の観を呈していることなどから、考えられないことではないと思う。今では、「これらの鳥の傳へは、天上から地上への使者に鳥（雉）を用ゐるといふ着想とも關聯」(21)しているというような発言は、ほとんど為されることがなくなっているが、一条兼良の意見は、いま一度見直されても良いのではないだろうか。

＊　　＊

記紀両書に記されるアメワカヒコの葬儀において種々の役割を担う鳥たちは、河(川)鴈・鷺・翠鳥(鴗)・雀・雉・鶏・鵜鶘・鵄・烏と九種を数えるが、此れらの鳥たちが何故それぞれの役割を担っているかについては、例えば河鴈が岐佐理持とされることについて、本居宣長が、『釋日本紀』に「持傾頭者。私記曰。…（中略）…師說。葬送之時。戴㆓死者食㆒片行之人也」(22)とあることを手掛りに、岐佐理持の語を「笥飯背垂持《ケヒセタリモチ》」或いは「頗傾背垂持《カブシセタリモチ》」の約言と解し、其の行動を「頭を前《マヘ》へ傾《カタムケ》　俯《ウツム》きて、項《ウナジ》より背《セ》へかけて、飯笥《イヒケ》を居《スエ》て行《ユク》なるべし(23)」と推測して、「河鴈の頸《クビ》のさま、此伎《ノキ》佐理持《サリモチ》の形状《カタチ》に類《ニ》たることある故に、此役《ノワザ》を充《アテ》たるなるべし(24)」と言い、また、翠鳥を御食人、雀を舂女とすることについて谷川士清が、「翠鳥《ハ》能取レ魚故為二御食人一(25)」、「雀…（中略）…是取二躍而不レ歩如レ舂也(26)」と言うように、此れまでに其の鳥たちの形状・習性また動作が、如何にそれぞれの役に相応しいかといった観点から説明が為されている。

此れら鳥の形状・習性・動作などと各鳥の任務との繫がりを言う説明は、其の考え方の大筋においては正しいと思われるが、上に掲げた説明を例にとっても、『古事記』に岐佐理持と言い、『日本書紀』に持傾頭者と記される者を、「笥《ケ》飯《ヒ》背《セ》垂持《タリモチ》」或いは「頗傾《カブシ》背《セ》垂持《タリモチ》」と解することが正しいか否かが定かでないし、河（川）鴈を、鴈が河（川）辺に居る鳥であるが故に河（川）鴈と称したまでのことで、鴈とは別の鳥でも鴈の一種でもないとしても、河（川）鴈が其の役に任じられているのが、鴈の形状と岐佐理持（持傾頭者）の行動の様子との類似によったとすることが出来るか否か、なお検討を要すると考えられるし、翠鳥が御食人とされたことについても、御食人を仮に、江戸時代後期の漢学者大蔵謙斎の『喪祭儀略』に、「命終ノ日ヨリ葬ルマデ、朝夕ニ、常ノ料理膳ヲソナフ(27)」とあるのに従って、喪屋において死者に食物を供する役の者と解し、翠鳥を「能水上取魚(28)」或いは「水上ニ飛翔シ或ハ水上ノ樹枝ニ止テ魚ノ浮出ヲ窺ヒ水ニ没シテ含食フ十ニ一ヲ失セズ(29)」と言われるように、巧みに魚を捕獲することの出来る鳥と認めてなお、死者の食膳に魚ばかりが並べられたとは考えられず、俄には賛同し難いといった具合で、まだまだ解明すべき事柄を多く残している。

雀を舂女とすることについても、其の動作の類似することばかりでなく、『古事記』に「雀為二碓女一」とあること、『日本書紀』巻第二十二の「推古天皇二十九年春二月己丑朔癸巳（五日）」条に、「耕夫止レ耜、舂女不レ杵」とあり、『播磨国風土記』の「揖保郡萩原里」条に「舂米女」、また『日本霊異記』上巻の第二話に「稲舂女」といった語が見え、『新撰字鏡』に「碓都海都遂二反去女人舂米之器舂也築也敕也宇須(30)」ともあって、我国では古く碓を用いての労働が、主として女性に委ねられていたらしく思われること、前に述べたように、雉を殺すのに矢が用いられていることに作意の感じられること、また其の雉の名の鳴女と雉が任じられる役哭女との間に関連があるらしく思われることなどからすれば、「雄略紀」に「須受雀に舂女・碓女の役が当てられたとも考えられることが言われても良いように思われる。

際、メの音を表わすのに「米」の字を用いることが出来、其の「米」の字から「碓」・「舂く」といった語が連想され、メ或いはウスメのメの音が連想されて、両者が結合されたのではないかということ、雀を萬葉仮名を用いて表記する米」と乙類の「米」を用いて記されるスズメのメの音に、甲乙の違いはあるがいずれ近い音であったと思われるツキ

*　　　*

アメワカヒコの葬儀に種々の役目を委ねられる鳥たちを見ると、鶏・烏など、中国また我国の古代に神聖視されていたことの明らかなものが含まれており、それぞれの鳥が形状・習性・動作などによって果たすべき役務と結合されたということとは別に、あるいは其れらの総てが何か共有している格別の理由に基づいて選ばれたのではないかということが考えられる。

鶏は中国において、古く「說題辭曰。雞爲積陽。南方之象。離爲日。積陽之象也。火陽精物。炎上。故陽出雞鳴。以類感也。日將出。預喜於類。見而鳴也[31]」、「按周易緯通卦験云雞陽鳥也…（下略）[32]」とされ、また『重修玉篇』に「雞結兮切司晨鳥亦作鶏[33]」、『埤雅』に「旧説日中有雞月中有兎[34]」、『本草綱目』に「古人言鶏能辟邪[35]」と言われるように、太陽や其の光と密接に関わり、邪気悪霊を撃退駆逐するものと考えられていた。此のような観念・思想が我国の未開・古代人の間にも存在したことは、所謂天石屋戸神話における常世の長鳴鳥の活躍によって窺い知ることが出来る。

中国の貴州省に居住するミャオ（苗）族に、「山後に逃げ去つた」太陽を「公鶏（雄雞）」に呼ばせると、太陽が「東方の山頭から一寸顔を出して大地を覗」いたという話が伝承されていたこと[36]、此の話の前半部は淮南王劉安（前一七八？－前一二二）の著書に、「逮至堯之時十日並出…（中略）…堯乃使羿…（中略）…上射十日[37]」と記される、天空に現われた多数の太陽を射落とす、所謂太陽征伐譚になっていて、逃げた太陽を鶏に呼び戻させる後半部も、前半部とともに、或いは同様に、古くから伝承されていたかも知れないこと、ミャオ（苗）族の当該伝承と我国の「天石

屋戸神話」に似通った部分のあること、鶏が夜明けに鳴くこと、など幾つかの理由から、今日、常世の長鳴鳥は鶏のことであると解されている。

＊　　＊

明代の人、謝肇淛の『五雑組』に、「旧說《ニ》烏《ノ》（ママ）性極壽《テシ》」(38)と記される烏は、『太平御覧』に「春秋元命苞曰火流爲烏烏孝烏陽精…（下略）」(39)という記事が見えて、中国では「陽精」と考えられていたことが分る。

記紀両書は「(頭)八咫烏」が、神ヤマトイハレビコの率いる軍勢の道案内をした話を載せているが、此の話は、『日本国見在書目録』にも其の名が挙げられている東晋（三一七－四一九）の王嘉の『拾遺記』(40)に、「初越王入國有丹烏夾王而飛故句踐入國」(41)と記される勾践と越軍の呉国への入国を語る話と似ている。また、『元和郡県志』に、「後魏太和二十三年孝文帝親征馬圏行至此城昏霧得三鵶引路遂過南山」(42)と記される龍興県（現、河南省宝豊県の地）の通鵶城に関する話とも似ている。

『元和郡県志』の成立時期は記紀の其れに後れるが、後魏の太和二十三年は、記紀両書の成立に先んずること約二百年の西暦四九九年であること、『倭名類聚鈔』に「兼名苑云烏一名鵶」(43)とあること、『拾遺記』に言う「丹烏」も色変わりながら烏であることなどを考えると、記紀の伝える「(頭)八咫烏」が神ヤマトイハレビコの軍勢を先導した話は、「陽精」とされた烏が、道を行くのに難渋する者を導いて、目的の場所、安全な場所へと到達せしめる話が、中国に出来し、其れが何時の頃か我国に伝えられて、「神武東征譚」中の一挿話になったものとも考えられる。もしそうだとすると、烏を「陽精」とする中国人の考えは、記紀成立以前の我国に伝えられていたことになる。

中国で烏が「陽精」とされていたことは、『太平御覧』に「張衡靈憲曰日陽精之宗積而成烏烏有三趾陽之類數奇」(44)とあり、また古代の文献に「日中有三足烏」(45)、「日中有踆逡烏踆猶蹲也謂三足烏」(46)などと記されているように、其れが太陽と密接な関わりをもつとされたり、太陽には三足の烏が居るとしたりする観念・思想にも窺うことが出来る。

記紀の「神武東征譚」では、「(頭)八咫烏」が出現するに先立って、『古事記』の場合、五瀬命に「吾者為㆓日神之御子㆒、向㆑日而戦不㆑良」という発言があり、『日本書紀』の場合、天皇に「今我是日神子孫、而向㆑日征㆑虜、此逆㆓天道㆒也」という発言があり、やがて高木神或いは天照大神により「(頭)八咫烏」が派遣されている。此の辺りの物語構成には、太陽と鳥とを結び付ける考え、つまりは鳥を「陽精」とする観念・思想の存在が窺えるように思われる。『古事記』が八咫烏の派遣について、殊更に「自㆑天」為されたと述べているのは、太陽神ではない高木神が其れを派遣したとすることによって、読者に認識され難くなってしまった太陽・鳥の関係を、些かなりとも補足表記しておこうとした結果ででもあろうか。

『日本書紀』巻第二十五の「孝徳天皇白雉元年二月庚午朔戊寅(九日)」条に、「道登法師曰、昔高麗…(中略)…遣㆓大唐㆒使者、持㆓死三足烏㆒來。國人亦曰、休祥」という記事が見える。此の記事から、中国人が三足の鳥に対して抱く観念・思想は、遅くも白雉元(六五〇)年には我国に伝わっていたことになる。

此の記事は、白い雉が献上されたことで年号が大化から白雉へと変えられる折に、其の拠り所となった発言であるから、書紀編纂時の知識によって後から挿入付加されたものとは考えられないが、仮に後の知識によったものとすれば、当該観念・思想の我国への伝来は、最大限後退させると養老四(七二〇)年までのこととなる。しかし、中国・朝鮮・日本三国間相互の古代における交流を考えると、此の観念・思想はかなり早く我国に伝えられていたと考えられる。

道登については『日本霊異記』上巻の第十二話に、「高麗ノ学生道登ハ。元興寺ノ沙門也。出㆑自㆓山背ノ恵満之家㆒(47)」と記されている。

三足の鳥は『延喜式』に「日之精也(48)」として上瑞とされている。

＊　＊

河鴈については新井白石が、「カリといふものに。異なるものにや不レ詳(49)」としているが、今仮に『日本書紀纂疏』が「川鴈。謂鳧鴈之類。一云鴈之一名也(10)」と言い、『神代巻口訣』が「川鴈は鴈(11)」と述べているのに従い、尋常の鴈であると考えると、此れも『史記』の一節「陽鳥所居」に付された「集解」に「孔安國曰」として「隨陽之鳥、鴻鴈之屬(50)」とあり、『尚書鄭注』に「陽鳥鴻雁之屬隨陽氣南北(51)」、『尚書注疏』に「此鳥南北與日進退隨陽之鳥故稱陽鳥(52)」と言うように、鳥とはまた異なる理由からではあるが、中国では太陽と縁のある「陽鳥」と考えられていたことが明らかである。

孔安国は漢の武帝（在位前一四一－前八七）の頃の人であり、『尚書鄭注』の撰者鄭玄は二世紀の人である。また『尚書注疏』の「疏」の文の著者孔穎達は、六世紀後半から七世紀前半にかけての人である。従って、鴈を「陽鳥」とする中国人の観念・思想は、我国にも早く、記紀成立以前に伝えられていたと考えられる。

今、此の観念・思想の我国に伝来した明確な証を、記紀また「風土記」などの記事に見ることは出来ないが、あるいは「仁徳記」に鴈の産卵に関わる歌三首を掲げ、其れを「本岐歌（寿き歌）」としているのが、其の証となるかも知れない。

我国で鴈が常世国と結び付けられるのも、其れが「陽鳥」であることと無縁ではあるまい。

＊　＊

鷺は、三国時代（二二〇－二八〇）の呉の陸璣の『毛詩草木鳥獣虫魚疏』に、「水鳥也好而潔白故謂之白鳥(53)」とあり、『本草綱目』にも「潔白如雪(54)」とあって、其の色の白いことが特徴の一つに挙げられる。『倭名類聚鈔』も「崔禹錫食經云鷺音路和名佐木色純白其聲似人呼喚者也(55)」と、其れを「純白」であるとする説を引いているので、我国の古代人が鷺の特徴を其の色の白さに認めていたことは明白である。『萬葉集』には「白鳥　鷺坂山」（巻九・一六八七）と、白鳥を鷺の枕詞としている例がある。

我国において古く、白い色をしたものが神聖視されたり、其のものの出現が祥瑞と考えられたことは、「其坂神化二白鹿一而来立」（景行記）という記事や、穴戸国が白雉を献上したことにより年号が大化から白雉に変わったことなどに明らかであるから、記紀に其の例を見ないが、鷺も他の多くの鳥たちと等し並には扱われていなかっただろうと思われる。

本論の冒頭に引いた「日本武尊化二白鳥一」という記事の「白鳥」は、伊勢国能褒野陵から倭琴弾原を経て河内の旧市邑へ飛んだとされており、其の飛翔した地域から推して、冬に北海道・青森県・新潟県などに渡来する白鳥《はくちょう》ではなく、鷺であったとも考えられる。

＊　＊

翠鳥は『埤雅』に「或謂之翡翠(56)」とあって、翡翠とも言われたことが知られるが、翡翠については、やはり『埤雅』に「荊王以其羽毛飾被左氏傳所謂翠被豹舃是也今花工亦取以爲婦人面飾(56)」とあり、溯ると『禽経』にも「王公之家以爲婦人首飾其羽直千金(57)」とあって、中国で其の美しい羽毛が貴重な物と考えられていたことがわかる。『後漢書』は交阯に「珍産」の多いことを言い、其の「珍産」の一つに翠羽を挙げている(58)。また、顔師古（五八一−六四五）は『漢書』の注に「翠鳳之駕、天子所乘車、爲鳳形而飾以翠羽也(59)」と記している。此れらの記事から、翠鳥の羽毛が容易には入手し難い珍品とされ、天子の権威を示す物としても用いられたことが分る。

翠鳥は、其の名を表記するのに「翠」の字が用いられること、『日本書紀』における天稚彦の葬儀で、『古事記』の場合とは役割が異なるものの、「鴗」が「尸者」の役を担っており、其の鴗が『倭名類聚鈔』に「爾雅集注云鴗…（中略）…小鳥也色青翠而食魚江東呼爲水狗(60)」（傍点福島）と記されていること、また『日本書紀私記』に「曾尓(61)」と訓注の加えられていること、『古事記』の歌謡に「蘇迩杼理能　阿遠岐美祁斯」（傍点福島）とあることなどから、鴗と同じ鳥であるとされ、我国ではソニドリと言われている。卜部兼永筆本古事記に「⿰⻊鳥《ソニヲ》為二掃-持《ハヽキモチ》一翠鳥」とあるのは、振り仮名・送り仮名の位置を誤ったものだろう。

中国の古代人が翠鳥（翡翠）の羽毛を見たように扱っていたことからすると、我国の古代人も翠鳥其のもの、或いは其の羽毛に格別の思いを抱いていたのではないかと考えられるが、我国の古代の文献に今其の証となる記事を見ることは出来ない。

淳和天皇譲位の事のあった天長十（八三三）年の二月の末より約六ヶ月が経過した八月十三日の事として、『続日本後紀』は「天皇御㆓紫宸殿㆒「下」供㆓常膳㆒間。有㆓魚虎鳥㆒。飛入集㆓殿梁上㆒。羅得㆑之」[62]という記事を掲げるが、同書は此の前日に「有㆑狐。走入㆓内裏㆒。到㆓清涼殿下㆒。近衛等打㆓殺之㆒」[62]と記しており、両日とも此れより他の記事を見ない。魚虎鳥は『埤雅』に「翠鳥…（中略）…其小者謂之翠碧一名魚虎」[56]とあって、翠鳥のことである。狐と翠鳥の一方は殺害され、他方は捕獲されたとあって、何やら対照的な出来事である。翠鳥が捕獲されているのは、其れが古代より一種格別の鳥と考えられていた証でもあり、其れの飛来が瑞兆とでも考えられたのであろうか。

此の両日の記事は何らかの事件と関わりがあるのではないかとも考えられるが、前或いは後に近く起った出来事といえば、淳和天皇譲位の事と仁明天皇即位の事とがあるばかりである。

『日本文徳天皇実録』は嘉祥三（八五〇）年四月六日に、「地震。」帝公除。百官吉服。大㆓祓於朱雀門前㆒。」有㆓魚虎鳥㆒。飛㆓鳴於東宮樹間㆒。何以書㆑之。記㆑異也」[63]という記事を掲げる。今、当該記事を「同日の記事にして相関係せざる二条以上ある場合にはその間に」を加へ」（凡例）たとする国史大系本から引いているが、此の記事は「相関係せざる」三条から成っているのではなく、天災‐大祓‐魚虎鳥（翠鳥）が飛び鳴くという一連の出来事、即ち悪しき出来事から善き事件への推移・転換を語っているとも解し得る。もしそうだとすると、此れも翠鳥に対する我国古代人の観念・思想の如何なるものであったかを窺わせるものと考えられる。

此の記事では地震がどれ程の強さであったか明らかにされていないが、同日中に大祓の為される事が不自然だとすれば、此の大祓は前月末の仁明天皇崩御に関わるものと考えられ、三条の記事は「相関係せざる」もので、「何以書㆑

之。記レ異也」という表現は、魚虎鳥に関してだけのものとなる。それでも、東宮の樹々の間を魚虎鳥が飛び、しかも鳴いたのが「異」と認識されたのは、其れが尋常の鳥とは違う鳥なのだと考えられていたからではないだろうか。

＊　＊

雀は『古今注』に「一名嘉賓言常棲集人家如賓客也」[64]とあるように、中国では其れが人家に寄り集まることから、客人の如き存在と考えられ、「善」・「美」・「慶」の意をもつ「嘉」[65]の字と、「客」の意をもつ「賓」[66]の字とを合わせて「嘉賓」とも呼ばれて、他の多くの鳥たちとはやや異なった扱いをされていた。

中国において雀はまた、『孟子』の注に「爵與雀同」[67]とあるように、字音が通じることから爵の文字を用いて表わされることがある。そして、爵の字に爵位・官位などくらいの意味のあることが、発想の根源にあると思われるが、「園人魏尚高帝時爲太史有罪繫詔獄有萬餘頭雀集獄棘樹上拊翼而鳴尚占曰雀者爵命之祥其鳴即復世我其復官也有頃詔還故官」[68]というように、其れが身近に群集して鳴くことや、飛来して肩に止まり、或いは手中に入ることを「爵命之祥」、「富貴之徴」[69]、「封爵之祥」[70]とする話が創られている。

我国の場合は、『日本書紀』の記事に『延喜式』巻二十一に載る「祥瑞」の項を併せ見ることで、八世紀の初頭に白雀・朱雀・三足雀の出現が祥瑞とされていたことが知られるが、尋常の雀に関する記事は、記紀また「風土記」にほとんど見られない。従って、我国の古代において雀が中国におけるのと同様の扱いを受けていたか否か定かではない。

『日本書紀』巻第五・「崇神天皇四十八年春正月己卯朔戊子（十日）」条には、「逐二食レ粟雀一」という記述があって、雀は害鳥と考えられていたことが窺える。しかし、『日本書紀』には別に、「出雲國言、…（中略）…俗曰、雀入二於海一化二而爲魚一。名曰二雀魚一」（斉明四年是歳条）という記述があり、此れは、『淮南鴻烈解』など中国の諸書に「雀入大水爲蛤」[71]と見える観念・思想の伝来後の変化とも考えられて、雀（爵）を昇叙加階の事と結び付ける観念・思想も、あるいは早く我国に伝わっていたのではないかということを示唆する。実方中将が雀と化したことについて、「蔵人頭にならでやみけるを怨て、執とまりて(4)」とするものもあるのも、あるいは早くに伝えられていた雀と爵との関わりを考慮した結果と言えるかも知れない。

＊　＊

雉については前漢代の人劉向（前七七―前六）の『洪範五行伝』に、「正月雷微而雉鴝」とあったことが、『芸文類聚』に見え(72)、また後漢代の人蔡邕（一三二―一九二）の『月令章句』に、「雷在地中雉性精剛故獨知之應而鳴也」とあったことが『埤雅』に見える(73)。雉は雷に応じて鳴くというのである。

また雉は、「介鳥也　善搏鬬也(74)」、「守介而死不失其節(75)」とも言われ、堅く操を守る鳥であるとされている。此れらの記事によって、雉は中国において地中にある雷の動き、即ち大地の震動に敏感な鳥であり、節を曲げることの無い、操を守る鳥であると考えられ、他の多くの鳥と等し並には扱われていなかったことが分る。

我国では『塵袋』に、「伯耆国ノ風土記ニ云ク震動之時ハ鶏雉悚懼シテ則チ鳴《ナク》山鶏ハ踰《テ》二嶺谷《ヲ》一即樹羽蹬踊也ト云ヘリ(76)」とあって、和銅六（七一三）年の命に応じて編纂されたと考えられる『伯耆国風土記』に、『洪範五行伝』また『月令章句』に見えるのと同じ雉に関する観念・思想の記されていたことが分る。『続日本紀』巻第十四の「聖武天皇天平十四年十一月壬子（十一日）」条に、「大隅國司《ノ》言《ス》。從《リ》二今月廿三日未時《ノ》一。至《マテ》二廿八日《ニ》一。空中《ニ》有《テ》レ聲。如《シ》二大鼓《ノ》一。野雉相驚《キ》。地大《ニ》震動《セリト》(77)」とあり、同書の似た記事より推して火山活動の報告かと思われるが、此処にも大地の震動を良く感知するもの即ち雉であるとする観念・思想を見ることが出来る。

我国の古代人は、中国人とともに、雉に他の鳥に無い能力の備わっていることを認めていたと考えられる。

雉が天若日子の許へ派遣されたことについて『古事記伝』は、「雉は、物聞《モノキク》こと聰《サト》く、又よく耿介《ミサヲ》を守る鳥なりと云《ヘ》れば、さる由にぞ有けむかし(78)」と述べて、『礼記』月令の注、『漢書』五行志の記事などを紹介している。「雉介鳥也」とする中国人の観念・思想は、早く我国に伝えられていたと考えられる。

*　　　*

鷦鷯は、桃虫(79)・桑飛・鷦鸎・工爵・過贏・女匠・巧婦(80)などさまざまな名で呼ばれた鳥であるが、筆者は寡聞にして、其れが中国において格別の扱いをされた鳥であったことを示す例を見たことがない。

堯が許由に天下を譲ろうとした折の許由の言に、「鷦鷯巣於深林不過一枝」(81)という表現があり、晋の名将張華が此の一句を引きつつ作った「鷦鷯賦」により自らの名を挙げたこと(82)、『説苑』に「鷦鷯巣於葦苕著之髪毛建之女工不能爲也可謂完堅矣」(83)と、女匠・巧婦の名で呼ばれるに相応しい表現のあることなどが、鷦鷯に関して注目されるが、此れらの記事から鷦鷯が他の鳥と等し並には扱われていなかったとすることは出来ない。

『日本書紀』巻第十一の「仁徳天皇元年春正月丁丑朔己卯（三日）」条の記事によれば、応神天皇の皇后仲姫と大臣武内宿禰の妻とは同日に出産したが、其の折、皇后の産屋に木菟、武内宿禰の妻の産屋に鷦鷯が飛び入り、応神天皇は其れらの鳥の名を交換して互いの子の名としたという。同記事では、此れらの鳥が産屋に飛び込んだことを、応神天皇が「瑞」としたと言っている。木菟や鷦鷯が、我国の古代人の間で一種格別の鳥と考えられていたからであろうか。或いは鳥が飛び込んだ其の事が、瑞祥と考えられたのであろうか。

木菟は、『爾雅注疏』の「萑老鵵」条の注に、「木菟也似鴟鵂而小兎頭有角毛脚夜飛好食雞」(84)とあって、鴟鵂と全く同一のものとされてはいない(85)が、其の鴟鵂について李時珍は「所至多不祥」(86)と言い、人見必大は木菟と鴟鵂を同一のものと考え、しかも「本‐邦不㆑為㆓不‐祥㆒」(87)と述べている。

鷦鷯については、我国に此れを「不祥」とする例を見ることがなく、鷦鷯・木菟が天皇・大臣の子達の名とされていることからすれば、我国では古代において此の二鳥が、既に見てきた鳥たち同様に一種格別の鳥と考えられていたのかも知れない。

鵄は、『爾雅注疏』に鳶であり鴟であるとされ[88]、『重修玉篇』にも「鵄 充尸切 鳶屬 鵄 同上[89]」とある。

鳶は、『礼記注疏』が注に「鳶鳴則将風[90]」と記し、疏に「鳶今時鴟也鴟鳴則風生…（中略）…鳶不鳴則風不生[91]」と記し、また『続博物志』にも「暮鳩鳴卽小雨朝鳶鳴卽大風[92]」とあるように、中国では古く其れが鳴くことと風が吹くこととの間に関連があると考えられていた。

前に雉が大地の震動に敏感な鳥とされていたことを見たが、鳶も自然の現象と繋がりのある鳥とされていたからには、他の多くの鳥たちとは少しく異なる眼で見られていたと思われる。

我国では、『日本書紀』巻第三の「神武天皇即位前紀戊午年十有二月癸巳朔丙申（四日）」条に「金色靈鵄」が出現して、其れが長髄彦との戦闘で皇軍を勝利に導いたと記されており、其処に「鵄瑞」の語も見えることから、古く鵄が尋常の鳥であるとは考えられていなかったと推察される。

＊　　＊

見て来たように、記紀両書で九種に及ぶ鳥たちは、我国の古代人によってどのような存在であると考えられていたかを、我国と中国の古文献に記された其の扱いから明確に示し得るもの、中国の古文献に記される其の扱いから我国の古代における其れを推察し得るもの、中国の古文献に其の扱いの格別であることを見ないが、我国の古代において他の多くの鳥たちと等し並に扱われたとは思われないものなどさまざまであり、我国の古代人が其れらの一一に抱いたと思われる観念・思想の記述にも精粗あって、其れに対する我国古代人の観念・思想を明確にし難いものも中にはあるが、おしなべて言えば、其のいずれもが尋常の鳥であると考えられたものではないと考えられる。

そもそも中国では「毛羽者飛行之類也故屬於陽[93]」、また「鳥者陽也[94]」と、鳥其のものが古くから「陽」の存在であるとされており、『本草綱目』も「羽類則陽中之陽[95]」と言っている。此のような観念・思想は我国にも早く伝えられていたと思われる。

アメワカヒコの葬儀に関わって、『古事記』には「穢死人」という表現が見られ、『日本書紀』には「味耜高彦根神、忿然作色曰、…（中略）…故不㆑憚㆓汚穢㆒、遠自赴哀。何爲誤㆓我於亡者㆒」（第九段本文）、「味耜高彦根神忿曰、朋友喪亡。故吾卽來弔。如何誤㆓死人於我㆒耶」（同一書第一）とされて、死は「穢れ」と看做されている事、またアメワカヒコの葬儀で鷺・川鴈の果たした役、掃持（持帚者）が、宣長の言うように「掃人《ハキビト》」となっておらず、「掃持」となっていることから、「帚《ハヽキ》を持て行者《ユクモノ》[96]」であったとすれば、箒はただ可視的な塵埃を清掃する道具としてではなく、目には見えない死者の穢れを祓除し、葬送の行列・参会者に邪気悪霊を寄せ付けないための呪具として用いられたと考えられる事、此の二つの事から、アメワカヒコの葬儀に鳥が関わっているのは、其れが人の魂と密接な関わりをもっていたということからだけでなく、我国の古代人が、其の萌芽に生命力の横溢を見た葦で造った船に乗せてヒルコを流したように、死の穢れに鳥即ち「陽」の存在を配することで、陰陽相殺されることを希望したか、或いは死者の穢れや、葬儀の場に寄り来る邪気悪霊を駆逐排除しようと企てたか、の孰れかによった事なのではないかと推察される。

『周礼注疏』の注に「苅苕帚所以掃不祥[97]」とあるように、中国では古くから箒が邪気悪霊を駆逐排除する呪具として用いられていた。我国にも何時の頃にか箒を呪具として用いる考えが伝えられたと思しくて、いずれも新しい時代の其れであるが、葬儀に箒を用いる報告が諸書に見られる[98]。

総ての鳥が「陽」の存在であったとすれば、アメワカヒコの葬儀に関わる其れは如何なる鳥でも良かったとも考えられるが、具体的に名を挙げられた鳥について、見て来たような考察をしてみると、雀に害鳥と考えられていた記述のあることを除けば、九種の其れらの中に我国で特に「悪鳥」とされていたと思われるものは見られず、しかも、それぞれに異なる意味合いからではあるが太陽との関わりが顕著な鳥（鶏・烏・鴈）であったり、其の羽毛の色彩により神聖視されたり格別の扱いをされたりしたと思われる鳥（鷺・翠鳥《（鴗）》）であったり、爵命・富貴・封爵に結び付くと考えられる鳥（雀）であったり、自然界の現象を敏感に察知したり、或いは其れとの関連が密接であるとされる鳥（雉・鵄）であったりと、さまざまであるが、其れらはいずれもありきたりの鳥とは考えられていなかったもののようである。

鳥の一一について他の鳥との異同を検証してみれば、それぞれに何らかの特色があって、其の色彩によって他の多くの鳥たちと等し並に扱われなかったと思われる鷺を、渡り鳥の白鳥《はくちょう》をもって入れ替え、或いは「暮鳩鳴即小雨」とされた鳩に鵄の代りをさせ、猛鳥とされる鷹にも一役買わせるなど、二三の差し替えは可能であるかとも思われるが、見て来た九種の鳥は、鳳凰・鵬・鸞など架空の鳥や三足烏・三足雀、また白雉・朱雀など実在することのほとんどない鳥を除くと、アメワカヒコの葬儀を語る者によって、其の葬儀を担うことで、陰陽相殺するか、死の穢れを祓い、邪気悪霊を駆逐排除するために最も相応しいとされたものたちだったのだろう。

我国の古代人が、雉を殺したことが契機となって死んだアメワカヒコの葬儀に鳥を関わらせようと考えた時、言われるように其の発想の根底に、人の魂即ち鳥という観念・思想のあったことは確かだと思われるが、此れとは別にいま一つ、鳥に其れが鳥であるが故に備わっていると人々が考えた「陽」の力、就中格別の扱いをされる鳥、尋常ならざる鳥の其れによって、死の穢れを消滅させ、或いは祓除しようとする意図もあったと考えられる。

注

（1）干寶撰『捜神記』巻一――中国古典文学基本叢書同上書四頁。
（2）歐陽脩／宋祁撰『唐書』巻五九・志第四九・芸文三――中華書局出版『新唐書』第五冊一五四三頁。
（3）張讀撰『宣室志』補遺――中華書局出版古小説叢刊『獨異志・宣室志』のうち宣室志一四七頁。
（4）『十訓鈔』巻下・本・「第八 可レ堪二忍諸事一事」条――永積安明校訂『十訓抄』（岩波文庫）二三五－二三六頁。此れより早く、『今鏡』（巻第一〇・「しきしまのうちぎゝ」条――『新訂増補国史大系』第二〇巻下同上書二四二頁）にも同じ内容の記事

が見える。同様の記事は、『源平盛衰記』（登巻第七・「日本国広狭事《にほんこくくわうけふのこと》」・「笠島道祖神事《かさじまだうそじんのこと》」条――有朋堂書店発行同上書上巻二二三－二二六頁）、一条兼良著『東齋随筆』（鳥獣類――『群書類従』第一七輯七二七－七二八頁）、貝原篤信著『大和本草』（附録巻之二――岸田松若／田中茂穂／矢野宗幹註同上書第二冊三二三－三二四頁）、伊藤梅宇著『見聞談叢』（巻之一――伊藤梅宇著・亀井伸明校訂同上書（岩波文庫）四一頁）、小野蘭山口授『本草綱目啓蒙』（巻之四四・「雀」条――早稲田大学出版部発行同上書七〇八頁）、春鶯著『（浄土勧化）扶桑怪談辨述鈔』（巻之一・15ウ－16オ）にも見える。

（5） 天野信景著『塩尻』巻之四〇――『日本随筆大成』第三期第一四巻三三二頁。

（6） 西村白鳥輯・林自見校『煙霞綺談』巻之二――『日本随筆大成』第一期第四巻二一七頁。

（7） オールコック著・山口光朔訳『大君の都』（岩波文庫）中巻七〇頁。世界旅行の途中、一八六五年に江戸・横浜を訪れたドイツの考古学者シュリーマン（Schlie'mann, Heinrich）の旅行記にも、「六月二十九日…（中略）…ある高官の葬儀に列席した。彼はアメリカ公使館周辺を警護する警邏《けいら》隊《たい》に所属していたところが、昨夜死去したのである。故人は生前勤務中に着用していた衣服を着せられ、二本の刀を差して帯の間に扇子をはさみ、黒い漆塗りの竹の帽子をかぶった姿で棺の中に納められていた。…（中略）…式が終わるとすぐに、寺の正面の階段の上で一人の坊さんが持って来た籠を開き、中に入れられていた白い鳩を放った（放鳥）」（石井和子訳『シュリーマン旅行記 清国・日本』（講談社学術文庫）一七三－一七四頁）といった記事が見え、一九〇一年に来日し、一九〇八年まで島津公爵家で家庭教師を勤めた、イギリス人女性エセル－ハワード（Ethel Howard）も、オールコックと同じ経験をし、「私の記憶に残っている日本の葬式のときのある習慣は、ちょっと面白いと思われるのでここに書いておこう。墓のほうへ進んでいく葬式の行列の中に鳥籠が加わっていることがある。この鳥籠は埋葬の済むまでは手を触れずにおかれるが、それが終わると蓋《ふた》をあけて鳥を飛び立たせてやるのである。これは、もはや肉体の束縛を離れて自由になった魂を意味する面白い比喩である」（島津久大訳『明治日本見聞録』（講談社学術文庫）一〇〇－一〇一頁）と記している。

（8） 加藤増夫著「香川県高松地方」――『旅と伝説』第六年七月号一四九頁。

（9） 宮本常一／山本周五郎／楫西光速／山代巴監修・日本残酷物語1『貧しき人々のむれ』（平凡社ライブラリー）三〇九頁。和歌山県田辺市の教育委員会が一九七〇年に調査した古墳時代の岩陰遺跡である、磯間岩陰遺跡では、葬られていた「六歳位の男の子」の胸の上から鯵刺の骨が検出されたが、此の事を述べた上で、辰巳和弘は、「アジサシは夏にシベリア・サハリン・千島列島で繁殖し、冬にはニューギニア・オーストラリアまで渡る鳥で、日本には春と秋に現れる。おそらくこの少年は春か秋に亡くなり、葬送にあたって、父母がその小さな胸にアジサシを抱かせたのであろう。子供の魂がアジサシによって他界へと無事に導かれるよう、さらに渡り鳥のように再び渡来して（蘇《よみがえ》って）欲しいという両親の切なる願いが胸を締めつける」（『「黄泉国」の考古学』二五―二六頁）と言っている。辰巳が「アジサシによって他界へと無事に導かれる」とした表現は、彼自身其れに続く所で、「渡り鳥のように再び渡来して（蘇《よみがえ》って）」と言っているのであるから、魂其のものが「アジサシとなって他界へと無事に飛んで行く」と言い換えることも可能であるかと思われる。死者の胸上に鳥の骨が見出された事は他にもあって、山口県豊浦郡豊北町大字神田上の土井ヶ浜遺跡は、「弥生時代の前期・中期を主体とする埋葬遺跡」（『日本古代遺跡事典』六五四頁）であるが、同遺跡の発掘報告には、「遠賀川末期の弥生式土器を含む層…（中略）…より、石棺なしで女性人骨一体、頭位東。仰臥下肢をはなはだしく屈している。左辺に鉄製品破片、左胸部に鳥類の骨約一体分が散布していた」（金関丈夫著「山口県豊浦郡土井ヶ浜遺跡」――『日本考古学年報』六・七六頁）と、また、「東西方向のトレンチ東端近くでは、一体の屈葬人骨が出土した。…（中略）…体側には鉄器（原形不明）がおかれており、胸部上にはウミウと推定される鳥骨があった」（金関恕著「山口県豊浦郡土井ヶ浜遺跡」――同上誌七七頁）とある。金関恕が海鵜と推定した土井ヶ浜遺跡の鳥骨について、佐野大和は、「他に類例の少ないのが難点であるけれども、恐らく死後の霊魂の行方を託す意味をこめて、鳥を抱かせて埋葬したのであろうか」（『日本神話と弥生文化』――講座日本の神話12『日本神話と考古学』五四頁）と述べている。

(10) 一条兼良述『日本書紀纂疏』巻第五・神代下之一――国民精神文化研究所発行同上書一二二頁。
(11) 忌部正通著『神代巻口訣』――加藤咄堂編『国民思想叢書』国体篇上一七一頁。
(12) 吉田兼倶著『日本書紀神代抄』巻第二・神代下・天孫降臨段――国民精神文化研究所発行同上書一〇〇頁。
(13) 平田篤胤撰『古史伝』が紹介する佐藤信淵の意見（二一之巻――『平田篤胤全集』第三巻七四頁）。
(14) 橘守部撰『稜威道別』巻八――『新訂増補橘守部全集』第一・二四九頁。
(15) 寇宗奭編撰『本草衍義』巻之一六・「雉」条――叢書集成初編同上書八四頁。
(16) 本居宣長は「姑く」此の説に「依て有《り》なむか」（『古事記伝』一三之巻――『本居宣長全集』第一〇巻七三頁）と言い、次田潤は此れを「尤もらしい理窟」（『古事記新講』一九五頁）としている。なお、宣長は上記の意見を表明した後に、言葉を継いで、『神代巻口訣』の説と『日本書紀神代抄』の説について、「例のなまさかしき後《ノ》世意なれば、論ふにもたらず」と述べている。

(17) 松本信広著「チャムの椰子族と「椰子の実」説話」——『民俗学』第五巻第六号八頁。
(18) 日本古典文学大系67『日本書紀』上巻一三七頁。
(19) 西郷信綱著『古事記注釈』第二巻一八〇－一八一頁。
(20) 新編日本古典文学全集1『古事記』一〇四頁。
(21) 日本古典全書『古事記』上巻二五九頁。
(22) 卜部懐賢著『釋日本紀』巻八・述義四・神代下——『新訂増補国史大系』第八巻同上書一一三頁。
(23) 本居宣長撰前掲書一三之巻——『本居宣長全集』第一〇巻七〇頁。
(24) 同上書一三之巻——『本居宣長全集』第一〇巻七一頁。
(25) 谷川士清撰述『日本書紀通証』巻六・天孫降臨章——臨川書店刊同上書一・五一七頁。
(26) 同上書巻六・天孫降臨章——臨川書店刊同上書一・五一六頁。
(27) 大蔵讓(謙カ)著『喪祭儀略』——『日本教育文庫』宗教篇七〇八頁。
(28) 李時珍撰『本草綱目』巻四七・禽之一・「魚狗」条に引く陳藏器の説——一九五四年・商務印書館出版同上書第六冊二三の六八頁。
(29) 小野蘭山口授前掲書巻之四三・禽部・「魚狗」条——早稲田大学出版部発行同上書六九九頁。
(30) 昌住撰『新撰字鏡』巻第五・石部第五九——京都帝国大学文学部国語学国文学研究室編同上書三一四頁。
(31) 歐陽詢撰『芸文類聚』巻第九一・鳥部中・「雞」条——上海古籍出版社出版同上書下一五八三頁。
(32) 宗懍撰『荊楚歳時記』・「雞鳴而起」条——『景印文淵閣四庫全書』第五八九冊(史部三四七地理類)一四頁。
(33) 顧野王撰・孫強増補・陳彭年等重修『重修玉篇』巻二四・隹部第三九一——『景印文淵閣四庫全書』第二二四冊(経部二一八小学類)一九八頁。
(34) 陸佃撰『埤雅』巻六・釋鳥・「雞」条——『景印文淵閣四庫全書』第二二二冊(経部二一六小学類)一〇四頁。
(35) 李時珍撰前掲書巻四八・禽之二・「鶏」条——一九五四年・商務印書館出版同上書第六冊二三の七〇頁。
(36) 徐松石著・井出季和太訳『南支那民族史』三八－三九頁。同書は一九三九年に発行された『粤江流域人民史』の訳本であるという(『南支那民族史』訳者序文一頁)。細部を異にするが、ミャオ(苗)族の伝承するほぼ同じ内容の話が、「九つの太陽」(千野明日香訳)と題して報告されている(『世界の太陽と月と星の民話』一三－一八頁)。其の採集時期は一九八〇年より前のようであるが判然としない。

(37) 劉安撰・高誘注『淮南鴻烈解』巻八・本経訓――『景印文淵閣四庫全書』第八四八冊(子部一五四雑家類)五八七－五八八頁。

(38) 謝肇淛著『五雑組』巻之九・物部一――『和刻本漢籍随筆集』第一集同上書一八三頁。

(39) 李昉等撰『太平御覧』巻第九二〇・羽族部七・烏――一九八〇年・国泰文化事業有限公司出版同上書第四冊四〇八一頁。

(40) 藤原佐世撰『日本国見在書目録』一三雑史家――『続群書類従』第三〇輯下三七頁(但し、此の書では「王子年《カ》拾遺記十巻蕭綺撰」と記されている)。

(41) 王嘉撰『拾遺記』巻三――『景印文淵閣四庫全書』第一〇四二冊(子部三四八小説家類)三三八頁。

(42) 李吉甫撰『元和郡県志』巻七・河南道三・汝州・龍興県――『景印文淵閣四庫全書』第四六八冊(史部二二六地理類)二二八頁。

(43) 源順撰『倭名類聚鈔』巻第一八――風間書房刊同上書巻一八・5オ。

(44) 李昉等撰前掲書巻第九二〇・羽族部七・烏――一九八〇年・国泰文化事業有限公司出版同上書第四冊四〇八三頁。

(45) 孫穀編『古微書』巻七に見える『春秋元命苞』の記事――叢書集成初編『古微書』一・一三〇頁。

(46) 劉安撰・高誘注前掲書巻七・精神訓――『景印文淵閣四庫全書』第八四八冊(子部一五四雑家類)五七五頁。

(47) 景戒録『日本国現報善悪霊異記』巻上・「人畜所《ニル、》レ履髑髏。救収《テメ》示二霊表《ヲ》一而現報《ニスル》縁第十二」――『群書類従』第一六輯三四頁。

(48) 『延喜式』巻第二一・治部省・「祥瑞」条――『新訂増補国史大系』第二六巻同上書五二八頁。

(49) 新井白石撰『東雅』巻之一七・禽鳥第一七・「雁 カリ」条――『新井白石全集』第四・三三二頁。

(50) 司馬遷撰・裴駰集解・司馬貞索隠・張守節正義『史記』巻二・夏本紀第二――中華書局出版同上書第一冊五八頁。

(51) 鄭玄撰・王應麟輯・孔廣林増訂『尚書鄭注』(学津討原)巻二・7オ。

(52) 孔安國伝・陸徳明音義・孔穎達疏『尚書注疏』巻五・夏書・禹貢――『景印文淵閣四庫全書』第五四冊(経部四八書類)一二一頁。

(53) 陸璣撰『毛詩草木鳥獣虫魚疏』巻下・「振鷺于飛」条――『景印文淵閣四庫全書』第七〇冊(経部六四詩類)一四頁。

(54) 李時珍撰前掲書巻四七・禽之一・「鷺」条――一九五四年・商務印書館出版同上書第六冊二三の六五頁。

(55) 源順撰前掲書巻第一八――風間書房刊同上書巻一八・10ウ。
(56) 陸佃撰前掲書巻九・釋鳥・「鷸」条――『景印文淵閣四庫全書』第二二二冊（経部二一六小学類）一三七頁。
(57) 師曠撰・張華注『禽経』――『景印文淵閣四庫全書』第八四七冊（子部一五三譜録類）六八二頁。
(58) 范曄撰・李賢等注『後漢書』巻三一・郭杜孔張廉王蘇羊賈陸列伝第二一・「賈琮」条――中華書局出版同上書第四冊一一一一頁。
(59) 班固撰・顔師古注『漢書』巻八七上・揚雄伝第五七上――中華書局出版同上書第一一冊三五三七頁。
(60) 源順撰前掲書巻第一八――風間書房刊同上書巻一八・11ウ。
(61) 『日本書紀私記』（乙本）第二・神代下――『新訂増補国史大系』第八巻同上書九一頁。
(62) 藤原良房等撰『続日本後紀』巻第二・「仁明天皇天長十年八月丙申（十三日）」・「同乙未（十二日）」条――『新訂増補国史大系』第三巻同上書一五頁。
(63) 藤原基経等撰『日本文徳天皇実録』巻第一・「文徳天皇嘉祥三年四月癸丑（六日）」条――『新訂増補国史大系』第三巻同上書七頁。
(64) 崔豹撰『古今注』巻中・鳥獣第四――『景印文淵閣四庫全書』第八五〇冊（子部一五六雑家類）一〇六頁。
(65) 班固撰・顔師古注前掲書巻二二・礼楽志第二・「大祝迎神于廟門、奏嘉至」の注――中華書局出版同上書第四冊一〇四四頁。許慎撰『説文解字』弟五上・壴部――一九七八年・中華書局影印同上書一〇二頁。班固撰・顔師古注前掲書巻二二・礼楽志第二・「休嘉砰隠溢四方」の注――中華書局出版同上書第四冊一〇六三頁。
(66) 顧野王撰・孫強増補・陳彭年等重修前掲書巻二五・貝部第四〇八――『景印文淵閣四庫全書』第二二四冊（経部二一八小学類）二〇六頁。
(67) 朱熹注『孟子』巻之四・離婁章句上・「孟子曰、桀紂之失天下也」条――中華書局出版『四書集注』下冊一六八頁。
(68) 『陳留耆舊傳』――陶宗儀纂『説郛』巻第七・諸伝摘玄。
(69) 李延壽撰『北史』巻五三・列伝第四一・「潘楽」条――中華書局出版同上書第六冊一九二一頁。
(70) 劉敬叔撰『異苑』巻四――『景印文淵閣四庫全書』第一〇四二冊（子部三四八小説家類）五一六頁。
(71) 劉安撰・高誘注前掲書巻五・時則訓――『景印文淵閣四庫全書』第八四八冊（子部一五四雑家類）五六〇頁。なお、此の記事を記す書については、拙稿「牛馬と穀物と」（本書に収録）を参照されたい。更に、同じことを言う記事は、師曠撰・張華注前掲書（『景印文淵閣四庫全書』第八四七冊（子部一五三譜録類）六八八頁）に見え、また、王肅注『孔子家語』は「鸛雀入海化爲蛤」（巻六・執贄第二五――『景印文淵閣四庫全書』第六九五冊（子部一儒家類）六〇頁）と記している。

（72）歐陽詢撰前掲書巻第九〇・鳥部上・「雉」条――上海古籍出版社出版同上書下一五七〇頁。『太平御覧』には「書洪範…（中略）…曰正月雷微動而雉雊」（巻第一三・雷――一九八〇年・国泰文化事業有限公司出版同上書第一冊六四頁）とある。

（73）陸佃撰前掲書巻六・釋鳥・「雉」条――『景印文淵閣四庫全書』第二二二冊（経部二一六小学類）一〇七頁。

（74）師曠撰・張華注前掲書――『景印文淵閣四庫全書』第八四七冊（子部一五三譜録類）六八九頁。

（75）鄭玄注・陸徳明音義・賈公彦疏『周礼注疏』巻一八・春官・大宗伯之職・「士執雉」の注――『景印文淵閣四庫全書』第九〇冊（経部八四礼類）三三五頁。

（76）『塵袋』第三・「雷鳴ト地震トニハ雉《キジ》ナク事アリ其心如何」条――覆刻日本古典全集同上書上二一六頁。

（77）菅野真道等撰『続日本紀』巻第一四・「聖武天皇天平十四年十一月壬子」条――『新訂増補国史大系』第二巻一六九頁。『続日本紀』には、他に、「淳仁天皇天平宝字八年十二月是月」条に、「西方《ニ》有《リ》レ聲。似《テ》レ雷《ニ》非《ス》レ雷《ニ》。時《ニ》當《テ》二大隅薩摩兩國之《ノ》堺《ニ》一。烟雲晦冥《メ》。奔電去來《ス》。七日之《ノ》後乃天晴《ル》。於《テ》二麑嶋《カゴシマ》信尓村之《ノ》海《ニ》一。沙石自聚《テ》。化成《ル》二三《ノ》嶋《ト》一。炎氣露見《スルヿ》。有《テ》レ如《ナルヿ》二冶鑄之《ノ》爲《シワサ》一。形勢相連望《メハ》。似《タリ》二四阿《アツマヤ》之《ノ》屋《ニ》一。爲《メニ》レ嶋《ノ》被《ル》レ埋《メ》者。民家六十二區。口八十餘人」（巻第二五――『新訂増補国史大系』第二巻三一三頁）、「称徳天皇天平神護二年六月己丑（五日）」条に、「大隅國《ノ》神造新嶋。震動不レ息《マ》。以《テ》レ故《ヲ》民多《クハ》流亡《ス》。仍《テ》加《フ》二賑恤《ヲ》一」（巻第二七――同上書三三三頁）、「桓武天皇延暦七年秋七月己酉（四日）」条に、「大宰府言《ス》。去《ヌル》三月四日戌時《ノ》。當《ツテ》二大隅國贈於郡曾乃峯上《ノノニ》一。火炎大熾《ニサカンニメ》。響《シ》如《ノ》二雷動《スルカ》一。及《ンデ》二亥時《ノニ》一。火光稍止《ミテ》。唯見《ミル》二黒烟《ノミヲ》一。然後雨《ラメ》レ沙《ヲ》。峯下五六里《ノ》。沙石委積《スルヿバカリ》可《ナル》二尺《ノ》一。其色黒焉《シ》」（巻第三九――同上書五三〇頁）といった記事が見える。

（78）本居宣長撰前掲書一三之巻――『本居宣長全集』第一〇巻五五頁。

（79）陸璣撰前掲書巻下・「肇允彼桃虫」条――『景印文淵閣四庫全書』第七〇冊（経部六四詩類）一四頁。

（80）揚雄撰・郭璞注・戴震疏證『輶軒使者絶代語釋別国方言』八――叢書集成初編同上書二・一七〇頁。

（81）郭象注『荘子注』巻一・内篇逍遥遊第一――『景印文淵閣四庫全書』第一〇五六冊（子部三六二道家類）七頁。

（82）房玄齢等撰『晋書』巻三六・列伝第六・「張華」条――中華書局出版同上書第四冊一〇六八－一〇六九頁。

（83）劉向撰『説苑』巻一一・善説――『景印文淵閣四庫全書』第六九六冊（子部二儒家類）九八頁。

（84）郭璞注・陸徳明音義・邢昺疏『爾雅注疏』巻一〇・釋鳥第一七――『景印文淵閣四庫全書』第二二一冊（経部二一五小学類）二〇九頁。

(85) 森岡弘之によれば鵈鵂は「最大のミミズク」であって、中国ではミミズクに「鵰」の字を当てるという（『新註校訂國譯本草綱目』第一一冊三八七・三九〇頁）。

(86) 李時珍撰前掲書巻四九・禽之四・「鵈鵂」条——一九五四年・商務印書館発行同上書第六冊二四の二一頁。

(87) 人見必大著『本朝食鑑』巻之六・禽之三——日本古典全集刊行会壽梓同上書下巻五九八‐五九九頁。

(88) 郭璞注・陸德明音義・邢昺疏前掲書巻一〇・釋鳥第一七・「鳶烏醜其飛也翔」条——『景印文淵閣四庫全書』第二二一冊（経部二一五小学類）二一三頁。

(89) 顧野王撰・孫强増補・陳彭年等重修前掲書巻二四・鳥部第三九〇——『景印文淵閣四庫全書』第二二四冊（経部二一八小学類）一九七頁。

(90) 鄭玄注・陸德明音義・孔穎達疏『礼記注疏』巻三・曲礼上・「前有塵埃則載鳴鳶」条——『景印文淵閣四庫全書』第一一五冊（経部一〇九礼類）七一頁。

(91) 同上——『景印文淵閣四庫全書』第一一五冊（経部一〇九礼類）七二頁。

(92) 李石撰『続博物志』巻二——『景印文淵閣四庫全書』第一〇四七冊（子部三五三小説家類）九三八頁。

(93) 劉安撰・高誘注前掲書巻三・天文訓——『景印文淵閣四庫全書』第八四八冊（子部一五四雑家類）五三一頁。

(94) 李昉等撰前掲書巻第九一四・羽族部一・鳥に引かれた『白虎通』の記事（一九八〇年・国泰文化事業有限公司出版『太平御覧』第四冊四〇五二頁）。

(95) 李時珍撰前掲書巻四七・禽部——一九五四年・商務印書館出版同上書第六冊二三の四八頁。

(96) 本居宣長撰前掲書一一之巻——『本居宣長全集』第一〇巻七一頁。

(97) 鄭玄注・陸德明音義・賈公彦疏前掲書巻三二・夏官・戎右・「牛耳桃茢」の注——『景印文淵閣四庫全書』第九〇冊（経部八四礼類）五九〇頁。

(98) 加藤嘉一著「逆川村木幡地方の俗信」（『旅と伝説』第二年一一号三六頁）、鈴木重光著「神奈川県津久井郡地方」（同上誌第六年七月号八二頁）、伊藤最子著「葬送習俗（福島県岩瀬郡白方村）」（『民間伝承』第五年第九号五頁）、香川県民俗調査会著『高見・佐柳島民俗調査報告』（二八頁）、成城大学民俗学研究班著「福島県東白川郡塙町真名畑採訪記」（『伝承文化』第五号八一頁）、桂井和雄著『俗信の民俗』（六二頁）、井之口章次著『日本の俗信』（一九三頁）、武田明著「香川県丸亀市広島」（日本民俗学会編『離島生活の研究』四八九頁）、其の他。拙著『記紀神話伝説の研究』（一六七・一七五頁）を参照されたい。

＊　本論の冒頭、『古事記』に載録された天若日子の葬儀の記事を紹介した箇所で、「在レ天、天若日子之父、天津国玉神及二其妻子一」とある文を、「天若日子の父及び天上界における天若日子の妻子」と解しているが、本論の最初の発表時（『古代研究』第三二号）には、此の文から「在レ天」を省いて引用し、「天若日子の父母また兄弟姉妹」と解していた。其れは、「在レ天」の直前に「天若日子之妻、下照比売之哭声、与レ風響到レ天。於レ是」とあることにも影響されての誤った解釈であった。此の解釈では、後の「我君者不レ死坐祁理」の発言者を誰にするかに苦しむことになる。天若日子の従者の如きものの存在を考えねばならなくなるが、『古事記』はそのようなものの存在には言及していない。『日本書紀』巻第二の第九段（天孫降臨章）一書第一にも「天稚彦之妻子、従レ天降來」とあるので、今回は述べたように改めた。

第二章　発光する神サルダビコについて

吉野地方の住人、国巣（国樔）は、『日本書紀』巻第十の「応神天皇十九年冬十月戊戌朔」条によると、人となり極めて淳朴であって、「山菓」を食い、「蝦蟆」を煮て食べる人たちであるとされているが、此の人々に関する記事が、別に『日本書紀』巻第三の「神武天皇即位前紀戊午年秋八月甲午朔乙未（二日）」条にも見え、

天皇欲レ省二吉野之地一、乃従二菟田穿邑一、親率二輕兵一巡幸焉。至二吉野一時、有レ人出レ自二井中一。光而有レ尾。天皇問之曰、汝何人。對曰、臣是國神。名爲二井光一。此則吉野首部始祖也。更少進、亦有レ尾而披二磐石一而出者。天皇問之曰、汝何人。對曰、臣是磐排別之子。排別、此云二飫時和句一。此則吉野國樔部始祖也。

と記されている。『古事記』中巻にも此れとほぼ同様の記事が見え、『日本書紀』に言う「井光」・「磐排別之子」が、「生尾人」と記されている。

此の「生尾人」について、本居宣長は、『古事記伝』十八之巻に、「遠《ヲ》阿《ア》流《ル》比《ヒ》登《ト》」と訓を付しただけで、格別の説明を施していない。『古事記』は、中巻に載録した当該記事を要約して、「序（実は上表文）」に、「生レ尾遮レ径」と記すが、宣長は此の部分に対する注でも、ただ「本文」中に「生尾人」の表現があるとだけ述べている。

＊　＊

尾の生えている人々が此の世に存在するという記事は、紀元一世紀を生きたローマの軍人プリニウス（Plinius）が、インドには男性が「毛の生えた尻尾」をもつ一種族がいるという説を、其の著『博物誌』に紹介しているのを始め、管見の及んだ限りでも幾つか此れを挙げることが出来る。例えば、『太平広記』は、『広州記』に出ている記事であるとして、其の巻第四百八十二の「繳濮国」条に、「永昌郡西南一千五百里。有繳濮國。其人有尾。欲坐。輒先穿地作穴。以安其尾。若邂逅誤折其尾。即死也」と記し、十三世紀の後半に中国を訪れ、各地を歴訪した後、泉州から海路スマトラ島・インドを経て帰国した、イタリアの旅行家マルコ－ポーロ（Mar'co Po'lo）は、当時スマトラ島の最北端にあったとされるランブリ王国について言及し、此の国の大抵の男が、長さ二十センチほどの尾を付けていると言い、「かかる男たちは、都邑には住んでいないで、山間の盆地に居る。その尾はほぼ犬の尾ぐらいの大きさで毛がない」と述べている。

昭和十六（一九四一）年十一月陸軍報道班員として徴用された小説家里村欣三は、其の後間も無く訪れたボルネオの地にあって、「山の中には有尾人種がいると、よく聞かされていた」が、北ボルネオに住むムルット族の男たちの習俗を実見し、「褌の端を尾に垂らしたり、また猿の尻っ尾を吊り下げているのを見て、有尾人種などと誤伝されたのではないであろうか」と、其の紀行に記している。

昭和十四（一九三九）年以後蒙古で生活していた木村肥佐生は、蒙古人の信仰するラマ教の総本山チベットを訪れてみたいという希望を抱き、太平洋戦争終結後五年を経た昭和二十五（一九五〇）年八月、ラサに入ったが、其の著書に、チベット人の間には自らを猿の子孫であるとする「神話的伝説」のあることを紹介した後、ラサから東方約四十キロの所に、毎年物々交換に行く商人から聞いた話に基き、ベマ・ゴと呼ばれる其の土地には、「シッポのある人間が今でも住んでいるらしい。尾骶骨が突き出た部族が一団となって樹上に家を作って住んでいるそうである」と書いている。

最近の報告では、嘗てフィリピンのマニラにおいて、ミンドロ島に居住するマンヤン族には尾が生えていると信じられていた、という。[6]

自然の悪戯で、稀に尾のある人間が誕生するというようなことがあるとしても、人間の一種族全員に尾が生えているなどということは、此処に引いた例が、サルからヒトへの進化の途上のことを語っているとは思われないので、如何に未開の地域であろうとも、まずあり得ないことで、此れらの記事は孰れも、里村欣三も言うように、誤伝・誤聞、また、遠隔の地に住んで自分たちとは風俗習慣を異にする人々ならば、さぞかし動物同然の形状もしており、尾も生えていることであろうとする、自らを「正常」とした人たちの、無知蒙昧による謬見の結果であろう。[7]

因みに、『古事記』の「生尾人」について近年の注釈は、「木こりが獣皮の尻当てをする、それをいうか」[8]、「現在でも吉野の樵は尾のついたままの獣皮を腰につけるというから、そうした姿を「尾生ふる人」と表現したものか」[9]、「国つ神を動物または自然に近いものとする神話的分類法にもとづくいいかたである」[10]などと説明している。

なお、『三才図会』に大食弼琶羅国の婚姻習俗を記して、「始婚嫁取有犀牛尾爲信候牛生犢時始還親須要男家割人尾來以爲聘禮…（中略）…人尾卽男子陽物也」[11]とあるのを見れば、記紀の「生尾人（人…有尾）」という表現は、「男性」であることを言ったと解することも出来るが、上に掲げた諸外国の例や、「康熙戊午秋京師宣武門有小兒約三四歳有尾長三四寸軟而無毛其父毎日攜之過市看者輙索錢三文」[12]と、「男子陽物」とは思えない「尾」、を有する小児の記事があること、また記紀両書に、「男子陽物」を「尾」と記した別の例を見ないことなどから推して、やはり男女を問わず尾の生えている人たちのことを言ったと解すべきであろう。

＊　＊

神武天皇の一行と国神ヰヒカや石押分子（磐排別之子）との遭遇で思い合わされるのは、此れも記紀両書に載録されている所謂天孫降臨譚における、ニニギノミコトの一行と国神サルダビコとの遭遇である。此の天孫降臨譚は、其れが、一地域から他地域への民族移動といったような、現実の世界で起きた一個の事件を物語化したものであるのか、想像上の世界である高天原より、地上（葦原中国）へと天皇家の祖先神が天降ったという、語られる通りの単なる物語であるのか、判然としないが、今、『古事記』を見るに、其の降臨に関連して、

尒、日子番能迩〻藝命、将二天降一之時、居二天之八衢一而、上光二高天原一、下光二葦原中国一之神、於レ是有。故尒、天照大御神・高木神之命以、詔二天宇受売神一、汝者雖レ有二手弱女人一、与二伊牟迦布神一自レ伊至レ布以レ音。面勝神。故、専汝往将レ問者、吾御子為二天降一之道、誰如此而居。故、問賜之時、答白、僕者国神、名猿田毗古神也。所三以出居一者、聞二天神御子天降坐一故、仕二奉御前一而、参向之侍。（傍点福島）

という記事が見える。神武天皇の一行とキヒカ・石押分之子（磐排別之子）の遭遇と、ニニギノミコトの一行とサルダビコ神の出会いは、其の一方の話を基に他方の話が作られたとも思われないが、『古事記』にあっては、此処に掲げた記事の末尾、傍点を施した部分と同じ表現が、前者の遭遇記事に、「答《(曰)》白、僕者国神、名謂二井氷鹿一。此者吉野首等祖也。…（中略）…答《(曰)》白、僕者国神、名謂二石押分之子一。今聞二天神御子幸行一。故、参向耳」（傍点福島）と見られる。

＊　　＊

此の度は、記紀両書の載録する天孫降臨譚に登場するサルダビコ神が、発光する神とされていること、其れが容貌・形状の描写が猿の其れによっていると思われること、などを見ながら、其れらの事柄が如何なる観念・思想に出でたものであるかを考えてみたい。

＊　　＊

サルダビコ神は、前に紹介した『古事記』の記事によれば、「上光二高天原一、下光二葦原中国一之神」であるという。

『日本書紀』には、天孫降臨譚が、巻第二の第九段（天孫降臨章）に、本文・一書第一・第二・第四・第六と、都合五つ載録されているが、此のうち猨田彦神は、一書第一にだけ登場する。同一書は、天降る瓊瓊杵尊に、「八坂瓊曲玉・八咫鏡・草薙劒」の「三種寶物」が与えられるとし、中臣氏の祖天児屋命以下の「五部神」が随伴することを語るなど、『古事記』の天孫降臨譚と、幾つかの物語構成素を同じくしているが、猨田彦神のことが、瓊瓊杵尊一行の「先駆者」による報告の形で、『古事記』の表現の簡潔さを補うかのように、「有二一神一、居二天八達之衢一。其鼻長七咫、背長七尺餘。當レ言二七尋一。且口尻明耀。眼如二八咫鏡一、而絶然似二赤酸醬一也」と記されている。また、『日本書紀』巻第二の第九段（天孫降臨章）本文は、皇孫の降下することになる葦原中国に言及し、「彼地多有二螢火光神、及蠅聲邪神一」と述べている。此れらの記事と『古事記』の其れとを突き合わせてみると、葦原中国に所属する国神サルダビコは、「発光する神」とされていたことになる。

『古事記』が猿（猨）田毗古神を、発光する神としていることに関連して、思い出されるのは、同書上巻に、a「大国主神、愁而告、吾独何能得レ作二此国一。孰神、与レ吾能相二作此国一邪。是時有二光レ海依来之神一。…（中略）…此者、坐二御諸山上一神也」とあり、火遠理命による海神の宮訪問を語って、b「傍之井上、有二湯津香木一。故、坐二其木上一者、…（中略）…海神之女、豊玉毗売之従婢、持二玉器一将レ酌レ水之時、於レ井有レ光。仰見者、有二麗壮夫一。訓二壮夫一云二袁登古一。下效レ此」と記されており、更に、中巻の「垂仁天皇」条に、c「肥長比売患、光二海原一自レ船追来」とあって、下巻の「允恭天皇」条に、d「衣通郎女。御名所三以負二衣通王一者、其身之光、自レ衣通出也」という表現のあることなどである。

此処に掲げた四つの記事のうち、b・dは、大国主神が多紀理毗売命との間に儲けた下光（照）比売（書紀巻第二の第九段本文では、顕国玉の子）の名を含めて、火遠理命・衣通郎女が、容姿端麗な男女であることを示すのに、「有レ光」・「身之光」といった表現をしたとされ、a・cは、明らかに前者aに相当すると思しき記事が、『日本書紀』巻第一の第八段（宝剣出現章）一書第六に見え、其処に、「神光照レ海、忽然有二浮來者一。…（中略）…吾欲レ住二於日本國之三諸山一。…（中略）…此大三輪之神也」（傍点福島）とあり、此れに「小蛇」である大物主神が倭迹迹日百襲姫命の許に、人の姿をして通ったという、同書巻第五の「崇神天皇十年」条に見える所謂三輪山伝説や崇神記の其れ、また『日本書紀』巻第十四の「雄略天皇七年秋七月甲戌朔丙子（三日）」条に載録された少子部連蜾蠃の話、『扶桑略記』中の「大蛇出レ頭。吐レ舌三尺。其光如レ電」[13]という記事などを考え合わせ、後者、即ちcの肥長比売について、『古事記』が、「竊二伺其美‐人一者蛇也」と記していることから、「依来之神」・肥長比売の蛇であることを示すため、「光レ海」・「光二海原一」という表現がされたのだ、[14]と考えられないこともない。

しかし、此れらに、例の生尾人ヰヒカに関する記事――『日本書紀』に「有レ人出レ自二井中一。光而有レ尾」とある表現が、『古事記』では、「生レ尾人自レ井出来。其井有レ光」となっていて、光を放っているのが、井其のものなのか、井中に住む生尾人なのか、記紀両書とも、ヰヒカに続いて登場する石押分之子（磐排別之子）に関しては光のことを語らず、いま一つ判然としないのであるが、『日本書紀』は明らかに生尾人「井光」其の者を、発光する存在態としている――、『日本書紀』巻第一の第五段（四神出生章）本文に、日神について、「光華明彩、照二徹於六合之内一」と、月神に関して、「其光彩亞レ日」と言い、同第七段（宝鏡開始章）一書第三に、「日神之光、満二於六合一」とあること、既に見たように、巻第二の第九段（天孫降臨章）本文に、葦原中国について、「彼地多有二螢火光神、及蠅聲邪神一」と記されていること、第十段（海宮遊幸章）一書第三に、「豐玉姫自馭二大龜一、將二女弟玉依姫一、光レ海來到」（傍点福島）とあること、更に、巻第十四の「雄略天皇即位前紀」条に、同天皇の誕生した時のことが、「神光滿レ殿」と記されていること、また巻第二十の「敏達天皇十二年」条に其の名が見える、火葦北国造阿利斯登の子達率日羅について、「身光、有レ如二火焔一」と述べられていることなどを加え並べて見ると、『古事記』の記事のうち、bとdとは前に見たような観念・思想に基づくものとして、格別の不都合は無いが、aとcとは、別の読み方（理解）をしなければならないのではないかと考えられる。

即ち、記紀両書において、其れ自らが発光すると看做されているか、其れが存在する場所に発光現象が見られる存在態に関しての記事を、上に掲げたように並べてみると、其の幾つかのものから推して、例の生尾人の場合がそうであったように、我国の未開・古代人の間には、自分たちの居住する世界或いは文化圏以外の世界・文化圏に住む人(神)の中には、光を放つものがあるという観念・思想が存在していたのではないかと、考えられるのである。

『古事記』の猿《猨》田毗古神、自らが発光する存在態であると明記されてはいないが、Ｃの記事の肥長比売、『日本書紀』の「螢火光神」、此れも自らが発光するとは明記されていない豊玉姫と玉依姫及び記紀両書の「坐㆓御諸山上㆒神(大三輪之神)」、またキヒカ、自らが発光するとされる存在態と、はっきりそうだと記されてはいないが、其れ自体が発光しているとも解し得る存在態とあって、必ずしも一様ではないが、此れらは孰れも、一個の中心となる世界・文化圏とは異なる世界・文化圏に存在したものたちである。

猿《猨》田毗古神は、所謂天神の世界とは別の世界に住む神であり、肥長比売は垂仁天皇の都、師木の玉垣宮を中心とした世界とは異質の文化圏、或いは垂仁天皇により統治されている世界にあっては辺境の地、と目されていたに違いない出雲の女性であった。「螢火光神」とは、高皇産霊尊以下天皇家の祖先神たちが居る世界から見て、別の世界であるとされる葦原中国の神について言ったものであり、豊玉姫・玉依姫の住んでいた「海神之宮」は、天孫彦火火出見尊の住む世界とは別の世界である。また、記紀両書の言う「坐㆓御諸山上㆒神(大三輪神)」は、同神の登場する前後の物語展開より推して、明らかに、出雲(国)を中心的文化圏とした場合の、其の圏外より訪れて来た神であった。此のように見て来ると、此処に掲げた記紀両書の記事が、其のそれぞれの創作者や伝承・保存者を本来異にしたものであったため、中心をなす世界或いは文化圏を何処とするかが、時々に異なっているが、我国の未開・古代人の間に、他界・異文化圏の人(神)に、光を放つ者があるという観念・思想のあったことは、確かなことのように思われる。

因みに、『伊勢国風土記』逸文に、天御中主尊の十二世の子孫天日別命に国譲りをした伊勢津彦が、東方へ去った時のことを、「大風四起、扇㆓擧波瀾㆒、光耀如㆑日、陸海共朗」と記しているのも、伊勢津彦自身が発光したと明記していないが、明らかに同じ観念・思想に出でたものであると考えられる。

＊　　＊

発光する神的存在態に関する記事は、中国の古文献にも此れを散見することが出来るが、今、其の二三を掲げると、次のようである。

『史記』には、徐福が蓬萊山に至ったと偽り、其の地での見聞を報告する件が、伍胥の淮南王に対する諫言中に見えるが、其処に、「至蓬萊山、見芝成宮闕、有使者銅色而龍形、光上照天」(15)という表現があり、『山海経』中山経には、豊山に住むという神、耕父について、「常遊清冷之淵出入有光」(16)と記されている。また、段成式は、其の著書『酉陽雑俎』に、渾敦と称される神について、「状如嚢而光其光如火」(17)と記し、義熙（四〇五－四一八）の頃、虞道施が遭遇した鬼神の類と思しき駆除大将軍のことを、「頭上有光口目皆赤面被毛」(18)と描写している。

此処に掲げた中国の古文献の記事のうち、『史記』の其れと『山海経』の其れとは、両書の成立時期より推して、記紀両書の出来する以前、既に中国人の間にも存在していた、「発光する神」の観念・思想を基に綴られたと考えられるが、其れらの記事と、記紀両書の、他界・異文化圏の人（神）に発光するものがあるとする観念・思想に出でた記事とが、一方が他方を参考にして書かれたというように、直ちに結び付くか否かは、日中双方に全く同一の記事が存在する訳ではないので、判然としない。恐らく、古くから中国人の間に存在した上掲の観念・思想が我国に伝えられて、記紀両書の当該記事が生まれたか、日中双方で同じ観念・思想を生じ、それぞれに見たような記事を綴ったのだろう。

なお、『古事記』の「上光㆓高天原㆒、下光㆓葦原中国㆒」という表現と、『酉陽雑俎』の駆除大将軍に関する記事に「頭上有光」とある表現とは、漢訳仏典『仏説観無量寿仏経』に「項有㆓圓光㆒」(19)と記され、此れも同じく漢訳仏典である『妙法蓮華経』に、「佛放㆓眉間白毫相光㆒。照㆓東方萬八千世界㆒。靡㆑不㆓周遍㆒。下至㆓阿鼻地獄㆒。上至㆓阿迦尼吒天㆒」(20)と、また、劉宋代の説話集『幽明録』に、「姿顔金色項有日光」(21)と記される所謂身光についての表現を、私たちに思い出させるが、『日本書紀』巻第十九の「欽明天皇十四年夏五月戊辰朔」条に見られる、「河内國言、泉郡茅渟海中、有㆓梵音㆒。震響若㆓雷聲㆒。光彩晃曜如㆓日色㆒。天皇心異之、遣㆓溝邊直㆒、此但曰㆑直、不㆑書㆓名字㆒、蓋是傳寫誤失矣。入㆑海求訪。是時、溝邊直入㆑海、果見㆓樟木、浮㆑海玲瓏㆒。遂取而獻㆓天皇㆒。命㆓畫工㆒、造㆓佛像二軀㆒。今吉野寺放㆑光樟像也」（傍点福島）という記事や、同じく『日本書紀』が達率日羅について記す「身光、有㆑如㆓火焰㆒」という記事は、前者にあっては「梵音」・「佛像」の語、後者については、『日本書紀』よりも後に出来した書物中においてではあるが、日羅が聖徳太子と関わりある人物とされて、「敬礼救世観音大菩薩。伝灯東方粟散王」といった発言をしている[22]ことから推して、明らかに仏教思想・仏典の影響下に綴られた文章と思われる。

更に、『南史』に、梁の武帝の子世祖孝元皇帝について、「初、武帝夢眇目僧執香鑪、稱託生王宮…（中略）…天監七年八月丁巳生帝、擧室中非常香」[23]（傍点福島）と記し、『遼史』に、耶律阿保機の誕生した時のことを、「及生、室有神光異香」[24]（傍点福島）と記していることからすれば、明らかに何時の頃からか仏教思想と関わりをもったと思われる、中国の皇帝が誕生するに際し、発光現象が見られたという記事[25]は、我国にも伝えられて、既に紹介した「雄略即位前紀」の「神光満㆑殿」という記事を産み出したと思われる。中国皇帝の誕生譚のうち、発光現象があったとされるものは、「身黄金色。有㆓三十二相㆒。光明徹照。上至㆓二十八天㆒。下至㆓十八地獄㆒」[26]と語られる釈迦誕生譚と関わっていると思われるが、新生児自らが発光したのか、他から光が射したのか、いま一つ判然としない。『北斉書』に、顕祖文宣帝の母が彼を受胎した時のことが、「后初孕、毎夜有赤光照室」[27]とあるのなどを見ると、雄略天皇の場合を含め、誕生した子の偉人であることを祝福・証明するかのように、何処からともなく光が射した、というのが本来の形であったのだろうか。もしそうだとすると、其れらは、サルダビコ神やヰヒカが発光していたのとは、自ずから異なる観念・思想に基づくものであることになる。

火遠理命・衣通郎女に関して、「有㆑光」・「身之光」といった表現が為されていることも、彼らが記紀の語る宇宙・世界にあっては、其の中心・中核を成す世界の構成員とされていることからすれば、サルダビコ神やヰヒカが発光したのとは事情を異にしており、やはり、仏教の所謂身光の観念・思想によるものと思われる。[28]
猿《（猨）》田毗古神・「螢火光神」・ヰヒカが自ら発光し、肥長比売・豊玉姫と玉依姫・「坐二御諸山上一神（大三輪之神）」が発光現象と関わっている（恐らく彼らも我国の未開・古代人によって、自ら発光する存在態と考えられていただろう）ことは、仏教の所謂身光に関わる記事や、皇帝或いは天皇の誕生に際して発光現象が見られたこと、また、日月が自ずから光を放っていることと、発光という一点では共通するが、其の産出母胎となった観念・思想は、全く異なっていたもののようである。

なお、「ひかり」・「ひかる」・「かがやき」・「かがやく」・「てらす」・「てる」などの意を表わす漢字は数多くあるが、其れらが記紀両書において、他界・異文化圏に住む人や神の形状・特質（あるいは力能と言うべきか）を表現している例は、既に紹介した猿田彦神に関する記事に「口尻明耀」（傍点福島）とあるのを含めて、此れまでに掲げた記事の中に出るのが其の総てである。

*　　*

サルダビコ神の形状が如何なるものであるかについて、『日本書紀』は既に見たように、其の鼻・口尻・眼に特徴のあることを記している。此れらのうち、眼は、人には誰しも、自らの居住する世界や所属する文化圏とは異なる世界・文化圏に住む人（神）、また、普段目にする機会の無い獣の類（異獣）と遭遇して、其れが如何なるものであったかを説明する時、更に、実見したことの無い生物を空想し、描写する折に、必ず其の眼の異様なることを言う性癖があると思しくて、他界の人（神）、また異獣について述べる文章で、其の異状、時に其れが光っていることを語る例は、古くから多く存在している。

「目は円く鳥ノ目ノ如く」[29]、「彼の人を見るに、毛髪赤く眼も赤きあり」[30]というのは、日本人の乗った船が、それぞれ十七・十九世紀の半ばに、異国に漂着、其の地の人と遭遇した折に、どのような印象を抱いたかを記す文の一部であり、「眼円《ク》大而光容《リ》貌如㆓夜叉㆒《ノ》」(31)、「色皙《シロク》毛髪紅鼻高《ニシテ》眼円《クマロカニシテ》而有㆑星(32)」とは、寺島良安の『和漢三才図会』における蝦夷人とオランダ人についての説明である。また、近世江戸時代には、異獣が、「眼の星のごとくに光るもの(33)」、「眼《まなこ》大にして光りあり(34)」と描写されており、中国にも異獣を、「如獲兩目睒睒(35)」、「目光如炬(36)」とした表現があって、日中双方に同様の例は多い。

『日本書紀』が猨田彦神の眼を、「如㆓八咫鏡㆒、而絶然似㆓赤酸醬㆒也」と記しているのは、記紀両書に、ヤマタノヲロチの眼を、「如㆓赤加賀智㆒…（中略）…此、謂㆓赤加賀知㆒者、今酸醬者也」（記）、「如㆓赤酸醬㆒。赤酸醬、此云㆓阿箇箇鵜知㆒」（紀巻第一の第八段本文）と記し、其のヤマタノヲロチを記紀両書が、「蛇（虵）」の文字を用いて表記していること、『日本書紀』巻第十四の「雄略天皇七年秋七月甲戌朔丙子（三日）」条に、「捉㆓取大蛇㆒、…（中略）…其雷虺々、目精赫々」と、蛇と雷とを一体視して、其の眼の異状を述べていること、中国には古く蛇の眼を、「如㆓尺鏡㆒(37)」と記したものがあり、近世江戸時代と時間的には大きく下るが、我国でも蛇の眼を、「百煉の鏡のごとく(38)」、「鏡ノ如クナル(39)」、「鏡の如く(40)」、「八寸許《ばかり》の鏡を懸たるほどなり(41)」などと表現していること、蛇の一種にヤマカガチがあって、アカカガチとの音の類似が思われることなどから、始めヤマタノヲロチの眼をアカカガチのようであるとする表現があって、猨田彦神の眼の異状なることを言うのに、其れを借りたようにも思われるが、一方、『本草綱目』の「獮猴」の項に、「似猴而大者玃也。大而尾長赤目者禺也(42)」という記事が見え、我国にも猿を、「其面《そのおもて》朱《しゅ》をぬりたるが如《ごと》く眼《まなこ》のひかり鏡《かゞみ》のごとし(43)」と描写したものであることから推して、猨田彦神を猿と同列視して考え出された表現であったとして良いと思われる。

『本草綱目』には別に、「猴形似胡人。故曰胡孫(44)」、「猴。處處深山有之。狀似人。眼如愁胡(42)」といった記事があり、中国に、胡人の形状と猿の其れとを似たものとする観念・思想のあったことが窺える。サルダビコ神も、其の発生原初時に、如何なる存在態とされていたか、今日では知る術も無いが、『日本書紀』における其の眼の描写と、日中両国における猿と其の眼とに関する記述の仕方から推して、記紀両書の編纂される頃には、其れが葦原中国にあって、中心的存在となる天孫ニニギノミコトとは、居住世界を異にしている神であるところから、発光する存在態とされるのと同時に、猿の如き形状のものと考えられて、見たような異状な眼をしているとされたのであろう。サルダビコ神の名義が本来如何なるものであったかは判然としないが、其の名の一部にサルとあることと、同神の眼が猿の其れのように描写されていることとは、無関係ではあるまい。

サルダビコ神が、もとより猿を念頭に置いて創られた神であるか、其の名の一部となっているサルが、同神の登場する物語の伝承・保存される間に、猿と解されて、其の形状が恰も猿の其れであるかのような表現が付加されたか、真実は其の孰れかであるだろう。其の孰れであったとしても、自分たちと居住する世界・所属する文化圏を異にする人（神）の中には、猿同然の容貌・形状のものがあるとする未開・古代人的観念・思想が、サルダビコ神の誕生或いは成長・変化に影響を及ぼしていると考えられる。

『日本書紀』に、「其鼻長七咫、背長七尺餘。當㆑言㆓七尋㆒。且口尻明耀」と記される猿田彦神の形状描写も、同神の登場する物語が伝承・保存され、また書写される間に、さまざまな変改を蒙った結果であろうし、「當言七尋」が「私‐記ノ撿‐入」(45)であるか否か、「口尻」が「口と尻と」の意か、「脣の両端」の意であるか、「七咫」・「七尺」・「七尋」とあるのが、実際には如何ほどの長さであったか、といった問題もあって、軽々には断じ難いが、「九尺計有し」(46)、「面は紅にしてあたかも臙脂《べに》をもて粧ふが如し」(47)というように、猿を描写した表現を持ち出してくるまでもなく、概ねを猿の形状により、部分的に其れを膨らませたものである(48)として良いのではないか。

中国の古文献には、外国人である厭光国民を、「光出口中形盡似猿猴黑色」(49)と紹介する文章が見えるが、此れなど正に、異域の神サルダビコを発光する存在態とし、猿同然の姿に描いたのと、同じ観念・思想に出でたものと思われる。

*　　*

見たように、其の名義また発生原初時における実体が如何なるものであったにしても、記紀両書に登場するサルダビコ神が、猿と大きな関わりを有するものであることは、両書が同神を表記するに、「猿（猨）」の文字を用いていることや、『日本書紀』における其れが形状描写によって、此れを窺うことが出来るが、更に、同神と猿との関わりを思わせる事柄を、私たちは、『古事記』の

其猨田毗古神、坐㆓阿耶訶㆒〈此三字以㆑音。地名。〉時、為㆑漁而、於㆓比良夫貝㆒〈自㆑比至㆑夫以㆑音。〉其手見㆓咋合㆒而、沈㆓溺海塩㆒。

という記事に見ることが出来る。

『戦国策』の所謂鷸蚌の争いや、[50]『国姓爺明朝太平記』の「馬《むま》の下腮《したあご》に喰《くひ》付き爰《こゝ》をせんどゝしめつけ[51]」た赤貝の話、また、鹿児島県は奄美諸島の徳之島で採集された民間伝承において、親不孝な男の足を挟んだ「大きなギブ貝」の話[52]など、ある種の動物（猿であるとする例がほとんどである）が、貝に身体の一部を挟まれたとする話は、幾つか此れを挙げることが出来るが、近年の新聞紙上に、「大きなハマグリに片足を食いつかれたまま飛んでいるユリカモメ[53]」の写真と、其の実見談が掲載されたことからすると、其れらの総てが事実無根の虚誕という訳でもなさそうである。

我国では、早く、『今昔物語集』巻第二十九「鎮西猿《ノ》、打敛鷲為報恩与女《ワシヲウチコロシテオンヲホウゼムガタメニヲムナニアタヘタルコト》語第卅五」に、「溝貝」に手を挟まれた猿のことが語られており、以後幾つかの書物に、猿が貝に手または足を挟まれたことを構成素の一つとする物語や、その事実を目撃したとする報告が載せられている[54]。

此れらの物語や報告、特に物語が、『古事記』の伝える猿《（猨）》田毗古神の受難の話と、如何なる関わりを有するのかは明らかでない。『古事記』の話に基づいて、或いは其れを参考にして、『今昔物語集』に掲載された「猿と溝貝」の話を始めとする、幾つかの伝承が創られたのか、両者は同じ源に発したもので、一方が早い時期に、天皇家による国家統治の正当なることを主張する、所謂系譜型神話を構成するための一要素として利用され、他の神話や伝説と結合したのに対し、他方は文献に載録されるのが後れ、民間で伝承・保存される間に、種々の物語構成素と結び付いて、漸次記録されていったのか、あるいは両者の間に言わば親子・兄弟といった関係は存在しないのか、一切は不明である。

『古事記』の語る猿《（猨）》田毗古神の受難の話は、其れ自体が短小で、物語構成があまりにも単純・簡潔であるだけに、

『今昔物語集』に見る当該譚以下の物語との比較検討が難しいのであるが、後者において孰れの場合にも、受難者が猿其のものとされていることは、やはりそれなりの理由があってのことと思われ、両者が親子・兄弟の関係にあるとすれば、猿《猨》田毗古神は、ある時期以後明らかに我国の人々によって、猿もしくは猿的な性格を多分に有する存在態と看做されていたことを、私たちに示唆するし、両者が全く無縁のものとして、それぞれ独自に創られた話であるとしても、我国に、猿が貝に手足を挟まれる物語と報告とが存在し、其の事が既に見たように、実際にも起こり得る事柄であり、猿《猨》田毗古神の名の一部に、「猿（猨）」の文字が用いられていることから、同神が、其の本来の実体が如何なるものであったかは、依然不明であるとしても、猿を念頭に置く、当該物語の原創作者或いは伝承・保存者によって、創り上げられた存在態であると知られる。

猿《猨》田毗古神の背後に猿の存在を認めることは、既に知られているように、貝に身体の一部を挟まれた鼠や猿の話が、インドネシアにも存在し、スラウェシのサンギル諸島[55]や、チモール島のベル（テトゥム）族[56]から採集された話では、其の事だけが語られている訳ではなく、幾つかの物語構成素と結合してはいるが、「大きな(シャコ)貝」に手を挟まれた猿が、猿《猨》田毗古神同様海中に没し、溺死したとされていることによっても、あながち無理なこととは思われない。

なお、事の序でに記すならば、猿《猨》田毗古神受難の話と、インドネシアの当該譚との関わりも、前者と「猿と溝貝」の話以下の似た内容の物語との関係同様に、判然としていないが、猿が貝に手足を挟まれることなど、其の二つがともに生息する地域であれば、何処でも起こりそうなことであるし、インドネシアにおける物語採集の時期が比較的新しいこと、また我国との中間地帯に、同様の話の存在することが知られていないことなどからすれば、両者の間に、例えばインドネシアの物語が我国へ伝わったのだ、といった伝播の関係を認めることは、暫く控えた方が良いと思われる。因みに、関敬吾は、『今昔物語集』に見る「猿と溝貝」の話の展開される場が、九州地方とされていることを指摘し、「現在の伝承も九州地方にかたよっているが南方につづいている[57]」と言い、『神話伝説辞典』は、「猿田毘古が貝にはさまれる話は、インドネシアにある猿が貝に手をはさまれる昔話と同系のものであろうといわれる[58]」と言う。

管見の及んだ限りでは、猿が貝に手足を挟まれる話が、「九州地方にかたよっている」とは思われず、「同系のもの」という言い方も、単に内容を同じくする物語という意味ではなく、一方と他方とが明らかに親子・兄弟の関係にあるとしていると解し得るし、此処は明白に其の意味で書かれていると思われるので、此れらの意見に安易に賛同することは出来ない。また、サルダビコ神の「本源地」を「インドネジア《ママ》族の中に想定(59)」する意見や、同神の受難の話が、「日本民族の南方起原を物語る(60)」などと言う意見には、現時点では、私としてはとても賛成出来ない。

＊　＊

以上、見て来たことを纏めてみると、次のようなことが言えるだろう。

人には、自分たちの居住・所属する世界・文化圏の外に住む人を、動物同然の形態をしているとし、またそのような話を容認する傾向のあることが、幾つかの例から知られるが、未開・古代人にあっては、他界・異文化圏の人（神）の中には発光するものがあるとさえ考える者たちの居たことが、日本・中国の文献資料から窺える。そして、記紀両書には、発光する人（神）に関わる記事が幾つか見られ、其れらの総てが、此れも日中両国の事例より推して、同一の観念・思想に出でたものとは思われないが、一部は、明らかに、上に見た未開・古代人的な観念・思想と結び付けて考えるべきものである。中でも、天孫降臨譚に登場するサルダビコ神が、発光する存在態とされていること、また、其の容貌・姿形が猿の其れによって描写されているらしいことに、私たちは、上掲したような人間一般の思考様式や、未開・古代人的観念・思想の発露・顕現を認めることが出来るのである。

注

（1）プリニウス著『博物誌』第七巻――中野定雄／中野里見／中野美代訳『プリニウスの博物誌』第一巻三〇一頁。

（2）李昉等編『太平広記』巻第四八二所引『広州記』――一九八一年・中華書局出版『太平広記』第一〇冊三九七四頁。李昉

等撰『太平御覧』には、「永昌郡傳曰郡西南千五百里徼外有尾濮尾若龜形長三四寸欲坐輙先穿地空以安其尾若邂逅誤折尾便死…（中略）…扶南土俗傳曰枸利東有蒲羅中人人皆有尾長五六寸」（巻第七九一・四夷部一二・「尾濮」条――一九八〇年・国泰文化事業有限公司出版同上書第四冊三五〇八頁）という記事が見える。段成式撰『酉陽雑俎』に、「木僕、尾若龜、長數寸、居木上、食人」（前集巻之四・境異――中華書局出版同上書四五頁）という記事が見える。「繳濮國」・「尾濮」そして「木僕（濮）」また「蒲羅國人」についての記事は、中国の書物に頻出する。例えば、杜佑撰『通典』に、「尾濮漢魏以後在興古郡今雲南郡地西南千五百里徼外其人有尾長三四寸欲坐輙先穿地爲穴以安其尾尾折便死居木上食人…（中略）…按木濮即尾濮也又扶南土俗傳云拘利東有蒲羅中人人皆有尾長五六寸其俗食人按其地並西南蒲羅蓋尾濮之地云」（巻一八七・辺防三・南蛮上・「尾濮」条――『景印文淵閣四庫全書』第六〇五冊（史部三六三政書類）五八三頁）と言い、陸次雲著『八紘荒史』に、「尾濮漢魏以後在興右郡西南千五百里外其人有尾長三四寸欲坐先穿地穴以安其尾尾折便死居木上食人…（中略）…按木濮即尾濮也又蒲羅國人亦生尾長六七寸食人」（巻之一――叢書集成初編『譯史紀餘・八紘荒史』のうち八紘荒史一三頁）とある。また、周致中纂集『異域志』の「繳濮國」条に、「國人有尾欲坐則先穿地作穴以安其尾如或誤折其尾卒然而死在永昌郡南一千里」（巻之下――叢書集成初編同上書七八頁）とあり、李時珍撰『本草綱目』に、「永昌志云。西南徼外有濮人。生尾如龜。長三四寸。欲坐則先穿地作孔。若誤折之。便死也」（巻五二・人部・「人傀 公回切。怪異也。○綱目」条――一九五四年・商務印書館出版同上書第六冊二五の一一五頁）と見える。「蒲羅中國」については、『太平御覧』に、「吳時康泰爲中郎表上扶南土俗曰利正東行極崎頭海邊有居人人皆有尾五六寸名蒲羅中國其俗食人」（巻七八七・四夷部八――一九八〇年・国泰文化事業有限公司出版前掲書第四冊三四八五頁）とも記されている。諸書言うところに微妙な違いがあるが、此れらの記事によって、中国人の考えた有尾人の如何なる存在であったかの概略を知ることが出来る。

（3）マルコ－ポーロ述・愛宕松男訳注『東方見聞録』（東洋文庫）2・一五八－一五九頁。

（4）里村欣三著『河の民』（中公文庫）一六七頁。

（5）木村肥佐生著『チベット潜行十年』（中公文庫）二四八頁。チベットの有尾人については、西川一三著『秘境西域八年の潜行』（中公文庫）下巻二九九－三〇〇頁）にも記されている。

（6）宮本勝著『ハヌノオ・マンヤン族』三三九頁。今、一一《いちいち》の記事の著者が拠った書物の存在と、また彼らが紹介している人々の著作の如何なるものであるかについて確認することをしないが、有尾人については、「セント・ジョン氏はそのボルネオ旅行記の中で、島の北東海岸にいる有尾人間に実際に触れてみたという商人のことを記している。商人の話によると、尾の長さは約四インチで、穴のあいた腰掛けを使わねばならぬほど硬かったという」（ジョン－アシュトン著・高橋宣勝訳『奇怪動物百科』六頁）、「ド・クレ氏によれば、アビシニアかヌビアには、少なくとも二インチの尾をもつニアム・ニアムス人がいるという」（同上）、「かつてマルコ・ポーロ、ストリュイス、ジェメリ・ガレリといった大冒険家により、《有尾人》の存在がヨーロッパに伝えられた」（G－ブクテル／J－C－カリエール著・守能信次訳『万国奇人博覧館』一六一頁）、「一九一〇年に旅行家のW・スローンは、ニューギニアの奥地で、四肢に加えてしっぽのある部族を発見した。公式発表によると、それはしっぽ状の突起物で、ヒヒのしっぽと同じくらいの長さがあった。その原住民はピロティの上に住居を建てており、念入りに作られたその床には、一定の間隔で円形の穴が設けてあった、とその探検家は語る。それらの穴は、住民が横になって眠るときしっぽを入れるためのものであった。さらにユブシュ博士が、コンスタンティノープルの奴隷市場でそのような人々をたくさん見たと語っていた。…（中略）…フィリピンのルソン島に住むブトク族について、フォルバン医師が一九二六年に収集した観察に関する…（中略）…この部族の者は、著者が撮影した多くの写真が示すように、たびたび長いしっぽを備えていた」（マルタン－モネスティエ著・吉田春美／花輪照子訳『図説奇形全書』一四〇－一四一頁）、「南アフリカナイアムス地方にナイアムスと称するゐ《(ママ)》野蛮種族ありて其種類は人類ながらも猿の如き尾ありとは該地方を跋渉して帰りたる欧洲人の屢々報ずる所」（梅原北明編纂『近世社会大驚異全史』中巻七三頁に引く、明治二二年六月二一日付「時事新報」の記事）といった記述が為されている。

（7）二〇世紀の初頭に我国を訪れたイギリス人女性エセル－ハワード（Ethel Howard）は、「外国人には長い尻尾《しっぽ》が生えていると固く信じて」いる人たちが、「それを自分の目で確かめようと」、二人の外国人女性の入浴するところを覗き見ようとした、平泉の寺での出来事について記している（島津久大訳『明治日本見聞録』（講談社学術文庫）一四九－一五〇頁）。イギリスの人類学者また民族学者であるタイラー（Ty'lor, *sir* Edward Burnet）は、「人類学から見ると、尾をつけた人の物語は、原始種族が近くの人々から賤しめられ、人々は原始種族を動物と同じに見下したから、同種族は尾を付けているという観察が生ずるわけである」（比屋根安定訳『原始文化』九一頁）と言い、有尾人と看做された人たちの例を幾つか挙げている。なお、「歴史家が旅行者の書いた記録を研究に使うとき、無知から間違った読み方をし、その大ミスから怪物が作り出されたこともあった」（G－ジェニングズ著・市場泰男訳『エピソード魔法の歴史』（現代教養文庫）一九七頁）という意見もあり、此の記述に続けて、ビルマ人がカレン族を軽蔑し、「犬人」と呼んだ事から、同族は犬頭の人たちであるとされてしまった例などが挙げられているのを見れば、有尾人種の幾つかは此の誤解から有尾人とされたのかも知れないと思われる。

(8) 新潮日本古典集成・西宮一民校注『古事記』一一三頁。

(9) 日本思想大系1『古事記』一二二頁。

(10) 西郷信綱著『古事記注釈』第三巻四四頁。

(11) 王圻編集・王思義校正『三才図会』(早稲田大学図書館下村文庫蔵本) 人物一二巻19ウ。

(12) 東軒主人輯『述異記』(説鈴) 巻上22ウ。同様の事は、洪邁撰『夷堅志』にも、「臨安薦橋門外米市橋之傍有賣頭豆者、腰間生尾、長四尺餘、毎用索纏縛數匝乃得出。常爲市中小兒窘逐、必求觀乃止。又一丐者亦有之、然才長數寸」(支景巻第四・「人生尾」条――一九八一年・中華書局出版同上書第二冊九〇八-九〇九頁) とある。

(13) 皇円著『扶桑略記』抄二・「桓武天皇延暦十五年」条――『新訂増補国史大系』第一二巻同上書一一二頁。

(14) 蛇が海にあって光を放つことについては、嶺田雋著『房總雑記』に其の例が見える。同書は、『水府奇談』・『房總志』の記事を紹介して、大蛇の居る海の面が光を放つことがあると述べている。嶺田は、「張朱鱗が水府奇談に、寛文五年五月安房の国亀崎といへる浜の水面、夜々光りを放つ、怪みて蜑夫四五人海底に入て探り見るに、縦横七八間余の大いなる蛇ありけるよしを載せたり。…（中略）…安房地名考に云ふ、亀崎は今の多々良なり」(房州雑記・「七 大蛇」条――房總叢書刊行会編輯『房總叢書』第二輯九一七頁) と其の一例を挙げるが、別に『千葉県古事志』では、明らかに此れと同じ話を掲げながら、発光する存在態を「大鰒魚」としている。同書の当該箇所は、今、必要部分だけを引くと、「達良村の土人相伝へて言ふ。此の海上曾て霖雨止まざる時は、夜間に至り瑩然たる光耀を放つ。…（中略）…此の事、「著聞集」・「龍宮船」など云ふ書中に載せたり。寛文五年五月…（中略）…縦横七八間余の大なる鰒魚ありたる由を載す」(第三・平群郡・「鰒魚放光」条――『紀元二千六百年記念房總叢書』第七巻地誌(二)四二四頁。また、『改訂 房總叢書』第四輯第七巻地誌(二)四二四頁) となっていて、「寛文五年」以下の記事が何に載っているのかが些か分り難い。前書に「縦横七八間余の大いなる蛇」と言い、後書に「縦横七八間余の大なる鰒魚」とある (孰れも傍点福島) 事からすれば、「鰒魚」が正しいかとも思われるが、いずれにしても事実無根の虚談であろうから、「縦横七八間余」の蛇であっても不都合は無いので、蛇が海を光らせると考えられた例として紹介しておく。『房總雑記』の成立と『千葉県古事志』の其れとの先後について、紀元二千六百年記念房總叢書刊行会の編輯部委員で、『房總雑記』に解説を施した稲葉隣作は、「本書は古事志の補遺と見るべきであらう」(『紀元二千六百年記念房總叢書』第七巻地誌(二)五一四頁) という。『房總雑記』が『千葉県古事志』の「補遺」であったとすれば、初め「鰒魚」であったのが「蛇」に訂正されたことになる。因みに、張朱鱗著『(近代奇事論) 龍宮船』には、「寛文五年五月安房の国亀崎といふ浜の海づら夜な〳〵光あり海士四五人海の底に入て見るに長サ七八間はかりの蚫有けり惣して蚫おゝ（ママ）く有海上ハ時の気により光る事ありといへり」（巻(之)一・「蜃気楼台(之)説」条――内閣文庫蔵写本『文鳳堂雑纂』随筆部一〇一のうち龍宮船6ウ–7オ）とあり、著者不詳の『梅翁随筆』に同様の事柄を記して、光を発していたのは、「凡七八十丁余りの大鮑」（巻之四――『日本随筆大成』第二期第一一巻六五頁）であったとしており、「鰒魚」「蚫」「鮑」が本来の表記であったと思われる。『千葉県古事志』に「著聞集」と言う書は、『日本随筆大成』が著者不詳とも神谷養勇軒の著とも言う、『新著聞集』と考えられる。同書は当該の出来事を、「寛文五年、房州平群郡の内、亀崎の海中、俄に光りかゞやきて、海士の仕業もやみて、いかゞすべきと歎きしに、老たるものゝ云しは、若き輩はせん方しるまじ。いで某、見とゞけんとて、その光り二町ばかり隔て海に入り、かの辺をうかゞひみれば、七八間ほどの蚫なり。すさまじなどいふばかりなり。あたり近くは中々、よりがたしとて帰りしが、其後、行方しれずなりし」（第一八・雑事篇・「大蚫光をはなつ」条――『日本随筆大成』第二期第五巻四三九頁）と記す。『水府奇談』・『房總志』ともに福島未見である。『房總雑記』が『房總志』によるとして紹介する他の一例に見える「蛇」も、『千葉県古事志』の記事によれば、「鰒魚」「蚫」「鮑」であるらしく、『房總雑記』の「蛇」は、二例ともに誤植である確率が高いが、『房總志』未見のため、暫く、『房總雑記』の記事を、蛇が海を光らせると考えられた例としておく。鰒魚・蚫・鮑は、狩谷棭斎著『箋注倭名類聚抄』に「香祖筆記云、鰒魚…（中略）…率作二鮑魚一、…（中略）…皇国俗有下作二蚫者一、新撰字鏡云、蚫、阿波比、以呂波字類抄云、鮑、蚫俗同、是也」（巻第八・「鰒」条――京都帝国大学文学部国語学国文学研究室編『狩谷棭斎箋注倭名類聚抄』三九〇頁）とあり、また、源順撰『倭名類聚鈔』に、「本草云鮑一名鰒鮑音抱和名阿波比」（巻第一九・「鰒」条――風間書房刊同上書巻一九・14オ）とあって、いずれも「あわび」である。

(15) 司馬遷撰・裴駰集解・司馬貞索隠・張守節正義『史記』巻一一八・淮南衡山列伝第五八――中華書局出版同上書第一〇冊三〇八六頁。

(16) 郭璞撰『山海経』（経訓堂叢書）第五・34オ。なお、同書には、「吉神泰逢…（中略）…好居于萯山之陽出入有光」（同上7ウ）「神蟲沅曰此字説文所無見玉篇義與此同圍…（中略）…恒遊於睢漳之淵淵水之府奥也出入有光」（同上25ウ）、「神于兒…（中略）…常遊於江淵出入有光」（同上40ウ）といった記事も見える。

(17) 段成式撰『酉陽雑俎』（学津討原）巻一四・諾皐記上・1ウ。

(18) 同上書巻一四・諾皐記上・9オ。

(19) 畺良耶舎訳『仏説観無量寿仏経』――『大正新脩大蔵経』第一二巻三四三頁。

(20) 鳩摩羅什訳『妙法蓮華経』巻第一・序品第一――『大正新脩大蔵経』第九巻二頁。闍那崛多／笈多共訳『添品妙法蓮華経』は、「阿迦尼吒天」を「阿迦膩吒天」（巻第一・妙法蓮華経序品第一――『大正新脩大蔵経』第九巻一三五頁）と記し、竺法護訳『正法華経』は、当該箇所を、「佛放面口結光明。普炤東方萬八千佛土。其大光明照諸佛國。靡不周邊。至於無擇大地獄中。上徹三十三天」（巻第一・光瑞品第一――『大正新脩大蔵経』第九巻六三頁）と記している。

(21) 劉義慶撰『幽明録』（琳琅秘室叢書）47オ。

(22) 平氏撰『聖徳太子伝暦』巻上――『続群書類従』第八輯上六‐七頁。慶滋保胤著『日本往生極楽記』（日本思想大系7『往生伝 法華験記』五〇〇頁）、源為憲撰『三宝絵詞』（中――大日本仏教全書111同上書四〇一頁）を始め、諸書に同じ話が見える。此の話は、『日本書紀』に見える「身光有レ如二火焔一」という記事や、日羅が一度死んで蘇ったという話から作られた可能性が全く無い訳ではないが、敏達天皇一二年前後の『日本書紀』の記事に、日本・朝鮮に関わる仏教関係の其れが多いことから、暫く日羅をもとより仏教と関わりある人物であったと考えておく。

(23) 李延壽撰『南史』巻八・梁本紀下第八――中華書局出版同上書第一冊二三四頁。

(24) 脱脱等撰『遼史』巻一・本紀第一・太祖上――中華書局出版同上書第一冊一頁。

(25) 所謂二十四史に、東晋元帝、北魏道武帝、宋孝武帝、北魏孝文帝・同孝明帝、陳宣帝、周武帝、遼太祖・同太宗、宋真宗・同英宗・同神宗・同哲宗・同高宗・同度宗、明太祖の各皇帝が誕生した折、発光現象が見られたと言う。うち、周武帝までは記紀成立前に誕生している。

(26) 支謙訳『(仏説)太子瑞応本起経』巻上――『大正新脩大蔵経』第三巻四七三頁。

(27) 李百藥撰『北斉書』巻四・帝紀第四・文宣――中華書局出版同上書第一冊四三頁。ほぼ同文で、李延壽撰『北史』（巻七・斉本紀第七――中華書局出版同上書第一冊二四三頁）にも見える。

(28) 山路平四郎は、衣通郎女・下光(照)比売について、「キラキラシという語が、端正・姝妙なものの形容である点からして、金色燦爛たる仏像を通じての発想のように思われる」（『記紀歌謡評釈』一九九頁）と言う。

(29) 筆者不詳『尾州大野村船漂流一件』――『日本庶民生活史料集成』第五巻五五三頁。

(30) 奥田昌忠著『長瀬村人漂流談』――『日本庶民生活史料集成』第五巻六七三頁。

(31) 寺島良安編『和漢三才図会』巻第一三・異国人物・「蝦夷《ゑぞ》」条――東京美術刊同上書上二一三頁。

(32) 同上書巻第一四・外夷人物・「阿蘭陀《おらんた》」条――東京美術刊同上書上二四五頁。

(33) 和田正路著『異説まち〳〵』巻之三――『日本随筆大成』第一期第一七巻二一五頁。

(34) 鈴木牧之編撰・京山人百樹刪定・岡田武松校訂『北越雪譜』二編巻之四・「異獣《いじう》」条――岩波文庫改版同上書二八九頁。

(35) 段成式撰前掲書（学津討原）巻八・8オ。

(36) 王鏊撰『震澤長語』巻上・象緯――叢書集成初編同上書二六頁。

(37) 干寶撰『捜神記』巻一九――中国古典文学基本叢書同上書二三一頁。

(38) 林自見編『市井雑談集』巻上7ウ。

(39) 小宮山昌秀著『楓軒偶記』巻之一――『日本随筆大成』第二期第一九巻二七頁。

(40) 根岸鎮衛著『耳嚢』巻之九・「猛虫滅却の時ある事」条――『日本庶民生活史料集成』第一六巻五五四頁。

(41) 松浦静山著『甲子夜話』巻四七・三六――東洋文庫版同上書3・二六七頁。

(42) 李時珍撰『本草綱目』巻五一・獣部・獮猴・集解――一九五四年・商務印書館出版同上書第六冊巻五一の七四頁。

(43) 国枝清軒集『武辺咄聞書』巻二・9オ。

(44) 李時珍撰前掲書巻五一・獣部・獮猴・釈名――一九五四年・商務印書館出版同上書第六冊巻五一の七四頁。

(45) 河村秀根／益根著『書紀集解』巻第二――臨川書店発行同上書㈡一八四頁。

(46) 只野綾女著『奥州波奈志』・「熊とり猿にとられしこと」条――『近古文芸温知叢書』第一一編二一頁。

(47) 黒崎貞孝著『常陸紀行』――岸上質軒校訂『校訂続紀行文集』九二五頁。

(48) 当該表現について、南方熊楠は、「全く老雄猴の形容だ」（『十二支考』――『南方熊楠全集』第一巻四〇一頁）と言い、肥後和男は、「全く猿の容貌を誇張したもの」（『日本に於ける原始信仰の研究』八七頁）と言う。また、津田左右吉が、「此の神を一層異様に見せようとしたのとサルの名とから来たもので、後人の潤色であらう」（『日本古典の研究』上巻――『津田左右吉全集』第一巻五三九頁）としているのが参考になる。早く、藤原浜成の撰と伝えられる『天書』に、猿田彦神の形状を、「面尻並赤、遍身生〻毛」（巻第二――『神道叢書』一・天書巻第二の一頁）と描写しているのも、飯田武郷が、「毛」の字は「光」字の誤りと言う（『増補正訓日本書紀通釋』第二・八四五頁）ものの、同説を裏付けるもの無く、また「面尻並赤」の表現から推して、猿田彦神を猿と見てのことと思われる。

(49) 張華撰『博物志』巻二・外国――『景印文淵閣四庫全書』第一〇四七冊（子部三五三小説家類）五八一頁。

(50) 劉向集録『戦国策』巻三〇・「趙且伐燕」条――一九七八年・上海古籍出版社出版同上書下冊一一一五頁。

(51) 江島其磧著『国姓爺明朝太平記』巻之二第一・「旅人《りよじん》の仕《し》合《あはせ》吹付《ふきつ》けた浦《うら》の唐船《たうせん》」条――渡辺乙羽校訂『校訂其磧自笑傑作集』上巻一九二頁。

(52) 水野修採話『徳之島民話集』一六六―一六七頁。

(53) 「青鉛筆」――『朝日新聞』一九八八年三月九日朝刊二七頁。

(54) 猿が貝に手足を挟まれたことを述べる我国の物語や報告は、管見の及んだ限りでは、次のような記事・物語に見える。松浦静山著前掲書巻一七・一三――東洋文庫版同上書1・二九七―二九八頁。目良碧斎編『熊野雑誌』41ウ。浜田隆一著「肥後天草島の民譚(五)」――『郷土研究』第七巻第三号四一―四二頁。久保清/橋浦泰雄共著『五島民俗図誌』二四〇―二四一頁。菅原敬介著「猿としほり貝」――宮城教育会編『郷土の伝承』第三輯一一〇頁。なお、平尾魯僊著『谷のひゞき』(二の巻――『日本庶民生活史料集成』第一六巻一四〇頁)、高田十郎編『播州小河地方の昔話』(17オ)と関敬吾編『日本昔話大成』(第一巻動物昔話三九五―三九六頁)には、蛸(章魚)に絞められる猿の話が見える。また、岩倉市郎著『喜界島昔話集』(一七二頁)では、猿が蟹に足を噛まれている。

(55) ヤン―ドゥ―フリース編・斎藤正雄訳『インドネシアの民話』一九一―一九二頁。

(56) 同上書五八四―五八七頁。なお、南方熊楠は、介に挟まれた狐の話が、「九世紀に支那に渡ったペルシア人アブ・ザイド・アル・ハッサンの紀行」(前掲書――『南方熊楠全集』第一巻四〇〇―四〇一頁)に見えると言い、稲田浩二/大島建彦/川端豊彦/福田晃/三原幸久編『日本昔話事典』に、「一七世紀に仏人バーボが、西アフリカのシェラ・レオネで目撃した、牡蠣を捕っているうちに手をはさまれて、人間に捕って食われた猿の話」(三九二頁)が、アストレイの『新編航海紀行全集』二巻に載ると言う。ハッサンの紀行・アストレイの書ともに福島未見であるが、参考のために掲げておく。

(57) 関敬吾編前掲書第一巻動物昔話三九五頁。

(58) 朝倉治彦/井之口章次/岡野弘彦/松前健共編『神話伝説辞典』二二八頁。

(59) 永田義直著『日本神話の研究』二九一頁。

(60) 渡部忠重/小菅貞男共著『標準原色図鑑全集3 貝』一四六頁。

第三章　臼と杵と天孫降臨と

第八代孝元天皇は、記紀両書に、大倭根子日子国玖琉（大日本根子彦国牽）の名で記されている。「国玖琉（国牽）」の意味については諸説あって、定解を見ないが、『出雲国風土記』が、八束水臣津野命による所謂国引き神話を載録して、意宇郡の郡名の由来を語っていることを考慮し、「玖琉」の音と、「牽」の字の意義とを尊重すると、「国玖琉（国牽）」は国土を引き寄せる意で、古代の出雲地方のみならず、大和の辺りにも存在していた国引き神話に基づいて、大倭根子日子国玖琉（大日本根子彦国牽）の名が作られたのではないかと推察される。(1)

第二十九代欽明天皇の諡号を、記紀両書は、天国押波流岐広庭（天国排開広庭）と記し、『上宮聖徳法王帝説』が引く「天寿国曼荼羅繡帳」は、「阿米久爾意斯波留支比里爾波(2)」と、また『元興寺伽藍縁起幷流記資財帳』が載録する「露盤銘」は、「阿米久爾意斯波羅支比里爾波(3)」と記している。

『日本書紀』巻第一の第五段（四神出生章）本文には、「天地相去未㆑遠」という表現があり、『播磨国風土記』託賀郡条には、「昔、在㆓大人㆒、常勾行也。自㆓南海㆒到㆓北海㆒、自㆑東巡行之時、到㆓來此土㆒云、他土卑者、常勾伏而行之。此土高者、申而行之。高哉」という記事が見える。

一方、中国に眼を向けると、『芸文類聚』が引く、三国呉（二二二―二八〇）の徐整の『三五暦記(4)』に、「天地混沌如鶏子。盤古生其中。萬八千歳。天地開闢。陽清爲天。陰濁爲地。盤古在其中。…（中略）…天日高一丈。地日厚一丈。盤古日長一丈。如此萬八千歳。天數極高。地數極深。盤古極長」(5)という記事が見える。また、嘗て上帝が、天上の神々の地上への降下を容易ならしめないようにした、という話を語って、『書経』に、「皇帝…（中略）…乃命重黎絶地天通」(6)とある記事を、呉の韋昭が、「重能擧上天黎能抑下地令相遠故不復通也」(7)と注し、晋の郭璞（二七六－三二四）が注を施した『山海経』に、「老童生重及黎 世本云老童娶于根水氏謂之驕福産重及黎 帝令重獻上天令黎印（ママ）下地」(8)と記されている。

大倭根子日子国玖琉（大日本根子彦国牽）の名が国引き神話に基づいて作られた可能性のあることを認めて、此れらの記事を見ると、中国の影響によったたか、独自に其れを創作したのかは明らかでないが、我国に古く、原初、近接していた天と地とが、ある時以後、何らかの原因・理由により、其の隔たりを大きくしたという、所謂天地分離神話が存在し、其れから欽明天皇の謚号が出来したのではないかと考えられる。(9)

*　　*

天地分離神話が世界の各地に伝承・保存されていることについては、此れまでに少なからぬ報告がなされているが、今、其れらの報告の幾つかを目にすると、「大昔、天空といふものは極めて低く手が届く程であつたが、一人の女が米を搗く時、杵で突き上げてそのまま高い所へ行つてしまつた」(10)、「昔天ハ低カリシモ或者米ヲ搗ク時ニ杵ノ端天ニ突当リタレバ天ハ次第〱ニ昇リテ五年ノ後ニ今日ノ如クナレリ」(11)と、杵が天地の分離に重要な役割を果たすもののあることに気付く。近接していた天と地とが分離するに至る過程で、ある種の道具が用いられたとする場合、其れは「帚《はゝき》」(12)であったり、「大きな棒」(13)であったり、また「一本の長い棒」(14)であったりするが、インドのビルホル(15)、フィリピンのミンダナオ島に住むマノボ(16)、同じくブギドノン(17)、ミンドロ島のハヌノオ・マンヤン(18)、台湾のパイワン（排湾・排彎）(19)の諸族が伝承・保存する神話においては、其れが杵であるとされている。杵を用いて天と地とが大きく隔てられたとする神話は、概ね前に紹介した二話のように、人（女）が米（粟）搗きをしていた際に、其の事が起こったとしており、其れらの神話の多くが其れあることを言わないが、其の場に搗臼のあったことが言外に語られている。

＊　＊

嘗て世界を大洪水が襲い、少数の人が難を逃れて、其れ以後の人類の祖となるという所謂洪水神話は、ほとんど世界中の諸地方また民族の間に伝承されていることが知られているが、台湾のアミ（阿美・阿眉）族は、其の大洪水を語って、「幸福ナル二人ノ兄妹アリ臼（パポクポクポカン）ニ乗リテタテブラサント云フ高山ニ遁レ[20]」たと言い、また、「ララカントロチェノ二人ハ洪水ノ時臼（ドタン）ニ乗リテラガサント云ヘル山ニ漂著シヌ[21]」とも言う。此れらの神話では、後の人類の祖となる者たちが洪水の難を逃れるのに臼が重要な役割を果たしているが、ボルネオ島のダヤク族が伝える洪水神話においても、米を搗くための大きな木製の臼を小舟に改造した一人の男が、其れに乗って洪水の難を避けたとされている[22]。

洪水の難を逃れることの出来た少数の人間は、時に一組の兄妹であったとされている。生き残った此の兄妹が、其れ以後の人類の祖となるためには、結婚して子を儲けなければならないが、未開・古代人は、近親者同士特に親子或いは兄妹（姉弟）の結婚を忌避している。そこでどうしたか。中国の所謂少数民族で、雲南・四川・貴州・広西の各省に居住するイ（彝）族[23]、雲南省に其の大部分が居住し、一部は四川省にも居住しているリス（傈僳）族[24]、また、朝鮮半島[25]に伝承・保存されている洪水神話では、神慮を伺うため、兄妹が山上からそれぞれに碾臼（所謂薬研式の碾子ではなく、上下組み合わせ型の粉挽臼）の下半部と上半部とを転がし落とし、やがて両者が合わさって一体となったので、二人が結婚したとされている。此れらの神話に出る碾臼の上半部と下半部とが、それぞれに女性と男性とを象徴することは、朝鮮の神話が其れらを、「雌臼（암망、臼の上半部にして中央に孔がある）」、「雄臼（수망、臼の下半部にして中央に突起がある）[25]」としているのを掲げるまでもなく、明白である。嘗て我国のある地方では、婚礼の日の夜に、伝馬船・石地蔵・石臼などを婚家の前に並べる風習があったというが、其の石臼は碾臼であったと思しく

て、「男女の関係を仄めかしたもの」[26]と説明されている。また、昭和十六（一九四一）年の報告によると、佐渡の水津村字月布施（現、新潟県両津市月布施）や畑野村字長谷（現、新潟県佐渡郡畑野町長谷）の葬儀では、納棺が終ると、「死者の部屋」を掃除した後、死者が男性であれば「粉スリ臼」の上向臼（下臼）を、女性であれば其の下向臼（上臼）を転がしたという。[27]

＊　　＊

此処まで見て来たところで、前に其れを伝承・保存していると紹介した、台湾の原住民であるパイワン族が語る幾つかの天地分離神話を見ると、其の中に、「太古ハ天低クシテ人々ノ頭ヲ圧シタレバ苦シカリキ然ルニ或日一人ノ妊婦庭ニ出デテ米ヲ搗キタルニ杵ノ端天ヲ衝キタレバ天ハ次第〳〵ニ昇リタリ」[28]と、天を突き上げた人物を殊更に「妊婦」と断わっているものがある。一方、ニュージーランドには、天と地とが大きく隔たる以前のこととして、其れらを擬人化し、「ランギ、すなわち天は、自分の下にいるパパ、すなわち地に恋をして…（中略）…彼らはぴったりと絡みあった」[29]状態になっていたとする神話の存在していることが知られている。今、此の二つの神話を並べてみる時、天地分離神話に出る搗杵と搗臼とが、当該神話の原創作者や伝承・保存者により、男性性器と女性性器とを象徴する物と看做されていたと、短絡的に主張することは出来ないが、其れらが其のように看做される可能性を幾分かは孕んでいたと見ても良いだろう。

更に、アミ族の洪水神話では、既に見た天地分離神話において、天と地とが大きく隔てられることになった時、人（女）が米（粟）搗きをしていたと語られていたように、大洪水の始まる時のことが、「ロチェトララカンノ二人ハ庭ニテ粟ヲ搗キ始メタリ臼ニ触ルル杵ノ音ノ四方ニ響クヤ天俄ニ曇リ」[30]云々と語られており、一部の天地分離神話と構成素を部分的に同じくしている。中国の少数民族や朝鮮半島の洪水神話に出される碾臼が男女を象徴する物とされているように、人類の祖先となるべき者が、其れに乗って命長らえたとされる搗臼或いは其の改造物は、人を入れることの出来る一種の容器と看做し得るから、女性生殖器の一部としての子宮の心象が重ねられていたのかも知れない。

また、同じ台湾の原住民であるタイヤル（泰耶爾・大么）族が、血族結婚を不吉とし、「祖先ノ遺訓ヲ守ラスシテ破倫ノ行為ヲ敢テスル者」(31)があったため大洪水が起こったとしていることからすれば、アミ族の洪水神話が、ロチェとラカンとによる粟搗きと洪水の出来とを結び付けて語っているのは、兄妹相姦が洪水の原因であることを暗示しているとも考えられる。

＊　　＊

見たように、碾臼の下半部と上半部とは、男女を象徴する物と看做されることがあったが、いま一方の搗臼は、搗杵と共に、「萬事《ばんじ》陰陽和合《いんやうわがふ》がついてまはる。臼《うす》が陰《いん》、杵《きね》が陽《やう》、雷盒《すりばち》(ママ)が陰《いん》、雷槌《すりこぎ》(ママ)が陽《やう》、ナントわかり升《ます》か」(32)といった例を挙げるまでもなく、其れらの形状と利用のされ方とから、女性と男性、特に両性それぞれの生殖器を象徴すると考えられ、其の事によって、既に中山太郎によって多くの例が蒐集・報告されてもいるように(33)、台湾では、新郎新婦を杵臼の上に坐らせ(34)、我国でも山梨県西八代郡上九一色村地方の結婚式で出される馳走の最初は、「婿が杵《きね》を取り、嫁が臼の中の「手がへし」をして(35)」搗いた餅の吸い物であったと、結婚と結び付いたり、広島県福山市の大黒町・胡町・城見町の辺りで、難産の時、産婦に米俵や石臼を抱かせるとか(36)、「或地方」のアイヌの人々が、産婦の「枕元に搗臼や杵等を備へ置く(37)」と、出産と結び付けられたりしている。

長野県の諏訪湖畔地方や兵庫県の神戸市で、妊娠中また産前に、鍋・釜の蓋の上で物を切ることが、不具者誕生の原因になると言われ(38)、沖縄で、妊婦は死産を恐れて、水の漏る桶の修繕を避けた(39)、というのは、鍋・釜・桶の類が、搗臼同様の物と看做されたことにより生じた習俗と思われる。

昭和五（一九三〇）年の報告によると、秋田県鹿角郡宮川村（現、鹿角市の一部）では、「臼に女が腰かけると産が重い(40)」とされている、というが、此の俗信は、産婦を、「湊にむかはするやうにもすとぞ。…（中略）…産に臨めば家内の釜のふたを残らずとり、搗臼のうへにもの置ぬやうにする也」[41]という新潟の俗信を参考にすると、臼（搗臼）の上に物を載せることが、出生しようとする子供の母体よりの出口、即ち女性性器を塞ぐことになると考えられて、生じたものと思われる。近江国の「つくまの明神」[42]には、嘗て祭日に、「をとこしたるかずにしたがひて」、女が鍋を奉納する風習があったと報告されているが、此の鍋もまた、女性の其の部分を象徴しているのではないだろうか。

＊　　＊

中国は明代の陸容が著した『菽園雑記』に、次のような記事が見える。

成化年間（一四六五－一四八七）に、江蘇省の鎮江県から浙江省の杭県へと続いている運河、漕河に堤を築くことがあった、其の時、一個の石が割れて、中からまるで彫刻したかの如く、手足と身体とをはっきりと見分けることの出来る、交接している三寸程の男女の像が現われたが、「格物」に通じている者も、其の訳を明らかにすることがなかった[43]、と。

我国江戸時代の漢学者北愼言は、中国は山東省益都県の古塚より、「交感横斜俯仰上下」する裸体の男女の描かれた蛤の殻が多数出土した、と述べる『戒菴老人漫筆』の記事と[44]、嘗て、同じく中国の陝西省と河南省との間の土地で、「男女秘戯之状」を描いた古磁器が、此れも多数発見されたが、古老たちは、王気の立ち昇るのを恐れた拓跋魏（三八六－五三四）と北斉（五五〇－五七七）とが、其の地に其れらを埋めて、「厭勝之具」としたのだと伝えている、という『獪園』の記事とを紹介し[45]、前に掲げた『菽園雑記』の記事に言及して、「厭勝の具なりと心づかざりしにや」[46]と述べている。

世に博識をもって知られたと言われる北愼言は、漕河の堤防より出土した男女の交接像を「厭勝の具」とするに先立ち、『戒菴老人漫筆』・『獪園』二書の掲げる記事を紹介するだけでなく、我国の『武家俗説弁』[47]・『鎧色談』[48]に、具足櫃（鎧櫃）に枕絵（春画）を入れ置く風習のあることについて、其の理由を述べた論のあること、中国は明代徐渭の『青藤山人路史』に、火災を避ける呪いと称して、書笥毎に「春畫一冊」を入れる士人のあったことを述べる記事[49]の見えること、同じく明代方以智の『物理小識』に、「春宮圖謂之籠底書以此辟蠹乃厭之也[50]」という記事のあることを紹介している。

徐渭は、蔵書家が火災を避ける呪いと称し、「春畫一冊」を書笥毎に入れることに、「此恐仮言以掩醜耶[49]」と疑惑の眼を向けるが、「男女秘戯之狀」を描いた古磁器が、拓跋魏また北斉の朝廷にとっては滅亡を意味することになる新たな王者の出現を、阻止すべく埋められた「厭勝之具」であると、古老たちに信じられていたことからすれば、枕絵（春画）もやはり災禍を防止するに有効な物と考えられていたのであって、其の力能の因って来たる所は、生命の誕生に繋がる男女の交接図（像）が、生命とは正反対の位置にある死、また其の死と密接に関わる邪気悪霊・疫癘百鬼を排除するに有効であると看做されたことにあり、別に、未開・古代の人々によって、魔的存在態を排撃するのに有効な働きを為す物と考えられ、我国でも早く『古事記』・『日本書紀』に載録された神話において、イザナキ神により魔的存在態としての予母都志許売（泉津醜女または泉津日狭女）に向けて投じられている櫛が、具足櫃に入れられている例もあるので[51]、書籍或いは具足（鎧）また衣服を焼失・毀損せしめる、つまりは其れらに死を齎す病魔も同然の火や蠹魚の害を防止すべく、書笥や具足櫃（鎧櫃）また衣箱の一個毎に、其の一冊が入れられたものと思われる。因みに、『戒菴老人漫筆』の古塚より出た蛤の殻に関する記事には、「正類今之春畫」、「或是北朝時魘鎮物[44]」という表現が見える。

枕絵（春画）の邪気悪霊また疫癘百鬼に対する力能の因って来たる所を右のように考えたところで、具足櫃（鎧櫃）に其れを入れる我国の習俗と、『青藤山人路史』が記す中国の習俗とを、ともに好色漢の所業と見て、「甲櫃ト書笥トハ異ナレドモ、笑画ノワラフベキハ並ニオナジ[52]」と、其れらを出来せしめた呪的観念・思想の存在を認めようとしない、江戸時代末期の儒家、寺門良が、「或士が甲冑ヲ典却セシニ、急ニ君命ニヨッテ旅行スルニツキ、甲櫃ノ内へ、檑《ママ》盆ト槌《ママ》木トヲ納レテ発行セシニ、道中ニテ傭役が誤テ之ヲトリオトシ、盆木ガ転出セリ、役夫ガ笑テ、狸ガ茶釜ニ化タル話ハキケド、鎧ガ擂盆ニ変タルコトハ、古今稀ナラント言ケレバ、士ガ強顔ニナリテ是ハ納オキタル、春宮本ノ変化セシナラント云ヒシトイフ」(52)と紹介する記事を見ると、春画――男女の生殖器――擂盆（擂鉢）・槌杵という関係が見てとれ、既に見て来たように、男女それぞれの生殖器を象徴し、時に結婚や出産と結び付けられる、碾臼の下半部と上半部、(53)搗杵と搗臼もまた、中国は江蘇省の呉県に、家屋を新築する際、「厄除け」として壁に石臼を嵌め込む習俗があるように、未開・古代人によって、邪気悪霊・疫癘百鬼を排除するに有効な物と考えられていただろうと推測される。

＊　＊

『日本書紀』巻第二十一の「用明天皇二年夏四月乙巳朔丙午(二日)」条に押坂部史毛屎、同書巻第二十五の「孝徳天皇白雉元年二月庚午朔甲申(十五日)」条に倉臣小屎、正倉院文書「経師等行事手実」（自天平十年二月八日至天平十一年九月　日）また同「写経司告朔解案」（同年十二月一日）に調屎万呂（少屎麻呂）、正倉院文書「写経司啓」（天平十一年四月十五日）・同「経師手実帳」（同年九月三十日）などに調小屎（男屎）、『本朝皇胤紹運録』に萬多親王の母夫人藤原小屎、やや下って、『日本三代実録』巻十七の「清和天皇貞観十二年二月十二日甲午」・同「二十日壬寅」条に卜部乙屎麻呂、同書巻二十二の「貞観十四年十一月二十三日己丑」条に巨勢朝臣屎子、同書巻四十六の「光孝天皇元慶八年六月二十三日壬子」条及び同書巻四十九の「光孝天皇仁和二年五月十二日庚寅」条に下(毛)野屎子などとある人々の名に見える「屎」の文字は、調屎万呂が久蘇万呂、調小屎（男屎）が乎具祖・乎文蘇(54)とも記され、『日本書紀』巻第二十二の「推古天皇十八年冬十月己丑朔乙巳(十七日)」条に錦織首久僧、「筑前国嶋郡川辺里戸籍」に女婢久曾女とあり、『古今和歌集』巻第十九に源つくるの女をくそと言い、『紀氏系図』に貫之の童名を内教坊阿古久曾と記していることからすれば、其のほとんどを「クソ」と訓むべきかと思われるが、『倭名類聚鈔』に「玉門　房内經云玉門女陰名也楊氏漢語抄云屎通鼻今案俗人或云朱門並未詳」(55)、『伊呂波字類抄』に「陰《ツヒ》玉莖玉門等之通稱　屎　開　玉門　朱門　玉泉　閪已上同」(56)とあるのを見れば、其の幾人かの

「屎」は「ツビ」と訓まれたかも知れない。(57) 上掲両辞書の「屎」は「屎」の誤記と思われるが、「屎」の字と「屎」の字とが混用されることのあったのは、両辞書の表記に明らかであり、「ツビ」が女性性器、また時に『伊呂波字類抄』に記されるように、男性性器をも意味するとすれば、上記押坂部史毛屎以下下(毛)野屎子に至る人々のうち、調屎万呂（少屎麻呂）と調小屎（男屎）(58) とを除く幾人かは、名前の一部に生命の誕生と深い関わりを有する生殖器を意味する語を含ませて、邪気悪霊・疫癘百鬼が襲って来るのを避けようとしたものと思われる。

＊　　＊

アマテラス神がスサノヲ神の所業を怒って天石屋（天石窟）に姿を隠した結果を、『古事記』は、「高天原皆暗、葦原中国悉闇。因レ此而常夜往。於レ是、萬神之声者、狭蠅那須此二字以レ音。満、萬妖悉発」と記し、『日本書紀』巻第一の第七段（宝鏡開始章）は、所謂本文と三つの一書とから成るが、其の本文は、「六合之内常闇、而不レ知二晝夜之相代一」と、一書第一は、「天下恆闇、無二復晝夜之殊一」と記している。そして、一書第二・第三では、特に暗黒の状態になったことを明記していないが、前者には、「(日神) 居二于天石窟一、閉二其磐戸一。于時、諸神憂之」とあり、後者には、始め「日神、閉二居于天石窟一也」と言い、後、日神（紀巻第一の第五段本文の注記に、「一書云、天照大神」とある）が磐戸より出現した時のことを、「日神之光、満二於六合一」と言っているので、日神（天照大神）が天石窟に姿を隠した時、『古事記』や『日本書紀』の本文が言うような状況が出来したと考えられる。此の時、神々は其の状態をもとに戻すべくさまざまな行動をするが、中にあって、「猿女君等之祖」（記）・「猨女君遠祖」（紀巻第一の第七段本文）とされるアメノウズメの行動と、彼女が立ち至る状態とは、『古事記』に、「手二次繋三天香山之天之日影一而、為レ縵二天之真析一而、手二草結三天香山之小竹葉一而、訓二小竹一云二佐ゝ一。於二天之石屋戸一伏二汙気一此二字以レ音。而、蹈登杼呂許志、此五字以レ音。為二神懸一而、掛二出胸乳一、裳緒忍三垂於二番登一也」と記され、『日本書紀』に、「手持二茅纏之矟一、立二於天石窟戸之前一、巧作俳優。亦以二天香山之眞坂樹一爲レ鬘、以レ蘿 蘿、此云二比舸礙一。爲二手繦一 手繦、此云二多須枳一。而火處燒、覆槽置 覆槽、此云二于該一。顯神明之憑談。顯神明之憑談、此云㆓歌牟鵝可梨㆒」（紀巻第一の第七段本文）と記される。『日本書紀』巻第一の第七段（宝鏡開始章）一書第一・第二には、アメノウズメの名が出されず、従って右に引いたような記事も見られない。同じく一書第三では、天鈿女の名が出るが、何故か、やはり右のような行動と状態とについては言及されない。

＊　　＊

『古事記』に、天宇受売の行為を、「裳緒忍㆔垂於㆓番登㆒也」と記しているのは、「萬妖悉発」とされる状況から推して、早く松村武雄により指摘されているように、明らかに生命の誕生と密接な関わりを有する「番登」の邪気悪霊・疫癘百鬼に対する力能をもって、「萬妖」を排除しようとする意図に出でたものと考えられる。[59] 因みに、『日本書紀』巻第二の第九段（天孫降臨章）一書第一に、瓊瓊杵尊一行の「先駆者」と猨田彦神とが遭遇した折、此れと対応すべく派遣された天鈿女の行動が、「抑㆓裳帯於臍下㆒」と描かれているが、此れも正体不明の猨田彦神を、取り敢えず邪気悪霊的存在と看做しての行為であることは明白である。[59] また、記紀両書ともに当該記事の前に、「掛㆓出胸乳㆒」（記）、「露㆓其胸乳㆒」（紀巻第二の第九段一書第一）と記すが、此れも女性の乳房が子供を育む器官であることから、番登同様の力能を認められての表現であるかと思われる。[60]

『古事記』に「伏㆓汙気㆒此二字以㆑音。而、蹈登杼呂許志、此五字以㆑音」とあるのは、やはり松村武雄が、天宇受売の「手草」にした「小‐竹葉」について、「その音によつて邪気を拂ふために使用されたと思はれる」[61]と述べたのと同じく、音響によって「萬妖」を排除しようとしたものと思われる。

音響により邪気悪霊・疫癘百鬼を排除出来るとする俗信は、我国の場合、「もこどのは鉄炮をかたぎ、道すがらどんどんと幾つも打はなつ、是は道の悪魔払といふて打たつるなり[62]」、「雹《ヒサメ》ふる時、ものを鳴《ナラ》して追やるは、古きよりの風俗《ナラハシ》と見えたり[63]」といった記事や、『延喜式』巻第二十八・隼人司に、「凡元日即位及蕃客入朝等儀。…（中略）…今來隼人發㆓吠聲㆒三節。蕃客入朝。不㆑在㆓吠限㆒」などと記される、隼人による「吠声」、また諸書に其の記事を見る「鳴弦」に、其れを見ることが出来るが、月と蛇との戦闘で月蝕が起きると考えられていた朝鮮半島では、人々がラッパや笛を鳴らし、出来るだけ大きな音を立てる(64)、主として中国の雲南省西南部に居住する少数民族ワ（佤）族は、木鼓を作るに際し、「木を選びだし、…（中略）…人びとが枝葉に向かって銃をうち、鬼を追いはらう(65)」、同じ中国の少数民族の一つであるチベット（蔵）族のうち、黄河の上流域に住む人々は、妖怪ツァル（紫爾）を追い払うため、甲高い叫び声を発する(66)、台湾の花嫁行列は、其の門出、嫁入り先の家に向かう道中、また到着時に、邪気を払うため爆竹を鳴らす(67)、というように世界各地に存在している。

『日本書紀』巻第一の第七段（宝鏡開始章）本文には、『古事記』の「蹈登杼呂許志」に相当する表現が見えないが、其の前後の「伏二汙気一」・「為二神懸一」に当たる表現が、「覆槽置」・「顯神明之憑談」とあり、槽が開口部を下にして置かれたとあることよりすれば、当然其れは、『古事記』の場合同様に音を発するために用いられたと思われる。また、此れと逆に、「火處燒」のことが『古事記』の記事に見えないが、此れまで見て来た天宇受売の行動が、「萬妖」の排除にあったことを思えば、其れは、「常闇」の状態を打開する目的で為されたのであるのと同時に、其の状態では当然出来していたはずの、『古事記』の所謂萬妖を排除するためのものであったと考えて良いだろう。

出産に際し、産屋もしくは其の近辺で焚き火をする習俗が、我国を始め諸外国にあって、諸書に報告され、其の幾つかは其れを、悪疫や悪霊を駆逐・排除するため、と説明しているが(68)、「火處燒」も同じ考えに出たものと考えたい。

* *

『日本書紀』巻第一の第七段（宝鏡開始章）本文は、天鈿女が茅纏之矟を手にしたと言い、槽を覆して顕神明之憑談したと語るが、此の矟と槽とを、『貞観儀式』の「鎮魂祭儀」条に、「御巫覆二宇氣《ウケ》槽《フネヲ》一立二其上《ニ》一以レ桙《ヲ》撞レ槽《ヲ》」(69)（傍点福島）とある記事から、「男精」・「陰精」を象る物としたり(70)、書紀本文の記事を、天鈿女が茅纏之矟で槽を撞いたと読んで、其れを「生殖を盛にする呪術」であるとしたりする説[71]がある。『古事記』の当該記事が、天宇受売の手にした物として、茅纏之矟を出していないこと、汙気が伏せて音を出すために用いられていること、『日本書紀』も「覆槽置」と、槽を出した本来の目的が音を発することにあるとしているらしいこと、また、「以レ杵《ヲ》撞レ槽《ヲ》」という表現に相当する事柄を語っていないこと、「凡、鎮魂之儀者、天鈿女命之遺跡」[72]とする『古語拾遺』にも其の事が語られていないことなどから、「本文」として載録された神話の創作された其の始めより、其処に出される矟と槽とに言われるような意義が認められていたかどうか甚だ疑わしい。ただ、当該神話が伝承・保存される間に、また、『日本書紀』に載録されて後に、見たような解釈が為されたに違いないことは、『貞観儀式』の記事と、其れが明らかに記紀の所謂天石屋（天石窟）神話と対応するものであることとから、明白である。しかし、『日本書紀』の当該「本文」を筆録した者、また『日本書紀』の編纂者は、其のような解釈をしていなかったもののようである。『貞観儀式』が、「以レ杵《ヲ》撞レ槽《ヲ》」者を「御巫」として、アメノウズメの子孫猿（猨）女君としていない[73]ことからすると、あるいは上記したような解釈は、猿（猨）女君以外の氏族の人々によって為されたものであろうか。

天鈿女の動作・行動を、「生殖を盛にする呪術」と見る白鳥庫吉、『古事記』に天宇受売が汙気を伏せて其れを踏み轟かしたとあるのを、「死者を復活させるために臼を杵《きね》でつく動作の変形であるとみることが可能である」[74]とする谷川健一は、鈿女を臼女であると言う。鈿女が『古事記』に宇受売《ウズメ》と記されていることや、『日本書紀』が終始彼女を鈿女と記していることから推して、鈿女の原義を臼女とすることには些か無理があると思われるが、『貞観儀式』の記事のあることを思えば、此れも当該神話が伝承・保存される間に、また、『日本書紀』出来後に、茅纏之矟や汙気（槽）を男女の生殖器の象徴と見て、宇受売（鈿女）を臼女と解する者もあっただろうということは否定出来ない。

『日本書紀』の編纂者また当該「本文」の筆録者が、天石窟の前で活躍する天鈿女の鈿を臼と看做していなかったと思われることは、右に述べた通りであるが、『日本書紀』には、他に一箇所だけ、天鈿女の鈿に臼の心象を重ねていた者の存在した可能性のあることを窺わせる部分がある。其れは、同書巻第二の第九段（天孫降臨章）一書第一の記事である。

皇孫瓊瓊杵尊の「杵」の部分を表記するに当たって、『日本書紀』の編纂者また筆録者、或いは第九段（天孫降臨章）に一書第一として掲載された「一書」の筆録者は、支・伎・吉・岐・枳・棄…或いは伎・岐・祇・藝…と数あるキまたギの音を表わす文字の中から、「杵」を採用したのであるが、皇孫が天上より降下する時には、「皆已平竟」とされてはいるものの、嘗ては「有二殘賊強暴横惡之神者一」、「不須也頗傾凶目杵之國歟」と表現された、邪悪なものの存在すると思われる、葦原中国へと赴く瓊瓊杵尊と其の一行中の天鈿女命とに、杵と臼即ち男女の生殖器と、其れらの組み合わせが邪気悪霊・疫癘百鬼の排除に有効であることを思い、鈿女の鈿に些か音の上で似通うところのある臼を重ねてみたかも知れない。

我国に古く、所謂天地分離神話の存在していた可能性があり、天地の分離に杵の出されることがあるのを思い、なお、杵と臼とが男女の生殖器を象徴するとされること、男女の性器が邪気悪霊・疫癘百鬼の排除に有効であるとされたことなどを考慮すると、古代の人が、天と地との間の事柄に関わり、其の事あって後、天上世界と地上世界との間の通行が語られなくなる所謂天孫降臨の話（或いは記事）、また、味耜高彦根神、天忍穂耳尊、葦原千五百秋之瑞穂国、猨田彦神、筑紫日向高千穂槵觸之峯、伊勢之狭長田と、農耕に関わる語（または文字）の頻出する話（或いは記事）に登場する瓊瓊杵尊に杵を思い、其れから臼を連想し、其の名に音の上で似通う部分を有する天鈿女命に、其れを重ねてみたということは、ありそうなことではないだろうか。

『釋日本紀』巻第八の「槵日二上天浮橋」条に引かれた『日向国風土記』では、天津彦彦火瓊瓊杵尊の天降った土地が、臼杵郡知鋪（『日向国風土記』は、「高千穂」の略という）郷であるとされている[75]。此の臼杵郡の名が如何にして出来したかは明らかでないが、あるいは其れは、臼と杵との組み合わせが、生命の誕生を暗示するが故に、其処が、邪気悪霊・疫癘百鬼とは無縁の、生命力の横溢する、そして清浄な土地であることを示そうとする意図により出来したもので、天降った者の名ともまた関わりをもたされているのかも知れない。

注

（1）武田祐吉著「国引の詞の考」――『武田祐吉著作集』第四巻三八二頁。日本古典文学大系67『日本書紀』上巻五八五頁。小島嬰禮校注『風土記』（角川文庫）三一三頁。西郷信綱著『古事記注釈』第三巻一三一頁。

（2）狩谷望之証註・平子尚補校・花山信勝／家永三郎校訳『上宮聖徳法王帝説』（岩波文庫）七八頁。同書には「阿米久爾於志波留支広庭」（二一八頁）とある。

（3）狩谷棭斎著・山田孝雄／香取秀真増補『古京遺文』（勉誠社文庫）のうち続古京遺文三六頁。竹内理三編『寧楽遺文』は、「阿《ア》末《マツ》久爾《ニ》意斯波羅岐比里爾《ニ》波《ハ》」（中巻三八八頁）とするが、「末《マツ》」の表記、また、繡帳・露盤銘における「比里爾波」の「里」の音については、日本古典文学大系68『日本書紀』下巻の補注（五五二頁）を参看されたい。

（4）『三五暦記』の書名表記のうち下二字は諸書に一定しないが、今、近藤春雄著『中国学芸大事典』に従い「暦記」としておく。

（5）欧陽詢撰『芸文類聚』巻一・天部上・天――上海古籍出版社出版同上書上二頁。

（6）蔡沈撰『書経集伝』巻六・呂刑――『景印文淵閣四庫全書』第五八冊（経部五二書類）一三三頁。「絶地天通」については、別に、『国語』に「少皞之衰也九黎亂徳民神雜糅不可方物…（中略）…顓頊受之乃命南正重司天以屬神命火正黎司地以屬民使復舊常無相侵瀆是謂絶地天通」（巻一八・楚語下――『景印文淵閣四庫全書』第四〇六冊（史部一六四雜史類）一五八－一五九頁）という記事が見えるが、「絶地天通」を「謂隔絶天与地之通路」と説明する『中国神話伝説詞典』の編著者袁珂は、此れは歴史化された記述であって、神話本来の姿を止めたものではないと言う（同上書三〇六頁）。

（7）韋昭注『国語』巻一八・楚語下――『景印文淵閣四庫全書』第四〇六冊（史部一六四雜史類）一五九頁。

（8）郭璞撰『山海経』巻一六・大荒西経――『景印文淵閣四庫全書』第一〇四二冊（子部三四八小説家類）七六頁。

（9）我国に所謂天地分離神話が存在したことは、其れを「天地剖判神話」のうちの「押し上げ型」とする松村武雄（『日本神話の研究』第二巻二二一－二二四頁）や沼沢喜市（「南方系文化としての神話」――『国文学 解釈と鑑賞』一九六五年九月号一六頁）により主張されている。また、欽明天皇の諡号が其の存在を示唆するとする説が、嘗て唱えられたように記憶しているが、今、其の意見を述べた人の名を失念し、明らかにすることが出来ない。

（10）三吉朋十著『比律賓の宗教と文化』二七四頁。

（11）『臨時台湾旧慣調査会第一部蕃族調査報告書』排彎族・獅設族三〇七頁。

(12) 坪井九馬三著『我が国民国語の曙』五二三頁。
(13) 松村武雄著前掲書第二巻二三頁。
(14) アーレニウス著・寺田寅彦訳『史的に見たる科学的宇宙観の変遷』（岩波文庫）三三頁。アフリカ大陸はスーダンの中部に住むヌバ族にも天地分離の神話があるが、其の神話で天と地の間隔を広げることになった「道具」は、「スプーン」であるとされている（ジェフリー－パリンダー著・松田幸雄訳『アフリカ神話』七八頁）。
(15) 坪井九馬三著前掲書五二四頁。
(16) R. B. Dixon, Oceanic Mythology, (The Mythology of All Races, vol. IX), p. 178.
(17) M－C－コール著・荒木博之訳『フィリッピンの民間説話』一四七頁。
(18) 宮本勝著『ハヌノオ・マンヤン族』四六頁。
(19) 『臨時台湾旧慣調査会第一部蕃族調査報告書』排彎族二七五頁。なお、アフリカ大陸スーダン南部の白ナイル河上流に住むディンカ族に伝えられた天地分離神話でも、「はじめ空はとても低かったので、男も女も神に触れないように、注意しながら土地を耕したり、穀物を挽いたりしなければならなかった」が、此の世に最初に登場した女が、長い杵を使い、多くの「穀物を挽くことにし」、其れを「振り上げたときに空を打った」ため、神の居る空は遠く隔たってしまった（ジェフリー－パリンダー著・松田幸雄訳前掲書七九－八〇頁）とされていて、此処でもやはり杵が重要な役割を果たしている。
(20) 『臨時台湾旧慣調査会第一部蕃族調査報告書』阿眉族・卑南族、のうち阿眉族南勢蕃二頁。
(21) 同上書阿眉族一一四頁。
(22) ジェイムズ－ジョージ－フレイザー著・星野徹訳『洪水伝説』八七頁。
(23) 沢山晴三郎訳編『中国の民話』（現代教養文庫）一九二頁。
(24) 君島久子著『中国の神話』八七－八八頁。
(25) 孫晋泰編『朝鮮民譚集』（郷土研究社刊）八四－八五頁。
(26) 宮本常一著「山口県大島」――『旅と伝説』第六年新年号一二四頁。
(27) 青木重孝著「葬制と石臼」――『民間伝承』第六巻第五号二頁。一九五五年東京都八王子市に編入されて消滅した南多摩郡恩方村の民謡に、「…／臼も挽かなきやお団子も喰えぬヨーお○こしなけりや子もできぬヨ（眼）／…（中略）…臼が終えれば腹と腹ゴーリンコ　ゴリンコ／…」（塩田真八編『恩方の民謡・童謡と童詞』一八頁）と言い、山形県米沢市館山町の

「粉ひき唄」に「〽おれもなりたや ひきうすに／どこへゆくにも ふたりづれ／へそとへそとを すり合せ／入れてまわせば粉ができる」（みわしげを著『石臼の謎』九二頁）とあるのなども、碾臼の下半部・上半部に男女を象徴させている。

(28) 『臨時台湾旧慣調査会第一部蕃族調査報告書』排彎族・獅設族二七五頁。

(29) G・H・リュケ著・辻哲也訳「オセアニアの神話」──『新大陸の神話』一一七頁。

(30) 『臨時台湾旧慣調査会第一部蕃族調査報告書』阿眉族一一三‐一一四頁。

(31) 『臨時台湾旧慣調査会第一部番族慣習調査報告書』第一巻三〇頁。「破倫ノ行為」は、具体的には、男女の「私通」（同上書三一頁）であるとされている。

(32) 式亭三馬撰『無而七癖酩酊気質』巻之下・「利屈上戸」条──近代日本文学大系17『式亭三馬集』三〇四頁。同様の例は、近松門左衛門著『松風村雨束帯鑑』（第三──饗庭篁村校訂『校訂近松時代浄瑠璃』七二三頁）、遊色軒著『吉原嶋原新町傾城千尋乃底』（一・1ウ‐2オ）、著者不詳『源頼家源実朝鎌倉三代記』道行竊の㒵吉花（日本古典文学大系52『浄瑠璃集』下巻二五七‐二五八頁）、山東京伝著『繁千話』（『洒落本大成』第一五巻二六二頁）などにも見える。『誹風柳樽拾遺』に「聟ゑらみする内柳臼になり」（二篇──山沢英雄校訂『誹風柳多留拾遺』（岩波文庫）上一一三頁）というのは、女性の腰部の変化を言ったものだが、十偏舎一九著『浮世道中膝栗毛』に、「コウ弥二《やじ》さん見なせへ、今の女の尻《けつ》は去年《きよねん》までは、柳《やなぎ》で居《い》たつけが、もふ臼《うす》になつたァ。どふでも杵《きね》にこづかれると見へる」（初編──日本古典文学大系62『東海道中膝栗毛』五四頁）とあるのを併せ見れば、此の二つの「臼」はただ当該女性の腰部のことばかりを言った語とも思われない。同じ十返舎一九の作、『新製交嶋廻』に、「大道《だいどう》に米《こめ》を搗《つき》て居《ゐ》る女《おんな》が。魚衛門《うをえもん》を見て。是《これ》は生《いき》た杵《きね》は面白《おもしろ》い。何《なん》と。兄貴《あにき》。貴様《きさま》の杵《きね》で一臼搗《ひとうすつい》て貰《もら》いたいと。いふ後《あと》から比丘尼《びくに》が丸裸体《まるはだか》で。小《ちい》さな手桶《ておけ》を提《さげ》て来《きた》り」（前編──続帝国文庫第二一編『校訂一九全集』二一四頁）とある「臼」は、明らかに女性の其の部分を言っていると思われる。

(33) 中山太郎著『日本民俗志』一六九‐一八二頁。同著『歴史と民俗』二七五‐二七八頁。

(34) 黄叔璥撰『台海使槎録』巻五・北路諸羅番三・「婚嫁」条──叢書集成初編同上書(二)九八‐九九頁。

(35) 土橋里木著「山梨県上九一色村地方」──『旅と伝説』第六年新年号六九頁。

(36) 今村勝彦著「岡山県（今村、水内村、府中町、真鍋島）」──同上誌第六年七月号二八六頁。

(37) 深瀬春一著「アエヌワップ」──同上誌第六年七月号三二一頁。

(38) 有賀恭一著「長野県諏訪湖畔地方」──同上誌第六年七月号二五三頁。辰井隆著「兵庫県神戸市布引附近」──同上誌第六年七月号二八一頁。

(39) 佐喜真興英著『シマの話』七二頁。

(40) 内田武志著「秋田県鹿角郡宮川村地方俗信集」――『方言と土俗』第一巻第七号一二頁。

(41) 秋山朋信撰『越後国長岡領風俗問状答』――『日本庶民生活史料集成』第九巻五五五頁。ほぼ同文で、小泉氏計撰『北越月令』(『日本庶民生活史料集成』第九巻五九〇頁)にも見える。

(42) 『色葉和難集』巻五・「つくまのまつり」条――『日本歌学大系』別巻二・四六七頁。

(43) 陸容撰『菽園雑記』巻五――『景印文淵閣四庫全書』第一〇四一冊(子部三四七小説家類)二七八頁。

(44) 李詡撰『戒菴老人漫筆』巻之一・14オ－15オ・「古塚厚蛤殻」条。

(45) 錢希言著『獪園』(清乾隆三九年刊)第一六・瓌聞32オ－ウ。

(46) 北静廬著『梅園日記』巻第一・「春画十八」条――『日本随筆大成』第三期第一二巻三二一頁。

(47) 神田勝久著『武家俗説弁』巻之三・7オ－8オ・「具足櫃《グソクビツ》に枕絵《マクラヱ》を入置《レク》といふの説」条。

(48) 伊勢貞丈著『鎧色談』附録――内閣文庫蔵安齋叢書七。

(49) 徐渭著『青藤山人路史』(早稲田大学図書館蔵写本)巻上。具足櫃(鎧櫃)や衣箱の中に春画を入れる我国の習俗と、『青藤山人路史』の記事とを並べ紹介するものに、大田南畝著・文宝亭筆録『南畝莠言』(春之上・「具足櫃《グソクビツ》に春画《シュングハ》をいるゝ」条――『大田南畝全集』第一〇巻三八九－三九〇頁)、大田南畝著『一話一言』(巻之六・「春画」条――『大田南畝全集』第一二巻二三七頁)、喜多村筠庭著『嬉遊笑覧』(巻三書画――『日本随筆大成』別巻8『嬉遊笑覧』2・三八－三九頁)、日尾荊山著『燕居雑話』(巻之六・「笈中春画」条――『日本随筆大成』第一期第一五巻三一三－三一四頁)、朝川鼎著『眠雲札記』(巻二・18オ－ウ・「壓勝《マチナヒ》」条)などがある。また、甘熙著『白下瑣言』(東京大学東洋文化研究所蔵本)には、「有人云四明范氏天一閣藏書架間多庋秘戯春冊以避火也」(巻六・2オ)という記事が見える。

(50) 方以智撰『物理小識』巻八・「藏書辟蠹」条――『景印文淵閣四庫全書』第八六七冊(子部一七三雑家類)九〇七頁。

(51) 編著者不詳『諸国百物語』巻五・「播州《ばんしゅう》姫路の城ばけ物の事」条――高田衛編・校注『江戸怪談集』(岩波文庫)(下)一三四－一三七頁。

(52) 寺門静軒著『静軒痴談』巻之一・「甲櫃」条――『日本随筆大成』第二期第二〇巻一四頁。

(53) 丘桓興文「連載 中国の民俗を探る 第二十三回 水郷蘇州 江蘇篇(上)」――『人民中国』一九八五年一一月号一〇九頁。

(54) 東京帝国大学文科大学史料編纂掛編纂『大日本古文書』巻之七（追加一）（二五〇頁）に、「文」は「久」の誤りか、と言う。

(55) 『元和古活字本倭名類聚鈔』巻第三・16オ――馬渕和夫著『和名類聚抄古写本声点本本文および索引』二九九頁。狩谷棭齋著『箋注倭名類聚抄』は、「元和古活字本」が「屎」とした字を「屎」としているが、「各本屎作レ屎、…（中略）…屎爲二屎字之譌一無レ疑、今改」（京都帝国大学文学部国語学国文学研究室編『狩谷棭齋箋注倭名類聚抄』九七頁）と言う。『前田本和名類聚抄』（上）巻第二の当該箇所も「屎」の字を書いているように見える（馬渕和夫著上掲書四四頁）。

(56) 『伊呂波字類抄』四――風間書房発行同上書第壹巻四・74ウ－オ。『黒川本色葉字類抄』は、「陰《インツヒ》玉茎玉門通称也開同屎同」（巻中・22オ――中田祝夫／峯岸明編『色葉字類抄研究並びに索引本文索引編』一五二頁）としている。

(57) 早く、山本信哉は、『伊呂波字類抄』の表記に注目し、巨勢朝臣屎子の「屎」は「ツビ」（女陰）であると言っている（「祭祀の起原」――『東亜の光』第一〇巻第一一号七〇頁。また、「麻羅と伊豆志」――『民族』第三巻第三号六一頁）。

(58) 竹内理三／山田英雄／平野邦雄編『日本古代人名辞典』第四巻（一一三八頁）は、調少屎麻呂を屎麻呂・久蘇万呂と同一人物とし、調君小屎とも同一人か、としている。

(59) 松村武雄著「比較神話学上より見たる日本神話（承前）」――『国学院雑誌』第二八巻第二号二四－二五頁。

(60) 倉野憲司著『古事記全註釈』に、「鈿女命が乳や陰部《ほと》を露はにしたといふのも、…（中略）…生成を意味するマジックであつたと思はれる」（第三巻二二七頁）という意見が見える。

(61) 松村武雄著前掲論――『国学院雑誌』第二八巻第二号二三－二四頁。

(62) 宝永堂著『寺川郷談』――国書刊行会発行『三十輻』第三・二六頁。宮良當壮が八重山諸島の婚姻について、「今しも花嫁が花婿の家の門を潜らうとする刹那、頭上で突然轟然たる音を立てゝ爆竹（棒火箭《ボーヒヤー》即ち棒砲と云ふ）が三度打ちあげられる。これは花嫁について来たすべての魔物を逐ひ払ひ、花嫁が再び生家へ帰りたいと云ふ気を起さないやうにする為であると云はれてゐる」（「八重山列島」――『旅と伝説』第六年新年号一八三－一八四頁）と報告しているのも、此れと同様の状況を言ったものである。「ヨーロッパの田舎の結婚式における常習的な慣行」に「鉄砲発射」があり、其れが行なわれることについては、「悪霊を逐い払うのだと、時折はっきりいわれる」（E－A－ウェスターマーク著・江守五夫訳『人類婚姻史』一九九頁）という。

(63) 橘守部著『待問雑記』後編――『新訂増補橘守部全集』第一二・二九一－二九二頁。

(64) ニコラース－ウィットセン著・生田滋編訳『朝鮮国記』――ヘンドリック－ハメル著・生田滋訳『朝鮮幽囚記』（東洋文

庫）一六二頁。黄色い犬が太陽や月を食べることによって日・月蝕が起きると考えるオロチョン（鄂倫春）族の人々も、其れが起きた時「鉢《はち》を敲」いて、太陽また月を救おうとする（覃光広等編著・王汝瀾訳『中国少数民族の信仰と習俗』上巻八八頁）という。また、一九三九年にヒマラヤ山脈中の高峰ナンガ・パルバットの踏査隊に参加したことから、一九四四年にチベットに入り、一九五一年まで七年間を其の地で暮らした、オーストリア人登山家ハインリッヒ＝ハラー（Heinrich Harrer）は、月蝕の際にチベットの人々が、「高い叫び声と手をたたく音」で悪霊を退散させようとすることを報告している（福田宏年訳『チベットの七年』二五〇頁）。なお、アフリカ大陸にも同様の習俗がある（ジェフリー＝パリンダー著・松田幸雄訳前掲書一五一－一五二頁）。

(65) 曾慶南著『探訪 少数民族 ワ（佤）族』──『人民中国』一九八〇年五月号一〇二頁。

(66) 上野克二／杉浦正明著「上流・大屈曲部を行く」──井上靖／NHK取材班著『大黄河』第一巻二七五－二七六頁。

(67) 西岡塘翠著「台湾人の婚姻奇話」──『旅と伝説』第六年新年号一八七頁。邪気悪霊・疫癘百鬼を排除するのに音響をもってすることは、松浦静山著『甲子夜話』に、「火災のとき火の子《ママ》の来るに、人多く屋脊に登り、声を揚てこれを逐へば、火子《ママ》分れ散て屋に著《つ》くことなし。…（中略）…大風ふくことあり。此時も人多く屋に上りて、大声を出し風を逐へば、猛風もこれが為に披靡して屋にあたらず」（巻三五・三──東洋文庫版同上書2・三五一頁）とあり、外山暦郎著『越後三条南郷談』に、「十露盤《そろばん》玉をガチャ〳〵ならせ」（一五六－一五七頁）て瘧を落とすとあるなどの俗信や、三坂春編選『老媼茶話』に、魔術は「鉄炮を打はなては其法破るといへり」（巻之六・「飯綱《イツナ》の法」条──叢書江戸文庫26『近世奇談集成〔一〕』一四八頁）とある表現に此れを窺うことが出来る。丘桓興が『人民中国』に連載した「中国の民俗を探ぐる《ママ》」には、「古い習俗によれば、踊り手はドラや太鼓を叩き、爆竹を鳴らして、災厄を追い払った」（「第五回 華僑のふるさと 福建篇（中）」──一九八三年一二月号九八頁）という表現があり、吉林省東遼県渭津郷福禄村に、大昔のこと、人や家畜を食う猛獣「年《ニエン》」を追い払うため、人々が「ドラや太鼓を打ち鳴らし、竹をもやした」ところ「「年」はびっくりして逃げかえり深山の洞穴にかくれて、やがて飢え死にしてしまった」という「伝説」のある事が報告されている（「第十回 東北農村の春節 吉林篇（上）」──一九八四年六月号九八頁）。また、ハニ（哈尼）族には、「太陽が昇った直後、全村で銃を鳴らし銅鑼を敲きながら人びとがときの声をあげて鬼を追い払う」行事がある（覃光広等編著・王汝瀾訳前掲書上巻三八五頁）という。更に、ラフ（拉祜）族は、「妊婦が難産になると、家にある鉄砲を空中に数発発射して難産鬼を追い払う」（徐華竜著・鈴木博訳『中国の鬼』三二一頁）という。

(68) 宮良當壯著「八重山諸島物語（前号の続）」――『人類学雑誌』第三六巻第四・五・六・七号一一九頁。大藤時彦著「産室の火」――『沢田四郎作博士記念文集』論叢一八七頁。清野謙次著『インドネシアの民族医学』七四頁。松崎寿和著『苗族と猓玀族』二二六頁。岩田慶治著『カミの人類学』二九三頁。同著「生と死の構図」――石川栄吉／岩田慶治／佐々木高明編『生と死の人類学』一七頁。

(69) 『儀式』巻第五・「鎮魂祭儀」条――『新訂増補故実叢書』内裏儀式・内裏儀式疑義辨・内裏式・儀式・北山抄一四〇頁。

(70) 松本信広著『日本神話の研究』（東洋文庫）九八頁。倉野憲司著前掲書（第三巻一二七頁）が、此れに賛同している。

(71) 白鳥庫吉著『神代史の新研究』――『白鳥庫吉全集』第一巻四七二頁。

(72) 斎部広成撰・西宮一民校注『古語拾遺』（岩波文庫）一四三頁。

(73) 此のことについて、倉野憲司は、『古語拾遺』に「凡、鎮魂之儀者、天鈿女命之遺跡。然則、御巫之職、応レ任二旧氏一。而、今所レ選不レ論二他氏一。所レ遺九也」とある記事を引き合いに出し、「猿女君の勢力が既に衰へてゐたからである」（前掲書第三巻一二六頁）と言っている。

(74) 谷川健一著「古代人の宇宙創造」――日本民俗文化大系2『太陽と月』四〇頁。同著「古代人のカミ観念」――同上書二一二頁。

(75) 卜部懐賢著『釋日本紀』巻第八・述義四・神代下――『新訂増補国史大系』第八巻同上書一一六頁。

＊ アメノウズメが露にする胸乳については、及川智早著「古事記上巻に載る大穴牟遅神蘇生譚について」（『国文学研究』第九七集）に、福島の其れと異なる意見が見える。本論の注（55）・（56）に記した、『倭名類聚鈔』また『色葉字類抄』の諸本における表記の異同の件は、一九九〇年の前半頃であったかと思われるが、本論を執筆中に、現在同僚である髙松寿夫先生（九〇年当時、大学院の学生）の指摘があって調べた事柄の報告である。先生の指摘に感謝していることを付記しておく。

第四章　海神の宮訪問譚をめぐって

天明八（一七八八）年十二月生月島（長崎県北松浦郡）の孤ケ岳（番岳）に登った洋画家司馬江漢は、頂上の番所に居る足軽が、「一年に両三度、西の方、暮色《ボッショク》山を見る」と語るのを聞き、「是は那支《カラ》（ママ）の方の山なり。日本の地にあらず。大方《ヲヽカタ》日本に近き嶋ならん」と推測している。(1) 生月島から中国領の島が望めるとは思えないが、江戸時代の知識人が、日本と中国との間を、距離的に近いと考えた事は、あるいは古代にあっても同様の考え方をする人物が日中双方に存在したかも知れない、と私たちに考えさせて注目に値する。眼に見える、近い、となれば、船や其れを操る術が充分な発達を遂げていなかった古代においても、何らかの機会に海を渡ってみようと考え、其れを実行に移す人もあっただろう。中国と朝鮮とは陸続きであるから、国学者津村淙庵が、「平戸にて晴る日は朝鮮国甚近くみゆ。一帯の山長くつらなりて、西南にそびえたるは長白山成由云り。壱岐・対馬の両島は手にとるばかり近くみゆると云。因幡辺にても北海の所にては、朝鮮見ゆといへり(2)」と言うように、我国にあって眼に見ることが出来る、という事は、彼方にあってもこちらを見得る距離にある朝鮮半島(3)を経由して、中国の人が我国へ渡来し、其の観念・思想また文化を伝える事も少なからずあったと思われる(4)。

＊　＊

『日本書紀』巻十九の「欽明天皇二十八年」条に、「郡國大水飢。或人相食。轉二傍郡穀一以相救」とある記事は、『漢書』巻九・「初元元年九月」条の「關東郡國十一大水、饑、或人相食、轉旁郡錢穀以相救(5)」という記事によったとされている。『日本書紀』の記述は、実際に起きた事を記したところ、たまたま其の表現が『漢書』の其れと似てしまったのか、『漢書』の記事を借りて事実を記しているのか、史書としての体裁を整えるため、『漢書』の記事を参考に、起こりもしなかった事を其れらしく述べたものなのか、判然としない。

人が人を食うことについて、儒者冢田大峯は、「隋以来嗜二人肉一者。往往有焉。或蒸二小児一以為レ膳者有焉云。嗚乎虎狼矣哉。我東方之人。則如レ是獣心者。未二嘗之有一也(6)」と言うが、我国には、いずれも風聞・他人の報告を記したものながら、天明年間（一七八一－一七八八）に起きた飢饉の折に、飢えた人々が人肉食をしたという記事が数多く残されている。太平洋戦争の末期、フィリピンのネグロス島で飢えのため「人肉を食らう者」があったり(7)、同時期のルソン島での人肉食を報告する人に、「死ぬか生きるかという瀬戸際のとき、私なら人肉を食べないかどうか、考えるとあやしくなる(8)」という発言のある事を思うと、『日本書紀』の語るところは、必ずしも事実無根の事柄であるとも思えない(9)。

一体に、『日本書紀』の載録する記事と、同書成立以前に出来した中国の書物の其れとに似通った表現がある場合には、見たように、『日本書紀』の記事が、真実を述べたものか、単に史書としての体裁を整えるためのものなのかが問題となるが、上に引いた記事の場合、其れが真実を述べたものとしても、『日本書紀』の編纂者が、「人相食」という非倫理的行為について記述しなければならなかった時、中国の史書に同じ行為を語る記事のある事は、其れが我国独自の蛮行ではない証となり、彼に精神的な安らぎを与えたのではないか。あるいは彼は、当該の事件を筆録するに際し、独自の文章を綴らず、『漢書』の記事其の儘をむしろ積極的に利用したのだとも考えられる。

此の度は、『古事記』上巻と『日本書紀』巻第二に載録されている、「ヒコホホデミノミコトによる海神の宮訪問譚」の物語構成素の一つと、海神の宮に存在するとされている井戸とを対象に採り上げ、其れらが我国の未開・古代人の如何なる観念・思想より出来したかを考察し、特に後者については、其れが海神の宮に存在することの真実性を、中国の古文献に見える、井戸に関する記事が保証していたのではないかと思われることを論じてみたい。

＊　＊

『日本書紀』巻第二の第十段（海宮遊幸章）本文に、彦火火出見尊が海神の宮に到達し、海神の女豊玉姫に発見される時の状況を、

門前有二一井一。井上有二一湯津杜樹一。枝葉扶疏。時彦火火出見尊、就二其樹下一、徙倚彷徨。良久有二一美人一、排レ闥而出。遂以二玉鋺一、來當レ汲レ水。因擧目視之。

と語る記事が見える。此れと明らかに同じ状況を述べる記事が、同章段一書第一には、

門外有レ井。井傍有二杜樹一。乃就二樹下一立之。良久有二一美人一。容貌絶レ世。侍者群從、自レ内而出。將以二玉壺一汲レ水。仰見二火火出見尊一。

とあり、同じく一書第二に、

門前有二一好井一。井上有二百枝杜樹一。故彦火火出見尊、跳昇二其樹一而立之。于時、海神之女豊玉姫、手持二玉鋺一、來將レ汲レ水。正見三人影、在二於井中一、乃仰視之。

とあって、更に同章段一書第四では、火折尊即ち彦火火出見尊に如何にして海神の宮に行くかを語る八尋鰐の言葉に、「宮門井上、當レ有二湯津杜樹一。宜就二其樹上一而居之」とあり、火折尊が海神の宮に行き着いて後の出来事が、

時有二豊玉姫侍者一、持二玉鋺一當汲二井水一、見三人影在二水底一、酌取之不レ得。因以仰見二天孫一。

と語られる。

此れらの記事によれば、海神の宮の門前に到達した彦火火出見尊は、其処にある井戸の傍の樹木の下に居るところを、水を汲みに来た豊玉姫に発見されるか、井戸の傍の樹木に登り（一書第四の場合、直接樹の上に行き着いたのか、樹木には登ったのか判然としないが、記紀両書の各伝承を参考にすると、前者であるとは思えない）、「人影」が水に映ることで発見者により見出されることになっている。前者の場合、文中に「人影」の語を見ないが、「當レ汲レ水。因擧目視之」、「汲レ水。仰見二火火出見尊一」という表現からすれば、やはり此の場合も、水に映る其の姿によって彦火火出見尊は発見されたと考えて良いだろう。因みに、一書第一には、彼が発見されるに至る状況を、「豊玉姫之侍者、以二玉瓶一汲レ水。終不レ能レ滿。俯視二井中一、則倒映二人咲之顏一。因以仰觀、有二一麗神一、倚二於杜樹一」と語る異伝が付記され、樹木に寄り掛かる彼の顔が水に映ったことになっている。

また、『古事記』では、海神の宮へ如何にして到達し、且つ海神の女に発見されるかを火遠理命即ち天津日高日子穂穂手見命に教える塩椎神の言葉に「到二其神御門一者、傍之井上、有二湯津香-木一。故、坐二其木上一者、其海神之女、見相議者-也。訓二香-木一云二加都良。木一」とあり、其れに続けて、

海神之女、豊玉毘売之従-婢、持二玉器一将レ酌レ水之時、於レ井有レ光。仰見者、有二麗壮-夫一。訓二壮-夫一云二袁登古一。下效レ此。

と記されている。此処に「於レ井有レ光」とあるのは、未開・古代人の間に存在した、他界・異文化圏の人（神）の中には発光するものがあるとする観念・思想が加わった結果の表現であって[10]、本来は、「見二人影、在二於井中一」、「見二人影在二水底一」、「視二井中一、則倒映二人咲之顏一」と同様の表現がなされていたと思われる。

ヒコホホデミノミコトは樹木の下に居るのを発見されたり、其れに登っているのを見出されたりしているが、後者の場合、発見者の動作に「仰見《（視）》」の語が用いられ、前者の場合にも、一書第一に「仰見」、其の別伝に「仰觀」とある事を思えば、彼は海神の宮の門前に到達した時、其処にある井戸の傍の樹木に登ったというのが、古い形であったと思われる。彼が樹木の下に居るのであれば、何も発見者は「仰ぐ」動作をする必要はないのであって、所謂本文が記すように、「擧目」すれば良いはずである。

天に昇った一人の男が池の傍の「赤《あ》榕《かう》の木」に登って、池に映る影のため、酋長の娘たちに発見される、モノやアルなど、パプア・ニューギニアのブーゲンビル島近くに位置する島々の話(11)、ある島を訪れた男が樹上に身を隠し、樹の下の泉に影が映って女に発見されてしまう。ニューブリテン島の話(12)、他国を訪れた女の子と男の子とが井戸の傍の大きな木の枝に登っていると、水面に映った影により、一人の年老いた女に発見されてしまう、北アフリカ原住民ベルベル族の一部族であるカビール族の話(13)、石榴の実から跳び出した娘が、「泉のかたわらの木の上」で、服と馬車とを調達しに行った王子を待っているが、毎日其の泉へ水を汲みに来る「醜いサラセン女」が、水に映った娘の顔を見て、其の存在を知る、イタリアのアブルッツォ地方の話(14)など、ある場所を訪れた人物が、其の地の井戸もしくは池・泉などの傍の樹木に登り、水に映った姿によって別の人物から発見されるという話は、世界の各地に存在している。また、一一の例を挙げることを控えるが、ある人物が異郷を訪れて樹木に登り、物を投げ落とす、相手の名を呼ぶなど、積極的にある行為をなし、其の樹の下に居る人物に、自分の存在を知らしめる、という話もある(15)。

* *

ヒコホホデミノミコトが海神の宮を訪れた時、其の門前にあると思しき樹木に登ったのは、危害を加えられるのを恐れての行動でないこと言うまでもない。

異郷を訪れた者が、訪問した土地の樹木に登ることに如何なる意味があるのかを考えてみると、此の事にはもと、彼もしくは彼女の訪れた土地が、極めて遠い所である事を示そうとする、物語創作者或いは話し手の意図が込められていたのではないかと思われる。

未開・古代人が、人間の到達することの極めて難しい遠隔地を想像し、何とかして其処に人間を行き着かせたいと考えた時、たまたま彼らの間に、炎帝の娘やヤマトタケルが死して、それぞれに精衛という鳥や白鳥に変じた話に見られるように、人間の魂と鳥との間には緊密な関わりがあるとする観念・思想、即ち、人間は肉体と魂とから成っているが、魂は鳥に姿を変えることがあるとする其れが存在していた。彼らが此の観念・思想のある事に思い到った時、彼らは其れに基づいて、人が鳥になれば、仮令到達することが出来ないとされる遠隔地でも、容易に到達することが出来ると考えた。斯くして、不可能を可能にするという一個の難問は解決したかに思われた。しかし、此処に新たな問題が生じた。其れは、人間が鳥になることが出来るのは、彼が死亡して肉体と魂とが分離した時か、未開・古代人が恐らく其れと同じ状態にあると考えたに違いない、睡眠中に夢を見ている時に限られているという事である。死後或いは睡眠中に、人の魂が鳥に化して何処かへ飛び去ったとしても、肉体は其の場に残されることになり、人は魂＝鳥の行き着いた場所で、生きた人間として活動することが出来ない。

人が行くことの出来ない場所へ人を行かせ、それも現に生きている人間を其の儘の状態で行かせて、生きた人間としてさまざまな活動をさせたい。此のように考え、其の手段・方法について思案した結果、此の問題を矛盾無く解決する策は当然の事ながら有り得ないので、未開・古代人は、次善の策として、人が生きながら鳥にならねばならぬという難問には目をつぶり、しかし、鳥に化した当該人物の姿を思い描きつつ、彼或いは彼女が、ともかくも遠隔地に到達したことにして、其の訪れた土地の樹木の枝に止まった、という形の話を創作したのではないか。しかし此れでは、当該人物と鳥との間に格別の関わりが無いので、人の行動としては如何にも不自然である。そこで窮余の一策として、相変わらず当該人物が如何にして目的地に到達出来たのかについては語らないままに、彼・彼女が遠隔地に到着後、其の地の樹木に登った、ということにしたのではないか。そして後に、少しく人の知力が発達した段階になり、例えば、ヒコホホデミノミコトが塩椎神（鹽土《(筒)》老翁）の助力によって目的地に到達したのだ、と説明するように、物語の空白部を補塡することになっても、既に其の時に、其れが如何なる事情により出来したものであるかが全く忘れられていたため、遠隔地を訪れた人物が樹木に登るという物語構成素は、其の儘の形で残されたのではないか。あるいは、物語の原創作者が、人が生きながら、また眼覚めた儘で、霊肉共に鳥に化すという不条理に頓着せず、ある人物が鳥になって遠隔地へと飛行した、としたが、当該譚の伝承・保存される間に、其の不条理が排除され、しかし、被発見者たる人物は其処が遠隔地であることを示すため樹上に居る必要があるとして、彼・彼女が樹木に登るという物語構成素が出来したのかも知れない。

別に、彦火火出見尊が罠に掛かった川雁を救っている（紀巻第二の第十段一書第三）事を思えば、あるいは助けた鳥に運ばれて、といったことも考えられたと思われるが、いずれにしても、容易に到達し得ない遠隔地を人が訪れる手段・方法は、自らが鳥と化すか、鳥により運ばれるしか無かったのではないか。それぞれの物語の創作時期が必ずしも同じではないだろうから、一概に論ずる訳にはいかないが、「ヒコホホデミノミコトによる海神の宮訪問譚」を含め、既に見た世界各地の伝承において、異郷を訪れた人（神）が、其の地の樹木に登るとされている事には、上記したような事情・理由があったのではないか。確かに、「有二天神一。…（中略）…自レ天降、即坐二松澤松樹八俣之上一」（常陸国風土記久慈郡）という記事もあるが、樹木への登攀は必ずしも、神の行動を言い、しかも上方の世界から下方の其れへの移動に関わって語られるものだけではないので、当該物語構成素を、神が樹木に降下することの反映だ、とする説には賛成し難い。

被発見者が、水に映る姿により見出されるという物語構成素が先にあり、其の事から彼・彼女が樹木に登るという物語構成素が生じたのであって、被発見者の樹木への登攀に見たような意味は無いのだ、とも考えられるが、ある人物（神）が他の土地を訪れ、水との関わりについて一切触れられることの無い樹木に登る話のある事や(16)、既に見たように、樹木に登りながら、物を投げ落とす、相手の名を呼ぶ、などして、其の存在を発見者に気付かせる者のある事などからすれば、水に映る姿により被発見者が見出される事と、其の者の樹木への登攀のこととは、前者から後者が生じたという関係にあるものとは思えない。物語中にまず前者が導入され、然る後に物語の論理的展開を図るべく後者が加えられたとするのは、如何にも不自然である。

記紀両書の載録する神話において、高天原より葦原中国に派遣された雉が、アメワカヒコの家の門前にある湯津楓（杜木）の上や梢に身を置いたとされ、前に紹介したニューブリテン島の伝承で、一人の男が逃げた鳩を追ってある島に到り、其処の樹木に登ったとされている事は、前者について言えば、雉が樹木に止まるのは当然のことであり、後者については、追跡者即ち後に被発見者となる者が鳥に化している訳ではないのだが、何やら被発見者が樹木に登ることの意義の何であるかを示唆しているようにも思われる。

＊　　＊

記紀両書に見る海神の宮は、此処で其の一一の字句を挙げないが、『日本書紀』巻第二の第十段（海宮遊幸章）一書第三に、「有二鹽土老翁一來、乃作二無目堅間小船一、載二火火出見尊一、推二放於海中一。則自然沈去。…（中略）…自至二海神之宮一」（傍点福島）とある記事などから、古くは海面下にあるとされていた事が明白である。

海神の宮には、井戸があることになっている。此の井戸は、やはり想像上の世界である高天原に天真名《（渟）》井があるとされるように、海神の宮を考え出した未開・古代人が、日常の生活で利用することの多い其れを基に、其の存在を認めたものであるが、特に、海面下にあるとされる海神の宮にも井戸の存在が認められていた事は、彼らの脳裡に、通常の井戸に関する其れとは異なる知識が幾つかあったからのようである。其の知識の一つは、所謂塩井に関しての其れである。

塩水の湧出する井戸即ち塩井については、例えば段成式の『酉陽雑俎』に、「仍建國、無井及河澗、…（中略）…穿井即若海水、又鹹」[17]と、杜光庭の『録異記』に、「吉州東山有觀焉隔灘《？》江去州六十里…（中略）…觀側有三井一井出鹽」[18]とあるように、中国では古くより多くの書物に其の記事が見られ[19]、『漢書』にも、「至成、哀間、成都羅裒訾至鉅萬。…（中略）…擅鹽井之利」[20]と記されている。我国の場合、記紀両書に塩井の記事を見ないが、『肥前国風土記』に、「米多郷 在二郡南一。此郷之中有レ井。名曰二米多井一。水味鹹。曩者、海藻生二於此井之底一」（三根郡）と、明らかに塩井のことを言っているらしき記事があり、『播磨国風土記』にも、「井」の文字こそ見えないが、「塩沼村 此村出二海水一」（讃容郡）、「塩村 處々出二鹹水一」（宍禾郡）、「所三以號二塩野一者、鹹水出二於此村一」（賀毛郡穂積里）などという記事がある。江戸時代以後は、書籍の出版が盛行した事もあって、我国に塩井のある事を言う記事が多く見られるようになり[21]、彼此れ合わせ考えると、我国にも古くから塩井が存在していて、未開・古代人の間に、其れに関する知識があったものと思われる。

海神の宮其れ自体が、我国の未開・古代人による独自の産物であるのか、それとも記紀両書成立以前から我国が其の文化に大いなる影響・恩恵を蒙っている中国人の他界観を我国に移した結果なのか、判然としないが、他から借りた鉤（釣針）を失った人物が其れを捜すべく他界を訪れるという話については、其の原発生地が「南洋[22]」・「南方諸島[23]」・「インドネシヤ[24]」に求められる一方で、「ヒコホホデミノミコトによる海神の宮訪問譚」と、記紀両書において同譚に続いて語られる「トヨタマビメの出産譚」とには、種々の物語構成素が複雑に混入しているとされ、特に前者と歐陽詢らにより武徳七（六二四）年に編集された『芸文類聚』巻八十四（宝石部下・珠）に引かれている辛某の『三秦記』に、「昆明池。昔有人釣魚。綸絶而去。遂通夢於漢武帝。求去鈎。帝明日戯於池。見大魚銜索。帝曰。豈夢所見耶。取而放之。間三日。池邊得明珠一雙。帝曰。豈非魚之報耶」とある記事との類似を言う説[25]、其れが六世紀後半には我国に伝来していたとして、『法華経』が、前二譚を合わせた所謂海宮遊幸章に見る神話の記録時に、何らかの影響を及ぼしているのではないかとする説[26]、やはり海宮遊幸章の神話と、七世紀中頃に出来した『大唐西域記』巻第三（八国・烏仗那国）に見える一説話との間に構想の類似が認められるとする説[27]、などのある事を思うと、「ヒコホホデミノミコトによる海神の宮訪問譚」に、中国独自の伝承から直接、或いは漢訳されたインドの説話を介して間接的に、中国人の観念・思想の影響が及んでいる事は否定出来ないだろう。特に、『日本書紀』の場合は漢文で表記されているのであるから、一一の例を挙げることをしないが、語彙・文章表現の仕方などに、中国人の観念・思想の影響が及んでいると考えられる。「ヒコホホデミノミコトによる海神の宮訪問譚」に、中国人の観念・思想の影響が及んでいるとなれば、同譚の物語展開の場となる海神の宮が、仮令我国の未開・古代人の独自の発想に出でたものであっても、其処に少なからず中国人の観念・思想の影響が及んだことと思われる。ともあれ、「ヒコホホデミノミコトによる海神の宮訪問譚」と関わりがあるとして挙げられる類話の二三には、失った漁具或いは猟具を捜し求める人物の訪れた土地に、泉・湖の存在が語られているが、ほとんどの場合、池や井戸の存在に言及する事が無いのを見ると、我国の未開・古代人、就中記紀両書の表記を重視するならば、其れらの編纂者たちが、海面下のしかも遠隔地にあるとしていた海神の宮に、井戸の存在を認めたのは、彼らの脳裡に、塩井についての知識、特に彼らが何かと影響を受けることの多かった中国にも、其れと其れの記事とが存在し、しかも中国では次に述べるような事柄もまた井戸に関しては言われているという知識があったからに違いない。

海面下に海神の宮を想定した人々、また其処を活動の場として展開される物語の創作者や其れの記録者などは、塩井に関する知識とは別に、世の中には海の潮と共に、或いは其れと同じく干満を繰り返す井戸が存在するという知識をもっていたようである。

中国には早く、其処に「井」の文字こそ見えないものの、「鶏籠山下澗中有數處累石若有人功水常深尺餘朝夕輒有湧泉溢出如潮水時刻不差朔望尤大號爲潮泉[28]」、「(熙平)縣南有朝夕塘…（中略）…一日再増再減盈縮以時未嘗愆期同于潮水因名此塘（案近刻訛作潭）爲朝夕塘矣[29]」という記事があり、泉や池に干満現象を呈するもののある事が人々に知られていた。井戸に関しては、記紀両書出来後のものであるが、例えば、「潮水井在屈家村其水日輙三潮或云有竅通海[30]」という記事を挙げることが出来る。

干満現象を呈する泉・池また井戸に関する知識を、海神の宮の創案者や「ヒコホホデミノミコトによる海神の宮訪問譚」の創作者たちが、直接或いは間接的に中国人または中国の文献に接して獲得したのか、後に引く『播磨国風土記』の記事に見えるような我国にも存在した其れを見聞して得たのか判らないが、明らかに此れが、塩井に関する知識と共に、彼らの脳裡にあって、塩水・海の潮・泉や池また井戸という連想が働き、海面下にありとする海神の宮に、葦原中国にあるのと同様の井戸が存在する事を理に適うこととしたと思われる。

天上の世界である高天原にあるとされる天真(淳)名井と、海神の宮のある土地の井戸とは、両者ともに、それぞれの世界を考え出した者が生活をしていた現実世界の井戸を反映したものである点では、全く同じであるが、海面下にある海神の宮に其れを存在させ、また其れが存在するとされる事については、其れから塩水・真水のいずれが湧出すると考えられていたのかなどということは、此所では穿鑿しないとしても、海神の宮の創案者或いは「ヒコホホデミノミコトによる海神の宮訪問譚」の創作者、また、同譚の伝承・保存者、更には記紀両書の編纂者の間に、もし、塩井や干満現象を呈する井戸に関する知識が無かったならば、少なからぬ逡巡や困惑が惹起されたに違いない。そして、海神の宮が海面下にあるのに、其処を訪れたヒコホホデミノミコトが何故溺れないのか、といった事柄に拘泥するようになった結果か、『古事記』の塩椎神の言葉に其の配慮のあることが窺われ、『日本書紀』巻第二の第十段（海宮遊幸章）一書第四では「此海陸不二相通一之縁也」と記すのを除けば、其れが海面下にある事を積極的には語らないというように、海神の宮を海の彼方の陸地上に想定し始めた時、「ヒコホホデミノミコトによる海神の宮訪問譚」の伝承・保存者たちは、塩井や干満現象を呈する井戸に関する知識に拘らず、海神の宮が存在する土地の井戸を、彼らが普段見慣れている其れと同質のものと考えさえすれば良かった。海神の宮が、海面下から陸上へと移動するのに、其の殿舎の傍に井戸の存在する事は、何の障害にもならなかったのである。其れはともかく、『古事記』と比較して、中国人の観念・思想の影響を蒙ることの多かった『日本書紀』の場合の、巻第二の第十段（海宮遊幸章）本文・一書第一と其れが付記する別伝、また一書第三の四つの伝承に見るように、海神の宮が海面下にあるとされていた間は、日中両国人の塩井と干満現象を呈する井戸に関する知識、特に日本人が多くを学んだ中国の文献にしばしば見られる、其れらに関する記事が、其処に井戸の存在する事の確かな証拠となり、其の真実であることを保証したに違いない。

塩井を知り、干満現象を呈する井戸の存在を確認した人々は、恐らく其れらの存在を知って後、其れらと海との繋がりを言うようになったと思われるが、中国では例えば、後漢（二五－二二〇）の仙人張道陵が開鑿したとされる陵州（四川省）の塩井について、「泉脈通東海。時有敗船木浮出」などと言われていたという[31]。我国の場合も、『播磨国風土記』に、「塩阜　惟阜之南有二鹹水一。方三丈許、與レ海相闊卅里許。…（中略）…與二海水一同往來。滿時、深三寸許」（揖保郡）と、干満現象を呈し、海との繋がりを言われる塩泉或いは塩池の記事が見える。また、塩井ならずとも、井戸と海とが繋がっているとされることもあって、筆者寡聞の故に、今、記紀両書出来時以前の例を挙げ得ないが、試みに中国の地理書を開けば、「魚爺井 在城西五十里水極清相傳泉與海通中有巨魚頭白俗呼魚爺[32]」という記事が見える。更に、井戸の中のあるものは、別の土地にある井戸や湖また河川と通じているとも考えられ、其の繋がりは通常、一方から他方へある物質が流れたり、湖や河川の水と共に其の水が増減・消長をする事により知られたとされている。

四川省成都府の厳真観にある通仙井は、同じ省の緜竹県にあった、前漢（前二〇二－後八）の人嚴君平の家の井戸と通じていたと言われ、嘗て彼が擲卦に用いたのではないかという銅銭三枚を出したことがある[33]、と言い、唐代（六一八－九〇七）長安にあった、景公寺の前街の井戸に落とした銀の稜椀が、月余を経て渭河より出た[34]、と言い、また、「甘泉井在府治豐登橋側水與淮湖爲消長[35]」と言う類である。

此のように、海や他の土地にある別の其れ、また湖・河川と繋がるとされる井戸が、それぞれ記紀両書出来時以前の我国に存在したか否か、文献資料が無いので定かでないが、既に見たように、『肥前国風土記』に塩井の存在を思わせる記事があり、また、『播磨国風土記』には、海と通じている塩泉或いは塩池の存在を言う記事もあり、後世になると、「美濃国養老の滝坪へこぬかを入れば一日一夜有之、江州の醒井の町の川へ彼こぬか流れいづるとなん[36]」といった記事が見られるようになるので、恐らく我国の未開・古代人の間にも、独自の発想によってか、中国の影響を受けてか、井戸の中には別の土地の其れと繋がるものもあるとする観念・思想が存在していたと思われる。此の観念・思想もまた、海神の宮に井戸を存在させた事に大きく貢献したと思われる。即ち、海神の宮は葦原中国を遠く離れた所にあり、人は容易には訪れることが出来ない、しかし、其のことが絶対に不可能な土地にある訳ではない、ということを、海神の宮の創案者、また、「ヒコホホデミノミコトによる海神の宮訪問譚」の創作者、同譚の伝承・保存者、更に記紀両書の編纂者たちは、其処に井戸の存在を認めることで、暗黙裡に諒解していたのではないか。如何に遠隔地にあるとはいえ、海神の宮に井戸があれば、其れは葦原中国にある井戸のいずれかと繋がっている可能性もある、もし繋がりがあれば、両井間をある種の物質が移動するのであるから、工夫次第で人が其の間を移動して、其処へ到達することも不可能ではない、と彼らは考えたのではないか。井戸の前身は泉であった事を思うと、我国の古代人がヨミノクニを表記するのに、中国人の所謂黄泉の語を其の儘借用した時にも、同様の思考が働いたかも知れない。嘗て西方の世界では、一人の産婆が井戸から井戸を、また其の逆を経て、此の世とあの世の間を往復したことがあった[37]のである。長さ一丈程の藁が汲み出された井戸の話を聞いた江戸時代の本草学者佐藤成裕は、其の井戸の水脈が遠く安南と通じているに違いないと推測している[38]が、此れは、我国の未開・古代人の井戸に関する観念・思想の如何なるものであったかを窺い知るのに、些か参考になりそうな事柄ではある。

いずれにしても、塩井に関する知識や、海・湖・河川また他の土地の其れに繋がる井戸もあるという知識を、我国の未開・古代人が独自に獲得したのだとしても、中国人の間に其れらについての知識があり、また、其れらに関する記事が中国の書物に載録されているという事実が、海面下にあるとされていた海神の宮に、井戸があってもおかしくはないのだとする事の、強力な裏付けになっていたと思われる。

注

(1) 司馬江漢自筆『江漢西遊日記』――東洋文庫版同上書一三八頁。

(2) 津村淙庵著『譚海』巻の八――『日本庶民生活史料集成』第八巻一四四頁。

(3) 一九世紀の前半、平戸藩主松浦静山は、「予が城北三里にして、大島と云よりは、秋晴快空のときは、朝鮮の地影を見ること屢なり」(『甲子夜話三篇』巻三〇・二――東洋文庫版同上書3・三三頁)と述べているが、我国から朝鮮半島が、朝鮮から我国が見える事は、近年刊行された書籍の記事に限っても、「長崎県北松浦郡生月《いきつき》町(一万一千人)は対馬海峡に面した東西三キロ、南北十キロの小島である。壱岐はもちろん、晴れた日には対馬がみえる」(宮本常一/山本周五郎/楫西光速/山代巴監修・日本残酷物語3『鎖国の悲劇』平凡社ライブラリー版一〇四頁)、「対馬からは、肉眼で朝鮮が見えます」

（橋本進／杉崎昭生／桑島進「《鼎談》海流と風、そして船」（橋本発言）――山下恒夫再編『石井研堂これくしょん 江戸漂流記総集』第四巻六四頁）、「タクシー営業所で待つうちに、ようやく一台が戻ってきたので、韓国展望台へ向う。…（中略）…あいにく小雨もよいの天候で、韓国の山なみは見えない。「晴れた日には釜山のビルが見えるですと。五〇キロしかありませんからね。とくに夜は釜山の灯がきれいです」と運転手が言う。…（中略）…対馬北端という位置から眺めればそれなりの感慨もあろうと期待してきたので残念だ」（宮脇俊三著『古代史紀行』（講談社文庫）一八頁）、「朝鮮と日本は近いんですよ。対馬に行きますと、釜山が見えますからね。私は両方から見てるんですが、釜山からだと、対馬がもっと近く、大きく見えるんです」（金達寿／栗原純／加藤祐三「《鼎談》江戸時代の朝鮮と中国」（金発言）――山下恒夫再編前掲書第三巻三五頁）、などと記されて明らかである。

（4）入唐僧円仁は『入唐求法巡礼行記』に、開成四・承和六（八三九）年正月、彼の旅宿である揚州（江蘇省江都県）開元寺を訪ねて来た新羅人王請が、自分は嘗て交易のため唐人張覚済らと同じ船で、此処揚州を出港したが、悪風に遇って弘仁一〇（八一九）年出州国（出羽国。現、秋田・山形両県の地）に漂着した、出羽国よりは好風を得て、一五日で長門国（現、山口県の西北部）に到達した云々、と語ったが、彼王請は極めて良く日本語を解した、と記している（東洋文庫版同上書1・七六－七七頁）。王請・張覚済漂着の事は、当時の我国の史書に記載が無いが、『日本紀略』には、「嵯峨天皇弘仁十一年夏四月戊戌（二十七日）」条に、「唐人李少貞等二十人漂二著出羽國一」（前篇一四――『新訂増補国史大系』第一〇巻三一〇頁）という記事が見える。秋田県象潟市は山形県との県境に近く位置するが、同市沖合の飛島（山形県酒田市）から、山口県萩市沖合の見島まで、直線距離で約八〇〇キロあるが、長江河口に位置する上海と五島列島中の福江島との間は、済州島を中継地として、ほぼ七〇〇キロの隔たりである。王請の乗った船が日本海を西に向かうのに、陸地に沿って進んだとすれば、出羽・長門間と、上海・福江島間との距離の差はもっと大きくなる。王請が円仁に語った経験談から、九世紀の初頭に、交易品を積載する程の船が、中国・日本の間を航海するのにどれ程の日数を要したかが推測され、また、王請・張覚済の出羽漂着と李少貞らの漂着とは其の年次を異にしているので、其れらが同一の事件でなかったとすれば、唐人の我国へ渡来する事が、総て我国の正史に記載された訳でもなく、しかもかなりの頻度で起こっていたのではないかと考えられるのである。因みに、円仁の乗った遺唐使船は、五島列島中の宇久島から長江河口へ直行し、ほぼ一週間で揚州海陵県の地に到達している。

（5）班固撰・顔師古注『漢書』巻九・元帝紀第九――中華書局出版同上書第一冊二八〇頁。

（6）冢田大峯著『随意録』巻一――関儀一郎編纂『日本儒林叢書』第一巻同上書一一頁。

（7）小久保弓雄著「ネグロスの死闘を生き抜いて」——朝日新聞テーマ談話室編『戦争』下巻三二六－三二七頁。

（8）松井覚進著「極限状況下での人肉食」（中津賢吉の述懐）——同上書下巻三三一－三三三頁。人は飢餓状態になった時どのように行動するか。「飢えとは、経験したことのない人には決して理解することなどできない、痛ましいものです。ときどき、私は自分の皮膚や爪をかじり取って食べました。そうしないと空腹で眠ることもできなかったのです」（ジュディス－S－ニューマン著・千頭宣子訳『アウシュヴィッツの地獄に生きて』五九頁）という発言もある。

（9）「欽明紀」の当該記事以後も、我国には、「備、美、伯三州大饉、人民相食云」（雲泉大極著『碧山日録』巻二・「後花園天皇長禄四年六月五日」条——『改定史籍集覧』第二五冊二一一頁）、「今年春秋。天下大疫饑。人相食。或作レ春。〇皇年私記、年代略記、往年記春」（柳原紀光編集『続史愚抄』四七・「後奈良天皇天文九年」条——『新訂増補国史大系』第一四巻六五六頁）などという記事があり、『随意録』の当該記事が嗜好品として人肉を食う者のある事を言っているらしいのと、同書の出来したのが天明の飢饉より後である事とから、冢田の発言に所謂緊急避難的人肉食は含まれていないとも考えられるが、もしそうだとすると、「欽明紀」の其れを始めとする上掲記事の如きを、冢田は事実の報告と認めていた事になる。僧永祐の撰と伝えられる『帝王編年記』の「後深草天皇正元元年五月五日」条には、「大内裏邊小尼十三四歳。食二死人一。云々。於二達智門跡一食レ之。云々。不可說也」（巻第二五——『新訂増補国史大系』第一二巻同上書四一三頁）という記事が見えるが、同書は此の記事に先立って、「正元一年正嘉三年三月廿六日改元。依二疾疫飢饉一也」（四一二頁）、また、「三月廿六日。改元定。改二正嘉三年一爲二正元々年一。四月五日。依二飢饉疾疫御祈一於二五畿七道諸國一可レ轉二讀最勝王經一之由被二宣下一之。十一日。依二飢饉御祈一被レ立二廿二社奉幣一」（同上頁）と記している。小尼の人肉食も飢えによるものだろう。冢田の発言よりも早く、雨森芳洲の『多波礼草』には、「大《おほ》いに飢饉《たなうゑ》せし時、もろこしにては人相《あい》食《は》むといへる事、紀伝に、いかほどもみえたり。此国にては、終《つ》ひにきかず。獣《けもの》の肉《しし》さへ、忌みてくはぬゆゑなめれと、或人のかたりき。神《かみ》の使《つかひ》なりといへる、鳥獣《とりけもの》、その氏子《うぢこ》はくはず。神《かみ》の鎮《しづ》めたまへる山は、金《こがね》、銀《しろかね》ありても、むさぼれる人、ひらきあけんとはせず。いつまでもかくありたき事なり」（巻之一——『日本随筆大成』第二期第一三巻一八七頁）とある。雨森は、『碧山日録』は個人の日記であるから此れを見ることがなかったにしても、「欽明紀」の当該記事、また『帝王編年記』の当該記事を目にする機会があったはずであるが、此れらの記事についてどのように考えていたのだろうか。

（10）拙稿「発光する神サルダビコについて」（本書に収録）参看。

（11）G－C－ホイーラー訳・金関丈夫訳「舟を作った男」——『民族台湾』第四巻第二号二二－二四頁。

（12）R. B. Dixon, Oceanic Mythology, (The Mythology of All Races, vol. IX), p. 140.

(13) 小沢俊夫編・竹原威滋訳『世界の民話 カビール・西アフリカ』六〇－七〇頁。

(14) カルヴィーノ編著・河島英昭編訳『イタリア民話集』（岩波文庫）(下)二五－三四頁。此の話では、王子が泉まで遠く旅をして来たことになっている。

(15) 土方久功著『パラオの神話伝説』（三一書房版）四三－四五頁。ロジャー－E－ミッチェル原著・古橋政次訳『ミクロネシアの民話』一九八－二〇二頁。孫晋泰編『朝鮮民譚集』（郷土研究社版）二六五－二七二頁。後二者は、「パンの木」・「柳の木」を井戸の周辺にあるとしている。

(16) アファナーシェフ著・中村喜和編訳『ロシア民話集』（岩波文庫）(下)一三一－一三五頁。鄭秉哲編『球陽外巻遺老説伝』巻之一――『日本庶民生活史料集成』第一巻三〇六頁。

(17) 段成式撰『酉陽雑俎』前集巻之四・境異――中華書局出版同上書四六頁。

(18) 杜光庭撰『録異記』（秘冊彙函）巻之二・異人・11ウ－12オ。

(19) 例えば、王羲之著『王右軍集』（巻之一――光緒一八年善化章経済堂重栞同上書巻之一・29オ）、段成式撰前掲書（前集巻之一〇・物異――中華書局出版同上書九六頁）、李昉等編『太平広記』（巻第三九九・井）所引『陵州図経』（一九八一年・中華書局出版『太平広記』第八冊三二〇六－三二〇七頁）、李時珍撰『本草綱目』（巻一一・食塩・集解、また、戎塩・集解――一九五四年・商務印書館出版同上書第三冊一〇の三八・四二頁）、謝肇淛著『五雑組』（巻之四・地部二――『和刻本漢籍随筆集』第一集八〇頁）、張鼎思輯『琅邪代酔編』（巻之三一・「塩」条）所引『推蓬寤語』（『和刻本漢籍随筆集』第七集三二三頁）などに見える。

(20) 班固撰・顔師古注前掲書巻九一・貨殖伝・第六一――中華書局出版同上書第一一冊三六九〇頁。

(21) 題或いは記事中に「井」の文字が見えるものに限っても、伊藤東涯著『輶軒小録』（『日本随筆大成』第二期第二四巻三三八頁）、井沢長秀輯録『広益俗説弁』（巻一八・地理・「塩井《えんせい》の説」条――東洋文庫版同上書三一〇－三一二頁）、菊岡沾涼著『諸国里人談』（巻之四・「塩の井」条――『日本随筆大成』第二期第二四巻四七七頁）、松岡玄達著『結毦録』（巻之上・8ウ・「塩沢《シホサハ》井ノ事」条）、萩原元克編輯『甲斐名勝志』（巻之四・巨摩郡之部・「鳳凰山」条――『甲斐志料集成』三・五〇頁）、百井塘雨著『笈埃随筆』（巻之一一・「大塩」条――『日本随筆大成』第二期第一二巻二三九－二四〇頁）、高田与清稿『松屋筆記』（巻之一二一――国書刊行会発行同上書第一・一〇五頁）、松平定能編輯『甲斐国志』（巻之一二三――『甲斐叢書』第一二巻同上書下一七四二頁）、堀内元鎧録『信濃奇談』（巻の上・「塩井」条――『日本庶民生活史料集成』第一六巻二二二頁）、井出道貞著『信濃奇区一覧』（別名『信濃奇勝録』）（巻之四・「塩井《しほのゐ》」条――『蕗原拾葉』第一八輯三六－三七頁）、福島県南会津郡農会編纂『南会津郡案内誌』（一五四頁）、斎藤夏之助著『安房志』（「塩井」条・一五六－一五七頁）、中山太郎著『万葉集の民族学的研究』（一八〇頁）などに見える。

(22) 松本信広著『日本神話の研究』（東洋文庫）四〇頁。

(23) 渡部義通著『古事記講話』四九二頁。

(24) 松村武雄著『日本神話の研究』第三巻六七九－六八〇頁。次田真幸著『日本神話の構成』三三八頁。

(25) 別所梅之助著『聖書民俗考』三八九頁。別所は『三秦記』の語る漢の武帝が夢を見て昆明池に明珠を得た話を紹介し、「これは古事記の火遠理命が、海神の宮に入り、さきに失ひし釣針を魚の喉より得、また潮みつ珠、潮干る珠を得られたとの物語をおもひ起させる」（同上頁）と言う。なお、『三秦記』の記事は、欧陽詢撰『芸文類聚』（巻第八四・宝石部下・珠――上海古籍出版社出版同上書下一四三八頁）によった。此の話は、少しずつ表現を異にしながら、別に同上書（巻第七九・霊異部下・夢――上海古籍出版社出版同上書下一三五六頁）、李昉等編前掲書（巻一一八・巻二七六・「漢武帝」条――一九八一年・中華書局出版同上書第三冊八二二頁・第六冊二一七四頁）、李昉等撰『太平御覧』（巻六七・地部三二・池――国泰文化事業有限公司出版同上書第一冊三一九頁）などに見える。

(26) 太田善麿著『古代日本文学思潮論』Ⅲ・二〇三－二〇七頁。太田は、「神代紀」の第一〇段（海宮遊幸章）と『法華経』の提婆達多品の所説に類似する話柄のある事を指摘して、記紀編纂の事業に携わった人々が、「『海宮遊幸章』神話」に『法華経』の所説を「思い合わせ」ていただろうと述べ、また、「思い合わされたとするならば、記定時にそのことが何らかの意味をもって作用していたに相違なかろうと考えても不合理ではあるまいと考えられるのである」（同上書二〇六－二〇七頁）と言う。「ヒコホホデミノミコトによる海神の宮訪問譚」と仏典の関わりを言うものに、他に、川副武胤著『古事記の世界』がある。川副は、『大方便仏報恩経』に見える善友太子に関わる話に、「海神の宮の段と多くの類似点を見出すことができる」（二五八頁）と言う。

(27) 次田真幸著前掲書三三一－三三五頁。次田は、『大唐西域記』に見える説話と「海宮遊行神話」とを比較し、両者の「構成上の共通点または類似点」の大方が「釣針探求型の南方説話」には見えないと言い、記紀両書の「海宮神話」は、「釣針探求型の南方説話と、西域記に語られているような竜宮型の説話とが重ねられ、組み合わされた形であるということができる」（同上書三三三頁）と言う。

(28) 張僧鑒著『潯陽記』（宛委山堂本説郛・弓第六一）1オ。
(29) 酈道元撰『水経注』巻三八――『景印文淵閣四庫全書』第五七三冊（史部三三一地理類）五六九頁。
(30) 金鉷等監修『広西通志』巻一三・山川・桂村府・陽朔県――『景印文淵閣四庫全書』第五六五冊（史部三二三地理類）三一一頁。
(31) 李昉等編前掲書巻第三九九・井・「塩井」条所引『陵州図経』――一九八一年・中華書局出版『太平広記』第八冊三二〇六－三二〇七頁。
(32) 郝玉麟等監修・魯曾煜等編纂『広東通志』巻一三・山川志・瓊州府・文昌県――『景印文淵閣四庫全書』第五六二冊（史部三二〇地理類）四九七頁。
(33) 祝穆撰『方輿勝覧』巻五一・成都府路・成都府・「通仙井」条――『景印文淵閣四庫全書』第四七一冊（史部二二九地理類）九四二頁。
(34) 段成式撰前掲書前集巻之一五・諾臯記下――中華書局出版同上書一四一頁。
(35) 趙弘恩等監修・黄之雋等編纂『江南通志』巻一三・輿地志・山川・淮安府――『景印文淵閣四庫全書』第五〇七冊（史部二六五地理類）四六二頁。『江南通志』には別に「應潮井在上元縣西陽雜俎云蔣山有應潮井在半山間俗傳與江潮相應嘗有破船朽板自井中」（巻三〇・輿地志・古蹟・江寧府――『景印文淵閣四庫全書』第五〇八冊（史部二六六地理類）三三頁）、また、「蜀井在甘泉縣…（中略）…甘泉脉通蜀江相傳有僧洗鉢蜀江失之從此井浮出僧遊揚識之」（巻三三・輿地志・古蹟・揚州府――同上書一一二頁）などといった記事も見える。応潮井に係わる記事は、『和刻本漢籍随筆集』第六集に収める『酉陽雑俎』と、「四部叢刊本」を底本に用いて今村与志雄が訳注を施した其れ（東洋文庫本）とを斜め読みしたが見当らない。「東洋文庫本」に、現行本『酉陽雑俎』には佚文があると言っている（5・一七九頁）ので、あるいは当該記事も佚文となっているのかも知れないと考え、『江南通志』の記す儘に紹介した。
(36) 大田南畝著『半日閑話』巻之六・「国々にて替たる義の事」条――『大田南畝全集』第一一巻一七九頁。同様の記事が、菊岡沾涼著前掲書（巻之四・「若狭井」条――『日本随筆大成』第二期第二四巻四七六－四七七頁）にも見える。
(37) 小脇光男／高階美行／三原幸久訳『ユダヤ民話40選』一九五頁。アイヌの伝承では、「角鮫」に奪われた父親の白銀の銛を取り戻すため、小アイヌラックルが海の中央にある「海の井戸」を潜って「角鮫」の住む世界を訪れ、銛と綱とを得て再び「海の井戸」を抜け、家へ戻った、と言う（金田一京助著『アイヌの神典』一七五－一七六頁）。清代の人袁枚（一七一六－一七九七）の著『子不語』に、現世と冥界が境を接すると言われる四川省酆都県で、県知事劉綱と其の幕客李詵は県内の井戸を下って冥界を訪れたとある（巻一・「酆都知県」条――上海古籍出版社出版同上書上八－九頁）のも、井戸が現世と他界とを繋いでいるとする例である。

(38) 佐藤成裕著『中陵漫録』巻之一一・「異井」条――『日本随筆大成』第三期第三巻二六五－二六六頁。

＊　一一《いちいち》の記事の引用は控えるが、『日本書紀』巻第二の第一〇段（海宮遊幸章）では、一書第二と第四とを除くと、其の本文、一書第一及び其処に紹介されている「一云」の記事が、前に其の一部を引いた一書第三と同じく、「海神(豊玉彦)之宮」は海の底にあることを、「海底」或いは「作二無目籠一、内二彦火火出見尊於籠中一、沈二之于海一」といった語句・表現によって窺わせている。此れに対して『古事記』には、綿津見神の発言に、火遠理命が嘗て日々を送っていた世界を「上国」と言っていて、此れが両世界の位置関係を示しているとも解し得る事を除けば「綿津見神之宮」が海底にあると思わせる表現は無い。此れは『古事記』が、火遠理命による海神の宮訪問譚の前後に、猨田毗古神・火照神が海に溺れる話を語った事によるかと思われる。「神代記」を現にあるように構成した者の脳裡に、海底を訪れて「三年」を其の地に過ごした火遠理命が独り海に溺れないのはおかしいとする理知の力が働いた結果、「綿津見神之宮」の所在が曖昧にされたのだろう。猨田毗古神が阿耶訶で溺れる話は『古事記』のみに載録されており、『日本書紀』の場合、当該の一書第二・第三・第四で火酢芹命が溺れたと語られ、本文と一書第一では其の事が曖昧にされている。結局、一書第三だけが、彦火火出見尊は海面下の「海神之宮」に「三年」を過ごしながら溺れる事なく、火酢芹命は潮満瓊のため「擧レ手溺困」と表現されて、理屈を言えば前後整理の手が行き届いていない。あるいは此れが今日に伝えられた記紀の海神の宮訪問譚の中では、最も良く古い姿を伝えているのかも知れない。

第V部

第一章　カラスが人を先導する話

唐の貞観十七（六四三・皇極二）年に没した魏徴を代表者とする人々が、太宗の命を受けて編集した隋の正史、『隋書』の経籍志に、「王子年拾遺記十巻蕭綺撰」[1]と記され、藤原佐世（八四七－八九七）の著した『日本国見在書目録』にもやはり「王子年《カ》拾遺記十巻蕭綺撰」[2]と記される『拾遺記』は、此れも唐の太宗の命によって房玄齢（五七八－六四八）らが編集した東晋の正史、『晋書』の芸術伝に、「王嘉字子年、隴西安陽人也…（中略）…著拾遺錄十巻」[3]（傍点福島）とあり、梁の蕭綺の手になる[4]「拾遺記序」にも、「拾遺記者晉隴西安陽人王嘉字子年所撰凡十九巻二百二十篇皆爲殘缺…（中略）…今捜検殘遺合爲一部凡一十巻序而錄焉」[5]とあるので、東晋の時代（三一七－四二〇）の人、王嘉の作であるとされている。『日本国見在書目録』に「王子年《カ》」とある「カ」は、「の（撰）」の謂であり、『隋書』また『日本国見在書目録』に「蕭綺撰」とある「撰」は「（輯）録」の意である。

『拾遺記』については、蕭綺が作り、恰も王嘉の著書であるかの如くに偽ったものとする説がある[6]が、此れに従えば、同書は六世紀頃の作品であることになる。

更にまた、『拾遺記』については、「虞義造王子年拾遺錄」[7]とする説があり、清代の姚振宗は、虞義を南斉（四七九－五〇二）の虞義ではないかとしている[8]。今、此れに従い、見たように『晋書』に「拾遺錄十巻」（傍点福島）としているのを考慮すれば、『拾遺記』は、蕭綺を作者とした場合よりやや早く、六世紀の初め頃には出来していたことになる。

王嘉・虞羲・蕭綺の孰れが作者であるにしても、『拾遺記』は我国の記紀両書に先んじて此の世に存在していたことになる。

『拾遺記』は、主として、中国古伝説上の最初の帝王とされる春皇庖犠から晋代に至るまでの遺事を記すが、其の巻三には、春秋時代の呉越の争いについて述べ、越王勾践が呉国に攻め入った時の事を、

初越王入國有丹烏夾王而飛故句踐入國起望烏臺言丹烏之異也[9]

と記した箇所がある。

『春秋左氏伝』には魯の哀公十三（前四八二）年の事として、「六月丙子越子伐呉…（中略）…丁亥入呉」と記され、此れ以後、同十七年の出来事として、「三月越子伐呉…（中略）…呉師大亂遂敗之」、同二十年に「十一月越圍呉」といった記事があり、同二十二（前四七三）年に「冬十一月丁卯越滅呉」と見えるので[10]、『拾遺記』がどの時期の事を「句踐入國」といったのか判然としないが、前五世紀頃以後、六世紀が終るまでの頃には、越王勾践が左右を丹烏に挟まれる形で呉に入ったという伝承が、中国の、恐らくは長江下流域の一帯、呉（江蘇省蘇州）・越（浙江省紹興）の辺りに出来していたと考えられる。

「夾」は「はさむ」意を表わす文字であるが、『儀礼』に施した鄭玄（一二七－二〇〇）の注に「在左右曰夾」[11]とあって、「左右にある」ことをも示す。

『拾遺記』に校注を施した齊治平は、此の伝承を、『史記』に見える「赤烏之符」[12]、即ち、周の武王が盟津（河南省孟県）に至り、黄河を渡った時、「王屋」に赤烏の現われた故事[13]の襲用であると言っている[14]。

確かに、此の二つの伝承には烏が登場し、其の出現が、越王勾践・周の武王のそれぞれにとって瑞兆であるとされていることでは共通していると言える。しかし、丹烏が勾践の軍勢と明らかに行を共にしているのに、武が殷帝紂を

討って、中国が周の時代になるのは、赤烏出現後数年を経過してからの事であり、赤烏は「符（めでたいしるし）」として姿を現わしたに過ぎず、他に何の働きもしていない。此処では、丹烏が恰も越の軍勢を導くかの如く、勾践の左右にあって彼を挟み飛んでいる事に注目しておきたい。

＊　＊

北魏孝文帝（四六七－四九九）の太和二十三（四九九）年二月、南斉の陳顯達によって河南省鄧県の東北にある馬圏戍が攻め落されたので、同年三月孝文帝は自ら南進して顯達の軍と頻りに戦い、此れを破った(15)。

此の孝文帝による南伐の事が、『元和郡県図志』巻第六（河南道二・汝州）に、

龍興縣上 西北至州九十里 本漢郟城縣地後魏太和十八年置汝南縣屬…（中略）…縣城本通鵶城即後漢賈復城也復南擊郾所築後魏太和二十三年孝文親征馬圏行至此城昏霧得三鵶引路遂過南山故號通鵶城(16)

と記されている。

今、張國淦編著『中国古方志考』で、地理書の名と其れらの撰者名を時代順に列挙し、其の書が佚書であれば「佚」と記す、目録の「總志」の箇所を見ると、『漢書芸文志拾補』に其の名を記されている秦代の『秦地図』(17)を始めとして、『元和郡県図志』四十巻に至るまでの九十一の地理書のことごとくが佚書となっており(18)、李吉甫撰『元和郡県図志』は現在に伝わる全国規模の地理書としては最古のものということになっている。宋代の人洪邁（一一二三－一二〇二）の手になる同書の跋文には、「唐元和八年丞相李趙公吉甫所上也(19)」とあり、また、同書中に、元和九（八一四）年内蒙古の鄂爾多斯に置かれた新宥州の記事が見え、『旧唐書』に李吉甫の伝があって、「元和九年冬、暴病卒、年五十七(20)」と記されているので、『元和郡県図志』は、唐憲宗の元和九年には出来していたと考えられる。

従って、『元和郡県図志』の出来は、我国の記紀両書の其れに約一世紀遅れることになるが、後漢の光武帝（前五－五七）に従い反賊青犢を討ち、建武三十一（五五）年に卒した南陽冠郡（河南省鄧県の地）の人(21)、賈復の名に因ん

で賈復城といった城の名が、通鴉城と変わったのが、太和二十三年の出来事にあるとされている事からすれば、孝文帝が鴉に導かれて南山を横切ったという話は、記紀両書の成立より前に、河南道汝州龍興県（河南省宝豊県）の地一帯に伝承されていた可能性がある。

なお、宋代の人樂史（九三〇－一〇〇七）の『太平寰宇記』が作られる頃には、既に此の伝承が失われていたのか、存在していても採られなかったのか、同書の河南道汝州「龍興縣」条に此れと同じ伝承は記されていない。しかし、同県に先んじて述べられる「魯山縣」（河南省臨汝県の南）条に、「三鴉鎮在縣西南十九里後周築以禦高齊一名平高城」・「三鴉路在縣西南七十里接鄧州南陽縣界」などといった記事が見える。[22]今、中国の河南省に臨汝・宝豊・魯山の各都市があり、臨汝・宝豊間が約五十キロ、宝豊と魯山の間が約二十五キロの隔たりである。

＊　　＊

明代の人張鼎思は神宗の万暦五（一五七七）年の進士であるが、彼の著書『琅邪代酔編』に、

光武北ノ方趁テ二河朔一ニ失レ路ヲ得三鴉引クヲ二于馬ノ前後ヲ一因テ飼レ鴉ヲ建ツ二飼-鴉臺ヲ一在リ二南陽府ニ一[23]

という記事が見える。

光武とは、西暦二五年に即位し、最晩年の中元二（五七）年、倭奴国が派遣した使者に印綬を授けた、後漢の世祖光武帝のことで、南陽府は現在の河南省南陽県の地である。劉秀（光武帝）は西暦二三年に王莽を敗死せしめて後、河朔（河北）を平定したとされるが、『後漢書』光武帝紀の更始二（二四）年正月条に、更始帝（劉玄）が邯鄲（河北省邯鄲県の北）から劉秀を行在所（洛陽）に呼び戻そうとした折、劉秀が「河北未平」[24]という事を理由に此れに従わなかったとあり、また翌建武元（二五）年条に、「光武北撃尤來、大搶、五幡於元氏、追至右北平、連破之」[24]という記事の見える事などからすれば、『琅邪代酔編』に記された出来事は、西暦二三年から二五年の頃に起きたのであろうか。尤來・大搶・五幡は孰れも反賊の名であり、元氏は河北省元氏県の西北の地、右北平は河北省満城県の北の地とされ

ている。

千五百年以上も昔の話が張鼎思によって初めて記録されたとは思われないので、『琅邪代酔編』よりも前に此の出来事を記したものがあるかと思われるが、今、其れを見出し得ない。孝文帝ゆかりの通鴟城の所在地と飼鴉台があったとされる南陽府の間がどれ程隔たっていたか定かでないが、現在の都市宝豊と南陽の間は、直線距離にして百キロ強である。賈復・賈復城・光武帝といった連想から、もと孝文帝に係わって語られていた話が混乱して、主人公が光武帝に変わってしまったのだろうか。それでも事が起こったとされる孝文帝の時と、『琅邪代酔編』出来時との間には千年以上の隔たりがあることになる。

あるいは、『琅邪代酔編』の記事は確かな伝承であって、陳顯達を討つべく馬圏戍に向かった孝文帝の軍勢が南陽の地を通過して、其の折耳にした光武帝の話から孝文帝の話が創作されたのであろうか。

いずれにしても光武・孝文両帝の話は、時こそ変われ、語られている土地は近接しているので、嘗て河南省には、鴉（鴟）が軍勢を先導した話のあったことが知られる。

因みに、『後漢書』は光武帝の建武二（二六）年に、南方にあって降服しない者がなお多くあったが、賈復・陰識・劉植を南に派遣し郾（河南省郾城県の南）を撃たせたところ、彼らが此れを連破したと伝えるので、(25)『元和郡県図志』に「復南撃郾」とあるのは、此の時の事であったと思われる。

*　　*

烏・鴉・鴟は、『広韻』に「鴉於加切烏別名八　鴟上同」(26)とあって同じものである。我国でも、『倭名類聚鈔』に「烏　唐韻云烏哀都反和名加良須」(27)と言い、『類聚名義抄』に「鴉鴟各正カラス上阿」(28)とあって、烏・鴉・鴟孰れもカラスとしている。

今、字書の類を広く見ると、例えば「純黒而反哺。謂之烏。小而腹下白。不反哺者。謂之鴉烏」(29)などともあって、烏と鴉（鴟）は、形体の大小や、全身黒色であるか否か、反哺の習性の有無などに違いがあるとされている。しかし、明の謝肇淛（生没年未詳）によれば、「烏《ト》與レ鴉似《テ》レ有《ニ》レ別其実《ハ》一也南一人以《テ》二体純《ラ》黒者《ヲ》一為《テ》二反一哺之烏《ト》一而以《テ》二白一頸者《ナルヲ》一為《テ》レ鴉《ト》悪《ム》二其不一祥《ヲ》一此《レ》亦不レ然古一人烏一鴉通用《シ》未レ有二分《ツ》者一烏《ハ》言二其色《ヲ》一也鴉《ハ》象《ル》二其声《ニ》一也(30)」ともされているので、此所では暫く大雑把に、烏・鴉（鵶）をカラスの名称で一括しておくことにする。

＊　　＊

さて見たような光武帝や孝文帝の事例によれば、『拾遺記』に烏が勾践を挟み飛んだとある話は、其の伝承者によって、単なる瑞兆譚としてではなく、烏が越軍を先導した話として理解されていたのではないだろうか。『拾遺記』の記事には「引（導く）」の語こそ見えないが、「丹烏夾王而飛」とあり、『琅邪代酔編』の記事に「得三鴉引《クヲ》二于馬《ノ》前後《ヲ》二」とあるのを思えば、勾践の場合も、丹烏は彼の左右を飛翔しつつ、其の軍勢を呉の国の防備が手薄な場所、進入するに容易な場所へと誘導していたのではないかと考えられる。

「博學彊記(31)」と言われた唐代の文人段成式（?一八六三）の『酉陽雑俎』に、「人臨《テ》レ行烏鳴《テ》而前一引多《シ》レ喜(32)」とあり、段成式と同じく九世紀の時代を生きた唐の人張讀の『宣室志』に、「凡出軍征討、有烏鳶随其後者、皆敗亡之徵(33)」とあるのを引くまでもなく、『琅邪代酔編』に「得三鴉引《クヲ》二于馬《ノ》前後《ヲ》一」とあるのは、素直に読めば、鴉が河北攻略を目指した劉秀（光武帝）の乗った馬の先になり後になりして、彼に進むべき正しい方向を指示したということであって、鴉が時に騎馬軍団の先頭にあって全軍の速力を早めさせ、時に最後尾へと飛んで兵士たちに軍馬の間隔を詰めさせたということではないと思われる。

烏が従軍することを語って、右の『宣室志』の記事に言及することのあった南方熊楠は、「埒もない説のようだが、敵が敗るる時は敵の屍を多く食いたさに烏らが進み、味方が敗るる時は味方の屍をまず食うゆえ前へ進まぬところから、鳶烏《ママ》が軍の先に立たず後に随《つ》き行けば敗軍の徴と言い出したらしい(34)」と言う。烏は「知能が高く、銃を持った人と持たぬ人を見分け、針金でしばった巣箱のふたを開いて中のひなや卵を食い荒らすわるがしこさがある(35)」と言われ、また、「嗷二郊野屍肉《ヲ》一最貪悪之甚《キ》者也」[36]とも言われることを思えば、そういうことでもあろうか。

*　　*

『古事記』の中巻「神武天皇」条には、神倭伊波礼毗古命（神武天皇）の率いる軍勢が、所謂東征の途中で、「熊野村」（和歌山県新宮市新宮）より「八咫烏」の導きによって、吉野河の河口に至ることがあった、という記事が、

高木大神之命以覚白之、天神御子、自レ此於二奥方一莫レ使二入幸一。荒神甚多。今自レ天遣二八咫烏一。故、其八咫烏引レ道。従二其立後一応二幸‐行一。故、随二其教‐覚一、従二其八咫烏之後一幸‐行者、到二吉野河之河尻一

と見え、同書の「序文」では、此の事が簡潔に「大烏導二於吉野一」と記されている。同じ出来事は『日本書紀』巻第三・「神武天皇即位前紀戊午年六月乙未朔丁巳（二十三日）」条にも、

天照大神訓二于天皇一曰、朕今遣二頭八咫烏一。宜以爲二郷導者一。果有二頭八咫烏一、自レ空翔降。…（中略）…是時、大伴氏之遠祖日臣命、帥二大來目一、督二將元戎一、蹈レ山啓行、乃尋二烏所向一、仰視而追之。遂達二于菟田下縣一。

と記されていて、神武天皇（神日本磐余彦尊）の軍勢は「頭八咫烏」に導かれて、「熊野」から「菟田下縣」（奈良県宇陀郡）に至ったという。

此の記紀両書の伝承は、先に掲げた越王勾践・後漢光武帝・北魏孝文帝の伝承と似たところがあり、早く中国に存在していた、カラスが軍勢を先導するという話が何時の頃にか我国に伝えられて、カムヤマトイハレビコを主人公にした話に変じて、記紀に載録されたものではないかと考えられるので、以下に其の可能性の有無を探ってみたい。

*　　*

我国の南北朝時代の人北畠親房（一二九三‐一三五四）は、秦の始皇帝（前二五九‐前二一〇）による焚書を免れた漢籍が我国には存在していると「異朝の書」に見えるという事を拠所にして、『神皇正統記』に、「日本より五帝三

皇の遺書を彼《かの》国にもとめしに、始皇こと〴〵くこれをおくる[37]」と記している。

我国に始皇帝から書籍が贈られたという事が事実であるか否か、遠い昔の出来事で、今、確かめるべくも無いが、仮に此れが事実であって、既に見た紀元前五世紀の越王勾践に関わる伝承が、早く文献に記載されていたとすれば、始皇帝は紀元前三世紀の人であるから、其の書物が我国に伝えられた可能性はあることになる[38]。

北畠親房のいう「異朝の書」について、十五世紀後半に出来した『善隣国宝記』は、「不レ記二其名一、無レ由二尋究一[39]」としている。今、北宋時代の歐陽脩（一〇〇七－一〇七二）或いは司馬光（一〇一九－一〇八六）の作とされる「日本刀歌」を見ると、秦の方士徐福の事績に言及しつつ、始皇帝の焚書を免れた書物が我国に存在しているとあるので、あるいは「異朝の書」は、同歌を収録する『文忠集[40]』もしくは『伝家集[41]』であるのかも知れない。

「日本刀歌」について、松下見林（一六三七－一七〇三）は歐陽脩の作であったものを後人が誤って司馬光の作としたのではないかと言い[42]、本居内遠（一七九二－一八五五）は同歌が「歐陽全集」「司馬温公集」に出て大同小異であるけれども、「歐陽集をもて正とすべし[43]」と言う。松下の説は、博学洽聞の張鼎思が其れを歐陽脩の作にしているからという根拠薄弱なものであり、内遠の其れは、歌其のものは「歐陽集」に記されている方が正しいと言っている[44]のか、同歌の作者は歐陽脩であるとするのが正しいと言っているのか判然とせず、恐らく其の両方を言っていると考えられるのだが、仮に作者についてだけ言っているのだとしても、確たる拠所があってのことではない。今、本論の趣旨と大きく関わる事柄ではないので、「日本刀歌」の作者についての詮索はしない。

『善隣国宝記』には、「推古紀」と今は失われたと思われる『経籍後伝記』なる書に拠ると、として推古天皇十二（六〇四）年、我国では初めて暦を用いたが、此の当時我国は「國家書籍未レ多」といった状態にあったので、書籍の購入を目的として小野因高（妹子。生没年未詳）が隋に派遣された、と述べられている[45]。

現行『日本書紀』巻第二十二の「推古天皇十五年秋七月戊申朔庚戌（三日）」条には、「大禮小野臣妹子遣二於大唐一」とあるが、書籍購入の事については言及していない。恐らく其の事は『経籍後伝記』に記されていたのだろう。

今風の言葉で言えば当時「発展途上国」であった我国は、先進文明国である中国（隋）の文物・制度の導入に努め、「書籍未レ多」という状態を解消するため、使者を中国に派遣した折には、多量の書物を購入していたと考えられ『拾遺記』や光武帝・孝文帝の伝承を記した書籍などが其の中に含まれていたかも知れない。

『日本書紀』巻第二十五・「孝徳天皇白雉五年秋七月是月」条には、前年に派遣され当（六五四）年帰国した遣唐大使また副使が、多くの「文書・寶物」を得たことを褒め、彼等に授位・賜封・賜姓の事があったと記されている。「文書・寶物」の実体は不明であるが、「文書」とあるからにはいずれ書籍も含まれており、やはり勾踐・光武帝・孝文帝の伝承を記載した書が、其の中にあった可能性を否定出来ない。

* *

機会ある毎に多量に我国へ将来されたと思われる漢籍であるが、一方では此れもやはり多量に、其れらを保管してあった建造物の火災によって、焼失していたと考えられる。

『日本国見在書目録』は、貞観十七（八七五）年に冷然院の出火により五十四棟もの堂宇が焼け、「秘閣収蔵圖籍文書」が灰燼に帰した(46)のを契機に作られたものと言われる(47)が、『日本書紀』には、推古天皇（在位五九二－六二八）以後の例を見ても、舒明天皇八（六三六）年六月「災二岡本宮一」、孝徳天皇大化三（六四七）年十二月晦「災二皇太子宮一」、斉明天皇元（六五五）年冬「災二飛鳥板蓋宮一」、同二（六五六）年「災二岡本宮一」、天智天皇十（六七一）年十一月二十四日「災二近江宮一」、天武天皇朱鳥元（六八六）年正月十四日「宮室悉焚」などと、被害の詳細を明らかにしないものの、図書・文書の多くありそうな所の火災の事が記されている。また、周知のように、『日本書紀』巻第二十四の「皇極天皇四年六月己酉（十三日）」条には、「悉焼二天皇記・國記・珍寶一」とあり、『懐風藻』の序にも「雕章麗筆。非二唯百篇一。但時經二亂離一。悉從二煨燼一」と記され、蘇我蝦夷自刃（六四五）・壬申の乱（六七二）の折にも、「未レ多」として将来された典籍の多くが焼失したと思われる。

見たような時々に書籍の焼失があったとすれば、其れらの中には、カラスが軍勢を先導する話を記載した漢籍の一二があった可能性が充分にあり得る。

『日本国見在書目録』出来の契機になったかと言われる冷然院の出火による火災と同じく、記紀両書成立後の事になるが、八世紀の末から九世紀の初め頃に、和気清麻呂（七三三－七九九）の長子広世（生没年未詳）が私宅に設けた弘文院には、「内外經書數千巻」が収蔵されていたという[48]。此の事によって、「宮室悉焚」と記される朱鳥元年の火災をはじめとして、『日本書紀』や『懐風藻』に記されている火災で、仮に弘文院の蔵書ほどではなかったとしても、少なからぬ書籍の焼失したことが推し量られる。

＊　＊

『隋書』東夷伝は、「自魏至于齊、梁、代與中國相通[49]」と三国時代の魏（二二〇－二六五）以来の我国と中国との交流について語り、同時に倭国のうち都斯麻国（対馬）、一支国（壱岐）、竹斯国（筑紫）の名を挙げて、竹斯国より東へ向かうと秦王国に至るが、其の住民は「華夏」（中国）に同じであると言う[50]。

当該記事の直後には、著者の言わんとしたと思われる事柄の読者に良く伝わって来ない箇所があり、また秦王国が何処であるのかも明らかにし難い[51]が、此の記事が真実を述べたものとすれば、七世紀初頭の我国のある地域に、中国人もしくは其の子孫が集団で居住していたことになる。

我国の京及び畿内の千を越える氏族を、彼らの出自により「天神地祇之冑（神別）」、「天皇々子派（皇別）」、「大漢三韓之族（諸蕃）」の三者に分類・記述して、弘仁六（八一五）年に奏上された[52]系譜集成『新撰姓氏録』には、「出レ自二秦始皇帝三世孫孝武王一也[53]」とされる太秦公宿禰をはじめとして、数多くの中国（漢）系の氏族の名が記されている。

『日本書紀』巻第二十七は、「天智天皇十年十一月甲午朔癸卯（十日）」条に、「對馬國司、遣二使於筑紫大宰府一言、月生二

日、沙門道久・筑紫君薩野馬・韓嶋勝娑婆・布師首磐、四人、従レ唐來曰、唐國使人郭務悰等六百人、送使沙宅孫登等一千四百人、總合二千人、乘二船卌七隻一、倶泊二於比知嶋一、相謂之曰、今吾輩人船數衆。忽然到レ彼、恐彼防人、驚駭射戰。乃遣二道久等一、預稍披二陳來朝之意一」という記事を掲げる。此の記事は、同書同巻の「天智天皇八年是歳」条に、「大唐遣二郭務悰等二千餘人一」とあるのが重出なのではないか、郭務悰は唐人であるのか、『日本書紀』巻第二十六・「斉明天皇六年冬十月」条の記事から百済人と思われる孫登同様の百済人であるのか、「送使沙宅孫登等一千四百人」とある箇所については古写本に「使」の字の無いものがあるが、有無孰れを本来の記事とすべきか、「六百人」「一千四百人」の人々は如何なる人たちなのか、また彼らは何のために来日したのか、『日本書紀』巻第二十八の天武元（六七二）年夏五月の「庚申（三十日）」条に「郭務悰等罷歸」とあるが、其の時「六百人」も帰ったのか、「一千四百人」はどうしたのか、などさまざまな問題があって[54]、いま一つ記事の内容が判然としないが、此の時に少なからぬ数の唐人が我国を訪れた可能性のあることは否定出来ない。

『扶桑略記』は当該記事を簡潔に、「唐人二千餘人來朝。乘二船四十七艘一[55]」と記しているが、「二千餘人」を「唐人」としたのは、皇円に何か拠所があっての事だろうか。なお、同書には前年の「天智天皇九年庚午」条にも「唐人男女七百餘人來朝[55]」という記事が見え、更に其の前年「天智天皇八年己巳」条には「大唐人郭務悰等三千餘人來朝令レ居二近江國蒲生郡一[55]」とある。

カラスが軍勢を先導したという話は、其の事が確実にあったという証拠を出し得ない、文献による伝播について云々するまでもなく、此れらの人々の移動或いは移住によって、口頭で我国へと伝えられた可能性もある。

『懐風藻』には、「智藏師者。俗姓禾田氏。淡海帝世。遣二學唐國一。時吳越之間。有二高學尼一。法師就レ尼受レ業。六七年中。學業穎秀。…（中略）…太后天皇世。師向二本朝一。…（中略）…帝嘉之。拜二僧正一。時歳七十三[56]」という記事が見える。智蔵法師が学業に励んだ「吳越之間」は、勾踐に関わる例の伝承が存在したと思われる現在の江蘇・浙江両省の地である。天智天皇の時代に大陸に渡り、持統天皇の時代に帰国したとあることからすれば、智蔵法師は留学先で勾践の話を耳にしたり、『拾遺記』の当該記事を目にしたりしていた可能性がある。

＊　＊

　時代が下って我国の江戸時代、宝永六（一七〇九）年の序を付して刊行された、西川如見（一六四八－一七二四）の『増補華夷通商考』は、明の太祖（在位一三六八－一三九八）の時の区分に従ったとして中国を十五省（二京十三道）に分かち、各省の地理・歴史の概略、我国よりの距離・方位、気象・風俗・人口・物産などについて記すが、同書では、光武帝・孝文帝の軍勢が鴉（鵶）によって先導されたという伝承の存在していたと思われる、河南省から我国への人の移動について、「商人等南京船ヨリ多乗渡ル也(57)」と記され、其の商人たちの所在地に南陽府・汝州府などがあると記されている。また、同書は、河南省と我国との間に位置する現在の江蘇省を南京（省または直隷）として、「春秋ノ呉國也…（中略）…唐土第一之上國也…（中略）…此國大國ニテ海邊ニ津湊多、故ニ長崎ニ來ル船多シ(58)」と紹介している。そして、江蘇省と共に勾践と烏の伝承が存在していたと思われる浙江省についても、「春秋ノ時越ノ國也…（中略）…此國海邊ニテ津湊多キ故、日本ニ船仕立來ル事最多シ(59)」と言っている。

　江戸時代における中国の沿海地方の地理的な条件と人々の気風、また生業のあり方などは、記紀両書の編纂時より前の時代にあっても大きく変わることはなかったと考えられるので、カラスが軍勢を先導したという伝承は、口頭伝承として、或いは書物に記載されて、江蘇・浙江の両省の港から我国へと、中国人もしくは一度渡海して帰国する日本人によって伝えられたのではないだろうか。

＊　＊

　我国を目指して中国の江蘇・浙江両省の港を出た船の多くは、九州の西岸または南岸に到着したと考えられるが、時には気象条件に恵まれず、思わざる土地に漂着することもあったと思われる。稀には乗り組み員に渡海の意思が無いのに波風に玩ばれて、我国に到達した船もあっただろう。

江戸幕府また領内に海岸のある諸藩の為政者たちが、異国船の渡来に神経を尖らせていた鎖国時代の事であるが、例えば、明和五（一七六八）年七月十七日、紀州熊野の日置浦（和歌山県西牟婁郡日置川町日置）に福建省福州府の船が漂着し、[60]享和元（一八〇一）年六月には、紀州に漂着した南京の沙船一艘が長崎へ護送されており、[61]文政四（一八二一）年正月二日にも、紀州熊野の小山浦（三重県北牟婁郡海山町小山）沖に十七人乗りの唐船（江南崇明県の船）が漂着している。[62]

時代の状況により比較的外国船の漂着記録が残されることの多かった時期、其れも十八世紀の後半から十九世紀の前半という限られた時期の、しかも僅かな例を見たが、清国の船が紀州に漂着していることから、[63]記紀両書が編纂される時期以前にも、中国の船、其れも多くは現在の江蘇・浙江両省の船が紀州に漂着する例はあったと思われる。

記紀両書に載録されている「神武天皇東征譚」にあって、「(頭)八咫烏」が軍勢を先導する話に「熊野」の地名が出るのは、其の話が漂着中国人によって紀州に伝えられ、其の地に根付いたものであったことを示しているのかも知れない。

＊　＊

勾践・光武帝・孝文帝、そしてカムヤマトイハレビコの軍勢がカラスによって先導されたという話は、明らかに同一の源から出たと思われるものであるが、其のもととなった話は、人が進むべき路を見失った時、高所に登れば視野を広げることが出来るという、日常生活で得た経験的知識と、鳥は高所を飛んで其の視野も広く、しかも進むべき方角を知るや、目標地に向かって直行し、進路を誤ることが無いという力能の持ち主であるという認識と、いま一つ、人が進むべき路を失った時に、再び其れを見出すために重要な手掛りを提供することになる方位を、太陽の位置・軌道により知ることが出来るという知識とを備えた人物によって創られたものと思われる。

周知のように、中国では古い時期から太陽と烏とが密接な関わりを有することが認められていた。

即ち、既に南方熊楠にも其の指摘があるように、[64]『楚辞』の「天問」に、「羿焉彃日 烏焉解羽（羿《げい》はどこで日を射たのか／烏はどこに羽根を落としたか）」[65]とあり、郭璞（二七六－三二四）が『山海経』の「海外東経」に付した注に、「莊周云昔者十日並出草木焦枯淮南子亦云堯乃令羿射十日中其九日日中烏盡死」[66]と言い、また別に、『山海経』には、「日…（中略）…載于烏」[67]ともあって、中国では古くから太陽に烏が棲むと考えられていた。従って、人々が、軍勢を先導したカラスについて語る時、其の人の脳裡に其のカラスを太陽でもあるとする意識があったと考えられる。

中国の古書は、例えば他にも「日中有踆烏 踆猶蹲也謂三足烏」[68]、「儒者曰日中有三足烏」[69]といったように、太陽とカラスの関わりについて記す時、烏の文字を用いることが多く、鴉・鵶の文字を用いることがほとんど無い。此れは、当該の観念、思想が太陽の黒点の形から生じたもので、「腹下白」或いは「白頸」である鴉（鵶）は、其の黒色である部分の形状が黒点の其れと一致しなかったため、太陽と結び付けるに適切ではないとされたか、白い部分のある其の事が、意識の上で黒点とは重なりにくいとされたからだと思われる。しかし、謝肇淛が言うように、烏と鴉（鵶）は同一のものとする認識もあって、烏と鴉（鵶）の文字は「通用《シ》」いられ、太陽を「赤鴉」「丹鵶」と言ったりする例もあるので、光武帝は鴉に、孝文帝は鵶に先導されたと記されたのであろう。

此れも既に指摘されているように、『懐風藻』に載録された大津皇子（六六三－六八六）の詩に「金烏臨西舎」の一句があって、記紀両書の出来する以前、烏と太陽との関わりを認める観念・思想の我国に存在していたことが知られるし、[70]天照大神を日神とする『日本書紀』にあっては、「神武天皇東征譚」中に、天照大神の発言が、「朕今遣頭八咫烏。宜以爲鄕導者」とあり、また、「大伴氏之遠祖日臣命…（中略）…尋烏所向、仰視而追之」という記事も見られて、[71]烏と太陽との関わりが示されている。

人が高い所に立てば広い範囲を遠くまで見渡せるという知識と、烏は空高くを飛んで迅速に誤り無く目的地に到達出来る能力を有するものとする認識とは、他人に教えられずとも、自然に獲得されるが、烏と太陽との関わりを認める観念・思想は、我国の人々の間で自生したものか、中国人に教えられたものか俄には決め難い。しかし、中国では其れが早く『楚辞』や『山海経』などに記されている事と、中国に其れらの書物が出来した頃の我国の文化的状況と古代における彼我の間の交通を考えれば、当該の観念・思想は、中国から我国へと伝えられたとするのが穏当かと思われる。そして、太陽を「金烏」と表現した大津皇子の詩は、彼が死に臨んでの作であるから、遅くも七世紀も終り近い頃までには、当該の観念・思想が我国に伝えられて知識人の間に定着していたと考えられ、カラスが軍勢を先導するという話も、越王勾踐・後漢光武帝・北魏孝文帝の孰れかを主人公とした話であったか否かは定かでないが、其の頃までには、口頭によったか書物によったかして、我国に伝えられていて、「(丹)烏」または「鴉(鵶)」を「(頭)八咫烏」と変じて、「神武天皇東征譚」の構成素の一つに採用されたものと思われる。

＊　　＊

我国には、神或いは人が鳥に先導される話が幾つか存在している。

広島県佐伯郡宮島町の厳島神社の縁起譚では、祭神市杵島姫命が自らの鎮座する場を定めるにあたって、雌雄一雙の「神鴉」に相応しい場所へと嚮導されたという[72]。伝教大師最澄（七六七－八二二）は熊野詣での折、雲霧立ち籠め荊棘にも阻まれ、進行不能の状態になったが、「八尺霊烏」が行くべき路を示したとされる[73]。また、神奈川県鎌倉市の円覚寺を創始した宋よりの渡来僧無學祖元（一二二六－一二八六）は、「若宮八幡宮」（祭神は応神天皇・仲哀天皇・神功皇后）の変じた白鷺に寺を開くべき場所へと案内されている[74]。更に、元弘三（一三三三）年五月、朝敵討伐のため丹波篠村（京都府亀岡市）から大江山を越えた足利高氏（一三〇五－一三五八）の軍勢は、飛来した一番の山鳩に導かれて平安京大内裏の旧跡に到達している[75]。

此れらは孰れも、越王勾踐・後漢光武帝・北魏孝文帝、またカムヤマトイハレビコの軍勢がカラスに先導されたという故事に基づいて創られた話であるかと思われる。特に伝教大師の話は、熊野で「八尺霊烏」に路を示されたとあって、カムヤマトイハレビコの話の変化したものであることが明らかである。

注

（1）魏徴等撰『隋書』巻三三・志第二八・経籍二史――中華書局出版同上書第四冊九六一頁。

（2）藤原佐世撰『日本国見在書目録』（古典保存会発行）「十三・雑史家」条。

（3）房玄齢等撰『晋書』巻九五・列伝第六五・芸術・「王嘉」条――中華書局出版同上書第八冊二四九六－二四九七頁。魯迅の『中国小説史略』に「傳所云拾遺錄者、蓋即今記」（人民文学出版社出版『魯迅全集』巻九巻一九八頁）という。今、此れに従う。

（4）蕭綺が梁の時代（五〇二－五五七）の人であることは、晁公武撰『郡斎読書志』（巻二下・伝記類――『景印文淵閣四庫全書』第六七四冊（史部四三二目録類）二〇八頁）また、王應麟撰『玉海』（巻五七・芸文・記志――『景印文淵閣四庫全書』第九四四冊（子部二五〇類書類）五二四頁）が、『拾遺記』について解説し、「梁蕭綺」としているのに従う。

（5）王嘉撰・蕭綺輯編『拾遺記』原序――『景印文淵閣四庫全書』第一〇四二冊（子部三四八小説家類）三一一－三一三頁。此の「原序」の末尾にも「梁蕭綺撰」とある。

（6）胡應麟撰『少室山房筆叢』巻一六・四部正譌下――『景印文淵閣四庫全書』第八八六冊（子部一九二雑家類）三三七頁。

（7）晁載之著『続談助』巻之一・「洞冥記郭子横」条――叢書集成初編同上書一六頁。

（8）姚振宗撰『隋書経籍志考證』巻一三・史部三・雑史類――開明書店輯印『二十五史補編』弟四冊五二八四頁。

（9）王嘉撰前掲書巻三――『景印文淵閣四庫全書』第一〇四二冊（子部三四八小説家類）三二八頁。漢魏叢書・古今逸史・秘書廿一種などに収める『拾遺記』の当該箇所は此れと同文であるが、中華書局出版古小説叢刊に収める同書は、「越王入國」、「故句踐入國」を、『太平広記』巻第一三五の記事によって、「越王入呉國」、「故勾踐之覇也」と改めている（八八頁）。なお、『太平広記』巻四六二には、「越王入國。丹烏夾王而飛。故句踐得入國也。起望烏臺。言烏之異也。出王子年耆舊傳。明鈔本作出拾遺錄」（「越烏臺」条――一九八一年・中華書局出版『太平広記』第一〇冊三七九四頁）とある。

（10）杜氏注・陸徳明音義・孔穎達疏『春秋左伝注疏』巻五九・六〇――『景印文淵閣四庫全書』第一四四冊（経部一三八春秋類）六三七・六五七－六五八・六六二・六六四頁。

（11）鄭玄注・陸徳明音義・賈公彥疏『儀礼注疏』巻一三・既夕第一三・「薦馬纓三就入門北面交轡圉人夾牽之」条――『景印文淵

閣四庫全書』第一〇二冊（経部九六礼類）四七二頁。

(12)『史記』は、秦の「水徳」を語って、「秦始皇既幷天下而帝、或曰「…（中略）…周得火徳、有赤烏之符。今秦變周、水徳之時。…（下略）」」という（司馬遷撰・裴駰集解・司馬貞索隠・張守節正義『史記』巻二八・封禅書第六――中華書局出版同上書第四冊一三六六頁）。

(13) 同上書巻四・周本紀第四――中華書局出版同上書第一冊一二〇頁。武王即位後九年目の事が、「東觀兵、至于盟津。…（中略）…武王渡河、…（中略）…既渡、有火自上復于下、至于王屋、流爲烏、其色赤、其聲魄云」と記されている。

(14) 王嘉撰・蕭綺録・齊治平校注『拾遺記』巻三・周霊王――中華書局出版古小説叢刊同上書八八頁。なお、本書の「前言」に、『拾遺記』の作者についての解説があり、王嘉や蕭綺を作者とする説の他にも、虞義或いは虞羲とする説のあることは、此れによって知った（前言一－四頁）。

(15) 魏收撰『魏書』巻七上・高祖紀第七上――中華書局出版同上書第一冊一八五頁。李延壽撰『北史』巻三・魏本紀第三――中華書局出版同上書第一冊一二〇頁。

(16) 李吉甫撰・孫星衍輯逸・張駒賢攷證『元和郡県図志』（畿輔叢書）巻第六・14ウ。

(17) 姚振宗撰『漢書芸文志拾補』巻五・数術略第五――開明書店輯印前掲書弟二冊一五一五頁。

(18) 張國淦編著『中国古方志考』目録・總志――中華書局出版同上書五－六頁。

(19) 洪邁書「元和郡県志後序」――『景印文淵閣四庫全書』第四六八冊（史部二二六地理類）六三九頁。

(20) 劉昫等撰『旧唐書』巻一四八・列伝第九八・「李吉甫」条――中華書局出版同上書第一二冊三九九六頁。

(21) 范曄撰・李賢等注『後漢書』巻一七・馮岑賈列伝第七・「賈復」条――中華書局出版同上書第三冊六六四－六六七頁。

(22) 樂史撰『太平寰宇記』巻八・河南道・汝州・「魯山県」条――『景印文淵閣四庫全書』第四六九冊（史部二二七地理類）六五頁。

(23) 張鼎思輯・盛萬年校『琅邪代酔編』巻之三八・「鴉台」条――『和刻本漢籍随筆集』第七集五一九頁。谷川士清は『日本書紀通證』巻八・「郷導《クニノミチヒキ》者」条に此の記事を引いている（臨川書店刊同上書二・七四六頁）。

(24) 范曄撰・李賢等注前掲書巻一上・光武帝紀第一上――中華書局出版同上書第一冊一五・一八頁。

(25) 同上書巻一七・馮岑賈列伝第七・「賈復」条――中華書局出版同上書第三冊六六六頁。

(26) 不著撰人『原本広韻』巻二・下平声・九麻独用――『景印文淵閣四庫全書』第二三六冊（経部二三〇小学類）六一頁。割注に

「八」とあるのは、「鴉」を含めて下の八字が同音である、ということである。

(27) 源順撰『倭名類聚鈔』巻第一八――風間書房刊同上書巻一八・5オ。

(28) 『類聚名義抄』（観智院本）僧中一一八――風間書房刊同上書第一巻一一七四頁。割注に「⊥」とあるのは、字音の意の記号である。

(29) 孔鮒著・宋咸註『小爾雅』広鳥九――叢書集成初編同上書五頁。

(30) 謝肇淛著『五雑組』巻之九・物部一――『和刻本漢籍随筆集』第一集一八三頁。

(31) 歐陽脩／宋祁撰『唐書』巻八九・列伝第一四・「段志玄」条――中華書局出版『新唐書』第一二冊三七六四頁。

(32) 段成式撰・毛晋校『酉陽雑俎』巻第一六・広動植之一・羽篇――『和刻本漢籍随筆集』第六集一四九頁。

(33) 張讀撰『宣室志』巻之一――中華書局出版古小説叢刊『獨異志・宣室志』のうち宣室志九頁。

(34) 南方熊楠著「戦争に使われた動物」――『南方熊楠全集』第三巻一三九頁。

(35) 今泉吉典著「からす〔烏〕*Corvus*」――『世界大百科事典』第五巻（一九七〇年版）七五頁。

(36) 寺島良安編『和漢三才図会』巻第四三・林禽類・「慈烏《からす》」条――東京美術刊同上書上巻四八九頁。

(37) 北畠親房著『神皇正統記』・「考霊天皇」条――同著・岩佐正校注同上書（岩波文庫）四九頁。

(38) 北畠親房が、始皇帝の送った書を「五帝三皇の遺書」だけと限定して考えていた訳でないことは、焚書後の、我国に残存する書物の例に、「孔子の全経《ぜんきやう》」（前掲書四九頁）を挙げていることで理解される。

(39) 瑞渓周鳳著『善隣国宝記』巻之上――訳注日本史料・田中健夫編『善隣国宝記・新訂続善隣国宝記』一八頁。

(40) 歐陽脩撰『文忠集』巻五四・外集四・古詩四――『景印文淵閣四庫全書』第一一〇二冊（集部四一別集類）四一三頁。

(41) 司馬光撰『伝家集』巻五・古詩四――『景印文淵閣四庫全書』第一〇九四冊（集部三三別集類）四六‐四七頁。

(42) 松下見林編集『異称日本伝』巻上三――『改訂史籍集覧』第二〇冊九六頁。

(43) 本居内遠著『かはらよもぎ』――『本居内遠全集』一九七頁。

(44) 張鼎思輯・楊際會校『琅邪代酔編』巻之九・「外国書」条――『和刻本漢籍随筆集』第七集一四三頁。なお、張鼎思より早く南宋（一一二七‐一二七九）の人馬端臨（生没年未詳）が「日本刀歌」を歐陽脩の作としている（『文献通考』巻一七七・経籍考四・経書――『景印文淵閣四庫全書』第六一四冊（史部三七二政書類）六六六頁）。北畠親房の言う「異朝の書」は、『文献通考』であった可能性もある。

(45) 瑞渓周鳳著前掲書巻之上——訳注日本史料・田中健夫編前掲書三四頁。
(46) 藤原時平等撰『日本三代実録』巻第廿七・「清和天皇貞観十七年正月廿八日壬子」条——『新訂増補国史大系』第四巻三五八頁。
(47) 安井衡著「書現在書目後」——『続群書類従』第三〇輯下五〇頁。
(48) 藤原冬嗣等撰『日本後紀』巻第五・「桓武天皇延暦十八年二月乙未」条——『新訂増補国史大系』第三巻同上書一九頁。
(49) 魏徴等撰前掲書巻八一・列伝第四六・東夷・「倭国」条——中華書局出版同上書第六冊一八二五—一八二六頁。
(50) 同上——中華書局出版同上書第六冊一八二七頁。
(51) 本居宣長は、「竹斯国より東秦《シ》王国といへるのみは。山陽道の西べたの国の地名《トコロノナ》を。聞あやまれる物と見えて。さだかならず」(『馭戎慨言』上之巻上——『本居宣長全集』第八巻四四頁)と言い、石原道博は、「厳島・周防、秦氏の居住地か」(『新訂　魏志倭人伝・後漢書倭伝・宋書倭国伝・隋書倭国伝』(岩波文庫)一〇〇頁)と言う。また、山尾幸久は、「不詳」とした上で、周防・豊前である可能性もあるとしている(井上秀雄他訳注『東アジア民族史』(東洋文庫)1・三二七—三二八頁)。
(52) 万多親王等編『新撰姓氏録』表・序——佐伯有清著『新撰姓氏録の研究』本文篇一四二・一四六—一四七頁。
(53) 同上書左京諸蕃上——佐伯有清著前掲書本文篇二七九頁。
(54) 池内宏著『満鮮史研究』上世第二冊一九五—二一二頁、鈴木靖民著「百済救援の役後の日唐交渉」——坂本太郎博士古稀記念会編『続日本古代史論集』上巻二九五—三六四頁。
(55) 皇円著『扶桑略記』第五——『新訂増補国史大系』第一二巻同上書六二頁。
(56) 『懐風藻』——日本古典文学大系69『懐風藻 文華秀麗集 本朝文粋』七九頁。
(57) 西川求林斎著『増補華夷通商考』巻之一・「河南省」条——『日本経済叢書』巻五・二二三頁。
(58) 同上書巻之一・「南京」条——『日本経済叢書』巻五・二一一・二一四頁。
(59) 同上書巻之二・「浙江省」条——『日本経済叢書』巻五・二二六—二二七頁。
(60) 「熊野浦漂着の福州船送還記録」——『海事史料叢書』第一三巻二七三—三一七頁。小原克紹著・森永種夫校訂『続長崎実録大成(長崎志続編)』巻八・唐船進港幷ニ雑事之部・「明和六己丑年」条——『長崎文献叢書』第一集第四巻同上書一八六—一八七頁。松浦東渓著・森永種夫校訂『長崎古今集覧』巻之一三・「明和六年己丑」条——『長崎文献叢書』第二集第三巻同上書下巻四三七頁。林韑/宮崎成身等編『通航一覧』巻之二一〇・唐国福建省福州府部六・「漂着幷難船」条——国書刊行会発行同上書第五・三七二・三七四－三七九頁。大田南畝著『一話一言』巻之一――『大田南畝全集』第一二巻七－九頁。

(61) 松浦東渓著・森永種夫校訂前掲書巻之一三・「享和元年辛酉」条――『長崎文献叢書』第二集第三巻同上書下巻四四五頁。

(62) 小原克紹著・森永種夫校訂前掲書巻八・唐船進港幷ニ雑事之部・「文政四辛巳年」条――『長崎文献叢書』第一集第四巻同上書二二一－二二二頁。

(63) 川合彦充著『日本人漂流記』（現代教養文庫）に掲載された「近世日本漂流編年略史」は、「海外に漂流したケースに主力をお」き、外国船が日本国内に漂着した例を「少し加えて」作られた「略史」である（三一八頁）が、其れには、文化二（一八〇五）年、安政三（一八五六）年、同四（一八五七）年にも、紀州・勢州の各地に「清国船」が「入津」或いは「漂着」また「入港」したともあり、更に文政七（一八二四）年には、「唐人船が紀州九鬼浦（三重県尾鷲市九木）に漂着」している（三五〇・三七九・三八〇・三五九頁）。勢州（伊勢国）は、今の三重県の大部分を占めていたが、三重県の一部は嘗ては紀州（紀伊国）であって、紀伊国と伊勢国とは紀伊半島の先端に隣合って位置していた。なお、熊野は和歌山県西牟婁郡から三重県北牟婁郡に及ぶ土地の名である。また、本注の最後に挙げた例で、「清国船」とせず、「唐人船」としているのは、「当時唐船というのは、ベトナム、タイ方面から来る船もふくめていた」（満井録郎／土井進一郎著『新長崎年表』上巻四五二頁）からで、漂着船が清国船と断定出来なかったからだと思われる。前注（62）を付した事例でも「唐船」となっているが、こちらは「江南崇明県之船」と明記されており、清国船である。以上、本注で扱った入津・漂着・入港の事例は、所謂地方文書にでも其の記載がなされているのか、注（60）に名を挙げた書物、また『華夷変態』、『崎港商説』などに其の記事を見ない。従って、入津・漂着・入港の違いが何であるのか、文政七年の「唐人船」が、既述したような理由で「清国船」と区別されているのか、また中国人が乗船していたか否かを、今明らかに出来ない。なお、安政二（一八五五）年正月には、伊勢国の田曾浦（三重県度会郡南勢町田曾浦）に清国船一艘が漂着している（「二七 正月九日志摩国鳥羽城主稲垣摂津守明長届 老中へ 異国船渡来の件」・「二八 正月十日紀伊国和歌山城主紀伊中将慶福家来届 老中へ 清国商船漂着の件」・「三八 正月十六日志摩国鳥羽城主稲垣摂津守明長届 老中へ 清国商船漂着の件」――東京帝国大学文科大学史料編纂掛編纂『大日本古文書』幕末外国関係文書之九・六八－六九・八七－八八頁。『維新史料綱要』巻二・一・六〇頁）。

(64) 南方熊楠著「牛王の名義と烏の俗言」――『南方熊楠全集』第二巻一八四頁。

(65) 中国古典文学大系15・目加田誠訳『詩経・楚辞』四八〇・三三三頁。

(66) 郭璞撰『山海経』巻九・海外東経――『景印文淵閣四庫全書』第一〇四二冊（子部三四八小説家類）六一頁。

(67) 郭璞撰前掲書一四・大荒東経――『景印文淵閣四庫全書』第一〇四二冊(子部三四八小説家類)七一頁。
(68) 劉安撰・高誘注『淮南鴻烈解』巻七・精神訓――『景印文淵閣四庫全書』第八四八冊(子部一五四雑家類)五七五頁。
(69) 王充撰『論衡』巻一一・説日篇――『景印文淵閣四庫全書』第八六二冊(子部一六八雑家類)一四〇頁。
(70) 広畑輔雄著『万世一系王朝の始祖神武天皇の伝説』一九一―一九二頁。
(71) 肥後和男は、「天照大神は日の神格にましますから、この鳥は日との関係に於て現はれたものといへる」と言い、また、日臣命は其の名から「日を祀るもの」であったことが思われるとして、八咫烏の出現は太陽との関わりにおいてであったことは明白であるとしている(『日本神話研究』一六九頁)。
(72) 『官国幣社特殊神事調』四・一二五・一二八・一三一頁。
(73) 林道春撰『本朝神社考』中之三・「熊野」条――鷲尾順敬編『日本思想闘諍史料』第一巻同上書八四頁。
(74) 中川喜雲著『鎌倉物語』巻第一・「円覚寺」条――『近世文芸叢書』第二・一三頁。
(75) 『太平記』巻第九・「高氏被レ籠《ラルルコメ》二願書《グワンジョ》於篠村《ノ》八幡宮《ニ》一事」条――日本古典文学大系34同上書一・二九三頁。

* 中国の古書に出る地名が現在の何処であるかについては、諸橋轍次著『大漢和辞典』の説明に従った。中国で太陽と鳥とが密接な関わりを有すると考えられたことは、張衡(七八―一三九)の『霊憲』に「日者陽精之宗積而成鳥象烏而有三趾陽之類其數奇」(馬國翰輯『玉函山房輯佚書』㈢・二八四七頁)とあり、此の記事が同文で司馬彪(?―三〇六)の撰になる『後漢書』に見える(司馬彪撰・劉昭注補『後漢書』志第一〇・天文上――中華書局出版同上書第一一冊三二一六頁)ことによっても明らかであるが、此の関わりが中国から我国に伝えられたとしても、其れが何時の頃のことであったのかは定かでない。福岡県浮羽郡吉井町富永にある珍敷塚古墳の奥壁である大石に描かれた図柄の一部(左端部)については、「圏点のある同心円」「小舟」「一羽の鳥」(「第一四図 石室壁画 其四」――九州考古学会編『北九州古文化図鑑』第二輯解説書一六頁)、「太陽と見える同心円」「へさきに鳥をとまらせた小舟」(森貞次郎著「9 珍敷塚古墳」――小林行雄『装飾古墳』六〇頁)といった語句を用いて説明が為されるが、もし此の同心円が太陽であり、鳥が鳥であれば、太陽と鳥の関わりについては、大津皇子の時代からいま少し溯っての伝来を考えることが出来ることになる。二〇〇二年二月二六日には『朝日新聞』が「奈良・キトラ古墳の天文図/太陽の中にカラスの絵?」と題して、「奈良県明日香村のキトラ古墳で、天井に描かれた天文図の日輪(太陽)の中にカラスとみられる像が描かれていることが25日、専門家の分析で明らかになった」(夕刊一四頁)という記事を掲げた。

古墳の壁画や天井に太陽と鳥とが描かれているのだとすれば、其の事から、我国にはかなり早くから両者を結び付けた観念・思想の存在していたことが思われる。本論中に其の名が出た秦の方士徐福については、明の洪武九（一三七六）年、絶海中津が太祖（朱元璋）の諮問に答えて作った「応制賦三山」の一節に、「熊野峰前徐福祠」とあり（性潡撰『扶桑禅林僧宝伝』巻第七・「天龍寺絶海翊聖国師伝」条――大日本仏教全書109同上書六四-六五頁。また、絶海中津著『蕉堅稿』――日本古典文学大系89『五山文学集 江戸漢詩集』一一六頁）、徐福の紀州熊野への渡来、其の地での終焉、また同地における墓の存在などが、申叔舟撰『海東諸国紀』（日本国紀――申叔舟著・田中健夫訳注同上書（岩波文庫）三一一頁）、申維翰著『海游録』（申維翰著・姜在彦訳注同上書（東洋文庫）一四一頁）、橘南谿著『西遊記』（続編巻之三・「六三 徐福《じょふく》（三重・和歌山）」条――橘南谿著・宗政五十緒校注『東西遊記』（東洋文庫）2・一四四-一四五頁）、滝沢馬琴著『椿説弓張月』（後篇巻之一・第一七回――日本古典文学大系60同上書上二五四-二五五頁）、仁井田好古他編『紀伊続風土記』（巻之八一・牟婁郡第一三・上熊野地――帝国地方行政学会出版部発行同上書第三輯一〇四-一〇五頁）、山崎美成録『海録』（巻之六――国書刊行会発行同上書一七一頁）といった書物に見える。徐福の我国への渡来については、山片蟠桃が「徐福《じょふく》日本ニ到ルノコト…（中略）…ミナ妄説ナリ…（中略）…其往《トヾ》マル処ヲ云ハミナ虚説ナリ。コレラノコトヲ正サズシテ無稽ノ書ニヨリ、又ハ妖僧《ようそう》ノ虚説ヲ聞《きき》テソレヲ実トス。我ハ信ゼザルナリ」（『夢ノ代』巻之二――日本思想大系43『富永仲基・山片蟠桃』二二三-二二四頁）と言い、岩政信比古が「徐福ガ事ハ云フニモ足ラヌ空言也。徐福ハ秦ノ乱ヲ避テ海島ニ止リテ不レ帰人ナリ。ソレヲ皇朝熊野ニ来タリナド云フハ牽強附会《コジツケ》也」（『桜の林』巻之一――『日本随筆大成』第二期第一一巻一三七頁）と言うなど、否定的な意見が述べられているが、佐藤成裕は彼らとは異なる観点から此の事について考え、「余曾て聞く、閩の地を発して東に来り、薩州の天姚山を望て左に折入る時は、薩州の諸山を右にして遂に長崎に至る。天曇りて姚を失ふ時は、直路にて土州の沖を過て、紀州の熊野浦に来る。是を過れば房州沖に至る。…（中略）…上古、徐福にはあらざれども、漂流は皆地方に来るなるべし」（『中陵漫録』巻之一四・「〇韻脚」条――『日本随筆大成』第三期第三巻三二五-三二六頁）と記している。「(頭)八咫烏」が軍勢を先導する話に「熊野」の地が関わっていることには、あるいは紀伊半島への漂着中国人による当該譚の原話の伝播を想定し得るのではとする考えを本論中に述べたが、徐福に関して述べられた佐藤の意見は、此の考えを支援してくれるかに思われるので、今、此処に紹介しておく。

第二章　景行記の「焼遺」・「焼遺」を「焼潰」の誤写とする説

『古事記』中巻の「景行天皇」条は、其の紙幅のほとんどが、倭建命による熊曾建と出雲建の征討、また倭建命の東国平定及び其の死について語ることに費やされている。当該条は、冒頭に大帯日子淤斯呂和気天皇（景行天皇）の皇居所在地名、后妃及び子女の名などを記し、最末尾に同天皇の享年と陵墓の所在地を記すほかは、倭建命を主人公とする話、或いは主人公ではないにしても、述べられる事柄に彼が大きな関わりをもつ話によって成り立っていて、景行天皇其の人に直接関わる記事に『古事記』が費やす紙幅の総量は、当該条の一割程度で、此れは、当該条に含まれている倭建命の妻子名を列記する部分の其れとほぼ同じであるから、当該条は「景行天皇」条というより、其の実質においては「倭建命」条であると言って良いと思われる。

今、此の「景行天皇」条に見られる倭建命を主人公とする話、また倭建命が大きく関わりをもっている話を子細に見ると、其処には大碓命と小碓命（倭建命）、三野国造の祖大根王の女である兄比売と弟比売、大碓命と此の両女性との子である押黒之兄日子王と押黒弟日子王、小碓命に殺される「熊曾建兄-弟二人」、「西方之悪人等」と「東方十二道之悪人等」と、二項一対をなす物語構成素が見られ、此の「対比」は表記の一部に大・小、兄・弟、東・西の語が、それぞれに用いられている人の名や人物相互の関係として見られるだけでなく、倭建命の東征譚において連続して語られる相武国の野中での「火難」と走水の海を渡る際の「水難」といった関係にも認められる。

『古事記』に「火難」と「水難」の話が連続してあるのは、あるいは漢籍に見える「焼溺」・「焼漂」・「焚溺」などの語や、『荘子』に「至徳者、火弗能熱、水弗能溺」(1)と、また水・火と其の順序こそ違え、『史記』に「眞人者、入水不濡、入火不爇」(2)とある表現によって知られる「至徳者」・「眞人」についての考え方によったのか、「必要とあらば、火の中、水の中にも身を投じ…（中略）…命を賭することも辞しはせぬ」(3)、「火《ひ》の中《なか》、水《みづ》の中へも飛《とび》入り、命《いのち》を塵芥《ぢんかい》とも存ぜぬ」(4)といった表現に窺われる火水対比の思想が我国にも古くからあって、其れに基づいてのことであるのかは判然としないが、明らかに火と水との「対比」を意識してのものであることは疑いない。

此の度は、『古事記』中にあって、見たような幾つかの対比的物語構成素により形成されている倭建命の物語のうちから、「火難」の話を対象にして愚考を述べてみたい。

＊　＊

『古事記』は、倭建命の相武国での「火難」を、

故、尓、到㆓相武国㆒之時、其国造詐白、於㆓此野中㆒有㆓大沼㆒。住㆓是沼中㆒之神、甚道速振神也。於㆑是、看㆓行其神㆒、入㆓坐其野㆒。尓、其国造、火著㆓其野㆒。故、知㆑見㆑欺而、解㆓開其姨倭比売命之所㆑給嚢口㆒而見者、火打有㆓其裏㆒。於㆑是、先以㆓其御刀㆒苅㆓撥草㆒、以㆓其火打㆒而打㆓出火㆒、著㆓向火㆒而焼退、還出皆切㆓滅其国造等㆒、即著㆑火焼。故、於㆑今謂㆓焼遣㆒也。


と記している。

右の記事は、所謂底本として「現存最古の完本である大須宝生院蔵本（真福寺本）を用いた」(5)とする日本思想大系1『古事記』によっているが、其の最末尾に「故、於㆑今謂㆓焼遣㆒也」とある部分の「焼遣」は、真福寺本古事記を見ると「焼遺」になっている。

日本思想大系1『古事記』の「原文の作成」者（小林芳規）が、真福寺本古事記を「底本」としながら、「遺」を「逮」と改めたことには、以下に述べるような思考過程のあったことが、当該「原文」に付された頭注・脚注の記事、また当該箇所の表記に言及することのあった過去の幾つかの論考によって推察される。

まず、右に引いた『古事記』の倭建命の「火難」とほぼ同じ内容の話が、『日本書紀』巻第七の「景行天皇四十年是歳」条に、

是歳、日本武尊、初至二駿河一。其處賊陽從之欺曰、是野也、糜鹿甚多。氣如二朝霧一、足如二茂林一。臨而應狩。日本武尊信二其言一、入二野中一而覓獸。賊有二殺レ王之情一王謂二日本武尊一也。放二火燒其野一。王知レ被レ欺、則以レ燧出レ火之、向燒而得レ免。一云、王所佩劒藂雲自抽之、薙二攘王之傍草一。因レ是、得レ免。故號二其劒一曰二草薙一也。藂雲、此云二茂羅玖毛一。王曰、殆被レ欺。則悉焚二其賊衆一而滅之。故號二其處一曰二燒津一。

と記されていて、記紀の「火難」の話は、同じ事件について語る異なる二つの伝承であると考えられ、『日本書紀』に「故號二其處一曰二燒津一」とあるからには、『古事記』の記事も所謂地名起源説話になっているはずで、「故、於レ今謂二焼遺一也」と「故號二其處一曰二燒津一」とは、表現こそ違え、全く同じことを言っているのだ、とされた。

次いで、倭建命は、現在の神奈川県が占める地域と其の領域がほぼ重なる相武国の野の中で「火難」に見舞われていて、日本武尊が「火難」を蒙った所を『日本書紀』が、現在の静岡県の中央部に相当するとされる駿河の野の中としているのとは違っているが、今、静岡県には焼津市があり、古くは『萬葉集』に春日蔵首老の「焼津邊　吾去鹿歯駿河奈流　阿倍乃市道尓　相之兒等羽裳」（巻第三・二八四）という歌があって、「燒津」は「駿河」と称される地域内にあることが示唆されているので、「燒津」をヤキツもしくはヤイヅと、「駿河」を従来の慣行に従って素直にスルガと、それぞれに読むことが出来[6]、しかも語る事柄に地理的な矛盾の見られない『日本書紀』の「火難」の記事を尊重して、可能な限り此れとの間に内容面での齟齬を生じないよう、『古事記』の「火難」の記事を読むべきである、と考えられた。

そして、記紀両書は同一の地名を「焼遺」・「燒津」と一部異なる文字を用いてそれぞれに表記していることになる

が、『古事記』の、と言うより真福寺本古事記の表記については、「遺」に「すてる」の意があるので、音約するとヤキツとなるヤキウツもしくはヤキスツを「焼遺」と書いた、とする意見(7)がある一方に、もと「焼逮」と、ッの音を表わす文字に「津」の古字を用いていたのが誤写されて「焼遺」となった、とする意見(8)があって、此の二説の孰れかを選ぶとなれば、真福寺本古事記には「古字が時々用いられる(9)」し、「ここは地名であるので古字が伝えられたか(9)」も知れないから、後説を採るべきであると考えられて、「焼遺」が「焼逮」と改められた、ということのようである。

右のように考えて「焼遺」を「焼逮」と改めたことが果たして正当であったか否かについては、度会延佳本古事記が当該箇所を「焼津」と表記していることを含めて、後に考察することにして、今、世の中に広く行なわれているさまざまな「古事記」の「原文」を広く見渡してみると、問題の箇所を別に「焼遺」と表記しているものもある。

此の表記は、早くは寛永版本古事記に見られるが、『古事記伝』に採用され、『訂正古訓古事記』に引き継がれたこともあってか、今日に至るまでにしばしば採用されて(10)、「古事記」の中には真福寺本古事記を「底本」としながらも、此処は「焼遺」としているものもある(11)。

宣長が真福寺本古事記に「焼遺」とあるのを知りながら此れを採らず、寛永版本古事記の表記に従ったのは、「遺」「遣」孰れであっても其れを「焼津」の「津」と同音に読むことは出来ないが、仮にもと「津」であったのを誤写した結果だったり、また「夜伎豆《ヤキツ》」（焼津）がもと「夜伎遅《ヤキヂ》」と言われていたか、或いは「夜伎豆」と「夜伎遅」が通用されていたかで、はじめ「焼道」とあったのを誤写した結果だとしても、其の字体からして「遣」である方が「遺」であるとするよりも正しい確率が高い、という判断をしたためである。

「遺字下の横画を去ば、津とよく似たり(12)」という表現をみれば、「よく似」ているか否かの判断は見る人によって異なるだろうが、宣長が、「遺」は「辶しんにゅう」の第四画を省いてもなお「貴」の部分の最後の二画が此れを「津」と似ているとするに邪魔であり、もと「道」であったのを誤ったとしても、やはり「遺」は「貴」の部分の最後の二画が煩わしく、いずれにしても「遣」に及ばない、と考えたことは明らかである。

日本思想大系1『古事記』また『古事記伝』が、『古事記』に載録されている倭建命の相武国の野中における「火難」と、『日本書紀』の記載する日本武尊の駿河の野中での「火難」とを、同一の事件を語って、しかもヤキツ（ヤイヅ）の地名起源説話になっていると見ているように、此れまでの『古事記』の研究者のほとんどが、「焼遺」或いは「焼遺」を地名であると考えており、宣長に至っては、『古事記』の「故於今謂焼遺也」に、「故《カレ》其《ソ》地《コ》者《ヲバ》於今《イマニ》謂焼遺《ヤキヅトゾイ》也《フ》」と、同書の古い写本また版本のいずれにも見えない「其地者」の三字を加えて、同書が語る地名起源の話は、「何《イツ》れもみな故号《レナヲ》二其《ソ》所《コノ》一謂《イフ》レ某《ナニト》、或は故其《レソ》地《コヲ》二云《フ》レ某《ナニト》などありて、其所若《シ》は其地など云言の無き例は、一《ツ》も見えざれば、此《ノ》言の脱《オチ》たること灼《シル》ければなり(12)」と言い、更に其れらの「例」の中に「故其地者於今云須賀也」と、一つだけ「焼遺」の場合に同じく、「於今」の表現がなされているもののあることを指摘して、此れに従って「其地者」の三字を加えた、と述べている。

＊　　＊

だが、『古事記』が語る倭建命の相武国での「火難」の話は、ほぼ同内容の記事が『日本書紀』にあり、其れが地名起源説話の形になっているからと言って、此れもヤキツ（ヤイヅ）の地名起源を語っているのだと短絡して良いのだろうか。

此れまで両者を同じ地名の起源説話になっているものと考えたため、「焼遺」の「遺」、「焼遺」の「遺」が、「焼津」の「津」と同音であるとしたり、「津」が誤写されて「遺」や「遺」になったと言ったり、また、一方が駿河の地域内、焼津の辺りを事件の起こった場所としているのに、他方は其処を相武国内であるとしている齟齬を如何に無理なく説明するかに、研究者の力が注がれてきた。

「遺」をツと読むことが可能であるとする説は、既に見た通りであり、此の考え方には『史記』の「昔者管夷吾…（中略）…遺公子糾」という記事に、唐の司馬貞が「遺、弃也」（弃は棄の古字）と注を施した例(13)のあることが引かれたりもするが、[14]ヤキウツ・ヤキスツがヤキツとなるか、「すてる」意のある漢字は、「委」・「捐」など数多くあるが、『古事記』では「伊耶那岐命取二黒御縵一投棄」、「投棄御杖」、「吹棄気吹之狭霧」などと終始「棄」を用いており、「景行天皇」条にも「引二闕其枝一、裹レ薦投棄」とあって、当該箇所にのみ「遺」が用いられたとは考え難い、などの問題がある。

地名起源説話の多くは、語られている事柄の順序次第——ある事件によりある土地の名が出来したとする——とは逆に、既に存在していた地名から其の名の起こりとなる出来事を考え出したものと思われることを考慮すると、まずヤキツ（ヤイヅ）の地名があって、其れがどのようにして出来したのかを説明する物語を創るとした場合に、創作した物語上の出来事から直ちにヤキツ（ヤイヅ）の地名が出来したとするには些か不自然さがあり、ヤキウツ或いはヤキスツの語を介在させれば其の不自然さが解消されるのであれば、『古事記』には、「故、号二其浦一謂二血浦一。今謂二都奴賀一也」（仲哀天皇条）という形の表現もあるので、此れにならって、此れ此れの出来事で、其の土地をヤキウツ或いはヤキスツと言ったが、現在では其処をヤキツと言っている、と記したはずである。

右のようなことを考えても、「焼遺」がヤキウツ或いはヤキスツであって、ヤキウツ・ヤキスツがヤキツになる、とする説には従い難い。

今、問題の箇所を「焼津」と表記する、明治四十四（一九一一）年四月一日皇典講究所発行の『校定古事記』を「底本」作成の基本に用いて編まれた『古事記總索引』の補遺「漢字語彙索引」によれば、『古事記』には「遺」の字が都合五回に亙って用いられているが、「忘れる」意の熟語「遺忘」（崇神天皇条）一例を除き、他はいずれも「残る」意に用いられていて、「景行天皇」条にも「咋遺之蒜片端」の表現がある。また、「仁徳天皇」条には「取二其焼遺木一作レ琴」の例があって、此処でも「遺」は「残る」意に用いられている。此れらを見れば、問題の箇所がもとより「焼遺」であったのなら、ヤキツもしくはヤイヅと読まれていた可能性はほとんど無いのではないかと思われる。

なお、「焼遣」の表記については、「遣はツカフの頭音のツを借りたのである」[15]とする説があり、『古事記』では

「遣」の字が、「遣二其御子大碓命一以喚上」（景行天皇条）、「副二吉備臣等之祖、名御鉏友耳建日子一而遣之時」（同上）などと、「つかわす」「派遣する」意に用いられているが、『古事記』はツの音を表記するのに、「津」「都」「豆」といった文字を、いずれもかなりの頻度で用いているので、此処だけに漢字の訓義の、しかも其の一部をツの音を表わすために借りたとするのは如何なものかと思われる。

＊　＊

周知のように、『古事記』中巻の「崇神天皇」条に載録されている所謂三輪山伝説と、『新撰姓氏録』の「大和國神別」条に採られている「大神朝臣」の姓の起こりを述べた記事とは、登場人物の名など細部に異同があるものの、明らかに同じ出来事について語っている。しかし、前者は記事を「故、因二其麻之三勾遺一而、名二其‐地一謂二美和一也」と締め括って、地名起源説話の体裁になっており、後者は末尾に、「因レ之號二姓大三縈一」と記して、姓氏名の起源を語る話になっている。此の事から我々は、概略同じ出来事を語っていながら、結末では異なることを言う話が二つあって、其の一方がある書物に載録され、他の一つが別の書物に採られるということもあった事実を知り得る。

『古事記』と『日本書紀』には、記事内容の比較をすれば細部に異同が認められもものの、明らかに同一の事件を語る二つの伝承が、一方は前書に、他方は後書に載録されて、前者では「故、号二其‐地一謂二堕国一、今云二弟国一也」（垂仁天皇条）、後者では「故號二其地一謂二墮國一、今謂二弟國一訛也」（垂仁天皇十五年秋八月壬午朔条）と締め括られる例や、やはり前者では「故、号二其御子生地一謂二宇美一也」（仲哀天皇条）と終えられるのに対して、後者では「故時人號二其産處一曰二宇瀰一也」（仲哀天皇九年秋九月庚午朔己卯条・同十二月戊戌朔辛亥条）とされるような例が数多く見られる。此のように末尾をほぼ同じくする伝承の記事が、記紀両書に多く見られる事は、両書の編纂・成立の事情や構成に似通うところのあることからすれば当然の事と言える。

今、其の範囲を「景行天皇」の条に限って、其の結末部分の表記が似た伝承の記事を記紀両書に捜すと、「故、号二其清-泉一、謂二居寤清-泉一也」（記）、「故號二其泉一、曰二居醒泉一也」（紀）と、それぞれ終っている例がある。

しかし、此の両書の間にも、地名起源説話と然らざるものという形ではないが、『古事記』と『新撰姓氏録』との間に見られたのと同様の例は存在していて、『古事記』が語る所謂沙本毗古・沙本毗売兄妹による反逆物語では、力士による沙本毗売の奪還が、玉の緒や衣を腐らせるなどの彼女の策略により不成功に終ったと語られることもあって、「天-皇悔恨而、悪二作レ玉人等一、皆奪二取其地一。故、諺曰二不レ得レ地玉作一也」（垂仁天皇条）という結末を見るのに、『日本書紀』の記す狭穂彦・狭穂姫の反逆事件は、「天皇、於是、美二將軍八綱田之功一、號二其名一謂二倭日向武日向彦八綱田一也」（垂仁天皇五年冬十月己卯朔条）と、全く異なる事柄をもって終っているのなどは其の一例である。

また、『古事記』は、鵠を捕らえるべく派遣された山辺の大鶙が高志国で網を張って其れを捕獲した話を紹介して、「故、号二其水門一謂二和那美之水門一也」（垂仁天皇条）と述べているが、『日本書紀』では、天湯河板挙が出雲（或いは但馬国）で其れを捕えたと言い、「則賜レ姓而曰二鳥取造一。因亦定二鳥取部・鳥養部・譽津部一」（垂仁天皇二十三年冬十月乙丑朔壬申条・同十一月甲午朔乙未条）と話を締め括るが、此れも同じ例である。

そして、『日本書紀』が語る日本武尊の「水難」の話は其の最後に、相模から上総へ至る間の海について、「故時人號二其海一、曰二馳水一也」と記され、地名起源説話の形になっているが、『古事記』の載録する倭建命の「水難」の記事の末尾に、此れに似た表現は全く見られず、冒頭にいきなり「渡二走水海一之時」とあって、話が始められている。

『古事記』には、「幸二阿岐豆野一而…（中略）…故、自二其時一、号二其野一謂二阿岐豆野一也」（雄略天皇条）と、話の上ではまだ其のような名が付いているはずのない土地の名をまず冒頭に掲げて、次いで語られる其の地での出来事（中略、とした部分）によって先に掲げた当該地の名称が出来したと記している例もあるので、走水についても、『日本書紀』が最後に記しているのと同様の記述をして、「水難」の話を「走水」の名の起こりを語ったものにすることも可能であったはずなのだが、実際には述べたようになっている。

＊　＊

『古事記』と『日本書紀』とで、細部に異同はあっても大枠では同じ出来事について語っていると考えられる二つの伝承のそれぞれを、別々に載録して、一方の記事が地名起源説話の体裁をなしているのに、他方の記事では其のようになっていない、ヤマトタケルの「水難」の話の例を見ると、記紀両書の伝える「火難」の話についても、『古事記』の当該記事の末尾を無理に其れらしく解して、二つともに地名起源説話になっているのだと考えなくとも良いのではないかと考えられる。

記紀両書におけるヤマトタケルの「火難」の話については、其れらをともにヤキツ（ヤイヅ）の地名の起こりを語ったものであると考えて、此れまで研究者の多くが、現在ある焼津市の位置から推して、静岡県の中央部を占めていた嘗ての駿河国の領域内にあったはずの焼津について、何故其れが『古事記』では相武国にあると記されているのかを合理的に説明しようと、骨を折っていたことについては既に言及した通りである。

例えば此の事について、『古事記伝』は、駿河という国はもと相武国から分かれたのであって、『古事記』はヤマトタケルの「火難」の話を伝承の儘に相武国での出来事として記したが、駿河国が分離独立した際に焼津は駿河国の内にあることになったので、『日本書紀』は此の事件を駿河国で起きた事として記したのだ、といった趣旨の説明をしている。(16)

「焼遺」はヤキツ（ヤイヅ）の地名を表記していると考えた宣長が、嘗ての相武の領域に広がりをもたせて、記紀両書におけるヤマトタケルの「火難」の話相互の間に見られる地理上の齟齬を解消しようとしたことに対しては、吉田東伍が、古書に駿河の相武よりの分離独立を記したものを見ないし、相武と駿河との間には「足柄筥根の峻嶺」があって、地勢の上で既に両者は分離しているから、相武の名が其の自然の境界を越えて西にまで及んでいたはずもないと、此れを否定する意見を述べており(17)、今日の研究者の多くもまた宣長の考え方には批判的であるように思われる(18)。

ということは、倭建命の「火難」と日本武尊の「火難」とが、記紀の伝える話では一見すると異なる土地で起きた別の事件であるかのように思われるけれども、実は嘗ては相武国に属し、後には駿河国に含まれることになった同一の土地（焼津）で起きた同一の事件なのだとする宣長の説は、ほとんど否定されていると言って良いことになる。

吉田と同じ観点から宣長の説を批判した喜田貞吉は、嘗て、相武（喜田は相摸と表記するが、今、相武と統一して記す）にも駿河にも焼津という土地があり、相武の焼津での事件として伝えられた話が、同じ地名であることから駿河の焼津にも伝えられて、其の地で起こった事ともなり、前者が『古事記』に、後者が『日本書紀』に、それぞれ載録されたが、やがて相武の焼津の名は忘れられてしまった、と言う(19)。此の説については、寡聞の故か取り立てて批判したものを見ないが、仮に相武・駿河の両国に焼津と呼ばれる土地があった事を認めても、其の一方の名が人々の記憶から失われて後世に伝わらないなどということは考え難く、従えない。

吉田東伍は、駿河国益頭郡に焼津神社のあることが『延喜式』巻九（所謂神名帳）に記されている事と、『日本書紀』が日本武尊の「火難」の話を語るのに、「一云」として、藂雲剣が草薙剣と言われるようになった事情を述べており、加えて『延喜式』巻九には駿河国有度郡に草薙神社があるとされているので、「焼津に於ける危難の外に、別に霊剣薙攘の事」があったのだと思われる事とから、『日本書紀』の「火難」の記事（一云、の部分を除く）は、益頭郡の焼津と有度郡の二つの土地で起きた別個の事件を混同していると考えられる(20)、と言う。また彼は、『古事記』の伝える倭建命の「火難」も駿河で起きた二つの出来事とは別の第三の事件を語っているのであって、同書が事件の起きた土地を「焼遺」と記しているのは、駿河での「火難」の地を混同した結果である(21)、と言っている。

吉田の説についても格別の意見を述べたものを見ないが、早くから駿河国には焼津の地名があって、焼津神社もあり、此の土地を何故ヤキツ（ヤイヅ）と言うのか、其の説明を求めたことで、ヤマトタケルが「野中」で火を放たれたものの「向火」により難を逃れたという、焼津とは本来何の関わりもない既存の「火難」の話（主人公はヤマトタケルではなかった可能性もある）が、巧みに地名起源説話として利用されたか、或いは見るような「火難」の話が新たに創られたか、の孰れかであるのかも知れないし、また、草薙神社も「火難」の話で語られる、草を薙ぐ行為に其の起こりがあるのではなく、焼津の地の焼津神社とともどもに、草木を薙ぎ払って火を放ち、鎮火後に播種する所謂焼畑農耕の行なわれていた土地に早く創建されていたとも考えられるので、其れが真実起こった事か否かも定かでない伝承の語る出来事によって神社が創建されたとする考え方は、如何なものかと思われる。

倭建命の「火難」の話をやはり「ヤキツ」の地名起源説話であると考えた津田左右吉は、『古事記』で其処が相武国にあるとされていることについて、「これは作者の思ひうかべた土地が相摸方面であつたのに、ヤキツの所在が明確に知られてゐなかつたからか、又は誤つてヤキツを相摸にあるやうに思つたからか、どちらかの偶然の事情から、かういふ書き方をしたのであらう[22]」と述べている。津田は、ヤマトタケルの東征譚の「作者」を「ヤマトの朝廷」人と考えていたらしいが、「火難」の話其のものが大和で作られたものか、相武或いは駿河の孰れかの地で作られたものかは判然としない。後者の可能性を否定し、前者であるとするに足る確実な証拠は無い。

＊　＊

見て来たように、「焼遺」或いは「焼遺」をヤキツ（ヤイヅ）と読むことには無理があり、此れらを「焼逮」即ち「焼津」の誤写であるとすることも、「遺」を「遺」に書き誤ったり、其の逆に誤ったりするのならばともかく、書写をする者が普段見慣れていたとは思われない「逮」を「遺」や「遺」に誤るとはまず考えられないので[23]、可能性は少ないと思われる。仮に「焼逮」を誤写したのだとしたり、度会延佳本古事記のように、問題の箇所の表記を「焼津」としたりすると、焼津が相武国内にあるとするのに合理的な説明を為し得ないという別の困難を生じてしまう。

此処でいま一度、『古事記』の「火難」の記事に見られる「故、於㆑今謂㆓焼○㆒也」という表現に着目して、此れと同じ表現を『古事記』中に捜してみる。すると唯一例だけであるが、「景行天皇」条と同じ中巻、其れも同条のすぐ近く、「仲哀天皇」条に、「故、於㆑今謂㆓気比大神㆒也」とあるのが眼につく。此れは、当該表記の前にある記事で語られている事柄によって、其処に登場する伊奢沙和気大神を気比大神と言っている、という表現であり、地名の起源を言うものではない。「景行天皇」条の「火難」の記事の末尾も、其の記事の内容に関わる何かを「焼○」と言うのだ、ということを言っている表現なのではないだろうか。

右のように考えて、「焼遺」「焼遣」を「火難」の記事を締め括るに相応しい表現になるように読もうとしても適切な読み方は無い。となると、其れらを「焼逮」の誤写であると考えたように、「遺」或いは「遣」を、此れに良く似たある文字を誤ったものと考えるほか無い。

日本古典全書『古事記』は、音仮名「都《ツ》」の草書体から「遺」或いは「遣」を生じたのではないか、と言っている[24]が、「都」の草書体が、誤写されてしまうほどに「遺」や「遣」に似ているとは思われない。

嘗て松岡静雄は、ヤマトタケルの「火難」の伝承が相武にも駿河にも存在し、『古事記』が相武の其れを、『日本書紀』が後者の其れを採ったのだと考え、しかも前者を地名起源説話であるとはせず、真福寺本古事記の「焼遺」を、「野火防遏の一方法」としての「焼退《ヤキソギ》」の誤写であるとした[25]。また、神道大系古典編一『古事記』は「焼遺」の「遺」について「校注」を施し、真福寺宝生院所蔵『伊勢二所大神宮神名秘書』に引かれた『古事記』の当該箇所に記されている文字を示して、「未詳の字である[26]」としているが、其れが「退」の字と似ていないこともない。

松岡説に対する格別の批判を見ないが、宣長の「道」を誤写したのではとする説と較べ、『古事記』の「火難」の話をヤキツ（ヤイヅ）の地名起源説話と見なかった点で、一段優れていると思われる。ただ、「退」が「遺」或いは「遣」と誤られたかについては、何とも言えない。

桜井満は、『古事記』の編纂に際し、相武で伝えられていたヤマトタケルの「火難」の話が採用されたが、駿河にも存在した「火難」の伝承が焼津の地名起源説話になっている事に関心を寄せた太安萬侶が、地名起源説話になっていなかった相武の伝承に、「故於今謂焼遣也」の七字を付加したとして良いだろう、といった趣旨の意見を述べている[27]。果たしてそうだとすると、自ら筆を執って、「故号其地謂当藝也」（景行天皇条）、「故号其地謂三重」（同上）など繰り返し記すことのあった安萬侶が、何故此処で定型の表現を避けたのだろうか。解せない事である。

＊　　＊

見たような考察をし、諸説の検討をしたところで、真福寺本古事記の「焼遺」、寛永版本古事記の「焼遺」を、其れらが表記する儘に、ヤキワスル・ヤキスツ・ヤキノコス・ヤキオクル或いはヤキッカハス・ヤキッカフなどと読んでみても、「火難」の記事が語る事柄との関わりで、ヤキスツが唯一其れらしい表現で、他は孰れも不適格と思われるが、『古事記』は既に見たように「すてる」意のスツには終始「棄」の字を用いるので、此処をヤキスツと読んだ可能性はほとんど無い。従って、「遺」「遺」は、此れらに似た何らかの文字を誤写したものと考えざるを得ないのであるが、私は此れはもと「潰」の字であったのではないかと思う。

『古事記』に載録された倭建命の相武国での「火難」の話は、本来其の末尾が、「故於今謂焼潰也」と記されていて、「焼潰」はヤケッヒユもしくはヤケッヒエと読まれ、「立て籠る城柵や家宅に火を放たれ焼けて戦に敗れる、或いは、身体を焼かれて敗れ終る。また、其のこと」を意味する語であったのではないだろうか。

『日本書紀』巻第二の第九段（天孫降臨章）本文には、「若非二天孫之胤一、必當爨滅」という表現があり、『日本書紀私記』に「當焦滅也介保呂比奈牟」(28)と記され、古くヤケホロブの語のあったことが知られるので、ヤケッヒユの語も存在していたかも知れない。

筆者は寡聞にして、「潰」を「遺」または「遺」に誤写した例を知らない。しかし、今、名古屋市蓬左文庫所蔵本『続日本紀』巻五の「元明天皇和銅五年五月乙酉（十七日）」条を見ると、「制法以来年月淹久未熟律令多有過失」(29)という記事があり、また、文化十二年十月十五日の序をもつ伍梅園蔵版『類聚国史』の巻第八十七と巻第百七に引かれている此の条は、それぞれ前半部が「制《テヨリ》レ法《ヲ》以来年-月遼-久」(30)、「制《シテ》レ法《ヲ》以-来・年-月淹《ルヿ》久《シ》」(31)とあって、「淹」と「遼」とが混乱している。此の事から推して、「潰」を「遺」或いは「遺」と誤ることもあり得たと思われる。

「淹」は、例えば『春秋公羊伝注疏』に「王師淹病矣注淹久也(32)」とあって、「久しい」の意のある文字で、漢籍では「淹久」と「久」を伴うと、「永らく逗留する」意となるが、『続日本紀』の当該記事は、「淹久」で「久しい」の意を表わそうとしたと思われて、「淹」と「遼」とでは、此処は「淹」とあるのが正しい。ただ、伍梅園蔵版『類聚国史』巻第百七で、「淹」が「とどまる」或いは「とどこおる」と読まれているのは如何かと思われる。

「遼」は、『史記』に「道里遼遠、山川阻深(33)」の表現が見られるように、空間的に「遥かである」「遠い」の意を表わすが、恐らく時間的にも其の意があると考えられて「遼久」の表現を生じたと思われる。

『続日本紀』が作られた折、当該条に、「淹久」とあったか「遼久」とあったかは定かでないが、文字遣いの上からは、正しく「淹久」とあったのが「遼久」と誤られた確率が高い。筆者は「淹」が「遼」に変じた（或いは其の逆であった）とすれば、「潰」が「遺」或いは「遣」と誤写されることも充分にあり得たはずだと考えるのであるが、「淹」と「遼」とは字体の似通っていることから誤られたのではなく、右に述べたように「淹」が「久しい」意で、「遼」が「遥かである」意から、字体とは関係なく、字の意義上の類似からの単なる置き換えなのだとするのであれば、此処にいま一つ、「伏見宮御所蔵本及び第一高等学校所蔵本を原本(34)」として用いた、『新訂増補国史大系』に収める『本朝世紀』の第卅五・「久安五年四月九日」条に、「藤原朝臣重康齋院司申久安四年禊祭用途不足・進二千疋功(35)」とあって、此れに「進原作准今意改(35)」と注の施されているのを挙げることが出来る。

「准」と「進」とは全く別の字であって、其の意義も前者は「なぞらえる・ゆるす・よる」、後者は「すすむ・のぼる・たてまつる」などと重なることが無いから、内閣文庫蔵写本『外記日記』（『本朝世紀』に同じ）に、「藤原朝臣重家斉院司申久安四年禊祭用途不足進二千疋功(36)」とあるように、当該記事にはもと「進」とあったはずであるが、何時しか「准」と誤られていたということになる。「辶 しんにゅう」の文字が「冫 にすい」の文字に誤られたことは、「氵 さんずい」の文字「潰」が「辶」の文字「遺」或いは「遣」に誤られたとするのとは逆の関係であり、「冫」と「氵」も異なるが、筆者の推測を裏付けるものと言える。

＊　　＊

もと相武・駿河の一帯で伝承されていたヤマトタケルの「火難」の話――野中で火を放たれたヤマトタケルが、「向火」により難を逃れ、また敵を滅ぼした、という話――のうち、相武の其れは「焼け潰え」という語の起こりを語る話へ、また駿河の其れは「焼津」の地名の起こりを語る話へと、それぞれに成長・変化して、前者は『古事記』に、後者は『日本書紀』に載録されたのではないだろうか。

そして、『古事記』に載録されている倭建命の相武国での「火難」の話は、もと其の末尾が既に述べたように、「故於今謂焼潰也」と記されていたが、「焼潰」の「潰」の「氵」と十四・十五画の部分で「辶」を形造っていると誤認され、また、「潰」のつくりの部分の下半分をなす「貝」の「目」の部分も誤られて「遣」になり、やがて其れも誤記されて「遺」となったのではないか。「潰」から「遺」へ、そして「遣」になったとも考えられるが、「氵」が其れだけで「辶」に誤られたとは思われない。恐らくは原表記の「潰」から寛永版本古事記が今日に伝える「遣」を生じ、其れがまた真福寺本古事記や卜部兼永筆本古事記に見られる「遺」へと変化したのだと思われる。

注

（1）金谷治訳注『荘子』（岩波文庫）第二冊二六二頁。
（2）司馬遷選撰・裴駰集解・司馬貞索隠・張守節正義『史記』巻六・秦始皇本紀第六――中華書局出版同上書第一冊二五七頁。
（3）ルイス－フロイス著・松田毅一／川崎桃太訳『信長とフロイス』（中公文庫）二五五頁。此の発言は、ポルトガル人宣教師ルイス－フロイスが、イエズス会インド管区長アントニオ－デ－クアドゥロス師に宛てた一五七一年九月二八日付書簡に見える、和田惟政の日本人修道士ロレンソに対してのものである。
（4）湯浅常山著『雨夜燈』――湯浅常山著・森銑三校訂『常山紀談』（岩波文庫）下巻一九一頁。
（5）日本思想大系1『古事記』三三頁。

（6）『倭名類聚鈔』巻第五に「駿河《須流加》」（風間書房刊同上書巻五・8ウ）、北野本日本書紀巻第七に「駿河《スルカ》」（22オ）とあって、何時の頃にかスルガの地名に「駿河」の文字を当てたと考えられるが、スルの音を表わすのに何故「駿」の字を用いたのかは、スルガの語源にも関わるかと思われ、明らかにし難い。
（7）倉野憲司著『古事記全註釈』第六巻一五三・一六五頁。
（8）西宮一民編『古事記』（初版）一三二頁。
（9）日本思想大系1前掲書一八二頁。
（10）池辺義象編『古事記通釋』（三〇一頁）、次田潤著『古事記新講』（三八八頁）、『古事記大成』6本文篇（二八九頁）、日本古典文学大系1『古事記 祝詞』（二一四頁）、西郷信綱著『古事記注釈』（第三巻三二一頁）など。
（11）尾崎暢殃著『古事記全講』（四二二頁）、日本古典文学全集1『古事記 上代歌謡』（二二一頁）など。
（12）本居宣長撰『古事記伝』二七之巻——『本居宣長全集』第一一巻二三八頁。
（13）司馬遷撰・裴駰集解・司馬貞索隠・張守節正義前掲書巻八三・魯仲連鄒陽列伝第二三——中華書局出版同上書第八冊二四六七－二四六八頁。
（14）西宮一民編前掲書（新訂版）一三二頁。
（15）次田潤著前掲書三九〇頁。
（16）本居宣長撰前掲書二七之巻——『本居宣長全集』第一一巻二二九頁。同じ趣旨の説明をするものに、桑原藤泰稿『駿河記』（附纂巻之上——加藤弘造出版同上書下巻五六八頁）。熊田葦城著『日本史蹟大系』（第一巻二九八頁）、植木直一郎著『古事記現代考』（四〇六頁）などがある。
（17）吉田東伍著「倭武大王三所野火考」——『歴史地理』第四巻第六号一九頁。また、同著『増補 大日本地名辞書』第五巻九四五－九四六・九五六頁。栗田寛は『古語拾遺』に、「倭武尊東征之年、到二相模国一、遇二野火難一」とある箇所に注を付し、ヤマトタケルが「火難」に遭った所が、同所及び『古事記』と『日本書紀』で異なっている事について、「駿河は相摸より分れたる国なる故に、分れたる後を以ていへば駿河にして、分れざりし前を以ていへれば相摸なり、ともに地処たがへるにはあらず」（『古語拾遺講義 稜威男健』一〇八－一〇九頁）と言い、溝口駒造は『古語拾遺精義』に、「駿河国は孝徳天皇の大化二年、国郡制定の時に相模国から割いて創置せられた国であるから、後世編纂の日本紀が之を駿河としたのは必ずしも誤ではない」（一七三頁）と言う。今、『日本書紀』巻第二五・「孝徳天皇大化二年春正月甲子朔」条を見ると、「改新之詔」

の第二条に、「定二山河一」と地方区画の事を言っているらしく解される表現、「凡畿内、東自二名墾横河一以來、南自二紀伊兄山一以來…（中略）…爲二畿內國一」と畿内の四至を定める記事、また「凡郡以二四十里一爲二大郡一。…（中略）…三里爲二小郡一」と郡の規模を定める表現があって、此れらが溝口の言う「国郡制定」の事らしいが、駿河国が「相模国から割いて創置せられた」事など記されてはいない。『扶桑略記』第四・「孝徳天皇大化二年」条にも「定二畿內境一。…（中略）…定二大小郡一」（『新訂増補国史大系』第一二巻同上書五三頁）という記事が見えるが、駿河国の相模国からの独立については言及されていない。溝口が何を根拠に前記のようなことを言うのか詳らかにし難い。

(18) 例えば、上田正昭著『日本武尊』（一四四頁）、西郷信綱著『古事記注釈』（第三巻三一四頁）、桜井満著「日本武尊の世界」（同編『日本武尊論』八五頁）、西宮一民著『古事記の研究』（四三九頁）、石渡信一郎著『ヤマトタケル伝説と日本古代国家』（七八頁）などが、宣長の考え方に批判的である。

(19) 喜田貞吉著「上代の武相」――日本歴史地理学会編纂『武相郷土史論』五－一〇頁。

(20) 吉田東伍著前掲論――『歴史地理』第四巻第六号一七－一八頁。また、同著前掲書第五巻九五六頁。

(21) 吉田東伍著前掲書第六巻五九頁。

(22) 津田左右吉著『日本古典の研究』上巻――『津田左右吉全集』第一巻二〇〇頁。津田は続けて、「「さがむの小野にもゆる火の」といふ歌を結びつけたのでも、作者が相摸の土地を胸臆に描き出してゐたことは、明かである」（同上書二〇〇頁）と言う。なお、「旧辞の記者」に焼津の所在についての正確な知識が無かったと考える徳永春夫に、焼津を相武とするのが「古い形」で、歌謡を伴っていたのだが、焼津の所在を訂正した『日本書紀』が、「「さがむのをぬに もゆるひの」と内容に於て矛盾する歌を省いたのであらう」（「ヤマトタケルの命の物語」――『芸林』第三巻第六号七〇頁）とする意見がある。

(23) 嘗て、「焼遣」が誤写されて「焼遺」になったとする意見を述べた西宮一民は、後に此の考え方を棄てて、「遺」に「棄《う》つ」の意があるので、「焼遺」と書いてヤキウツ即ちヤキッと訓むのだとしている（西宮一民編『古事記』初版一三二頁、新潮日本古典集成・同校注『古事記』一六三頁、同編『古事記』新訂版一三二頁）。此の経緯は同著前掲書（四三九頁）に述べられているが、何故誤写説を捨てたかについての理由は明らかにされていない。

(24) 日本古典全書『古事記』下巻一四四頁。

(25) 松岡静雄著『紀記論究 建国篇四 日代宮』一七四－一七五頁。また、同著『日本古語大辞典』訓詁三七頁。

(26) 神道大系古典編一『古事記』三八九・三九三頁。

(27) 桜井満著前掲論――同編『日本武尊論』八六頁。
(28) 『日本書紀私記』(乙本) 神代下――『新訂増補国史大系』第八巻同上書九五頁。なお、「𤎼」は「𤏫」「焦」であり、「𤏫」は「𤏫」を誤ったか、其の異体字であろう。
(29) 『続日本紀 蓬左文庫本』一・一八四頁。
(30) 菅原道真編『類聚国史』巻第八七・刑法部一・断例――伍梅園蔵版同上書巻第八七・1オ。
(31) 菅原道真編同上書巻第一〇七・職官部一二・弾正台――伍梅園蔵版同上書巻第一〇七・29オ。
(32) 公羊高撰・何休解詁・徐彦疏・陸徳明音義『春秋公羊伝注疏』巻一六・「宣公一二年」条――『景印文淵閣四庫全書』第一四五冊(経部一三九春秋類)二一三頁。
(33) 司馬遷撰・裴駰集解・司馬貞索隠・張守節正義前掲書巻一一七・司馬相如列伝第五七――中華書局出版同上書第九冊三〇四四頁。
(34) 藤原通憲撰『本朝世紀』――『新訂増補国史大系』第九巻凡例一頁。
(35) 藤原通憲撰前掲書第三五・「久安五年四月九日庚申」条――『新訂増補国史大系』第九巻六四六頁。
(36) 藤原通憲撰『外記日記』一六・「久安五年四月九日庚申」条。

* ヤケツヒユ・ヤケツヒエの語は、私の所有する辞書に見えない。此れらを記すものがあれば御教示願いたい。其の語義は、「やきうち(焼討・焼打)」「つひゆ《え》(潰ゆ《え》)」などの其れを参考に作文した。同一の文章があれば、偶然の一致として御寛恕願いたい。本論を公にした折に、早稲田大学大学院文学研究科の学生福井卓造君の教示により、神奈川県に焼津の名を有する土地のある事を知った。試みに金井弘夫編『新日本地名索引』を開いてみると、神奈川県足柄上郡の山北町に「やいづ 焼津」の地名が見える(第一巻一八八一頁、第三巻八六二頁)。同書は「国土地理院発行の二万五千分の一地形図に現れる地名の位置を経緯度で示した索引」(第一巻(一)頁)なので、当該焼津の地名が「二万五千分の一地形図」の「中川」に見出される事、其の地が東経一三九度二分、北緯三五度二五分の位置にある事が示されている。なお、福井卓造君から山北町編集『山北町史』(別編民俗)の付録「山北町大字・小字概念図」にも「焼津」の地名が記されており、同書には「焼津」の地名の由来も記されている(三七六・三九〇頁)事を教えられた。其の記事によると、同地は火災の被害を蒙ることしばしばで、「再び焼けない」ことを願い」、焼津(ヤケズ、「不レ焼」)と名付けられたという。『新日本地名索引』には、「本書の地名については

「正しいよみ」を絞る配慮はなされておらず、むしろ意識的に「誤ったよみ」を残した場合がある」（第一巻（一）頁）とあり、『山北町史』は焼津の地がある山北町の編集であるから、焼津はヤケズが正しい訓み方であることになる。当該焼津が古くからある地名で、ヤキッ（ヤイヅ）と言われていたが、ある時期以後ヤケズと変じたのであれば、相武で起きたとされている倭建命の火難事件と其の地との関わりを考えてみなければならないことになり、嘗て相武・駿河の両国に焼津という土地があったが、相武の焼津の名は忘れられたとする喜田貞吉の説が俄に脚光を浴びることにもなるかと思われるが、焼津《やけず》がもとヤキッ（ヤイヅ）と言われていたか否か定かでない。『山北町史』は、焼津の地名の由来を語った後に、「同所では、ヤケラと呼ぶ場所にかつて五戸ほど集中して居住していたが、度重なる火災から逃れるために散在して家屋を建てるようになったという」（別編民俗三九〇頁）と述べている。地名の由来を述べた記事と併せ読むと、ヤケラに住んだ人々が繰り返し起こる火災を避けるため、其の地に（或いは別の土地に）間隔をあけて家々を建て、其処をヤケズと称した、と解される。此処に言われている事柄が正しいとすると、ヤケズと言われる土地が古くヤキッ（ヤイヅ）と言われた事はなかったようである。『山北町史』は、嘗て同町に火災の多かった事を言い、「主な火災による焼失」と題する「表」を掲げ、町内各地域で発生した火災について、其の「時期」・「焼失規模」を記しているが、焼津の場合は、「年代不明／数戸を残すのみ（四回）、昭和二年頃／六戸」（別編民俗三九一頁）とされている。また、同書には、「火災の原因はさまざまであるが、昭和初期に火災保険金の詐取による放火が多発しており、町域においても同様の事がみられたようである」（同上）という記述があり、前記の「表」では火災の発生した時期の最も古いのは、透間の「江戸期」、箒沢の「江戸中期」であるから、焼津に「年代不明」とあるのも、江戸時代以後の時期であるかと思われる。ヤケラの名が消滅してヤケズの名が生まれたという記憶が人々にあって、しかし現山北町の域内で起きた火災についての記憶が江戸時代を前へ溯り得ない事からすると、焼津《やけず》の地名は、『古事記』が出来した時以前といった古い時期には存在していなかったと考えられる。『山北町史』（史料編）のうち「古代編」は、飛鳥時代から平安時代にかけての文献史料に載録されている足柄上郡に関わる記事を紹介して、「注」・「解説」を施しているが、『古事記』に見える倭建命の「火難」の記事は挙げられていない。見たように、神奈川県足柄上郡山北町に焼津《やけず》の地名のある事は、拙論の根幹に関わる事柄とは考えられないが、此れも福井卓造君に其の存在を教えられた、神奈川県埋蔵文化財調査報告3『尾崎遺跡』に掲げられた地図（三頁）によれば、焼津は、縄文時代中期の集落址とされる、山北町神尾田字尾崎の尾崎遺跡と、同時期の遺跡、大室神社遺跡とのほぼ中間に位置して、両遺跡を結ぶ線のほぼ延長上に頼政神社南方遺跡、また中川遺跡（いずれも縄文中期の遺跡）があるので、古い時期から人が其処に居住し、或いは其処を通行し、後年ヤケズに変ずるヤケツ（焼けた、と解し得る）の名があって、ヤマトタケルの火難事件と結び付けられていたという可能性は幾分かはありそうにも思われ、なお考えてみるべきかと思われる。なお、日本歴史地名大系14『神奈川県の地名』及び「角川日本地名大辞典」編纂委員会編『角川日本地名大辞典』別巻Ⅱ・日本地名総覧には何故か「焼津《やけず》」の地名は見えない。

付録

其の一　『古事記』上巻の構想と理念

『古事記』について何事かを言おうとする時、私たちは、其の成立時期が近いことや、扱われている事柄が似通っていることなどから、『日本書紀』の存在を無視する訳にはいかない。本論の標題にいう『古事記』上巻の構想と理念を論ずる場合も、事は同じであって、其れらが『古事記』の編纂者独自のものであるのか、『日本書紀』にも共通して見られるもので、『古事記』上巻の構想と理念などと、取り立てて述べるほどのものではないのかを言うためには、やはり此の二書を丹念に比較検討してみなければならない。

『古事記』が其の「序文」の末尾に、「謹以献上。臣安萬侶、誠惶誠恐、頓〻首〻。和銅五年正月廿八日」と記す同書成立の時期と、『日本書紀』の其れとの間の隔たりを八年とすることについては、さしたる問題があるとは考えられていないようで、手近にある簡略な年表を開いても、前者を和銅五（七一二）年の成立、後者を養老四（七二〇）年の成立としている。しかし、此の二書の編纂され始めた時期が何時であったかということになると、前者の「序文」が、四六騈儷体で書かれたため表現上の制約もあってか、編纂の事情について多くを語らず、後者は「序文」も「跋文」も存在していないので、はっきりとした事は分らない。従って、かなり大部の年表を開いても、両書の編纂開始時期が何時と明記されることはまずない。(1)

今日の通説に従うならば、『日本書紀』編纂の開始時期は、同書巻第二十九に、「天皇御二于大極殿一、以詔二川嶋皇子・忍壁皇子・廣瀬王・竹田王・桑田王・三野王・大錦下上毛野君三千・小錦中忌部連首・小錦下阿曇連稲敷・難波連大形・大山上中臣連大嶋・大山下平群臣子首一、令レ記二定帝紀及上古諸事一。大嶋・子首、親執レ筆以録焉」と記される、天武天皇十（六八一）年三月十七日のこととされている。[2]『古事記』の場合は、「序文」に記された「諸家之所賷帝紀及二本辞一、既違二正実一、多加二虚偽一。当二今之時一不二改其失一、未レ経二幾年一其旨欲レ滅。斯乃、邦家之経緯、王化之鴻基焉。故、惟、撰二録帝紀一、討二覈旧辞一、削レ偽定レ実、欲レ流二後葉一」という天武天皇の発言が、同書編纂の契機になったと解されるが、其れが天皇の即位後どれ程の時日を経過してのものなのかが判然としていない。従って仮に、『日本書紀』に見える天武十年三月の記事を、『日本書紀』編纂の開始を述べたものであるとしても、『古事記』と『日本書紀』のいずれの編纂が早く始められたのかを決定することは難しい。両書編纂の開始時期の先後については、『日本書紀』の当該記事を同書編纂の開始であるとしながら、『古事記』の編纂の開始を先と見る説、[3]『日本書紀』の其れが早いとする説、[4]『日本書紀』の当該記事に語られる修史事業が一個の書物を完成させたとしながら、其れは『古事記』や『日本書紀』とは異なるものと考え、あるいは当該記事に格別の言及をせず、両書編纂の開始時期の先後を言う説[5]などさまざまにあるが、いずれも両書に見える上掲二つの記事を如何に理解するか、また、現存する両書の相違或いは類似をどう考えるかといったことに立脚し、決定的な論拠を欠いているため、私たちは孰れに与するのが良いか判断に迷う。

『古事記』上巻の構想と理念について論ずる場合、同書の編纂開始と『日本書紀』の其れとがほぼ同時期であったのか、仮に天武十年三月十七日を『日本書紀』編纂の開始時期と認めても、『古事記』は壬申の乱に勝利を収めた大海人皇子が天武天皇として即位した、『日本書紀』巻第二十九が言う、同天皇二（六七三）年二月十七日の直後に其の編纂の作業が始められたというように、十年程も時を隔てているのか、或いはまた、両書の孰れか一方が出来して後、他方の編纂が開始されたのか、といったことは極めて重要な事柄であると思われる。何故ならば、今仮に、天武天皇の十年三月十七日が『日本書紀』編纂の開始された日であって、しかも、同年「二月庚子朔甲子」《（二十五日）》（書紀）条の「朕今更欲下定二律令一改中法式上。故倶修二是事一。然頓就二是務一、公事有レ闕。分レ人應レ行」という律令編纂の開始を記したとされる記事や、同十一年「三月丙午」《（十三日）》（書紀）条に「命二境部連石積等一、更肇俾レ造二新字一部卌四巻一」とある記事によって知られる文化的な事業と『古事記』編纂の開始、また、天武十三年「冬十月己卯朔」（書紀）条の所謂八色の姓の制定、即ち諸氏族の地位の確定と、其の「序文」に「朕聞、諸家之所賷帝紀及二本辞一、既違二正実一、多加二虚偽一。当二今之時一不二改其失一、未レ経二幾年一其旨欲レ滅」と書き記す『古事記』の編纂の開始とが、それぞれに無縁ではないと考えて、両書の編纂事業がほぼ同時に進行していたとすると、『古事記』の出来が『日本書紀』の其れに先んじてはいても、両書に共通して見られる事柄、例えば、天地の始まりから説き起こして、イザナキ・イザナミ二神の出現と結婚、大八島《（洲）》国と神々の出現、イザナミ神の死と其の前後に語られるアマテラス・ツクヨミ・スサノヲ三神の誕生……ニニギノミコトによる所謂天孫降臨とコノハナノサクヤビメとの結婚、ヒコホホデミノミコトによる海神の宮訪問とトヨタマビメとの結婚、カムヤマトイハレビコノミコトの誕生、を此の順序で語る「神代史」の構造を、『古事記』上巻独自の構想と理念によるものとする訳にはいかないことになる。『日本書紀』編纂の開始が『古事記』の其れに先行した場合も事は同じである。しかしもし、『古事記』の編纂と『日本書紀』の其れとが同時には行なわれず、前者出来の後に後者の編纂事業が開始されたとすると、「神代史」其のものは、『古事記』の編纂者によって構築された可能性もあり得ることになる。

けれども見たように、記紀両書のうち孰れの編纂作業が先に開始されたのか確たる証拠が無く、俄には決め難いのであるから、『古事記』上巻の構想と理念について意見を述べるに当たっては、同書の編纂者が其の独自性を最も発揮し難い状況を想定して、其れにも拘わらず、其の上巻には此れ此れの構想と理念とが窺える、ということを述べるに止めるのが穏当であると思われる。

私自身は、『日本書紀』巻第二十九によると、律令編纂の開始と「帝紀及上古諸事」の「記定」、また「新字」の作成など、天武十年以後に文化的な事業の記事が見られ、其れより前には、四年十月の「諸王以下、初位以上、毎レ人備レ兵」という詔、五年九月の「王卿遣二京及畿内一、校二人別兵一」、また八年十一月の、龍田山・大坂山に関を置き、難波に羅城を築く、という記事などがあって、天皇が壬申の乱後の約十年間、軍備の充実と国家基盤の安定化に努めていたと思しき節が窺え、十年になって漸く文化的事業に着手したと推測されることから、記紀両書編纂の計画が、上記した文化的事業、また十三年の「八色の姓」の制定と密接な関わりを有し、其の編纂は短時日の間に相前後して開始され、両書の編纂者たちは、同じ時期に並行してそれぞれの作業を進めていたと考えるが、確実な証拠の無い憶測を印象批評的に述べても詮ないので、既に述べたような観点から、『古事記』が出来して後、『日本書紀』の編纂が開始されたというような場合のことは考えず、以下に『古事記』上巻の構想と理念とについて述べてみる。なお、『古事記』の「序文」が言うところを信ずるならば、元明天皇による編纂作業の再開の時と其れが終了時との間は僅かに四ケ月であるから、太安萬侶は其の間、「或一句之中、交二用音訓一、或一事之内、全以レ訓録。即、辞理叵レ見、以レ注明」という作業、また「序文」の作成と全巻の清書に忙殺されたと考えられ、『古事記』上巻の構想と理念とは其のほとんどが、天武天皇の時代に組み立てられ或いは練られたものと思われる。

* *

現在私たちが、『古事記』の上巻と『日本書紀』の巻第一・第二とに見る「神代史」の構造は、両書が同時に並行して編纂されていたとすると、両書の編纂が開始される前に、何時となく其の大枠が出来上がっていたものを、それぞれの編纂者が採用したか、或いは両書編纂の最初の仕事として、其の組み立てが為されたことになり、後の場合とすれば、両書における「神代史」の構造がおおよそ一致していることより推して、両書の編纂者により神代の巻の枠組み設定を如何にするかということについての申し合わせが行なわれたか、其のことに関して天武天皇の指示があったと考えられる。いずれにしても、記紀両書の編纂が時を同じくして行なわれていたとすると、『古事記』上巻における独自の構想と理念は、両書における「神代史」中の、一見したところ微小な差異ではあるが、背後にあるいは大きな問題が横たわっているかも知れない事柄――其の冒頭部分、イザナキ・イザナミ二神の名が出されるより前の箇所から一例を挙げれば、『古事記』が神々の名を連ねて、「別天神」の語を記すのに、『日本書紀』に其の語が見えない、といったこと――や、全体の結構をほぼ同じくする両書の「神代史」でありながら、なお一方が他とは大きく異なる物語を導入している箇所――此れも同じく冒頭部分に例を求めるならば、『日本書紀』が中国思想の顕著な天地の始まりの記事を掲げるのに、『古事記』は其れをしない、といったこと――などによって其れを窺うことになる。

＊　＊

『日本書紀』巻第二の第九段（天孫降臨章）一書第二を見ると、瓊瓊杵尊と木花開耶姫の結婚が語られており、瓊瓊杵尊に召されることのなかった磐長姫の発言が、「假使天孫、不レ斥レ妾而御者、生兒永レ壽、有二如磐石一之常存。今既不レ然、唯弟獨見御。故其生兒、必如二木花一之、移落」とされ、続けて、「一云、磐長姫恥恨而、唾泣之曰、顯見蒼生者、如二木花一之、俄遷轉當衰去矣。此世人短折之緣也」と記されている。同書同章段の「本文」には、瓊瓊杵尊と鹿葦津姫（木花開耶姫の亦名とされる）とが登場し、後者の妊娠と出産のことが語られるが、上に引いたような記事は見られない。当該「本文」とともにかなりの長文で、しかも記事の一部を省略したという断りの無い、同じ章段の一書第一には、鹿葦津姫も木花開耶姫も登場しない。一方、『古事記』は、上に紹介した一書第二の話と同様のことを語りながら、石長比売・木花之佐久夜毘売姉妹の父大山津見神が、「此、令レ返二石長比売一而、独留二木花之佐久夜毘売一。故、天神御子之御寿者、木花之阿摩比能微（此五字以レ音。）坐」と発言したとし、此れに続けて、「故是以、至二于今一、天皇命等之御命不レ長也」と記している。『古事記』が、『日本書紀』編纂者の価値判断では同書の第九段（天孫降臨章）を構成する伝承として最上等のもの、或いは其れに次ぐものとはされなかったために、「本文」また一書第一となり得なかった一書第二の語る、瓊瓊杵尊・磐長姫・木花開耶姫の三者をめぐる話とほぼ同じ内容の伝承を採用しながら、諸外国の類話より推して、「世人短折之縁」を語って明らかに最も神話の原初形態に近いと思われる「一云」以下の記事を採らず、(6)しかも一書第二が「生児、必如二木花一之、移落」と、瓊瓊杵尊の児に限定している事柄を、(7)「故是以、至二于今一、天-皇命等之御命不レ長也」と転じたのは、神の子であるはずの天皇が時として、「世人」の誰彼よりも早世する場合のある不条理を取り繕ったもので、此れは『古事記』上巻の構想と理念を語る際には、見逃すことの出来ない事柄である。

『古事記』は、ニニギノミコトがイハナガヒメとの結婚を拒否した結果、代々の天皇は長命でなくなったという話を、後世に伝えるべき「正実」であると定め、『日本書紀』巻第二が第九段（天孫降臨章）に一書第二として載録している当該神話については、其の結論の部分を「虚偽」として排除したのである。しかし、当該神話本来の意義からすれば、此れは全く逆であって、『古事記』が当該神話の末尾に見たような説明を記すことと、同書が出来する和銅五年に近い頃、文武天皇や草壁皇子がいずれも二十代の若さで死亡したこととは、無縁ではないとする指摘がある程(8)で、私たちは、『古事記』の編纂に際して、明らかに天皇家に都合の良い神話が採られたり、神話の一部が天皇家に都合の良いように変改されたりする事実のあったことを、此の記事から推察することが出来る。『古事記』が語るのと同じことを言う「一書」が、八世紀の初めに存在していたならば、天皇家に都合の良い資料を「本文」また「一書」として掲げ、所々に「一云」・「或曰」などと別伝を挿入する『日本書紀』に、其の全体もしくは当該記事の部分が採られなかったはずがない。

＊　　＊

全体の枠組みと骨格とをほぼ同じくする記紀両書の「神代史」中にあって、『古事記』に見られ、『日本書紀』に見えない記事としては、所謂稲羽の素菟譚、大穴牟遅神による根堅州国訪問譚、歌謡によって物語の展開が図られる八千矛神と沼河比売・須勢理毗売命を主人公とする話、大国主神と其の子孫の系譜など、今日大国主神の名で一括される神々についての神話と系譜、また、此れらの神話や系譜が『古事記』上巻の現在ある箇所に置かれるよりも前には、明らかに、須佐之男命による遠呂智《知》退治譚の末尾に見える同神の子孫の系譜と直接繋がっていたと考えられる、大年神に関する系譜[9]などがある。

此れらは、『日本書紀』の巻第一・第二における「本文」だけで構成される「神代史」には勿論のこと、「一書」による「神代史」にもなお見出すことの出来ない神話であり、系譜である。私たちは、此処にも『古事記』上巻の構想と理念の如何なるものであったかを窺うことが出来ると思われる。

『古事記』は、何故上に掲げた神話や系譜を載録しているのか。此れは、『古事記』編纂の開始時期までに既に我国に、というよりも当時の天皇家に、存在していたか或いは記紀両書の編纂者間でおおよそかくあるべしと意見の一致をみた「神代史」の有り様が、『古事記』の編纂者により、質と量との面で貧弱かつ短小であると考えられ、其の増補と長大化とが企てられた結果ではないだろうか。周知のように、『日本書紀』の「本文」だけを辿ることで知られる「神代史」は、意想外に短いものである。あるだけの資料から意に適うものだけを採って点綴し、時に変改の手を加え、「正実」の「神代史」を構築しようとした『古事記』が、「神代史」の増補と長大化とを目論んだことは、当該の神話や系譜の部分からだけでなく、『日本書紀』の編纂者が巻第一の第五段（四神出生章）に「本文」としてでなく、一書第六として載録した話と似た伝承に、或いは一書第六其のものに、手を加えて成ったと思われる話を載録していることからも知られる[10]のだが、『古事記』の編纂者が、大国主神に関わる神話と系譜とを載録したことには、述べたような意図があっただけでなく、後述するように、いま一つ別の考えもあったかに思われる。

なお、『古事記』が載録する稲羽の素菟譚から大年神に関わる系譜に至る記事と、其の前後に置かれた物語とを見ると、須佐之男命による遠呂智《知》退治神話の直後に大年神の名が出るので、既に述べたように、神話の何度かに及ぶ成長・変化の過程を経て、遠呂智《知》退治の後に、大国主神を含めた形での須佐之男命の子孫の系譜、そして大年神の子孫の系譜と連続する形にまでなっていたのを、大国主神の名が初めて出るところまでと、大年神の子孫の系譜とに前後二分して、其処に稲羽の素菟譚以下大穴牟遅神と少名毗古那神による国作り譚までを挿入したと思われるのであるが、国作り譚の前に、大国主神と其の子孫の系譜が記され、稲羽の素菟譚から後の物語の連続性が此の系譜によって中断される感がある。此れは、稲羽の素菟譚より大穴牟遅神と少名毗古那神による国作り譚に至る部分の挿入が、少なくとも二度に亙って行なわれたことを示唆しているように思われる。即ち、此処でも何故か「一書第六」が関係するのだが、大国主神の「亦名」を列挙し「其子凡有百八十一神」と言い、其の後に大己貴命(神)と少彦名命の天下経営譚を語る『日本書紀』巻第一の第八段（宝剣出現章）一書第六の記事と構成を同じくする話をまず挿入し、次いで「亦名」を言う部分と其の後の部分とを分かって、其処に稲羽の素菟譚より八千矛神と沼河比売・須勢理毗売命を主人公とする歌物語までを挿入し、「其子凡有百八十一神」と一書第六が多くを語らない部分を少しく詳細に記した、ということだったのではないか。此の事は、『古事記』が大国主神の名よりも大年神の名を前に出しているので、現在私たちが見るような物語の構成では、大年神と其の子孫の系譜が、大年神の名の初めて出る箇所から遠く離れていて、「故、其大年神、娶神活須毗神之女、伊怒比売、生子、大国御魂神」以下「上件羽山之子以下、若室葛根以前、并八神」までの表現が読者をして唐突奇異の感を抱かせる[9]ことと、『日本書紀』巻第一の第八段（宝剣出現章）本文と同章段の一書第二の物語構成が、素戔嗚尊による八岐大蛇退治を語って後に、大己貴神(命)の出生を述べる形で終わっていることとからも推察される。

また、『日本書紀』巻第一・第二は各章段に「一書曰」として異伝を掲げており、諸伝を網羅するという一見良心的な編集方針を採ったかに思われるが、いずれ天皇家にとって都合の悪い伝承、価値の乏しい記事は捨てたと考えられるので、現存する「本文」と「一書」とだけから推察し断言することは出来ないが、『日本書紀』巻第一の第八段（宝剣出現章）が、其の「本文」から一書第五に至るまで素戔嗚尊を主人公とする物語によって占められ、一書第六だけが既に見たような構成になっていること、同章段本文は大己貴神を素戔嗚尊の子と言い、一書第二が大己貴命を素戔嗚尊の「六世孫」と述べて、大己貴神《(命)》の扱いに異同のあることからすると、大国主神・大穴牟遅神・葦原色許男神・八千矛神・宇都志国玉神を初めて同一神としたのは、後述するように、出雲国と其の地を代表する神とを大きく描く必要のあった『古事記』の編纂者であり、一書第六の冒頭に置かれている大国主神の別名を言う記事は、『古事記』の当該記事を増補したものであるのかもしれない。

＊　＊

『日本書紀』の「本文」が語る「神代史」において、其の巻第二の第九段（天孫降臨章）には、多くの紙幅が割かれており、其の章段で語られる事柄とほぼ同じ事柄の記述に、『古事記』がやはり相当の紙幅を費やしていることから推して、記紀両書の当該箇所がともに語る、天皇家の祖先神と葦原中国の神々との間で為された国譲りの交渉、大国主神（大己貴神）より天つ神への国譲り、天孫ニニギノミコトの葦原中国への降下、彼とコノハナノサクヤビメとの結婚、そしてヒコホホデミノミコトを始めとする神々の誕生、此れらを記すことが、両書の編纂者たちにとって大切な仕事の一つであったことは明白である。

翻って、『古事記』には載録されているが、『日本書紀』には記載されていない、上に大略を示した大国主神に関わる神話に眼を向けると、須勢《(世)》理毘売(命)を負って根堅州国より逃走する大穴牟遅神に対しての、黄泉比良坂における須佐之《(能)》男命の発言に、「意礼二字以㆑音。為㆓大国主神㆒、亦為㆓宇都志国玉神㆒而、其我之女須世理毘売、為㆓適-妻㆒而、於㆓宇迦能山三字以㆑音。之山本㆒、於㆓底津石根㆒宮柱布刀斯理此四字以㆑音。於㆓高天原㆒氷椽多迦斯理此四字以㆑音。而居」と、『出雲国風土記』に見える出雲郡宇賀郷や宇加社と関わりがあると考えられる「宇迦能山」の名が記されているのを始めとして、「大国主神、坐㆓出-雲之御大之御前㆒時」、「此二神、降㆓到出-雲国伊耶佐之小浜㆒而、伊耶佐三字以㆑音。…（中略）…問㆓其大国主神㆒」と、更には大国主神の「住-所」のことが、「於㆓出-雲国之多藝志之小浜㆒、造㆓天之御舎㆒多藝志三字以㆑音」といったように、出雲国の地名が大国主神の名と結び付いた形で記されている。

『日本書紀』巻第二の第九段（天孫降臨章）の記述、また其れに対応する『古事記』の記事、さらには上に概略を記した大国主神に関する神話や其の子孫の系譜、大国主神と出雲国との見たような関わりなどを合わせ考えると、『古事記』が、稲羽・淤岐嶋・伯岐国・高志国・出雲といった日本海側に位置する地域の名を挙げながら、殊更に大国主神に関わる神話や系譜について語るのは、其れらの地域を含めての国譲りの交渉が如何に大事業であったか、天皇家の祖先神が葦原中国を征服・平定し、なお版図の拡大に努めねばならなかった時、其の相手となった者たちのうち、特に出雲国の宇都志国玉神である大国主神には、其れなりの伝承も系譜も存在していることを語って、読者に其の交渉の容易でなかったことを思わしめる、困難を克服して国譲りを成功裡に終わらせた天皇家の祖先神の功績を讃える、此れが、『古事記』編纂者の目論見、即ち前に物語を増補し長大化することとは別に存在したのではないかとした、「意図」だったのではないか。

『古事記』にだけ載録されている大穴牟遅神による根堅州国訪問譚に出る黄泉比良坂が、葦原中国と根堅州国とを繋ぐ通路とされており、此れもやはり『古事記』においてだけ、「所レ謂黄‐泉比良坂者、今謂二出‐雲国之伊賦夜坂一也」と、特に数ある国々の中でも、出雲国に通じているとされているのは、上に述べたことと無縁ではないと考えられる。

*　　　*

細部に異同は認められるものの、『古事記』が語る、伊耶那美神の死、其れに続く伊耶那岐神による黄泉国訪問、伊耶那岐神の禊祓及び天照大御神・月読命・須佐之男命の誕生、という一連の物語と、其の粗筋や登場・出現する神々、また物語構成の要素をほぼ同じくしており、しかも文中に「亦曰」・「一云」・「或所謂泉津平坂者…」と度々異説を紹介している、『日本書紀』巻第一の第五段（四神出生章）一書第六でさえもが、其の所在については一言半句触れることのなかったヨモツヒラサカに関して、『古事記』だけが、「今謂二出‐雲国之伊賦夜坂一也」と記している。

此のことは、遡って同書が伊耶那美神の死を語る箇所に「葬㆘出‐雲国与㆓伯伎国㆒堺比婆之山㆖也」と記していることと明らかに関連していると思われる。『古事記』が編纂される時、『日本書紀』に載録されなかった伝承（或いは記事）を其の儘の形で利用したのであれ、『日本書紀』が第五段（四神出生章）に載録している「一書第六」の記事に、後述する「根国」と「木国（紀伊国）」との関わりや紀伊国と出雲国とに見られる共通事項により、人々の間に既に生じていたところの、出雲国と黄泉国とは隣接しているとする観念・思想を(11)『古事記』の編纂者が導入したのであれ、更には其の観念・思想其のものを『古事記』の編纂者が考え出して付け加えたのであれ、『古事記』の編纂者に、出雲国と伯伎国との辺り、就中出雲国を特別の地域にしようとする意図のあったことは確実である。

出雲地方一帯の統治者或いは彼らの祖先神とされている大国主神の事績と系譜、また同神を相手とした交渉に紙幅の多くを費やして、天皇家の祖先神の業績が偉大であることを語る『古事記』の上巻が、出雲の地を「伊那志許米上志許米岐此九字以㆑音。穢国」である黄泉国と境を接しているとしているのは、其の編纂に関わったものに、天皇の権威を高からしめる必要から、有りの儘に或いは事実を曲げ粉飾を施し誇大に表現しなければならなかった一地方について、此れを他の箇所では貶めておく必要があるとする、政治的な配慮のあった結果ではないだろうか。

黄泉国から出雲国に出たはずの伊耶那岐神が、直ちに其処で禊祓を行なわず、竺紫日向之橘小門之阿波岐原に到って漸く其れを実行するのは、『古事記』編纂者が、出雲国を貶めようと事を急ぐ余りに生じた不合理とも解せるし、出雲国が穢れある地であることを読者に印象づけ、併せて天照大御神誕生の地とする竺紫日向之橘小門之阿波岐原が清浄な土地であることを、認識させようとした結果であるとも考えられる。

此のように考え、既に見た『古事記』の載録する迩々藝(能)命と木花之佐久夜毘売の婚姻譚の末尾の記事、「故是以、至㆓于今㆒、天‐皇命等之御命不㆑長也」が、仮に、民間の伝承を其の儘採用したのでなく、同書の編纂者の手になるものとしても、其れは何も拠るべきものの無い状況下での独創的産物ではなく、『日本書紀』巻第二の第九段（天孫降臨章）一書第二のような記事に基づくものであったらしいことを考慮すると、『古事記』が大穴牟遅神による根堅州国訪問譚を語って、其処に黄泉比良坂の語を出し、恰も根堅州国と黄泉国とが同一の世界であるかのようにしているのは、我国の未開・古代人の間に生命力の横溢する土地として案出された他界「根国」が、『古事記』の編纂される頃までに、一部の人々の間で、其の名に有する「根」の語と植物の根が土中にあることとから、地下にあると考えられるようになり、地下の国黄泉国と同一視されつつあった(12)ので、『古事記』の編纂者が此の状況を利用して、出雲の須賀の地を宮地と定めた須佐之男命と、其の六世の子孫大国主神とが、孰れも「伊那志許米上志許米岐此九字以レ音。穢国」である黄泉国と密接な関わりを有する存在であることを言おうとした結果であると考えられる。即ち此れも、出雲国と黄泉国とが近い関係にあること、出雲国が穢れ多い地であること、また出雲地方一帯の統治者或いは彼らの祖先神としての大国主神の名自体が、根堅州国（『古事記』編纂者の認識では黄泉国）の主である須佐之男命の「意礼二字以レ音。為二大国主神一」という発言によったもので、いわば不浄の世界から与えられたものであることなどを示すため、『古事記』の編纂者が「神代史」を構成するに際して意図的に行なった、原神話に対する部分的な「為にする」改竄或いは追加であったと考えられるのである。

述べたように、其れが『日本書紀』の記事に窺えず、『古事記』には見えることを重視すれば、黄泉国と出雲国とが隣接しており、黄泉国と根堅州国とが同一の世界であるとする観念・思想は、『古事記』編纂者の独創的産物であった可能性もありはしないかと、疑ってみるべきかとも思うが、黄泉比良坂が出雲国の伊賦夜坂であるとする記事や、黄泉比良坂と根堅州国とを結合している記事は、民間に拠るべき観念・思想の全く無い状況から産み出されたものとはちょっと考え難い。

なお、スサノヲ神によるヤマタノヲロチ退治譚は、記紀両書に見えるが、出雲が得体の知れない怪物の出没する不穏な土地であることを語って、『日本書紀』におけるよりも、出雲を殊更に穢れある国とした『古事記』において、其の存在価値を大きく発揮していると言える。

＊　　＊

『古事記』の編纂者が其の上巻となる「神代史」を如何に構成するかに腐心した時、国つ神から天つ神への国譲り、即ち天皇家の祖先神による葦原中国の征服・平定を語って、其の偉業を讃える、そして、偉大な祖先神の血統を継承する天皇の存在を絶対のものとする、其の為に葦原中国の勢力を代表する存在として、特に出雲国に着目し大国主神の名を出して、其れらを殊更に偉大な存在とすることとした。[13] そして、一方で足した分を引いて丁度零にするため、其れらを貶めることにもした。

何故、出雲国であり大国主神であったのか。其の理由は判然としない。

大国主神の名は、其の名の意義から推して、天つ神により征服・平定される前の葦原中国の代表として出雲国が選ばれた時、同時に作られたもののようにも思われる。また、出雲国が葦原中国を代表すると考えられたのは、其の地が黄泉国と隣接しているとされたことと、全く同じ理由によっていると思われる。出雲国と黄泉国とが隣接するとされた理由については、幾つかの意見を紹介しながら、「根国」や木国（紀伊国）と関わらせつつ卑見を述べたことがある[14]が、其れに加えて、出雲国が、朝鮮半島と近い位置にあることをも考慮する必要がありそうである。大和朝廷には何時の頃からか、朝鮮半島の人々を敵視し、其の文化を軽んずる風潮が生じたが、出雲国が其処と距離的に近く、しかも大和地方から遠く離れていることは、出雲国が黄泉国と隣接しているとする観念・思想の形成、出雲国を葦原中国の代表とする考えに幾分の貢献をしたことと思われる。

『古事記』の編纂者が意図したことは、現実世界の有り様について一部を偽ることであり、特定の地域の勢力を強大化すると同時に、其の地を過大に描写した分だけ別の箇所で矮小化することであったが、事は現実世界の認識に一部変改の手を加えるだけにとどまらず、「根国」・黄泉国といった想像上の世界をも巻き込み、宇宙世界の再構築へと発展したようで、私たちは、其の再構築——『日本書紀』が載録した諸伝を通じ唯一度「海郷」（第十段一書第一）とされているほかは、漠然と「海中」（同段一書第三・第四）とされているらしく思われる「海(神之)宮」の在所を、『古事記』が「国」と明記したのも、あるいは此の再構築の結果かも知れない(15)——の片鱗を、まず宇宙世界の始まりに言及しなければならなかった同書上巻の冒頭部にも見ることが出来る。

『日本書紀』巻第一の第一段（神代七代章）と其れに対応する『古事記』の記事とを比較すると、前書の「本文」が中国の古文献によって机上で綴られたと思しき文章になっていること、また、最初に出現する神が、前書で国常立尊とされたり、可美葦牙彦舅尊また天常立尊とされるのに対し、後書で天之御中主神とされていることなど、はっきりとした違いを見せているが、加えて其れらの神々の出現する場が、前書では、後書成立後其の記事を付加したとも(16)、後書が拠ったのと同じ資料に基づいているとも考えられる(17)、一書第四の「又曰」以下の記事を除くと、「天地之中」、「虚中」、「國中」、「空中」となっているのに、後書では「高天原」とされている。

今、林勉原文校訂『日本書紀』によると、此の「高天原」の語は、『日本書紀』の写本・刊本の幾つかが、巻第一の第四段（大八洲生成章）一書第三を記すに当って、他の其れらが「高天原」としている箇所を「天原」としていることがあり、巻第二の第九段（天孫降臨章）一書第二についても、諸写本・諸刊本が「高天原」と一致して記す箇所を、独り東京国立博物館所蔵の「玉屋本」が「天原」としているので(18)、もとより「高天原」と全く同じ意味の語であるとして使用されていたとも、記紀両書それぞれが書写或いは刊行される時に、語頭の「高」の字が脱落した結果とも考えられる「天原」の語も(19)、此れと同語であると看做すと、『古事記』の上巻と『日本書紀』の巻第一・第二とにおいて、それぞれ十回程用いられている。

『古事記』の場合、「高天原」「天原」の語は総て上巻にのみ其の用例が見られるのであるが、「高天原皆暗、葦原中国悉闇」、「以㆓為天原自闇、亦、葦原中国皆闇㆒矣」、「高天原及㆓葦原中国㆒、自得㆓照明㆒」、「上光㆓高天原㆒、下光㆓葦原中国㆒之神」というように、大国主神の居所とされ、「以㆘為於㆓此国㆒道速振荒振国神等之多在㆖」と言われる葦原中国と一対で用いられること四度に及んでいる。一方、『日本書紀』にあっては、其の巻第一と第二とを通して、其のような例は、巻第一の第六段（瑞珠盟約章）の一書第三に、「日神…（中略）…取二其六男一、以爲二日神之子一、使レ治二天原一。即以二日神所生三女神一者、使レ降二居于葦原中國之宇佐嶋一矣」と見られるだけである（なお、書紀には他に、「垂仁天皇二十五年三月丁亥朔丙申（十日）」条に付された「一云」以下の記事に、「天照大神悉治二天原一。皇御孫尊、専治二葦原中國之八十魂神一」という表現が一度だけ見える）。

僅かに各十回程度の用例と、「一云爾」「一云云」などとして記事の一部を省略する場合のある『日本書紀』の巻第一・第二と『古事記』とにおける此れも僅少な用法の差異によるだけでは、どれ程正確な判断と言えるか甚だ心許無いが、記紀両書の「神代史」における「高天原」「天原」の使用頻度及び其れらが葦原中国と一対にして使われている回数の違いは、既に指摘されてもいるように[20]、高天原の世界が記紀両書の編纂者たちに認識されていたものの、『古事記』の編纂者が其処を、出雲国を含む葦原中国の対極にある世界、天皇家の祖先神の居所と意識し、また記そうとする意図を強くもったのに対し、『日本書紀』の編纂者にはそのような意識や意図が稀薄であったことを示していると言えよう。

『日本書紀』の編纂者は、「神代史」の冒頭に出る、神の出現の場について、頓着することなく、其処を「天地之中」、「虚中」、「國中」、「空中」と表記されている資料其の儘に記すだけで事足れりとしたが、『古事記』の編纂者にとって其処は、出雲国に代表される葦原中国に対しての高天原でなければならなかったと思われる。

*　*

記紀両書の「神代史」を虚心に読み較べれば誰しもが気付き、しかも言い旧されているようなことを改めて書き記すのも気がひけるが、『古事記』における葦原中国や出雲の神々は、『日本書紀』における其れらより一層大きく扱われているように思われる。

また其の一方で、葦原中国の代表とされる出雲国は、『古事記』において殊更に貶められてもいる。

『古事記』の上巻にある種の構想と理念の如きものがあるとすれば、此のことによって知られることこそが、其れであったと思われる。葦原中国を強大にすることで、高天原の勢力のより一層強大であることを示唆し、其処に繋がる天皇の存在と権力とを強固・絶大なものとする、此れが『古事記』編纂者の意図したことであったに違いない。

注

（1）『続日本紀』巻八の「元正天皇養老四年五月癸酉（二十一日）」条に「先《キ》レ是《ヨリ》。一品舎人《ノ》親王奉《テ》レ敕《ヲ》。修《ス》二日本紀《ヲ》一。至《テ》レ是《ニ》功成《テ》奏上《ス》。紀卅巻系圖一巻」（『新訂増補国史大系』第二巻八一頁）とある記事に関して、平田篤胤は、「此《ノ》文にたゞ日本紀とのみ有れど。是《レ》即《チ》今に伝はる日本書紀なり」（『古史徴』一之巻春・開題記――『平田篤胤全集』第一二巻三四頁）と言う。此れより先、荷田春満が『日本書紀』の書名を掲げて、「此書は元正天皇養老年中、舎人親王奉勅給ひて、同四年五月癸酉、上奏被遊たる也」（『日本書紀神代巻箚記』巻第一上――官幣大社稲荷神社編纂『荷田全集』第六巻一頁）と言っている。しかし、伴信友は、「養老の日本紀は、後に改删られたるところありと見ゆる事あり、また承知よりやゝ以前に、更に増補修飾を加へ、題号にも書《ノ》字を加へて、日本書紀と為させ給へりときこゆる證あり、今世に在る本これなり」（『長等の山風』上之巻――国書刊行会編『伴信友全集』巻四・四六五頁）と言う。また、黒川真頼は、「養老修成日本書紀」（傍点福島）は「今に伝はらざる本」で、「今に伝はる本」は「天平修成本」であると言う（「日本書紀を読む心得」――『黒川真頼全集』第四・二三頁）。今日、『日本紀』は『日本書紀』であり、養老四年に完成したとされて、其の後の「改删」「増補修飾」「修成」について言われることは、ほとんど無い。しかし、武田祐吉が『日本紀』と「今日の日本書紀」とを同一の書であるとしてはいる（『古事記研究 一帝紀攷』四一－四二頁）ものの、なお早く指摘したように、『日本紀』と『日本書紀』とは、書名を異にするだけでなく、後者に系図一巻を欠いており、両書が同一の書であったとすれば其れは官撰書であることになるが、現存する『日本書紀』には序文・上表文が見られず、しかも『萬葉集』に引かれた『日本紀』と現存『日本書紀』の暦法が異なっている（『日本全書 古事記』二七頁。また、木村正辞著『萬葉集美夫君志』巻一・二別記（別記附録三〇－三二頁）、友田吉之助著「日本書紀後世改删説の再検討」（『開学十周年記念論文集』一六九－一七二頁）を参照）など、両者を同一の書であると断定するためには解明されねばならない幾つかの問題がある。従って『日本書紀』が養老四年に成ったとすることに全く問題が無い訳ではない。

(2) 例えば、「書紀の編修は天武一〇年紀に見える「記定」にはじまり、養老四年の「奏上」にいたる期間にわたって行なわれたと考えられる。このような理解には異論がないわけではないが、一般にはひろく承認されているといってよい」(八木充著『律令国家成立過程の研究』三〇九頁。傍点福島)、「『日本書紀』編纂の発端がどこにあるかということについては、いろいろな説がある。やはり通説のように、六八一年(天武一〇)三月の「帝紀および上古の諸事を記し定めしめたまふ」詔にあったとするのが適当であろう」(上田正昭著『日本神話』七三頁。傍点福島)、「『日本書紀』が天武九年(天武紀十年)の「帝紀及上古諸事記定」の詔にその端を発し…(中略)…奈良時代元正天皇の養老四年(七二〇)に完成奏上されたということについては、一般に認められているところである」(梅沢伊勢三著『古事記と日本書紀の成立』一五七頁。傍点福島)などと言われているように、大方の人たちが、当該記事を『日本書紀』編纂の開始について述べたものとしている。此れを記紀両書編纂の開始と見る平田篤胤(前掲書一之巻春・開題記——『平田篤胤全集』第一二巻三二-三四頁。また、同書一之巻夏・開題記——『平田篤胤全集』第一二巻五八頁)、「日本紀の原選」の終りとする久米邦武(『日本時代史 第二巻 日本古代史 下』四五五頁)、『古事記』編纂の開始と言う平田俊春(「古事記の成立(下)」——『芸林』第一巻第三号五五頁)・友田吉之助(「古事記の成立と序文の暦日」——『論集・古事記の成立』九六頁)、「後に古事記と日本書紀とに分れていったその Ur-text の記定・筆録をさしていふたものと思はれる」と言う西田長男(「天武天皇の古事記・日本書紀の撰録(承前)」——『神道学』出雲復刊第七号一〇頁)、「書紀の編纂の開始と見るのは困難ではなからうかと思ふ」と記す岩橋小弥太(『増補上代史籍の研究』上巻一一六頁)、上限が「神代紀」であるか否かは「問題である」が、下限を「推古紀」とする「日本書紀」の「原形の叙述」作業であったとする八木充(前掲書三二三・三一三頁)、「言葉どおり「帝紀及び上古の諸事を記定せしむ」る事業」の開始と考える中村啓信(「日本書紀の成立と構造」——講座日本の神話2『日本神話の成立と構造』四四頁)、「『古事記』の編纂の一過程について記したもの」と言う水野祐(「「記紀」の成立過程比較論」——『歴史手帖』五巻一二号八頁)、「『古事記』の原形になった帝紀・旧辞の記定と見るのが妥当である」と述べる山尾幸久(「『日本書紀』のなかの朝鮮」——『共同研究日本と朝鮮の古代史』一一六頁)など、異なる説を述べる人もある。なお、天武一〇年三月庚午朔はグレゴリオ暦では六八一年三月二八日である(内田正男編著『日本書紀暦日原典』三五三頁)から、天武一〇年三月一七日の出来事を「六八一年(天武一〇)三月」の事とする上田正昭の表現は誤っていると思われる。

(3) 坂本太郎著「日本書紀の撰修」——『坂本太郎著作集』第二巻二四頁。また、同著「古事記の成立」——同上書六〇・六三頁。

（4）徳田浄著『原始国文学考』四五‐四八頁。

（5）天武一〇年の修史事業により出来した物を、「世に伝はら」ない「潤色の史《カザリ》」とする本居宣長は、『古事記』出来後に『日本書紀』の編纂が開始されたとしている（『古事記伝』一之巻――『本居宣長全集』第九巻四頁）。平田篤胤は、『古事記』出来後の和銅七年に天武天皇の遺志に添うべく奏上された、「御史《みふみ》」を「修《つくろ》」って『日本書紀』が作られたとする（前掲書一之巻夏・開題記――『平田篤胤全集』第一二巻六八頁）。嘗て「帝紀及上古諸事」の「記定」について、「継続事業として行なわれたものらしくないから、その日のうちに出来上る程度のものにとどまったように考えられる」と述べた益田勝実（「文学史上の『古事記』」――『文学』第四八巻第五号六頁）も、改めて天武一〇年の修史事業に触れることはせずに、近年「『日本書紀』編纂事業が…（中略）…『古事記』完成直後に始められ」た、と言っている（古典を読む10『古事記』二六五頁）。原田敏明は、「養老四年よりも早く、恐らくは天武朝のころには「書紀」の元となったものがすでに出来ていて、「古事記」も恐らくこれを見ていたと考えられる」と言う（「古事記の神」――『古事記大成』第五巻神話民俗篇六‐七頁）。此れらとは別に、「古事記は草稿《サウカウ》にして日本紀は清書のやうなるものなり」とする尾崎雅嘉の意見（『群書一覧』巻之一・2ウ）、同様に「古事記は書紀の神代紀ができるまでの習作、もしくは下書きのような草稿だったから、正文の成った書紀は、草稿たる古事記の名を出さなかったのである」という松本清張の説（「古事記と日本書紀の関係」――『文学』第四八巻第五号六三頁）があり、また、稗田阿礼を助手とした天武天皇による帝紀旧辞削定事業の規模が拡大されて一〇年の修史事業となり、やがて記紀両書が出来することになるが、天武天皇の遺志を継承する元明天皇が太安萬侶に『古事記』の撰修を命じ、其の撰進二年後、『続日本紀』巻第六の「元明天皇和銅七年二月戊戌(十日)」条に、「詔二従六位上紀《ノ》朝臣清人。正八位下三宅《ノ》臣藤麻呂《ニ》一。令《ム》レ撰《セ》二國史《ヲ》一」（『新訂増補国史大系』第二巻五五頁）とあるように、清人と藤麻呂とに国史の撰修を命じた、とする安藤正次の説がある（「古事記解題」・「日本書紀解題」――『安藤正次著作集』第四巻五六・二二二頁）。なお、後に天武一〇年の修史事業を「『日本書紀』編纂の発端」とする上田正昭（前掲書七三頁）には、嘗て、其の事業が『古事記』の「序文」に言う天武天皇の勅語の「前段階」をなすもので、『日本書紀』の編纂とは結び付かず、『日本書紀』編纂の開始は、『古事記』撰上後のことだった、とする意見があった（『日本神話の世界』一二〇‐一二二頁）。通常は『日本書紀』編纂員の追加・補充の記事であると解されている前掲『続日本紀』の記事を、平田俊春は『日本書紀』編纂の開始であるとしている（前掲論――『芸林』第一巻第三号六一頁）。日本思想大系1『古事記』は、『古事記』の「編集の由来」を語って、「序文」に言う天武天皇の詔は、「帝紀及上古諸事」の「記定」が為された際の其れであると言い、其の作業が間もなく「中絶」され、改めて稗田阿礼に「勅語（口勅）」が下された、と述べる（三〇八－三一〇頁）が、『日本書紀』編纂の開始との先後については特には言及していない。

（6）松村武雄著『神話学論考』（一四四頁）、松岡静雄著『紀記論究　神代篇六　高千穂時代』（一一三頁）、中田千畝著『黒潮につながる日本と南洋』（一四〇頁）、大林太良著『日本神話の起源』（角川新書版二一三頁）、鳥越憲三郎著『古事記は偽書か』（二一八頁）など。

（7）飯田武郷が、「生児は。今生ます児のみを。申にはあらす。大神末々までをかけて白せるなり」（『増補正訓日本書紀通釋』第二・九二四頁）としたのは、明らかに誤った解釈であると私は思う。

（8）上田正昭著『日本神話』二〇四頁、同著『日本の神話を考える』一四三頁。

（9）武田祐吉著『古事記説話群の研究』――『武田祐吉著作集』第三巻二一三頁。三谷栄一著『日本文学の民俗学的研究』一七二頁。

（10）吉井巖に、『日本書紀』が一書第六として『古事記』の伝承を採ったのではないか、とする意見がある（『天皇の系譜と神話』三・三七頁）が、私は逆のことを考えている。

（11）拙著『記紀神話伝説の研究』三九四－三九七頁。

（12）同上書二七〇－二七六・三九四－三九七頁。

（13）坂本太郎は、『日本書紀』の編纂者に、「国の正史としては、天孫に抵抗した出雲族の神話はあくまで傍系であり、それを詳記する必要はないという判断」（『六国史』――『坂本太郎著作集』第三巻六三頁）があったため、同書に「出雲神話」が貧しいと言うが、此れは『古事記』が殊更に出雲に関わる神話を豊かにしたため、『日本書紀』の其れが貧しく見えるのであって、『日本書紀』の編纂者に格別上記のような判断があったか疑わしい。

（14）拙著前掲書三九四－三九七・四〇三－四〇六頁。

（15）一書第一には、「豊玉姫問曰、天孫豈欲レ還二故郷一歟」、また「乗二火火出見尊於大鰐一、以送二致本郷一」という表現があり、此の「故郷」・「本郷」に対応する形で、同一書は海神の宮の所在地を「海郷」と記している。一方、同一書は「豊玉姫卽白二父神一曰、在レ此貴客、意三望欲還二上國一」と天孫（彦火火出見尊）の「故郷」を「上國」と言い、此れには「此云二羽播豆矩儞一」という訓注まで付しているが、海神の宮の所在地を「海國」もしくは「下國」とはしていない。『古事記』は、「火遠理命…（中略）…至二三年一、住二其国一」と唯一箇所であるが、海神の宮の所在地に「国」の字を用いている。また、同書には、「天津日高之御子、虚-空津日高、為レ将レ出二幸上国一」の表現もある。もっとも『日本書紀』の当該章段の場合、一書第三・第四には「云云」と記事を省略したと思われる箇所があり、特に第四の「云云」は三箇所にあって、其の二つ目にもと「海國」または「下國」の表現があったかも知れない。

(16) 武田祐吉著『古事記説話群の研究』——『武田祐吉著作集』第三巻一二三頁。

(17) 坂本太郎著「日本書紀の成立」——『坂本太郎著作集』第二巻七九頁。

(18) 林勉原文校訂『日本書紀』——井上光貞監訳『日本書紀』上五〇四・六六四、五二六・七一一頁。

(19) 高天原に関する見るべき論に、中村啓信著「高天の原について」があるが、同論は、『古事記』に「以二為天原自闇、亦、葦原中国皆闇一矣」とある「天原」の表現に言及し、「書写の過程で、「高」が脱落したとみるよりは、むしろここに古事記の原型的な本文をみてとるべきものであろう」(『倉野憲司先生古稀記念古代文学論集』三六八二三頁)としている。なお、同論には、『日本書紀』巻第一の第四段(大八洲生成章)一書第三における「高天原」「天原」のゆれについての詳細な説が見られる(同上書三五九‐三六一頁)。

(20) 注(19)の論書、三六四・三七二頁。

＊ 本稿が扱った事柄については、対象を『古事記』に限定せず、同時に『日本書紀』をも扱っているが、津田左右吉著『日本古典の研究』上巻(『津田左右吉全集』第一巻)が参考になる。就いて見られたい。本書全体の表記を統一するため、本稿は用字また「注」の書式を大幅に改めた。なお、本稿をはじめて公にした時(古事記研究大系3『古事記の構想』)に、『古事記』と『日本書紀』の成立に関する原田敏明の説を誤った表現で紹介してしまった。今回、其の誤りを正したが、此処に、同氏及び当該書の関係者・読者の皆さんに迷惑をおかけしたことをお詫びしておく。

其の二『記紀神話伝説の研究』補遺

本稿は、旧著『記紀神話伝説の研究』（六興出版）が発行された直後に、同書各章の末尾の頁にある余白の分量に応ずる形で、当該章（論）の不足を補うことを目的に、記したものである。各章（論）に示した神話・伝説また民間の習俗などに類似する話や事柄を、追加・紹介して、論拠を一層明確にしようとしたのであったが、其の記事の幾つかは、時に一部また全部が、本書に述べたことと重複していたりもするように、本書に収録した論とも密接に関わっているので、今、此処に其の全文を掲げて、本書の読者の参考に供する。

（四九頁・増補）

＊ 本論では、押し並べて「近親」の語を用いたが、此の語が及ぶ範囲は、世界の各地にあって、必ずしも一様ではない。

（七〇頁・＊の続き）

注（32）に出た平川親義の撰になる「丹娜婆墓表」は、緑地社版『八丈実記』（第一巻一二七頁、第五巻九七・四一八－四一九頁）に其れを見ることが出来るが、丹娜婆は「舟艫」を抱いて、死を免れたとある。「舟艫」を「艫の樹」とする異伝のあることは、「舟艫」を「舟の櫓」としている本山桂川著『海島風趣』（八一頁）にも見える。平川親義については、葛西重雄

／吉田貫三著『増補三訂八丈島流人銘々伝』（一六三－一六五頁）に詳細な記事がある。また、葛西重雄著「島の歴史と流人たち」に、『綜嶼嘶話《いとじまむかしばなし》』という本は、享和のころ、八丈島出身の高橋与一（号高閑愼）が著わしたもの」（杉村恒写真・団伊玖磨／葛西重雄文『八丈島』一三九頁）という記事が見える。

（八七頁・＊の続き）

嘉永三（一八五〇）年、太平洋を漂流中にアメリカ船オークランド号に救助された「アメリカ彦蔵」は、和船と「黒船」との相違を、「マストも帆も驚きだった。私たちの和船は大きな帆柱が一本だけ、帆桁も一本だった。そして大きな不恰好《ぶかっこう》な、しばしば操作がむずかしくなる帆がついていた。ところが黒船では、数本のマストとたくさんの小さな帆桁があって、手ごろの大きさの帆がたくさんしばりつけられていて、操作が簡単で便利である」（中川努／山口修訳『アメリカ彦蔵自伝』（東洋文庫）1・五五頁）と述べている。如何なる場合にも「例外」はあるもので、石井謙治著「鎖国時代の航洋船建造」によると、寛文一〇（一六七〇）年に造られた一艘の唐船は、「中国式ジャンクの船体構造や帆装」を有していたとされ、特に、寛永一六（一六三九）年よりほぼ一世紀半を経た天明六（一七八六）年に建造された千五百石積俵物廻船三国丸は、「龍骨と肋骨で骨組し、その上に外板を張る洋式の模倣構造」（『Ｅｎｅｒｇｙ』（エナジー）第一〇巻第一〇号五六頁）であったという。鎖国時代にも、「航洋船」を造る技術は、少数の人々により辛うじて継承されていたのだろうか。佐藤成裕の『中陵漫録』に、「天草の乱起て以来、異国へ船を出す事を禁ず。此時、帆柱を一本として三本立る事を禁ず」（巻之三・「倭人の入貢」条——『日本随筆大成』第三期第三巻八三頁）と言い、明治一八（一八八五）年七月八日付「太政官布告」第一六号に、「日本形五百石以上ノ船舶ハ明治二十年一月ヨリ其製造ヲ禁止ス」（内閣官報局編『明治年間法令全書』第一八巻ノ一・布告三五頁）と言う。

（一〇七頁・増補）

＊　浙江省温州の監郡の息子が、前任監郡の娘で、既に此の世の人ではない女を描いた画像を寝室に掲げ、彼女を妻にしたいと念じていたところ、一夕其の娘が画中より現われ出て彼と親密な仲になった。以来毎夜訪ね来た其の娘は、半歳の後、勧められて団子の少量を口にし、夜が明けても其の場を去ること叶わず、二人は遂に夫婦となった。此れは、杜光庭と同じく浙江省の人である陶宗儀（？－一三六九）の『輟耕録』第一一巻・「鬼室」条前半部（津逮秘書・11オ－ウ）に記された話で、陶宗儀は此れを童子の頃に聞いたと言う。既に、沢田瑞穂が指摘しているように、此の話はヨモツヘグヒ譚の範疇に属するものと

見ることが出来る（『中国の伝承と説話』一一一－一一三頁）。浙江省には別に、人間の女に変じた田螺に「冷飯」を食わせて、其れが田螺への変身を妨げ、此れと夫婦になった男の話もある（沢田瑞穂訳『中国の民話』一三一－一三四頁）。此の話は、其れの載録された書物の刊行時期が一九三二年と新しいものながら、「女に煮炊きした物を食べさせれば、本物の女の人に変って」とあるのが、「火の穢れ」との関連で注目に値する。更に、採集時期が昭和五二（一九七七）年と新しいものであるが、沖縄からは、国頭郡大宜味村の人が那覇に行った帰り、道連れになった人と茶屋に休んだところ、茶を出しても飲まない其の同行の人は、此の世の人ではないから注意するようにと、茶屋の給仕が教えてくれたが、後に其の人物は冥界の人であると判明した、という話のあることが報告されている（丸山顕徳著『沖縄の民話と世界観』五五－五六頁）。此れもヨモツヘグヒ譚の一つと考えられる。なお、「旧冬十二月廿七日妻病死仕候処、同卅日に小本の祖父と申者尋参候て、一宿頼入候間、妻も病死に付忌火故に相成不申旨申断候処、穢火にも頓着無之候間、先年の好みを以一宿為致呉候様申事に御座候間、仏の功徳にもと存一宿為致候」（横川良介著「三閉伊通百姓一揆録」――『日本庶民生活史料集成』第六巻五七二頁）というのは、弘化四（一八四七）年に起きた南部領三閉伊通の百姓一揆に関わる安俵通晴山村の丑松なる人物の申し立てであるが、「火の穢れ」について触れている例として挙げることが出来る。

（一二三頁・増補改訂）

＊　雷が一年のある期間を土中に伏在するものであることは、蔡邕（一三二－一九二）の『月令章句』にも、「雷乃発聲　季冬雷在地下則雉應而雊孟春動於地之上則蟄蟲應而振出至此升而動於天之下其聲發揚也以雷出有漸故言乃正義」（玉函山房輯佚書・10ウ）と見える。なお、雷神については、中山太郎（『日本民俗学』神事篇三－八二頁）、松前健（『日本神話と古代生活』一五四－一六九頁）に見るべき論がある。参看されたい。

（一三八頁・増補）

＊　伊勢志摩の海女は、縦五本横四本の線を網目のように重ねた呪符を用いるという（矢野憲一著『魚の民俗』一一六頁）。

（一五五頁・増補）

＊　源順撰『倭名類聚鈔』に、「火鑽　内典云譬如因遂因鑽音賛和名比岐利而得生火涅槃經文也」（巻第一二――風間書房刊同上書巻一二・12

オ）と記され、本居宣長著『玉勝間』に、「出雲国《ノ》意宇郡《ノ》大庭《オホバ》村に、神魂《カモシノ》社といふ有《リ》、年ごとの十一月に、国造此社に来て、新嘗祭あり、其時熊野社《ノ》より、火きり臼火きり杵《ギネ》を、国造に奉る、火きり臼といふは、檜の板也、火きりぎねは、空木《ウツギ》也とぞ」（一三の巻――『本居宣長全集』第一巻四〇一頁）という記事がある。そして、十偏舎一九著『浮世道中膝栗毛』に、「コウ弥二《やじ》さん見なせへ、今の女の尻《けつ》は去年《きよねん》までは、柳《やなぎ》で居《い》たつけが、もふ臼《うす》になつたァ。どふでも杵《きね》にこづかれると見へる」（初編――日本古典文学大系62『東海道中膝栗毛』五四頁）とあるように、杵は男性性器、臼は女性の腰つき、また性器と看做されることがあった。

（一七六頁・増補）

* 李昉等撰『太平御覧』に、「龍魚河圖曰歳暮夕四更取二十豆子二十七麻子家人頭髪少合麻豆著井中呪勑井吏其家竟年不遭傷寒辟五温鬼」（巻八四一・百穀部・豆――一九八〇年・国泰文化事業有限公司出版同上書第四冊三七五八頁。第八字夕は、安政乙卯倣宋槧校江都喜多邨氏学訓堂聚珍版『宋槧太平御覧』巻第八四一・1ゥによる。なお、同書は第三五字吏を使とする）と見える記事も、嘗ての中国に、多量の（と言っても、此の場合は既に其の原義が忘れられたか、あまり多い数であるとも言えないが）穀粒や毛髪をもって、魔的存在態を眩惑させ、排除することが出来るとする観念・思想の存在したことを示している。注(74)に出たのと同様の習俗が、「ロシア・カルパチア地方」にもあって、死者の身体が硬直せず、普通ではないと考えられた場合、棺桶に芥子粒か炭を入れるが、其れは、「芥子粒を数えたり炭で字を書いたりする」（P‐G‐ボガトゥイリョーフ著・千野栄一／松田州二訳『呪術・儀礼・俗信』一九一頁）ことによって、危険な死者が外に出ないようにするためであると言われている。また、死者が魔法使いである場合、其れを「拾い集めるのにかまけるようにする」（同上書一八九頁）ため、道に芥子粒を撒くとも言う。外山暦郎著『越後三条南郷談』には「〇瘧《おこり》おとし…（中略）…十露盤《そろばん》玉をガチャ〳〵ならせておとす法。私の母はこれでなほつたことがあつた」（一五六‐一五七頁）という記事が見えるが、此の行為は、同似形の集合する部分が魔的存在態（病魔）に対して有効に働くとする観念・思想と、「一般の人々は〔月〕食が起こるのは、月が蛇と戦っているのだと考えている。人々は〔泥で〕蛇の形を作り、それを手に握る。そして月食が続いている間中ラッパや笛を鳴らして、あらん限りの音をたてる。それは月食が終わるまで続けられる」（ニコラース‐ウィットセン著・生田滋編訳『朝鮮国記』――ヘンドリック‐ハメル著・生田滋訳『朝鮮幽囚記』（東洋文庫）一六二頁）、「火災のとき火の子《（ママ）》の来るに、人多く屋脊に登り、声を揚てこれを逐へば、火子《（ママ）》分れ散て屋に著《つ》くことなし」（松浦静山著『甲子夜話』巻三五・三――東洋文庫版同上書2・三

五一頁）というように、音或いは声で魔的存在態を追い払うことが出来るとする観念・思想とが、複合した呪的行為であると思われる。『菟玖波集』に、「さんのまとこそいふべかりける《（ママ）》／ひきめいるうぶ屋のまへのふるだゝみ」（日本古典文学大系39『連歌集』九六頁）とある順覚法師の附句の「蟇目」と「古畳」とは、産屋に侵入しようとする魔的存在態を、其の音響と形状とで排除するための物であったか。

（一九二頁・増補）

＊ 後向きに何らかの行動をすることは、茂野幽考著「奄美大島葬制史料」（『民族』第二巻第六号一三六－一三七頁）、寺石正路著「高知市附近」（『旅と伝説』第六年七月号一五五頁）、武田明著「讃岐彌谷山麓の葬制」（『日本民俗学』第二巻第三号八六頁）、同著『日本の民俗 香川』（一七六頁）、染矢多喜男著『日本の民俗 大分』（一八五頁）、桂井和雄著『俗信の民俗』（一五四頁）、大船渡市史編集委員会編集『大船渡市史』（第四巻三三七頁）、などにも報告され、後を振り返らずに家に戻る習俗も、川村清志著「信州下伊那郡下条村」（『民族』第二巻第二号一七四頁）、島袋源七著『山原の土俗』（一三八頁）、横浜郷土史研究会発行『横浜の伝説と口碑 中区 磯子区』（一二四頁）、比嘉春潮著「沖縄本島」（『旅と伝説』第六年七月号二〇三頁）、酒井卯作著「東京都青ヶ島」・武田明著「香川県丸亀市広島」・坪井洋文著「佐賀県鎮西町加唐島」（以上、日本民俗学会編前掲書一六六・四八九・五三二頁）、などに報告されている。早川孝太郎著「オコゼの事」（『民族』第四巻第一号一七九頁）には、山神を祀るに、後向きにオコゼを頭越しに投げ、後を見ずに帰り来る、羽前国東田川郡袖浦村（現、山形県酒田市）の山師の習俗が、また、宮田登著『神の民俗誌』（一一四－一一五頁）には、紙に包んだ金銭を後向きに捨て、後を振り返らずに戻る、茨城県勝田市の農村の其れが報告されている。金関丈夫は、海南島のリー（黎）族の葬式について、「墓のまわりに自分たちのつけた足あとを、木の枝で即席につくった箒ですっかり消す。森をでると、水のある所で、からだの露出部をことごとく洗う。そして、うしろを振りむかないで帰ってゆく」（『考古と古代』一六〇頁）と報告している。後を振り返るのを戒める中国の俗信は、徐珂編撰『清稗類鈔』（迷信類・「打菩薩」条——中華書局出版同上書第一〇冊四六九〇頁）にも見える。

（二一五頁・＊の続き）

中報館叢書に収める清の黍餘裔孫編・垂瀑山人校『六合内外瑣言』巻五の「萬人塚」条（1オ－ウ）に、斉州（山東省歴城県）の清淵城（青山定雄編『読史方輿紀要索引中国歴代地名要覧』に「山東省（東臨道）臨清縣東南五十里」（三四一頁）と言う）が賊徒に攻撃された時、統軍の任にあった荊公は、韜略（兵法）を良くする人で、天子の軍を率いて善戦し、敵が歳一五以上の裸体の男子に矢を射させたのに対抗して、陰部を露出した遊び女を多数城の上に並ばせ、賊軍を敗った、と記されている。同様の話が董含の『三岡識略』と柴蕚の『梵天廬叢録』に載ると、沢田瑞穂著『中国の呪法』に紹介されている（四〇二－四〇四頁）が、福島孰れも未見である。内容と題名より推して明らかに前者の其れと思しき話は、董含著『蓴郷贅筆』（説鈴後集）上巻に見える（14オ－ウ）。注（13）に出た、「桃」と「逃」とが同音である故に、桃に邪気悪霊祓除力があるとされるのだとする説は、服虔撰『春秋左氏伝解誼』（玉函山房輯佚書）巻四の「桃弧棘矢以除其災」の件に、「桃所以逃凶也」（7オ）と見える。

（二三九頁・＊の続き）

吉井巌に、「男女国生み型伝承のもとの姿は、ヒルコ誕生を述べることによつて、人類の起源を説いた神話であった可能性が濃く推定される」（『天皇の系譜と神話』二八四頁）という意見があるが、人類の祖先が神によって出産されたとする神話を見ることは少ない。台湾のアミ（阿美・阿眉）・タイヤル（泰耶爾・大么）両族が其のような神話を伝えている（『臨時台湾旧慣調査会第一部蕃族調査報告書』阿眉族一一三－一一六・二四三－二四四頁、同上書大么族後篇一七六頁）が、其れらは、洪水神話や交道学びの神話と結合していることと、台湾の他の種族が伝える同様の神話とから推して、発生原初時より男女二神が結婚し、人間の祖先を出産するという話であったとは思われない。男女が結婚して子を産むという話の「男女」が「男女二神」に変じたものと思われる。

（二六〇頁・＊の続き）

佐藤豊治編纂『豊里村誌』が、山形県最上郡地方において、江戸時代から明治二〇（一八八七）年頃まで行なわれていた、「子殺し」の習俗を語って、「一般に人格尊重の感念《（ママ）》なく、嬰児を赤虫と云ひ己より出でたる者は己の勝手次第とされた」（五六頁。傍点福島）と述べているのを見ると、此の地方の父親ならば、当然我子を助数詞「匹」を用いて数えることもあったのではないかと推測され、其の事を直ちに、火神の誕生により妻神を失った伊耶那岐命の場合に引き当てるのも如何なものかとは思うが、此の事に加えて、亡き妻を黄泉国まで追って往った伊耶那岐命の心情を思うと、「一木」を「一匹」と解する橘守部の説にも捨て難いものがある。「一木」の表現については、なお、多くの資料を集め、研究をしてみる必要があるだろう。

ある時期の日本人は、外国人により、「はなはだ残忍に、軽々しく人間を殺す」(ヴァリニャーノ著・松田毅一他訳『日本巡察記』(東洋文庫)一九頁)と観察されており、前記した山形県の最上郡地方だけでなく、各地で子殺しを行なっていたらしいが、同様の例は、嘗ては諸外国にも多くあったようで、諸書に其の事が散見される。

(二八〇頁・増補)

＊ 一六世紀の後半を生きたスペインの人、ホセ－デ－アコスタ(José de Acosta)の『新大陸自然文化史』に、メキシコ人の結婚式では、神官が女の被っているヴェールの端と男の衣装の端とを結び合わせた上で、「火のおきたかまどのまわりを、女に七周させる」(下巻――大航海時代叢書Ⅳ・二二六頁)とあり、同様の結婚式が、インドのビハール州の昔話にも語られている(山室静著『インド昔話抄』五八頁)。インドの古典説話集『カターサリット・サーガラ』には、聖火を廻って結婚する男女の話が載録されており(ソーマ－デーヴァ著・岩本裕訳同上書(岩波文庫)㈠九〇・一一七、㈣二三五頁)、後藤多聞と井上陸史とは、花婿が、青稞《チンコー》(チベット裸小麦)の籾で作られた卍形の周囲を、「三回左まわりに回って」花嫁の家のテントに入る、中国は果洛《コロー》チベット(蔵)族自治州の町、瑪多《マトウ》県城でのチベット族の結婚式について報告をしている(井上靖／NHK取材班著『大黄河』第一巻一五九頁)。此のような習俗からすると、天之御柱(天柱)が、結婚式の挙行される場を清浄化する目的で立てられた物であったことは、確かなことのように思われる。中山太郎に、「当時、神を招ぎ降ろす場合には、柱を廻る習慣があった」ので、イザナキ・イザナミ二神が、結婚に際して柱を廻ったとする意見がある(『祭礼と風俗』三〇頁)が、「神を招ぎ降ろす」のに何故柱を廻らねばならないのかについては、何の説明もしていない。

(三〇三頁・増補)

＊ 宮本常一著「日本の習俗」に注(17)と同様の諺が二つ紹介されている(宮本常一著作集3『風土と文化』一五頁)。

(三一九頁・増補)

＊ 注(7)に出たターレオについては、矢野暢編著『東南アジア学への招待』(下)に、「竹ヒゴで5角型ないしはそれ以上に編まれた呪標。苗代、圃場、脱穀場、米倉、戸口、扉、薬壺などに設けられ、悪霊、外敵が侵入するのをふせぐものとされる」(一〇〇頁)と言及されている。一九八六年二月、NHKの大黄河取材班が、中国は陝西省北部の米脂県張家塔村で、「十

個の棗を糸でつなぎ、下に硬貨をつけたもの」二本を、背中に付けた幼児を抱いている老人に会っている。其れは、「貴人気《クイレンチー》と呼ばれ、子供が立派に育ちますように、裕福になれますようにという願いをこめ」て、年の始めに三歳までの幼児に付けられるという（樋口隆康／NHK取材班著『大黄河』第三巻五九－六〇頁）が、同似形態物の集合体が、魔的存在態に対し有効な力能をもつとする観念・思想に出でた物であろう。

（三三四頁・増補）

＊注（23）に出た少女寄の大蛇退治譚は、西欧世界におけるペルセウス・アンドロメダ型の物語や、スサノヲ神によるヲロチ退治譚の構成より推して、物語の成長・変化の過程の一時期に、主人公の男性が少女に扮装して大蛇を退治し、犠牲に供されんとしていた少女を救助する、という話であった可能性があるかも知れない。

（三五一頁・＊の続き）

瞿佑著『剪燈新話』に、天台山中の谷川を流れ下る巨瓢を見て、其の流れを辿り、一村落に到達した、浙江省台州の人徐逸の話が見える（巻二・「天台訪隠録」条――瞿佑等著『剪燈新話（外二種）』三九－四六頁）。

（三六九頁・増補）

＊洪邁撰『夷堅志』が蛇に交接された女の話を四例挙げている（夷堅丁志巻二〇・「蛇妖」条――洪邁撰・何卓点校『夷堅志』第二冊七〇二－七〇三頁）。また、董含著『蓴郷贅筆』に、荘氏の嫁が懐妊して三年、出産することが無かったので、医者の勧める薬を服用したところ、小蛇の五匹入った一胞を産した、という話が見える（説鈴後集・下巻・8ウ－9オ・「産蛇」条）。前掲『夷堅志』の第三話に、「妊娠、十月、産蜿蜒數十」とあることや、蛇王廟の神像と情を通じ、小蛇十数匹を産んだ龔茨菰なる者の嫁の話（陸粲撰『庚巳編』巻第六・「婦産蛇」条――元明史料筆記叢刊『庚巳編・客座贅語』のうち庚巳編六六頁）からすれば、荘氏の嫁も蛇と交接したものと思われる。萬暦四一（一六一三）年四月には、前参将某某の家の下女が数十個の卵を産んだが、此れは蛇に交接されたのであろう、という（顧起元撰『客座贅語』巻七・「産怪」条――元明史料筆記叢刊『庚巳編・客座贅語』のうち客座贅語二三三頁）。嘉永三（一八五〇）年二月、江戸小網町（現、東京都中央区）の名主伊十郎なる者の報告によれば、同町二町目旅人宿島屋藤兵衛方に宿泊した奥州二本松百目木村（現、福島県安達郡岩代町）の百姓甚

兵衛の同道する金太郎は、甚兵衛の養女きそが正体不明の者と情を通じて産んだ子であるが、「惣身鱗形を生じ、蛇体の如く」であった（塵哉翁著『巷街贅説』巻之六・「蛇体小童」条――『続日本随筆大成』別巻10『近世風俗見聞集』第一〇巻一五八－一五九頁）。金太郎は、魚鱗癬のような皮膚病を罹患していたかと思われるが、其れが当時の医学知識の外にあった病なのか、医師は、「全々病気と申物にては無レ之、療用（ママ）にては相直り不レ申」と診断したという。此の報告は、其れが南北の町奉行所に宛てたものであることからすれば、虚偽を記したとは考えられず、見たような症状を呈する病気に罹患した者の出現が、蛇と人間との交接譚の誕生を助長したと思われる。谷神子撰『博異志』は、唐の元和年間（八〇六－八二〇）、隴西の李黄、また鳳翔節度使李聽の従子（母の姉妹の子、または甥）の李琯が、白蛇の変じた女に心を奪われた話を載せる（古小説叢刊『博異志・集異記』のうち博異志四六－四八頁）。あからさまな描写が為されていないので判然としないが、前者は身体溶解して頭だけが残り、後者は頭が裂けて死亡したとあり、両者ともに女と交接したようである。釈泰亮輯録『上毛伝説雑記』（巻之二・沼田伝説中――樋口千代松／今村勝一共編『上野志料』二・一四頁）、中山太郎著『信仰と民俗』（二三四頁）には、蛇が女に化して人間との間に子を儲ける話が見える。本論中、日中両国の文献に多尾の蛇を見ないと書いたが、袁枚撰『続子不語』（筆記小説大観・巻八・9オ）に九尾蛇の記事がある。

（三八七頁・増補）

＊　注（23）に出た竺法護は、西域を遊歴し、其の国々の言語に博く通じたらしい（僧祐撰『出三蔵記集』巻第一三――『大正新脩大蔵経』第五五巻九七頁）。其のような人物は、何時の時代にも存在し、神話・伝説の運搬者となっただろう。

（四〇七頁・＊の続き）

神威を侮り不善を為せば天罰覿面であること、祝允明撰『語怪』（五朝小説・5オ－ウ・「神謫淫男女」条）にも、「二陰根交接粘著不解」と見えるから恐ろしい。ある種の貝類と女性生殖器の形状とが良く似ているとすることは、「おめんちょを出して、「貝の口ぅ閉《し》めた、閉めた」という」（立石憲利／前田東雄編『日本の昔話9　美作の昔話』二〇二頁）、「死んだ継母の死体はいろいろなものに化生する。…（中略）…陰部は鰒になり」（玄容駿著「日本神話と韓国神話」――大林太良編『日本神話の比較研究』九〇頁）、「貝中なほ女陰にいとよく似たるは貽貝といふべし」（雀庵長房著『さへづり草　松の落葉』七〇頁）、「此の浜から與仁に酷似した貝が捕れるやうになつたが、漁師はそれを怡貝《いがひ》（ママ）と名け」（中山太郎著『土俗私考』五六頁）、「自然の徒らというか実によく人間のものに似通っていることに驚いた」（林章次著「貽貝（いのかい）」――『講座日本風俗史別巻七妖異風俗』四二頁）、「前書に鹿児島で女陰をヒナ、今度の御状に螺をヒナという由、又田螺をタビナと言う由御申越、これはタツヒと申す所もあれば、無論螺を女陰にたとえたることと存候」（大正一三年四月六日付宮武省三宛南方熊楠書簡――笠井清編『南方熊楠書簡抄』五九－六〇頁）、「スイジガイなどの有鉤群は…（中略）…女性器に似た開口部」（三島格著『貝をめぐる考古学』一六八頁）、「一般にシャコ貝は女陰に似ているとして、魔除けとされ、門の上に置く」（一泉知永著「貝とマジムン」――『書斎の窓』一九八六年四月号五一頁）といった表現に、其れを見ることが出来る。

（四二四頁・＊の続き）

なお、中山は『日本民俗志』（二一三－二一六頁）にも同じ意見を述べており、山口幸充著『嘉良喜随筆』には、「朝鮮ヨリ鶴多ク唐津ヘ来ル」（巻之三――『日本随筆大成』第一期第二一巻二五八頁）とある。

（四四四頁・増補）

＊　一九八九年七月二〇日に、注（1）に出た『青邱野談』（巻之一・「鬼物毎夜索明珠」条）を、国立国会図書館支部東洋文庫蔵の写本で見る機会を得た。同条は、表題部分を含め、総てで二〇行に亙るが、各行二四－二八字詰めで、句読点及び返り点を施さない漢文表記になっており、孫晋泰編『朝鮮民譚集』（郷土研究社刊）に、「此珠在我甚緊吾當以他珠換之可也」（付録二四頁）とある箇所が、「此珠在我甚緊在汝不緊吾當以他珠換之可也」となっているのを始め、二・三の箇所で、孫の其れとの間に、僅かな表記の異同が認められる。中国は、江蘇省の鎮江・丹陽の一帯に伝承されている「三輪山伝説」が、沢田瑞穂訳『中国の昔話』（三六〇－三六一頁）に見える。注（19）の前半部に挙げたような習俗は、岡山県にもあり（佐藤米司著「死者はどこへ行くか」――『沢田四郎作博士記念文集』論叢四三頁）、「ロシア・カルパチア地方」では、人の死後、最初の夜に、テーブルの上に麦粉を撒布しておくと、死者は其の夜のうちに家に帰ってきて、其処に足跡を残すという（P－G－ボガトゥイリョーフ著・千野栄一／松田州二訳『呪術・儀礼・俗信』一九二頁）。段成式撰『酉陽雑俎』には、唐の開元年間（七一三－七四一）の初め、魏八師なる尼に仕える百姓の劉乙、名は意兒という者が、「先天菩薩が姿を現わされた」と言い、庭に篩で灰を撒いたが、ある晩、数尺に及ぶ大きな足跡が印された、とする話が見える（続集巻之六――中華書局出版同上書二五七－二五八頁）。また、台湾のパイワン（排湾・排彎）族には、甘蔗泥棒が、撒布された灰に足跡を印して、正体露見した

話がある（『臨時台湾旧慣調査会第一部蕃族調査報告書』排彎族・獅設族二八六頁）。注（23）に出た『子不語』の「夜星子」条は、表記の順序次第と語句の一部とを変えた形で、闞齋氏著『夜譚随録』（筆記小説大観・巻二・37ウ－38オ）に、「夜星子 二則」条の第一話として採られている。また、其れらが語るのとほとんど顚末を同じくする事件が、徐珂編撰『清稗類鈔』（方伎類――中華書局出版同上書第一〇冊四五六六頁）「巫治夜星子」条にも記されている。

（四六一頁・注（47）の続き及び増補）

此の話は、祖沖之より三・四〇年早く生まれたとされる劉敬叔の『異苑』（学津討原・巻二・4オ）にも見え、また、五世紀の前半を生きた劉義慶の『幽明録』も同じ話を載録していたようである（一九七六年・新芸出版社出版前掲書上冊二八六頁）。

＊　注（21）に出たアーピスを出産せしめる光は、「陽光」（T－H－ガスター著・矢島文夫訳『世界最古の物語』（現代教養文庫）二二七頁）とも、「月光」（世界古典文学全集10・松平千秋訳前掲書一三五頁）とも言われる。「卵生説話」については、松村武雄（『日本神話の研究』第二巻一三－一七頁）に見るべき論がある。参看されたい。

（四七七頁・増補）

＊　直木孝次郎は、天之日矛（天日槍）と彼の我国への渡来について、「日槍をそういう名をもつ一人の人物と考えてはならないだろう。おそらく矛や剣で神を祭る宗教、または矛や剣を神とする宗教を奉ずる集団が、朝鮮とくに新羅から渡来したことが、この伝説のもととなっていると思われる」（兵庫県史編集専門委員会編集『兵庫県史』第一巻四九六頁）と言う。天之日矛（天日槍）を初手から一個の人物と見ることに問題はあろうが、右のように主張するには少しく論拠が欲しい。

以上、増補した字数は、当該頁の余白の分量に応じている。

本稿を一度書き終えた後に、「二一五頁・＊の続き」に出る、柴萼著『梵天廬叢録』を、禹甸文化事業有限公司発行の影印本で見る機会があったが、当該記事は、其の第五冊に「厭炮」（巻三〇・21ウ－22オ）と題して載録されていた。

旧著『記紀神話伝説の研究』において、『古事記』に載録された「天之日矛の我国への渡来事情説明譚」中の「日光感精説話」と、エジプト・インド・シチリア島・バリ島などに伝承された類話とは、直接の関係を云々することは出来ないにしても、中国・朝鮮の類話を挟んで、間接的な関わりがあるのではないか、といった趣旨のことを述べた（四五〇－四五一頁）が、其の際、「六牙の白象に乗る菩薩が自らの体内に入るを夢見た摩耶夫人は、やがて釈迦を産んだ、というインドの説話が、中国に入り、既に「日光感精説話」を伝承・保存していたに違いない漢民族の、物語創作或いは変改の意欲を刺激したか、其の地に僧智誕生に関する同様の説話を発生せしめ、両説話がともどもに我国に伝えられ、新たに聖徳太子・弘法大師などの誕生譚を産んだと思われる」（同上頁）と記した。右の文章における「インドの説話が、中国に入り」までについては、求那跋陀羅訳『過去現在因果経』の記事を、また「僧智誕生に関する同様の説話」とある箇所については、非濁集『三宝感応要略録』の記事を、それぞれ念頭に置いての記述であって、注記にも其の旨を記したのであるが、改めて『大蔵経全解説大事典』を見ると、『三宝感応要略録』の成立は一一世紀であり（六一五頁）、非濁は生年不明で、一〇六三年に没したとされている（八六一頁）。今、同事典の説明に従えば、劉宋の時代（四二〇－四七九）の人、求那跋陀羅によって漢訳された『過去現在因果経』と、平安時代初期に成ったとされる『上宮聖徳太子伝補闕記』に「石余池邊宮御宇天皇。庶妹間人穴太部皇女爲レ后。后夢有二金色僧一。容儀太艶。對レ后而立。謂之曰。吾有二求世願一。願暫宿二后腹一。后夢中許諾。自レ此以後始知レ有レ脤〔娠歟〕。經十二箇月。后巡二宮中一。至二于廐下一。不レ覺有レ産」（『群書類従』第五輯三三五頁）と記される聖徳太子誕生譚との繋がりを言うのに、『三宝感応要略録』の名を出すことは、インド－中国－日本という地理的な面での関係はともかく、時間の流れという点では相応しくないことになる。折を見て、『三宝感応要略録』の記事に代わる中国原産の類話で、拙文の当該箇所に記して齟齬・矛盾を生じないものを別途紹介することにして、此処は暫く、漢訳された仏典に記されている話が、ある時期に中国から我国に伝わり、やがて聖徳太子や弘法大師の入胎と誕生の話を出来させるという経過を辿った可能性があるのではないか、と考えておくことにする。

「二六〇頁・＊の続き」に子殺しのことを記したが、嘗ての我国に広く子殺しの風習があったことは、「陸奥ニテ貧窮者ノ多レ子ハ、マビク或オシ反スナド云テ、自ラ吾児ヲ殺也」（林笠翁著『仙台間語』続篇第三――『日本随筆大成』第一期第一巻四四七頁）、「庄内（酒井氏領分）の民、東国のならひにて、子生して三四人にも及べば、まひくとて殺し捨る…（下略）」（松崎尭臣撰『窓の須佐美』第三――『近古文芸温知叢書』第七編のうち窓の須佐美二六〇頁）、「関東のならひ、貧民子あまたあるものは後に産せる子を殺す。是を間曳といひならひて、敢て惨《いたむ》ことをしらず」（伴蒿蹊著『近世畸人伝』巻之二・「内藤平左衛門」条――伴蒿蹊著・森銑三校註同上書（岩波文庫）六〇頁）、「往々其児を養ふこと能はずして、密々此を殺害する者有り、奥羽及び関東諸国には殊に多し、中国・四国・九州等も子を殺す者極て多しと雖ども、産せざる前に腹内にて密かに此を殺が故に、外見は殺さゞるが如し、…（中略）…今の世に当て陸奥・出羽の両国ばかりにても、赤子を陰殺すること年々六七万人に下らず」（佐藤信淵著・佐藤信昭校『経済要録』巻之一四・「富国上編・第二章」条――滝本誠一編『佐藤信淵家学全集』上巻九〇七頁）といった記事によって此れを知ることが出来る。『経済要録』は文政一〇（一八二七）年頃に成ったと思われるので、佐藤信淵が「今の世」といっているのも、其の頃のことと思われる。一方、諸外国における同様の例は、例えば、中国の少数民族ヤオ（瑤）族の支群、茶山瑤について、「子沢山は願わない。平均的には二人で、三人という家は稀である。…（中略）…子が多ければ赤児は殺し…（下略）」（范宏貴著・百田弥栄子訳「ヤオ（瑤）族」――厳汝嫻主編『中国少数民族の婚姻と家族』上巻一七八頁）と報告されており、同族の他の支群、八排瑤・坳瑤も茶山瑤と同じであったと言われる（同上書一七八－一八〇頁）し、タスマニア島と其の周辺の島々の原住民タスマニア族や極地エスキモーについても同じことが言われ（J－P－マードック著・土屋光司訳『世界の原始民族』上巻八・二〇三頁）、南米のムバヤ族について、「堕胎や嬰児殺しは、ほとんどあたりまえといったやり方で行なわれており、…（下略）」（レヴィ－ストロース著・川田順造訳『悲しき熱帯』――『世界の名著』第五九巻四六五頁）と記され、インドネシアのイリアン・ジャヤ州に住むダニ族も同じことをしていたと言われる（リー－クーンチョイ著・伊藤雄次訳『インドネシアの民俗』三二頁）など、諸書に其れを見ることが出来る。

「四四四頁・増補」に段成式撰『酉陽雑俎』続集巻之六に載る記事の概略を紹介したが、当該記事の読解には、今村与志雄の訳注（東洋文庫版同上書5・一九－二二頁）を参考にした。本稿を最初に公にした折に其のことを断わらなかったので、此処に改めて、其のことを記しておく。なお、『酉陽雑俎』の原文に「百姓劉乙、名意兒」とある箇所は、始め今村に従い、「百姓の劉乙、名を意児という者は」としたが、本稿発表の直後に其れと同じでは如何かと思い、「抜き刷り」には手を入れ、「百姓の劉乙、名は意児という者が」と改めた。前後大同小異であるが、今回は後者を採った。

あとがき

私が今日あって本書が成るについては、今は亡き恩師山路平四郎先生をはじめ、多くの人たちのお蔭を蒙ること頗る大きいものがある。此処にお名前の一一を挙げないが、其の方々に衷心より感謝していることをまず記しておきたい。

才気・能力ともに欠如していることに加えて、というより、其れなるが故に、というべきか、自らが此の世にあった証になるようなものをあまり残したくはないという気持ちがあって、発表した論文の数少ないこと研究者間では人後に落ちないが、其の僅かな論文を集めて一冊とした旧著『記紀神話伝説の研究』の刊行後も、論文の作成に励もうという意欲は、いっかな湧いて来なかった。日高くなって床を離れ、怪奇・不可解な事件、面白い事柄を記した書物をあれこれと読み、日が暮れたところで風呂に入り、酒を飲んで寝る、此れが自らにとっての理想の一日であって、親無く、子無く、兄弟姉妹も無し、係累といって荊妻に猫の数匹があるのみで、身を立て名を挙げる必要は些かもなく、名誉・栄達はもとより望むところではない。悩みごとが無く、心が平安であれば其れが何よりの幸せと、読書に、飲酒に、加えて趣味・娯楽にと時を過ごし、一編の論文を書こうにも、日々毎日頭脳から格別の発明が湧出している訳でもないから、まずは其の気にならず、口を糊するためにはと、時々に書き留めた僅かの資料を矯めつ眇めつした挙句、其れらを繋ぐ細々とした一本の糸を見出したつもりになって、不承不承其の作業にとりかかってはみても、作文の能力に乏しく、文章を綴ること意の如くならず、兎角に時間がかかり、当然のことながら出来する論文の数も少ない。

斯くあるところに、何故なのか思いもかけぬ「自己点検・自己評価」なる掛け声が突如として湧き起こり、頓に高まって、辺り一面にさ蠅なす満ち広ごり、点検・評価の委員会までもが出来し、「自分でテンケン、皆でヒョーカ」と、日常の業務を誠実に遺漏無く行なっているのだが、目に見える形での業績の無い者は、無能力者の如くに看做され、論文は数の多寡を問われ、其れが寡作なる者は不心得者・不届き者の誹りを免れ得ない仕儀とは相成った次第で、たちまちに心の平安は失われ、「テンケン」は「天譴」なのではなかろうかと考えたりすると、日々飲む酒、口にする肴も美味くない。

という訳で、今や何事かを為さねばならぬ時のようなのだが、自らの理想の一日を仮に其れは不心得者・不届き者の一日であると思いなしたとして、更にまた、一層の努力をして其の心得違いを悔い改めるとしても、奮起一番、新たな著作を物して、自己の存在の証とする気にはならない。そこで座右を見ると、旧著発行後に書いた論文が少しはある。今、其れらに訂正・増補の手を加えて、一冊と成し、恐らくはほんの僅かの期間の其れでしかないと思われるが、心の安らぎを得ようと考えた。

旧著では、「記紀載録神話に見える櫛の呪力について」、「記紀に載録された呪物投擲逃走譚について」、「呪物投擲逃走譚続考」、また、「スサノヲ神のヲロチ退治譚」、「ヲロチ退治譚続考」、「ヤマタノヲロチの実体について」といった「章」の名称からも窺えるように、得られた結論の当否はともかく、一個の神話或いは伝説を考察の対象として、其れを少しずつ異なる視点から観察することがあったが、此れを良しとせぬ向きもあり、旧著発行後は意図して其の考察の方法を避けようとした。従って、本書を構成する各「章」は、互いに縁薄く比較的独立性を保っていると思う。が、くどく説明すること、性格の然らしむるところであるから、あるいは論旨の重複、同一表現の繰り返しが其処此処に見られもしよう。此れについては御容赦ありたい。

本書に収録した論文が扱っている考察の対象と其れの論法とは、ともに旧著に収めた論文の其れらと大きく異なるところが無い。そこで、出来るだけ自らが世にあった証になるものの数を増やすことにならぬようにとの思いから、書名は、『日本書紀』に関する論を冒頭に置いたことを拠り所として、旧著の書名と些か紛らわしく、其の語序を二箇所に亙って転倒させ、『紀記の神話伝説研究』とした。

最後になってしまったが、菊池徹夫先生に同成社と筆者との間を取り持つ労をとっていただいたことを記し、謝意を表しておく。

二〇〇二年五月

福島秋穂

付記

本書に収録した論文各編と「『記紀神話伝説の研究』補遺」の最初の発表時と、其の掲載誌・掲載書は、次の通りである。

第Ⅰ部

第一章　『日本書紀』巻第一冒頭の記事をめぐって――『国文学研究』第九九集・一九八九年一〇月。

第二章　伊耶那岐・伊耶那美二神が天之御柱を廻ることについて――未発表。

第三章　ヒルコの誕生について――『古代研究』第三一号・一九九八年一月。

第Ⅱ部

第一章　伊耶那岐命による黄泉国訪問神話の成立時期について――戸谷高明編『古代文学の思想と表現』・二〇〇〇年一月。

第二章　牛馬と穀物と――尾畑喜一郎編『記紀万葉の新研究』・一九九二年一二月。

第三章　牛馬・穀物・蚕（蠶）の出現・発生神話をめぐって――『国文学研究』第一一九集・一九九六年六月。

第Ⅲ部

第一章　布怒豆怒神・布帝耳神・天之冬衣神について――太田善麿先生追悼論文集刊行会編『太田善麿先生追悼論文集古事記・日本書紀論叢』・一九九九年七月。

第二章　八嶋士奴美神より遠津山岬多《（帯）》良斯神に至る神々の系譜について――『古代研究』第三五号・二〇〇二年一月。

第三章　スクナビコナ神をめぐって――『国文学研究』第一一四集・一九九四年一〇月。

第四章　「大年神と其の子孫に関わる記事」をめぐって――『国文学研究』第一一七集・一九九五年一〇月。

第Ⅳ部

第一章　アメワカヒコの葬儀に関わる鳥について――『古代研究』第三二号・一九九九年一月。

第二章　発光する神サルダビコについて――『古代研究』第二一号・一九八九年一月。
第三章　臼と杵と天孫降臨と――『国文学研究』第一〇二集・一九九〇年一〇月。
第四章　海神の宮訪問譚をめぐって――和漢比較文学会編　和漢比較文学叢書第一〇巻『記紀と漢文学』・一九九三年九月。

第Ⅴ部

第一章　カラスが人を先導する話――『早稲田大学大学院文学研究科紀要』第四七輯・二〇〇二年三月。
第二章　景行記の「焼遺」・「焼遣」を「焼潰」の誤写とする説――『古代研究』第三四号・二〇〇一年一月。

付　録

其の一　『古事記』上巻の構想と理念――古事記学会編　古事記研究大系3『古事記の構想』・一九九四年一二月。
其の二　『記紀神話伝説の研究』補遺――『古代研究』第二二号・一九九〇年一月。

＊『古代研究』は総て、早稲田古代研究会の発行したものである。

＊『国文学研究』は総て、早稲田大学国文学会の発行したものである。

＊　本書に収録した論文を作成するに当っては、西尾実／岩淵悦太郎／水谷静夫編『岩波 国語辞典』、上代語辞典編修委員会編『時代別国語大辞典』上代編、中田祝夫／和田利政／北原保雄編『小学館 古語大辞典』、貝塚茂樹／藤野岩友／小野忍編『角川 漢和中辞典』、諸橋轍次著『大漢和辞典』、岩波書店辞典編集部編『岩波 現代用字辞典』を座右に置き、事ある毎に利用した。また、本書の「凡例」に掲げた各種の辞典或いは事典の他に、大塚初重／桜井清彦／鈴木公雄編『日本古代遺跡事典』（一九九五年三月　吉川弘文館）、坂本太郎／平野邦雄監修『日本古代氏族人名辞典』（一九九〇年一一月　吉川弘文館）、国史大辞典編集委員会編『国史大辞典』（一九七九年三月〜一九九七年四月　吉川弘文館）、吉田東伍著『増補 大日本地名辞書』（一九六九年一二月〜一九七一年一一月　冨山房）、大蔵省印刷局編『新旧対照全国市町村名鑑』昭和五五年版（一九八〇年六月　大蔵省印刷局）、地名情報資料室編『市町村名変遷辞典』補訂版（一九九三年九月　東京堂出版）などのお蔭も蒙った。此処に記し、謝意を表しておく。

＊　漢字の字体については不可解な事が多い。本書で使用した漢字は、日本文化の制約に従わざるを得なかった。

索　引

—サ　行—

—タ　行—

―マ　行―

—ヤ　行—

—ラ　行—

—ワ　行—

（注１） 数字の前にある＊印は，当該語句が，其の頁にある「章の題名」に含まれていることを示す。
（注２） 「ヴ」は「ウ」の位置に記してある。

福島秋穂（ふくしま　あきほ）
一九四一年　広島県呉市生まれ
一九六九年　早稲田大学大学院文学研究科
博士課程退学
現　在　早稲田大学文学部教授
現住所　東京都港区南麻布　三―一―二

紀記の神話伝説研究

二〇〇二年十月五日　初版印刷
二〇〇二年十月十日　初版発行

著　者　福　島　秋　穂
発行者　山　脇　洋　亮
発行所　株式会社　同　成　社
東京都千代田区飯田橋四―四―八
電　話　(03)三二三九―一四六七
振　替　〇〇一四〇―〇―二〇六一八
本文印刷　熊　谷　印　刷
製　本　協　栄　製　本
製　函　加藤紙器製造所

ISBN4-88621-257-3　C3021
Printed in Japan